那遥远的声音——《诗经》今读

『上册』

温左琴 著

图书在版编目（CIP）数据

那遥远的声音：《诗经》今读 / 温左琴著. --西安：西安交通大学出版社，2024.12
ISBN 978-7-5693-3436-4

Ⅰ.①那… Ⅱ.①温… Ⅲ.①《诗经》-诗歌研究 Ⅳ.①I207.222

中国国家版本馆CIP数据核字（2023）第185585号

NA YAOYUAN DE SHENGYIN: SHIJING JINDU

书　　名	那遥远的声音：《诗经》今读
著　　者	温左琴
策划编辑	祝翠华
责任编辑	韦鸽鸽　赵化冰
责任校对	刘莉萍
封面设计	韩　铎
出版发行	西安交通大学出版社 （西安市兴庆南路1号 邮政编码710048）
网　　址	http://www.xjtupress.com
电　　话	（029）82668357　82667874（市场营销中心） （029）82668315（总编办）
传　　真	（029）82668280
印　　刷	陕西印科印务有限公司
开　　本	700 mm×1000 mm　1/16　印张 29.25　字数 554千字
版次印次	2024年12月第1版　2025年3月第1次印刷
书　　号	ISBN 978-7-5693-3436-4
定　　价	180.00元（全三册）

如发现印装质量问题，请与本社市场营销中心联系。
订购热线：（029）82665248　（029）82667874
投稿热线：（029）82668502

版权所有　侵权必究

本书对远古以来，人类最早的精神产品或诗意凝望的《诗经》做现代阐释，本书针对《诗经》纷繁复杂的后世解读，试图就文字本身，寻求某种相对稳定的解读路径。此种路径来自对人性、人情的一贯考察，来自对风俗突变之后可能形成的平衡的坚信，或就是对关于何为美、何为好的廓清与坚守。这种解读根基于惯有的注释训诂，但不依傍于任一家经传体例，而是尽可能圆融各家之说，使其解读既免于望文生义，又能生动还原可能语境与真实语境之下意义的穿插与回望。显然，此种解读又不免本人当下的揣度。事实上，这种现代阐释，在充分调动阅读主体的各种感知器官的同时，应用现代人的社会学、心理学、符号学、语义学、历史学、哲学、诗学以至美学的可能指涉，尽可能全面地诠释《诗经》的语意密码，带给现代人当下以启示与感悟。

——温左琴

总序
那遥远的声音

有些声音，我们渴望听到。有些人，我们想要遇到。

时间的河流奔腾不息，我们如何在有限的生命中听到那些声音，遇到那些人？就像我们今日翻开《诗经》，扑面而来的，就是那些人的生活气息，歌声与叹息交织。我们深知，我们是同类。我们知道，我们正是从他们那里来。人类在漫长的历史进程中，留下了这些痕迹，以便后来的我们能够找到他们，就像是在追寻自己的精神家园。可今天的我们，究竟该如何辨识他们？或者说，那些遥远的声音，我们如何才能真正听到？简单地说，就是今日的我们，究竟该如何读《诗经》？

我们发现，他们以特有的腔调在诉说着什么。这种诉说很可能源自某种经历。我们虽不知他们具体遭遇了什么，却能辨识出那样的声音。那些声音与我们今天所发出的并无二致。他们身处其中，却未曾察觉。而我们通过这些声音，找到他们，同时又发现历史的镜像如此相似，我们身处其中却难以察觉。这种感觉如此荒诞，又如此真实。经典的价值就在于此种穿透力。它读我们远胜过我们去读它。我们每次翻开经典，就像拂去历史的尘埃，让那些声音重新变得响亮清晰。这不仅是我们与经典之间的对话，更可能是我们与历史时空中的自己的真实相遇。我们完全打开自己，应用我们所有的知识、意识、心灵，乃至身体。我们彼此倾心，就像我们从来都是这样。我们想要听到那种声音，就像我们正在了解他们。

了解的技艺或现代阐释学与它的对象一样多重。语言符号的不受限制，使得我们了解它的意义成为冒险。我们何尝知道那样的语言正好与那些意义相契？它想要说的，可能说的，乃至说出来的，怎就不会谬以千里？也就不说诗意的无限本就会使我们的种种努力化为泡影。可究竟有没有一种方法使得我们能够穿透文字，通向更为寥廓的精神世界，哪怕它根本不是原来作者所要栖息的地方。

语言文字本身，说到底只能是约定俗成的存在。符号输出字典含义及潜在含义的同时，更承载着引申、联想，以及音调图像等内涵。除了数学和逻辑形式的记号，语义单元从来都不会中立或完全是游戏。文本与它的阐释永远无法独立。我们所看到的阐释文本，只能是经由相互作用后形成的另一个文本。

人类借助语言表达意义的行为，本身就是一种永无止境的累积过程。每一种解读的呈现有可能是短暂、不完整甚至可能错误百出。不只字典无法涵盖语言的所有含义，就是文法作为思想脉络，亦在正确与颠覆、承继与创新间，呈现多重关系。改变与突变，古典与现代，从来都不是单纯的观念更新。无论考古重建、精神分析，甚至经文批注或逐行注译，都不能保证我们真正了解那些文本的真实内涵，更不用说现代解构主义的荒谬。我们必须承认，无论我们怎样努力，也只能是意义陈列，永远无法成为唯一。没有阐释与它的对象对等，任何分析或重述，都不能取代原作。就像没有人可以被复制，没有人可以被代替一样。

这确实是个难题，就文学而言，阐释者具备相应的语言文化知识，理论上会对语言的多义与可能所指较为敏感，应该具备某种直觉，到达某种场域。但只能说是可能，我们无法保证。文学作品，特别是诗歌，能够为人所了解的前提，就是它对抗时间的力量，那种在精省文字中凝聚的关注，以片刻达永恒，以眼前知过去。无论文学多么模糊暧昧，我们都能确定它与世界发生了关系。即便如此难解，我们都渴望了解。就像我们渴望听到那些声音。那是我们与生俱来的存在，即便混沌，其实已是活着本身。

我们在此种意义的衍生和接受中，只能是阐释者。即便是最私人化的阅读，我们所有的精神活动也必然要经过阐释。这种阐释来自我们的生命体验，又与阅读本身相验证。这种意义的追寻表面上是种文字游戏，实际上更可能是精神历险。了解与阐释，本就是人类精神领域中最有争议的事，何况要跨越千年，真切地去倾听他们的声音。

就此，本书是对远古以来，我们人类最早的精神产品或诗意凝望的《诗经》所做的现代阐释。针对《诗经》纷繁复杂的后世解读，我们试图就文字本身，寻求某种相对稳定的解读路径。此种路径来自我们对人性、人情的一贯考察，来自我们对风俗突变之后可能形成的平衡的坚信，或就是对何为美、何为好的廓清与坚守。此种研究只是一个开始，一个反复的开始，一个不断趋向美好，却永远只在路途的千年跋涉。

本书不肯定什么，只是说可能或曾经可能是什么。对于任一条件情境的假设，只是依存于文字本身可能会有的引申义、假借义或是某种隐喻。没有资料可以完全重现那些语境，我们对它的了解更多的是借助于一个人如何想象诗歌并通过诗歌思考的那些可能指向。我们只有让自己成为一名真正的诗歌阅读者，而不单单是文字考古者，我们才能栖身其中，得其一二。

　　意识世界随着给予其支撑文化的消亡而一起消亡。我们不可能复原并真的栖居其中，我们也不可能成为早期的那些读者。但是因为我们再次与它们相遇，需要使它们再次焕发生机，我们无法接受它们的不能被听到。在所有可见或不可见的阅读障碍中，我们不停穿越，我们寻找一些共达的途径，想象着他们当年的情境，那些失落的东西依稀恍惚，那些遥远的声音乍远又近，就像我们今日所经的众多人与事。

　　这里其实无须冒险，它们只是一些诗。它们不断挑战我们的阅读难度与深度，它们等待千年只为与我们相遇。我们读他们，就像他们仍然活在我们之中。我们为了了解他们，不断地揣摩他们所说的话，研究他们所做的事。有些情境假设也许不符合我们的惯常理解，但为什么不可以那样存在？事实上，我们的所有假设虚构，已尽其所能地遵从它的字面含义。不能以自己之所愿，要求它具有别的它并不准备具有的功能。

　　伟大的艺术并不能永远保证我们熟稔亲切，相反，它会尽可能地营造某种陌生化的场景。在此场景中，我们会有一些不寻常的遇见。此种遇见可以使我们暂时超脱灰暗复杂的现实境遇，某种层面上我们确实能够得到精神的栖居。

　　这本书有关诗歌，但并不处理诗歌的共有话题。它也谈不上批评，更像是一种审美行为的精神活动。它使文学回归到人学，并就此想象作为人最初形成的那些美感与好感。它阅读诗歌。我们与它相遇，随兴走入。我们停留，告别。我们选择我们认为美的、好的，并就此作出回答。那些为人熟知的定义方法，我们不想多加考量。我们期待这样的进入，期待这样一个让文本变得生机勃勃的机会。我们的感受由此变得丰富，认识随之扩大。

　　我们无须把一首诗仅仅看作是一种词语建构，来按照大家共同遵循的规则进行阅读和思考。当我们关注阅读本身时，我们反省的是一个过程，一个事件中的人物。我们置身其中，无法或离。此时的结构分析或主题提炼，对它只能是背叛。我们只忠于阅读本身，就像我们日常去经历某事，我们并不一定能确知结果。但因为我们的前行，我们感受到了力量。我们一往无前地走，无怨无悔地走。走本身，就是生命的意义。

　　我们所召唤出来的想象语境都是为了听到那些声音。它们等待千年，只为使我们听到。不要因为它们足够坚定，就认为它们的此种等待无须设防。本是独特、难以抗拒的声音，本是可以"惊天地泣鬼神"的篇章，在作为主题、信仰、时代或阶级写照时，很难不蜕变为语录甚至教条。我们始终相信，在这些诗篇中，声音仍在回响。我们不能期待它们会满足我们今日的趣味，应该主动学习如何去聆听它们。

　　当时间流逝，这种倾听或阅读很可能会变成我们的意志行为，而不是文本自身所提供的东西。本应经由内在驱动展开的意义探索，事实上却只能是还原。经典文本经历千年仍然充满活力，不在于它恰好迎合我们的趣味，而是在漫长的历史进程中，它早已成为那个标准。我们读它，犹如寻根。我们读它，并努力去创设可能的情境，是因为我们遵循旧有约定。我们承诺会紧跟他们，会走他们想要走的路。我们亦只能在那样的场合听到那样的声音，犹如他们对我们的诉说或叮咛。我们就是在这样的彼此交接中，代代相续，不只知道自己从何而来，更明白自己将去往何处。我们读它，我们回望，我们对这个世界有了系恋或确信，并愿意就此同行。

在此路途中，词语的真正内涵、句子的生动有趣、篇章的多重复指，才有可能被了解。在此种层面上的日常操练，才能真正指导我们的阅读和思考，才能使我们成为那个真正的解诗者、实践者。当我们把一首诗放在一个具体语境中阅读，我们必须承认，我们无法作出任何断言，我们只能听从它自己发出的声音。这是我们的承诺，亦如文学虚构本身，它假借某个声音对我们发出召唤。我们可以回应它，亦可以置之不理。但我们一旦回应，必须区别此种声音已不是我们自己的声音。

文本向读者的意向开放，意义在阅读中得以重建。读者后天形成的已有的阅读习惯不断发生变化，关于文学的基本设定反而更分明，我们甚至就此评定哪些变了，哪些留了下来。这些留下来的，在某种程度上，就成为我们大家共同遵从的文学传统。一个优秀的读者能够抓住片刻的情绪，抓住对立的全部，感知那些变动不居的外在事物对于作者的深刻意义。某种简洁的图景模式正相应投射诗人的反应机制。诗经中的"赋、比、兴"，正是此种机制，我们亦在此种秩序中，感知到那种具体的伦理力量。而后世所有的文学创作，特别是诗歌创作，都很难摆脱这种固有文学秩序的影响，犹如风吹草动，自古皆然。

我们在此变动不居的世界中沉浮，天道、地道、人道的建构与把握，要求我们形成此种有序的内在秩序。我们在此秩序中，认识这个世界，亦上演这个世界。诗歌，作为人类难得的精神产品，我们总期待它能以最精省的笔墨，重构此种秩序，亦使我们的精神能真正栖居。那些可见的画面、活动的影像，就像我们对于这个世界的最初认知。"永以为好"的内在自觉，完美呈现于尺牍。同时又许诺我们开启更好的生活，我们怎能不爱？

简单说，诗歌正是最有可能连接内在与外在、过去与现在、你与我的精神路径。它不仅彰显我们的内在秩序，更在此彰显中，让历史与过去有了印记。历史中虽没有我们的位置，但文学和历史会共同形成我们的集体认同及文明记忆。诗歌不只是秩序和价值，更是发现和确认秩序与价值的一种精神历险。那些我们无以言明的个人记忆，那些人类经验的无序展开，在诗歌中却以特别鲜明的形象不断向我们展示。

在我们的传统中，诗歌向来被当作真实记录，即便那些狂情写意，我们仍然当作一时情绪。我们赋予诗歌的表述为绝对真实，甚至就是我们某种信仰的存在。再没有任何文字被如此尊崇。诗人亦把此种文字的抒写当作上天的启示，是人类与那个不可知的外在世界的某种交接。我们甚至认为，意义不是通过文本词语指向另一事物，而是经验世界呈现意义给诗人，诗歌使这一过程明朗。通过对另一世界的设定，意义在可显现、可感知的画面中呈现。意义和模式隐藏于世界，诗人瞬间捕捉，借助文学手段再现于我们眼前，我们借助类比及共情了解此种相连。在此进程中，我们是同行者，且缺一不可。我们阅读，就是无限放大且延长这一精神活动，就是想再次听到他的声音。诗人可以将一个场景的意义解释清楚，但更多时候，他仅罗列经验及感知模式，他期待我们更多地参与或反应。

说到底，语言不只是约定俗成的符号，排列组合的法则，更是运用指令、可以日常操作的行为准则。其意义生成本身就决定了何为文学语言。我们解读的过程，何尝不是一种意义的重建。文本作为范例，阐释并不仅仅指向隐喻或虚构文本的其他意义，而有可能指向我们更为寥廓的精神生活。我们不可能重建完满意义。我们不过是以一种看似明了的语言为假设，不断扩充文本的其他内涵。

阐释的过程，意义之呈现必然是个人性的。意义经由个人体验不断明晰，而不能借由现成知识得到确认。普通读者所共有的，只能是共同语言、文化或传统。这种阅读经验可以成为常识，但不能代替阅读者的生命体验。或者说我们借由理论性的阐释所能达到的，只能是人类的一种思维情境。它可以是假设，但更可能是一套通用的、非确定性的空洞的阅读规则。它们只在阅读过程中存在，并且只在此过程中才变得独立而具有个性。我们应允许此种解读传统在文本中自行展开，且无须一定切入相应的历史范畴。我们无须为历史张目。因为文本一旦形成，就会脱离原来的历史语境。我们阅读的过程，就是一种剥离，就是使得语言文字具有更多层面的指涉。说到底，《诗大序》所代表的传统，就是经由语言，借助文学，使人得到教化。在此过程中，个体的神秘经验、内心感知无须关注。我们只要懂得，它冀望我们知道什么，到达哪里。我们并不能借由此种解读，窥见诗人的精神世界。哪怕只是他的生存现状，我们亦只能放在那样一种整体观照下想象，而不能确认。这其实也是孔子"述而不作"理念的发酵。个体置身历史，只能讲述，不容置喙。诗人内心的真实遭际，无须关注。但这是诗歌，如何能只当历史？如何能不让它发出独特的声音？

阅读某类诗歌，其实就是有意识地辨别某种声音。因其独特，我们可以想象那是怎样一个人，怎样一些际遇，包括他的身份印记、外貌特征及独特经历。当声音变得熟悉，我们倾听他，就可以在另一个时空与他交接。我们回应此种声音，此种召唤。

我们可以对某种声音无动于衷，但从不中立。声音将我们带入与说话者的多重关系中。那些生疏的声音变得不再陌生，我们亦多了对这个世界的了解和认知，就像我们多了几重别样的人生。

对阅读者、聆听者而言，声音有其自身特性，决定了我们如何听到。我们可以感知并命名那种声音的音调变化、语速、措辞、音高及其特殊表达习惯。但当声音融合在特定语境中，且与其所表达的内容合而为一时，我们就必须通过认知来剥离它。这就是我们今日的阐释。我们置身其中，细加辨别，试图捕捉那种具有高度标识性的声音。在此路径中，声音作为特定言说，要求识别，我们认出它，并与它所代表的那个世界发生连接，这就是我们整个的阅读。

那些久远的乐章，并不承诺一定会告知我们什么。但那些独特的声音，本就呈现一种自由言说的状态。他在他的时代，有所感知，不能不言。我们亦分享他的此种惊奇。所谓赤子之心，便是与人共享。我们假设诗人置身原初，并不能确知他的当下。他只是急于表达，想要被听到。他因而获得自由。精神的餍足让他尽享那一美好时光。他不愿出离，我们亦愿意陪他一起做梦，哪怕是噩梦。在此进程中，他的精神达到某种平衡，得到某种满足。他无法承诺我们"哀而不伤"，我们允许他沉湎于某种困顿，就像精神之避难。伟大的诗歌，向来与伟大的读者合谋。承认此种合谋并无损诗歌本身的伟大。那种简单的对等，只是伦理学与简单美学的调和。我们无意于此。我们更愿听到那些独特有趣、是从人的心灵发出的声音。

如果特定诗人的声音被汇入共同声音，成为和声，一旦剥离，便荡然无存。那么，作为优秀的阅读者、阐释者，就有义务让这种声音重现。就像归还他原有身份。此种阅读对于拥有自己独特声音和身份的阐释者，的确构成威胁。个体声音被无意识听到，此种听到必然超越共享语言。声音的存在，本身就构成不同的谈话维度。如果我们不断抹杀特定声音的独特性，让它汇入共同声音，我们如何能够知道，那种声音需要被听到，那个人我们渴望遇到。我们与他是如此相同，遭逢又如此不同。此种同与不同，正是我们熟悉的人性、人情。我们何尝是在重构他们的生活，我们其实在共建我们共同的未来。他们邀请我们加入，我们传达他们的信息。这就是我们今日的阐释者或解诗者所必然面对的历史任务。

伟大的诗歌阐释不是颠覆性的，它的独立价值教会我们以不同方式听到某种声音。这种声音相对于诗歌在历史沿革中所沉淀下来的那种声音，不一定真实，不一定原初。它更可能是结合了阐释者个体生命经验之后的再创造，再发声。但因此种发声，诗歌在新的时代、新的语境中，又重新获取生命。阐释者与真实历史中的诗人的关系，犹如伟大的剧作家与其剧本角色。来自同一文学传统的阐释，必然剥夺原作诗人可能有的其他声音。那么作为再阐释再阅读者,就有必要去寻求在他听来一贯的声音。这种声音既不是来自阐释者,也不能是某种阅读预设,只是老老实实去读,去寻找文本中的那个特定声音。特定声音必然携带所有的人性及其变化。我们必须允许它自由发声。它说了什么,没说什么,我们不能自由添加。我们可以收集那些我们热爱的声音,但不能替它发声。我们只是在收集中形成自己的声音。每一种过分地强调,都预示着某种缺乏。我们可以在此缺乏中,细微辨别作者的喜好,知道他的切身关注,犹如知道我们自己。

　　一首诗,可能会表达太多东西,表现不同态度,却不一定会下任何结论。就像知己间的对谈,只是倾诉,并不一定要求回应。诗歌本身,就是邀约你加入,给你以启示,无须你赞同。说到底,它只是一种宣泄,只是一首诗。我们无须要求太多。就像这世间,不会千人同面。就像那遥远的声音,我们愿意听到。

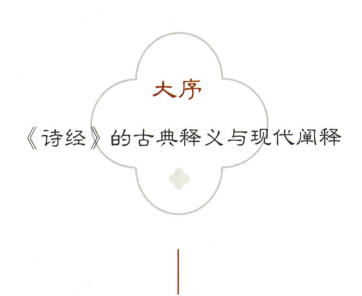

大序
《诗经》的古典释义与现代阐释

朱光潜先生在《诗论》中有言:"每种艺术都用一种媒介,都有一个规范,驾驭媒介和迁就规范在起始时都有若干困难。但是艺术的乐趣就在于征服这种困难之外还有余裕,还能带几分游戏态度任意纵横挥扫,使作品显得异趣横生。这是由限制中争得的自由,由规则中溢出的生气,艺术使人留恋的也就在此。"

面对《诗经》,我感兴趣的是:

一、《诗经》的限制与规范是如何形成的?它又是如何在此种限制中争得自由?

二、《诗经》的自由与生气存在于哪里?即它是如何由规则中溢出生气的?

显然,面对第一个层面的问题,我们需通过《诗经》的古典释义老老实实进行解答。看看《诗经》在当时的历史语境下,究竟要表达什么,又是怎样表达的,它在形式的束手束脚中,是如何让意义旁逸,以致后世解诗者总无由叹出"诗无达诂"的强烈感慨。

当然,面对《诗经》丰富浩繁的解经史,我们在仓皇喟叹的同时,不能不思考它于我们当下的意义。或者说,在今日语境下,我们该如何勃发它的生机?所谓经典,毕竟不存在于它久经风雨的过去。无论它曾经是怎样的激越昂扬,振聋发聩,我们也无法复制它所存活的任何一个当下。我们所能做的,就只能是老老实实,以我们今日之心去揣度它。通过此种揣度、阅读或对话，我们在打通时空的同时，更冀望它指导我们当下的阅读与生活。这即为《诗经》的当下意义，或我们有可能对它进行的现代阐释。

就此，我的古典释义部分，是按照《诗经》的自然框架，以"风、雅、颂"为中心，秉承"赋、比、兴"传统，依次对《诗经》三百篇进行解读。这种解读基于惯有的注释训诂，但不依傍于任何一家的经传体例，是尽可能圆融各家之说，使解读既免于望文生义，又能生动还原其可能语境与真实语境之下意义的穿插与回望。显然，此种解读又难免为自己的当下揣度。事实上，这种现代阐释，在充分调动阅读主体的各种感知器官的同时，正是应用现代人的社会学、心理学、符号学、语义学、历史学、哲学、诗学以及美学的可能指涉、方法，尽可能全面地诠释《诗经》的语义密码，以带给现代人当下的启示与感悟。说到底，经典的现代阐释，正存在于对其进行每一个古典释义的当下。

同时，为了便于阅读，在不打乱阅读节奏与阅读情兴的前提下，我会在正文中适当标识一些古典释义部分。就像我们与书中人物相遇，我们让他自己出来说话。但我们一定要明白，我们的整个阅读，都是整体沉浸的，是全身心地投入、思考、感知、聆听、叩问、作答，是思绪与情境的高度契合。感知世事纷纷扰扰，心境无限澄明。起初是与文本对话，与作者对话，然后就听到书中人物的召唤，感知他的世界，与他亲切交谈。回应他的每一点悸动，在不同时空穿梭徐行，亦与不同时空的自己相遇。感知自己的深心恐惧，慢慢安抚激励自己。人类精神的宏阔与辽远，由此尽显。我们义无反顾前行，在最寥廓的场域，我们彼此倾心。我们絮絮叨叨，说尽寂寞。就像那遥远的声音，我们已经听到。

目录

总序：那遥远的声音	2
大序：《诗经》的古典释义与现代阐释	1
第一部分 十五国风：众声喧哗及回归于一	2
周南	3
小序：《关雎》的开宗明义及"永以为好"的可能解读	3
《葛覃》：维叶萋萋	9
《卷耳》：置彼周行	11
《樛木》：福履绥之	13
《螽斯》：振振兮	14
《桃夭》：宜其室家	16
《兔罝》：公侯干城	18
《芣苢》：薄言有之	19
《汉广》：不可求思	20
《汝坟》：惄如调饥	23
《麟之趾》：于嗟麟兮	25
召南	26
《鹊巢》：百两御之	26

《采蘩》：公侯之事　　　　　　　　27
《草虫》：忧心忡忡　　　　　　　　29
《采蘋》：于彼行潦　　　　　　　　31
《甘棠》：召伯所茇　　　　　　　　32
《行露》：谓行多露　　　　　　　　33
《羔羊》：委蛇委蛇　　　　　　　　35
《殷其雷》：莫敢或遑　　　　　　　36
《摽有梅》：迨其吉兮　　　　　　　37
《小星》：夙夜在公　　　　　　　　38
《江有汜》：其后也悔　　　　　　　39
《野有死麕》：吉士诱之　　　　　　40
《何彼襛矣》：王姬之车　　　　　　42
《驺虞》：于嗟乎驺虞　　　　　　　43

邶风　　　　　　　　　　　　　　44

《柏舟》：如有隐忧　　　　　　　　44
《绿衣》：曷维其已　　　　　　　　46
《燕燕》：远送于野　　　　　　　　47
《日月》：逝不古处　　　　　　　　49
《终风》：中心是悼　　　　　　　　51
《击鼓》：我独南行　　　　　　　　52
《凯风》：母氏劬劳　　　　　　　　53
《雄雉》：自诒伊阻　　　　　　　　55
《匏有苦叶》：深则厉，浅则揭　　　56
《谷风》：不宜有怒　　　　　　　　58
《式微》：胡为乎中露　　　　　　　60
《旄丘》：何多日也　　　　　　　　61

《简兮》：在前上处 62
《泉水》：靡日不思 64
《北门》：莫知我艰 65
《北风》：携手同行 66
《静女》：搔首踟蹰 67
《新台》：蘧篨不鲜 68
《二子乘舟》：中心养养 69

鄘风 70

《柏舟》：实维我仪 70
《墙有茨》：不可道也 71
《君子偕老》：如山如河 72
《桑中》：美孟姜矣 74
《鹑之奔奔》：我以为兄 75
《定之方中》：作于楚室 76
《蝃蝀》：远父母兄弟 77
《相鼠》：不死何为 78
《干旄》：良马四之 79
《载驰》：言至于漕 80

卫风 82

《淇奥》：如切如磋 82
《考槃》：永矢弗谖 83
《硕人》：卫侯之妻 84
《氓》：来即我谋 86
《竹竿》：远莫致之 89
《芄兰》：能不我知 90

《河广》：跂予望之　　　　　　　91

《伯兮》：为王前驱　　　　　　　92

《有狐》：之子无裳　　　　　　　93

《木瓜》：永以为好　　　　　　　94

王风　　　　　　　　　　　　　96

《黍离》：中心摇摇　　　　　　　96

《君子于役》：不知其期　　　　　97

《君子阳阳》：其乐只且　　　　　98

《扬之水》：不与我戍申　　　　　99

《中谷有蓷》：嘅其叹矣　　　　　100

《兔爰》：我生之初，尚无为　　　101

《葛藟》：谓他人父　　　　　　　101

《采葛》：如三秋兮　　　　　　　102

《大车》：畏子不敢　　　　　　　103

《丘中有麻》：将其来施施　　　　104

郑风　　　　　　　　　　　　　106

《缁衣》：适子之馆　　　　　　　106

《将仲子》：畏我父母　　　　　　107

《叔于田》：不如叔也　　　　　　108

《大叔于田》：两骖如舞　　　　　109

《清人》：河上乎翱翔　　　　　　110

《羔裘》：舍命不渝　　　　　　　111

《遵大路》：不寁故也　　　　　　112

《女曰鸡鸣》：明星有烂　　　　　113

《有女同车》：佩玉琼琚　　　　　114

《山有扶苏》：乃见狂且	115
《萚兮》：倡予和女	116
《狡童》：使我不能餐兮	117
《褰裳》：岂无他人	118
《丰》：悔予不送兮	119
《东门之墠》：其人甚远	120
《风雨》：云胡不喜	121
《子衿》：子宁不嗣音	122
《扬之水》：维予与女	123
《出其东门》：匪我思存	124
《野有蔓草》：清扬婉兮	125
《溱洧》：方秉蕳兮	125

齐风 127

《鸡鸣》：苍蝇之声	127
《还》：揖我谓我儇兮	128
《著》：俟我于著乎	129
《东方之日》：在我室兮	130
《东方未明》：自公召之	131
《南山》：齐子由归	132
《甫田》：劳心忉忉	133
《卢令》：其人美且仁	134
《敝笱》：其从如云	135
《载驱》：齐子发夕	136
《猗嗟》：美目扬兮	137

魏风   139

   《葛屦》：可以缝裳   139

   《汾沮洳》：美无度   140

   《园有桃》：我歌且谣   141

   《陟岵》：夙夜无已   142

   《十亩之间》：行与子还   143

   《伐檀》：河水清且涟猗   144

   《硕鼠》：莫我肯顾   146

唐风   148

   《蟋蟀》：日月其除   148

   《山有枢》：弗曳弗娄   149

   《扬之水》：从子于沃   151

   《椒聊》：硕大无朋   152

   《绸缪》：见此良人   153

   《杕杜》：岂无他人   154

   《羔裘》：维子之故   155

   《鸨羽》：不能蓺稷黍   155

   《无衣》：安且吉兮   157

   《有杕之杜》：噬肯适我   158

   《葛生》：谁与独处   159

   《采苓》：苟亦无信   160

秦风   162

   《车邻》：寺人之令   162

   《驷驖》：从公于狩   163

   《小戎》：温其如玉   164

《蒹葭》：在水一方	166
《终南》：锦衣狐裘	167
《黄鸟》：子车奄息	168
《晨风》：忧心钦钦	169
《无衣》：修我戈矛	171
《渭阳》：路车乘黄	172
《权舆》：不承权舆	173

陈风　　　　　　　　　　　　　174

《宛丘》：而无望兮	174
《东门之枌》：婆娑其下	175
《衡门》：可以乐饥	175
《东门之池》：可与晤歌	176
《东门之杨》：明星煌煌	177
《墓门》：国人知之	178
《防有鹊巢》：心焉忉忉	179
《月出》：劳心悄兮	180
《株林》：从夏南	180
《泽陂》：伤如之何	181

桧风　　　　　　　　　　　　　183

《羔裘》：劳心忉忉	183
《素冠》：劳心慱慱	184
《隰有苌楚》：乐子之无知	185
《匪风》：中心怛兮	186

曹风 188

《蜉蝣》：於我归处　　　　　　　188
《候人》：三百赤芾　　　　　　　189
《鸤鸠》：其仪一兮　　　　　　　190
《下泉》：念彼周京　　　　　　　191

豳风 192

《七月》：何以卒岁　　　　　　　192
《鸱鸮》：无毁我室　　　　　　　199
《东山》：零雨其蒙　　　　　　　200
《破斧》：四国是皇　　　　　　　203
《伐柯》：匪媒不得　　　　　　　204
《九罭》：衮衣绣裳　　　　　　　205
《狼跋》：赤舄几几　　　　　　　206

第二部分　雅：悦神与悦人　　208

小雅 209

《鹿鸣》：鼓瑟吹笙　　　　　　　209
《四牡》：王事靡盬　　　　　　　210
《皇皇者华》：每怀靡及　　　　　212
《常棣》：莫如兄弟　　　　　　　213
《伐木》：迁于乔木　　　　　　　215
《天保》：何福不除　　　　　　　216
《采薇》：岁亦莫止　　　　　　　218
《出车》：谓我来矣　　　　　　　220

《杕杜》：继嗣我日	222
《鱼丽》：旨且多	223
《南有嘉鱼》：式燕以乐	225
《南山有台》：邦家之基	226
《蓼萧》：我心写兮	228
《湛露》：不醉无归	229
《彤弓》：中心贶之	230
《菁菁者莪》：乐且有仪	231
《六月》：载是常服	232
《采芑》：其车三千	234
《车攻》：驾言徂东	236
《吉日》：四牡孔阜	237
《鸿雁》：劬劳于野	238
《庭燎》：鸾声将将	239
《沔水》：载飞载止	240
《鹤鸣》：或在于渚	241
《祈父》：靡所止居	242
《白驹》：以永今朝	243
《黄鸟》：不我肯穀	244
《我行其野》：言就尔居	245
《斯干》：如松茂矣	247
《无羊》：九十其犉	249
《节南山》：民具尔瞻	251
《正月》：亦孔之将	253
《十月之交》：亦孔之丑	257
《雨无正》：斩伐四国	259
《小旻》：何日斯沮	261

《小宛》：念昔先人 263
《小弁》：我独于罹 264
《巧言》：乱如此怃 267
《何人斯》：不入我门 269
《巷伯》：亦已大甚 270
《谷风》：维予与女 272
《蓼莪》：生我劬劳 273
《大东》：其直如矢 274
《四月》：胡宁忍予 277
《北山》：朝夕从事 279
《无将大车》：祇自疧兮 280
《小明》：至于艽野 281
《鼓钟》：怀允不忘 283
《楚茨》：我蓺黍稷 284
《信南山》：曾孙田之 287
《甫田》：食我农人 288
《大田》：俶载南亩 290
《瞻彼洛矣》：福禄如茨 291
《裳裳者华》：我心写兮 292
《桑扈》：受天之祜 293
《鸳鸯》：福禄宜之 294
《頍弁》：兄弟匪他 295
《车舝》：德音来括 297
《青蝇》：无信谗言 298
《宾之初筵》：殽核维旅 300
《鱼藻》：岂乐饮酒 302
《采菽》：何锡予之 303

《角弓》：无胥远矣　　　　　　　　　305

《菀柳》：无自昵焉　　　　　　　　　306

《都人士》：出言有章　　　　　　　　307

《采绿》：薄言归沐　　　　　　　　　308

《黍苗》：召伯劳之　　　　　　　　　310

《隰桑》：其乐如何　　　　　　　　　311

《白华》：俾我独兮　　　　　　　　　312

《绵蛮》：我劳如何　　　　　　　　　314

《瓠叶》：酌言尝之　　　　　　　　　315

《渐渐之石》：维其劳矣　　　　　　　316

《苕之华》：维其伤矣　　　　　　　　317

《何草不黄》：经营四方　　　　　　　318

大雅　　　　　　　　　　　　　　　319

《文王》：其命维新　　　　　　　　　319

《大明》：不易维王　　　　　　　　　321

《绵》：自土沮漆　　　　　　　　　　324

《棫朴》：左右趣之　　　　　　　　　327

《旱麓》：干禄岂弟　　　　　　　　　328

《思齐》：京室之妇　　　　　　　　　330

《皇矣》：求民之莫　　　　　　　　　331

《灵台》：不日成之　　　　　　　　　335

《下武》：王配于京　　　　　　　　　336

《文王有声》：遹观厥成　　　　　　　338

《生民》：克禋克祀　　　　　　　　　339

《行苇》：维叶泥泥　　　　　　　　　342

《既醉》：介尔景福　　　　　　　　　344

《凫鹥》：尔肴既馨	346
《假乐》：受禄于天	348
《公刘》：匪居匪康	349
《泂酌》：民之父母	351
《卷阿》：来游来歌	352
《民劳》：以绥四方	354
《板》：为犹不远	355
《荡》：其命多辟	358
《抑》：靡哲不愚	360
《桑柔》：瘼此下民	363
《云汉》：何辜今之人	367
《崧高》：生甫及申	369
《烝民》：好是懿德	372
《韩奕》：王亲命之	374
《江汉》：淮夷来求	376
《常武》：大师皇父	378
《瞻卬》：降此大厉	380
《召旻》：民卒流亡	382

第三部分 颂：天子乐与百姓情　　386

周颂　　387

《清庙》：秉文之德	387
《维天之命》：文王之德之纯	388
《维清》：维周之祯	388
《烈文》：子孙保之	389

《天作》：文王康之　　　　　　　　389

《昊天有成命》：夙夜基命宥密　　　390

《我将》：日靖四方　　　　　　　　391

《时迈》：莫不震叠　　　　　　　　392

《执竞》：上帝是皇　　　　　　　　393

《思文》：莫匪尔极　　　　　　　　394

《臣工》：来咨来茹　　　　　　　　394

《噫嘻》：播厥百谷　　　　　　　　395

《振鹭》：亦有斯容　　　　　　　　396

《丰年》：烝畀祖妣　　　　　　　　397

《有瞽》：崇牙树羽　　　　　　　　398

《潜》：鲦鲿鰋鲤　　　　　　　　　399

《雍》：天子穆穆　　　　　　　　　400

《载见》：和铃央央　　　　　　　　401

《有客》：敦琢其旅　　　　　　　　402

《武》：克开厥后　　　　　　　　　403

《闵予小子》：永世克孝　　　　　　403

《访落》：朕未有艾　　　　　　　　404

《敬之》：日监在兹　　　　　　　　405

《小毖》：自求辛螫　　　　　　　　405

《载芟》：徂隰徂畛　　　　　　　　406

《良耜》：实函斯活　　　　　　　　407

《丝衣》：自羊徂牛　　　　　　　　409

《酌》：是用大介　　　　　　　　　409

《桓》：桓桓武王　　　　　　　　　410

《赉》：我徂维求定　　　　　　　　411

《般》：允犹翕河　　　　　　　　　411

鲁颂 413

《驷》：以车彭彭 413

《有駜》：在公明明 415

《泮水》：言观其旂 416

《閟宫》：其德不回 419

商颂 423

《那》：衎我烈祖 423

《烈祖》：及尔斯所 424

《玄鸟》：正域彼四方 425

《长发》：外大国是疆 426

《殷武》：衰荆之旅 428

后记 430

参考文献 432

第一部分 ❀

十五国风：众声喧哗及回归于一

国风，指先秦时期流行于各诸侯国的地方音乐，是相对于周王朝统治地区的正乐、雅乐的民间乐调。说是乐调，其实更可能是某种声音。就像当初众声喧哗中，恰好记录了这样的声音。我们不知这种声音在转换成文本或统一为儒家经典的同时，究竟做过哪些处理，但我们可以大致认定，十五国风中的周南、召南不是诸侯国，而是周公和召公的两个统治区域。

【周南】

周南，周是地名（一说国名），在雍州岐山之阳，南指周以南之地，是周公姬旦的封地，即今河南西南部及湖北西北部一带。方玉润《诗经原始》有言："窃谓南者，周以南之地也。大略所采诗皆周南诗多，故命之曰周南。何以知其然耶？周之西为犬戎，北为豳，东则列国，惟南最广，而及乎江汉之间。"也即周南十一篇，召南十四篇，是十五国风中，最有可能发生在南方，也最有可能带有异域风情且对《楚辞》产生深远影响的作品。事实上，周南与召南作为周王朝的两个不完全统治区，似乎先天就具备产生其他文化的特质。本部分所要探究的，就是以周南、召南为代表的南方文化，在不同于中原文明、黄河流域文明的同时，又是如何被纳入整个民族文化的发展体系，成为今天我们所能听到的《诗经》中最响亮悦耳的声音，甚至代表其至美的文学典范及整体的抒情范式，成为《诗经》中的最高审美标准的。

小序：《关雎》的开宗明义及"永以为好"的可能解读

我们无法确知《诗经》各篇的产生年代，无法确知《诗经》各篇具体在诉求什么，吟咏什么，但我们可以确知《诗经》的组合、编撰及其最后成书成经必有其内在的规律或约定俗成的认定准则。正如读者面对《诗经》时所必然会有的阅读期待与经典范例。说到底，作为儒家经典，《诗经》不只应具有经学上的道德规范，更应具有诗学美学上的独异品性，或就是作为诗教之可能的文学性、审美性。此即我们这部作品的着力之处。亦是我们以下所有解读的可能垂范之意。就此，我们以《关雎》为例，做具体解读，并以此作序，开启后篇。

面对《关雎》，我的问题是：

1.《关雎》作为三百篇之首，有没有为全篇定调？或者说，它该传达给我们怎样的意绪？我们是否可以由此想象并圈定《诗经》的歌咏范围？

2.该篇选自《周南》，是否具有地方特色？或者说，它的地域色彩明显吗？以它为代表的"周南""召南"的存在，会不会使得《诗经》整体风格不统一，以至于成为《诗经》中的异类？

3.此篇之"君子"是否特指贵族青年？其他阶层的男子也有此种情感的流露或诉求吗？

4. 是"求之不得"只能寄托于想象的爱恋吗？

5. 经学家咏"后妃之德"固不足道，但产生此种解读的话语体系又是如何形成并长期运作的？

6. 孔子"《关雎》，乐而不淫，哀而不伤"的评定可靠吗？此种表述和经学家的"后妃之德"，何为表，何为里？

7. 此篇的"比兴"之体，单单是为爱情主题服务吗？"比兴"之外，是否还有理趣？或者说该篇是否能够上升到一定的理想、信仰层面？

其实，上面所有问题，可归结为一问：《关雎》表达的内容仅仅是爱情主题吗？显然，主题的确定或可能性，能解决上面所有问题。本文即着力于此，对其进行古典释义与现代阐释，以期在今日层面上更好地了解其深刻内涵和美学品质。具体步骤如下。

我们先对《关雎》做文本细读，看看能不能在细读中解决上述问题。

关关雎鸠，在河之洲。窈窕淑女，君子好逑。

"关关"，鸟儿彼此和鸣声。未见其鸟，先闻其声，或者叫先声夺人。我们只从这对叠词的字形、发声看，就觉得它应该是一种简单、亲切，又非常悦耳、动听的声音。这有可能是抒情主人公的当下情境：听到鸟儿欢叫，心悦之，循声寻找，果然在水中小洲上发现了一对相亲相爱的鸟儿。为什么是"一对"？相传"雎鸠"雌雄相依、情义专一。故此刻即便有成群的鸟儿在欢叫，我们也只认为它是唱给它亲爱的另一只的。也正因此，有了下面两句"窈窕淑女，君子好逑"：我所心心念念的她，应是"窈窕淑女"。这个"窈窕"耐人寻味。今日我们对它的理解，或者对女性审美的"窈窕"之感，似乎只来自它的字形：袅袅娜娜，风行水上，无形中有一种女性之美。简单点，粗俗点，就是要瘦，要身材好。这是今日女性审美的基本前提。但古汉语中的"窈窕"二字，却大有讲究。杨雄曾言：美心为窈，美状为窕。王肃云：善心为窈，美容为窕。不管古人究竟以何为好，以何为美，我们能肯定的是，他们都在强调一种内心的良善，或者是道德美、品质美。再加上后面毋庸置疑的"淑"之美善，那真是把这种心灵的美、内在的美扩展到极致。也正因此，这样的女子，才是世间最美好的存在。而只有这样的美好，才配得上君子或像我这样有德行有修养的人。这可能是男主人公的当下境况，更可能是一种自我期许，或者就是他的审美标准、道德信仰。我们来看这个"逑"字，除伙伴、配偶之外，我们为什么不能把它当作一种理想的存在，一种值得我们不息追求的美好愿景？

就此，我们重新来审视这起首两句的修辞："关关雎鸠，在河之洲"，毋庸置疑，这么多年来，人们都把它看作是兴句，同时又有比的意味，借以引出后面的"窈窕淑女"。似乎"雎鸠"只是他物，而后面的"淑女配君子"才是所咏之题。那么，我们可不可以反其意用之，我们认为："关关雎鸠，在河之洲"才是整篇乃至整本《诗经》的歌咏对象。美好事物的存在，虽然不在眼前，但永存于我们心中，且值得我们不息追求，即"永以为好"。此种感觉或信念，源于我们的日常经验，因为此种雌雄相依从一而终的鸟儿确实存在，就在水中，就在小洲上。由此，自然引起我们的追慕企羡。而我们此刻最能想到的人世间的美好，恐怕就是那与我们匹配的人儿。

顺着这个思路，接下来的两句"窈窕淑女，君子好逑"，就不仅落实了前面的美好或追慕。更在说明，这，仅是人世间诸多美好的一种。说到底，所谓"窈窕淑女"在此语境中，其实就是在进一步解读前面的那种美好。而"君子好逑"就是所有语意在句中的落脚点，或者就是整个文本的语义中心。这起首四句，本身就是互文。"窈窕淑女"，不只作为君子的好"逑"而存在，更是对前面所暗示的何以为美、何以为好的最高评价：即形神俱美、俱好，或内外统一的美、好。就此，我们是否可以这样认为：该篇主题并非仅仅是求偶，而应是对世间所有美好事物的热爱、追慕与求索。求偶、恋爱只是它的"形"，它的"壳"，借助于这种表象，它真正要生发的，其实是那种内在的对美好生活、理想人格的追求，即"关关雎鸠，在河之洲"的执念。而这，才应是整本《诗经》的纲领所在、吟咏范围，或者说是精神气质、传世的动力与意义。说到底就是"核"，就是后世所说的风骨。试想，在那样一个书写极度艰难的时代，我们祖先若不是为了保留他们的这种内在的精神活动，这种对美好生活的企羡，对人类精神所能达到高度的不息求索，怎么会反反复复地这样世代咏唱或抒写？而今日的我们，所能做的，恐怕仍是重新认识、激发且传递它。毕竟经典的存在，不仅在于它的过去，更在于在现在以致未来勃发它的新生命。这也是两千多年前，孔子的"述而不作"在今日的应有之义。

以上为该篇的第一乐章，概括来说，就是由眼前现实所见、所想的美好，自然过渡到梦境、理想中对美好事物的追求。下面就该具体展开求索过程。自然也是顺着君子追求淑女的自然流程展开。然而，我们突然发现，她与我，不只有现实的距离，更有心灵的阻隔。甚至可以说，此刻，她根本不知道我的存在，更无法感知我的热情，我该怎么办？

参差荇菜，左右流之。窈窕淑女，寤寐求之。

前两句，再次做比，同时起兴。同样既可以是眼前所见，亦有可能是心中所想。眼前所见者，契合前面所托出的水中小洲、鸟儿和鸣的人间胜境。但此刻的情感基调却明显发生变化。若前面是自然、永恒、欢欣的，那么，此刻应有了很多的不确定。且看这"荇菜"是如此参差不齐，随水漂流，我对它的采摘肯定会非常艰难，甚至盲目。亦如我思念的她，根本不知道我的存在，我对她的想念就像梦幻泡影，我的一切努力很可能就是徒劳。也正因此，主人公突然心生迷离恍惚之感。的确，美好的事物，总是乍隐还现，欲走还留，总是值得我们不息求索，日思夜想。它在眼前，更在梦中。难以求索，悲哀莫名。此即孔夫子所谓的"哀"。我们再看下文，看看作者究竟有没有绝望，有没有"伤"。

这几句，同样是由眼前现实到理想、梦境。在此过程中，作者同样为我们营造了如梦如幻的审美境界，我们随之迷思、恍惚，却又苦痛愁闷、忧心如焚。但是，毕竟有了目标，有了努力的方向，我们看主人公如何逾越。

求之不得，寤寐思服。悠哉悠哉，辗转反侧。

此几句，由"求"引发，详写"求之不得"的苦痛、悲哀。句子、语词重复的同时，情感也得到强化。"悠哉悠哉"不只极写时日漫长，忧心如焚，更有一种心身俱困、坚贞不渝的狂想与迷思。如果说前面的"窈窕淑女，寤寐求之"还在给我们营造梦境，那么，眼前这几句却已回归现实，概括呈现梦想变为现实的道路，何其远，何其苦！而情绪也随之变得低回、郁积。该章的韵脚也很有特色，"得""服""侧"的入声叶韵，于情感上同样让我们产生嘶咽难言之感。或者说，它的音和义就是同步的。而诗句的意义也正是在这种自然的咏叹屏息中产生。我们再看下一乐章：

参差荇菜，左右采之。窈窕淑女，琴瑟友之。

这一乐章的前两句，再次做比，借物起兴。在语意重复的同时，我们亦看到情感振起的可能。前之"流"，此之"采"，虽简单变换，我们却在时间延续、空间转换的同时，明显感受到后种行为的简单、有效。"采"说到底要比"流"更有目的性，更具主动性。看来，作者在追求美好的路途中，终于摸索到了规律，终于要得其门而入。换了"君子淑女"的语境，就是我对她的情谊，她已知晓，且已回应。我们就像那彼此相和的鸟儿,已是你有情来我有意。"琴瑟"作为古典乐器,自然是浅弹低应、曲意深幽,但加一"友"字,我们突然就觉得此种情意已纷纭蒸腾,奔流不息,甚至久久缠绕不忍散去。我们突然明白,古典诗学中所指的诗歌最高境界——以瞬间达到永恒,此刻已然应验。

　　这一乐章,应该是写爱情的成熟或理想的丰满。是的,我对她的追慕一如既往,然而,我只能用最适合她的方式让她知晓。为了和她匹配,我必得提升自我,跟上她的节奏。李义山的"锦瑟无端五十弦",亦可佐证此种情感的珍贵与瞬间的难以把握。可见,理想与现实,我与她,自古以来,就是一种艰难的遇合。这是理想求索的过程,更是自我精进之路。因其目标专一,因而感人至深。终于,我们感觉到了,且已不再是抒情者的独奏或狂舞,而是由另一方不断加入,并最终形成非常和谐的二重奏、双人舞。情深义重,灵犀点点。我们所能想到的人世间的美好,或已呈现。接下来,主人公应是要急不可耐地分享这人生的盛况:

参差荇菜,左右芼之。窈窕淑女,钟鼓乐之。

　　前两句,再次重复,呼应上两章的同时,似乎已昭示我们:理想终于实现,人生真已圆满。是的,总有那么一天,我会到达她的小洲,与她相遇,我们会成为天底下最幸福的那对。此为"芼"之意,亦为"乐"之遇,更是我对这个世界的宣言:永以为好。也即生生世世,我们都在追求美好,并将成就美好。最后一章在承接、呼应前面乐章的同时,再次直指主题,强化"关关雎鸠,在河之洲"的永恒之感。这样肯定、乐观又积极的情绪与追求,难道不是《关雎》为整部《诗经》奠定的情感基调与价值取向吗?孔夫子的"哀而不伤"由此亦已显现。因为只有希望存在,理想高扬,人类才会生生不息,而我们将永远在此种自我精进与求索的路途中。

就此，我认为：

1.《关雎》所营造的对美好事物的不息追索，对"何以为好"的叩问和反思，对"永以为好"的祝福与期待，正是《诗经》的主旋律，或歌咏范围，或就是人类精神所能达到的最大自由，亦是我们今日研究《诗经》，并以"永以为好"命名此种人类精神的应有之义。

2. 该篇选自国风中的《周南》，除了南方多水多琦思外，它所描摹的种种情感或境界，不分民族、地域，具有共同性，因而能够打动所有阅读者。就此，把它放在三百篇之首，也不会以偏概全，更不会把我们带偏，是一种"何以为好"的典型范例。

3. 至于是否特指贵族青年，则明显是前人误读。此种情感，不分阶层，应是人们普遍的理想追求。我们完全不必因其君子淑女、琴瑟钟鼓这些所谓的阶级地位表征，就对追求者的身份进行设定，以致局限了该诗的深刻内涵和可能引起的审美体验。

4. 前人所谓"求之不得"只能寄托于想象的爱恋也不足道。在现实中，此种求索，哪怕真的没有实现，但在精神层面，不只作者，不只抒情主人公，就是我们读者也经过了这样的精神历险。谁说，理想的实现，美好的感觉，就只能在现实生活中呈现？况且，该篇确实是完整描摹了爱情、理想的求索，以及最后真的实现圆满的过程。

5. 至于经学家本就荒唐的咏"后妃之德"说固然不值得我们讨论，但我们注意到产生此种解读的话语体系不只过去，就是现在也仍然存在。这就是我们最容易犯的道德先行、意识形态论。我们应该了然，对于艺术、对于美，我们绝对不能以自己的主观臆想随意强加它什么主题或什么功用。它的美，它的好，首先应符合艺术形成的机制，以及我们阅读时，美的形成与生发的自然过程。

6. 至于孔子"《关雎》，乐而不淫，哀而不伤"的表述和经学家"后妃之德"的评定，其实无所谓表里，不过是在孔夫子"温柔敦厚"的传统诗学和经学家经世致用思想的主导下，对《关雎》或《诗经》的一种意识化解读或政治化、工具化应用。这是特定时期的行为，但很可能会形成一种思维模式，甚至代替我们的审美，这是需要我们特别警惕的。

7. 最后，我们要回答该篇通篇"比兴"，是否单单为爱情主题章目的问题。当然不是，并且，生活中也并不存在这样单纯的手法。至于该篇，"比兴"之外，是真有理趣，是真已上升到对世间所有美好事物的认定与求索。

但是，由此，我们不能不想到，以《关雎》为代表的"周南""召南"部分，在彰显《诗经》最高思想内涵和艺术成就的同时，就其表现手法或审美品质而言，也是一种异质的存在。我们明显感觉到，若单纯地以《诗经》所谓现实主义表现手法去解读它，很难得其门而入。我们发现诗中有太多缥缈的情绪和美感，执着的追求与叩问。

我们虽不能证明以它为代表的江汉流域文明此时已经成为社会主流文化，甚至已经取代北方传统的中原文明、黄河流域文化，但至少我们看到《诗经》在传播或成书的过程中，一种新的风尚或审美正在形成。就此，我们能不能这样设想，以"周南""召南"为代表的《诗经》中的一些篇章，其实已开启《楚辞》的先河，它预示着南方文明、长江流域文化的到来。它的空灵深透、淑女君子的遇合，事实上已被屈原"香草美人"之喻发展到极致。由此，我们不禁慨叹：历史的长河奔流不息，新的时尚与审美，已在旧有传统或习俗中孕育成长，而我们对美好事物的追求与热望，却始终如一。此为"永以为好"的应有之义，"何以为好"的可能指向，更是《关雎》的开宗明义处。是为序。

《葛覃》：维叶萋萋

此篇的语义中心应是"维叶萋萋"，即表面写眼前植物的繁茂，其实写内心的忧思郁积。

葛之覃兮，施于中谷，维叶萋萋。黄鸟于飞，集于灌木，其鸣喈喈。

"葛"，蔓生植物，纤维可织布。"覃"，动词，拉得长长的。"兮"，虽为语气词，表停顿，此处却有种慢慢说来的味道。"施"，延长，跟前句语意重复。这起篇两句情意缠绵，借景生情，可能是眼前所见，亦可能是心中所想。所见者，此绵延不绝的蔓生植物。所想者，可能是某种纷繁不息的思绪。可究竟是什么？作者没有明说，我们就只能遐想。情感亦随之延续，空间似已转变，或已无限扩大。由物及人，由内到外，故有后面一句"维叶萋萋"。"维"，句首语气词，相当于"那"。"萋萋"，草木繁盛貌。此句写眼前景、心中念，给人的整体感觉是收结上句，开启下句。与其说它是写眼前景看起来如何繁茂壮观，不如说是写心中情如何郁积缠绕。或者说，该句就是以美景写愁思。至于究竟是怎样的思绪，诗人没有明说。

下面是继续作比。"黄鸟"，黄雀、黄莺。"于"，助词，无实意。这后三句充满动感、美感。动者，一飞，一集。飞得其所，落得其地。飞者翩然，落者潇洒。美感，在于那绿叶、黄鸟，在于那上下腾飞，在于那"喈喈和鸣"，更在于那归家之思：鸟儿向往树林，纷纷归巢。这灌木虽不一定就是它们的居家之所，但可暂作停留。它们一家人欢声笑语,正在归家路途,此为好也,亦为我之所愿。其实,到此,我们已然明白,这后三句可能是一种反衬或召唤。以彼此唱和回归的"喈喈"声,反衬虽在中谷,却不得自由的"萋萋"感,更在召唤远游的人儿赶快归家。

此为第一乐章,虽是借物起兴,却是诗意形成、故事开始的阶段。草长莺飞的日子,女主人公自然兴起缠绵悱恻急不可耐的归家之思。而这种思绪亦借助于前后两个排比分说明白。我们看接下来故事如何发展:

葛之覃兮,施于中谷,维叶莫莫。是刈是濩,为絺为绤,服之无斁。

"葛之覃兮,施于中谷",主旋律再起,画面亦再次呈现。此刻,女主人公的心情或感受可用"莫莫"二字来形容。"莫莫"本义亦为"萋萋",也指草木繁盛。但此种繁盛给人之感觉,又明显区别于"萋萋"。若说"萋萋"以其发音自然引起人的凄凉哀怨,那"莫莫"就以其干脆利落而昭示一种态度:"是刈是濩,为絺为绤,服之无斁"。即不管是采摘收割,还是纺织浸染;不管是做成细夏布,还是粗麻布,都没有关系,我都愿尽心竭力。不管怎样的命运,我甘愿承受,我无怨无悔,但我想回家。此刻的女主人公,不只归心似箭,且已付诸行动,而不是上一章的空想。所以,接下来的语句,简直就是斩钉截铁:

言告师氏,言告言归。薄污我私,薄浣我衣。害浣害否,归宁父母。

"言"发语词,无义,但连用三个"言"却让我们感觉行动者的当机立断、急不可耐:马上就去告诉我的管家,跟她说,我要回家。这里的"归"耐人寻味,在传统文化中,女子出嫁到婆家,才叫归。但这里却发出毋庸置疑的"我要回家"声。那么,何谓家?或在女子心中,她最想归的是哪个家?我们来看后篇:"薄污我私,薄浣我衣。害浣害否?归宁父母。""薄"语首助词,其实含有自我激励之意。连用两个薄,简直就是给自己加油:赶快洗,赶快洗,里里外外,内衣外衣,都要洗得干干净净。最后两句更有意思：不管洗完洗不完，我都要回家看我的父母。"害"，不管。"归宁"，已婚妇女回家省亲。至此，我们才发现前面所有铺垫，所有指向，都在这最后一句：我要回家。非常朴实的愿望，又是如此真切。也许，此刻，在女主人心中，"回家"，像葛之施于中谷，黄鸟集于灌木，是最自然的愿望，最美好的想象。她所能想到的最美好的事，莫过于此。

整个篇章，就是在这样一种回环往复中，不断加强回家的意念。我们读者，亦似乎听到远方的召唤。那是我们久远而恍惚的父母的絮语。那是我们心的归宿，梦的港湾。是我们所有身不由己之后最想回归的地方。

《卷耳》：置彼周行

此篇的中心语应是"置彼周行"，即无以排解，弃之不顾却又须臾勿离的哀感。

采采卷耳，不盈顷筐。嗟我怀人，置彼周行。

"采"，动词，采摘。采采连用，强调连续性。不停地采，却没什么效果，甚至装不满一个浅浅的筐子。"顷筐"，浅筐。起首两句借物起兴，引起后面两句，同时也暗示此种行为的徒劳无功及女主人公的无助与哀伤。"嗟我怀人，置彼周行"，这后两句，直接点题，也解释了女主人公前面行为和情感的内在根源。嗟，语助词，可叹，感慨。"我怀人"，我所想念的那个人，他在哪里？"置"，安置，放下。"置彼周行"，表面上接了上句，是说既然这么费劲还采不满，那就干脆不采，干脆把筐子放在大道上。可为什么是大道？她这大半天难道一直在大道上采？难怪采不满。我们在恍然大悟的同时，却不由得顺着她的思绪，猜到了某些过往：原来，当初，他们就是在此作别。想象中，她亲爱的他，热切怀念的他，就是沿着这条大道，渐行渐远，不知所终。于是，我们的视线就不由得随着女主人公一路向前，一直看向那缥缈的远方。恍惚中，我们仿佛听到她亲爱的人儿也在那愁肠郁积，长声浩叹：

　　陟彼崔嵬，我马虺隤。我姑酌彼金罍，维以不永怀。

　　"陟"，登上。"崔嵬"，有众多岩石的高低不平的土山。"虺隤"，腿软，走不动。这两句用赋法，合起来就是：我登上那高高的山坡，我的马儿已经腿软得无法行走。此刻，我们在想，究竟是人不能行，还是马不能行。为什么？怎么办？"我姑酌彼金罍，维以不永怀"，"维"，发语词。"永"，长久地，永远地。合起来就是：我且来喝酒解忧，可我如何能够不想她，如何能够不难受？曹孟德的"何以解忧？唯有杜康"无疑化用此典故。可几百年、上千年之后，李太白的"借酒消愁愁更愁"可就是直接道出此种愁怨。值此，我们不由在想，人类情怀，果然古今同一。

　　这章显然是借对方，或男方远行者的口吻，道出那种无时或忘的伤恋。它不说女子自己是如何的痛，如何的不忍别离，只说想象中对方的不愿别离，高冈回望，借酒消忧。从音乐节奏而言，全章同样四句都押韵，且一韵到底，却是愁思盘结，无法排解。

　　陟彼高冈，我马玄黄。我姑酌彼兕觥，维以不永伤。

　　"高冈"，高高的山冈。"玄黄"，病弱已不成形。无论"高冈"还是"玄黄"，明显地，都比上一章的"崔嵬""虺隤"程度加深，意思显豁。看来这种伤痛已是个体不能承受之重，那该怎么办？"我姑酌彼兕觥，维以不永伤"，再次回到饮酒，且是大量地饮。当然，仍然无济于事，甚至是"永伤"：只要这种离别存在，这种伤痛就永远无法愈合。这章在与上章重章叠句的同时，无形中，已把情绪推向高潮，一切似乎马上就要爆发，那该怎么办？

　　陟彼砠矣，我马瘏矣，我仆痡矣，云何吁矣。

　　"砠"，多土的山。但此"砠"比之前面的"崔嵬""高冈"无疑已是最大的阻碍。他根本无法前行，因而就有后面的马之"瘏"、仆之"痡"。总之，不是我不走，实在是我的马和仆人都病了，没法再走，我也没有办法。但说不走就真能不走？"云何吁矣"，"云"，语助词，表示感慨无奈。"何"，多么、何等。"吁"，忧愁、悲哀。看来一切都是徒劳，不能走也得走。这真的是非常悲哀。而此句亦回应第一乐章的"嗟我怀人"：不是我不想你，不是我不想回去，我也没有办法。人生的不得已与伤离别在此尽现。

　　这一章在与前两章重章叠句的同时，却再次转换口气，它不说男子，只说男子想象中，他的马儿、仆人的悲苦与不愿别离。这种感同身受，人同我心，物我俱悲，表面上是为男子的盘桓不去寻找借口，事实上亦是以此种旁观者、他者的角度，写别离的苦痛与个体的难以承受。到此，诗歌表面的推开、疏解，实质上已把此种哀痛写到极致。但能说什么？理想与现实、愿望与眼前，永远隔山隔水。我们能想到的，就是他们在此种哀痛中，仍然前行。借助诗歌，借助文学或艺术，他们把此种当下的情绪描摹出来，使得千年、再千年之后的我们，仍然能够如此深切地感知他们的苦痛，我们的言说所能达到的最美境界、最高范畴由此呈现。我们亦知晓他们那种永以为好，又难以为好的现实悖谬，以及由此所做的最大可能的语言纾解。

　　就后三章而言：登高望远，远方更远。酒气很大，伤情更浓。前为想念，此刻哀痛。是真正意识到你我之隔，无法超越。人有病，天知否？我的仆人或者说驾车者亦由此生恨，不愿远行，我该怎么办？此种伤感，无法言喻，而愁思却是继续郁积，无以复加。

　　最后一章同样一韵到底，一气呵成，没有喜出望外，反是悲痛欲绝。

　　就此，该篇应是一种言在此、意在彼的玄思与断想。我们所不能排解的离别与愁思就在此种思绪中激荡。而到最后，或许我们亦已像她"置彼周行"般灰心丧气却又不能须臾或停。

《樛木》：福履绥之

　　此篇的中心语应是"福履绥之"，或是对某种人格的盛赞与期许。

　　南有樛木，葛藟累之。乐只君子，福履绥之。

　　"樛木"，树枝盘曲下垂的大树，应类似福建的榕树。或说此树长于南方，不似北方常见之树的挺拔高耸。"葛藟"，一说野葡萄，蔓生植物。或说葛麻，可以织布。但无论是哪种植物，之所以能够攀爬上去，就因为樛木的弯曲下垂，此为累。也可见樛与葛的天生依存关系。由此引起的后两句"乐只君子，福履绥之"，显然才是诗人最想说的。"乐"，快乐，或者说真正的。"绥"，安定、踏实。合之即：一个真正的君子，应像樛木般无私有为，他会福佑或守护他周围的一切。后面两句充满期许，一反起篇两句静态描绘或理想状态中可能会有的一厢情愿或自不量力，而赋予行为主体某种主观意愿，使得整个诗篇洋溢着乐观振作的意绪。以下诗句，正是由此生发：

南有樛木，葛藟荒之。乐只君子，福履将之。

南有樛木，葛藟萦之。乐只君子，福履成之。

这两章，显然是重章叠句，我们来看变的部分：由"累"到"荒"再到"萦"的转换，除了各章叶韵之外，应是强调依靠程度的增强。"荒"，掩盖，不只是前面的依靠，更是一种庇护。"萦"，旋绕，此旋绕看来已是浑然一体，无法分割。而由"绥"的安定，到"将"的扶助，再到"成"的成就，亦是一个安稳富足、不断加强的过程。结论：这样的男子，才是真正的君子，才真正值得依靠。

该篇借物起兴，以物作喻，简单流畅，生动可感。主要目的是呼唤一种大公无私、勇于担当的人格，或即他所谓的君子。而这，才是整个社会前行、人民幸福的动力或希望所在。人们习惯上，又把这篇看作是贺新郎，把樛葛相依比作男女共情，特别是主导男子一方，值得依靠可以托付。也许从它产生的那天起，确实已具备此种功用。但今日的我们读之，显然不只此种意蕴。因为我们深深懂得，此种君子人格，此种造福他人不求回报的品格，无论在哪种社会，哪一个时代，哪一类人群，都弥足珍贵且值得推许。

《螽斯》：振振兮

该篇初读，看似粗俗，但细读，竟见其趣。整个题旨，应是"振振兮"，意即多子多孙，生生不息。

螽斯羽，诜诜兮。宜尔子孙，振振兮。

何为"螽斯"？古汉语中是指蝗虫一类的虫子。这样直译，谁愿意把自己的子孙比作蝗虫！所以，我们这里只取其字形，冬字头下两虫叠加，以此命名，确实可喻很多，生命力很旺，哪怕天寒地冻，照样生养繁殖。无形之中，我们对它已是另眼相看，再加上读音轻灵，我们甚至无法把它往坏处想。也就是说，不管当时人们是否已意识到它是害虫，意识到它的生命同样受生存条件的限制，甚至已有秋后蚂蚱——蹦跶不了几天这样的讥诮，但以此命名时，是真的语带欢喜。我们接着看后面的"羽"，显然是动词，表示飞，或者说，就是以"飞"之姿态呈现整体生命状态，是那样轻盈放松，肆意决绝。它很美，充满各种可能，这就是生命的原初状态。我们不由想到后世的羽化，那应该是出离之后的天人合一。我们不知是否与此有关，但我们确知飞升是人类与生俱来的愿望。当然，由此我们亦看到他们的生死观，似乎生由此，死亦然，同归仙境，顺应而已。此处写意的同时，亦颇具美感。我们就想，当这样的生命呈现，我们是不是已全然忘了它的功用，只是觉得生之欢欣，悠然神往，愿与它共度，愿成为它。这与后世儒家的随意比附怎能一样？而该篇正是以此种手法，瞬间把我们带入生命最可能亦最舒展的状态。后面之"诜诜"，除了众多之意，我们简直怀疑它在直呼：螽斯飞起来的样子，实在太美！你瞧它成群结队无所不在。诗人意之所指，何尝不是人间，那充满希望与可能的未来社会。我们读到此处，亦血脉偾张，情难自抑。当然，要说是"多"也没错，就是对未来生活的深情期许。此处的"兮"，作为语助词，除了表音节的停顿，更是一种惊叹。这样，咏叹者发出下面的感慨才不觉突兀：宜尔子孙，振振兮。"宜"，多，好。"尔"，你的。"振振"，振奋有为，生命勃发。合起来就是：祝福你的子孙后代，也要像螽斯一样，生生不息。这样的解读，哪有什么不适，就是纯粹的欢喜与愉悦。就像老祖宗突然发现自然之中，竟然有这样富有生命力的存在，哪怕被人轻贱，仍肆意张扬。这种自然的欣羡或朴素情感的寄托，不仅激起我们的诸般想象，亦使我们更愿奋力向前。我们不妨继续往下读：

螽斯羽，薨薨兮。宜尔子孙，绳绳兮。
螽斯羽，揖揖兮。宜尔子孙，蛰蛰兮。

这两章，比之第一章，前一句都没变化，显然是主旋律或主体生命的呈现，但后一句，就是不变中的变。我们来看由第一章"诜诜"的飞之众，看起来多，到这里的"薨薨"地群飞、没有章法地飞，听起来多，到"揖揖"有序，甚至彬彬有礼地飞，是不

是一种人类教化，或就是一种秩序的形成？由无序到有序，生命就该这样，独处安然，群居有定。"振振""绳绳"与"蛰蛰"的转变亦类此，"振振"若还是指奋发有为，那"绳绳"显然已有绳之以法或给予教养的意味，"蛰蛰"则是指在此种礼仪教育的规训下，成为一个谦谦君子，成为一个美好的人。这也即螽斯之美，之好，除了其先天的生命力旺盛，更在于其后天的教化美育。或除了生育本身，确有益教化。这应该是先民对于自己家族后代最朴实的愿望、最美好的期待。当然也可说是多子多孙，福禄绵绵。但它的前提，一定是"美"，是"好"，即一种生命状态，内在感召。也因此，后世才会身不由己地去喜欢它，歌咏它。应该说，这才是古典诗学真正应保存或最为珍贵的。

《桃夭》：宜其室家

该篇的中心语应是"宜其室家"，也就是祝福自己的家族兴旺发达。

桃之夭夭，灼灼其华。之子于归，宜其室家。

"夭夭"，正当年华，生命茂盛。"灼灼"，灿烂，鲜艳，桃花怒放貌。无论"夭夭"，还是"灼灼"，都是一种叹赏语气。也就是说，面对生命中这样自然充足的美好，任谁都不会无动于衷。也自然引起主人公及读者的遐想，像桃花这样鲜艳的姑娘，如果把她娶进家门，那该是多么美好的事！"子"，先秦男女不分性别，都可作此称呼。此处的"子"，应特指女子。"之子"，如此女子，这样的女子，自然是指如上描摹的女子。"于归"，出嫁，到了我家，男方家。"宜"，善、好，有益于。合起来就是：这样的女子嫁入男家，一定会让男家兴旺发达。一个"宜"字，真是把此种期待与祝福写到极致，似乎无须多言，毋庸置疑。

这一章前两句借桃花起兴，又以桃花作喻。有可能是抒情主人公的当下情境。在一个山花烂漫的春日，他不期然地看到漫山遍野怒放着的桃花，不由想到自己心爱的姑娘，真如桃花般灿烂。他期待着他们爱情的结晶。或者说他渴望把她娶进门，渴望自家的生生不息。而这，正是此刻他能想到的最幸福的事，即他之所好。当然，也可能是一位未涉世的毛头小伙，在人生最美好的时刻，见到最美好的事物，突然间就青春觉醒，就有了爱情婚恋的自然需求。总之，不管哪种情况，整首诗的情感基调都是喜气洋洋，用作婚宴喜曲毫不奇怪。

桃花之美，可见可想，无须怀疑。但以花喻人，或把桃花作为审美对象、诗歌意象，应从该篇始。桃花之美好多义，后世不断赋予。也就是说，该篇所定义或强调的，是桃之夭夭的生命状态。那么美好自足，又短暂易逝。是否已有惜春之意，我们不得而知。但确实感到吟唱者的迫不及待，或担心此花无人赏的隐忧。后世的"花开堪折直须折"是否由此一路发展而来，我们同样一无所知。我们只是明白，之于该篇，无论是桃花的盛开、结果、根深叶茂，都是自然流程，绝无人为干涉。这应是该篇最动人亦最深刻之处。看到美，我们莫名喜悦，心生向往，愿与之共度，说是齐家也罢，但的确是世间最美的期待，最好的祝福。我们接着往下看：

桃之夭夭，有蕡其实。之子于归，宜其家室。
桃之夭夭，其叶蓁蓁。之子于归，宜其家人。

下面两章，由果实之"蕡"，到叶子之"蓁"，表面是指桃由前面的开花到后面的结果，再到最后一章的根深叶茂的自然流程，其实更预示着这位女子嫁入夫家之后的生育繁殖，兴旺其家。这当然是农耕社会人们对繁衍子孙后代的迫切愿望，也是他们所能想到的关于新嫁或女子的最美想象与最好期待。至于"室家""家室""家人"，除了各章叶韵之外，没有本质变化。当然，为了便于理解，我们也可认为第一乐章的"室家"，亦如"桃之夭夭"给人的整体感觉"灼灼"般，是强调女子出嫁后对整个家族，甚至整个民族的影响，是个非常宏观的概念。至于"家室""家人"，就有些分头来说，对特定家庭而言子孙繁衍的重要性。

习惯上，人们把这篇当作贺新郎之作。我们不能确定从它产生的那天起，就有这样的功用。但至少我们懂得，该篇所洋溢的快乐祝福，的确非常切合男婚女嫁的欢乐场面。同时，我们也可以看到，对于当时女子或整个社会、民族而言，他们的好尚就是如此。这种观念时至今日，应没太大改变。我们当然不能完全肯定或否定此种婚恋或习俗，毕竟幸福的含义并不由此确定。但我们深知，人类社会生生不息，亦如爱美、向好的愿望，古今同一。我们谁不愿自己的生命，如鲜花般怒放。此或为该篇于我们当下的意义。

当然，也有人由此界定《桃夭》与《螽斯》是两种完全不同的审美路径，甚至由此开启以貌取人与不可貌相之分野，似乎忘了"宜其室家"与"宜尔子孙"本质上的相同。说到底，若说"宜"是它们的现实需求，经学本质，那"美"则为他们的生命特征，精神品质。《桃夭》中，传宗接代与生生不息，暗喻于"桃"，犹如桃花朵朵与硕果累累。也即在"宜"与"美"间，物性自然无须多言。而完全不同于《螽斯》中"螽"似丑实美的观照路径。或者说，《螽斯》之美之宜是隐性的，需深究的，哪怕这种隐是出于后人的遮蔽，但《桃夭》之美却可见可想，自然而然。也即经学意义上的"宜"，因为物性或诗学的"美"而先入为主，或合二为一。由此我们就不无诧异，我们对于《螽斯》的接受，更见理性，而非《桃夭》那样的主观直觉。

《兔罝》：公侯干城

该篇的语意中心应是"公侯干城"，也即盛赞那位孔武有力的壮士，期待他保家卫国，文韬武略。

肃肃兔罝，椓之丁丁。赳赳武夫，公侯干城。

"肃肃"，兔网严密貌。"兔罝"，兔网。"椓"，敲打木桩。"丁丁"，敲打木头发出的声音。"赳赳"，器宇轩昂，威武有才貌。"干"，保护，护卫。该章起首两句诉之视觉听觉，看那天罗地网般的兔网，听那敲打木桩的丁丁声，表面上是说兔网，实际上是说布置兔网的那个人，他是那样的专业有力，让读者赞叹的同时又充满期待：究竟是谁？怎么能不为公侯守卫城池？后面两句，就是直接回答此种疑问，语气中同样充满自豪欣慰。

肃肃兔罝，施于中逵。赳赳武夫，公侯好仇。
肃肃兔罝，施于中林。赳赳武夫，公侯腹心。

这两乐章的首句比前一乐章完全没有变化，或者说整个乐章，都以它起篇，它在反复歌咏的同时，我们明显感觉到，此"兔罝"的形象及功用给我们的印象已更为分明。接下来，我们看该怎么接？"施于中逵""施于中林"，这两句是不变中的变。"施"，延展、延伸，或者是人为的设置。即把前面编织严密的捕兔工具"罝"设置在大路上，设置在树林中。"逵"，四通八达的路。"林"，树林，密林。这样简单的变化，不只是为了押韵或协调各章音节，更是时间的延续、空间的转换。在意义层面上，我们亦可看出诗人对于这"肃肃兔罝"般的武夫的欣赏与喜爱。他的了不起，不止于武力，更在机谋。他可以为公侯保卫城池，更可以周行大道或密室共议，做公侯的好伙伴甚至好心腹，即所谓的公侯好仇、公侯腹心。

在传统上解读本文，是咏猎人。我们确实可以看到他的精于狩猎，我们更看到了对他的个人期许。也就是说，诗人不只指望他是一个好的猎人，更指望他能够保家卫国，成为国之栋梁。我们只能说,这种寄望,无论是妻子对丈夫、母亲对儿子,还是单单对一种男性力量与智慧的呼唤,都不为过,更不会过时。

《芣苢》:薄言有之

该篇的语意中心应是"薄言有之",就是期待新生命的孕育。

采采芣苢,薄言采之。采采芣苢,薄言有之。

"采采",采啊采,采个不停,采字连用,表明动作的连续性。"芣苢",车前子,据说是治妇女不孕的。"薄",发语词,有勉励之意。"言",语助词,无实意。"薄言采之",就是使劲地采,加油采,我们由此可以想象采集者间彼此的激励,欢声笑语。后两句"采采芣苢,薄言有之",只换了一个"有"字,表面上意义没什么变化。但此"有"我们是否可以谐音或联想,比如在妇女们的想象中,采摘这么多车前子服用,想怀孕的可以自然怀孕。而新生命的孕育不正是传统社会对女性、对整个族群的最基本期待或最良好祝愿。特别是对那些有生育困难的女子及家庭。由此,我们就不难理解整个篇章中的这种欢欣鼓舞、热闹非凡。它的确应是大伙此刻所能想到的最美好的事,即"永以为好"。所以,这一乐章前后两句由"采"到"有"的变化,从艺术手法或美学效果来看,还真有一种由虚到实的作用。无形之中,就使诗意荡漾,美好延续。

采采芣苢,薄言掇之。采采芣苢,薄言捋之。

这是第二乐章,除了"掇""捋"的变化,其他都是重复。"掇",是捡、拾之意。也就是非常珍惜地把掉在地上的车前子捡起来、拾起来。"捋",从树枝上直接大把大把地抹下来。这个动作好像很急切、很利索。看来这几个字的变化,并不单单是诗经重章叠句中简单的动作变化,它在协调音韵之外,同样加深了采摘者或阅读者对此种采摘行为的赞赏和期许。

采采芣苢,薄言袺之。采采芣苢,薄言襭之。

最后一个乐章,明显是前面所有动作、愿望的持续推进。我们只看简单变化的"袺""襭"两字。从偏旁看,这两个字明显跟衣服有关。那它们的词性是什么?"袺",把它兜在衣襟里。"襭",把它系在衣带上。看来都是动词,只是前面的袺,还离不了手。但褪给人的感觉,好像是这个携带物与携带者已经浑然一体。这个很有意思,也不由再次引起我们的绮想。难道说,此刻,采摘者、歌唱者,甚至还有我们这些阅读者,真的就被这种简单的字形转变,直接带入某种美好的或者就是"永以为好"的境地。可谁又能否认?不得不说,我们的祖先在锤炼字句方面,已达到"大道自然"的最高境界。

这篇其实可以当作语言游戏,就是采摘草药的姑娘们随意地唱、随意地跳,充满谐趣,更充满生活的欢欣。这何尝不是劳动者,或倾心生活者的开心小调。那种你呼我应、三三两两的感觉简直是浑然天成。

《汉广》:不可求思

该篇的语意中心应是"不可求思",就是那种求而不得的缥缈思绪。

南有乔木,不可休思。汉有游女,不可求思。

汉之广矣,不可泳思。江之永矣,不可方思。

起首第一句"南有乔木"可与《樛木》中的起句"南有樛木"作比。这两句同为"南有",我们不确定是否为方位特指,但突然间就有了种邈远的思绪,这是否就是《诗经》之美?我们似乎不管樛木之盘曲环绕与乔木之高大挺拔根本就不是一回事。我们且看它们各自怎样接下句?"南有樛木,葛藟累之。乐只君子,福履绥之"。原来,在此篇中,葛藟作为一种蔓生植物,天然地要和樛木缠绕,要靠樛木生长,而后面的表述重点,似乎也正是为了强调樛木的此种大公无私、舍己为人。那我们看《汉广》中此句怎么接?"南有乔木,不可休思。汉有游女,不可求思",简直是反其意而用之。就如同乔木的高大独立,没法在下面乘凉。汉水上那神出鬼没的女子,如何可能求得?这里的"思"表面上是语助词,无实意,但我们阅读吟咏的同时,已不由得有了沉吟浩叹的意味:真的是没有办法,完全不是我愿不愿努力,愿不愿付出的问题。接下来的两个排比,更把这个意思推到极致:"汉之广矣,不可泳思。江之永矣,不可方思。""广",长。"永",宽。"方",名词动用,乘筏子渡过去。这两句,合起来就是:汉水那么长,怎能游完?江水那么宽,皮筏怎么渡?显然,在当时,就个体而言,这都是力所不及的事。由此就更强化前面的"不可求思"。同时,我们不能不感受到那种烟波浩渺、空无凭藉,而对方又是那样的虚无缥缈、惝恍迷离。而这种可望不可即的愁思让人心神恍惚,莫名哀愁。那么,面对此情此景,我们的当事人、钟情者该怎么办?

翘翘错薪,言刈其楚。之子于归,言秣其马。

汉之广矣,不可泳思。江之永矣,不可方思。

翘翘错薪,言刈其蒌。之子于归,言秣其驹。

汉之广矣,不可泳思。江之永矣,不可方思。

这两个乐章的前面几句，简单变换几个字，后面几句，一字未易，这是典型的重章叠句。我们来看这样组合的各自原因。先看变的，"楚"和"蒌"，都是由前句"翘翘错薪"引起。"翘翘"，高扬貌。"错薪"，长得七长八短的柴草。可这一句和后面的"言刈其楚""言刈其蒌"一接，怎就有一种徒劳地、使劲地砍伐感。"楚"，荆棘。"蒌"，水草。若前者是长在陆地上难以砍伐也难以使用的柴草，那后者显然是长在水中，看着飘摇，实际不适合做柴草的植物。看来主人公的这种砍伐、着力，于情不合，于力不逮。这也正回应了第一乐章的"不可求思"。可这两章，怎就由前面的浩叹、空想，一下转到"错薪"这样实际的行动上？很多解读者认为，这是主人公的当下处境，甚至由此断定他的特定身份，即所谓的"樵夫"，在砍柴之际，面对高山阔水，想起自己那无望的爱情而无意涌起的叹息。

　　当然也可以这样讲。但我们何尝不能做别的解读。比如，在古汉语中，这个"错薪"本来就有做媒、婚嫁之意。这样起篇，怎就不可以仍是作者或主人公的空想。正因为前面的愁思郁积，无由通达。在想象中，他正在寻找这样的好媒人，并且干脆利索地完成了通情达意的行为。也正因此，才接着有了下面两句："之子于归，言秣其马""之子于归，言秣其驹"。意思是这该是多么欢呼雀跃的事。想象中，那个女子要嫁给我了，我刻不容缓地去喂我的马儿，喂我的小马驹，就怕我的美梦破灭。我们姑且不念前面的"楚""蒌"之难砍难伐，就是砍来、伐来，我们也深知它不堪使用。

　　这真是一个莫大的悲剧，而我们心中越有这样的预设，就越明白理想和现实相距遥遥，就越会感同身受地哀悯主人公的此种际遇。也正因此，后面两章重复咏叹"汉之广矣，不可泳思。江之永矣，不可方思"，甚至以它收尾，我们也就不觉重复，且有一种长空浩叹、诸事无着、美好的人儿不能遇到、美好的理想无法实现的无助苍茫感，及此，我们习惯上认为《诗经》"哀而不伤"的情感基调，似乎在这里第一次发生破灭。但奇怪的是，我们读此篇，更多的，并不是此种悲哀或伤痛，而是它所唤起的那种对美好事物的追求和"永以为好"的热望。也许，此即为诗歌的美学品质及精神疗愈。有时候，美、艺术，的确能够消解人世的诸多苦痛。这也可能是几千年来，人们乐此不疲地进行艺术活动、进行美的创造的根本缘由。

《汝坟》：惄如调饥

该篇的语意中心应是"惄如调饥"，也就是不见对方的内心哀怨。

遵彼汝坟，伐其条枚。未见君子，惄如调饥。

"汝"，汝水，源出河南，汇入淮河。"坟"，河堤，比较高大，形似古代的坟墓。其实古人用这个字，也许真有些寄予此河堤为洪水克星的意味。"条"，枝条。"枚"，独立成形的大的枝干。可此篇为什么要以此起笔？单单是比兴？所比之物，与本体究竟是怎样的关系？如此作比，又想生发怎样的内容？看前两句，语义重心应在"汝坟"，可"汝坟"究竟比喻什么？在该篇中，我们能否找到恰当的指涉？我们来看后句，"未见君子，惄如调饥"，这是怎样的情绪？看来明显是要抒写不见君子的苦痛。"惄"，忧思貌。"调饥"，未吃早餐前的饥饿。我们都有这样的经验：早间不吃饭，一天没力气。那么，前面的汝坟，究竟跟这里的"惄"有什么关系？这种饥饿空虚感，难道真是汝坟给人的直接感受？可谁说不是呢。君子的遍觅不着，不就像汝坟给人的死寂空茫？所谓砍伐"条枚"，无非就是消除障碍。你说它是写实，可沿着那宽宽河堤砍伐树木枝条，本就怪异。我们不由心生疑窦：作者究竟想干什么？我们接着往下看，看看能否给我们道出原委：

遵彼汝坟，伐其条肄。既见君子，不我遐弃。

此章第一句，除了变换简单的"肄"字，基本是重复。我们且看这种变与不变有什么意味？"肄"，是指树木砍过之后重新长出的小树枝。看来这种变，除了韵律上的和谐，还真具有深远的意味。试想想，由枝条主干被砍伐，到小树枝再长出，这究竟要经过怎样漫长的等待？至此，我们不由要想：怎么办？主人公该会绝望吧？我们来看下句："既见君子，不我遐弃。"这一句，何止转圜，简直是美梦、臆想。因为，我们很清楚，由前面的悲观绝望到这里的突然圆梦，明显是一种假设、纾解。或者说是主人公绝望中的自我救赎、自我期许：如果有那么一天，真的见到我亲爱的夫君，我再也不会让他离开我。显然，这是对曾经的轻易放手或作别的悔恨与惆怅。那么，接下来，又该怎么接？既然不愿夫君离开，总得找到足够信服的理由。我们来看最后

一个乐章:

> 鲂鱼赪尾,王室如毁。虽则如毁,父母孔迩。

最后这几句,简直一气呵成。可我们感到更深刻的悲哀。原来女主人公面对的,并不仅仅是爱人的离散,更有国家残破、家庭破碎的深哀巨恸。"鲂鱼",鳊鱼。"赪尾",赤红色的尾巴,这是怎样的景象?我们被无端激起伤痛恐惧。也或因此,诗人常常把鱼尾之赤比作王室毁坏。而"王室如毁"句,似乎就是这样自然地被吟诵出来。我们来看最后一句:"虽则如毁,父母孔迩。"即这个世界上最庆幸,也最值得留恋的,是我们的父母仍在,仍需我们陪伴。即便不是为了我,而为了年迈的他们,你又怎么忍心这样残忍地一去无回。此刻,我们真是情难自禁。我们在为这位深明大义的女主人公叹息的同时,不能不想到她那无望的等待与凄切的伤痛。是啊,此种离恨,如何救赎?我们似乎又对孔夫子的"哀而不伤"产生怀疑。但人生可不就是悲剧吗?于悲剧中黾勉前行,不正是我们所有人不得不走的路途吗?亦如"汝坟",无望而深重。

综上,该篇不只是写不见夫君,更是由此追溯家国倾圮的深刻哀痛,所以总体格调沉郁悲怆,无以纾解,完全不像我们习惯上所认为的节制中和、温柔敦厚。这不由得让我们想起后世屈原、杜甫的创作,当然还有李白。也许从源头上,本无所谓李杜浪漫现实之争。后世所有文学,也许都是一线相牵,共同发源于《诗经》。我们还可以想到《汝坟》本身的南国风味,左思右想。所以,就艺术表现而言,这一篇也不像《诗经》其他篇章那样明朗质朴,而是吞吞吐吐,欲说还休。其根本原因,可能就是过于苦痛,难以言说。但也正因它属于《诗经》,所以于篇末,似乎又给了我们一线希望。其实是自慰自安,但能说什么?活着而已。这个,当然也可能是它被选入《诗经》,甚至就是儒家所谓"哀而不伤"的最后稀释或修正,但难禁我们的声声叹息。

《麟之趾》：于嗟麟兮

该篇的语意中心应在"于嗟麟兮",也即叹赏公子之仁。

麟之趾,振振公子,于嗟麟兮。

"麟",麒麟,传说中的神兽、仁兽。被描述为鹿身、牛尾、马蹄、头上一角,简直是四不像,但古人以奇为美。所谓"仁者",严粲在他的诗集中曾这样描摹:"有足者宜踶,唯麟之足,可以踶而不踶;有额者宜抵,唯麟之额,可以抵而不抵;有角者宜触,唯麟之角可以触而不触。"这种描摹足见其仁,显然完全符合儒家标准。而该篇正是以它能踶而不踶起兴。后面所接之"振振",即振奋有为貌,表面上是说公子,其实更是以麟比公子:就像那能踶而不踶的仁兽麟般,我们这位公子实在了不起,充满叹赏,更充满余韵。"于嗟",感叹词,除了再度加强前面的赞赏语气,甚至可以说是直陈其意:我现在想说的、想咏叹的,就是这位公子。到此,语句似乎戛然而止,但情感却在此荡漾,我们看看后面该如何接:

麟之定,振振公姓,于嗟麟兮。
麟之角,振振公族,于嗟麟兮。

这两个乐章,除了简单地换了几个字,基本没有变化,是典型的重章叠句。那么,我们来看为何变?不变又为了什么?"定",为"颠"的假借字,额头。由"脚趾"到"额头"再到"角"的自下而上的变化,简直是没一处不好,没一处不仁。看来这种赞美、这种欣赏是由衷的。姓,同姓。族,族人。而由"公子"到"公姓"再到"公族",应是无限地扩大。可见,这种仁、这种德、这种品性的影响深远、福泽绵绵。

综上,全篇所歌咏的,就是这样一位如麒麟般仁义的翩翩公子。我们对他的期许,不只在于他的个人品性,更在于他的此种品性的影响所及。

【召南】

《鹊巢》：百两御之

这首诗，颇为耐人寻味。习惯上，鸠占鹊巢可不是什么好事。但这首，我们需另做考量。至于传统主题说它是颂新娘，我们也存疑。我们还是先做文本细读，看看文本究竟说了什么、没说什么，在已说和未说之间，是否还有别的意味？

维鹊有巢，维鸠居之。之子于归，百两御之。

"维"，语助词，说是无实义，其实习惯中，我们已把这个维字，当作唯一，并赋予某种肯定，甚至赞赏的语气。"鹊"，喜鹊，据说最爱筑窝，走到哪筑到哪。且不说传统文化中我们已经赋予喜鹊喜气洋洋、与人和谐相处、总是作为报喜者的角色，在该句中，此鹊至少有勤劳憨厚的特质。也正因此，当它所筑的窝被鸠占据时，我们更愿赋予它一种善意。甚至可以说，这个不是占据，而是鹊主动筑好窝，请鸠来住。这样一来，它们二者的关系，可就是完全区别于我们习惯中以为的那种蒙混欺骗、不劳而获。它们俩不是同类，但却是你情我愿，充满恩宠与娇媚。也正因此，我们才可理解后面几句："之子于归，百两御之。"看来前面被我们想偏甚至非议的比兴，落实到这里时，竟然有一种无论你是怎样的人，我就是喜欢你、想要迎娶你的不由分说。你如果嫁给我，我会用很多的马车去迎接你。至此，我们便有些恍然大悟，原来此种写法、说法、想法，是出自情人手、嘴、心。嘴不对心，颠三倒四，黑白不分，不合常理，却通人情。说到底，人家在调情。在情人眼中、心中，无论你怎样，都是好的。这难道不是世间最美的承诺，最好的愿景？就此"百两御之"也理所当然成为该篇的中心句，此即他们的"永以为好"，也就是他们此刻正在歌咏并身体力行的事。不信，我们再看后面：

维鹊有巢，维鸠方之。之子于归，百两将之。

维鹊有巢,维鸠盈之。之子于归,百两成之。

这两个乐章,同样是重章叠句,我们只看它的变与不变。变者,由"居",到"方""盈";由"御",到"将""成"。除了押韵的实际需要,事实上,这种简单的变换,也使诗歌的时空扩大,情感加深。你想,由个体的居住,到大范围的占有,再到全部的充盈,除了时间的延续,肯定最后会形成你中有我、我中有你的大好局面。而"御",表面是驾车,实际指迎接,且是欢天喜地迎接。"将",指护卫。就是你来我家后,我一定会时刻关注你的安全,把你当宝贝一样看护。"成",就是礼成,百年之好,万事大吉。瞧瞧,人家已经赌咒发誓,我们怎么还在质疑。情人间的事,人家懂就好。

所以,该篇就整体手法而言,是借物起兴,又以物作喻。拟人化物,一气呵成,把心中的情意和盘托出。

《采蘩》:公侯之事

此诗的主题置疑。她们究竟在干什么?也没有明确交代。只说她们干的,都是公侯的事,并且忙得顾不上回家。那么,在交代和未交代之间,究竟能够发现什么?我们仍然先来做文本细读。

于以采蘩?于沼于沚。于以用之?公侯之事。

"于以",在哪里,在什么地方。"蘩",白蒿,草本植物,据说可以用来编制养蚕工具。那么,是在哪里采摘白蒿?"沼",水池。"沚",水中的小块陆地。总之,是在水中。看来"蘩"是水生植物无疑。那么，采来干什么？公侯之事，虽没明言是什么事，但至少肯定是大事、严肃的事，公侯才有资格干的事。可究竟是什么大事？我们仍然不明白。是不能说，还是无须说，简直莫名所以。我们继续来看下篇：

于以采蘩？于涧之中。于以用之？公侯之宫。

这个乐章也是典型的重章叠句。我们看变了的。前句只是一个"涧"字，山涧，但仍然是水中，不过是采的难度会大些。我们来看下句，"于以用之"，这句似乎没有变，但和上一章对比一下，意思却像发生了明显的变化。上一章的"公侯之事"虽没明言是什么事，但于"于以用之"而言，却没什么歧义，无非就是采来干什么？但这句中若也这样理解，就有些不伦不类。"公侯之宫"，明显是地点，干事情的地点，而不应该是事情本身。就是说，我们要干的事情是在公侯的宫殿里。真是旧的疑问未去，新的疑问已现。我们不由要问：你们究竟要干什么？这么神秘兮兮，真不能为外人道？但此刻，我们至少已经知道，她们要干的事，确实重要，并且一定要干，且是在公侯的宫殿里进行。我们还是继续往下看：

被之僮僮，夙夜在公。被之祁祁，薄言还归。

这一章，比之前两章，明显发生变化。从语意而言，显然是承接上一章"公侯之宫"。也就是说，随着时间的延续，此刻，她们已不在水边干活，而是全部聚拢来，就在公侯的宫殿里，非常紧张繁忙，像在准备什么。"被"指什么？历来众说纷纭，我们也不能明白。我们先来看"僮僮"，看偏旁，应该指人，是怎样一些人呢？看来这个和前面的"被"关系极大。在古汉语中，"僮"指未成年的仆人。但"被"是什么意思？我们仍然不能确定。我们甚至不知道这些"夙夜在公"的人是否还是前面采蘩的。夙夜，夜以继日，没日没夜，看来是足够忙碌。忙碌到什么程度？仅仅是短时间或一昼夜吗？我们还是不能确定。继续看后面。再次出现一个"被"，但仍没做具体交代，连着后面"祁祁"，众多且是礼仪如云的众多，我们可以断言：此"被"字，无论是前一个，还是后一个，应该就是个大概、背影，或就是一些不明身份的人。他们为了公侯，在公侯的宫殿里辛苦操持。甚至没干完还不能回家。"薄言"，语首助词，无实意，但我们可以理解为没办法，不能说。不能说什么呢？无论是"还"还是"归"，是回自己家，还是婆家，是男子回，还是女子回，总之，是不能离开。而到此刻，我们似乎也没有必要再追究人家究竟在干什么。也许，此诗的诗意就产生于此种欲说还休又郑重其事中。

习惯上认为该篇是描摹蚕妇为公侯养蚕的事。但在前呼后应影影憧憧中，我们却看到了很多乐趣。说是劳动者的开心也好，其实亦可看作是你我之间的对应关系。我所做的这一切都是为了你。无所谓开心不开心、重要不重要。但你要知道，我们是一体的，我们的劳动是应该得到尊重的。甚至，隐约中，有种干大事的喜悦，或是功成的欢喜。也因此，该诗的诗意便落在"公侯之事"，也就是大家齐心协力所要干的事上。

《草虫》：忧心忡忡

该篇的语意中心应在"忧心忡忡"，也即未见其人前的担惊受怕。

喓喓草虫，趯趯阜螽。未见君子，忧心忡忡。亦既见止，亦既觏止，我心则降。

"喓喓"，虫鸣声。"草虫"，草中的虫子，《诗经》中常指蝈蝈。"趯趯"，虫跳貌。"阜螽"，蚱蜢。"草虫""阜螽"二者都是秋天的昆虫。前一句，未见其虫，先闻其声，事实上，也不一定能看到，听见而已，但能想象它的跳跃。后一句，看到或想象着此刻它在草丛中跳来跳去。这两句借物起兴，由此引出后句"未见君子，忧心忡忡"。其实是说：秋凉了，我仍然等不到我的夫君，我心里何止忧愁苦闷，我怎么能够不担心他的安全快乐！至此，我们心中也是满怀愁苦，可又有什么办法？"亦既见止，亦既觏止，我心则降。""亦"，语助词，无实义，当然也可理解为只有。"觏"，夫妻会合。"降"，放下。"止"，后世当"之"，即君子解。三句连用，急不可耐地表达：只有见到他，只有我们夫妻真正会合，我的心才能够放下。但事实如何呢？显然这只是一种假设。那么，女主人公该怎么办？我们来看下篇：

陟彼南山，言采其蕨。未见君子，忧心惙惙。亦既见止，亦既觏止，我心则说。

如果说上一乐章的第一句是借物起兴,那么这一章的第一句又该如何理解?"陟彼南山,言采其蕨",即我要登上那高高的南山,去采摘忘忧草。当然,我们可以把这一句解实,就是在女主人公极度苦闷之中,想借此消忧。但我们更应把这当作一种假设、一种修辞,就是转移心情,引起下题。果然,下一句"未见君子,忧心惙惙"马上就回归主题。如果说,前面的"忡忡"还是一种担忧、心神恍惚,那么,此刻的"惙惙",恐怕就是心慌气短,已不藉于言。那怎么办?"亦既见止,亦既觏止,我心则说",看来这一句已是慌不择言,甚至没有表达的力气,只是重复上面的意思,而换了一个"说"。这个"说"当然是作"悦"讲,我心喜悦,转悲为喜。但这个可能吗?再看下一章:

陟彼南山,言采其薇。未见君子,我心伤悲。亦既见止,亦既觏止,我心则夷。

在这一章中,起句也只换了一个"薇"字。"薇"在古汉语中是指野豌豆苗。什么情况?女主人公怎么不采忘忧草了?是真忘了?还是已降低要求?可我们不由得也是悲从中来。再来看下句"未见君子,我心伤悲",这里的"伤悲"由前面的"忡忡""惙惙"一路写来,难道到此刻,真的已没有前面的那种忧心如焚,而只是一种一般的、很平常的伤痛哀愁?我们只能说,此刻,女主人公甚至已没了悲伤的力气。那么,她能否得到安慰甚至救赎?"亦既见止,亦既觏止,我心则夷",这一句,再次重复,再次让人想起,哪怕仍然只是一种空想,但又能怎样?"夷",心安平静。在这三个乐章中,由"降"到"说",再到这里的"夷",简直让我们肝肠寸断。须知此种平静的结果很可能是生命力的不断衰落,我们似乎已先女主人公感到绝望。如此说来,这一篇的情感基调似乎又有悖于孔夫子的"哀而不伤"。但这又有什么可奇怪的,人生不得意者十之八九,况且是乱世中的女子。千年,再千年之后的我们,似乎也只能为女主人公深掬一抔同情之泪。

《采蘋》：于彼行潦

此篇的语意中心应为"于彼行潦",也就是所采植物非常平常,随便在哪里,只要有水哪怕是临时积水的地方都可采到。这其实是一种游戏姿态。我们且看正文。

于以采蘋?南涧之滨。于以采藻?于彼行潦。

"蘋",水生植物。"涧",两山之间的水流。"滨",水边。"藻",亦是水生植物,但更可能是没有根的水生植物。"行",古人争论不已,不知实义,常认为是"衍"的借用。其实,无论"行"或"衍"都可,无非就是随处长成、易得、衍生的水中植物。"潦",雨后积水。也可见藻这种植物生命力强,或者说随遇而安,哪里都可找到。

于以盛之?维筐及筥。于以湘之?维锜及釜。

如果第一乐章是自问自答采摘的地点,那么这一乐章就在说采摘的用具。"盛",装。"筐"及"筥",都是用竹或藤编制的容器,一方一圆。"湘",我们简直不知它是什么意思。先看后面的。"锜",古代一种带三足的锅。"釜",无足的锅。"锜""釜"既然都是灶具、炊具,看来这个"湘"应是烹制之类。韩诗以及说文,也都认为它是假借字,原义就是烹,就是烹煮前面那些采来的植物。我们也姑且这样认为。

于以奠之?宗室牖下。谁其尸之?有齐季女。

"奠",祭奠。"宗室",原意是帝王的宗族,这里应该不是特指,应是指一般的家族、宗庙,或就是举行祭祀的场所。"牖",窗下。这个很有意思,为什么是窗下?而不是室内?是不能进还是不愿进?我们先来看后句"谁其尸之?有齐季女"。"尸",主持祭祀。《说文》解作陈。"齐",据说又是假借字,毛传说是"敬"。我们先不确定,看后面的"季女"。"季",小的。"季女",小女儿,未出嫁的女儿,少女。至此,我们恍然大悟,原来整篇歌咏的,就是关于少女的一些仪式性活动。根据古典记载,当时少女出嫁,需进行家庙祭祀的仪式。就此,我们也就不用怀疑她的行为够不够严肃,即使像小儿过家家般。比如说,前面采蘋还在山涧中,后面简直随处可采,采得随意,采得欢喜,才不管采得采不得,此种行为本身,就是一种仪式性、象征性行为。下面盛放的、烹制的工具,那是更加没有挑剔。再到后来,我们看到她们祭祀的地点,不过是宗庙的窗户下，我们不禁哑然失笑。当然，女子哪有进入宗庙的权利。想想也是，既然让我们祭祀，却不让我们登堂入室，那我们也就随意了事，权当玩儿。女主人公的那点小心思、孩子气，就是在这样欢快的韵律中，这样一唱一和中，回响在我们的脑海，跃然在我们此刻所读的片言只语中。除了会心一笑，我们还有什么话可说？我们只想立刻就和这些少女们一起嬉戏。

  该篇的韵律很有意思。第一乐章是两句一换韵，由"蘋"和"滨"，到"藻"和"潦"，简直有种蹦蹦跳跳一气呵成的感觉。第二乐章是隔句换韵，"盛"与"湘"，"筥"及"釜"，形成错落与呼应。就此，我们简直会怀疑这个"湘"字的假借就是为了这种音韵效果。最后一章，看起来不押韵，但据说这个"下"字古音读"户"，与"女"同为鱼部。其实，不这样读，仍很和谐。或许这就是一种自然的音韵，就像我们生命之初的悸动，感人，幽眇。

《甘棠》：召伯所茇

  在该篇中，召伯是谁？历来争论不休，也无从确知是谁？但至少我们可以看到，他是当时一位深得民心的廉洁者、爱国者。我们来细读文本。

  蔽芾甘棠，勿翦勿伐，召伯所茇。

  "蔽"，遮挡，隐蔽。"蔽芾"，形容树干或树叶微小。"甘棠"，海棠树，落叶小乔木。"翦"，修剪。"伐"，砍伐。"茇"，草根，引申为种植、居住。这几句合起来就是：那矮小叶少的海棠树，它的果子是甜的，不要修剪不要砍伐，那是召伯种植的。其实更可能是指召伯的出生地，借甘棠喻指召伯出生地矮小简陋，但他们不嫌弃，很珍惜。就此该篇的语意中心应是这最后一句"召伯所茇"，也就是强调他们所爱戴的召伯根业所在。

蔽芾甘棠，勿翦勿败，召伯所憩。

蔽芾甘棠，勿翦勿拜，召伯所说。

这两章重章叠句，只换了简单的"败"和"拜"，"憩"和"说"。我们看有什么讲究？第二乐章中的"败"，明显的是毁坏、摧毁之义。而"憩"，又指休息。这一乐章应是一种明显的劝说、痛惜语气。就是说：你们不要再毁坏甘棠，只有在那里，我们的召伯才能有片刻休息。到此，我们不禁要怆然泪下。似乎觉得，此甘棠就是召伯的魂灵所系。也正因此，才有最后一章的召唤。在最后一章中，"拜"，据说是"扒"的假借字，但我们为什么不能把它当作祭拜。就是说不要破坏，也不要过分神圣相待。不打扰，让它安静地待那里，这才是召伯最愿看到的。

此曲深情，却又像不着力。似乎在说，我们对召伯、对故人，最好的纪念，就是不要惊扰，同时又过好自己的日子。

《行露》：谓行多露

该篇的语意中心应是"谓行多露"，即强调夜雾浓重，难以前行。

厌浥行露，岂不夙夜，谓行多露。

"厌"，古人说是假借，潮湿的意思。"浥"，沾湿。"厌浥"，双声连用，即便不是讨厌也该是强调那种潮湿的不舒服的感觉。"行露"，路上的露水，夜间浓重，白日容易散去，甚至见不得光。两字合用，我们不由想起露水之缘，应是后人引申之意，当寓无法长久。看来作者起笔这句，哪怕我们不能确知它的含义，但已明显感知作者的否定、厌恶：不能忍受那种黏黏糊糊不清不白。"岂不夙夜"，"夙"，天不明。"夙夜"，天明之前，黑暗中。"谓"，据说是"畏"的假借，害怕。"岂不夙夜，谓行多露"，这两句似乎是对别人要"夙夜"，也就是偷偷摸摸行事的反击，大意是：我没办法在黑暗中行走，我害怕夜黑路湿。"谓行多露"显然是进而强调之前的那种厌恶，那种不能接受。那么，这几句究竟想说什么？它虽明确表明一种态度，但我们不知它针对的是什么？我们还是来看下文：

谁谓雀无角，何以穿我屋？谁谓女无家，何以速我狱？虽速我狱，室家不足！

这几句又是明确地驳斥对方：谁说鸟儿没有嘴巴？它是怎么进了我的屋子？谁说你没有家？为什么要陷害我？前两句显然是起兴，目的当然是为引出后两句。但四个反问连用，本就不容置疑。"速"，招致。"狱"，陷害，打官司。至此，我们才恍然大悟，原来是一位受害的女子，男子曾经信誓旦旦地对她说：他单身，没有成家，要和她好，要娶她。我们可以想象这样一些言语，真是比鸟儿唱得都好听。所以，当女主人公一旦明白真相，就愤怒不堪坚决戳穿，并明确表明自己的态度。在前面第一乐章中，她还觉得羞耻，不欲明言，纯用比兴。到这一乐章，却是再也不愿掩饰，直斥对方的欺骗无赖行径，并进一步坚定立场："虽速我狱，室家不足！"你即便陷害我，败坏我，我也不会和你成家。我们想象一下当时女子的社会地位，这种所谓丑事一旦败露，最没有颜面甚至生存空间的当然是女子。但我们的女主人公全然不顾这些，而是坚决反抗，绝不妥协。从诗意而言，又回应第一章：我没办法屈服，我天生就厌恶在黑夜中行走，就厌恶那见不得人的事。

谁谓鼠无牙，何以穿我墉？谁谓女无家，何以速我讼？虽速我讼，亦不女从！

最后一乐章基本和第二乐章重复，我们只看它的变与不变。变的，由"角"到"牙"，由"屋"到"墉"，说明对方的杀伤力更强、破坏性更大，以至于连女主人公的围墙屋子都要被毁坏。"讼"，诉讼，纠纷，官司，比之前面的"狱"之陷害，应更严重，或者说已经上升到公共事件。但是，女主人公仍然倔强地高呼：即便把我告上法庭，让我吃官司，让全社会的人厌弃我，我也不会服从你。唉，到此，我们在愤怒于男子的此种无耻行径的同时，却不由得为女子担忧。她被欺骗、被侮辱、被损害在前，此刻却要付出这么大的代价，不仅要抛头露面，还要反抗强暴。我们虽不知结局怎样？但千百年之后，能听到这位女子的呐喊，知道她的反抗，这于无数失声于历史的女性而言，又何其有幸。

《羔羊》：委蛇委蛇

此篇的语意中心应在"委蛇委蛇"，也即嘲讽那些饱食终日，体态悠闲，无所事事的达官贵人。

羔羊之皮，素丝五紽。退食自公，委蛇委蛇。

"羔羊"，未成年的羊。用羔羊皮做的大衣，应是很讲究的穿着。"素丝"，洁白的丝。"五紽"，彼此交加、缝制繁密。看来我们的主人公穿得足够讲究，足够奢靡。那么，吃的呢？退食，吃完饭返回来。"自公"，从公家。原来是吃公粮、当官的。似乎解释了前面穿着奢靡的原因。"委蛇委蛇"，蛇形一般，体态悠闲自得。这几句，看似白描，不做任何评价，但活灵活现，我们不由得要问，他如此志得意满，悠闲自在是为哪般？

羔羊之革，素丝五緎。委蛇委蛇，自公退食。

"革"，皮袍的里子，或者是由表及里，显然经过深加工。看"五緎"似乎更验证了这一点。我们虽不能确知它的含义，但感觉这种做工要更为繁复讲究。这一乐章，给人的感觉是更为膨胀，但也更为隐秘。你瞧他，怎么会摇摇晃晃、无所事事地走在大街上？最后一句"自公退食"似乎回答了这种隐形的追问：人家是公家人，当官的，人家刚从衙门酒足饭饱后回来。若是第一乐章对主人公的身份以至行为还有所不解甚至怀疑。那么，在这一乐章，作者简直是以毋庸置疑的口吻告诉我们：没错，之所以这样，就因为他是当官的。

羔羊之缝，素丝五总。委蛇委蛇，退食自公。

那么，这最后一乐章，我们看作者该说什么？很明显，仍然是重章叠句，只是从变换的"缝"字上，我们简直感觉主人公和他的羔皮衣已经浑然一体。也就是说，主人公已经完全进入角色，或此种行为，已是常态。看"总"这个字，应也是类似的意思，亦即此皮衣的缝制手法更加娴熟，更得要领。若是前面还仅仅把这种缝制皮衣的讲究手法当作客观描述。那么，此刻，我们不由得在想，这该不会就是这位官老爷的敛财手法！不劳而获、穷奢极欲，且暴殄天物。这样，我们面对最后一句"委蛇委蛇，退食自公"的描摹与交代时，就不再只是会意一笑，而是报之以厌恶、谴责。到此，诗人想要表述的似乎已不言自明。此或为《诗经》的幽隐曲折又生动自然处，或就是《诗经》的诗教之所在，我们的自然爱憎显然由此生发。

《殷其雷》：莫敢或遑

此篇的语意中心应是"莫敢或遑"，表达主人公面对别离的不得已，或就是人生的无法把握，难以圆满。

殷其雷，在南山之阳。何斯违斯，莫敢或遑。振振君子，归哉归哉！

"殷"，雷声。"阳"，山的南坡。"南山之阳"，即南山之南，这个明显是作者虚指，但突然间我们就有一种遥远的恐惧。其实，就是女主人公害怕别离，是内心情感的投射。这种写法非常奇特，雷声如在眼前，女主人公的心急如焚、身心恐惧更加凸显。她恐惧的与其说是雷声，不如说是那可能要横亘在他们之间的遥远距离。可怎么办呢？我们多么希望男主人公此刻能为她停留。可美好的故事真会发生吗？我们还是来看下句："何斯违斯，莫敢或遑。"前一个"斯"，应该是指时间，何时，这个时间，有一种情感上的否定。"违"，《说文解字》说是离开，但我们更愿意理解为发生。"莫敢"，不敢。"或"，有。"遑"，闲暇。两句合起来就是：怎么在这个时候发生这样的事？可我真的是没时间了啊。显然是男主人公的回复，有解释有安慰更有不得已。我们在欣慰的同时不能不为他们深深叹息。看来分别已在所难免。"振振君子，归哉归哉"，"振振"，勤勉有为貌。"君子"，丈夫。合起来就是：我那勤勉有为的夫君啊，回来吧！回来吧！不要离开我。最后这句，已不只是女主人公的彻底失望、肝肠寸断。此刻的我们，亦想吁请老天爷福佑天底下所有的有情人：不要别离，长相厮守。

殷其雷，在南山之侧。何斯违斯，莫敢遑息？振振君子，归哉归哉！
殷其雷，在南山之下。何斯违斯，莫或遑处？振振君子，归哉归哉！

这两章是典型的重章叠句。"侧""下""遑息""遑处"的简单变化，除了音节需要、情感加强、音乐回应之外，事情本身并未发生变化。而我们已然明白，分别已成事实，且为永远的遗憾。

《摽有梅》：迨其吉兮

此篇的语意中心应是"迨其吉兮"，即不要耽误我们的好日子。

摽有梅，其实七兮。求我庶士，迨其吉兮。

"摽"，落。"实"，果实。这两句，借梅起兴，可能是看到眼前成熟的梅子不断掉落，也可能就是说话的由头，以引起后句。梅，又是媒的谐音，古代向来有借梅传情达意。"庶"，差不多，合适的。"士"，古指未婚男子。"迨"，等到，达到。这几句合起来就是：梅子熟了，不断掉落，树上的果子还有七成。请那有情的男子，快来做媒，不要耽误我们的好日子。真是梅落心伤，其心可期。

摽有梅，其实三兮。求我庶士，迨其今兮。
摽有梅，顷筐塈之。求我庶士，迨其谓之。

这两章，是典型的重章叠句，我们只看它的变化。显然，由"七"到"三"再到"顷筐"，不只是梅的生命流程，更是女子的情感历程。芳华易逝，佳期难再，而求得庶士的心情也就更为急迫。"迨其今兮"，就今天吧！"迨其谓之"，就现在吧。然而，真能这样简单？到头来，还不是空欢喜一场。也正因为此种热望，更反衬现实的悲哀。也许，理想与现实永远壁垒森严。她之"所好"或永在彼岸。而此种生命的惶惑与命运的不济，更让我们潸然泪下。到此，或许我们并不会只把它当作恨嫁，所有的生不逢时、未遇其时，或可尽纳其中。

《小星》：夙夜在公

此篇的语意中心应是"夙夜在公"，直面眼前，哀叹个体命运的不公。

嘒彼小星，三五在东。肃肃宵征，夙夜在公。寔命不同。

"嘒"，小星微光闪闪貌。"肃肃"，小心快走貌。"征"，赶路。"夙夜"，没明没夜。"在公"，操劳公家的事。"寔"，这，此。主人公显然是一个小官吏，在星光幽微的夜晚赶路，不时地抬头看看东边的天，暗忖着什么时候天才亮？心下又在自怨自艾，我这样日夜操劳公家的事，我的生活也没见有多大改观。"夙夜在公"这句，应是此种具象生活的落脚点，而最后一句"寔命不同"的感慨，则是对这种生活境遇的自我稀释：人和人的命运实在太不一样。主人公想说什么，又无从说起的苍凉与悲慨，在最后这句中应已全盘托出。

嘒彼小星，维参与昴。肃肃宵征，抱衾与裯。寔命不犹。

这一章重复中有变化。我们看变的，第二句，由第一章的"三五在东"变作"维参与昴"，天不是越来越亮，而是越来越暗。时间的推进在他这里反形成一种悲凉的基调：这样黑漆漆的夜，何时才是尽头？也正是在此种心理支配下，主人公才有下面"抱衾与裯"的行为及"寔命不犹"的感慨。"衾"，被子。"裯"，床帐。可此刻真有被子与床帐吗？显然这仍是一种虚写。也就是说，主人公越走越黑、越走越冷，想象中，赶紧抱紧被子，拉紧床帐。而作为一种心理感觉、情感状态，此刻无疑已感染读者。所以，最后，当主人公再次发出"寔命不犹"，即人的命运为何如此不同的感慨时，读者诸君早已感同身受。

《江有汜》：其后也悔

这篇的语意中心应在"其后也悔"，即对对方寡情薄义的指责与怨恨，隐隐约约中甚至还有一种诅咒：你迟早会后悔的。

江有汜，之子归，不我以。不我以，其后也悔。

"汜"，汜水，长江的支流。"之子"，这个女子，应指丈夫的新欢。"归"，嫁来，娶入。"不我以"，不把我当回事。该篇借物起兴作喻，却又直抒情意：就像长江有支流汜水一样，你又娶了别人，我不怪你。但你从此喜新厌旧，不把我当回事，你以后一定会后悔的。我们虽然知道，那时男人可以三妻四妾，就像长江有很多支流。这是女子所无法对抗的社会习俗。面对此种人生际遇，她只能求之于男子对她的不忘情。但这可能吗？对方已经迎娶别人，在这样的屋檐下，还希求有尊严地生活，我们只能说是一厢情愿。所以，当主人公发出你今后一定会后悔的诅咒时，我们只能付之长叹。我们再看后篇。

江有渚，之子归，不我与。不我与，其后也处。
江有沱，之子归，不我过。不我过，其啸也歌。

后面这两章完全是重章叠句，只简单换了几个字。"渚"，江心的小洲；"沱"，长江的支流；"与"，居住；"不我与"，就是不和我一起住；"过"，过问，偶尔看望；"其后也处"，你今后一定会后悔没和我一起住；"其啸也歌"，悲伤难以掩抑，长歌当哭。这些虽然是简单的变化，从意义上来说并没有本质的区别，但我们已明显感觉到女主人公对现实的认知越来越清晰，心情也越来越寥落、越来越绝望。只以为对方是一时的见异思迁、心血来潮。没想两个人之间早已渐行渐远、壁垒森严，更别说再次走近。

《野有死麕》：吉士诱之

该篇就主题而言是写初次偶遇，还是私情私会？前面可有铺垫？从写法看，起篇是交代地点、人物，是明显的赋法？还是兼有比兴？我们还是来做具体的文本细读。

野有死麕，白茅包之。有女怀春，吉士诱之。

"野"，野外，野地里。"麕"，小獐，鹿一样的兽。这个"有"耐人寻味。野地里怎么就有死獐？獐怎么就会自己死了？这里明显有故事，很有可能的是，此刻的獐鹿，正是男子的猎物，并且也是取悦女子的信物，要不后面用白色茅草细心包裹就不好解释。看来，男子的确要把"死麕"作为礼物送给女子。可为什么不明说呢？偏要说什么"有女怀春，吉士诱之"，"怀春"，动情，且是男女之情。"吉士"，男子美称，犹言善士。这一句很有意思，究竟是女子怀春在先，还是这个所谓的吉士居心叵测先前已引诱人家？看这诗句的语气，男子忸忸怩怩，一切也许本来就是自己设计的，却偏要一再标榜自己的善良、清白。好像在说，不是我有意这么做，实在是女子喜欢我。好听点就是你情我愿，顺理成章。瞧瞧，就这样地不断撇清，是怕看到的人或读者道德宣判，还是已有点沾沾自喜。我们继续来看后文：

林有朴樕，野有死鹿。白茅纯束，有女如玉。

　　"朴樕"，树名，据说有两种，小者丛生，大者高丈余。那么"林有朴樕"是什么意思？林子里自然会有各种各样的树，可这样正儿八经地说出就不一样。就好比"野有死鹿"，显然是说话者预先准备的。也就是说，无论朴樕、死鹿，都是说话者，也就是我们这位年轻猎人用心准备的。准备干什么呢？上一乐章中，我们已知死鹿是要作为定情礼物送给女子。那么此刻的朴樕又意味着什么？原来，古代男女婚嫁，男方迎娶时需砍柴做火把。所以习惯上，人们已把砍柴作为明显的求婚标志。看来，在这第二乐章中，男子终于直奔主题，要向女子求婚。接下来，我们看还会发生什么？白茅纯束，自然是重复前面的意思，但前面是包裹着死鹿，这里又是什么？"纯"，捆。"纯束"，捆成大把的。把白茅捆成大把干什么？我们正在疑惑，下面就突然冒出这么一句"有女如玉"。这是什么意思？"玉"是形容女子的品性还是容貌？但在"白茅纯束"下，我们不由浮想联翩，难道已玉体横陈？由此，我们不禁想起卫道士们一直骂的"卫风淫"，这可是召南啊！难道这种所谓的有伤风化已成流习？我们再看下一乐章，但愿看到开脱，以证明我们是小人乱猜。

　　舒而脱脱兮！无感我帨兮！无使尨也吠！

看到这几句,"无感我帨",不要弄坏我的裙子。"帨",古代女子系在腹前的佩巾,后指围裙。"尨",多毛而凶猛的狗。"无使尨也吠",不要让你那只凶巴巴的狗乱叫。表面上,女子害怕男子的猎狗乱叫惊动别人。事实更可能是,他们的胡闹、冲动,不只惊动别人,连他们的猎狗都惊慌失措。真是人之初的情欲宣泄,记之于诗歌,书之于文本,我们反倒看到非常自然的人性、非常充裕的生命力,并且期冀此种活力仍然能在林间、田头野蛮生长。同时,不由心下吁然:我们的先民,曾是怎样一些勇猛多情的人。

《何彼襛矣》:王姬之车

此篇的语意中心应是"王姬之车",即对女主人公身份与行为不相符的嘲讽。

何彼襛矣,唐棣之华?曷不肃雍?王姬之车。

"襛",浓艳繁盛貌。"唐棣",又作棠棣,郁李,一种树木。"华",古"花"字。"曷不",怎么不?"肃雍",严肃和睦的气氛。"王姬",周天子姬姓,其女儿或孙女称为王姬。开篇以感慨棠棣的花开得那么浓艳起兴,引出对王姬之车的质疑:身为王家公主,应该严肃雍容,怎能像普通百姓般随意张扬?"唐棣",应是指普通百姓。普通百姓过日子就好,不能越位有非分之想。身为王姬,她的一言一行更应符合身份。所以这一乐章的比对双方,都是失位或不恰当的,并且以前一句引出并反衬后一句。

何彼襛矣,华如桃李?平王之孙,齐侯之子。

桃李的浓艳,大伙似乎已经习惯。但身为唐棣,身为一种平凡的树,却不应开这样娇艳的花,不应这么招摇。在这一乐章中,作者再次无端责备唐棣的越出常规。其实,仍是为引出后者。我们看后面是什么?"平王之孙,齐侯之子",周天子的孙子,齐侯的女儿。显然是补充交代或突出前面王姬身份的显贵,由此更加对比得出其行为的不当。

其钓维何?维丝伊缗。齐侯之子,平王之孙。

"钓",名词,钓鱼的工具。前一个"维",应是动词,也就是王姬的钓鱼工具是由什么做成的呢?后一个"维",语助词,含有"是"的意思。"伊",应是做成。"缗",钓丝。也就是连她钓鱼的绳子都由丝线做成,可见多么讲究。这一乐章在重复并倒装上一章"平王之孙,齐侯之子"的同时,更进一步强调她身份的显要,以及她种种行为的失当。而我们亦不禁整冠敛襟,检点仪容。

综上,该篇没有直说,但已旁敲侧击,立场鲜明地表明对不合身份招摇奢靡者的谴责。

《驺虞》:于嗟乎驺虞

此篇的语意中心应为"于嗟乎驺虞",即对猎人的热情咏赞。

彼茁者葭,壹发五豝,于嗟乎驺虞!

"茁",茁壮,繁茂。"葭",芦苇。"壹",发语词,无实意,"三家诗"也说是"一"。"豝",母野猪。"于嗟乎",表赞美语气。"驺虞",古代神话中是指义兽,不食生物,有至信之德,此处应指兽官。或者代指猎人。合起来就是:在那茁壮的芦苇丛中,一次狩猎竟然射中五只母野猪,这猎人也太厉害了!

彼茁者蓬,壹发五豵,于嗟乎驺虞!

这一乐章当然是重章叠句,对文字进行简单更改,除了音韵的需要,"蓬",作为野草,"豵",作为小猪,比之前一乐章,意义并无太大变化,无非就是进一步渲染并咏叹猎手的射技超群。

两个乐章,不只是先民对游猎生活的热情咏叹,更是召唤那种至仁至勇之人,他们才是整个民族的担当。

【邶风】

武王伐纣后,殷地一分为三,北边为邶国,东边为鄘国,南边则是卫国。前人常把这三个诸侯国的诗当作一类,我们也试着分析它们之间是否真有此种共通性。邶风十九篇,鄘风十篇,卫风十篇。整个邶风,充满乱离与伤痛,我们不知是时代风貌如此,还是作为地方乐曲,它们所关注的多是这样的主题。这种悲戚确实有别于周南、召南的阳光明媚,但又不能否认,这正是《诗经》现实主义篇章最为动人之处。

《柏舟》:如有隐忧

此篇的语意中心应是"如有隐忧",即慨叹女子的遇人不淑,命运背离。

泛彼柏舟,亦泛其流。耿耿不寐,如有隐忧。微我无酒,以敖以游。

"泛",泛滥,漂浮,此处可指行船。"柏舟",用柏木做成的小舟,指此划行工具的坚固耐用、品质卓越。"泛",没有依靠,无所凭依。此两句表面是说,坚信自己的船儿足够坚固,没想到在激流中仍然无法掌控。其实作者想表达的是对生活的极度失望:诚愿自己的生命如大海行船,然而没想到,尽管自己已足够坚贞,现实人生却同样飘荡无依。此刻,我们不由要问:怎么回事?为了什么?"耿耿不寐,如有隐忧","耿耿",忧心如焚貌。"如",如同,好像。这两句意为:为什么夜深了,仍然无法入眠?就好像内心有深刻的哀痛。最后两句简直是顾左右而言他:"微我无酒,以敖以游","微",非,不是。"敖",遨游,与后面的"游"为语意复词,重复强化此种消解方式的可能与惬意。合起来就是:不是我没有酒,不能借酒浇愁,只是我更愿在清醒中随处游荡。这种欲说还休,吞咽难言,不只让我们顿生愁苦,心下更是疑窦丛生。我们继续往下看:

我心匪鉴,不可以茹。亦有兄弟,不可以据。薄言往诉,逢彼之怒。

"鉴",镜子。"茹",容纳。镜子反照自身的同时可真实无伪地包容一切美丑善恶。

但是，我做不到，我的眼中容不得沙子，我心如明镜明察秋毫，不能容忍任何丑恶的东西。那么，有没有别的可能？别的依靠？我们来看后几句："亦有兄弟，不可以据。""薄言往诉，逢彼之怒。""据"，依靠。"薄言"，轻描淡写地，勉强地。"诉"，诉苦。"逢"，碰上，遭遇。这几句意为：我也有兄弟，可他们无法依靠。我只是轻描淡写地跟他们诉了诉苦，没想到正碰上他们特别恼怒的时候，根本不愿管我。这一乐章应是相当激愤，自己在现实生活中虽然无依无靠，但绝不屈服。我们读得如此悲凉，我们完全了然她们的命运，但又能说什么？世间总有这样一些以卵击石的理想主义者。我们知道她们是女子，同时竟有一些欣慰。毕竟在那个年代，竟然有这样清醒倔强的女性，即便同样被时代浪潮所吞没，但毕竟她们曾以其愤怒与哀怨抒写过这样的篇章，我们亦由此看到女性的成长。

我心匪石，不可转也。我心匪席，不可卷也。威仪棣棣，不可选也。

这一乐章紧承上一乐章，再次用两个明喻，"我心匪石""我心匪席"强调此种信念的坚贞与不可改变。石虽坚，尚可转。席虽平，尚可卷。而我，却没法像石像席，没法像别人一样，轻易改变自己的志趣。这是一种态度，更是一种信仰。"威仪棣棣，不可选也"，"仪"，仪容。"威仪"，威严的不可冒犯的态度仪容。"棣棣"，娴雅富丽，独立自尊貌。"选"，改变，选择。这一乐章，连用三个"也"，表面是排比陈述，好像是客观语气，其实是立场态度，是不容置疑的肯定与坚守。就是说，我绝不会改变自己取媚别人。那么，别人，是怎样的人？我们继续往下看：

忧心悄悄，愠于群小。觏闵既多，受侮不少。静言思之，寤辟有摽。

"悄悄"，内心愁苦貌。"愠"，恼怒，怨。"于"，被。"群小"，众多的小人，品行不端的人。此刻，我们终于明白，与她对立让她忧心的是一些品行不端的人。那么，这些小人究竟做了什么？或者为什么作者会以他们为"小"。"觏闵既多，受侮不少"，"觏"，遇到，碰到。"闵"，中伤，陷害。这两句合起来就是：我遭遇太多的中伤与陷害，我真的受到很大的侮辱。"静言思之，寤辟有摽"，"静言"，静下心来想；"寤"，睡醒。"辟"，避开。"有摽"，有这种痛彻心扉的事。合起来就是：我也曾平心静气地想，可做梦也想不到会发生这样痛彻心扉的事。前一乐章若是表明决心、态度，这一乐章应是追溯前事，也有反省，但结论仍是坚守前意，不能改变自身。可以说，在这一乐章，作者或抒情主人公内心已愤怒到极点，情绪也酝积到高峰。怎么办？下面该如何接？或可有疏导、排解之法？

日居月诸，胡迭而微。心之忧矣，如匪浣衣。静言思之，不能奋飞。

在这一乐章，明显地，无论是"居"，还是"诸"，都是指时间上的不能停留，自身的无可奈何。"胡迭而微","胡",怎么。"迭",改变。"微",微小。这两句,再次重申己愿:不管时间如何流逝,我怎么可能改变自身迎合他们。"心之忧矣,如匪浣衣",我心中忧虑的,就像那穿脏的衣服没法再穿般自然。"静言思之,不能奋飞",静下心来,再想想这一切,真恨不得自己就是一只鸟,逃脱这人间的藩篱。

就此,我所讶异的是:为什么大家要肯定地说,该篇是遇人不淑,见侮于人的怨妇诗?我真觉得低估了人家,我甚至觉得该篇就是《离骚》的先声。为什么不可以呢?难道《诗经》就非得写实不行?再进一步说:为什么主人公就一定是女性?为什么我们就不能看到主人公的主体意识、品德及操守。或者说,根本不是被抛弃,而是不屈服,根本看不上对方,不屑与对方为伍。若是屈原的香草美人之喻成立,该篇为什么不能做前哨?况且其繁复多义亦不下于楚辞。

《绿衣》:曷维其已

该篇的语意中心应是"曷维其已",即忧叹爱人的失去,自己的无时或忘。

绿兮衣兮,绿衣黄里。心之忧矣,曷维其已!

绿兮衣兮,绿衣黄裳。心之忧矣,曷维其亡!

这两个乐章是典型的重章叠句。起篇一句,都是借物起兴,但我们明显感觉,它已为全文奠定了情感基调。特别是这个"兮"字,表沉吟更有慨叹。一句之中,两个"兮"连用更加强了此种沉痛感。至于"绿",它是形容词,表示后面衣服的颜色。只是我们不由得要问:此"绿"为何如此深得他心,或刻骨铭心?也正因此,后面不断咏叹的"绿",我们就既不觉得重复,亦不觉得突兀,只觉得它就是此物应有之色、应有之义。看来此种色彩,或此种色彩所代表的情意、往事,已镌刻在他生命中,无时或忘。但紧随绿衣后面的为什么是黄里,或黄裳?自然黄绿色差明显,搭配分明,很美,很和谐。但我们能不能把绿和黄当作生命中的两种颜色、两个阶段?一个是年富力强的青壮年时期,代表过去,另一个却是物是人非的此刻,也即现在。一切已如明日黄花,枯萎,逝去,然而往昔的一切,却以不可阻挡之势呈现在眼前。回想从前,她在的时候,你侬我侬,生命是那样的光明灿烂,犹如眼前这绿衣黄里的衣物。然而,物是人非,思之怆然。并且此种哀痛,似乎没有停歇之时。这两个乐章,语句基本重复，词意似乎雷同，但正是在这种反复慨叹中，我们发现那种内心伤痛、绵长思念，反更深幽。原来时间并不能消解这所有的伤痛。两个乐章下来，我们所真切感受到的不单是生命的逝去，更有那种痛失爱侣后无以愈合的悲哀。是的，怎么可能停止思念，又怎么可能忘记！无论绿衣黄里，还是绿衣黄裳，都是她那无时或忘的存在。

绿兮丝兮，女所治兮。我思古人，俾无訧兮。

在这一乐章中，起首一句终于由前面的"衣"换成"丝"。那么，我们不由要问，由"衣"到"丝"仅仅是衣物或做成衣物的材质的转换吗？我们明显感觉在这一乐章中，对绿衣的描写更具体，简直是一丝丝、一缕缕都是后面的所谓的你所织就。在此，我们看到一种情深义重与须臾不忘。由此自然引起下面两句："我思古人，俾无訧兮"。"古人"，亦故人，已逝的她。"俾"，使得。"訧"，错误。"无訧"，不要犯错误。此两句，意思存疑。究竟是警醒自己不要做不好的事，还是出于内疚，追悔曾经对方所做不好之事，提醒自己不要再犯，我们不得而知。

絺兮绤兮，凄其以风。我思古人，实获我心。

"絺"，细葛。"绤"，粗葛。"凄"，凄凉。"絺兮绤兮，凄其以风"，这两句合起来应该是说：无论是你给我做的粗葛布衣还是细葛布衣，此刻穿起来，都觉得寒冷凄凉，不足以抵挡寒风。言外之意是：这一切，正因你的缺失，你似乎已把我生命中的温暖全部带走。所以最后两句"我思古人，实获我心"，我是如此思念你，只有你才能慰藉我心，可以说是直陈题旨，且让前面所有的情绪或情感有了着落：一切都是为了你，因为你。真是此恨绵绵无绝期。

《燕燕》：远送于野

此篇的语意中心应是"远送于野"，也就是一种彼此依恋，不忍惜别的执念。

燕燕于飞，差池其羽。之子于归，远送于野。瞻望弗及，泣涕如雨。

首先，我们来看这个燕子。传统中，我们认为燕子作为一种候鸟，是最恋家的。它今年归来时，总会把巢筑在去年的亭台。那么，燕子飞的时候是什么姿态？"燕燕于飞，差池其羽"，"差池"，不整齐。燕子的尾巴、羽毛形似剪刀，却又一长一短，凌空飞翔时，的确给人差池之感。此"差池"似乎有欲飞还留之意？我们来看具体语境。这两句明显是借燕起兴，引起后面的"之子于归"句。至于说女子对家人、亲人的依恋，是否跟燕子的恋旧家有相似性，或者说该篇诗意是否就是在这一点上生发的？我们仍然需做具体研究。"之子于归，远送于野"，那个女子出嫁了，我远远地送她到郊外。在此句中，抒情主人公终于出现，我们终于明白首句中那种爱怜、哀悯之意，原是因为女子的远嫁，以及对她不可知的未来的担忧。我们这位抒情主人公是站在第三者，也是叙述者、抒情者的角度，已是忧心忡忡，情难自抑。"瞻望弗及，泣涕如雨"，这两句，就是此种情感的具体落实。"瞻望"，远远地看着。"弗及"，直到看不见，眼泪鼻涕纷纷落下。至此，我们才终于明白，从起首兴句开始，为什么字里行间都是抒情主人公那种深刻的眷恋与隐忧。离别固然伤痛，可更深层次的，应是对女子未来命运的不能放心。

　　燕燕于飞，颉之颃之。之子于归，远于将之。瞻望弗及，伫立以泣。
　　燕燕于飞，下上其音。之子于归，远送于南。瞻望弗及，实劳我心。

　　这两乐章，典型的重章叠句，一唱三叹。我们只看变了的字句。显然，无论是第一乐章"差池其羽"的飞的形态，还是第二章"颉之颃之"上下翻飞的动态，第三章"下上其音"声声呼唤的状态，都是一种动态描写。所不同处，若说"差池其羽"中所蓄积的情感，还停留在表面、形态，抑或是情动于中不想发于外。那第二乐章中的"颉之颃之"就有一种现实的表现，甚至有反抗、挣扎。到第三乐章的"下上其音"，就完全是形之于言，或者说已经发出愤怒的呼声。我们看紧接这三句后面的语句是否具有此种情感的连续性？"之子于归"在三个乐章中都没有变化，显然它是全篇着重强调的，或者说就是主旋律、中心事件，后面所有的情感、句子，都是由此生发。这一句后面的三句"远送于野""远于将之""远送于南"，从所表达的意思而言，并没有本质的变化，就是说送得越来越远。但从具体用字而言，我们却能看到一些细微的改变。"远送于野"应该是一种客观的叙述。"远于将之"让我们有种不情不愿，被迫远离，是情感与理智的斗争感。"远送于南"，甚至有把对方送到终点仍不罢休的感觉。特别是这个"南"字，应该与首句，或者整篇的兴句"燕燕"有情感与事实上的呼应。燕子作为候鸟，季节一到，再不情愿，也不得不远离原来的家，到南方去。可以说，整篇在这一点上，与所送别的人，都是一种对应关系。也因此，这样的别离，在无可奈何的同时，又感人至深。后面一句"瞻望弗及"在三个乐章中，从字面而言，也是没有变化的。那我们看后面所带出的情感表述可有侧重？如果说"泣涕如雨"还是刚要离别时，情感的集中爆发，那么到第二乐章"伫立以泣"，第三乐章"实劳我心"，应该就是一种痛定思痛，或者说是一种深刻的反省。总之，在这三个乐章的变与不变中，我们一方面看到的是种种情感的郁积与不能自抑;另一方面,我们也看到一种对自身或亲人命运的担当与承受。说到底,就是认命。我们虽不能确定抒情主人公的具体身份。但就此,孔子的"哀而不伤"似乎又派上了用场。我们且看下面如何继续?或对此种情感最终做怎样的疏解与认定?

仲氏任只,其心塞渊。终温且惠,淑慎其身。先君之思,以勖寡人。

"仲氏",老二,妹妹。"任",信任。"只",语助词,应该表达一种肯定语气。"塞",诚实,确实。"渊",深厚。"终",始终,一贯。这几句,一反前面的比兴,纯用赋体,大致意思是:我的妹妹忠厚老实,值得信任。一直以来,她性格温顺,为人贤惠。对人,善良友爱;对己,谨慎自律。最后一句"先君之思,以勖寡人",应该是概括其旨,不只对对方,也是对世人,对自己的一个交代,言外之意就是:我那已故的父亲对我的妹妹放心不下,曾经不断地嘱咐我,一定要照顾好她,我怎能不更加用心。看来,这表面上客观叙述的最后一个乐章,事实上正在给我们交代,他之所以前面有那么多隐忧与担心的缘由。至此,我们在同情并担忧这位远嫁女子命运的同时,亦只能仰天长叹。因为我们也像她的父亲兄长般,不能确知她的未来命运。

《日月》:逝不古处

此篇的语意中心应是"逝不古处",即对眼前处境的否定和对自身命运的不能接受。

日居月诸,照临下土。乃如之人兮,逝不古处?胡能有定?宁不我顾。

日升月落,朝而复始,但总会普照大地,万物共浴光泽。此两句有种叩问意味。也就是抒情主人公对自己的现实处境发生质疑,认为天道轮回,尚可转圜。自己眷念的他,为什么如此让人失望?接下来当然是直陈此种愤慨:"乃如之人兮,逝不古处?""乃",可是。"逝不",不能及时。"古"同故,长久地。合起来就是:可这是个什么人呢,怎就不能长久地相处?这两句可说是明确地提出疑问,或否定眼前。最后两句"胡能有定?宁不我顾","胡",何,什么时候?"定",安定。合起来就是:我的生命何时才能获得安定?他怎么能够这样不顾惜我。此处的"顾",除了顾惜更有一种祈求爱恋或希望对方的恩泽能够惠及自己。若前面两句是正问,后面这两句就明显是反问。也就是这样的现实,是作者无论如何也想不通且无法接受的。可那又怎么样?我们看下篇作者是如何接?此种愤懑能否得到纾解?

　　日居月诸,下土是冒。乃如之人兮,逝不相好。胡能有定?宁不我报。

　　这一乐章是典型的重章叠句,我们来看变和不变的。如果说第一乐章的"照临下土"有一种自上而下的温暖,那么这一章的"下土是冒"除了承续并呼应上一章的"下土",亦即普世之外,更有一种对自身命运的担当:没有办法,我必得承担。由此引起的后面语意,自然也发生变化。"乃如之人兮,逝不相好",我是真的没有想到他是这样的人,这如何能够长久相处。"胡能有定?宁不我报",我的心什么时候才能安定?他怎么就不能回应我?此处的"报",除了相爱双方的自然回应,更是希望对方哪怕仅仅看在自己对他的爱恋或情意上,也对自己好那么一点。这何止是委曲求全,更是爱到深处。

　　日居月诸,出自东方。乃如之人兮,德音无良。胡能有定?俾也可忘。

　　这一乐章的"日居月诸,出自东方",表面上看,是对前面乐章的承续,但本质上,发生了很大的转变。之前若还犹疑不定,人怎么可以那么善变?现在则确认无疑,就像日升月落,太阳总会照常升起。此处的"出自东方",就是肯定此种垂照的必然。也因此种确信,她更加明白眼前现实:像他那样的人,本性使然,怎么可能一直善待自己。"德音无良","德音",好听的话。他真的是说一套做一套,本性不善。最后一句"胡能有定?俾也可忘","俾",怎样才能,使得。合起来就是:我的心如何才能安定?我怎样才能把这一切忘掉?言外之意当然是:你既无情,我亦无意。不是不爱你,是你真的不值得我爱。这一乐章,从情感而言,不只转换,更是振起。我们由此看到主人公忘掉过去重新开始的可能。但真能这样吗?我们继续往下看:

　　日居月诸,东方自出。父兮母兮,畜我不卒。胡能有定?报我不述。

　　这一乐章起首两句"日居月诸,东方自出",表面上重复前一乐章。但我们看"出自东方"变为"东方自出"后,意义是否会相应发生一些变化?如果说上一乐章的"出自东方"有种追根溯源,或是对对方恶行的盘诘,那么这一乐章的"东方自出"就可能是一种反思:我也是爹娘生的,他们对我的爱与普天下的父母一样。至于后面的"父兮母兮,畜我不卒",爹啊娘啊,你们怎么就不能从始至终地保护我呢?"畜",养活,善待,畜养,爱。"卒",终止,结束。显然,在这一乐章中,作者对这种悲剧人生的指涉已经触及根源:之所以我有这样的不幸,是因为这种婚姻制度,这种人性的不善。父亲母亲,你们既然生我育我,怎么就不能像太阳一样让我永承你们的光泽?但我们明知此种愿望的虚妄,就像女主人公的悲剧命运般难以转圜。也因此,这最后一句"胡能有定？报我不述"，我的心何时才能获得安宁？我现在真是什么都不想说。"报"，他对待我的一切。"述"，叙述。一切似乎再次沉寂，主人公除了认命之外，似乎已别无他路可走。慢慢地，她会习惯。慢慢地，过往一切，她不愿再提，直到生命最终逝去。

《终风》：中心是悼

该篇的语意中心应是"中心是悼"，表面上是写女主人公想爱又害怕受伤害的复杂心理，其实就是自伤自惧，对过往情感的哀悼。

终风且暴，顾我则笑。谑浪笑敖，中心是悼。

"终"，前人解为既，可我们为什么不能理解为"始终、一直以来"，或就是给人一种持续的感觉，预示后面风之劲、之暴。"暴"，劲，猛烈，迅疾。"顾"，看见，回看。"谑"，调戏。"浪"，轻浮，放荡，不庄重。"敖"，放纵。"悼"，担心，害怕。首句借风起兴，引出后面的叙写，合起来就是：那风儿不停地吹，有时还特别狂暴，他那时看见我就笑。那笑何止轻慢，简直放荡无耻，我的内心不只悲伤更是惧怕。这第一乐章应是心灵独白，或事后回想。想起一直以来，自己对他的感觉。怎么就没想到他是那样的狂暴，且对我全无尊重。真的是越想越怕。那么，女主人公该怎么办？我们来看下篇：

终风且霾，惠然肯来？莫往莫来，悠悠我思。

这一乐章同样借风起兴，但我们来看语意有没有发生变化？"霾"，沙尘暴，尘土飞扬。"终风且霾"，那风儿不停地吹，吹得昏天黑地，万物难辨。"惠"，顺从，恩惠。"惠然肯来"，他怎么会顺应我的意思来看我？不会来的不会来的，想起这些，我内心的忧愁如丝交织，断断相续。这一乐章应是回顾之后的直面眼前，并不断劝慰自己：不要对他再抱希望，他那样无法无天，目中无人，怎肯惠顾哀怜我？何必白费心思。

终风且曀，不日有曀。寤言不寐，愿言则嚏。

这一乐章的起句又变了一个字，我们来看"曀"的含义。"曀"，天阴有风。前两句合起来就是：那风拼命地刮，何止昏天黑地，简直暗无天日。也正因此，才有后面两句：夜深了，仍然思潮翻滚难以入眠，想起过往的一切，真的难以忘记。这一章其实是女主人公的不能放下，难以忘怀。事实上，她对他仍是情意绵绵。

曀曀其阴，虺虺其雷。寤言不寐，愿言则怀。

"曀曀"，天阴沉沉的。"虺虺"，雷始发之声。两句合起来就是：天越来越阴沉，雷越来越近。夜已深，我仍然难眠，我怀念过往一切，如何能够忘怀。这最后一章终于不再掩饰。说到底，是自己放不下，却要给对方的不爱找个理由。我们可以想象，一旦男子有点示好，我们这位女主人公很可能马上尽释前嫌，复归于前。

该篇全部用韵，隔章换韵。前三章更是句句用韵，最后一章，偶句相押。整体感觉，就是在变与不变、坚守与忘却间，寻求突破。而在最后一章，"雷"与"怀"的相押，却让人有种气咽声短，难以自抑，又万般无奈之感。

《击鼓》：我独南行

此篇的语意中心应是"我独南行"，就是对自己被迫远离家乡、爱人的恐惧与惆怅。

击鼓其镗，踊跃用兵。土国城漕，我独南行。

"镗"，鼓声。"踊跃"，争先恐后。"兵"，兵器。这篇用赋法，以鼓声直写行程，合起来就是：出征的鼓声已经敲响，声震人耳，战士们纷纷拿起武器，上阵杀敌。有的在国内服役土工，有的在漕邑修筑城墙，只有我一个人要离开家乡，向南远征。"土""城"皆是名词动用，后面接一个地理方位名词。表面上的客观叙事，其实已深蕴不想出行的内在思虑。那么，究竟为什么？难道众志成城为国杀敌，不是作者之所愿。我们来看下一部分：

从孙子仲，平陈与宋。不我以归，忧心有忡。

"从"，跟从。"孙子仲"，人名，据说是当时卫国世卿，任南征将领。"平"，平定，调解。这一乐章应是追叙，交代当日出征的初衷：我们随从孙子仲出征，为了平定陈和宋的争端。但战事已了，为什么还不让他们回家。这是诗人最不能接受，也是此刻最让他烦忧的。

爰居爰处，爰丧其马。于以求之？于林之下。

"爰"，在哪里？三个"爰"连用，更有一种张皇失措无所适从之感。"丧"，丢失，找不到。整个乐章，合起来就是：我该在哪里居住？哪里停留？我的马儿究竟去往哪里？我又该如何去找它？不会是跑到那片树林中了吧。言外之意，当然是连马儿都向往自由，想要去往森林，自己又如何不想回家？自然引起后面的浩叹：

死生契阔，与子成说。执子之手，与子偕老。

"契"，合。"阔"，别离。这一乐章读来，声声是泪。原来他心心念念的是她。他想要回去，原是不忍与她分离。他说：无论活着死去，我们都要在一起。我想拉着你的手，两个人一起慢慢变老。这可能是当初的盟誓，亦是此刻的召唤。这便是世间最朴实的愿望，最强有力的声音。因为此种召唤，我们有了希望，才愿意在这个世间逗留。

于嗟阔兮，不我活兮。于嗟洵兮，不我信兮。

这一乐章应是再次回归现实，他是真的担心，自己究竟还能不能活着见到爱人。"阔"，别离。"洵"，久远。是真的不知这种别离是否会成永诀？离开她太久，甚至没了重逢的希望。到此，我们亦悲哀不已。世间最让人难以忍受的，恐怕便是此种生离别。

《凯风》：母氏劬劳

此篇的语意中心应是"母氏劬劳"，即对母亲长期操持的感念与自责。

凯风自南，吹彼棘心。棘心夭夭，母氏劬劳。

"凯风"，南风，好风。"棘"，酸枣树。"夭夭"，树木嫩壮貌。"劬劳"，辛苦劳累。开篇借风起兴，又以风作喻，引起对自身命运的喟叹，意为母亲您如和风吹送，吹暖我们年幼失怙的心。在这春回大地的时候，我们亦蠢蠢欲动，渴望重新焕发生机。这一切都是因为母亲您的不辞劳苦。当然，我们可以由此想象，这里的母亲，可能是后来者，或者是继母。当这些孩子们遭逢不幸，可能丧母，也可能还包括家室难继时，这位勇敢、善良的女性，进入他们的家庭，开始照顾他们，与他们共命运的艰难路途。因此，这个可能是多年之后，这些孩子们回想当年的感念。而我们读者，亦因为他们的此种遭逢，悲观欣慰之余不胜感慨。

凯风自南，吹彼棘薪。母氏圣善，我无令人。

这一乐章，再次借风起兴作喻：和风吹送，我们亦随之成长。"薪"，柴。也即随着时间流逝，这些苦命的孩子们亦如酸枣树般长大成才。"母氏圣善，我无令人"，"圣"，圣明。"圣善"，明理善良。"令人"，满意的、好的。这两句合起来就是：母亲您确实明理善良，只是我们这些孩子，没一个省心，没一个让人宽慰。这一乐章在回首往事的同时又充满自责。我们可以猜想其中发生过什么。但更多想到的，还是他们一路走来的辛酸与不易。

爰有寒泉？在浚之下。有子七人，母氏劳苦。

"爰"，哪里？"寒泉"，常年寒冷的泉水。"浚"，卫地。这一乐章首句以寒泉起兴，意思是说我们就像那浚地的寒泉一样无法变暖，没有长进。明明有七个儿女，却让母亲您如此劳苦。这一乐章承接上一乐章最后一句，具体阐述他们当初的不懂事，更让我们想到那位母亲的艰难困苦，以及她曾经遭逢的不幸。七个子女，无法分担，是无力？还是无情？此刻，我们亦悲难自禁。我们想象不来，在过往的日子，这位苦命的母亲，是如何一路走来！

睍睆黄鸟，载好其音。有子七人，莫慰母心。

"睍睆"，鸟儿鸣叫声。"黄鸟"，黄雀，亦说黄鹂。"载"，语气词，无实义。这一乐章首句，借黄鸟鸣叫起兴。想那春回大地，黄鹂鸟儿不只毛色鲜艳，赏心悦目，它的鸣叫，也非常动听。可我们这些孩子，仍然不能宽慰母亲您的心。此处的"母心"回应首句的"棘心"，不只是认同成长，更是反省自责：就连黄鹂鸟儿都能悦人心，我们却如此不成器，如此不能让母亲宽心。最后这一乐章，虽然苦，但我们毕竟看到孩子们的自觉，看到他们相互扶助的可能。借此，我们似乎可以长出一口气，期待一下他们的苦尽甘来，生活有所改观。

《雄雉》：自诒伊阻

此篇的语意中心应为"自诒伊阻"，即太久没见他面，让我如此哀伤。

雄雉于飞，泄泄其羽。我之怀矣，自诒伊阻。

"雉"，野鸡。"泄泄"，鼓羽舒展貌。"怀"，想念。"诒"，别体做贻，赠送。"伊"，同繄，此，这。"阻"，忧伤。首章借"雄雉于飞"起兴作喻，有可能是作者当时所见，看到雄雉在那里舒展着五彩羽毛，翩翩起舞，突然就想起自己的良人，已经太久未睹他的容颜，这一切是如此地让人哀伤。当然这种"雄雉于飞"亦不必亲见，不过是用来起兴作喻，想象中雄雉那快乐肆意地飞翔，不由生起一种对夫君的狂想。可这种想念，只能让我们更加忧伤。

雄雉于飞，下上其音。展矣君子，实劳我心。

这一乐章再次借雉起兴作喻，可"下上其音"比之上一乐章的"泄泄其羽"更是一种动态的呈现，不只是指它飞得好看优美，更有一种你呼我唤，相亲相爱，人生圆满之感。及此，我们亦不免对女主人公的遭遇产生喟叹：夫君啊，确实太让我操心。"展"，确实。如果说上一乐章的思念，还只是一种被触动之后的自然想望。那么，这一乐章的"展""实"就已是叩问、反思。可究竟怎么回事？或者说究竟是什么造成他们的此种别离？这些不只是诗人的隐忧，更是我们此刻最为关注的。我们还是来看下文，看看诗人有没有做这样的交代。

> 瞻彼日月,悠悠我思。道之云远,曷云能来?

"瞻",想,回望。"悠悠",绵绵不绝貌。起首两句合起来就是:回想我们分开的那许许多多个日夜,我的哀愁更加郁积,我怀疑我的这种思念永远没有尽头。究竟什么时候能够见到你呢。只说路途遥远,你可曾想过要回来?显然,在此乐章中,诗人不只对他们分别的原因做了反思,还有一种对不能相见的追问,甚至怀疑造成此种长期隔绝的困境不单单是客观上的分离,主观上,她所思念的人是否根本没想着回来。是他变心了吗?这是情到深处的自然疑虑。而此刻的我们,亦不能不担心人世间的种种变故甚至惨痛。这是女主人公的自怨自艾,也是对自身命运的反思。可这种想法能够持续下去吗?诗人在这样短小的篇章中会让这种情绪继续发酵吗?我们看最后一乐章,看诗人该如何去收?

> 百尔君子,不知德行。不忮不求,何用不臧?

"百尔",凡是,所有。"君子",包括丈夫在内的所有在位者、统治者。起首两句,明显转移话题,她已不想单单拿自己的丈夫说事。也许此刻她已想到,像她这样遭受离别之苦的人,并不在少数。而造成此种局面的,可能是你们这些大人君子,整日不知约束自己的欲望,修养自己的德行。"不忮不求,何用不臧",如果你们不去害人,不去追求名利,我们怎么会如此苦痛,如此担忧你们已经变坏?看来这一章节不仅是对前面三章所反复咏叹意思的总结,更是作答与升华。诗人似乎已对自己的命运及处境有了深刻的认知,而这一切只是源于你们这些所谓的君子们的野心贪婪。你们怎么就不能像雄雉一样无欲无求,尽情享受自然生命与人间幸福?这种追问直逼人性深处。但这有答案吗?又能解决吗?值此,我们只能再次叹息。

《匏有苦叶》:深则厉,浅则揭

此篇的语意中心应在"深则厉,浅则揭",即女主人公对自然随性生活的向往。

> 匏有苦叶,济有深涉。深则厉,浅则揭。

"匏",大葫芦。"苦",通枯。"济",济水,发源于河南济源王屋山。"涉",

涉水。起首两句借大葫芦起兴，意为人们笑话大葫芦无用，但大葫芦叶枯瓢成时，却是出行渡河的好工具。这就好比济水有洪水泛滥时，也有水浅步行时。而诗人最想说的，当然是后句："深则厉，浅则揭"，"厉"，系腰间。"揭"，随意放。合起来就是：河水深的时候，咱就把大葫芦系在腰间过河。水浅了，就不用管其他，想怎么过就怎么过。最后这两句，简直是自然酣畅，逸兴横飞。而我们亦在诗人的此种豪言壮语中，无视生活的艰难险阻。

有弥济盈，有鷕雉鸣。济盈不濡轨，雉鸣求其牡。

"有"，语助词，表存在状态。"弥"，弥漫。"济盈"，济水满的时候。"鷕"，雌雉的叫声。开首两句合起来就是：济水涨水的时候，水雾弥漫，颇为壮观，岸上又传来雌雉的鸣叫声，它当然是在寻求它的伴侣。济水虽满但也不会淹没车轨，雌雉声声叫，是在呼唤它的另一半。那它究竟想说什么？我们在这种音节的跳跃、转换与呼应中，似乎感受到女主人公那种深深的情意与内心的召唤：她想念他，亦期望他应时而来。她觉得，无论如何，这世间没有他们过不了的坎。她与他，注定相随，不会分离。

雍雍鸣雁，旭日始旦。士如归妻，迨冰未泮。

"雍雍"，大雁相和声。此刻真是逸兴遄飞，就连那天边的鸣雁，似乎已了然他们的情意。它们相唱相和一晚，一直到旭日初升，我们的女主人公却始终未眠。她在思谋什么？当然是那位男子。这两句明显也是借雁起兴，用雁的你呼我应，反衬人的远在天涯。如果说前面的所有比兴引发的都是侧面描写，借物传情。那么"士如归妻，迨冰未泮"这两句，则是直陈其意。原来女主人公说了半天，是等不上男子迎娶。"士"，适婚男子，未婚夫。"归"，娶。"迨"，及，趁。"泮"，融化。看来年关已过，时间已到春日。女主人公在漫长的又一年的等待中，终于克制不住自己内心的焦虑，明告男子：你要娶就赶快娶，不要再等冰化，济水过不去又要等一年。

招招舟子，人涉卬否。人涉卬否，卬须我友。

我们不知时间又过去多久，或者说，上面几个乐章，只是女主人公对过往的追忆。或就是此刻的思潮起伏。因为，我们明显看到，在这最后一乐章，她已等候在岸边，甚至欢快地向往来的小舟打招呼，并且在下一句，再次重复问话，但语意却发生变化。好像在跟舟子说：我在等我的好朋友。当此，我们是否也该长出一口气。好事多磨，这世间毕竟还有很多事，值得期待，且能圆满。

《谷风》：不宜有怒

该篇的语意中心应是"不宜有怒"，即没想到你会这么讨厌我。

习习谷风，以阴以雨。黾勉同心，不宜有怒。

采葑采菲，无以下体？德音莫违，及尔同死。

"习习"，连续不断的大风声。"谷风"，山谷中的风。起首两句，以风起兴作喻。意为：山谷中的大风持续不断，总是酝酿着阴雨，我们的命运亦已注定。这两句可能是主人公此刻的处境，比如正好经过这样一个大谷，正好勾起这样一些心事。以下各句正是由此生发："黾勉同心，不宜有怒"，"黾勉"，双声，勉力，努力。合起来就是：说好了两个人同心合意，没想到你却时时动怒。难道真是我不合你的心意？"采葑采菲，无以下体？""葑"，今之大头菜。"菲"，今之萝卜。两句合起来就是：无论采摘大头菜还是萝卜，我们要的都是根部，而不管它的叶子长得是否好看。其实想说的是，你不看重我的内在品质，只是嫌我长得不够体面。"德音莫违，及尔同死"，"德音"，好话，曾经的誓言。我们曾经海誓山盟，我们说我们一定要同生共死，请你不要违背誓言。而事实是，一切都发生了变化。所以当女主人公回顾这一切时，早已悲从中来，情难自抑。接下来我们看故事又该如何发展：

行道迟迟，中心有违。不远伊迩，薄送我畿。

谁谓荼苦，其甘如荠。宴尔新昏，如兄如弟。

"迟迟",走路缓慢貌。"行道迟迟,中心有违",我走在离去的路上,步履缓慢,是真的不能相信我们会过成这个样子。"不远伊迩,薄送我畿",分别的时候,你甚至不愿多送我几步,只是勉强送到门口。"伊迩",这么近。"薄",语助词,含有勉强之意。"畿",门槛。"谁谓荼苦,其甘如荠",谁说野菜苦,我觉得它和荠菜一样甘甜。这两句明显又是对往事的追忆:想起自己曾经和他所共的患难,那时日子虽苦,但心里却很舒坦。"宴尔新昏,如兄如弟",想起我们新婚的时候,你对我真的是如兄如弟。可曾经的美好都已逝去,此刻回想更见苦痛。那这一切究竟是因为什么?不只女主人公,就是我们读者,亦不由得兴起此种追问。那么,我们看看以下各乐章是否会以此作题:

泾以渭浊,湜湜其沚。宴尔新昏,不我屑以。
毋逝我梁,毋发我笱。我躬不阅,遑恤我后。

"泾以渭浊,湜湜其沚",泾水因为渭水而变得浑浊,但在水流缓慢之处,人们仍然可以看到泾水水清见底。这两句是指自然现象,似乎一切都是理所当然,本该如此。其实诗人想说的是,自己本性并未改变,所变的,只是外在,是别人。说到底就是:我的本质是好的,不会因为别人的侵犯与比较就变得一无是处。那么,究竟是跟谁做比呢?"宴尔新昏,不我屑以",此处的新婚,明显不是自己曾经的。到此,我们才有些恍然,或者我们终于明白,这一切的改变是因为丈夫有了新人。有了新人,自然就不把旧人当回事,就看旧人不顺眼。此刻,女主人公难抑悲愤,脱口而出:"毋逝我梁,毋发我笱",不要去我的渔坝上,不要动我捕鱼的竹篓。"梁",渔坝。"发",拨的假借字,拨动,搞乱。但女主人公真能阻止对方吗?"我躬不阅,遑恤我后",我自己都不被容纳,哪管得了我走后的事。显然,女主人公马上就明白自己的处境,不由得发出这样悲哀绝望的叹息。那么,诗人会不会让这种情绪持续下去?下面部分又该如何展开?

就其深矣,方之舟之。就其浅矣,泳之游之。
何有何亡,黾勉求之。凡民有丧,匍匐救之。

"方",船筏。"方""舟",都是名词,但这里都用作动词,渡水。就是说:如果水深,就会用舟划水过去;如果水浅,就涉水游过去。这几句,同样是借物起兴,用水作喻。其实是追溯过往,回想自己走过的路:一直以为,无论贫富,总会过去,总有办法。即便是邻人发生不幸,我都会勉力救助他们。真不知自己错在哪里?而对方又怎么会变成这个样子?诗人在自怨自艾的同时,仍然不能接受眼前的现实。可究竟是什么原因导致这一切?或者说,自己究竟错在哪里?诗人不断地扪心自问,却仍然没有答案。人在悲苦的时候，也许只能从自身寻找原因。

不我能慉，反以我为仇。既阻我德，贾用不售。

昔育恐育鞠，及尔颠覆。既生既育，比予于毒。

"慉"，爱。"阻"，拒绝，阻碍。这一乐章，诗人终于回到眼前，面对现实：你不爱我，反把我当作仇敌一般。看我什么都不顺眼，我的德行在你这里完全没有显示的余地，你根本不需要它，就好像正在卖的货物没有买主一样。当初日子艰难穷困，我们生活在恐慌中，却能同心协力。等到日子一好，这一切就发生变化，你就把我当作恶魔般存在。看来，诗人经过这样的回溯与叩问终于明白：变了、错了的，是对方。那么，看清现实之后，我们的女主人公可有出路？

我有旨蓄，亦以御冬。宴尔新昏，以我御穷。

有洸有溃，既诒我肄。不念昔者，伊余来墍。

"旨"，甜的，美的。"蓄"，存粮，积蓄。"御"，抵御，度过。前四句合起来就是：我准备了充足的干粮，足以抵抗寒冷的冬日。新婚宴尔的时候，因为有我，你在穷日子中也仍然过得很开心。"有洸有溃，既诒我肄。不念昔者，伊余来墍"。"有洸有溃"，本指水流激荡貌。此处是形容丈夫的动怒以至动武。"既"，既然，竟然。"诒"，留给。"肄"，劳苦的工作。"伊"，唯一。"墍"，所有的。后四句合起来就是：你对我时时动怒，有打有骂。全不念当日我们的恩爱，好像那一切全是一场空。诗句到此戛然而止，显然无论是诗人还是抒情主人公自己，及此已是悲愤难抑。我们亦无法找到任何方式，可以开解女主人公的此种命运。留下的，只能是无尽的叹息。

《式微》：胡为乎中露

此篇的语意中心应是"胡为乎中露"，即感慨自己为什么这样辛苦。

式微，式微，胡不归？微君之故，胡为乎中露！

"式"，发语词，无实义。"微"，光线暗淡，指天黑了。合之则为：天黑了，天黑了，怎么还不回家？开篇即提出疑问，后面是自问之后的自答："微君之故，胡为乎中露"，此处之"微"意指只因为，要不是。合之则是：要不是因为国君，我怎么会夜间赶路。

式微,式微,胡不归?微君之躬,胡为乎泥中!

这一乐章完全是重章叠句,只换了简单的几个字。我们看为什么做这样的变换?以及意义可曾发生变化?第二乐章之"躬",身体、亲自、本人,显然比第一乐章的"故"更为直接、切近。而"泥中"亦有此程度的深浅变化。合起来就是:要不是因为君主亲自率领,我怎么会半夜在这泥泞的路上疾行?

该诗两个乐章,全由设问完成。而对此种辛苦烦劳,诗人似乎也没太多怨尤。隐约中,我们甚至看到某种荣誉与责任。也许,在他们的意识中,为了国,为了君主,暂时牺牲家的温暖与安宁不仅值得,甚至必须。这或许就是早期的集体主义荣誉。或于我们的这位抒情主人公而言,家国本就一体。

《旄丘》:何多日也

此篇的语意中心应在"何多日也",也即面对自己日子虚度却无处着落的惆怅。

旄丘之葛兮,何诞之节兮?叔兮伯兮,何多日也?

"旄丘",前高后低的土山。"诞",生长,延伸。合起来就是:旄丘上生长的那些葛啊,怎么就爬得到处都是。起首这两句借葛起兴,可能是作者眼前所见,更可能是心中有了某种纠结,而自然联想到旄丘之葛。也许后者随意生长的状况,正切合他此刻那种纠缠不清却又无处着落的心绪。后面当然是由此生发,或重心所在:"叔兮伯兮,何多日也","叔""伯",不只是对对方长官的尊称,在某种程度上,应该也是某种不满情绪的流露:长官们啊,时间已经过去很久,为什么就不能帮帮我们?至此,我们方才确知,首句葛之随意蔓延原来真是比拟后面日子的无端流逝或荒废。我们来看下一乐章:

何其处也?必有与也。何其久也?必有以也。

"处",安居。如果说前一乐章还只是质疑,只是对自身处境的怀疑。那这一乐章就是诘问,甚至不容置疑:我们究竟该去哪里安居?必须有人愿意接纳我们啊。为什么让我们等这么久?难道有什么不得已的理由。看来主人公对自身处境已有深刻洞悉。且根本没法忍受此种颠沛流离。那么，接下来，又该怎么办？

　　狐裘蒙戎，匪车不东。叔兮伯兮，靡所与同。

　　"狐裘"，狐皮大衣。"蒙戎"，毛茸茸。这一乐章简直是一气呵成，怒责对方的养尊处优、言而无信：你们这些贵族老爷穿着毛茸茸的狐皮大衣，但就是不愿驾车来看看我们东边这些受冻的难民。长官们啊，你们怎么就不能对我们有一点点同情。

　　琐兮尾兮，流离之子。叔兮伯兮，褎如充耳。

　　"琐"，细小。"尾"，卑微。在此尾章中，主人公只能自怨自艾：我们都是渺小卑微的逃难之人。长官们啊，你们盛服高踞就像假装听不到我们的求诉一般。感觉中，像山洪就要暴发。但突然，又复归于平静。此刻的声音近乎喑哑。我们能说什么？此种贫富尊卑的对比，似乎自古而然。有觉醒，有反抗，但最终似乎又回归于从前。活着也许更艰辛，他们似乎只是通过此种途径，让今日的我们知道他们曾经的不甘。

《简兮》：在前上处

　　此篇的语意中心应为"在前上处"，即对对方在彼处的欢欣。

　　简兮简兮，方将万舞。日之方中，在前上处。

　　"简"，鼓声，此处用作动词。"方"，正好。"万舞"，周天子的宗庙舞，场面比较浩大。首章两句，应是以一个女主人公的身份，以急不可耐的方式告诉我们，万众瞩目的万舞就要开始：听吧，听吧，锣鼓响起来了，周天子的万舞就要开始了。不由引起我们的好奇：万舞怎么样？她为什么如此欢欣？"日之方中，在前上处"，太阳在正上方，他在舞台的正前方。这是聚焦，更是特写。到此，我们恍然大悟，原来我们女主人公之欢天喜地，是因为看到那位如日中天的领舞的男子。

硕人俣俣，公庭万舞。有力如虎，执辔如组。

"硕人"，身材高大的人。"俣俣"，魁梧美好。如果说首章是侧面引出领舞男子，那么"硕人俣俣"就是对这位舞者的直接描写：瞧他身材多么高大，看起来多么威猛。后面紧接的"公庭万舞"，不仅在语句上，而且在语意上也是对第一章的重复。所不同的是：此刻，我们的目光已随着第一章的紧锣密鼓和女主人的热情浩叹，聚焦在这位"硕人俣俣"的男子身上。且看诗人后面如何接续？"有力如虎，执辔如组"，他的舞蹈动作就像搏虎，那样豪迈有力。他手执马缰绳指挥着舞队舞动，严整有序仿佛织锦。

左手执龠，右手秉翟。赫如渥赭，公言锡爵。

"龠"，古代乐器名，如笛子，是舞者吹奏的乐器。"翟"，野鸡尾羽。"赫"，气血方刚貌。"渥"，涂抹。"赭"，红土。"锡"，赐。"爵"，酒器。如果上章还是动态描写，整体感觉，那么这章，就是局部细写：那舞者左手横吹笛子，右手拿着野鸡尾羽在指挥乐队。血气沸腾就像红土涂面，公侯看着非常高兴，连连称赞，快快赐酒。

山有榛，隰有苓。云谁之思？西方美人。彼美人兮，西方之人兮。

"榛"，榛树，结一种小而硬的果子，可食。"隰"，低湿的地方。"苓"，药草名，即甘草。此两句，借物起兴，同时又以物喻人，我们不由得会想到那如山般强壮，如榛般可靠的男子，和如水般柔情，又如甘草般芳香的女子。"云谁之思？西方美人"，你究竟在想念谁？还不是西边来的那个美好的人儿。如果说这两句女主人公还是设问，那么后面两句"彼美人兮，西方之人兮"就是以不容置疑的语气和盘托出：我所爱的美人啊，就是从西边来的那个人。

至此，一曲恋歌戛然而止，而余味久久不息。那欢声笑语更已响彻云霄。

《泉水》：靡日不思

此篇的语意中心应在"靡日不思"，也就是女主人公对故国、故乡、故人的无尽思念。

毖彼泉水，亦流于淇。有怀于卫，靡日不思。娈彼诸姬，聊与之谋。

"毖"，水流涌动貌。起首两句借物起兴，又以物作喻：这不断涌动的泉水，也是流出于淇水。可能是诗人眼前所见，更可能是心中所想，后面自然引出的是：我思念卫国，没有一天忘记。那些美好的姬姓女子，让咱们好好合计一下，怎样才能回到故国。"娈"，美好。"诸姬"，姬姓女子们。至此，我们才明白女主人公起篇的思绪，她实在是太思念自己的故国，以致无物不感无时不伤。那该怎么办？或何以消忧？

出宿于泲，饮饯于祢。女子有行，远父母兄弟。问我诸姑，遂及伯姊。

"泲"，卫地名，曾有学者认为泲即济，济水，亦通。"饯"，饯行。"祢"，亦卫地。该章起首两句回顾当年离开卫国的时候，在泲地歇脚，在祢饮酒饯别。不由得生出无限感慨：我们恋恋不忍离去，是不愿就此远离父母兄弟。最后一句"问我诸姑，遂及伯姊"更是直写此种不舍与担忧：请那即将回去的人们，代我问候我的诸位长辈，以及所有同族的姐妹。这两句语气发生转换，应是回到眼前。至此，我们不由得悲声长叹：看来，她们仍然不能归家。故国，仍然只在她们的记忆中。

出宿于干，饮饯于言。载脂载舝，还车言迈。遄臻于卫，不瑕有害？

该章起首两句，和上一章基本重复，再次咏叹离开卫国的不舍。"载脂载舝，还车言迈"，"载"，发语词，无实义。"脂"，油脂，车油。"舝"，后世作辖。合起来就是：我们也曾经给车轴涂油给车辖加固，为的就是有一天能够迅速返回卫国。"遄臻于卫，不瑕有害"，"遄"，快，疾。"臻"，到达。"不瑕"，没空，来不及。这两句显然重复前两句诗意：我们想着会很快回到卫国，是真不想半路出现差错。这章表面上是转移话题，其实是极写她们对故国的思念。从离别的那一刻起，她们就期待着回归。可想象越美好，过去越灿烂，眼前就越荒芜，越无助。此种伤痛，如何慰藉？我们继续往下看：

我思肥泉，兹之永叹。思须与漕，我心悠悠。驾言出游，以写我忧。

"肥泉",就是第一章所说的泉水,因为它的水源充足,故称"肥"。这其实是一种非常亲切眷恋的称呼。也就是回想当初对着那股源出故国的泉水,她长声浩叹已情难自抑。然而此刻,就连此泉亦成记忆。我们的女主人公真是悲痛莫名:"思须与漕,我心悠悠"。我是如此地想念须与漕,如此想念卫国的每一片土地,我的思念亦如这泉水汹涌无法停歇。然而能说什么?"驾言出游,以写我忧",我要驾车出去转一转,以排解我内心的种种愁怨。看来,过去已若梦,如今更空想。我们的女主人公亦只能继续徘徊,踟蹰于异国他乡。

《北门》:莫知我艰

此篇的语意中心应在"莫知我艰",也就是对自身处境的哀怜。

出自北门,忧心殷殷。终窭且贫,莫知我艰。已焉哉!天实为之,谓之何哉!

这篇用赋法,起篇就直陈其事:我从北门出来,内心非常愁苦。这应该是写实,可为什么愁苦?我们还是听他一一道来:我的房屋简陋没有财物,没有人知道我的艰难。这应该是他的现实处境。他好像在自我分说。这种分说是否因为人家的误解,我们不得而知。但我们能够肯定,此种"莫知我艰"真是他最为在乎的。而下面的诗句,就是由此生发。我们看这章最后几句:"已焉哉!天实为之,谓之何哉!"算了吧,老天爷既然这样安排,我又有什么办法!这简直是自怨自艾,甚至就是认命。这个当然不同于儒家所标榜的安贫乐道。但在此种慨叹中,我们的确感知到他的不得已。

王事适我,政事一埤益我。我入自外,室人交遍谪我。已焉哉!天实为之,谓之何哉!

"埤",使得。"益",交给。"谪",责备。这章紧承上章意思,仍然用赋法,却是急于向我们分说他的不得已,似乎怕我们不能明白,甚至误会他:国家大事都交给我,具体政务也一定要我做。我从外面回家,家里的人都指责埋怨我。算了吧,老天爷这样安排,我有什么办法。简直是内外交困,还不被理解。最后三句完全重复,似乎更加强化了别人不能理解的困扰。

王事敦我,政事一埤遗我。我入自外,室人交遍摧我。已焉哉!天实为之,谓之何哉!

这章是典型的重章叠句,我们看简单变化的几个字:"遗"的留给,比之"益"的交给,显然更不能容忍,更让人恼火。而"摧"的讽刺,比之"谪"的责备,程度更深。最后这章,让我们理解了何谓家国一体。可在主人公的此种感喟中,我们似乎又有了某种对主人公身份地位不可或缺的认知。到此,我们哑然失笑,说到底,原来他在发牢骚,甚至心下自矜,似乎世间事缺他不可。也许,此种境遇,别人求而不得呢。

《北风》:携手同行

此篇的语意中心应在"携手同行",表示愿与对方苦乐与共。

北风其凉,雨雪其雱。惠而好我,携手同行。其虚其邪?既亟只且!

"雨雪",下雪。"雱",纷纷扬扬,雪大貌。"惠而",惠然,顺从。"好",听从,赞成。"其",语助词。"虚",犹疑不决。"邪",缓慢走。"亟",急。"只且",不容犹疑。首句借风起兴作喻:北风呼呼地吹,天气越来越冷,大雪纷飞,天地白茫茫一片。由此营造出一种非常紧迫的局势。可能是实写,更可能是一种说话策略。想说的,当然是后者:你们赶快听我的劝,让我们携起手来一起逃亡。进而说明这样做的必要性:不要再犹豫不决磨磨蹭蹭。事情已经非常危急,哪还有磨蹭的时间。整个这一章,就像故事的上演。我们似乎看到大雪纷飞中一些被迫远离的人儿。他们前路如何,我们不得而知,但心中已无端生出万千愁绪。

北风其喈,雨雪其霏。惠而好我,携手同归。其虚其邪?既亟只且!

这章是典型的重章叠句,只简单变换了几个字。我们看为什么要做这样的变换?"喈",即湝,寒,冷。"霏",雪大,有铺天盖地之势。显然,由第一章的"凉""雱""行"到这一章的"喈""霏""归"除了换韵的需要,更有一些其他的意味,比如:由一般的凉到这里的寒凉,由雪的纷纷扬扬到这里的铺天盖地,由一起出发到一起回家。这种变化不只是时间的延续,更有他们在此种进程中所遭困厄的不断加深,以及由此引发的越来越强烈的归乡愿望。

莫赤匪狐，莫黑匪乌。惠而好我，携手同车。其虚其邪？既亟只且！

这一章比之前面两章，首句发生了变化。"莫赤匪狐，莫黑匪乌"，"莫"，无。"赤"，红色。"匪"，不是。这两句合起来就是：天下的狐狸哪有不是红色的，天下的乌鸦哪有不是黑色的。看来，这一章之所以做这样的变化，正是用人们习惯中所认知的狐狸的狡猾多疑与乌鸦的贪婪比喻那些在上位者，并兴起对其的谴责与强化离开此地的愿望：我们不要再对他们寄予希望，还是赶快听我的劝告，让我们一起登车，马上离开这个地方。怎么还要犹疑彷徨不忍离去，情形已如此急迫，再不走真会来不及。

整个篇章，何止凄风苦雨，更是大难来时的相互救助。这或许正是该篇历久不衰总被吟咏的内在动因。

《静女》：搔首踟蹰

此篇的语意中心应在"搔首踟蹰"，表示不见恋人的惶恐不安。

静女其姝，俟我于城隅。爱而不见，搔首踟蹰。

"静"，古人认为通靖，美好之意，可今日我们读之，似乎不应单单把它理解为这样一种品质的界定，要不后面姝的语意就有些没法落实。此处的静女，我们何尝不能理解为一个雅静安闲、乖巧柔顺的女子。或者说，此姝之美好，正落此静上。至此，我们在理解这位女子后面的行为时，似乎才有了现实的依据。正因为她的娴适雅静，她明明在城墙边等我，却偏要藏起来不让我看见，急得我抓耳挠腮，徘徊不定。

静女其娈，贻我彤管。彤管有炜，说怿女美。

"娈"，亦美好貌。"贻"，赠送。"彤管"，红色的管子，不知其为何物，应是表达殷勤热爱之意。"炜"，美丽的图饰或指其光泽。"说怿"，喜欢。"女"，汝，指彤管。这一章合起来就是：那个贤淑雅静的女子，送给我一枝红彤管。这彤管上有美丽的图饰，我是真的非常喜欢它。这一章应是两情相悦，并以信物为证。物因人而更美。

自牧归荑，洵美且异。匪女之为美，美人之贻。

"牧"，郊外。"归"，通馈，赠送。"荑"，初生的柔嫩白茅。"洵"，确实。

"异",可爱。这一章合起来就是:那个娴静优美的女子从野外采来初生的白茅赠送我,这个白茅确实美好可爱。不是白茅长得美,而是美人送给我的情意好。这最后一章更肯定彼此的情意,再次强调自己对她的爱意。不是因美而爱,而是因爱而美。此刻,我们在心中不由哂笑:不用辩白了,爱就爱吧,爱与美如何能分得清?

这篇,纯用赋法,却活灵活现。这得益于诗人对女子形态、行为的刻画。白描手法、欲说还休,无形中,就让诗歌产生某种盎然的诗意。而双方之间的交接,虽没直写,但通过侧面馈赠,及一方的言说、旁观,已使对方神态、风貌毕现,充满情趣。

《新台》:籧篨不鲜

此篇的语意中心应在"籧篨不鲜",表达对对方的极端厌恶。

新台有泚,河水弥弥。燕婉之求,籧篨不鲜。

"新台",台名。"泚",《说文解字》曰:玉色鲜也。此处指新台的明丽辉煌。"河水",黄河水。"弥弥",弥漫,水盛貌。"燕婉",安和美好貌。"籧篨",丑恶之谓。第一章合起来就是:新台修好了,果然明丽辉煌,下面的黄河水汹涌弥漫。本想嫁一个好儿郎,没想却碰上这么丑恶的东西。前两句是直陈新台的美、好,其实已隐隐道出前路的凶险莫测。果然,后面两句,才是该篇的题旨所在,而此种事与愿违,此种丑恶,真的出乎所有人想象。显然,到此,诗人的爱憎态度已非常鲜明。我们亦不由扼腕。

新台有洒,河水浼浼。燕婉之求,籧篨不殄。

第二章是典型的重章叠句,我们看简单的字句变化所起的作用。"洒",高俊鲜丽貌。"浼浼",水流平缓貌。比之上章的"泚"和"弥弥",此台明显更高、更险,而女主人公所遭逢的境遇,亦可能更无转圜。而"殄",比之"鲜",更是暴殄天物。整个这章合起来就是:新台筑好了,就在那最高处,看起来堂皇伟岸。本想嫁个好儿郎,谁曾想被如此作践。

鱼网之设,鸿则离之。燕婉之求,得此戚施。

最后这章援譬设喻,无非是极写处境的恶劣,现实的凶险:如果张开大网猎捕,大雁看到都会害怕逃离。本想嫁个好儿郎，谁曾想会碰到这样的癞蛤蟆。前一句是以天罗地网作比，任你是游鱼飞禽亦难逃此厄。后一句，真像一声长长的叹息，满是凄楚无奈，让读者也无端兴起对作恶者的极端憎恨，对不幸陷此罗网的女主人公的深切同情。说到底，是一种人世的不公，或就是美的陨灭。就此，我们再看到诗经或其他篇章中，感慨或指责此类女主人公的放荡不羁时，或许会有不同的眼光或心境。

《二子乘舟》：中心养养

此篇的语意中心应是"中心养养"，即对乱世中远行者的担忧与害怕。

二子乘舟，泛泛其景。愿言思子，中心养养！

"泛泛"，飘荡，无所目的，无所依傍，就像他们的命运。"景"，该是落实前面飘荡之行为。这篇用赋法，起篇直陈人物、事件：他们就这样离开了，就像小船儿飘在大海上，很快就不见踪影。后两句是就此情形抒写心情：我是如此担心他们，想起他们我内心焦急万分。此处应是预知他们的命运，虽没明说什么，但不祥之感已随着简单的语句扑面而来。

二子乘舟，泛泛其逝。愿言思子，不瑕有害！

这一章是典型的重章叠句，但我们明显看到在此种重复中，上一章的灾难或已降临：他们俩乘船远去，我再也看不到他们的身影。我怎能不想他们，我是如此害怕他们会遭遇什么。这种恐惧并不单单是针对外在的险恶环境，更可能是对世间某种险恶的省知。兄弟同行，何止同命运，若注定毁灭，世间还有什么希望。送行者，哪怕不是母亲，亦忧心如焚寝食难安。读到此处，读者何尝不是气噎喉堵。若是某种运命降临，我们人类全无反抗之力，我们还会相信这是人间吗？

【鄘风】

整个鄘风，内容庞杂。我们无法确知此部分的选诗标准，或当时究竟流行什么，但我们确实看到了先民的所忧所虑，和对特定人物事件的不同观照。其女性观，整体比较前卫，已超越它的时代。它在动态描摹女性现实处境时，不只注入同情，更冀望她们突出重围，不再只是男性的附庸或生活的负累。当然囿于传统习俗，篇中也有对女性的歧视，我们在研读时需细加辨别。

《柏舟》：实维我仪

此篇的语意中心应是"实维我仪"，就是强调他真的符合我的审美标准，真的是我之所好、所爱。那么，我们看她究竟看中的是什么？

泛彼柏舟，在彼中河。髧彼两髦，实维我仪。之死矢靡它。母也天只！不谅人只！

"柏舟"，用柏木做成的小舟，喻稳固美好的爱情。"泛彼柏舟，在彼中河"，看那柏木小舟在水中随意飘荡，有如我们的爱情。这句可能是实写，描摹她眼前所见；也可能是比拟，想象中他们的爱情小舟犹如大海行船，虽然足够坚固，但也难免遇险。后面引出的"髧彼两髦，实维我仪"，应是该诗的落脚点。是说，那位髫发齐眉的小伙，真是我喜欢的样子。"之死矢靡它"，"之死"，到死；"矢"，发誓；"靡它"，没有其他人，不会改变。合起来就是：这个世界上，除了他，我不会爱别人。这简直是斩钉截铁的爱情誓言。所以后面"母也天只！不谅人只"，父亲、母亲，你们怎么就不能体谅我！就让我们感觉不是水到渠成，而是严重抗议。看来诗人的爱情小舟，的确遭到了来自爹妈的反对。但究竟因为什么，我们无从知晓。

泛彼柏舟，在彼河侧。髧彼两髦，实维我特。之死矢靡慝。母也天只！不谅人只！

第二章是完全的重章叠句，简单的"侧""特""慝"的变化，除了协调音节，加深第一章的呼告，语义上并没有太大变化。就此，该诗的矛盾焦点仍落在"实维我仪"，即他符合我的爱情标准,我对他忠心不二,所以无论前面借"柏舟"起兴,还是后面"之死矢靡它"的宣誓,以及最后对老父老母的呼告,都是一种对爱情的坚守与捍卫。

当然,今天的我们会说,此种爱情太过肤浅,不过是少年的单纯与执着,或就是少年的狂想。人在热恋中,会把所有不赞成的人当作敌人。当然,这种对父母的呼天抢地,也不一定非要看作反抗。也许这只是一种情绪的对立或观念的暂时不能沟通。乍看极端,但有时候,我们宁愿它永远不要醒来。毕竟这个世界上,还有值得痴狂的事情。

《墙有茨》:不可道也

这篇据说是讽刺、揭露卫国统治者荒淫无耻的诗,我们看它究竟想说什么,又说了什么。该篇的语意中心应是"不可道也",即对宫中丑恶行径的深恶痛绝。

墙有茨,不可扫也。中冓之言,不可道也。所可道也,言之丑也。

"茨",植物名,蒺藜,一年生草本植物,果实有刺。起首两句借物起兴作喻:墙上有蒺藜,没办法清扫。可墙上怎么会有蒺藜,显然是有意为之。接下来的追问与作答也便自然而然:"中冓之言,不可道也"。"中冓",内室。宫中龌龊之事,显然不光明,不能让外人知道。而最后两句"所可道也,言之丑也"更是进一步解释:不是不能说,是说出来太丑陋。看来这种不可道并不是真的不能说,而是言说者出于深刻的道德自觉,认为那些丑恶的事,超出人类已有认知,即便人家能做,我们自己亦不能轻易地去说。及此,诗人对所要言说的事情的态度已非常鲜明。我们读者在倍感压抑的同时,又不能不勾起好奇:究竟怎么回事?真需讳莫如深?接下来,我们看他如何分说:

墙有茨,不可襄也。中冓之言,不可详也。所可详也,言之长也。

墙有茨,不可束也。中冓之言,不可读也。所可读也,言之辱也。

第二、第三章由第一章"扫"的打扫,到"襄"的清除,再到"束"的约束捆扎,可以看到清除力度的不断增强,由此引出的"详""读",已不是第一章简单地说道。"详",显然是更重细节、内容以及这种言的量,与之对应的便是后面的长,说来话长,那真的是太多了。而"读"更具有解读领会之意,显然是侧重于此种话语的内容含义及情感指涉,由此引起的后面的"辱"字,正好回应此种受辱的感觉。也就是说,前面所有的那些脏事丑事,不要说做,就是随便说说或只是听到,对言说者或听者而言都是耻辱,由此更证明此言的不可道、不能道。当然,前后三章的此种变化,除了乐章押韵的需要,还有意义的层进或立场的强调。而我们正是在这样的一唱三叹或再三强调中,不断深化对丑恶事物的感知与厌弃。

《君子偕老》:如山如河

此篇的语意中心应在"如山如河",盛赞对方如山般稳重、似河样深沉。

君子偕老,副笄六珈。委委佗佗,如山如河,象服是宜。子之不淑,云如之何?

"君子偕老",这是多么美好的盟誓:我想和你生生世世不相离。但谁为君子?我又该和谁终老?这个起篇让人疑窦丛生,我们来看下一句:"副笄六珈"。"副",妇人的一种首饰。"笄",簪。"珈",首饰,垂在笄下面,一般用玉做成,且有六颗。"副笄六珈",该是多么的盛容显贵,她难道还有不得已之处?"委委佗佗,如山如河",她举止雍容华贵,言行落落大方,真是如山般稳重、似河样深沉。"象服是宜",她那镶有珠宝、绘有花纹的礼服穿在身上是那样的合适。看来,这位女子是内外兼修的存在。她的美不独在外表,在衣饰,更在天然的风韵。她对这个世界是有理想、有需求的,这就是:君子偕老。她渴望这样的君子,她渴望她的生命在爱中与美俱在。谁能说这样的深情或愿望不让人动容?若真能长此以往,该是怎样的圆满。可这样的君子存在吗?我们不由得声声叹息。"子之不淑,云如之何",这两句,正回应我们的此种顾虑。"淑",良善,美善。"不淑",我们不由得想到遇人不淑。那么这两句合起来,怎就不能这样理解:她真的是遇人不淑,谁也没有办法。这两句无形中已回应首句的疑问:我想和你长相厮守,但这样的你不存在。此种感慨,何止是对现实的否定,更是对眼前遭际的抗拒。也正因此,下面几章的抒写才似乎回到从前、梦中:

玼兮玼兮,其之翟也。鬒发如云,不屑髢也。

玉之瑱也,象之揥也,扬且之皙也。胡然而天也?胡然而帝也?

"玼",玉色鲜明貌。"翟",翟衣,也就是第一章中的象服、礼服。如果上一章是概括叙述,那么这一章就是具体描述:瞧那绣着山鸡彩羽的礼服是多么美丽讲究,多么色泽明艳。"鬒发如云,不屑髢也",这两句表面上是描摹女子的黑发如云,无须假发。实际上是突出她无与伦比的美貌及正值华年的骄傲。"玉之瑱也,象之揥也,扬且之晳也",这几句进一步细化,落实到她发饰的讲究、精美,皮肤的白晳,额头的开阔,当真是一位无可挑剔的美人,并且此种美是有容饰的、讲究的美,或者说加了后天养成的美。就此,我们突然发现作者理想中的美人,除了天生丽质,更有后天精进,或者说这种美浑然天成、无懈可击且在不断成长。也正因此,才有后面两句:"胡然而天也?胡然而帝也?"也即她怎么会这么美,像天仙,像帝女,如此超凡脱俗,又高贵典雅。这应是作者的自然咏叹,也进而加深了对女主人公后面悲剧命运的深刻同情与无限怅惘。

瑳兮瑳兮,其之展也。蒙彼绉絺,是绁袢也。
子之清扬,扬且之颜也。展如之人兮,邦之媛也。

"瑳",义同"玼",同样是指玉色鲜明、洁白无瑕,但此字客观上给我们一种后天打磨之感。或者说,作者此处所指的"展",作为古代贵族妇女的礼服衣饰应是更为考究,更为精工细作,更有一种后天的美。就此,针对我们这位不幸的女主人公,我们不能不产生同情叹惋:她真的是内外兼修配得上君子的美人。"子之清扬,扬且之颜也",她的眼神清秀,眉宇宽广,风神俊茂,她就是世间至美的存在。"展如之人兮,邦之媛也",显然,这两句是自问自答,且毋庸置疑:像她这样的美人儿还能是谁?可不就是我们国家最美的那位公主。

就此,我认为,之前人们赋予或指涉该诗是对卫宣姜的讽刺批判,都不只不够客观,更是有失公允。无论该诗的主人公是否为历史存在中的宣姜,我们完全没必要把历史讲述中那么多的道德评价或污言秽语强加于她。因为我们非常清楚,本质上,她仍是受害者。并且就此诗而言,我们更看到一位无法把握自身命运的美丽女子的存在。哪怕她贵为公主,品性高洁,满怀理想,不忘精进,但仍难逃陨灭的命运。借此,我们更为痛恨社会的黑暗与现实对女性的不公。她是那样的无辜美好,我们不能不对她兴起无限叹惋。我们哀悼的除了美的毁灭,更有对造成此种毁灭的种种社会不公的诘责与反抗。某种程度上,此种生命意识与反思意味,才是最珍贵的。

《桑中》：美孟姜矣

此篇的语意中心应在"美孟姜矣"，就是对自己情人的热烈咏叹。

爰采唐矣？沫之乡矣。云谁之思？美孟姜矣。

期我乎桑中，要我乎上宫，送我乎淇之上矣。

"爰"，在哪里。"唐"，菟丝子，寄生植物。"沫"，春秋时期卫国邑名，即牧野，在今河南淇县。"乡"，郊外。起首两句借物起兴作喻，又自问自答：到哪里去采摘菟丝子？还不是沫的郊外。其实想说的是下面两句："云谁之思？美孟姜矣。"你说我在思念谁？还不是那姜家的大姑娘。这前后两句简直是不言而喻，理所当然。就像大家都知道菟丝子该去沫之乡采，他所思念的人儿当然是姜家的大姑娘。可菟丝子在郊外可以随便采，姜家的大女儿究竟是谁？难道真的这般确定唯一？某种程度上，此种确定性更可能是男主人公的情感指向，或就是修辞。这个世界上肯定有这样一个人，家世显耀，值得我爱恋。可她究竟是谁，就是不告诉你。这种语言的模糊性与情感的确定性，无形之中就使诗歌产生了无限张力。我们接下来看主人公又会说什么？"期我乎桑中，要我乎上宫，送我乎淇之上矣。""桑中"，不管是特指某个地方，还是泛指哪个小树林，看来也和美孟姜一样是一个真实的存在，并且就是他们的约会之所。如果说她约我在桑中相会还比较隐秘，那么她邀我到她家幽会，分别的时候还一直把我送到淇水边上，就不只是浓情蜜意，还是事实呈现。其他人，你们还有什么话说，我们就像菟丝子蔓生于其他植物，难分难舍。可以说在该章中，随着句式的转换，情感也发生了几次切换。男主人公表面的遮遮掩掩、欲说还休后面，隐藏着一个热血贲张甚至自鸣得意的少年郎形象。他无非是想告诉大家：我恋爱了，她很喜欢我，且离不开我，瞧我多有魅力，多受欢迎。我们读到这里，不免哑然失笑，但又不能不开心于他们的此种相遇。

爰采麦矣？沫之北矣。云谁之思？美孟弋矣。

期我乎桑中，要我乎上宫，送我乎淇之上矣。

爰采葑矣？沫之东矣。云谁之思？美孟庸矣。

期我乎桑中,要我乎上宫,送我乎淇之上矣。

这两章是典型的重章叠句,简单的"麦""葑""北""东""孟弋""孟庸"的变化,除了音节或韵脚的需要,不过是加强前面的确定性与可能性。在情感的回旋与沉吟中,我们亦慢慢接受他们的此种爱恋。谁不曾年少?谁不愿相爱时旁若无人?而之于那个心满意足洋洋得意,甚至之前还怀疑他油嘴滑舌的言说者形象,我们已全然不想在乎。及此谁能说,此类诗不充满人间欢欣与世间热望?也许某种程度上,我们亦渴望我们的生命若鲜花般怒放,如藤蔓般缠绕。

《鹑之奔奔》:我以为兄

此篇的语意中心应是"我以为兄",即对自己误信他人的反思、痛惜。

鹑之奔奔,鹊之彊彊。人之无良,我以为兄!

· 75 ·

"奔奔",跳跃着走。"彊彊",强力起飞。"奔奔""彊彊",都是形容鹑鹊居有常匹,飞则相随的样子。换句话说,主人公看到眼前的鹑鹊,不管是地上蹦的还是天上飞的,都是那样成群结队,相亲相爱,不由得想起他所惦记、顾念的那个人。"人之无良,我以为兄",他怎么会是这个样子?我还把他当作兄长般对待。可他究竟不良在哪里?作者没有明说,但我们确知他此刻已是悔不当初。接下来,我们看他怎么接:

鹊之彊彊,鹑之奔奔。人之无良,我以为君!

这章除了前两句顺序发生调整,其实仍是重章叠句。所调整处,除了韵脚需要,更有一种周而复始,永远如此的感觉。比之于把第一章的"兄"换成"君",从意义上来说,并没有太大变化。无非就是降低标准,之前把他当兄弟,当亲人。后来把他当旁人,当君子,至少区别于小人。但他真的是太让人失望了。诗篇就是在这样简单的重复与强调中,强化了之前的那种痛惜。

《定之方中》:作于楚室

该篇的语意中心应是"作于楚室",即郑重其事地介绍他们在楚丘开始修建房屋。

定之方中,作于楚宫。揆之以日,作于楚室。树之榛栗,椅桐梓漆,爰伐琴瑟。

"定",星宿名。"方中",正当中的位置。"定之方中",应该是指每年的十月十五到十一月月初,定星出现在天空的时间。据说,这个时候,古人开始建造房屋,修筑宫殿。但此句,除了时间概念,给我们的感觉是否还有地理指涉?换句话说,就是在这样的日子，我们确定方位，基业始建。"揆之以日"，就是具体地测度确定某一日。这个应是正式的时间概念。当然我们可以把前两句"定之方中，作于楚宫"当作泛指，就是在定星居中的那几日，我们开始在楚丘建筑宫殿。后两句"揆之以日，作于楚室"，就是指具体开始修筑宫殿的日子，当然是经过慎重挑选的。前四句当作互文也行，但语意重心，应是落在后面的"作于楚室"上。因为四句之意，到此方才完整。后面紧随的三句"树之榛栗，椅桐梓漆，爰伐琴瑟"当然也是由此生发。即在我们房屋周围种植各种各样的优良树木，以期成材，制琴作瑟。言语之间，是满满的憧憬与祝福。

升彼虚矣，以望楚矣。望楚与堂，景山与京。降观于桑。卜云其吉，终然允臧。

如果说上一章的"爰伐琴瑟"是在企望将来，那么这一章开篇的"升彼虚矣，以望楚矣"却是回到当下：我登上那高处，环视着楚丘大地。"望楚与堂，景山与京"，我看着楚丘大地与它旁边的堂邑，然后沿着高丘不断走远，视野越见开阔。"降观于桑"，我从高丘走下，在桑田里细心考察。"卜云其吉，终然允臧"，我们从前占卜说这个地方不错，如今看来确实很好。

灵雨既零，命彼倌人。星言夙驾，说于桑田。匪直也人，秉心塞渊，騋牝三千。

这一章应是追溯，我们这次的出行是在一场好雨后，我命令倌人准备车架。"星言夙驾，说于桑田"，天还没亮，大伙就忙着出发，这会已在桑田休息。"匪直也人，秉心塞渊，騋牝三千"，这三句是抒情主人公此刻不由自主的感慨：桑田之所以长这么好，我们国家之所以这么富庶繁荣，不只是老百姓的辛勤劳作，也是我们国君的深谋远虑，"騋牝三千"，表面上是说有很多的大马母马，实际上是指眼前可见的兵强马壮。而此种感慨或直写，正是回应起篇的"作于楚室"，似乎所有的付出都没白费，所有的努力都已实现。若前者是理想或蓝图，后者则为现实与眼前。显然，他对这样的现实非常满意，这亦可能是本篇甚至当时的最强音。

《蝃蝀》：远父母兄弟

此篇的语意中心应是"远父母兄弟"，即对女子不合礼仪行为的谴责。

蝃蝀在东，莫之敢指。女子有行，远父母兄弟。

"螮蝀",彩虹。古人认为彩虹是阴阳不和的产物,是淫秽之气,所以彩虹出现时,一般人不敢随便指点。由此兴起的下句,"女子有行",就是直指女子不合传统习俗的行为。特别是与男子的私情、私奔,完全是伤风败俗。直接后果就是背叛父母兄弟,乃至与整个社会为敌。所以,我们从这简单的语气中,已听出作者的深恶痛绝。

朝隮于西,崇朝其雨。女子有行,远兄弟父母。

"隮",虹。"崇朝",终朝,整个早上。这两句合起来就是:彩虹早上出现在西边,整个早上都会下雨。这是物候现象,真理般的存在。其实诗人想说的是后者:女子若有伤风败俗的行为,不说社会,就是他的父母兄弟亦不能容忍。其实,这后一句与上一章的最后一句本质上并没有区别。父母与兄弟的前后置换,除了叶韵,语意或落在前一个词上。比如,前一章是"父母",这当然是直接的影响对象。这一章是"兄弟",意义上更是一种递进,哪怕是你的兄弟都不能容你。可见,女子在这样的旧传统中所受压迫之深。说到底,这一章除了重申前章之意,语气更为斩钉截铁与不容置疑。

乃如之人也,怀昏姻也。大无信也,不知命也!

"乃如之人也,怀昏姻也",哪有像你这样的人,这样地败坏婚姻。"怀"通"坏"。"大无信也,不知命也",你真的是太没信用,怎么可以不遵守这传统习俗?"命",命令、规矩,更指传统习俗、惯常忌讳。如果说前面两章还是旁敲侧击,含沙射影,那么这最后一章,就是直斥女子,没有任何通融。看来这位女子是没有退路可走。可我们不由得要想,父母兄弟若满意了,她就开心吗?这是旧时女子的普遍命运,婚姻自主对她们来说简直是神话。若不听从父母顺应习俗,必得付出"远父母兄弟"的代价。我们除了表达对她们的深刻同情,还能说什么?

《相鼠》:不死何为

该篇的语意中心应为"不死何为",即对寡廉鲜耻之人的叱骂。该篇据说也是斥责卫国统治者昏庸无能、不知廉耻的篇章。我们具体来看篇目。

相鼠有皮,人而无仪。人而无仪,不死何为!

起句直接以人人厌恶的老鼠起兴作比:看那老鼠都有皮,一个人怎能如此没有体面。后面两句,更是直接叱骂:一个人没有体面,不讲分寸,不死等什么? 看着这样的篇章,我们不禁有些恍然:该篇温柔敦厚吗?不说《诗经》,就是在其他诗文篇章中,我们又何尝见过这样不加掩饰的厌恶与斥骂?

相鼠有齿,人而无止。人而无止,不死何俟!

如果上一章的"皮",仅指个体的面子、仪表,单指皮相,那这一章的齿,就应是指欲望、本质:看那老鼠都能控制自己的欲望,懂得什么可以吃什么不能吃,一个人竟然可以贪婪到这种程度。最后更是直接表明态度:一个人这么贪婪,不死等什么?这何止是爱憎分明,简直是咬牙切齿。

相鼠有体,人而无礼。人而无礼,胡不遄死!

如果说前两章的"皮""齿"还仅指老鼠的某一部分行为或欲望,那么这里的"体",应该是指全部、整体,或者说它能够支配控制自己的行为,知道哪里能去哪里不能去。而一个人,却连老鼠都不如,竟然不懂基本的礼仪。这样一对比,显然更为可怕。所谓礼仪应该是全社会约定俗成都需要遵守的规矩。一个人如果生而不懂这些规矩,那就不配为人。不配为人,还不快快死去。如此地斩钉截铁,不留余地。看到此处,我们不知该说什么。我们甚至不明白,这些体面规矩究竟是什么?是否真比生命更为贵重?难道某些时刻,我们必得做这样的选择?若是舍生取义,我们当然能够认同。但若仅仅是颜面,甚至是一些繁文缛节,我们真需要如此在乎?就此,我们是该庆幸自己未曾在那世为人,还是该警醒从此也得讲些体面。

《干旄》:良马四之

此篇的语意中心应为"良马四之",表面是写四匹驾车的马儿异常强壮,其实是表达对贤士的嘉许与热望。

孑孑干旄,在浚之郊。素丝纰之,良马四之。彼姝者子,何以畀之?

"孑孑",特立貌。"干旄",牛尾旗杆,据说是当时用于招致贤士的旗子。起篇两句,可看作赋,交代事情发生的地点、人物:看那迎风招展的牛尾旗,主公招贤的车马已来到浚邑的郊外。也可看作兴,借以引出后面的陈述内容:那旗帜用洁白的素丝缠绕,四匹驾车的马儿异常强壮。表面是写驾车的马,其实是写乘车的人。到此,可说是情绪饱满。最后两句,应是收结或生发。或前为因,此为果:那位美好的贤士,该以什么来回报?有戏谑,也有嘉许。表面设问,其实非常肯定,毋庸置疑。整个语调,轻松活泼,充满情趣及热情。让我们看到主客双方的殷勤接洽之意。当此时,那位被求的贤士,想来必是春风满面,一心报主。

孑孑干旟,在浚之都。素丝组之,良马五之。彼姝者子,何以予之?
孑孑干旌,在浚之城。素丝祝之,良马六之。彼姝者子,何以告之?

下面两章,在重章叠句的同时,随着迎接地点"郊""都""城"由远及近的变化,招贤旗帜的鹰纹图案、杆端鸟头装饰的细节亦不断呈现。而在其后描述旗子的缝制方式及驾车马匹的不断增加,更在说明做工的越来越讲究,礼节的越来越隆重,真是求贤若渴。而最后一句由第一章"畀之"的笼统地回敬,到后面的"予之""告之",不只表明此种求贤过程的成效显著,更在说明此刻的贤士更是知恩图报,无所不告。当然,最后一句亦可理解为一种美好的愿景或想象。而全篇正是在这样一种余音未尽的设问中袅袅展开,知音得遇贤士,理想终于圆满的未来生活图景。

《载驰》:言至于漕

这篇据说是许穆夫人回国凭吊卫侯所作,语意中心应是"言至于漕",也就是终于到了漕地,本想长出一口气,没想后面横生事端。其实是表达对对方横加干涉的愤怒。

载驰载驱,归唁卫侯。驱马悠悠,言至于漕。大夫跋涉,我心则忧。

"载驰载驱,归唁卫侯",马儿马儿快快跑,我要回去吊唁卫侯。起笔两句,直接交代此行目的,主人公的急迫心情跃然纸上。可接下来的"驱马悠悠,言至于漕",我使劲地驱赶马儿,可它还是跑得这么慢。是真的慢吗?"悠悠",可能更是一种心理距离,太难熬,太艰辛。跑了半天,才到卫邑漕。此刻似乎终于可以缓口气,但后面的"大夫跋涉,我心则忧",似乎才真正呈现了此次急行的问题所在。那么,我们这位主人公忧虑的究竟是什么?随着许国那些政府官员的出现,究竟有哪些矛盾或真相会依次展开?我们来看下篇。

既不我嘉，不能旋反。视尔不臧，我思不远。

既不我嘉，不能旋济？视尔不臧，我思不閟。

这两章，显然正是上面主人公所忧虑的：你们即便不同意我的做法，我也不能马上返回。明确告诉你们：我永远不会放弃我的祖国。而在接下来的重复咏叹中，我们发现此种矛盾的激化和情感的上扬。即便你们不同意，我也一点儿都不会改变，我不可能再渡河回去，我再次晓告你们。我心心念念的是我的祖国，我的这种思念不会有一刻停止。言外之意，当然是你们改变不了我，阻止不了我。这种态度真够决绝，但此刻我们发现矛盾已一发不可收拾，怎么办呢？我们不由得为主人公担忧。就诗歌本身而言，下面又该如何接续？

陟彼阿丘，言采其蝱。女子善怀，亦各有行。许人尤之，众稚且狂。

"陟彼阿丘，言采其蝱"，我登上那高高的山丘，我要采摘那忘忧草。看来主人公此刻也是愁肠百结，难以排解。那么他忧愁的是什么？或者说在理想与现实间，他究竟能不能找到出路？"女子善怀，亦各有行"，到此刻，我们才恍然大悟，我们才明白作者的女性身份及许人阻止她此行的原因：女子确实心地善良多愁善感，但女子的忧虑自有她的道理。"许人尤之，众稚且狂"，这两句更是直斥许国君臣，你们责备我，刁难我，不让我回到我的祖国，你们真是既幼稚又猖狂。你们怎么可能阻止我？但是，我又该怎么办？我们不由得更为女主人公担心。

我行其野，芃芃其麦。控于大邦，谁因谁极？

大夫君子，无我有尤。百尔所思，不如我所之。

"我行其野，芃芃其麦"，我走在祖国的原野上，那长满庄稼蓬勃茂盛的原野让我心安。女主人公由此不仅看到希望，更萌生出具体救援祖国的办法："控于大邦，谁因谁极？"我要去大国求救，谁对我好谁能帮助我，我就找谁去。以下几句更是连珠炮般地直斥许国君臣："大夫君子，无我有尤。百尔所思，不如我所之"。你们这些达官贵人，不要再指责我了。你们所有人顾虑的，都不如我现在为我的祖国所做的任何一件事。这个女子发出了那个时代的最强音。因为这篇，历史从此铭记我们这位了不起的爱国主义女诗人——许穆夫人。

【卫风】

前人认为，邶风、鄘风、卫风都属于殷商旧部统治区域产生的民间曲调。我们无法确知这三者之间是否有本质区别，只能大致看到它们收入各自所属篇章时呈现的特征或取向。整体来说，这三部分内容比较丰富，爱憎鲜明。如果说，邶风、鄘风中的很多篇章，确是以旁观者、第三者的角度，对卫宣公的昏庸淫逸大加贬斥，甚至试图总结卫亡的经验教训。卫风中，以《淇奥》起首的篇章，则是彰显特定人物，特别是不吝赞叹卫武公的风貌节操。

《淇奥》：如切如磋

这首诗习惯上认为，是对卫武公君子人格的极力推崇，我们看看还有没有别的解读可能？此篇的语意中心应是"如切如磋"，表面是写君子对自身才学的严格要求，实质是表达诗人对此种君子人格的殷切期许。

瞻彼淇奥，绿竹猗猗。有匪君子，如切如磋，如琢如磨。
瑟兮僩兮，赫兮咺兮。有匪君子，终不可谖兮。

"瞻彼淇奥，绿竹猗猗"，看那淇水深处，绿竹繁美。此句可以是即景生情，更可看作兴句，引起下句："有匪君子，如切如磋，如琢如磨"。那文采斐然的君子，对自己学问的要求，如切割象骨、雕刻象牙般小心谨慎，就怕不够精湛；对自己品性的要求，如磨石琢玉般细致庄重，就怕不够良善。这是典型的博喻，诗人用此手法，只为烘托这位君子的名实相符，不可多得。然而，即便如此，诗人仍然意犹未尽，没法抑制激赏之情："瑟兮僩兮，赫兮咺兮"。这两句像是脱口而出：他真的是矜持庄严，威武不屈。似乎在解释，他之所以能以如此立体完整的形象出现在我们面前，正是经过上面那样的精雕细琢。或前为因，此为果。也正因此，最后一句："有匪君子，终不可谖兮"，这样文采斐然的君子，怎么可能忘怀？诗人发出这样的咏叹或反诘就不只是情难自已，更是事所必然。

瞻彼淇奥，绿竹青青。有匪君子，充耳琇莹，会弁如星。

瑟兮僴兮，赫兮咺兮。有匪君子，终不可谖兮。

这一章当然是重章叠句，为了加强前面的意思不断重复相应的句子。所不同者，第二句的"猗猗"变成"青青"，此种变化除了音韵需要，我们明显感觉后者比前者更为繁茂成熟。即随着时间的推移，眼前的绿竹已脱去之前的稚嫩近于成材。那么，他所极口夸耀的那位君子，想必也会以不同的面貌呈现。"有匪君子，充耳琇莹，会弁如星"，这三句果然满足我们的此种阅读期待或心理预期。那文采斐然的君子，不仅内在充实、学问精湛，外表同样无懈可击。瞧他那耳饰多么优美高贵，头饰如何星光璀璨。他真的是一位内外兼修的君子。也正因此，下面四句"瑟兮僴兮，赫兮咺兮。有匪君子，终不可谖兮"的重复咏叹，我们不觉得多余，反而觉得理所应当。而最后一句"终不可谖兮"，更让诗意久久回荡，它的纯粹美好，早已深入人心。

瞻彼淇奥，绿竹如箦。有匪君子，如金如锡，如圭如璧。

宽兮绰兮，猗重较兮。善戏谑兮，不为虐兮。

最后这章的变与不变同样是为了加深前面的意思。"如箦"较之前面的"猗猗""青青"，当然是种丰裕的存在，无非就是我们的绿竹已成，就像从前预期的那样。而接下来变换的句子却各有侧重："如金如锡，如圭如璧"强调的是，君子成材之后的贵重稀有、无坚不摧，品性高洁、无出其右；"宽兮绰兮，猗重较兮"指的是，君子待人宽厚，足堪栋梁。"善戏谑兮，不为虐兮"，这几句说的是即便如此，他仍有平易近人的一面：他和人说说笑笑，从不刻薄伤人。至此，我们理想中的君子已被刻塑成功。这样的君子，谁不愿亲近？谁能忘怀？哪怕不是特指卫武公本人，也同样会成为世代知识分子的理想学习对象，亦是他们可以想象的最高人格典范。

《考槃》：永矢弗谖

考槃在涧，硕人之宽。独寐寤言，永矢弗谖。

"考"，建成。"槃"，木屋。"涧"，山涧，两山之间，一般有水流过。"硕"，美，"硕人"即美人、好人、贤人、强壮的人。诗人所夸赞的人物，把木屋建在山涧中，需要跨越过去。言外之意,他当然是强壮有力的人。"独寐寤言,永矢弗谖",他独自一人在此居住,醒来后还在那自言自语,似乎在跟自己说,永远不要忘记此种在山涧建屋的乐趣。这几句纯用白描,描形绘神,我们眼前似乎已活化出这样一位志向高洁又意气豪迈的隐士。

考槃在阿,硕人之薖。独寐寤歌,永矢弗过。
考槃在陆,硕人之轴。独寐寤宿,永矢弗告。

这两章于重章叠句中做了简单变换。由第一章的山涧到这里的山坡、高地,从地形来看,应是越来越高;从心理隐喻来说,就是人往高处走。而其后所接的"薖""轴",更有此种用意。也就是,第一章把木屋建在需要跨越的山涧上,是勉为其难,第二章把木屋建在需要攀爬的山坡上,就比较费力,到最后一章,把木屋建在高地上,就不只跨、爬这样的动作,想来必得如车轮般连滚带爬才能到达。显然此种攀越的难度越大,与人隔绝的程度就会越深。后面由"寤言"醒来后的自言自语,到"寤歌"醒来就开心地唱歌,再到"寤宿"醒来后不想说话,就不只是自得其乐,更是迷恋日深且不断沉湎的过程。最后一句"永矢弗告",明显地已由第一章的不要忘记,到了不想再与人交结,甚至内心的喜悦都不想和他人分享的地步。至此,一位隐士的隐逸生活已跃然纸上,于繁杂世事中的我们,何止悠然向往,更想立刻奔赴。

《硕人》:卫侯之妻

我们该怎样夸赞一位美人?或者早期的人们究竟是以什么为美,以什么为好?或者就是传统女性的审美标准是什么?这一篇可以说给了我们这样一种审美指向,而所称颂的这位美人,应该就是历史上无人不知的"卫侯之妻"。我们来看具体文本。

硕人其颀,衣锦褧衣。齐侯之子,卫侯之妻。东宫之妹,邢侯之姨,谭公维私。

"硕人其颀,衣锦褧衣",那位美丽的女子实在修长,她穿着锦衣披着纱衣。那么,她是谁?从哪里来?这简直是哲学追问,但后面四句显然做了这样的交代:它是齐侯的女儿,卫侯的妻子,太子的妹妹,邢侯的小姨,谭公是她姊夫。这真是全方位的介绍。而其中最明确最让人难忘,或引起此种歌颂与赞美热情的,显然是"卫侯之妻"

这个身份,以下各句及整篇诗意,应该就是由此生发。这位女子身世自然了得,地位无可置疑,我们对于此种交代已啧啧不已。但历史真实中的她,究竟是谁?所为何事?我们却无从知晓。只能从诗人的此种描摹中,试图一窥她的精神风貌或样貌特征。这章应是远观概览,期许或想象,但显然这种描述还不够具体,还不能满足我们的多样阅读期待。我们继续往下看:

手如柔荑,肤如凝脂,领如蝤蛴,齿如瓠犀,螓首蛾眉,巧笑倩兮,美目盼兮。

这个当然是细节刻画,描形绘神:她的手如初生白茅的嫩芽,肤如凝脂滋润光泽,脖颈修长白皙,牙齿如葫芦籽洁白齐整,额角丰满,眉毛细长弯曲。这段描写完全借助比喻,可以说是生动可感。这应该是我们早期文本中,关于女性外貌特征或可能审美标准的具体呈现。但此刻的女子还呈现出静态,我们多么希望她能生动活泼起来。"巧笑倩兮,美目盼兮",这两句果然满足了我们的阅读期待:她嫣然一笑酒窝显,秋波一转神飞扬。这样的女子怎能不让人神思恍惚?后世写美人的,似乎无出其右。若是前面一系列排比譬喻还只是描形,这后两句就真是绘神。此刻的美人应是形神兼备,但诗人似乎仍然意犹未尽,我们看接下来他又会说什么:

硕人敖敖,说于农郊。四牡有骄,朱幩镳镳。翟茀以朝。大夫夙退,无使君劳。

"硕人敖敖,说于农郊",看来这两句是写她的行程:好个高挑美好的人儿,她的车驾在郊外农田旁休憩。"四牡有骄,朱幩镳镳",这两句仿佛镜头聚焦,直写她的车驾:她那驾车的四匹雄马太为矫健,红绸系在马嚼子上特别盛美。"翟茀以朝",华车缓缓驶向朝廷。"大夫夙退,无使君劳",各级官员早点退朝,不要再烦扰君王。看来好事已成,新嫁娘迎娶成功,且身份显赫,配得上君王。但这注定就是他们幸福的起点吗?我们心中难免忐忑。若此种出嫁或迎娶,仅仅是政治交易或历史使命,接下来的他们何以自处?就像我们多年之前所读的童话:王子与公主从此幸福快乐地生活在一起。但那是童话,对于诗歌,我们仍然希望它交代更多。我们接着往下看:

河水洋洋，北流活活。施罛濊濊，鳣鲔发发。葭菼揭揭，庶姜孽孽，庶士有朅。

黄河之水浩浩荡荡，北流入海气象万千。在此宏阔的背景下，我们仿佛看到众多的渔夫撒网捕鱼，更听到渔网入水的濊濊声，以及鱼儿挣扎搏击的发发声。我们无法重现或摹写"洋洋""活活""濊濊""发发"这一系列的象声词，显然它们在诉之听觉的同时，更引起了读者的心灵震撼。我们似乎已感知到那样一个宏大又充满生机的场景。也正因此，诗人以"葭菼揭揭，庶姜孽孽，庶士有朅"这三句做结时我们才不意外：两岸芦苇荻草茂盛修长，陪嫁来的姜姓女子个个苗条美丽，随从的护卫更是孔武有力。到此，我们还有什么可说的，这难道不是世间最圆满的婚嫁？一切人生愿景及祝福都在此背景下徐徐展开。而古典传统的美，亦在此框架下充分展示。不仅仅是仪式阵容，也囊括宇宙自然的美。别说什么王顾左右而言他，我们所能想到的人类愿景都在此矣。所以，就让我们同样沉浸此刻，祝福她们永远幸福。至少我们知道，这个世界上，曾有这样的妙人儿，与我们相伴相随。不管她如何尊荣，美的存在本身就是福佑。

《氓》：来即我谋

此篇的语意中心应为"来即我谋"，即他来和我谋划，表达对过往的追忆和如今的悔恨。

氓之蚩蚩，抱布贸丝。匪来贸丝，来即我谋。

送子涉淇，至于顿丘。匪我愆期，子无良媒。将子无怒，秋以为期。

这篇用赋法，起篇直陈其事：那个男子嬉皮笑脸地来了，他抱着布说来和我换丝。这是追忆，当时不觉，如今想来已是痛心疾首。三四两句，直接道出他的意图：他不是来换我的丝，是来和我谋划的。显然，那时的男子主动追求、积极图谋。而女子也是认真配合，细抚人心。其中细节我们不知，应是男子的此次上门未能达成双方婚约，但女子送他渡过淇水，一直到了顿丘，并好言抚慰他：不是我耽误婚期，是你没有选好媒人。请你不要生气，到秋天时我一定会嫁给你。男有情来女有意，应是好姻缘的开始。即便此次求偶未能成功，也应在双方可接受范围之内，无论如何不应成为怨偶。

但世事真能如愿吗？我们看接下来故事如何发展：

　　乘彼垝垣，以望复关。不见复关，泣涕涟涟。
　　既见复关，载笑载言。尔卜尔筮，体无咎言。以尔车来，以我贿迁。

　　这章突然以"乘彼垝垣，以望复关"起篇：我登上那毁坏残缺的土墙，着急地望着他远来的方向。应是回顾当初他来迎娶的场景。本是好事，读着却让人心酸。什么叫作"垝垣""复关"，简直是未卜先知。可自己当时何曾有一丝察觉：看不见他的身影，不免泪水婆娑。听说他就要来了，马上又说又笑。这几句活化出小女子的心态。接下来更是让人悲难自抑：你已占过卜过，没有任何不祥预兆。赶快打发你的车来，好把我的嫁妆装上。女子已是情根深种，全情投入，且一切都以男子为主，为他着想。可结果怎样？简直人间惨剧。特别是最后几句，一泻直下，似乎所有幸福与等待都已圆满，无可置疑，但却看得让人背上生凉。

　　桑之未落，其叶沃若。于嗟鸠兮！无食桑葚。
　　于嗟女兮！无与士耽。士之耽兮，犹可说也。女之耽兮，不可说也。

　　果然，这一章情绪急转直下。首句以桑起兴：桑叶未落的时候，它的叶子那么鲜嫩。当然是自喻身世，反写自己的当下，如同桑落之时，枯萎苍老不忍直视。随后两句表面上叹惋斑鸠，其实仍是自喻，语气之中追悔莫及：可叹斑鸠鸟儿，怎能贪吃桑葚？到此刻，诗人悲愤难当，终于明言心事：奉劝苦命的女子，不要和男子纠缠。男子说是热恋，其实都可忘却。女子钟情，却根本无法放下。这当然是痛苦的经验教训。看似突兀，其实凄切，似乎应了"好花不长久，喜事难连连"之古训。而在这一连串的苦水中，隐隐约约，我们已感知某种悲剧命运的裹挟。或许，在诗歌的语言层面，此种厄运已根深蒂固。我们接着看下面：

　　桑之落矣，其黄而陨。自我徂尔，三岁食贫。

淇水汤汤，渐车帷裳。女也不爽，士贰其行。士也罔极，二三其德。

这章再次以桑叶起兴，但意境已与上一章全然不同，我们可以看作是桑叶由鲜嫩到憔悴枯黄的自然过程，更可比拟为女子的婚姻生活，也即"自我徂尔"开启的命运：自从嫁给你，多年来一直贫困。一如当年浩浩荡荡漫上婚车溅湿衣裳的淇水。可那时谁会想到？这不仅是自怨自艾，更是对从前的无限追悔。这种心理我们完全能够理解。接下来发生的事，应该才是女主人公无论如何不能接受的：我是真的没有什么过错，你却不断改变你的行径。做事从来没有规矩，反复无常，移情别爱。如果说前面穷苦的日子还能忍受，那么后面这些就真的致命。这种言说，不只是对自己过往生活的总结，更是对男子及其自己曾经选择的全面否定。那该怎么办？我们此刻亦是愁苦不堪。

三岁为妇，靡室劳矣。夙兴夜寐，靡有朝矣。

言既遂矣，至于暴矣。兄弟不知，咥其笑矣。静言思之，躬自悼矣。

若说前面一章是控诉，那么这一章就是细细道来，慢慢咀嚼，究竟我们婚姻的不幸是如何形成的：回想这么多年做你的妻子，没有一天不劳累。天不亮就起床，很晚都没有安睡，这样的日子好像没有尽头。生活终于安定下来，你却变得那么残暴。我的兄弟们不了解内情，反嘲笑我不知满足。静下心来细细思量这些，我不能不深深哀悼。这一章纯用赋法，痛定思痛，更显沉痛。应该说不只《诗经》，就是后世女性文学创作，真正具备此种反思与叩问的也极其少。就此而言，没法否认，此篇已是某种个人意识或女性意识的觉醒。

及尔偕老，老使我怨。淇则有岸，隰则有泮。

总角之宴，言笑晏晏，信誓旦旦，不思其反。反是不思，亦已焉哉！

最后一章反向起笔，追溯从前。以从前之乐反衬今日之哀：那时我们相约，一起携手到老。现在人还未老，却已满是沧桑。同时再次比天指地，否认眼前：淇水都有堤岸，低湿的洼地尚有边涯，我的苦难怎就没有尽头？但是，那些曾经的美好，旧日的时光怎能忘怀：想起我们小时候，相亲相爱、言语切切、发下誓言、永不分离。这几句诗意似乎再次宕起，难忘从前，反衬眼前。因而也便水到渠成地推出最后这句：既然你已不是从前的你，我又怎会还做过去的自己？是真的决绝，更是女主人公心灰意冷之后的彻底放弃。我们诚愿她的觉醒与反抗真能进行到底。但此刻，我们亦担心她接下来的命运。可担心又能如何，我们只能说，勉励前行。

《竹竿》：远莫致之

此篇的语意中心应在"远莫致之"，就是对现实的绝望与对过往的追忆。

籊籊竹竿，以钓于淇。岂不尔思？远莫致之。

起首两句，追溯从前。我们用细细长长的竹竿在淇水上钓鱼，那样自在快乐。"籊籊"二字可说是深情款款，如何能使人不怀念过往、追忆从前？自然引出下面两句："岂不尔思？远莫致之。"这两句回归当下，说明引起此种怀想的现实处境。看似自问自答，可究竟是什么造成此种时间的错位、空间的阻隔？或者说，那梦幻泡影般的过往，我们该如何锁定？

泉源在左，淇水在右。女子有行，远兄弟父母。

这章前两句，明显是兴法。就像泉源流出于北，淇水绕转于南。此处引出的是后两句："女子有行，远兄弟父母。"女子总要出嫁，可女子出嫁就会远离父母兄弟。诗人想说的其实是，女子一旦没有父母兄弟的护佑，未来命运悲不可测。这句不是欲说还休，而是悲痛难言。我们无法确知这位女子离开亲人后究竟遭遇了什么？但我们已深刻了然，此种悲哀自古以来盘绕着女子，很难幸免。那么，该怎么办？我们来看下篇。

淇水在右，泉源在左。巧笑之瑳，佩玉之傩。

这章表面上仍就淇水和泉源的关系做文章，语序却发生了明显变化。此种变与不变，似乎更想告诉我们：不管怎么说，怎么想，它们之间的此种阻隔已根深蒂固无法改变。亦如我们当日，轻言浅笑随时陪伴，欢声笑语那样舒畅。那时的我们，何等美好。言外之意，当然是否定眼前，沧海桑田，再难回返。可又能怎样？我们看他如何结篇。

淇水滺滺，桧楫松舟。驾言出游，以写我忧。

最后这章仍然紧承前一章，淇水流淌波澜不惊，我们曾经用桧木做桨，松木做舟，以为这一切永远不会改变。可能说什么呢？还是让我驾车出游，以消解内心的忧愁。但真能消解吗？诗人面对的，恐怕是天高水阔，却无一依凭。

某种程度上，我们需解码此篇的情感层次及其与《楚辞》的关系。我们甚至怀疑，该篇或该类型的诗歌书写，本质上就是《楚辞》的精神源头或语词原型。在此表述中，不只女子命运,似乎生命中所有那些不能承受与无法坚守的皆象喻于此。比如起篇的竹竿钓鱼,成效如何?难道是愿者上钩?或者说是一种嬉戏?总觉得此种写法中有绵绵不尽之意。还有这种对女子命运的抒写,是否也是卫风共性,无法把控,犹如鱼竿,花容月色,就此逝去。生命如此荒芜,情感仍然飘荡。水流不尽,却又有情。这诸般感觉,似回应却又像当初触发孔夫子逝者如斯夫的无尽感慨。这一切当然没有任何解决的路径,生命中不能承受的必须去面对。而最后的"驾言出游",就直接回荡在《楚辞》中。《九歌·湘君》中以"采芳洲之杜若,将以遗兮下女"收尾,说是与王顾左右有异曲同工之妙,其实更来自于此种出游。及此,我们只能说,人类命运,乃至人情本身,亦千年相同,万里无异。

《芄兰》:能不我知

这篇讲什么?前人说是讽刺童子的愚,或叫德不配位。我们来一看究竟。

芄兰之支,童子佩觿。虽则佩觿,能不我知。容兮遂兮,垂带悸兮。

"芄兰",植物,香草。"觿",响骨制成的小锥,是古代成年人的佩饰。这起首两句起兴作喻:就像长长的芄兰枝上结出的夹子般明显,童子佩戴成年人的饰品非常不适合。显然,芄兰在诗人的语义体系中,应指一种成熟的有品德的生命。这种生命与童子佩觿的悖异,让我们形成某种非常奇怪的阅读体验。我们也知这种结合不和谐,但童子为何就不能追求此种成熟、此种美德?我们看下面如何接?"虽则佩觿,能不我知",你即便佩觿充大,我还能不知你是个小孩儿?"容兮遂兮,垂带悸兮",你瞧你戴上觿是个啥样子?你走路故作矜持稳重,你佩戴的饰物在那里摇摇晃晃,你的衣服太大，腰带宽松，系在腰间的佩饰好像随时都会掉下。这个样子真的让人担心。我们看着这些描摹与揶揄简直要捧腹大笑。若人家只是小孩儿的游戏，又何必当真。冷嘲热讽，不显得自家小气？我们且看下章：

芄兰之叶，童子佩韘。虽则佩韘，能不我甲。容兮遂兮，垂带悸兮。

这章反复琢磨或强调的仍是那个样子。我们其实并不一定就对这位少年的行为深恶痛绝，这种描摹反而有一种滑稽或生活的随喜之感。童子的散漫活泼，模仿学大，似乎已跃然纸上。一个人的成长本就漫长，谁没有幼稚可笑的时候？也许这就是少年的向好爱美之心。我们恐惧的，其实是小人得志，德不配位，或就是这个世界的错位。

《河广》：跂予望之

该篇的语意中心应是"跂予望之"，即现实隔离与内心向望的反差。

谁谓河广？一苇杭之。谁谓宋远？跂予望之。

"谁谓河广？一苇杭之"，谁说黄河太宽无法逾越？一片苇叶编的筏子就可渡过。起句设疑，又自问自答，还以苇叶作喻，表面写它的轻快简单，其实是为了引出后一层含义：谁说宋国很远？踮起脚尖就可看到。这种语言确实活泼平易，但我们在此种貌似玩笑或举重若轻的表述中，却不能不推想，现实的隔离也许真如天堑。

谁谓河广？曾不容刀。谁谓宋远？曾不崇朝。

这一章是典型的重章叠句，在语意重复中，现实的疏离应更为深重：谁说黄河宽又广？还容不下一只小木船。谁说宋国很遥远？一个早晨就能到。说到底，距离客观存在，思念无时或缺。但如何逾越此种阻隔，却是个现实的难题。或许，主人公亦只能在此反复咏叹中寄予无限情思。我们虽不知他所恋的是人是物，但河对岸肯定是他的情感落脚处。这个真让人莫名惆怅。

评论者历来认为这篇是思归不得。就此而言，该篇与《汉广》确有某种相似之处，都在深情向往，却未能如愿。当然，二者的悖异更为明显，比如，同为现实的阻隔，这篇似乎浑然不觉。他的思乡应是压倒一切，随时准备见诸行动；而《汉广》却是思慕不得，望洋兴叹。那么，我们不由得要问：造成此种认知悖异的内在根源是什么？

或者各自情感机制的运行有何不同?

换句话说,该篇的河之喻,是否只是一种心理上的距离,而非现实所指。或者说到底,对于此篇,我们更应揣摩它的真与假、虚与实。特别是整篇连用的"谁谓",其本身就是否定之意,好像前为假后为真已然确定。可就我们日常经验而言,前为事实后为想象同样无疑。那么,诗人或者主人公又是如何斩钉截铁地得出此种结论?这种明知故问,难道不是语言的伎俩,我们于无可奈何的同时,也与他有了此种共情:这只是心理阻隔,它永在我心,随时可到,无时或忘。到此,我们在释然的同时,也只能无奈兴叹。

《伯兮》:为王前驱

此篇的语意中心应是"为王前驱",表达了作者保家卫国的宏愿与勇做前驱的骄傲。

伯兮朅兮,邦之桀兮。伯也执殳,为王前驱。

"伯",周代妇女称丈夫为伯。有一种亲近敬仰之感。也正因此,就有起笔的这句:"伯兮朅兮,邦之桀兮"。我的丈夫很勇猛,他是国家的英雄。这是对丈夫的定性,也是后面所有行为的内在动因。丈夫的勇猛是他成为国家英雄的前提。他是国家英雄,自然需亲执武器,为王前驱。三个"兮"连用,更增强了赞赏感叹的语气。伯与邦、与王似乎已浑然一体,为国为家也就合二为一。一切是如此的理所应当,但留给家中妻子的是什么?她必得如此苦守吗?国与家,可能两全?为了国离家是否必然?妻子的担心与思念能避免吗?此种真切凄恻同样让人伤痛难抑。我们且看下篇。

自伯之东,首如飞蓬。岂无膏沐?谁适为容!

这章是追叙:自从丈夫离家,出征到东边去,我的头发就如蓬草般杂乱。可为什么会这样?难道没有润发膏?后面一句简直是自问自答:"谁适为容!"我打扮好了给谁看!一切如此自然,一切又如此悲惨。我们可以想象妻子的日思夜想,忧心如焚,但我们根本不知该如何去安抚她。这个应是丈夫刚离家时的情景,我们继续往下看。

其雨其雨,杲杲出日。愿言思伯,甘心首疾。

这章可能是眼前所见,更可能是心中所愿:说是下雨,太阳偏偏明晃晃升起。世间总是事与愿违,我想念他,哪怕头痛欲裂。这章应是离别有日后的绵绵思念。

焉得谖草?言树之背。愿言思伯,使我心痗。

"谖草",忘忧草。这章借谖草起兴,又自问自答:"焉得谖草?言树之背",我该去哪里采摘忘忧草?好把它种在屋子的北边。这是女主人公神思恍惚时的自言自语。仿佛植下忘忧,即可无忧。事实又怎样?"愿言思伯,使我心痗",这两句便明确告诉我们:这是不可能的。即便忘忧草真能令人忘忧,我对他的思念又如何能够停止?哪怕想他想得我心痛,我亦在所不惜。到此,我们又能说什么?看来只要丈夫一日不归,她的思念就一日不停,哪有什么救赎?战争的残酷与个体家庭的难以保全,因而也便成为必然。

《有狐》:之子无裳

该篇的语意中心应是"之子无裳",即对对方的忧念与思亲无着的执着。

有狐绥绥,在彼淇梁。心之忧矣,之子无裳。

"绥绥",指慢吞吞无所适从地走。朱熹《诗集传》训为独行求匹貌。又有人说是以狐喻男。那此狐究竟是指男子,还是女子自比?若是实指,狐作为充满野性与灵性的生物,闲人怎能靠近?即便此刻,女主人公看到遥远的河梁上,有只狐在满腹狐疑地缓缓前行,怎就恰好想到她的夫君?忧虑她的丈夫没有衣服可穿?或者说,这起首两句,究竟是比兴,还是直接用赋,实写眼前,而后面两句,就是此刻所想:"之

心忧矣,之子无裳。"他一个人在外,孤苦伶仃,谁来给他添置寒衣?就连那踽踽独行的狐狸,都有皮毛可以御寒,我的他,没有衣服可怎么办?这朴实的对比,寒来无衣,忧来伤心,本是人之常情,时刻缠绕我们的心头。我们谁没有此种感慨:一个人踽踽前行,若这个世界还有那么一个人顾念我们,或我们顾念着他,那我们的存在便有了意义。这篇文本就是以此种体恤,安抚现世的我们。我们接着往下看:

有狐绥绥,在彼淇厉。心之忧矣,之子无带。

有狐绥绥,在彼淇侧。心之忧矣,之子无服。

这是典型的重章叠句,由"梁"到"厉",再到"侧",自然是空间的变化,在狐慢慢走近,或时间的不断延续中,不只有之子无"裳"之总写,更有无"带",无"服"之细节变化。我们在此简单变化中,不断感受着男主人公的一无所依、极端困窘,以及女主人公的深刻忧惧与无尽牵挂。直到此种感觉萦绕在我们脑中心际,且最后定格为永久的画面。应该说,《诗经》正是通过此种简单重复不断咏叹,完成诗学、美学及情感意义上的自然升华。

《木瓜》:永以为好

此篇的语意中心应是"永以为好",就是对圣洁情感的珍重与守护。

投我以木瓜,报之以琼琚。匪报也,永以为好也!

初读此篇，即能感知那种人生的热爱与眷恋，诗中所激荡的情感让人沉醉。投之随意自然，似乎就是生活的明媚状态：你有情来我有意。"木瓜"，想当然的厚重实在，可见情意之真切随意。就是这样一种随心的赠予，对方却以"琼琚"作回礼。这赠予会相当吗？对方可能承受吗？此刻，我们心中难免会生起这样的疑窦。"匪报也，永以为好也"，不是回报你，而是实在珍惜此种情意，想永远和你在一起。最后这句何尝只是否定之后的肯定，更是热情洋溢的宣誓。世间所有美好，似乎由此卫护。我们真正看重且期待的，何尝不是此种"永以为好"的人生愿景？无论赠予，还是收到，都是美的。以"美"成"好"，更为美好。至此，诗人所有的热望及对生活的倾心，已和盘托出。而"永以为好"，也成为该篇，乃至整本《诗经》，甚至整个人类社会的最美祝福，最好期待，亦如情人间的相爱勿离，永远相随。

  投我以木桃，报之以琼瑶。匪报也，永以为好也！
  投我以木李，报之以琼玖。匪报也，永以为好也！

这两章依次赠送的是"木桃""木李"，形体越小，色泽越浓，而回赠之物却更见贵重稀缺。此种轻与重、稀松平常与珍贵难觅的参差变化，不正印证了某种情感的真挚纯一：你的不经意，我的满心意。只望永结好，从此共一处。"匪报也，永以为好也"的反复吟咏，就是此种情意的深刻凝结：就是喜欢你。非投桃报李，是情意蒸腾。或即，你对我太重要，我愿意倾心待你。

  就此，该篇不只是情人间的赠答，某种程度上，更是人生的写意状态：无论物我，只需投合，便可倾心。美与好，正是我们的永生追求。

【王风】

王风,应作于平王迁都洛邑后,所在区域应在今河南洛阳、孟州、沁阳、偃师、巩义、温县一带。当时王室衰微,形同诸侯,其地收集之民歌,称作"王风",共计10篇。

《黍离》:中心摇摇

此篇的语意中心应是"中心摇摇",即描述了诗人内心的忧愁苦闷及对其现实的绝望与否定。

彼黍离离,彼稷之苗。行迈靡靡,中心摇摇。

知我者,谓我心忧;不知我者,谓我何求。悠悠苍天,此何人哉?

"黍",糜子,亦称黍子,黏性小米,北方常见作物。首句以黍起兴,既是日常之感,也是旧日情状,却已物是人非。"离离",本为植物排列整齐之貌,此处却让人生出离人之泪。此为有情人目睹旧景物的必然反应。"稷",指粟或黍类,我国最早种植,古人称为百谷之长,进而把谷神称为稷,社稷则指代国家。"稷之苗",就是刚刚抽芽的嫩苗,除了给人生命轮回之感,是否更有盛极而衰的隐喻。也正因此,"行迈"之举步艰难,"靡靡"之精神不振,"摇摇"的忧思郁积才不让人生疑。而这两句,亦成为全篇的语意重心,特别是后句,以下句意即是由此生发:知道的,说我是伤心难过情有可原;不知道的,却骂我稀奇古怪不明所以。其实,知与不知,世界无时不变,天崩地裂亦如过眼云烟。而"悠悠",却是一种亘古不变的承诺。那么,此刻的责问上苍:这究竟是为什么?为什么会这样?却真成天问。

彼黍离离,彼稷之穗。行迈靡靡,中心如醉。

知我者,谓我心忧;不知我者,谓我何求。悠悠苍天,此何人哉?

彼黍离离,彼稷之实。行迈靡靡,中心如噎。

知我者,谓我心忧;不知我者,谓我何求。悠悠苍天,此何人哉?

这几章由"苗"到"穗"再到"实"的变化,是自然生命的过程,亦是天底下万事万物的生长发育过程。可生命真能周而复始?"醉"的恍惚郁闷,"噎"的无法言喻已全盘否定此种期冀。并且,随着时间的流逝,主人公的哀痛渐深。希望之渺茫,必然预示着复苏之无望。也因此,后面重复三次"知我者,谓我心忧;不知我者,谓我何求。悠悠苍天,此何人哉"的长声浩叹,就更加无以名状。其深哀巨恸,无穷之恨也便越发难以消解。此为该篇最动人处,亦是由前面的写景、叙事,对比、暗喻,水到渠成般蕴积而成。此亦为该篇最高明、后人最无法企及之处。

《君子于役》:不知其期

此篇的语意中心应是"不知其期",极写出征丈夫的归家无期。

君子于役,不知其期,曷至哉?鸡栖于埘,
日之夕矣,羊牛下来。君子于役,如之何勿思?

首句开篇点题,我们不由生疑:"君子于役"怎么样?你最害怕、最忧虑的是什么?次句"不知其期",果然回答了前之疑问,我最害怕的是:你走了,我却不知道你什么时候回家?所以,这一句应是全诗的关键,以下各句正是由此生发。紧接着的"曷至哉"与其说是设问、盼归,不如说是诘问、情起。后面的"鸡栖""日之夕""羊牛下来",也即鸡的上窝,太阳的下山,羊牛的回来,就不单单是眼前景、心中话,更是后面一句"君子于役,如之何勿思",你服役在远方,我怎能够不思念的落脚点。试想,鸡那么勤劳,这会儿都已栖息,散漫的羊、勤劳的牛都已归家,它们都有眷恋,唯独你没有吗？这种类比不仅使前面的疑问深了一层，更使后面的疑惑成了理所当然。而"君子于役"的再次重复，与"如之何勿思"的以问作答，就使得"你被迫远役"的现实处境与"我愁思盘结"的必然结果，成为永恒的矛盾，展现在读者面前，我们不能不同情，不能不深思：究竟为什么？如何才能避免？

> 君子于役，不日不月，曷其有佸？鸡栖于桀，
> 日之夕矣，羊牛下括。君子于役，苟无饥渴！

这章的"不日不月，曷其有佸"是退而求其次：什么时候能再见、能团聚？这章的"桀"比之上章的"埘"显然更简单、更破旧，但破窝也是窝，都得其所，都是心之所向，都是我们可以安顿的地方。也正因此，羊牛的回家，才是理所当然。注意这里的"羊牛"，并不是牛羊。其实，牛在我们心里还是比较有秩序的，但羊就完全是一种自由散漫的存在。但此刻，连羊都回来了，且是打头的，不由得让我们更生怨尤：你怎么还不回来？于是，后面的"君子于役，苟无饥渴"，就不只是理所当然，更是不能置信：你难道不懂得饥渴？生而为人，饥渴不正是人的基本需求。可我们读者除了长声浩叹，又能说什么？只能祝福他早日归来。只能劝慰她莫担忧。毕竟，世间好多事，我们亦无可奈何。

《君子阳阳》：其乐只且

此篇的语意中心应是"其乐只且"，就是强调那种快乐自得的陶醉心情。

> 君子阳阳，左执簧，右招我由房，其乐只且！

"阳阳"，快乐得意貌。"簧"，乐器。由：从，跟从。"房"，可能是一种乐调，类似房中乐。"只"，可能通"旨"，真的确实之意。"且"，语助词。第一章合起来就是：那个舞者非常开心，左手拿着簧管，右手招呼我一块演奏房中乐，我们真的是非常开心快乐。这章显然用赋法，直陈其事的同时，人物、事件，活灵活现。而在此种现场直播般的摹写中，我们亦被深深感染。

> 君子陶陶，左执翿，右招我由敖，其乐只且！

第二章句子变化不大，"陶陶"无非是指陶醉或渐入佳境，也即随着时间的推移，

那位舞者已由前面的快乐得意进入这里的陶醉忘我状态。"翿",应是舞者的道具,据说是用五彩野鸡毛制作的。我们由此可以推演此位舞者之情状,真如插翼般轻快美妙。他载歌载舞,快乐无比。"敖",也类房中乐,私人娱乐所用,就是他们这些人自娱自乐,非常享受眼前的生活。而最后一句更加强了此种感觉。

该篇全用赋法,描形绘神,活化舞者的快乐随意。在翩然入梦的同时,更写出与会者的欢乐与共,我们读者亦不由心生向往。

《扬之水》:不与我戍申

此篇的语意中心应是"不与我戍申",表面责怪她不能和自己共戍申国,其实是对有情人不能长相守共一处的质疑。

扬之水,不流束薪。彼其之子,不与我戍申。怀哉怀哉,曷月予还归哉?

"扬",悠扬,水流缓慢。"束薪",成捆的柴。前两句显然是借水起兴:那平缓流动的水,没法浮起成捆的柴。诗人想说的自然是后两句:"彼其之子,不与我戍申。"我想念的人儿,没法和我一起驻守申国。诗人不说自己回不去,只说对方不曾来。表面上是说怨嗔,更道出了自己的无奈:我没办法,难道你也没有?而最后一句"怀哉怀哉,曷月予还归哉",其实诗人已和盘道出自己的隐衷:想念你啊想念你,你什么时候才能归故里?真的是望归心切但不能如愿。而我们,亦在此种永恒的守望中,不由泛起对那亲爱的人儿的无尽思恋。

扬之水,不流束楚。彼其之子,不与我戍甫。怀哉怀哉,曷月予还归哉?
扬之水,不流束蒲。彼其之子,不与我戍许。怀哉怀哉,曷月予还归哉?

这两章中的"楚""蒲",除了所浮对象发生了荆条与蒲柳的变化外,更给我们一种无助感。因为显然,随着此种漂浮物的越发见轻,也便越发显得水流的无力,如同你我的绝望。可你,是真不能与我一同戍守甫国、许国吗?这种看似无理的不断诘问,其实更道出了诗人更加无奈的现实处境。可我是真的想念你。所以最后一句的反复咏叹,在加强此种情绪的同时,更强化了那种人间永远缺失、永远相思的苦痛。

《中谷有蓷》：嘅其叹矣

此篇的语意中心应是"嘅其叹矣"，就是感慨女子的遇人不淑，遭遇仳离。

中谷有蓷，暵其干矣。有女仳离，嘅其叹矣。嘅其叹矣，遇人之艰难矣！

"蓷"，益母草。"暵"，叹息。"干"，干枯。开篇两句借植物之枯荣兴女子命运之悲苦：看那山谷中的益母草早已干枯，那位女子遭逢遗弃，有若此命。能说什么？还不是世道艰难。这种叹息，应是乱世中所有人的悲感：我们都活不下去了，太穷困艰难。这个应是女子身遭不幸的外因。就此，我们觉得"嘅其叹矣"一句应是全篇的中心，诗中的这位女子，正是在此种反思喟叹中，开启对自身命运或不平处境的追问。

中谷有蓷，暵其修矣。有女仳离，条其啸矣。条其啸矣，遇人之不淑矣！

中谷有蓷，暵其湿矣。有女仳离，啜其泣矣。啜其泣矣，何嗟及矣！

在这两章中，"蓷"的由"干"到"修"再到"湿"，应是植物干枯衰败以致腐烂的自然过程，而由此兴起的对女子命运的慨叹则更为深刻，亦更无救赎。这是客观现实，但有无主观原因？此刻的女子究竟有没有对自身命运的反省或认知？我们看后面所接的"条其啸矣，遇人之不淑矣"。她深深叹息自己遇人不淑，或许此刻的她，已明了男方遗弃她，并不仅仅是时运不济，更深层的原因，可能就是对方的不善。我们再看最后一章的最后一句："啜其泣矣，何嗟及矣"。这应是女主人公深刻认识到自身悲剧命运时的悲苦无助貌，她似乎也有了某种自振："啜其泣矣，何嗟及矣！"她压抑不住地哭泣，声泪俱下。她长声哀叹，一切都来不及了。但我们不能不想，也不能不祝愿：泪尽时，她会为自己找到一条新的路径，不再依靠或寄希望于男人。我们希望这一篇是女子的觉醒过程，而不单单是愁苦。虽然我们明知，当日的女子，离开夫家、娘家，几乎没有容身之所。但我们真的希望她是例外。至少此刻，我们已发现某种对女子悲惨命运的反思，女子的自我救赎之路也或由此开启。

《兔爰》：我生之初，尚无为

该篇的语意中心应是"我生之初，尚无为"，即诗人对眼前境况的极端否定与无声抗议。

有兔爰爰，雉离于罗。我生之初，尚无为；我生之后，逢此百罹。尚寐无吪！

"爰爰"，解脱貌。"离"，通罹，遭遇，罹难。"罗"，罗网。起首两句借兔雉起兴作喻：那兔子飞蹦而去，野鸡却落入罗网。飞鸟尽，走兽烹，这的确是个乱离的时代。大难不死能有后福吗？我们恐怕除了心有余悸别无可想：我年轻力壮时，尚且无所作为。遭受如此大难，能够活着已算万幸。我只想睡觉不想说话。或者说，我对这个世界已无话可说。这几句，真是令人哀痛至极，应该是当时下层百姓的苦痛之语。这既是对现实的否定也是对眼前的不能接受。但有什么办法？我们继续看下篇：

有兔爰爰，雉离于罦。我生之初，尚无造；我生之后，逢此百忧。尚寐无觉！

有兔爰爰，雉离于罿。我生之初，尚无庸；我生之后，逢此百凶。尚寐无聪！

由"罗"到"罦"再到"罿"的变化，无非是指此种陷阱或苦难越发深重，亦越发无法避免，后接的"无造""无庸"即表现出此种无力感。在这种灾难面前，个体根本无法保全，我们所能做的就是不说、不看、不听，诗人真是对此世极端失望厌弃。到此，我们能说什么？只能是无尽地叹息。

《葛藟》：谓他人父

此篇的语意中心应是"谓他人父"，即寻求他人帮助，试着依靠别人，终归是失望。

绵绵葛藟，在河之浒。终远兄弟，谓他人父。谓他人父，亦莫我顾。

"绵绵"，连绵不断貌。起篇两句可能是诗人眼前所见：那连绵不断的野葡萄，就在河的那一边。但更可能是一种心中念:由野葡萄这种蔓生植物的彼此缠绕互不相离,兴起对自己与家人骨肉分离的感慨。诗人由此回想:离开家人后,我也寻求他人帮助,试着依靠别人。但别人终与我不亲不近,如何会眷顾我?这真的是极哀痛、极无奈之语。也可见现实把他逼到了什么地步。不是万般无奈,谁会轻易认人为父。我们看下篇:

绵绵葛藟,在河之涘。终远兄弟,谓他人母。谓他人母,亦莫我有。
绵绵葛藟,在河之漘。终远兄弟,谓他人昆。谓他人昆,亦莫我闻。

这两章起句中的"涘"与"漘"表面上只是空间变换,其实暗喻自己与家人的持续疏离,以及自己悲惨命运的不断深化。把别人的母亲当母亲,把别人的兄弟当兄弟,但终究不是一家人,人家怎会哀怜、问询我。一切都是事与愿违,可我该怎么办?此刻,我们读者亦悲凉无助。

《采葛》:如三秋兮

此篇的语意中心应是"如三秋兮",表达了诗人对情人的情深义重,不忍离开。

彼采葛兮,一日不见,如三月兮。
彼采萧兮,一日不见,如三秋兮。
彼采艾兮,一日不见,如三岁兮。

"葛"，蔓生植物，可制衣。"萧"，类蒿的植物，有香味。古时用于祭祀。"艾"，治病用。该篇显然是借物起兴，但兴句形象的变换，或此三种植物的变化，表面上区别女子不同的采摘对象，但由制衣的确定性，到祭祀的某种愿望，再到病已入身，寻医问药，我们明显看到这位抒情主人公的思念日深，忧愁日重。如此，我们再看后面的解说时，就不觉突兀。不过，该篇的叙说重心应在"如三秋兮"，就是表达时日太久，不能或忘，如同叶之枯荣，无法忽视。三章中"月""秋""岁"的变化，表面是指时间的延续，其实更是苦痛的加深，呼应前面采摘对象之变化。这应是处于热恋状态中情人们的共同心理，经由诗人的此番比拟，就成为千百年来青年男女情感的写照。如此美，又如此纠葛，谁未曾少年，如何能忘？

《大车》：畏子不敢

此篇的语意中心应是"畏子不敢"，即担心对方不敢爱她，不敢为她不顾一切。

大车槛槛，毳衣如菼。岂不尔思？畏子不敢。

大车啍啍，毳衣如璊。岂不尔思？畏子不奔。

穀则异室，死则同穴。谓予不信，有如皦日。

前两章是典型的重章叠句，最后一章是誓言，我们试着来翻译一下：大车槛槛而来，你端坐上面，青色毛衣像初生的荻草。我怎能不想你？只是害怕你不敢爱我。大车缓缓而过，你端坐上面，红色毛衣那般鲜艳。我怎能不想你？只是担心你不敢和我私奔。我指天发誓：活着不能在一起，死了也要在一起。你若不信，就请骄阳作证。

翻译成白话，自然没有原来的意蕴和力度。但基本意思，应也不差。我们来看它的篇章结构。前两章，从字面来说，似乎没有太大变化，但我们想象中，似乎能够感觉到随着男子车辆的由远及近，由"槛槛"的厚重有力，到"啍啍"的缓慢凝重，男女主人公间的爱意随之强烈，某种程度上可能已经难舍难分。因而后面出现的毛衣色彩的变化，我们就不应只当作写实，很可能就是心理变化，就好比后面赌咒所用的"不敢"到"不奔"，本来就是个不断明朗到坚信的过程。所以最后出现的指天为誓，我们就不仅不觉得奇怪，反而觉得那是以口指心，感天泣地。当然，后世的爱情盟誓，即是由此滥觞。

《丘中有麻》：将其来施施

此篇的语意中心应是"将其来施施"，即咏叹对方怎么还不来。

丘中有麻，彼留子嗟。彼留子嗟，将其来施施。

首句借麻起兴，引出后面的人物、事情。也可能是赋法，直接陈述山中种植麻这个事实。诗人想说的，其实是后句："彼留子嗟，将其来施施。"请那姓刘的小伙来收割。"留"，古与"刘"通用。"子"，小伙，亲切的称呼。"彼留子嗟"这句再起，明显地，我们觉得和上一句有了不同的意味。也许上一句时，他们还只是初识，或者就是一种客观陈述。但到这一句，随着时间的推移，这位小伙已经成为独特的一个，或是她的心上人。如此最后这两句读来才别有意味：那姓刘的小伙子啊，为什么还不来？不能说他们已经海誓山盟，但至少可以看出，她对他已经心心念念。那他对她又是什么态度？没有说，我们也没必要问。只在这简单的描述与重复中，我们感觉到了少男少女那种氤氲的情意。我们来看下篇：

丘中有麦，彼留子国。彼留子国，将其来食。

丘中有李，彼留之子。彼留之子，贻我佩玖。

显然，这几章是典型的重章叠句。在此重叠中，故事的另一方始终没有出现，但其中蕴蓄的情感却不断升腾。我们且来看此种转换的变与不变。变的，无非是"麻""麦""李"，除了各章音韵的需要，我们可不可以把这种变化看作情感的进展。也就是随着时间的推移，他们俩可能已由一开始的初识懵懂，犹如乱"麻"般理不清，到"麦"的情深义重，最后到"李"的成熟饱满。而主人公的意中人由第一章的"子嗟"到第二章的"子国"，再到第三章的"之子"的变化，并不意味着指涉对象真的变了，而更可能是女主人公的文字游戏，或者就是耍花招。如若不是，我们就不会看到后面层层叠进的他们之间的互动：请他来干活，请他来吃饭，他送给我玉佩。

这真的是一出好戏。你不管它是否纯用赋法，但此种描摹的确给人以不同的感受。其实刘姓小伙究竟是谁并不重要，女主人公的此种欲说还休反让人觉得特别有趣。这一点可以和《桑中》作比对。同样是情意满满、心花怒放。反正肯定有那么一个人，无论割麻、割麦、采摘李子，都无所谓。最关键的是他会来，他来了后会和我一起吃饭，会送我定情之物。只是他怎么还不来呢？整个感觉就是刻画女主人公等候情人心理的那种期盼、欣悦跃然纸上。

【郑风】

郑风共 21 篇。郑都城新郑（今河南开封西南）经济繁荣，民风活泼，男女交往比较自由，所谓"郑风淫"即指此种恋情之作。郑风大量应用"兮"字句，不知是当时习惯使然，还是在编写收集的过程中，有意做了此种润饰。但此种句式，的确使郑风带上某些意犹未尽的缠绵意蕴。说这种感觉更近于《楚辞》，更近于沉思，亦未尝不可。这可能与传统的以郑风为淫的理解有很大出入。或者简单说，郑风更富于个体沉湎或激烈思辨，哪怕单单是叙事，亦有更多的个人情性或小儿女语，的确不同于其他风中的集体和声。

《缁衣》：适子之馆

此篇的语意中心应是"适子之馆"，表达对对方的情深义重及体贴缠绵。

缁衣之宜兮，敝，予又改为兮。适子之馆兮，还，予授子之粲兮。

开篇似乎直陈其事：黑色的衣服真是合身，可它破了，需要把它重新修补。这是故事的开头，你说它在叙事，却连用两个"兮"字，无形中就充满歌咏浩叹。这个真的非常奇特。我们看接下来故事如何发展：补好了送到你的书馆，回来时，你让我把你身上穿的新衣换回。又是两个"兮"连用，诗读到此，虽是浅浅的叙述，可就是莫名的感动。所谓衣不如新，可这里不仅反其意，更让我们见识人间的至性至情。我们能说什么？但诗人好像还是意犹未尽，我们看接下来她又想说什么？

缁衣之好兮，敝，予又改造兮。适子之馆兮，还，予授子之粲兮。

缁衣之席兮，敝，予又改作兮。适子之馆兮，还，予授子之粲兮。

这几章是典型的重章叠句，除了简单的几个字，几乎就没什么变化。我们来看这几个变的字：由"宜"的合身，到"好"的美好，再到"席"的舒坦，真是无处不好，无处不美。其实，这几个字，本质上并没有任何变化，不过是为了叶韵，为了抒情的需要。

简单说。这件缁衣就是他们的情之所钟,或就是他们的日常生活状态。不是没有新衣服,但就是喜欢这一件。所以诗中一唱三叹的就是这种不变的情意,永恒的相守。

《将仲子》：畏我父母

该篇的语意中心应在"畏我父母",表达对父母约束的恐惧及对恋人的私心爱恋。

将仲子兮,无逾我里,无折我树杞。

岂敢爱之？畏我父母。仲可怀也,父母之言,亦可畏也。

这篇的起句非常有意思：请求老二你啊,不要再来翻越我家的门户,不要再来压坏我的杞柳。本来是简单的陈说,可一个"兮"字就引出无限的感慨叹息。可这真是女主人公的所思所想吗？我们来看下句："岂敢爱之？畏我父母。"我怎么会因为爱惜这些杞柳而不让你来,我是真的害怕我的父母知道你来。读到此处,我们不知是该哭还是该笑。但我们分明可以想象我们这位女主人公是如何左右为难,担惊受怕。可这真是女孩子的心曲吗？别着急,且看最后几句："仲可怀也,父母之言,亦可畏也。"我是真的想念你,但父母的话,不能不听。看到这里,我们哑然失笑,说到底,不是不爱,是担心父母见怪。

将仲子兮,无逾我墙,无折我树桑。

岂敢爱之？畏我诸兄。仲可怀也,诸兄之言,亦可畏也。

将仲子兮,无逾我园,无折我树檀。

岂敢爱之？畏人之多言。仲可怀也,人之多言,亦可畏也。

接下来,是典型的重章叠句,基本没有太大的变化,由"里"到"墙"再到"园"无非就是距离的远近,表面上越来越需要保持距离,就像后面的顾忌,也是先怕父母,再怕兄长,最后是旁人。顾忌是越来越大。我们看得也越发沉重。男女之间的爱情阻力,为什么会如此之大？我们不由得要想,此种阻隔除了现实的逼迫之外,是否也预示着男女之间由热恋到慢慢沉思的转变。我们不知道是好是坏,但真的期待他们的爱情能够修成正果。

《叔于田》：不如叔也

此篇的语意中心应在"不如叔也"，即衷心称颂男子无人可及。

叔于田，巷无居人。岂无居人？不如叔也。洵美且仁。

起篇两句语义非常肯定：叔去打猎，巷子里好像再没有别的人。但真是这样吗？自己也觉得好笑，以下就是自问自答："岂无居人？不如叔也。"怎能没有人？是他们都不如叔。这真的是情人眼里出西施，爱人心中是好汉。他们怎能和叔比？"洵美且仁"，你是真的美好善良。可真是这样吗？我们无从知晓。且看后面她怎么说：

叔于狩，巷无饮酒。岂无饮酒？不如叔也。洵美且好。

叔适野，巷无服马。岂无服马？不如叔也。洵美且武。

这是典型的重章叠句，由"田"到"狩"再到"野"的变化，表面上是写狩猎场地的越发遥远，实际上是表现男子的勇猛无敌，与此相应的便是第二句由巷"无居人"到"无饮酒"与"无服马"的变化，简直是愈来愈恣肆，越来越豪迈。好像天底下真无别人。接下来的两个设问，也进一步加强此种感觉。无非就是，这个世界上没有别人让我如此心动，没有别人如此投合我意。最后句子的"洵美且好""洵美且武"表面上是全方位赞颂男子的德才兼备，实际上仍然在为自己爱他寻找说辞。该篇也是纯用赋法，但真的是现实写照吗？应该也不尽然。我们看到的这所有情形无非就是女主人公的一种感觉。但也由此确知，女主人公理想中的男子应该就是这个样子，德才兼备勇猛异常，或即以此为好。

《大叔于田》：两骖如舞

该篇的语意中心应是"两骖如舞"，极写狩猎男子的勇猛威武与矫健豪迈。

叔于田，乘乘马。执辔如组，两骖如舞。

叔在薮，火烈具举。袒裼暴虎，献于公所。将叔无狃，戒其伤女。

起首两句，是客观叙述，整体描写：那个年轻的男子去打猎，驾着四匹马儿拉的车。接下来两句则是细节刻画："执辔如组，两骖如舞。"他手执马缰绳鞭策自如，纵横交错如在纺丝织锦。车辕两旁的马儿配合协调，奔腾起来就像在舞蹈。这两句以马缰绳之灵活柔韧，左右两边协调有序的马之身姿形态反衬男子的矫健豪迈，应该说是全诗重心所在。接下来几句简直一气呵成"叔在薮，火烈具举。袒裼暴虎，献于公所"：那个年轻男子在低湿多草木的猎场中围猎，火把统统举起来。脱衣露体，赤膊打虎。打了老虎送到公堂上。这种酣畅淋漓高潮迭起固然是由于狩猎本身所具有的危险艰难造成的，由此进一步烘托男子的勇猛刚毅。或者说，正因他之前的矫健豪迈，才有当下之临阵不慌，大获全胜。但最后一句"将叔无狃，戒其伤女"的深情叮嘱，却让我们哑然失笑，我们的情绪亦随之松懈：请你不要麻痹大意，一定要小心，不能让老虎伤着你。真是至情人的至情话。说到底，诗人还是担心他。

在这章中，叔"于田"到"在薮"的变化不单是场地的转变，更是时间的延续。而在此种时空转换中，我们这位青年英武的男子亦如人生走秀，完成他的华美乐章。通过此种描摹，我们可以感知他的豪迈气息与勃发生命。整个描述，表面上不动声色，其实却充满张力。

叔于田，乘乘黄。两服上襄，两骖雁行。

叔在薮，火烈具扬。叔善射忌，又良御忌。抑磬控忌，抑纵送忌。

这是典型的重章叠句，首先是主旋律再次响起："叔于田"，那个男子去打猎。而后面所驾的车骑由"乘马"到"乘黄"的变化不仅是具象、颜色和叶韵的需要，而且就整体感觉而言，亦更鲜明生动。后面执辔者"如组"的挥洒自如到"两服上襄"，即车驾中间高昂前行的两匹马，再到"两骖雁行"，两边如大雁般整齐有序昂首阔步的马,都在咏写男子出行队伍的气势与车骑的豪迈。接下来的句子一气呵成、不容喘息,更是对男子狩猎技艺、多才多艺的全方位赞美:他在低湿多草木的猎场中打猎。火把燃起,火墙围起。他善于射击,又擅长驾车。他忽而弯腰拉缰,不让马前行。忽而纵禽逃亡,疯狂追捕。

如果说上一章是概括是特写,是集中塑造这位英武男子的善于狩猎,技艺高超。那到这章,就是展开是细化。不只是他的立体呈现,更让我们觉得他对生活、对自身命运的全方位掌控,简单说就是可堪托付。这一章也相当于乐章的高潮部分,音调激越,辞彩华美,句式腾挪,极其有力。

叔于田,乘乘鸨。两服齐首,两骖如手。

叔在薮,火烈具阜。叔马慢忌,叔发罕忌。抑释掤忌,抑鬯弓忌。

不用说,这章如三重奏的最后乐章,或者一唱三叹的叹部分。到这里,所有的一切恰到好处、浑然一体。我们不只看到马儿的黑白和谐,齐头并进,如左右手般听任指挥。更看到场地转换时,那举起的火把、筑起的火墙。随之发生的:是篝火正旺,人潮涌动。然而他的马慢了下来,他的箭少有发射。他打开箭筒,从容收弓。简直是写意、散漫。而到最后的狩猎结束,似乎也是一曲既终,余音不绝。

《清人》:河上乎翱翔

该篇的语意中心应是"河上乎翱翔",即讽刺驻军的玩忽职守,傲慢轻敌。

清人在彭,驷介旁旁。二矛重英,河上乎翱翔。

这篇用赋,起首两句就是人物出场,场面描写:清邑的人驻扎在卫邑彭,披着铁甲的战马看起来特别强壮。可真是这样吗?我们心中其实已起疑窦。接着看下面:长矛短矛上进行了重重装饰,他们在黄河边上驾车闲逛。最后这两句简直让人哭笑不得。长矛短矛,若被重重装饰,岂不成了摆设?最后一句中的"翱翔",即便没有明说,我们也已看出这些将士的徒有其表,玩物轻敌。那后面会发生什么,似乎完全不足为奇。就此而言,这篇写作手法简直是史笔,类似于春秋笔法或微言大义。

清人在消,驷介麃麃。二矛重乔,河上乎逍遥。

清人在轴，驷介陶陶。左旋右抽，中军作好。

这是典型的重章叠句，简单的由"彭"到"消"再到"轴"的变化，除了各章叶韵的需要，并不意味着地理位置真的发生了变化。而由"旁旁"的强壮，到"麃麃"的强悍和"陶陶"的得意忘形，明褒实贬，活化出了驻军目中无人的骄横气焰。由"重英"的重重装饰，到"重乔"的乔装打扮，再到"左旋右抽"的戏剧化表演，更见这些驻军的玩忽职守与傲慢轻敌，其荒唐与可笑让人生恨。最后一句"河上乎翱翔"就是直接揭示他们行为的实质：说是驻军，其实根本就没当回事，他们就是在那里随意闲逛。第二章的"逍遥"亦是此意，甚至更放纵。最后一章的"中军作好"就完全是反话正说，说他们做好了御敌准备，事实上绝无可能。通篇都是赋法，我们看到在这种反复的陈述与强调中，作者对清人的揭露越发明显，厌恶也越发强烈。以至于最后发生什么，就完全是咎由自取，罪有应得。

《羔裘》：舍命不渝

该篇的语意中心应是"舍命不渝"，就是叹赏这位男子关键时刻的英勇不屈。

羔裘如濡，洵直且侯。彼其之子，舍命不渝。

首句起兴作喻，有可能是看到那位男子穿着光泽亮丽的羊羔皮做的大衣，不由得要夸耀他本人的正直美好，表里如一。当然，也可能就是为了夸耀，而找个说话的由头。由此引起的是后面两句：那个男子，在关键时刻，为了国家舍身破命，毫不含糊。如果说前两句，还是虚写，那后两句，就完全是具体指涉。诗人以毫不质疑的口吻直接道出此夸耀对象"彼其之子"的"舍命不渝"，这不只是诗人最想说的，显然也是整个诗篇的歌咏重心。

羔裘豹饰，孔武有力。彼其之子，邦之司直。
羔裘晏兮，三英粲兮。彼其之子，邦之彦兮。

这是典型的重章叠句，由"如濡"的光泽亮丽，到"豹饰"的威武，再到"晏兮"的舒适，明显是一个由表及里不断深化的过程。与之相应的由"洵直且侯"的直接赞叹，到"孔武有力"的可堪重任，再到"三英粲兮"的由衷赞叹，同样是不断加深，且全方位托出的过程。而三章重复的"彼其之子"正是其歌咏的对象。歌咏的内容亦由第一章"舍命不渝"的舍身破死,到第二章"邦之司直"的劝谏君王过失,再到最后一章"邦之彦兮"的国家俊杰,当然也是不断深化不断立体的过程。到此刻,这位文武全才、品性优良的男子,已卓然立在我们面前。我们不只是心生爱慕,更是由衷佩服。

《遵大路》：不寁故也

该篇的语意中心应是"不寁故也",即女子对男子的无限留恋与深情挽留。

遵大路兮,掺执子之祛兮。无我恶兮,不寁故也！

首句的"兮",已有感伤意味,明显引起一种强烈的抒情：沿着那大路终于追上他,拉着他的衣袖向他哀告,不要这样讨厌我,不要这么快离开我。表面上是描述,是赋体,实质上我们已感受到了那种强烈的依恋与害怕。

遵大路兮,掺执子之手兮。无我魗兮,不寁好也！

第二章由"祛"到"手"的变化,更让我们感觉女子的坚执与不舍。其所反省的内在原因亦由第一章"恶"的讨厌,到这一章的"魗",嫌我貌丑,应该是说女主人公越发绝望,越发悲哀。同时,我们已了然,这份感情肯定没了指望。最后一句由"故"到"好",虽没有本质变化,但女主人公那种伤心绝望已无法掩饰。说到底,该篇就是以女子的视角抒写男女双方情变的过程,而女子被弃已成定局。

《女曰鸡鸣》：明星有烂

此篇的语意中心应为"明星有烂"，即对平凡夫妻日常生活的肯定与赞赏，仿佛一切都是那么静谧美好。

女曰鸡鸣，士曰昧旦。子兴视夜，明星有烂。将翱将翔，弋凫与雁。

起篇赋法，女子说：鸡叫了。男子说：天还没亮呢。其实鸡叫就意味着天亮，而此简单对话中女子的提心吊胆与男子的贪恋床席妙然成趣，也自然引起下文的抒写："子兴视夜，明星有烂。"你去看看那夜色，启明星已在闪闪发亮。这一句显然是女子的声气，或就是为了说服男子而找的说辞。也正是因为此句，突然之间，一幅美好的人间场景就呈现在眼前：我们恍然看到一个晨曦微露的早上，睡眼惺忪的男子不想起床，他的爱妻正在设法把他唤起。与之相应的，是后面的两句："将翱将翔，弋凫与雁。"我要去四处转转，我要去射击野鸭和大雁。这显然是男子的声气，言语间充满对生活的期盼和跃跃欲试的欢腾。

弋言加之，与子宜之。宜言饮酒，与子偕老。琴瑟在御，莫不静好。

你若射中，我会拿来给你下饭。我们一起饮酒，我想就这样和你白头到老。你弹琴来我鼓瑟，没有一件事情不如意。这一整章显然是女子的对答，他们一生的美好亦可由此铺展开来。我们又怎能不期待这样的"静好"？

知子之来之，杂佩以赠之。知子之顺之，杂佩以问之。知子之好之，杂佩以报之。

知道你会来，我为你准备了杂佩。知道你懂我，送你杂佩以表达我的谢意。知道你爱我，送你杂佩以做回报。这一章显然是男子的回应。看来是你有情来我有意。男子反复解说的，是自己为什么要把最珍贵的杂佩送给她。反复表达的，也是非你莫属的那种深情。我们不由得为世间这对美好的人儿叫好。而我们所能想象的爱情应该就是这个样子。也正因此，千百年来人们歌咏不断。似乎美好的人儿与美好的未来就这样值得期待。

整个乐章，你问我答，我打猎你当厨，你承诺我呼应，不只静好，也是生命的律动。我们亦在此一唱三叹中，看到他们蒸腾的情意与暗寓的力量。人生如此，当无遗憾。

《有女同车》：佩玉琼琚

该篇的语意中心应是"佩玉琼琚"，即对女子品行姿态的赞美。

有女同车，颜如舜华。将翱将翔，佩玉琼琚。彼美孟姜，洵美且都。

该篇用赋法，首先是直陈其事：和一个女子同坐一辆车，她似初开的花般美丽圣洁。"华"固指花。"舜"虽不能确指其含义，但感觉中，应是一种内在的美。此女子可能是他的意中人，也可能是初相识，或就是一个美丽的邂逅。"将翱将翔，佩玉琼琚"：我俩一起下车闲逛，你步态优美，身上佩戴的玉饰非常珍贵。这两句应是追忆，回想当日情事。此处之"佩玉琼琚"，用佩玉作比，除了形容她的美好，同样也有一种内在品质的象征，或就是全篇语意中心，也因此引出最后一句的由衷赞美："彼美孟姜，洵美且都。"这个美丽的姜家大姑娘，确实是美好娴雅。到此，我们才恍然大悟，原来诗人理想中的爱恋对象，应是这个样子。或者说，她才配得上玉或琚，才符合我的审美标准。那么，究竟是怎样的标准？此句并未明说，前面几句，不过是层层渲染。但我们明显感觉此句气韵饱满，已是高潮，或它在可言与不可言间，已把感觉与气氛烘托到极致，也不由得让我们生出一问究竟的阅读欲望。最后两句，当然是就此作答。或者说，她的美，不只在于颜值，更在于内在本质。一个"洵"，一个"都"，已涵盖此女子的内外之美。谁能说，这不是当时社会判定女性"何以为好"的理想尺度。

这种尺度既是美学的，又是道德的，或他们所看重的，正是此种由表及里的内在品质。

有女同行，颜如舜英。将翱将翔，佩玉将将。彼美孟姜，德音不忘。

这一章应是紧承上一章，且"同行"已成为他们的日常。或者说他们不只两情相悦，更已日常相守。她容颜美丽如花怒放。他们在一起度过余生，她身上佩戴的珠玉发出清脆的撞击声。她的美丽，一心向好，显然已使他们走上了一条光洁的路：那个美丽的姜家女子，你的美好音容如此让我难忘。而最后这一句，无论是追忆还是念远，都是一种深挚的爱情宣言。

《山有扶苏》：乃见狂且

此篇的语意中心应是"乃见狂且"，即对眼前男子的戏谑，嘲讽他的狂妄自大。

山有扶苏，隰有荷华。不见子都，乃见狂且。

首句借"扶苏""荷华"起兴：正如山上有茂盛的大树，水中有美艳的荷花。我们都喜欢美好的东西，但眼前的你未免太不尽如人意。"子都"当然是她要夸耀的对象，如扶苏那般高大，如荷花那般美好。但这后两句从意义上来说明显是否定的，以"子都"的好否定眼前的人：我怎么这样不幸，找不到像"子都"那样的好男子，偏遇上你这么一个又狂又蠢的人。可真的是这样吗？我们来看下篇：

山有乔松,隰有游龙,不见子充,乃见狡童。

这一章再次兴起,同时作比:正如山上有挺拔的松树,低湿处有狗尾巴花。找不到"子充"那样的好男子,只有眼前这个狡猾的青年。无疑是把"子充"比作"乔松",把对方比作"游龙",反差很强,直接驳斥男子不要自以为是,其实在我眼里,你是又狂又蠢,就是那狗尾巴草。"子都""子充",不一定真实存在,但在他们双方的共识中,肯定是一种美好的、明显优于眼前男子的存在。到此,我们不能不说,好聪明泼辣的姑娘,我们甚至看得哈哈大笑。对方的张口结舌、无言以对似乎也已呈现在我们眼前。我们很少在早期的文字中,发现姑娘们的这种自信泼辣、热情豪迈。这应是先民们非常健康真实的日常。反诸历史,让人感慨万端。

《萚兮》:倡予和女

该篇的语意中心应是"倡予和女",即呼朋唤友,一起唱和。

萚兮萚兮,风其吹女。叔兮伯兮,倡予和女。

起句借物起兴,也可能是即景生情:树叶落了,树叶落了,是风儿将它们吹落的吧。表面上对叶言说,事实上,可能有别的倾诉对象。双"兮"并用,两"萚"重叠,柔情款款,时不我待。所以后面两句的呼告邀约,就更情深义重,令人无法拒绝:"叔兮伯兮,倡予和女。"帅气的小伙子,我来唱你来和。想象中,他们已是你有情来我有意,此起彼和,悠远绵长。

萚兮萚兮，风其漂女。叔兮伯兮，倡予要女。

这一章在重章叠句中，我们看到时间在延续，空间已转换。一切似乎既成事实。而在这所有的不可逆、不确定中，他们所能把握的就是：轻快的小伙子，我来跳你跟着。这是生命的欢腾，无关岁月变迁，只在眼前此刻。

就这么简短几句，突然间我们就觉得欢声四起，阴阳和谐。这些欢快的姑娘，竟然以这样的方式邀约男子共舞和唱。生命的繁花似锦与时不再来似乎亦即在此。笔者真觉得这是《诗经》中最健康的乐调、最精彩的狂欢。

《狡童》：使我不能餐兮

该篇的语意中心应是"使我不能餐兮"，即让我吃不下饭，说明某种别扭或罅隙已在他们之间产生，情深者已自伤。

彼狡童兮，不与我言兮。维子之故，使我不能餐兮。

开篇直接点题，申说原因，道出事情原委：那个滑头的青年，不和我说话。"狡童"，自然是一种爱称，一种戏谑。后面所接的，就是女主人公当下的处境。因为他的原因，我已吃不下饭。这两句除了埋怨，更有撒娇，且问题真的很严重。可究竟发生了什么？他为什么会这样？女主人公没有说，我们也没法猜。还是看下篇：

彼狡童兮，不与我食兮。维子之故，使我不能息兮。

这章显然是重章叠句，但在此重复中，我们明显看到问题不仅没有解决，简直更为恶化：那个滑头的青年，不和我一起吃饭。就是因为他的原因，我已睡不着觉。看来情形更为严重。可究竟因为什么？她更愤怒，我们是更着急。

这篇显然是恋爱中女子的声音。他们可能闹了点别扭。男子赌气不说话。女子焦虑不吃饭，并且事态越来越严重。可究竟是什么原因？我们不得而知。但这位女子很当回事，用情极深。我们希望他们仅仅是别扭，期待他们很快就和好如初。但我们又明白，世间的很多悲剧还真是由这种不言不语造成的。说不定男子还真的厌烦了女子。而"维子之故"又分明让我们看到世间那么多爱人的真心。真心不被辜负，可能已是此刻的我们所想的最好祝福。

《褰裳》：岂无他人

该篇的语意中心应是"岂无他人"，难道再没有别的人，是对交往对象的奚落甚至谴责。

子惠思我，褰裳涉溱。子不我思，岂无他人？狂童之狂也且！

这篇真是以口指心，直无挂碍：你若爱我，就提起你的衣裳渡过溱水来和我相见。你若不想我，难道就没有别的人？你这个狂妄的小子也太小看人了。我们看得简直要哈哈大笑。想象中，那个被她蔑称为"狂童"的，亦已无言以对。我们来看下文：

子惠思我，褰裳涉洧。子不我思，岂无他士？狂童之狂也且！

这章当然是重章叠句，在此重叠中，女主人公的语气明显加强。"溱"与"洧"表面是地点的变化，亦可能是心情的转换。由"人"到"士"的转变，应该具有某种理想色彩。或者想象中，这位女子对其情人的恼怒更为严重，甚至否定他的一切。所谓"士"，应是在德行、修养方面远胜一般人。言外之意，当然是批评眼前男子不够格，太猖狂。

此诗的故事我们不知。也许真是这位少年郎伤了她的心。但我们看到的是一位活泼开朗、能够把握自身命运的女子。对待男子或者曾经的恋人，她是绝不留情，毫不姑息。你若真心，我会不顾一切。你若变心，就滚一边去。或许她早已识破他的人。或许她对他还有留恋，这只是警告。也或许这只是年轻人之间的打情骂俏，彼此并不介意，不过是激将对方对自己更好点，更勇敢无畏些。而诗歌，也因为这些不确定而魅力大增。至少我们已一窥几千年之前的这位泼辣大胆又爱憎分明的小姐姐的别样风貌。

《丰》：悔予不送兮

本篇的语意中心应是"悔予不送兮"，就是追悔当初没有回应对方的热情以致遗憾终生。

子之丰兮，俟我乎巷兮，悔予不送兮。

我们看起篇，他年轻英俊，在小巷中等我，后悔我怎么没去送送他。这个完全是事后追悔：我对他不是不倾心，我是那么喜欢他，他当时就在那里等我，我怎么就没想到去送送他。及此，我们不能不疑窦丛生：究竟发生了什么？让女子已在眼前的幸福成为泡影。我们来看下章。

子之昌兮，俟我乎堂兮，悔予不将兮。

这一章显然是上一章的重复，在这一章中，女子的悔恨与愁苦不仅没有纾解，反而进一步蔓延。首先从字面来看，这一章的确没有太大变化，简单的由"丰"到"昌"的改变，无非就是说这位男子不但年轻英俊而且强壮有力，是真的值得依靠。而等待地点由"巷"到"堂"，更见这位男子的真心，或当日幸福的咫尺可见。然而究竟发生了什么？无论是前章的后悔没有相送，还是这一章的后悔没有随他走，这背后的原因是什么？这个时候我们可真要追根溯源，我们想了解造成女子某种悲剧命运的根本原因是什么。我们再来看下章。

衣锦褧衣，裳锦褧裳。叔兮伯兮，驾予与行。

裳锦褧裳，衣锦褧衣。叔兮伯兮，驾予与归。

这两章同样是重章叠句，重复回顾与申诉的竟是这样一个场面：我穿上嫁衣，披上婚纱。我亲爱的人儿，赶快驾车来接我。这个究竟是当日发生的，还是女子想象中、期待中的？若是当日情势，我们或可理解女子今日的悔意。是的，当一切都已就绪，可我怎么就没跟你走？现在还来得及吗？你再驾车来接我吧。我们在前两句的喜庆中，看到事与愿违。在后两句的期冀中，似乎又看到失望。而诗篇也正是在这样的时间错落与情感反差中，暗喻某些可说与不可说的：女子的命运并不掌握在自己手中，阴差阳错地，她已错失自己的爱人，已与幸福背道而驰。她的未来还会好吗？我们不得而知，但我们不由得对她满是悲悯。

《东门之墠》：其人甚远

本篇的语意中心应是"其人甚远"，即感慨与对方室迩人远的心理距离。

东门之墠，茹藘在阪。其室则迩，其人甚远。

这个据说是男女对唱，上章应是男子所说。他面对眼前开阔的广场，山坡上疯长的茜草，不由得情思绵绵，想起他的爱人。所以起篇两句，表面上是赋体，其实更有比兴之意，自然引起对后者的思念。后面两句，确实是直接点题："其室则迩，其人甚远。"她家住得非常近，心理感觉却很远。简直是可望而不可即。可为什么呢？我们不由要问。他们之间的这种距离感究竟来自哪里？这应该也是我们此刻所关注的中心。

东门之栗，有践家室。岂不尔思？子不我即！

在第二章中，女子作答。她先告诉男子细节：东门附近不只有广场，还有栗子树，我们的那些房子也排列整齐。言外之意，当然是希望男子克制，我们是规矩人家，你别蠢蠢欲动。但后面两句，却让我们忍俊不禁："岂不尔思？子不我即。"原来不是我心中没你，而是期待你来找我。这个可真是你有情来我有意。只是在这个时空的错位中，我们更看到了相思的可贵。而世间情意正如眼前茜草，疯狂生长。亦如东门之栗，实实在在。

《风雨》：云胡不喜

本篇的语意中心应是"云胡不喜"，表达劫后余生再见君子的由衷喜悦。

风雨凄凄，鸡鸣喈喈。既见君子，云胡不夷！

起篇风雨并作，鸡鸣不已，可能是对眼前的情境摹写，也可能是劫后余生两人的共勉：过去的日子虽很艰辛，不堪回首，但黑暗终究过去，好日子终于要来了。能够见到你，我怎能不宽心。很明显，前两句是赋中作比，比中起兴，且能够把三者完美地融合在一起，为我们展现了一幅风雨飘摇中相爱的人儿终于聚首的欢乐图景。因其珍贵，更觉感人。我们来看后面两章：

风雨潇潇，鸡鸣胶胶。既见君子，云胡不瘳！

风雨如晦，鸡鸣不已。既见君子，云胡不喜！

如果说第一章的"凄凄"还是重感觉，"喈喈"还只是表示雄鸡开始萌动，准备叫鸣，与这些感觉相应的"云胡不夷"之"夷"所侧重的是放心、平静，是诸多灾难之后，个体的本能反应或是基本需求。那么到第二章，随着这些简单词语的变换，其情境想望也发生了明显的改变。"潇潇"是痛定思痛，痛不堪言，也正因此，更期盼"鸡鸣"，更期盼能穿透此黑暗。而"胶胶"，则连成一片，看来黎明瞬间可见。也因此，后面的"云胡不瘳"之"瘳"就是伤愈病愈之意。而最后一章中的"如晦"，简直是昏天黑地，再无转圜。也正因此，后面的"鸡鸣不已"，就更让我们看着喜悦，听着激越。这个时候，应该是调动了我们所有的感官，我们所有的情绪也被汇集到顶点。压迫越深，反抗越强。劫后余生的欢欣，正是由此具象托出：怎能不欢喜呢？所以，最后这句不只是全诗的结尾，更是读者心灵的回应。

《子衿》：子宁不嗣音

本篇的语意中心应是"子宁不嗣音"，就是埋怨对方不给自己音讯，让自己牵挂。

青青子衿，悠悠我心。纵我不往，子宁不嗣音？

首句借物起兴：想起你那绿绿的衣领，就像我的愁思，无限绵延。作者其实想说的，是思念对方。作者不过是以一位女子的口吻，不愿明说，就以"子衿"指代对方。但无名地，我们就觉得诗意盎然。我们看接下来她又会说什么：即便我不去找你，你怎么就不能给我音信呢？看到这里，我们不知该笑还是该哭？笑她的怨怼。哭，当然是同情他们的相爱却未得相见。那么，究竟因为什么？恐怕此刻，这是我们最想追问的。我们且看她接下来如何分说：

青青子佩，悠悠我思。纵我不往，子宁不来？

这一章是典型的重章叠句，简单的"子佩"的变化，除了叶韵，亦更产生某种亲切的纯粹感。这真的非常奇妙。"我心"到"我思"的变化，则更为空渺。接下来的"子宁不来"看似随意，其中深情却让人难忘。继续看下篇：

挑兮达兮，在城阙兮。一日不见，如三月兮。

最后这一章，表面上是写实，其实极尽夸张：我独自徘徊在城阙深处。我们才几天没有见面，却好像已经过去了好多日子。这种写法不合常理，却合人情。或正因为前面两章的铺垫、重叠，才让我们感觉此种深情的不容错过。到此，我们亦不由得为女主人公长声浩叹。

该篇显然是热恋中女子的心声。她愁思绵延，就因为几日没有见到对方。可此刻的不相见，她竟不断地归咎于对方：你不给我消息，你不来见我。直到最后才道出原委，我是真的想念你。所以"子宁不嗣音"，应是全诗的重心所在。或者说该篇所抒写的，就是这样一种爱而不见的深情。而"子衿""子佩"的美好，所反衬的同样也是这样一种引而不发的情感。也正因此，才有独在城阙的徘徊。我想你，但我不能去见你。可你为什么就不能主动来找我？所谓情到深处人孤独。到此，我们这位矜持又充满深情的女子似乎已跃然纸上。我们在随着她怨尤的同时，感受到的更是人世间最美好的情意。

《扬之水》：维予与女

本篇的语意中心应是"维予与女"，就是对彼此患难与共的期许。

扬之水，不流束楚。终鲜兄弟，维予与女。无信人之言，人实迋女。

"扬之水"，应该是当时通用的曲调，由此起兴，也由此产生共鸣。我们看到国风中有几篇都是这样命名的。只是我们需要区别，它们各自在抒写什么？又是在何种程度上相区别的？我们还是来细读文本。

"扬之水"，指浅浅流动的河水。这样的水，自然浮不起成捆的荆条。而由此兴起的后面两句"终鲜兄弟，维予与女"是在说我们还是缺乏兄弟，这个世上，就你和我。这显然是由前面扬之水的无力或孤立无援所引出的。应该说，后面所有诗意即是由此生发。"无信人之言，人实迋女"，不要轻易听信别人的话，人家其实是在骗你。这两句顺接前意：正因为我们没有亲人，正因为这个世界上只有你和我，我们更得提高警惕，不能轻易相信别人。而"迋"之意显然托付在前之"束楚"处，暗喻别人的居心叵测，不能信任。我们来看下篇：

扬之水，不流束薪。终鲜兄弟，维予二人。无信人之言，人实不信。

这一章显然是重复上章语意。"束楚"与"束薪"并无本质区别，所强调的是这种承载程度的加深和被承载物的虚妄。言外之意当然是：不要再管那些没用的，我们根本不相信。这个世界上没有别人，只有你和我。别人的闲话再也不要听从，别人怎么值得相信。

《诗经》既为现实主义之作，当看其反映现实的深度与广度。他们究竟情动于何处？何时？是一时之欢？还是永生之乐？是深哀巨恸？还是一时愁绪？或者说，我们就看它们各自抒写的是哪个层面？哪些事？哪些人？哪些情感？哪些感悟？他们的喜与怒、爱与恨、所虑与所悲，一句话概括，也就是他们在这个世界上的生存状况。他们在何种层面上同呼吸共命运？他们的此刻离愁，一刻哀怨、一刻欢欣，我们都想知道。他们的歌呼浩叹，是针对什么？是说给谁听？他们的一生又是怎样度过或错过？这，亦是我们今日读《诗经》或读任何经典的意义。

《出其东门》：匪我思存

本篇的语意中心应是"匪我思存"，即他们都不是我所思念的人。

出其东门，有女如云。虽则如云，匪我思存。缟衣綦巾，聊乐我员。

该篇用赋法，同时作比，我们看它首句说了什么："出其东门，有女如云。"从东门出来，漂亮的女子成千上万。这起笔两句，有点故弄玄虚。那他究竟想说什么？这成千上万的女子对他来说意味着什么？我们来看后句："虽则如云，匪我思存。"虽则成千上万，都不是我思念的。说到底，前文的铺垫是为了引出这句，亦逗引我们追问，那你思念的女子究竟是谁？当然，最后一句，还等不得我们问，他已急不可耐地告诉我们："缟衣綦巾，聊乐我员。"那个穿白衫佩绿巾的女子，才是我的最爱。到此，我们简直忍俊不禁。你喜欢她，就明说，何必拐这么多弯。但我们马上就明白，诗意或情趣，正产生于此种逗乐。恋爱中的人，可不就是这样神神道道。我们来看下篇：

出其闉闍，有女如荼。虽则如荼，匪我思且。缟衣茹藘，聊可与娱。

这一章显然是重章叠句，所变化的，"闉闍"，按本意应是城门外层的曲城，但事实上，它并不一定就比"东门"遥远。无非就是说，这个世界上到处都有漂亮的女子。所强调的，当然还是后面那位"如白荼般光洁"的女子。这种比喻不只具象可感，更让我们浮想联翩。所以，当诗人做后面的辩白时，"虽然她们如白荼般光洁，可还不是我所思念的人"，我们就不仅不觉得多余好笑，反而会因为他的此种笨拙而动容。那么，他所钟情的女子，究竟长什么样？我们看最后两句："缟衣如藘，聊可与娱。"我思念的那位女子，虽着素衣却依然夺目，我和她在一起非常开心。到此我们才恍然大悟。他喜欢她，简直无须理由。只是因为跟她在一起才会如此开心。还有比这更简单、更真挚的情意吗？而我们亦不由黯然神伤。也许，真正的情意不只让人欢欣，更让人惆怅。所谓爱人、情人，有时还真不是一个人的事。你要抵抗说服的，也许还有外面的世界或诱惑。而本篇，就是这样一种情绪的流露或场景的描摹。

《野有蔓草》：清扬婉兮

本篇的语意中心应是"清扬婉兮"，即对女子眉清目秀合他心意的由衷称许。

野有蔓草，零露漙兮。有美一人，清扬婉兮。邂逅相遇，适我愿兮。

首句借蔓起兴，以露作比：野外草青青，露水落下来。引出歌咏对象。那个美丽的女子，她眉清目秀流转婉妙。这自然是最圣洁最理想的存在，因而便有了后面两句的直接抒情："邂逅相遇，适我愿兮"我渴望与她不期而遇，以了我平生心愿。应该说，整个句子自然流畅，一气呵成，而诗意亦在这样的起承转合中，不断激荡。到最后，呈现在我们面前的，就不仅是自然的胜景，更是人生最美好的际遇。

野有蔓草，零露瀼瀼。有美一人，婉如清扬。邂逅相遇，与子偕臧。

这一章是典型的重章叠句。首句为主旋律再起，所引出的"瀼瀼"二字，是指露水重重似已成河，比之上一章"漙兮"的露水凝结，不只是时间的推进，夜色的加深，亦是情感的郁积，力量的勃发，说明主人公对对方的思念已不可抑制。也正因此，后面反复诉说的"那个美丽的女子，眉清目秀真是婉妙。我渴望与她不期而遇，我渴望与她终老"，就不止情绪饱满，更有回荡不绝的诗意。到此，我们亦在此种渴望中沉沉入梦。

《溱洧》：方秉蕳兮

此篇的语意中心应是"方秉蕳兮"，即他们对爱情生活或未来可能的期许。

溱与洧，方涣涣兮。士与女，方秉蕳兮。女曰观乎？士曰既且，且往观乎？

洧之外，洵訏且乐。维士与女，伊其相谑，赠之以勺药。

　　传统评说认为，起篇交代时间、地点、人物，是典型的赋法。但我们却能在这样的选词造句中明显看出它的比兴：溱水与洧水，开始融化，水流不断壮大。所谓冰消雪化河流之涣涣，不正暗喻生命的勃发、情欲的萌动吗？这显然不是客观叙事，而是带有明显的咏叹意味或比喻色彩。而我们正是在这样的修辞技巧中，有了下面的阅读期待：许多男男女女，手里拿着兰花去水边游玩。此"秉蕑"也暗喻着他们此行的目的，即对爱情生活或未来的期许。所以，没有无来由的爱或恨。也正因此，下面女孩说："咱们一起去看看吧。"男孩说："已经看过了。"女孩随之："再去看看吧，洧水的那一边，真的是非常开阔好玩。"我们也觉得理所当然。或者说，他们在最美的年龄，来到最美的场所，期待一场自然的遇见。一切都是水到渠成。于是，男孩和女孩，说说笑笑一路前行，最后赠以勺药永结同心，似乎就是理所必然。我们来看下篇。

　　溱与洧，浏其清矣。士与女，殷其盈矣。女曰观乎？士曰既且，且往观乎？
　　洧之外，洵訏且乐。维士与女，伊其将谑，赠之以勺药。

　　这一章，是典型的重章叠句。我们来看有变化的：溱水与洧水，由第一章"方涣涣兮"的正在融化充满活力，到这一章"浏其清矣"的水面清澈透亮，表面是写随着时间的推移，河水不断融化澄澈的过程。但谁又能说，它写的不是青年男女从一见钟情到情深义重的自然过程。也因此，后面男子和女子，才由第一章"方秉蕑兮"的执兰求福，到这一章"殷其盈矣"的既多又满，就不再仅仅指时间的延续、场面的变化，更预示着许许多多男男女女正在发生的故事以及想象中的两情相悦。由此，后面重复男子和女子的对话，以及他们的情定终身，就不只是特写，更是永恒，似乎人间一切美好正在如此上演。

【齐风】

齐国在今山东北部和中部。临淄是春秋时一个人口众多、工商发达的大都市。齐风共十一篇。齐风产生的年代,应是东周初年到春秋特别是齐襄公时期。齐风耐人寻味之处,其实就在于内容的庞杂,上至国君公主,下至庶民百姓,有男欢女爱,有知遇之恩,亦有很多贬斥,仿佛末世之音。但这种贬斥似乎又无损于《诗经》整体的雅正。或仍在儒家的正统思想之内。说到底,就是有所贬抑,才见张扬。就像一个社会的上升时期,你不能不看到那些潜滋暗长的东西。说不定某一天,社会的崩溃,即是由于当初的这种存在。这一点,倒应了后世儒家的讽世之喻、劝世之功。或者说,他们表面上的"诗言志"传统或道德训诫,其实更是总结经验教训,为未来寻求出路。

《鸡鸣》:苍蝇之声

本篇的语意中心应是"苍蝇之声",即男子贪恋被窝不想起床的借口,也可看作戏谑,拒绝或讨厌听到不想听到的声音。

鸡既鸣矣,朝既盈矣。匪鸡则鸣,苍蝇之声。

前两句应是女子在说话:鸡已经叫了,朝堂上的人都到齐了。显然是黎明时候,女子担心男子上朝迟到,在轻声唤他。而贪恋被窝不想起床的男子,却在睡梦中迷迷糊糊地说：不是鸡在叫，是苍蝇在飞。我们哑然失笑。苍蝇声自然和鸡叫声有天壤之别。以苍蝇声比作鸡叫声，更是充满嫌弃。我们不知是男子有意为之，还是下意识地耍赖。但可以想到他们此刻的恩宠与娇惯。女子无法，于是便兴起下一轮的诗意：

　　东方明矣，朝既昌矣。匪东方则明，月出之光。

　　这一章是女子的说辞，亦是情节的推动：东边天全亮，朝堂人到齐，你怎赖被窝？再不起床，可真来不及。没想男子全然不管，翻个身继续呼呼大睡，睡梦中不忘开脱，不是东边日出，是月亮高挂。

　　虫飞薨薨，甘与子同梦。会且归矣，无庶予子憎。

　　到这一章，女子明显没办法了，不只不再叫他，还在那里喃喃自语：管它什么虫在叫，我愿与你一同入梦。反正已经迟了，他们肯定散朝，但愿不要怪罪于你。而男子却没了回应。想来应是沉沉入梦。总的来说，这首诗生活气息十足，而男女间的深情宠溺却由此简单对话和盘托出。我们不由欣羡，世间情意，如此甚好。更愿岁月如斯，万事无忧。

《还》：揖我谓我儇兮

　　本篇的语意中心应是"揖我谓我儇兮"，即双方一见如故惺惺相惜英雄共赏。

　　子之还兮，遭我乎峱之间兮。并驱从两肩兮，揖我谓我儇兮。

　　该篇用赋法，起笔直陈其事：对面那位大哥身手敏捷，我去打猎路上碰到他。我俩一见如故，并肩协力去追捕猎物，他作揖称许我射技好。这俩人的英雄共赏，看得我们称羡不已。

　　子之茂兮，遭我乎峱之道兮。并驱从两牡兮，揖我谓我好兮。

　　这一章是典型的重章叠句，首句的"茂"比之第一章的"还"，程度更深，激赏更多：对面那个大哥射技真是好，我们在打猎的路上幸运相遇。"道"之大道与"间"之小路，除了叶韵，还有一种人生何处不相逢之感。也正因此，两人的并肩作战才成必然：我们打了两只公兽，他连连作揖称许我本领好。到这里，我们亦不由称许二人的英雄相惜、豪情万丈。

子之昌兮，遭我乎峱之阳兮。并驱从两狼兮，揖我谓我臧兮。

这是最后一章，首句"昌"的变化，除了表面夸赞对方身材好，其实更是一种关系的拉近、情感的共鸣。次句之"阳"亦强化此种感觉。似乎他俩的情投意合、彼此长驻已是必然。也正因此，最后两句的并肩作战，不只成了和音，似乎已在读者眼中、心间定格，成为永恒：我们并肩合力打了两只野狼，他连连作揖夸我心地好。那可真是两情相悦、身心俱美。也许，此种激赏与不避嫌疑，才是该篇最了不起之处。

《著》：俟我于著乎

本篇的语意中心应是"俟我于著乎"，即他在那里等我，应是一种由衷欢喜。

俟我于著乎而，充耳以素乎而，尚之以琼华乎而。

起句直写：他在影壁前等我。这是一生中最圆满的时刻，似乎已成定格，女主人公眼前看到的就是她的整个世界。下面则是细写，此刻她眼中的他：冠上洁白丝绦垂在两耳边，缀饰的美玉在眼前悬。真是美好得无法言喻。我们再来看下面：

俟我于庭乎而，充耳以青乎而，尚之以琼莹乎而。

俟我于堂乎而，充耳以黄乎而，尚之以琼英乎而。

后面是典型的重章叠句，简单的几个字的变化，却让故事越来越明朗，场景越来越真切：由"著"到"庭"再到"堂"，不仅是空间的转换，亦是距离的拉近；由"素"到"青"再到"黄"，我们明显地感觉到色彩的加重与情感的浓烈。第一章最后一句中"琼华"之美，可能更侧重其整体感觉，花色之美，应是远观；第二章的"琼莹"，则是一种晶莹剔透之美，重在品质，应是近视；最后一章中的"琼英"，显然更注重细节观照，可能它就在眼前。全篇正是通过简单的几对字的转换，完成了空间及审美情感的转化，到最后，那个喜悦的新娘和虔诚的男子便立体呈现。

在本篇，你甚至找不到它的具体指涉，你感觉它的情感和气氛就是这样一个不断酝酿的过程，而每一言每一语或新娘的每一次细微的赞赏，都是在做这样一种审美加工或情感烘托，最后的热烈与甜蜜却已水到渠成，余味不尽。这应是这首诗最高明之处。

《东方之日》：在我室兮

本篇的语意中心应为"在我室兮",无非是强调彼此的亲密无间、无法分离。

东方之日兮,彼姝者子,在我室兮。在我室兮,履我即兮。

这篇有点直播的味道,无非是说他与女子浓情蜜意、无法分隔:太阳高高挂,那个漂亮女子还在我的卧房。她在我的卧房,碰着我的膝盖。如果说头一个"在我室兮"还是叙事的需要,后一个则强调色彩明显。我们俩是如此亲密,难分难舍。究竟在干什么?其实已不言自明。可诗人写得这么含蓄健康,这么意味深长,我们能说什么?谁说此种你恩我爱,不是生活的应有姿态,不能写入文学?哪怕是《诗经》这样不断被儒家标榜的文本。

东方之月兮,彼姝者子,在我闼兮。在我闼兮,履我发兮。

"东方之月"比之前面的"东方之日",不只是白日和夜晚的交替,更意味着他们的此种柔情蜜意并未随着时间的流逝而发生转变。而且在此日升月落中,得到进一步深化:那个漂亮女子,还在我的床榻。她在我的床榻,摸着我的长发。"履我发兮",多么温馨热烈,世间美好,或在于此。

就故事本身或章节所写,不只是重播、连播,也不单单是一时之欢,而有可能就是常态。或是说他们的柔情蜜意已成生活本身。他们希望此种情不变意更浓。这个应该也是本篇被不断歌咏或保存至今的主要原因。对于美好情意、亲密陪伴,谁不由衷称羡。

《东方未明》：自公召之

本篇的语意中心应是"自公召之"，就是强调公事的紧急慌忙。

东方未明，颠倒衣裳。颠之倒之，自公召之。

这一篇以"东方未明"起篇，一开始就营造一种朦朦胧胧、暧昧不明的气氛。而在此氛围中，我们发现主人公心急火燎地登场。他想穿上衣服，但黑暗中，又找不对，就这样颠来倒去在那折腾。他为什么不点灯照明。文本没有交代，我们不得而知。想象中，应是他怕惊醒正在熟睡的家人。总之，"颠之倒之"是够狼狈。但他终于穿好了，且在那里为自己分辩，还不是因为主公召唤。到此，我们不觉会心一笑。似乎也真明白了他的不得已甚至傲娇：我是真有事，真重要，要不，才不会这么急不可耐。

东方未晞，颠倒裳衣。倒之颠之，自公令之。

这一章的"晞"比之上一章的"明"，感觉应是更为明显，就是指晨雾未散，欲明未明的时候，他仍在那里"颠倒裳衣"。这当然是指时间的推进，事情却仍未发生变化。我们在感到滑稽可笑的同时，不由得要问：何苦来着？难道仅仅是衙门里的命令紧急？

折柳樊圃，狂夫瞿瞿。不能辰夜，不夙则莫。

看到这一章，我们不禁哈哈大笑。可笑之人，必有可恨之处。瞧瞧他这是在做什么，他攀折了柳树枝条围住院子。女人在骂他：你这个愚蠢的家伙，双眼瞪着干什么？

不分白天黑夜，从早到晚真是作孽。到此我们才恍然大悟。这个自始至终未说一言的男子，用他的行动告诉我们：他所害怕、担心的，并不一定就是公家的召唤，衙门的斥责，而更可能是怕家里门户不严，别人惦记他的婆娘。这日子还怎么过？我们在感慨小人物的恐惧与龌龊之时，也不能不记得他的委屈与挣扎。能说什么？人生百态，自古皆然。

《南山》：齐子由归

这篇据说是讽刺齐襄公与文姜私通的诗。三四两句中的"齐子由归"，可能就是对齐襄公与文姜私通这一事实的认定，也即对女子已嫁为人妇却不守妇道的讥讽。但具体又说了什么，我们还是来看文本。

南山崔崔，雄狐绥绥。鲁道有荡，齐子由归。既曰归止，曷又怀止？

首句以"南山"起兴，借南山之高大，反衬后之行为的荒唐无耻。我们表面上看到的是，在南山那样高大的山下，众多的雄狐在追逐着雌狐，充满兽性与野性。那么，作者究竟想说什么？"鲁道有荡，齐子由归"，从齐国通往鲁国的大道非常坦荡，文姜就是从这条路出嫁的。此处，是以南山比拟鲁道吗？那雄狐、雌狐又比作什么？作者没有明说，但我们看到他的矛头所指，"既曰归止，曷又怀止？"既然已经出嫁，怎么又要回来？看来是不满文姜整日回娘家。我们不禁要问：这又是为什么？有这么严重？女子回娘家不是很自然的事？我们来看下篇。

葛屦五两，冠緌双止。鲁道有荡，齐子庸止。既曰庸止，曷又从止？

这一章以"葛屦""冠緌"起兴，说麻鞋成双，帽带双垂，自古而然。言外之意是什么？这条道路宽阔平坦，文姜就是从这条道嫁到鲁国的。既然已出嫁，怎么又回来？看来作者极端愤怒：你庄姜既然已为人妇，为何不守妇道，整日往娘家跑？且穿着那样的破麻鞋，系着那样的歪帽带。是真的破、真的歪吗？应不尽然，或就是种感觉，衣帽不整，没干坏事才怪。可究竟干了什么？读者却已恍然大悟。

蓺麻如之何？衡从其亩。取妻如之何？必告父母。既曰告止，曷又鞠止？

这一章，连用三个问句，前两个自问自答：如何种麻？纵横深耕。如何娶妻？必告父母。最后一个问句，以反问收尾，其实不容置疑：已告父母，既成事实，怎就不能放弃？能说什么？真的太荒唐。但真没法说吗？我们看到作者下面的诗句，简直是怒不可遏一泻而出：

析薪如之何？匪斧不克。取妻如之何？匪媒不得。既曰得止，曷又极止？

这章首句当然是以"析薪"设喻起兴：如何砍柴？没斧头怎行。诗人想说的，当然是下句："取妻如之何？匪媒不得"如何娶妻？必须做媒。既然已经嫁为人妇，怎就不能守规矩？到此，批判的矛头已直指文姜本人。看来，文姜的此种行径不只伤害世俗情感，更让人深恶痛绝。

《甫田》：劳心忉忉

此篇的语意中心应是"劳心忉忉"，即对远人的一种深切忧念。

无田甫田，维莠骄骄。无思远人，劳心忉忉。

第一个"田"，动词，耕作。"甫"，广阔的。第二个"田"，名词，田地，且应是领主的大田。"维"，发语词，相当于其。"莠"，杂草，害草，或指今之兔尾巴草。"骄骄"，高扬之意。前两句借物起兴，合起来就是：再也不用辛勤耕作领主那广阔的田地，想来那里已经杂草丛生。诗人想说的其实是：真的不能去想那远别的人，想起他来我内心忧伤。"忉忉"，忧伤不宁之意。那么，真的能够不思念？显然主人公做不到。就像那荒草乱长，全无头绪。我们看接下来他该怎么办？

> 无田甫田，维莠桀桀。无思远人，劳心怛怛。

这一章是典型的重章叠句，所变的"桀桀"相对于上一章的"骄骄"，不只指野草的蓬勃生长，亦指其生命力的强劲。意味着没人耕作的田地遍长荒草如何能够避免，亦如我对他的思念不能停止。"无思远人，劳心怛怛"，可我怎能不想他，即便想他让我如此心痛。"怛怛"，伤心痛苦。此种思念的深挚比上一章显然是更进一层。

> 婉兮娈兮。总角丱兮。未几见兮，突而弁兮！

如果说前面两章还是侧面描写，借景抒情。那么到这一章，主人公显然是无论如何也按捺不住，起句就和盘托出，充满追念：他是那样的幼小美好。那时候他总是扎着羊角一样的小辫。"婉"，年少。"娈"，美好。"总角"，状如羊角的儿童发髻。"丱"，即此总角的形状。而我们读者，亦不由得被他深深拉入回忆。也正因为此种记忆的美好，才更见眼前的荒凉：不见他已经太久，再见时恐怕已是大小伙子。诗人仿佛自言自语，但我们却深知此种思念的苦痛。至此，我们终于明白，他所思念的应是他的幼子。可究竟是什么使得他们分离？我们不得而知。但却已知此种别离的刻骨铭心与难以救赎。

《卢令》：其人美且仁

此篇让我们纳罕，究竟是想说人还是想说那只漂亮的猎狗，我们似乎难以确定。但无论何者，"其人美且仁"都应是中心句，或就是一种由衷的赞美。

> 卢令令，其人美且仁。

"卢"，据说是指黑色的犬，黑色的猎狗。"令令"，应是指猎狗脖子所挂铃铛发出的声音。"卢令令"，这三个字，音色真美。即便我们不细究其意，也应是一种美好的存在。那么，诗人究竟要夸猎犬，还是赞主人？诗意显然落在了后句："其人美且仁。"是因为主人美好仁义，他的猎犬才这么俊俏可爱吗？这个时候，我们真分不清是爱人及狗，还是爱狗及人。其实不必细究，此种画面的呈现，已使人激赏不已。似乎世间的美好就在眼前。我们且看下文。

卢重环，其人美且鬈。

这一章，应是细节描绘。不只狗儿的项圈环环相套，美不胜收，主人的鬈发更是如此。什么样子呢？可能是黑亮卷曲。到此，我们哑然失笑，也似乎更无法把这二者分开。

卢重鋂，其人美且偲。

最后这句，不仅是黑犬铃声响当当，黑犬脖上环套环，更是主人英俊又才多。可以说是把美又向上推了一层，或已到极致。到此，谁能不由衷叹服。至于说是夸犬还是赞人，我们已根本不想细究。想象中，他们早已是一种美好的存在，且不可分隔。

《敝笱》：其从如云

该篇的语意中心应是"其从如云"，就是讽刺女主人公的荒淫无耻。

敝笱在梁，其鱼鲂鳏。齐子归止，其从如云。

"敝"，破旧的。"笱"，竹制的捕鱼篓。"梁"，鱼梁。"鲂鳏"，鳊鱼和鲲鱼。首句借物起兴作喻：正如破鱼篓子设在鱼坝上，各种大大小小的鱼儿进进出出。捕不到，堵不住，设也白设。诗人想说的，当然是后者：齐侯的妹子回到齐国，随从人员那么多，她完全没有忌惮。这是对女主人公的谴责，文姜身为齐国郡主，伤风败俗，为害两国。这是诗人的愤怒。而随从人员的众多，更在说明文姜的放逸无度。此种厌恶，似已到极点。我们看他下面该如何接：

敝笱在梁，其鱼鲂鳏。齐子归止，其从如雨。

敝笱在梁，其鱼唯唯。齐子归止，其从如水。

这两章是典型的重章叠句，所变处，无非就是鱼的品种。但我们更明白，如果说前面的"鲂鳏"是大鱼、身强力壮的鱼，第二章的"鲂鱮"就是小鱼、一般的鱼；到第三章的所谓"唯唯"，就根本无须区别，什么鱼都可进进出出。至于后面的"云""雨""水"，更是直接从天上落到地下。此种差别就不单单是随从人员的多、随便，更有情感的鄙夷和否定，或就是自降身价、落入尘埃，但有什么办法。老百姓只能说说而已。让我们吃惊的是，此曲的乐调相当激烈，只是不知道它在什么场合适用？或者说儒家的所谓教化在该篇中如何体现？齐侯、文姜作为被贬斥的对象，在齐风中是如何传播得这么久远的？

《载驱》：齐子发夕

若是前面两篇写齐襄公与其妹妹文姜的私秽之事，这一篇写的就是齐襄公的女儿哀姜嫁往鲁国庄公的事。首章的"齐子发夕"应是落实了一些基本所指，即对齐子傲慢与拖拉的不满。

载驱薄薄，簟茀朱鞹。鲁道有荡，齐子发夕。

"载"，发语词，无实义。但"载"与"驱"连用时，无形中我们就有一种行车的紧迫感。加上后面的"薄薄"（表示车轮转动声），就更把此行的急迫与紧张描摹出来。"簟"，竹席。"茀"，车帘。"朱鞹"，红色的兽皮制成的车盖。"簟茀朱鞹"，这四字合起来应是指鲁庄公迎亲车驾的讲究与排场。而他们之所以疾驰是因为怕误了婚期。"有荡"，平坦，宽阔。后面两句合起来就是：大道是如此宽阔平坦，可哀姜为何傍晚才出发？此刻，不只作者，我们读者也不能不生出疑惑。

四骊济济，垂辔濔濔。鲁道有荡，齐子岂弟。

"骊"，黑色的马。"济济"，多且排列整齐。"濔濔"，柔软灵活。起首两句合起来就是：四匹黑色的马儿排嫡列整齐，垂下的缰绳非常柔软。简直是整装待发，井然有序，再次强调鲁国的郑重其事。这更反衬出后面的荒诞失礼：鲁国的大道明明宽阔平坦，为什么哀姜你一直到天明才出发？"岂弟"，据前人考证是天明出发之意。

汶水汤汤，行人彭彭。鲁道有荡，齐子翱翔。

这一章又连用两个叠词"汤汤"与"彭彭"，是极写汶水的浩浩荡荡与随从的众多，再次反衬出诗人内心的不满与谴责：鲁国的道路明明宽阔平坦，哀姜的车驾却一直在那里闲逛。

汶水滔滔，行人儦儦。鲁道有荡，齐子游遨。

最后一章也基本是上一章的重复，所变处由上之汶水"汤汤"到今之"滔滔"，无端使我们内心产生愤懑之感。后之行人由"彭彭"的众多到"儦儦"的烦躁，更加强此种感觉。及此，后面的长声浩叹更是出自肺腑，不能不言：鲁国的道路明明宽阔平坦，哀姜你为什么一直在那里游荡？

总括全篇，文章就是对哀姜的强烈不满。在齐风中，处处有对齐鲁关系、齐国女子的贬斥。我们就觉得非常好奇，既然老百姓或者民间对齐国公主嫁往鲁国的事情非常不看好，甚至认为这是伤风败俗、有损国格的事，可文章的此种曲调，又是如何长期流传的？

《猗嗟》：美目扬兮

关于此篇的主题，历来众说纷纭，但"美目扬兮"作为语意中心，应没有太多异议，即他眉清目秀顾盼有神，他风姿卓越，射艺超群。

猗嗟昌兮，颀而长兮。抑若扬兮，美目扬兮。巧趋跄兮，射则臧兮。

"猗嗟"，语气词，由衷地赞叹。"昌"，美盛貌。"颀"，颀长，修长。"长"，与其说是重复了颀之高大，不如说是一种重复咏叹。起篇两句合起来就是：实在太好看了，那么高大修长。"抑"，前人说是"懿"的假借字。我们能不能望文生义，这个"抑扬"可看作低头抬头间，接上下句"美目扬兮"，即漂亮的眼睛顾盼有神，就非常流畅。其实，三四两句，应是前面咏叹的进一步提升：他究竟怎么个美法好法？而最后两句"巧趋跄兮，射则臧兮"，就是具体落实或补充前面那种美好，也就是形容射手的行动敏捷，箭法熟练。"巧趋"，快步走。"跄"，走得急，简直要摔倒。"射则",射箭的手法。"臧",美妙,好。第一章从抒写节奏而言,前两句显然是总写射手的整体风貌,中间两句有点形而上,或者借貌传神,应是全篇的灵魂或重点所在,最后两句则是行为描写,具体落实他的箭法如何高明。

猗嗟名兮,美目清兮,仪既成兮。终日射侯,不出正兮,展我甥兮。

"名",应是假"借明",同样是美盛之意。"清",清澈有神。"仪",仪式,手法,应指射箭的技法。"展",诚,确实。前三句合起来就是:实在是长得太精神了,漂亮的眼睛炯炯有神,射箭技法更为精到。注意这句之中再次咏叹眼睛,可见在诗人想象中,或者心中,"美目"最让人难忘,也最传神。也再次验证了,我们把上一章的"美目扬兮"当作歌咏中心的直观感受。至于这章最后两句的"终日射侯,不出正兮",无非再次夸耀他的射技:整日射箭,箭箭中的。"侯",箭靶。"正",靶心。而最后一句"展我甥兮",我的外甥实在是太厉害了。到此,我们才明白,发出如此热烈咏叹的,原来是射手的舅舅。

猗嗟娈兮,清扬婉兮。舞则选兮,射则贯兮。四矢反兮,以御乱兮。

"娈",壮美,好看。"清扬婉兮",眉清目秀。"选",恰当,合乐,有节奏。"贯",射中。最后一章,从句法而言,仍然是首先咏叹射手的壮美好看,眉清目秀。接着又夸赞他舞步有序、进退有仪及箭法高明。而最后一句就是再次肯定他日常训练勤勉,可堪寄予厚望:以他的才能足以抵御外侮。到此,我们恍然大悟,这不只是舅舅对外甥的全方位肯定,更是对他寄予御侮杀敌的厚望。

通篇用"兮",充满咏叹的同时,不由让我们思索它与后世《楚辞》的关系。也许,在某种程度上,《楚辞》真是挖掘并继承《诗经》的此种手法或情调,在增强节奏、扩大句子的同时,也壮大了它的声势,使其能够表达某种更为激越深沉的情感。

【魏风】

魏风共七篇。魏是周同姓封国，后被晋献公所灭，所以魏风应是魏亡以前，也就是春秋时期的作品。魏在今山西芮城东北，土地贫瘠，老百姓生活困苦，社会矛盾相对尖锐，魏风中的篇章相应偏向反映此种社会状况。就句式而言，该部分大多不是严格意义上的四言。可能是诗歌初起阶段，本篇语言更接近口语。一些篇章，简直就是以你口道我心。活泼灵动的同时，可能会缺少一些诗歌的韵味，明显区别于传统意义上的风、雅之作。哪怕就是《伐檀》《硕鼠》这样的经典篇章，也会流于直白，缺乏相应的艺术魅力，或就是偏重诗歌的社会功用——讽喻功能。但我们无法否定它们的深远影响，后世类似诗篇的抒写，应是由此滥觞。

《葛屦》：可以缝裳

此篇的语意中心应是"可以缝裳"，即哀悯劳作女子的苦难生活。

纠纠葛屦，可以履霜？掺掺女手，可以缝裳？要之襋之，好人服之。

"纠纠"，来回缠绕状。"葛屦"，葛麻做的鞋子。"履"，踩、踏。"掺掺"，纤细瘦弱。起篇连用两个反问，直斥现实的不公和对劳作女子的同情：这来回穿织的夏布鞋，怎么可以抵御严寒？纤细瘦弱的双手，怎么可以缝制衣裳？与之形成对比的，是后两句："要之襋之，好人服之。"此两句应指缝衣女做完衣服后，送给主妇试穿，还需帮忙整理衣带领子。"要"，指腰带。"襋"，领，衣领。"好人"，美人。但这里有明显的讽刺意味。所以，接下来，诗人就以"好"做文章。

好人提提，宛然左辟，佩其象揥。维是褊心，是以为刺。

"提提"，舒服合身。"辟"，回避，躲开。"象揥"，象牙做的头饰。前三句合起来就是：女主人穿起衣服来很合身，但好像嫌弃我，不想看到我，自顾自地在那里摆弄她的象牙簪子。诗人其实想说的是：她真的好吗？为什么嫌弃我？而最后两句："维是褊心，是以为刺"，正是此种诗意的延续，或就是诗人作诗动机。这个女主人心胸太为狭隘,我作诗就是要讽刺她。"褊",狭隘。

这篇应是赋法,起篇直接交代缝衣女奴的穿着、劳作,与之形成对比的是"好人"。好人也许很美,但通过作者的这番描绘或刻画,我们明显感觉到她的狭隘自私甚至倨傲虚伪。到最后,我们真觉得这位好人一点儿也不好。甚至此种精心打扮与穿着都是忸怩作态。诗人没有明说,但我们分明看出,缝衣女工对于自己的劳动价值产生怀疑,甚至觉得根本不值得,这不能不让我们深思:所谓好人美人,应是内外兼修,而不能徒有其表。当然,这个也可看作"为他人作嫁衣裳"的最初摹写,哪怕不说什么阶级对立,至少另一方的荣光与自己毫不相干,甚至就是建立在自己的劳动之上,如何令人不愤慨?

《汾沮洳》:美无度

本篇的语意中心应是"美无度",就是对这位穷人家孩子的由衷赞美。

彼汾沮洳,言采其莫。彼其之子,美无度。美无度,殊异乎公路。

沮洳,水边、河边低湿处。莫,野菜。前面两句合起来就是:他在那汾水低湿处采摘野菜。后两句:那个采菜的人儿,他的美不可言说。最后两句:他的美,和王公贵族完全不一样。这几句,简直就是直接从唇齿间流淌出来。而对少年人的咏叹爱惜,亦是毫无保留,并且由此给我们指出一种新的审美路径,使我们看到一种活生生的、朴实雍容的美。我们再来看下章。

彼汾一方,言采其桑。彼其之子,美如英。美如英,殊异乎公行。

在这一章中,少年活动的地点发生了变化。可能是视觉上的渐行渐远,也可能是心理上的若隐若现。总之,他就在汾水那边,在采摘桑叶。由前面的采摘野菜到这边的采桑,我们不知是性别的变化,还是一种泛称,但就是指这样勤劳朴实的一类人。接下来,仍然用反复咏叹的语气说"彼其之子,美如英",就不仅是再次肯定少年的美好,更有对于这样一种理想生活的想象。也正因此,才有水到渠成的最后两句,不仅加强了这种含义,也更托出此种异于王公贵族的美。合起来就是:那采桑的人儿,美好得就像花朵一般。他的美,和王公贵族全然不同。

彼汾一曲,言采其藚。彼其之子,美如玉。美如玉,殊异乎公族。

最后这章,就是典型的一唱三叹:在那汾水弯曲处,他在采药。那个采药的人儿,美得就像玉石。他的美,完全不同于王公贵族。采摘对象的变化,进一步丰富了我们的美感体验。也正因此,后面赞其美如玉时,我们才觉得理当如此。

该篇从野菜到桑叶,再到草药,可以说是全方位地抒写这位男子的日常劳作,包括食、衣、医。而诗人一再强调和说明的,也正是最后一句"殊异乎公族",即异于王公贵族,由此召唤称许的,可不就是那种健康朴实的美。

《园有桃》:我歌且谣

本篇究竟是不是第一篇知识分子或者文人的自怨自艾,我们还是存疑。但它的语意中心落在"我歌且谣",应没什么异议。我们来看文本。

园有桃,其实之肴。心之忧矣,我歌且谣。不知我者,谓我士也骄。
彼人是哉,子曰何其?心之忧矣,其谁知之?其谁知之,盖亦勿思!

"肴",佳肴,此处用作动词,把它当作饭菜。起篇两句直陈眼前:园里有桃树,我把它的果子当作美味佳肴。我们不禁要问:为什么?下面部分应是解说。首先是"心之忧矣,我歌且谣",我心里很忧愁,我来作歌一曲。我们不由得纳闷,心里难受,作歌且让它传唱,又是怎么回事?但以下句子,的确就是由此引出:"不知我者,谓我士也骄",不了解我的人会说:那个读书人很骄傲。可究竟什么原因呢?"彼人是哉，子曰何其"，你还是个人吗？你怎么变成了这个样子？"心之忧矣，其谁知之"，我内心忧愁，谁能了解？最后一句"其谁知之，盖亦勿思"更是强调此种愁苦的难言：谁能了解？我自己也不愿去想。应该说，这整个章节都是知识分子或下层文士的自怨自艾、欲说还休。"我歌且谣"的记录与抒写，不过是他们的自我排解。但真的管用吗？我们来看下篇。

园有棘，其实之食。心之忧矣，聊以行国。不知我者，谓我士也罔极。
彼人是哉，子曰何其？心之忧矣，其谁知之？其谁知之，盖亦勿思！

这一章应是典型的重章叠句，所变者，由"桃"到"棘"，后者，也就是酸枣树，看来能吃的更加贫乏。这种无以为生的状况当然会让他更为愁苦。那么，如何疏解呢？"聊以行国"，我漫无目的地四处游逛。但还是不由得自叩自问：不知道我的人会说，瞧那个读书人穷愁潦倒，他还是个人吗？你可不要学他。最后当然是自慰自安。我内心的哀愁有谁知道。我才不管有没有人知道，我自己也不想再想。知识分子的无以为生与呼天抢地的现实困境让人恻然，可我们又能说什么？

《陟岵》：夙夜无已

本篇的语意中心应是"夙夜无已"，就是对自己长期漂泊在外的感伤与回家团聚的热望。

陟彼岵兮，瞻望父兮。父曰：嗟！予子行役，夙夜无已。上慎旃哉，犹来无止！

"陟"，登上。"岵"，多草木的山。"瞻"，登高远望。"上慎"，还是希望谨慎。"旃"，之、焉的合音。"犹来"，回来吧。"无止"，不要犹豫。该篇以赋起篇，登高远望，其实是借此抒情。后面之"父曰"，纯属想象虚构。以己之心，来托父意，合起来就是：登上那个高高的山坡，向老父亲所在的故乡眺望。父亲肯定也在想我，他会说，可怜我的孩子出去当差，早晚不得休息。希望你自己保重。如果可以回来，就不要停留。整章读来情深义重，表面忧念父亲，其实自伤自悼整日操劳不能归家。

陟彼屺兮，瞻望母兮。母曰：嗟！予季行役，夙夜无寐。上慎旃哉，犹来无弃！

这章是典型的重章叠句，我们来看变的，同样是山，由"岵"的多草木到"屺"的没有草木，显然是时间的延续。就在这漫长的等待中，一切依旧。也正因此，后面由"父"到"母"、由"子"的泛指儿子到"季"的小儿子、由"无已"的不能停止到"无寐"的不能睡眠、由"无止"的不要停留到"无弃"的不要放弃，就不只是担忧程度的加深。感觉中，我们已心恻恻情萋萋，而老母亲对幼子的担忧更让人揪心。

陟彼冈兮，瞻望兄兮。兄曰：嗟！予弟行役，夙夜必偕。上慎旃哉，犹来无死！

最后这章，同样是重章叠句，表面说的是兄弟的悲叹。事实上，同样是自己的忧念。而自己最想说或最怕的，还是万一哪天就这样离去，再见亲人就成了空想。这是直面现实，更是给自己鼓劲。我们能说什么呢？也只好像他那样自我安慰：无论如何，还是先保重。

《十亩之间》：行与子还

本篇是一曲采桑小调，所歌咏的"行与子还"应是呼朋唤友一起归家的欢乐。

十亩之间兮，桑者闲闲兮，行与子还兮。

第一句是直写，可能是实写，也可能是虚写。总之，她们采桑的地方非常大。也预示着她们采桑的工作非常辛苦。然而，就是在这样的起篇中，我们看到的是：采桑的人们终于闲下来，可以一起回家了。这是劳动的欢欣，也是由衷的喜悦。我们仿佛听到她们的笑语声声，看到她们在辛勤工作后，正呼朋唤友准备回家。

十亩之外兮，桑者泄泄兮，行与子逝兮。

这一章显然是重章叠句，所变化的，无非是由"十亩之间"到"十亩之外"，感觉中，她们已由劳动场所走上回家的路。而"闲闲"的逐渐松弛，到"泄泄"的人潮涌动，显然，她们已经汇入回家的人潮。看来采桑的人很多。我们看最后一句的"逝"比之前面的"还"，似乎更有一种缥缈、游离之感。这真是让人诧异，明明是田间的采桑小调，怎到后来，硬被她们唱出悠远舒旷的感觉？而我们心头响彻的，或被她们唤起的，就不只是这些勤劳可爱的采桑姑娘那健康活泼的生活基调，还有她们对于生活的热情与投入，超脱与欢欣。人生何尝不是这样，只有尽情投入，才会欢乐退场。其他的，交给时间。

《伐檀》：河水清且涟猗

该篇的语意中心应是"河水清且涟猗"，这可以说是讽刺贵族老爷们的不劳而获，但更可看作是对自身处境的认知与无奈。

坎坎伐檀兮，置之河之干兮，河水清且涟猗。不稼不穑，胡取禾三百廛兮？
不狩不猎，胡瞻尔庭有县貆兮？彼君子兮，不素餐兮！

起篇，我们仿佛听到伐木工人片刻不停、强劲有力的砍伐树木声。慢慢走近，看到他们正在砍伐檀木。檀木作为贵重木材，谁可使用？用作什么？不由引起我们的疑问。接着，我们仿佛看到他们把刚砍下的木头放到岸边。由"伐"到"置"的变化，是地点的转换，也是时间的流逝，动作的持续。可以说，起首两句，不只运用听觉，还运用视觉，甚至调动起所有的感觉器官，形成强烈的视听效果。而我们心中唤起的，不只好奇，可能更有返诸自身的激愤。我们预感到什么？却又说不出口。"河水清且涟猗"，河水清澈，水面泛起涟漪，这句似乎跟之前的热火朝天形成鲜明的对比。那么，它究竟想说什么？仅仅是由岸边到水中的客观描写？还是说此"河水"暗喻他者？甚至就是某种冷热不均的心理描写？我们继续往下看："不稼不穑，胡取禾三百廛兮？不狩不猎，胡瞻尔庭有县貆兮？"你们这些贵族老爷，不种不收，为什么要收这么多的租税？不冬猎不夜攻，怎就见你们院子里悬挂着小野兽？这后面几句，一气呵成，不单是两个反诘连用，更是前面所压抑情感的集中发泄。说是贫富对比也罢，更可能是对不劳而获者荣华富贵、劳而不得者穷苦无依的反思。可会有答案吗？诗篇到此戛然而止，只留长长的叹息："彼君子兮，不素餐兮！"你们这些贵族老爷，真是没有白吃饭。这是无可奈何，还是干脆认命？我们可以说他们没有反抗精神，只是发现问题，根本无法解决问题，甚至流于清谈。说到底就是认命。但不认命又能怎样？对于他们，也许活着，才是最大的问题。亦如前之"河水清且涟猗"，冷嘲热讽一下，一切又会回归平静。我们接着往下看：

坎坎伐辐兮，置之河之侧兮，河水清且直猗。不稼不穑，胡取禾三百亿兮？

不狩不猎，胡瞻尔庭有县特兮？彼君子兮，不素食兮！

这章是典型的重章叠句，由"檀"到"辐"的变化，应更具象，或目的性更强，就是要制作车轮。而由"干"到"侧"的变化，却让我们觉得特别无力，甚至就是某种生命的虚耗，无声无息。在这一章中，我们明显感觉，他们的劳作更艰苦，苦难亦更深重。那随之他们是否能觉悟？能反抗？而水面"直猗"比之"涟猗"，是更为平静，水波不兴，还是直流无碍，愤怒无端？或者说，后面的愤怒是更强烈有力，还是仍然流于空谈？我们接着往下看，"三百亿"比之"三百廛"，当然更多，而"县特"比之"县貆"确实也更大，这种对比，在具象的同时亦更分明。但我们又不能不看到，由此引起的最后一句"素食"比上一章之"素餐"，也许更为无力。说到底，诗人不过是在这样的叹息中，不断疏解愤怒与痛苦。到此，我们更加不知，文艺本身，是否真会有助于社会公序良知的重建。感觉中，是在固化那样一些认知。似乎古已有之，无可奈何。

坎坎伐轮兮，置之河之漘兮。河水清且沦猗。不稼不穑，胡取禾三百囷兮？

不狩不猎，胡瞻尔庭有县鹑兮？彼君子兮，不素飧兮！

最后这章，重复咏叹，感觉中，前面乐章的呐喊已渐渐远去，一切已既成事实。那么能说什么？是否活着，就是他们此刻以至未来的所有运途？

总括全篇，起首两句，先声夺人。我们仿佛看到许许多多伐木工人正在林中使劲地砍伐树木。不管是檀木，还是后面具体指涉的"辐""轮"，我们知道他们在辛苦劳作。由"檀"到"辐"再到"轮"的变化，是越来越具体，越来越日常。或这种劳作，就是他们的生活本身。河岸、河边、水边，本质上虽没太大变化，但从读音、字形，我们同样兴起艰涩难言之隐。而后面所接的"河水清且涟漪"，表面上是说眼前景，其实是写伐木者的内心情绪。他们由第一章"涟漪"的水面起了波澜，到第二章"直猗"的水流平直，第三章"沦猗"的死水微波，并没有不断激化，不断觉醒，相反的，像不断沉寂，或就是认命般。所以前人所说的阶级矛盾论，可搁置。不要认为他们的怒火在这样的篇章中无法控制。否则，孔夫子也不会说"哀而不伤"，更不会保留下来世代传颂。

《硕鼠》：莫我肯顾

该篇的语意中心应是"莫我肯顾"，就是责备对方从不懂得顾惜别人。其实是对自身处境的厌倦与远走他乡的热望。

硕鼠硕鼠，无食我黍！三岁贯女，莫我肯顾。
逝将去女，适彼乐土。乐土乐土，爰得我所。

该篇借物起兴作喻："硕鼠硕鼠，无食我黍！"大老鼠啊大老鼠，不要再吃我的粮食。"鼠"本就让人厌恶，被"硕"修饰时，那种恶感简直无以复加，也就不要再想他所比拟的人。当然，我们知道他不是为说"鼠"而说"鼠"，我们看他真正想说什么，多年来我养育你，你却一点都不肯顾惜我。显然是把对方比作大老鼠，可为什么会这样？我们不禁觉得他们关系扭曲。大老鼠反客为主，人却无可奈何。这不只恶心，更是奇特。也不是难言之隐，而是既成事实。那该怎么办？惹不起，就躲吧！可躲到哪里？可有乐土？或这个世界上可有我的容身之地？我们来看后面几句："逝将去女，适彼乐土。乐土乐土，爰得我所。"我将会离开你，寻找那快乐的所在。那快乐的所在，才是我最想去的地方。看到此处，我们不由心中怅然，这究竟是怎样的厌倦与不得已。可离开故土远走他乡，真能找到希望的所在？后面四句难道不是浪漫的想象？因其不现实，更值追慕。到此，我们还能说此篇是所谓的现实主义篇章？

硕鼠硕鼠，无食我麦！三岁贯女，莫我肯德。
逝将去女，适彼乐国。乐国乐国，爰得我直。

这一章是典型的重章叠句，在这一乐章中，主人公再次大声呐喊："硕鼠硕鼠，无食我麦！"不要再吃我的粮食。由前一章的"黍"到这一章的"麦"并没有本质变化，其实就是比喻它贪婪无比，无所不食。但后面"德"的感恩，比之前面"顾"的顾念，显然是退而求其次。也就是对方不只不顾念我，甚至连一点感恩之心都没有，难道这一切真的是理所当然？换言之，人与鼠，究竟是道德上的你情我愿，还是国家利益层面的权利义务。到此，读者需要省思的是这种问题的深刻根源究竟是什么？当然，这里的"国"相较于上一章的"土"应是一个相对固定的场所，或指国都、城镇。

　　硕鼠硕鼠，无食我苗！三岁贯女，莫我肯劳。
　　逝将去女，适彼乐郊。乐郊乐郊，谁之永号？

　　最后一章把大老鼠的贪婪无耻描摹殆尽，它竟然连初生的嫩苗都不肯放过。而"劳"，应是觉悟之后的劳动，也就是不要再指望我，我再不会为你服务。到这一章，诗歌主人公的态度更为决绝，也就是彻底下了决心，彻底远离对方。他所向往的，只是郊外、野外，但在那里，他坚信自己再不会这样长久地失望悲哀。

　　就此，全篇应是一个不断觉悟、不断振作、不断反抗的过程。也正因此，我们看到重新开始生活的力量与可能。这或许正是千百年来最让我们动容之处。虽然，我们明明知道，所谓"乐土""乐国""乐郊"无非是想象。但有希望总是好的。哪怕事实上，它只是心理远离，只是纾解眼前一时的疼痛。

【唐风】

唐风就是晋风。周成王封他的季弟姬叔虞于唐，唐地有晋水，所以后来改国号为晋国。今存唐风十二篇，可能产生于东周和春秋之季。

《蟋蟀》：日月其除

该篇的语意中心应是"日月其除"，即警醒自己抓住眼前，以免虚度时日。

蟋蟀在堂，岁聿其莫。今我不乐，日月其除。

无已大康，职思其居。好乐无荒，良士瞿瞿。

前两句是物候现象，似乎闲闲叙来："蟋蟀在堂，岁聿其莫。"蟋蟀入室，意味着天气转冷，一年将尽。诗人想说的，当然是后两句："今我不乐，日月其除"我现在不快乐，就再没有时间了。那么，究竟该如何快乐？或者说，一个对自身有所待甚至自命为良士的人，究竟该如何在立身行事的同时追求快乐享受生命？接下来，似乎就是诗人对自己未来生活的规划："好乐无荒，良士瞿瞿。"不要过度追求快乐，还要想到自己的责任。可以娱乐但不能荒废日子，要像良士那样时时警诫自己。有点絮絮叨叨，但又不得不说，对于一位旧时代的知识者，有这样的认知或约束已很不错。甚至就是某种难得的生命意识，自我意识。也许，个体正是因为这样的警觉，才对这个世界有了热爱，且能坦然面对生死，哪怕仅仅是生命的流逝。

蟋蟀在堂，岁聿其逝。今我不乐，日月其迈。

无已大康，职思其外。好乐无荒，良士蹶蹶。

这一章，显然是随着时间的推移，他的生命意识更强："蟋蟀在堂，岁聿其逝。今我不乐，日月其迈。"天冷了，一年又要过去。我现在还不快乐，就再没时间了。然后又劝告自己："无已大康，职思其外。好乐无荒，良士蹶蹶。"只要不过分逸乐，也可以想想本职之外的事。喜欢享乐也没什么关系，只要不荒废自己的工作，就像良士那样勤快敏捷就好。在这一章,无论是"逝"还是"迈"的替换,都让人感到紧迫。而随之接上的"外""荒"更有种内省意味。也正因此,"蹶蹶"所表现出的,就不仅是"瞿瞿"那样的警觉,更有一种内在的激越与努力,或者说是强自振作。

蟋蟀在堂,役车其休。今我不乐,日月其慆。
无已大康。职思其忧。好乐无荒,良士休休。

在最后这章中,不只时间流逝,天气转冷,场所变化,就连平日川流不息的役车也都停止工作。顺理而然,一年到头,自己也该休息了。也正因此,这个日子若不抓紧,就真的没了机会。只要不太过分就行。居安思危,并不意味着那些忧虑的事不能忘记。不然,自己如何才能心平气和,如何才能努力向前。这章同样絮絮叨叨,但完全不觉重复,甚至觉得这就是生命的流程,一切亦因为此种有序而逐渐安顿。

该篇以蟋蟀入室起兴,预示着天气已冷,时间或生命亦随之流逝。反思自己,为何仍然不快乐。突然惊觉,时不我待,要及时行乐。但转念一想,作为君子,凡事不能过分。况且还有职责在身,即便娱乐也不能荒废工作。想到此处,心中不由重生警戒。整个篇章,就是这位良士的断想,条理分明,不由得令人暗暗点头。

《山有枢》:弗曳弗娄

该篇的语意中心应是"弗曳弗娄",即劝诫或自诫不要吝啬,要懂得生命的可贵,物质的为我所用。

山有枢,隰有榆。子有衣裳,弗曳弗娄。子有车马,弗驰弗驱。宛其死矣,他人是愉。

"枢",刺榆。"隰",低洼处。"曳",拖曳。"娄",系紧。"宛",假如。"愉",享用。该篇起首两句借物起兴作喻,就好比山坡上长有枢树,低洼处长了榆树,物性自然。其实诗人想说的是:你有上衣下裳,却舍不得穿。这是例证,更是重心,简明有力,不容置疑。你有车马,却舍不得驱驰,这是排比,也是佐证,形象生动,使得前面的观点更为突出。自然得出最后两句,"宛其死矣,他人是愉"。这两句,可以说是完全抓住了吝啬者的心理:自己辛辛苦苦勤俭节约,怎么最后都圆满了别人。简直灵魂暴击,不能不醒。

山有栲,隰有杻。子有廷内,弗洒弗扫。子有钟鼓,弗鼓弗考。宛其死矣,他人是保。

"栲",臭椿,落叶小乔木。"杻",檍树,高大乔木。"保",占有、拥有。这一章是典型的重章叠句,只简单换了几个字。"栲""杻"不过是树木品种的变化,除了音韵,并无实质的区别,不过说明物性自然。至于下面的类比事物亦如此,你有院子房子,却不洒扫。你有编钟锣鼓,却不敲打。结果更不堪,你一旦死了,那不就成了他人的。

山有漆,隰有栗。子有酒食,何不日鼓瑟?且以喜乐,且以永日。宛其死矣,他人入室。

最后一章是进一步深化,就好比山坡上有漆树,低洼处有栗树。你有好喝的美酒好吃的食物,干吗不每天鼓瑟庆祝,欢天喜地。如果你死了,可不就成了他人的。后果不只严重,时间更为紧迫。所谓的及时行乐,似乎已不只是人之天性,更是生存智慧。到此,我们能说什么?俗世的人们,面对生活的不确定,能抓住的,可不就是那一点点活着的滋味。

《扬之水》：从子于沃

此篇的语意中心应是"从子于沃",即随从他去了曲沃。这一切是亲眼所见,不容置疑。至于更想说的是什么?我们且看正文。

扬之水,白石凿凿。素衣朱襮,从子于沃。既见君子,云何不乐?

"扬",悠扬缓慢。"凿凿",鲜明。起首两句借物起兴作喻,就好比那水流缓慢的江河水,能使河底的白石更为鲜明。其实诗人想说的是后面两句:"素衣朱襮,从子于沃。"我穿着素色衣服滚红边,随从他去了曲沃。言外之意是这一切都是我亲眼所见,千真万确,毋庸置疑。那么,主人公究竟见了什么?我们来看后两句:"既见君子,云何不乐?"我们一行人来到目的地,见到要见的人——桓叔,我怎么能够不快乐?可真的快乐吗?这两句与前面的比兴形成某种情感上的事与愿违。或者说,别抱希望,很多东西,早已注定。至于究竟是什么?他没说,我们也不敢确定。这种吞吞吐吐欲说还休,甚至正话反说,已让我们觉得大事不妙。我们继续往下看。

扬之水,白石皓皓。素衣朱绣,从子于鹄。既见君子,云何其忧?

"皓皓",本义是日出貌,此指皎洁明白。"鹄",目的地,指曲沃。这一章首两句同样是借物起兴,那水流平缓的河,能使河底的白石更为清楚。所兴起的是对自身处境的体察,我身着白色衣服滚朱边,随从他一起到曲沃去。结果却是,我们见到了要见的人——桓叔,我怎么更忧虑。应该说,这一章仍然是遮遮掩掩,欲说还休。我们看最后一章。

扬之水,白石粼粼。我闻有命,不敢以告人。

"粼粼",表面上是指清澈之貌,但我们从字形、字音,已明显感觉此种清澈有很多曲折,甚至是内蕴风险,波澜起伏。也即后面两句:"我闻有命,不敢以告人。"我觉得肯定会有事情发生,但我不敢告诉任何人。到此,我们似乎恍然大悟,此种"有命",不单是令出他人,更是不测,或者就是叛变本身,真是闻者心惊,只不知在当时,这是否已引起晋侯警觉,但可能即便警觉亦无可奈何。晋国后期的江河日下已让人悲哀无比。

《椒聊》：硕大无朋

此篇的语意中心应是"硕大无朋"，就是夸耀女子的体态丰满，无人可比。

椒聊之实，蕃衍盈升。彼其之子，硕大无朋。椒聊且，远条且。

"椒"，花椒。"聊"，指草木结成的串串果实，俗语称一嘟噜一嘟噜。"蕃衍"，繁殖蔓延，生长众多。起首两句借椒起兴作喻，那结着一嘟噜一嘟噜花椒的花椒树，繁盛得足以采摘一升的花椒。其实，他最想说的是后者，那个妇女体态丰盈，无人可比。言外之意是什么？当然是女子的此种硕大可保证他们整个家族的传宗接代，而根本不是后世的贬义臃肿肥胖。这才是该篇或整个传统社会的关注重心。至于最后两句不过是类比隐喻，就像椒聊，其香传播久远。此种咏叹，不只是期冀祝福，更把他们整个家族的命运，寄托在繁殖生育绵延不息上。

椒聊之实，蕃衍盈匊。彼其之子，硕大且笃。椒聊且，远条且。

这章是典型的重章叠句，所变的"盈匊"满满一把，比之前章的"盈升"满满一容器更形象可感。满满一掬，两手都握不住。随之而来的"且笃"比之前章的"无朋"，是指内在的充实饱满，应更容易繁殖后代。至于最后一句"椒聊且，远条且"不仅加深了那种绵延久长，更是对未来生活的咏叹与期待。

当然，我们无法评价他们的此种好尚或期待，只能说是特定历史时期特定人群繁衍生息的自然需求，就像"椒聊""蕃衍"这些叠韵，客观上同样让人产生繁复热闹之感。

《绸缪》：见此良人

此篇的语意中心应是"见此良人"，即对得遇良人的欣悦与无措。

绸缪束薪，三星在天。今夕何夕，见此良人？子兮子兮，如此良人何？

"绸缪"，缠绵，紧紧捆缚。两字叠韵，合成一个词，形容极度亲密无法疏离。"束薪"，一捆捆的柴草。古人以此象征结婚。就此，起首两句，借薪起兴作喻，柴草已经捆好，一切准备就绪，已到黄昏时候。三四句不仅是前两句引出的内容，更是明知故问，这究竟是个什么夜晚，我终于要见到我亲爱的人。语气中满是欢喜与满足，应是全诗的重心所在。最后两句是明知故问更明显，你啊，你啊，你准备怎么见那良人？显然，主人公此刻已喜不自禁。而"良人"的重复出现，更把此种心情烘托到极致。

绸缪束刍，三星在隅。今夕何夕，见此邂逅？子兮子兮，如此邂逅何？

绸缪束楚，三星在户。今夕何夕，见此粲者？子兮子兮，如此粲者何？

这两章是典型的重章叠句，我们来看变的，由"薪"的柴到"刍"的草，再到"楚"的荆条的变化，除了音韵的需要，本质上并没有什么变化，就是指一切已准备就绪，可以去迎娶新人。而此种植物或借代的顺次变化，还给我们一种紧迫感，或者说，就是要赶快抓住对方，束缚对方。而后面由"天"到"隅"，再到"户"的变化，就不只是时间的延续，更是地点的拉近或人物的登堂入室。至于由"良人"的咏叹与心满意足到"邂逅"的幸运，再到"粲者"的光耀，应该是珍惜与欣悦。到此，我们看到的，就不只是迎娶新人的喜悦，亦有对此种人生美好图景的热望与珍惜。

《杕杜》：岂无他人

此篇的语意中心应为"岂无他人"，一种自怨自艾和对自身命运的担忧。

有杕之杜，其叶湑湑。独行踽踽，岂无他人？不如我同父。

嗟行之人，胡不比焉？人无兄弟，胡不佽焉？

"杕"，孤生独特貌。"杜"，甘棠，又名杜梨。"湑湑"，枝叶茂盛状。"踽踽"，孤独貌。"佽"，帮忙，协助。该篇起首两句，借杜起兴作喻，表面上说，那棠梨树孤孤单单长在那里，叶子却又非常茂密。诗人其实想说的是，我一个人在这个世界上，凄凄凉凉，比棠梨树都不如。接下来简直是自问自答，难道没有别人？不过是没法跟自家兄弟比。"岂无他人"表面是反问，后面却是作比，其实我们已然明白，这世上还真没有他人。此种孑然一身，的确让人绝望，我们看他接下来又如何说，可叹那些路人，不过是偶然相遇，怎会跟我亲近？由此得出结论，像我这样没有兄弟的人，关键时候谁能来帮忙？这后面几句，既是解说上面"岂无他人"的客观原因，亦是诗人内在情绪的省察和对自身命运观照之后，所发出的自然感慨。

有杕之杜，其叶菁菁。独行睘睘。岂无他人？不如我同姓。

嗟行之人，胡不比焉？人无兄弟，胡不佽焉？

这一章是典型的重章叠句，"菁菁"比之上一章的"湑湑"，似乎更有一种繁茂不遇感。"睘睘"比之"踽踽"，亦更见孤独。"同姓"比之"同父"，显然是退而求其次。最后四句，完全没有变换字句。就是在这样一种重复咏叹中，进一步强化之前的感受。说到底，这章字词的变与不变，除了协调音韵，亦是回应与深化。就像我们平日的重复诉说，加深了语气。于音乐本身而言，也是协奏。或者说，经此复沓，才完成音乐意义上的曲尽其意。

《羔裘》：维子之故

此篇的语意中心应是"维子之故"，也就是说这个世界上并不是只有你一个人，直斥对方的虚伪傲慢。

羔裘豹袪，自我人居居。岂无他人？维子之故。

羔裘豹褎，自我人究究。岂无他人？维子之好。

这两章是典型的重章叠句，第一章的"袪"与第二章的"褎"，皆为袖子。都是借此起兴作喻，表面上说，羊羔皮做大衣，用豹皮来装饰袖子。其实是想说你对我从来就很傲慢，完全表里不一，甚至满怀恶意。为什么这样说？想那羊羔皮做的大衣，多么柔软美好，却偏偏要用豹皮做装饰，不仅不和谐，而且太怪异，让人心生恐惧。而"究究"之满满恶意比之"居居"之傲慢，程度也是更进一层。接下来所说的是，难道没有别的人，就只有你一个人？"好"的欣赏交好比之"故"所侧重的缘故事因，显然也是更进一层。综上，这两章前两句，都是斥责对方名实不一，虚伪傲慢。后两句，转而意气高扬，正面立意，明告对方，这个世界上不是没你不行。整个篇章读来酣畅淋漓。我们亦不由得为主人公叫好。他的这种独立坚强与善于识人，千百年之后，仍值得我们细细咂摸，认真践行。

《鸨羽》：不能蓺稷黍

此篇的语意中心应是"不能蓺稷黍"，就是对不能正常进行农事的担忧。

肃肃鸨羽，集于苞栩。王事靡盬，不能蓺稷黍。父母何怙？悠悠苍天，曷其有所？

"肃肃",鸟振翅声。"鸨",野雁。"苞",草木丛生。"栩",栎树。"盬",停歇,结束。"怙",依靠。起首两句以鸨起兴作喻,表面上是指鸨集于苞,实际上暗喻个体征戍不断的不得已。野雁在使劲拍打翅膀,肃肃有声,汇集在草木丛生的栎树上,不得安生。接下来两句直陈其事,或才是诗人真正想说的,大王的差事没有停的时候,我们是真没办法进行正常的农事活动。随即便是水到渠成的质问担忧,爹娘可怎么办?或让他们吃什么?依靠谁?显然没有答案,最后两句,就真是呼天抢地。老天爷啊,怎么会这样?这可让我怎么办?就这么简单几句,却已把我们这位长年征戍在外,无法正常农作,不能照顾父母,叫天不应叫地不灵的士卒形象,刻画得如此生动可感。

肃肃鸨翼,集于苞棘。王事靡盬,不能蓺黍稷。父母何食?悠悠苍天,曷其有极?

由"鸨羽"到这一章"鸨翼"的过渡,并不单单指野雁由振羽到展翅的时间流逝,亦指此种情况的危急,就像野雁使劲地飞,也只能汇集在草木丛生的酸枣树上。大王的差事没有停歇的时候,可让我的爹娘吃什么?最后一句,老天爷啊,怎么到了这种程度?比之上一章,这一章中,主人公的生活是更没着落,心情也更为急迫。那怎么办?我们继续往下看。

肃肃鸨行,集于苞桑,王事靡盬,不能蓺稻粱。父母何尝?悠悠苍天,曷其有常?

这一章野雁的栖息地更是不像样子,野雁行行排成队,纷纷停留在桑林上。我们能有什么办法。大王的差事没有停的时候。我们不能种任何粮食,让父母怎样为生?我们不过是想要点正常生活,老天爷啊,什么时候才能恢复正常?这一章从情感而言,已由第一章的激动、第二章的愤怒,转为平静。你可以说他是认命,更可以说是绝望。我们亦不能想象,接下来他究竟该怎么办?

《无衣》:安且吉兮

此篇的语意中心应是"安且吉兮",夸赞对方所做衣服舒适美观,其实是对过往的追忆与沉湎。

岂曰无衣?七兮。不如子之衣,安且吉兮。

"七",泛指多。"吉",善,美。起篇自问自答,难道是我没有衣服穿?不是这样的,衣服我有很多。那究竟是什么原因让别人有这种感觉?或为什么要说这样的话?"不如子之衣,安且吉兮",是真的比不上您做的衣服舒适漂亮。这句可说是完美回应前一问,且"无衣"与"子之衣"对应,而最后一句更是强调"子之衣"的不可替代。

岂曰无衣?六兮。不如子之衣,安且燠兮。

这一章显然是重章叠句,表面上如此简单悦耳,就意义而言,所变换的"燠",即暖和,应是进一步强调此衣物的非同一般。也就是它既有美观舒适的外表,更有温暖贴心的内在。此刻,仍是说衣,我们却不由得要想到那做衣的人。不管是母亲或妻子,显然已不在跟前,他睹物思人或念念不忘,其实是对亲人或爱人的追念。及此,简单的韵律已使我们情难自禁,追思绵邈。

《有杕之杜》:噬肯适我

本篇的语意中心应是"噬肯适我",即对对方能来自己身边的真诚邀约。

有杕之杜,生于道左。彼君子兮,噬肯适我?中心好之,曷饮食之!

"杕",树木孤生独特貌。"杜",杜梨,又名棠梨。"左",泛指道旁。左为大,也可能是种标范。"噬",发语词。一说何。首句以杜起兴作喻,一棵孤孤单单却又特立独行的杜梨树,就长在道路旁。表面上是说此树,其实是借杜之孤生独特貌,喻后面君子之品行卓著。由此自然兴起邀约对方之愿:那位君子,可肯到我这边来?这两句,则是整个篇章所要表达的重心。而诗人所有的情绪凝结,似乎就在"噬肯适我"上。至于最后两句,是自言自语,亦是渴望与对方交结的内心活动:我是真的喜欢你,是真的想请你来我家吃饭!那么,究竟有没有邀约?我们不得而知。诗篇到此戛然而止。我们看后面该如何接续?

有杕之杜,生于道周。彼君子兮,噬肯来游?中心好之,曷饮食之!

这一章显然是重章叠句。所变处,无非是杜之生于"道周",虽表面上是由前之左边到今之右边,其实意在说明此种特立独行的君子,必生活在广阔的天地中。由此兴起殷殷的对对方的期盼之意:那位君子,可肯到我这边来?接下来是扪心自问,更是自问自答:我是真的喜欢你,是真的想请你来共食。由此,一段友谊或佳话或会成就。我们亦不由得心生向往。

《葛生》：谁与独处

本篇的语意中心应是"谁与独处",表面哀怜自己那已亡故的爱人葬埋此地无依无靠,其实是自悼痛失所爱,无所依傍。

葛生蒙楚,蔹蔓于野。予美亡此,谁与独处?

前两句有可能是眼前所见:葛藤蔓延开来,覆盖了荆树。更可能是借物起兴,哀怜自己痛失所爱,人不如物,就连葛荆都缠绵相处,彼此不离。我的爱人葬于此处,却无人陪伴。与其说是哀怜亡者,不如说是对自我情状的省视。由于她的缺失,自己已是虽生犹死。

葛生蒙棘,蔹蔓于域。予美亡此,谁与独息?

由"楚"到这一章"棘"的置换,不单单是葛所蔓延或附生的植物的转换,更意味着葛之生存环境的进一步恶化,亦类现实中的自己,再无活着的意念与兴趣。最后一句,"谁与独息",我们明显可以感觉到他那恨不能立时长眠于此的悲痛。葛藤已经漫上酸枣树,覆盖四周。我的爱人就安息在这里,谁陪伴他孤独地在此长眠。

角枕粲兮,锦衾烂兮。予美亡此,谁与独旦?

这一章似乎是宕开一笔,追想当年,她的角枕是那样的光鲜。可如今角枕已随她沉埋,想来仍会鲜艳华美,但爱人身上穿的锦衾应已腐烂。想到此时,更是悲从中来,无时或忘，我的爱人就葬在这里，谁陪伴她到天亮。

夏之日，冬之夜。百岁之后，归于其居。

这一章简直是一气贯成，悲痛不已。漫漫夏日，寒冷冬夜，日子多么难熬。等我也老去之后，来陪你一起居住。这是爱情的承诺，更是现实的省察，无奈的坚守。而"夏之日"和"冬之夜"的起兴排比，更让我们感觉到日子的艰难，痛苦的持续。

冬之夜，夏之日。百岁之后，归于其室。

最后这章重复上一章，只简单变换句子和语气。寒冷冬夜，炽热夏日。待我老时，就和她沉埋。一个"归"字，再次让我们悲痛不已。此种生不如死忧心忡忡，真让人肝肠寸断。而"夏之日"和"冬之夜"前后位置的交换，更让我们觉得此种痛苦的绵延久长，不能或断。

《采苓》：苟亦无信

本篇的语意中心应是"苟亦无信"，就是怎么能够轻信那些闲言碎语。

采苓采苓，首阳之巅。人之为言，苟亦无信。舍旃舍旃，苟亦无然。人之为言，胡得焉？

"苓"，药草，或谓此苓为甘草。"首阳"，山名，在今山西永济南，即雷首山。"为言"，即"伪言"，谎话。"舍旃"，放弃它吧。"旃"，"之焉"的和声。首句借"苓"起兴，以只有在首阳山高处才可以采摘到甘草，反衬人们的闲话不能随便听信。接下来两句进一步说明：别再想那些谎话，完全没有道理。最后不由得生发感慨，一个人说话，怎能够这样不负责任。这首章四句，还真符合个体起承转合的说话节奏，不只自然流畅，而且前呼后应，曲径通幽，让人回想不断。我们看下面该怎么接？

采苦采苦，首阳之下。人之为言，苟亦无与。舍旃舍旃，苟亦无然。人之为言，胡得焉？

这一章是典型的重章叠句，所变的，不过是章节的需要，并不意味着句子本身发生变化。至于"苦"与"下"，无非是说要挖此种苦菜，必须到相应的首阳山脚下。而这种兴法，或者说它所兴的内容，显然跟前面首阳山上挖甘草一样，是众所周知无可争辩的。事实已经明了，那明知不可，偏要违背，不只荒唐没有常识，甚至是愚蠢。就好比谎言就是谎言，如何能够凭信，如何能够成真？不但成真还要主动参与，那就不单单是不智。接下来四句，当然是完全重复，在强调绝不轻信他人的同时，再次贬斥那些谣言的不负责任。

采葑采葑，首阳之东。人之为言，苟亦无从。舍旃舍旃，苟亦无然。人之为言，胡得焉？

"葑"，即芜菁，又叫蔓菁，大头菜之类的蔬菜。最后这章在重章叠句的同时，再次替换兴的对象。无论是否只能在首阳山东边，采到这种叫"葑"的野菜，读者心中已完全了然，不再质疑。就像谎言不足信，闲话怎可听，已成为读者此时的信念。即此，最后重复的四句，无论是作者还是读者，已能明辨是非理性客观对待万物。这，或许就是该篇的意义所在。或者说，该篇所针对的，就是人们的那些谎言或无稽之谈，就像首阳山哪里可以采到甘草、挖到苦菜、寻到野菜一般，本是常识，无须违拗。作为一个人，既不能听信他人的胡言乱语，更不能参与传播，哪怕单单是附和，也极为愚蠢。说到底，该篇就是呼吁一种基本的理性精神。而这，何尝不是今日的我们最为缺乏的。

【秦风】

秦风共十篇，多为东周至春秋时的作品。秦原是周的附庸，宣王时，大夫秦仲奉命讨伐西戎，兵败被杀。平王东迁，秦仲之孙襄王派兵护送有功，平王封襄王为诸侯，秦才正式成为诸侯国。秦人尚武，故秦风多征战之作。当然，亦有《蒹葭》这样让人不息求索的理想之作及《黄鸟》那样悲悯之叹的作品。

《车邻》：寺人之令

本篇的语意中心应是"寺人之令"，就是期冀某种延引或贤人得遇良主的终身愿景。

有车邻邻，有马白颠。未见君子，寺人之令。

"白颠"，马额正中有块白毛，一种良马。也称戴星马。"君子"，此处应指国君、当权者，或即良主。"寺人"，宦者，此处应指守门人、引路人。该章借马起兴，以良马的稀缺暗喻贤才的难得与良主的难遇。然而，此刻，他们的车队浩浩荡荡前行，做前驱的正是那世所罕见的戴星马。读到此处，我们亦不由得心潮澎湃。原来我们的主人公正是以此寻求援引：还没见到国君，是因为没有得到守门人的允许或指路人的明示。这一句让我们觉得，若是天底下未见君子，单单是因为守门人未及通报，君子不得与闻，那该多好。事实是，我们的不见君子，不得其门而入，都是根本没有途径，甚至君子的存在本身就是个问题。所以，这最后一句看似简单，其实深意存焉。但在此举重若轻的描述中，我们已大致感知得遇君子的欢欣与难遇君子的惆怅。

阪有漆，隰有栗。既见君子，并坐鼓瑟。今者不乐，逝者其耋。

"阪"，山坡。"隰"，低湿的地方。这章借漆、栗起兴：就像山坡上长了漆树，山谷里栽种栗树。我跋山涉水历尽艰辛终于见到君子，我们坐在一起弹琴，彼此情投意合。心中不由产生诸多感慨，若是现在我们还不快乐，那就会很快变老更改时间。这一章，我们不知是实写，还是畅想，但看得我们如此激动，得偿所愿可不就是人生最大的幸福。

阪有桑，隰有杨。既见君子，并坐鼓簧。今者不乐，逝者其亡。

这一章重申上一章的意思，字句只做简单变化。但在这简单的变化中，我们似乎感知到主人公那上下求索，得见君子的过往经历。他说：就好比山坡上长着桑树，山脚下长着杨树。我多么希望找到君子。当我见到他时，我们一定会坐在一起弹琴。如果我们现在还不快乐，好日子很快就会过去。这些句子，这种深意，真让我们热泪盈眶。到此，这种不顾艰险，不息求索的人生愿景，已成定格。谁又能说，这不是最好的人生？不值得我们舍生忘死勇敢求索？这或正是该篇最让人倾心之处。

《驷驖》：从公于狩

本篇的语意中心应是"从公于狩"，就是描述与主公一起狩猎的开心快乐。

驷驖孔阜，六辔在手。公之媚子，从公于狩。

"驷"，四马。"驖"，黑色红鼻的好马。《说文解字》："驖，马赤黑色。""阜"，肥硕。四马应有八条缰绳，由于中间两匹马的内侧两条辔绳系在御者前面的车杠上，所以只有六辔在手。"媚子"，亲信、宠爱的人。古代帝王打猎，四季各有专称。"狩"为冬猎。起首两句借马起兴，以马之雄健暗喻狩猎队伍的威武：四匹黑马非常壮，六辔在手齐用力。作者想说的，当然是后者：主公宠爱的人，随从主公一起出猎。这一章写狩猎前，表面上是客观描述，其实已是声威并出。

奉时辰牡，辰牡孔硕。公曰左之，舍拔则获。

"奉"，猎人驱赶野兽以供射猎。"时"，"是"的假借，这个。"辰"，母鹿。"牡"，公兽，古代祭祀皆用公兽。这一章写狩猎现场：兽官驱出应时的野兽以供秦君打猎，这种野兽非常肥大。主公说左边，拔箭射击，猎物随即获得。这种描述干净利落。简直是手到擒来。观者不由得叫好，阅者欣悦。

游于北园，四马既闲。輶车鸾镳，载猃歇骄。

"北园"，秦君狩猎憩息的园囿。"輶"，用于驱赶堵截野兽的轻便车。"鸾"，通"銮"，"铃"。"镳"，马衔铁。"猃"，长嘴的猎狗。"歇骄"，短嘴的猎狗。

这一章写狩猎后:我们在北边的园地里闲逛,四匹马儿很快就放松下来。轻车熟路,车马和谐。长嘴巴的猎犬和短嘴巴的猎犬都随着我们的马儿跑。这一章一脱前两章的紧张刺激,特别舒缓。

全篇三章,不再是简单的重章叠句。表面是赋法,记叙狩猎贯穿始终,有点像叙事诗。但可在他们不动声色的描述中,感知他们的爱憎好恶。其中比兴参差,读来妙趣横生,不乏诗歌的特有意蕴。

《小戎》:温其如玉

本篇的语意中心应是"温其如玉",就是对出征丈夫的无限担忧和深切怀念。

小戎俴收,五楘梁辀。游环胁驱,阴靷鋈续。

文茵畅毂,驾我骐馵。言念君子,温其如玉。在其板屋,乱我心曲。

"俴收",浅的矮的车厢。"楘",有花纹的皮条,环形,即今之箍。"梁辀",弯曲的车辕。"靷",引车前行的皮革。"鋈续",以白铜镀的环紧紧扣住皮带。"文茵",饰有虎皮花纹的坐垫。"骐",青黑色如棋盘格子纹的马。"馵",左后蹄白或四蹄皆白的马。该篇起笔用赋,描述自己出行的车骑:那马车轻便好使,马车周边的横木很低,弯弯车辕用满饰花纹的五根皮条箍紧。游环胁驱马背缠绕,拉扯皮带铜环相续。有花纹的虎皮褥子下是长长的毂,驾着我的黑背白蹄的好马心中欢畅。这一部分,是细描细绘,深情款款。也许,此车此马对主人公而言意义非凡。我们不能确知主人公就是位女性。但用笔的细致与深情,不能不使我们想到这有可能是位女子。我们当然知道她不是为说车马而说车马。她更想说的,无疑是后者:想起我那从军的丈夫,他是那样的温润如玉。这两句,用笔简洁,却是一语千金,而后一句明显才是整个诗篇的情感落脚点。说到底,是想着、念着他,无时或忘。可此刻,他在哪里?我们看最后两句:他在西戎当差,想起他我心绪不宁。到此,我们才明白原委,原是她睹物念远。看到眼前的马儿想起从前的他。这种写法颇有言在此而意在彼的深刻意蕴。好些思绪没法直说,只好沉湎眼前。越对眼前的事物详加描绘,我们越能感知她此刻内心的纠结。

四牡孔阜,六辔在手。骐骝是中,騧骊是骖。

龙盾之合，鋈以觼軜。言念君子，温其在邑。方何为期，胡然我念之。

"骝"，赤身黑鬣的马，即枣骝马。"騧"，黄马黑嘴。"骊"，黑马。"骖"，车辕外两侧的马称骖。"龙盾"，画龙的盾牌。"觼"，有舌的环。"軜"，内侧二马的辔绳。以舌穿过皮带，使骖马内辔绳固定。若说上一章侧重写车，那么这一章应是写马。其实也是由上一章的"驾我骐馵"引起。在这一章中，女主人公对自己的马队详加描绘：我的四匹雄马雄壮有力，驭手握着六条缰绳。青马红马在中间，黄马和黑马在两旁，龙纹盾牌并一起。这种写法，表面上是叙事描写，其实是情到深处的一种自然疏解。接下来，是再次回归主题：想起我那远征的夫君，他是那样的温和有礼。可他什么时候才能回来？怎么可以让我一直在这里等待？如果说上一章的抒写车骑已够详尽。到这一章，简直是细致入微，纤毫毕现。此种细描细绘让人惆怅不已。我们突然恍惚，女主人公的此种深情专注，该不是为唤起当年的记忆？那时候，或就是他们的初相见或婚娶时。他的夫君正是驾驶着她此刻所乘之马、所驾之车一路而来。那时候，或许他们并坐车中，无限柔情。唉，能说什么？物是人非，怎不让人愁肠百结。到此，我们亦情难抑，意难续。且看后面如何收结。

俴驷孔群，厹矛鋈錞。蒙伐有苑，虎韔镂膺。

交韔二弓，竹闭绲縢。言念君子，载寝载兴。厌厌良人，秩秩德音。

"俴驷"，披薄金甲的四匹马。"孔群"，群马很协调。"厹矛"，头有三棱锋刃的长矛。"錞"，矛柄下端金属套。"蒙"，画杂乱的羽纹。"伐"，盾。"苑"，花纹。"虎韔"，虎皮弓囊。"镂膺"，在弓囊前刻花纹。"闭"，弓檠，竹制，弓卸弦后缚在弓里防损伤的用具。"绲"，绳。"縢"，缠束。"厌厌"，安静柔和貌。"秩秩"，有礼节，一说聪明多智貌。在这章，诗人的描绘已到极致：看那披薄金甲的四匹马儿是如何合力驾驶着车辆，他手执前端用白铜装饰的长矛。那盾上刻着杂羽的花纹，虎皮制的弓袋上同样细雕细绘。他把两把弓颠倒交叉放在弓袋里，将竹筒用绳子捆扎在需要校正的弦上。这是实写吗？我们不禁有些迷惘。表面的不动声色、王顾左右，其实正说明她内在情感的深厚积蓄无以疏解。而所有的这些摹写，都是因为她的夫君。一切如在眼前，而她更为伤痛。睡不着，醒难言。想着她那文静安闲、进退有仪、美名远播的夫君。可能说什么呢？诗篇到此似乎戛然而止，而读者诸君亦已感同身受，愁肠百结，更加重视自己当下的命运。这或许正是今日我们读此篇的现实意义。

《蒹葭》：在水一方

本篇的语意中心应是"在水一方"，即一种对理想、对爱情的无所依托又执着求索。

蒹葭苍苍，白露为霜。所谓伊人，在水一方。

溯洄从之，道阻且长。溯游从之，宛在水中央。

首句借物起兴作喻：一个秋日的早晨，眼前是白茫茫的一片芦苇，芦苇上的露珠晶莹明亮，就像凝结了一层霜。这应是主人公眼前所见，或故事发生的当下场景。在这样苍凉空茫的秋日晨景中，他不由得想起自己的心上人：我那亲爱的人儿，她在水的那一边。此刻，我们似乎有些明白，他之所以一大早跑到水边来，原是情有所钟。而他所念叨的人儿，在彼岸。为了找到她，他不息求索：逆流而上去找她，道路艰险漫长。顺流而下去找她，她似乎就在水中央。如果说，前面我们尚不知所谓伊人究竟在水的哪一边？但到此刻，我们随着主人公的求索，似乎已看到乍隐乍现的她，是那样的神秘优美，我们根本无法睹得她的真颜。我们只是在主人公的此种求索中，感知到那种彼岸世界的存在。是的，此刻，伊人对我们而言，又何必一定是爱人、美人，难道它就不能代表那些值得我们倾其一生为之付出、为之求索的理想？

蒹葭萋萋，白露未晞。所谓伊人，在水之湄。

溯洄从之，道阻且跻。溯游从之，宛在水中坻。

"萋萋"比之"苍苍",应该是一种感觉,是物投射于人的一种心理活动。虽表面上眼前仍然是一片苍茫,但更可能的是眼前景和观景人已融为一体。置身于此萧飒苍茫的秋日氛围,人所能依托的,似乎就是那心中的一点念想:我所思念的人儿,就在水的那一边。我们不能确认"在水之湄"是否比"在水一方"更贴近些。但我们此刻已了然,对方的存在,对他来说,已不只是不可或缺,更是生命之必然,人生之意义。也因此,就有了他下面的不畏艰险,上下求索:我想逆流而上去找她,道路艰难,难以逾越;我想顺流而下去找她,她似乎已跑到了水的那一边。这种迷离惝恍、求之不得的境遇让我们心碎。但我们又何尝不知道,彼岸对我们来说就是这样一种存在。"晞",当然是指日光渐强而露水仍在的场景。表面上是写眼前景,写时间的流逝。其实更可能是指人,指人的那种殷切期待却希望渺茫的悲切心境。

蒹葭采采,白露未已。所谓伊人,在水之涘。
溯洄从之,道阻且右。溯游从之,宛在水中沚。

这是最后一章,这章"采采"之收缩比"苍苍"之开阔、"萋萋"之揪心,应是无可奈何,甚至认命。是的,能有什么办法呢?日已高,露未干,希望尚在,就如同我的不断寻找,哪怕她仍在水的那边。至此,我们终于明白,"水"之存在,于他,就是一个永远难以逾越的现实境遇。哪怕再次上溯顺流,伊人对他而言,仍是那可望而不可即的存在。但也因此,主人公的此种不息求索才定格为人类最高贵、最有价值的精神追求。

《终南》:锦衣狐裘

本篇的语意中心应是"锦衣狐裘",即对君子的称许和热望。

终南何有?有条有梅。君子至止,锦衣狐裘。颜如渥丹,其君也哉!

首句借大家周知的终南所有起兴作喻,又自问自答:终南山上有什么?有楸木、楠木这样的良材。后面两句才是他最想说的:您终于来到这个地方,您那锦绣衣服狐裘袍子如此光鲜夺目。最后两句更加肯定此种喜出望外:您脸色红润,充满生机,您正是我们期待的君主。整个章节,极其含蓄蕴藉,似乎把对君子的爱戴与期望都放在首句的比兴上。而"锦衣狐裘"给我们的印象,应是楸木、楠木那些良材得其所用,或就是整个篇章的语意重心。最后一句"其君也哉"更加强化了此种肯定与叹赏。我们看下一章作者又会说什么。

终南何有？有纪有堂。君子至止，黻衣绣裳。佩玉将将，寿考不忘！

这一章，主旋律再起：终南山上有什么？有杞柳有棠梨。这谁不知道？就像大王您来到这个地方，衣着华贵庄严，身上佩玉锵锵作响。您是如此美好，令我们永志不忘。

整个篇章，都充满了对君王的期许与热望。我们同样期待，君王的不负众望与我们的有所作为。

《黄鸟》：子车奄息

本篇的语意中心应是"子车奄息"，即对不幸被荼的良才的惋惜与哀悼。

交交黄鸟，止于棘。谁从穆公？子车奄息。维此奄息，百夫之特。

临其穴，惴惴其栗。彼苍者天，歼我良人！如可赎兮，人百其身！

"子车"，复姓。"奄息"，字奄，名息。"特"，杰出的人才。首句以黄鸟起兴，兴起对后面良人的惋惜。更以黄鸟作喻，暗示良人处境的危急：看那黄鸟叽叽喳喳叫，纷纷落在荆棘上。它们不知自己的命运，正如那位殉葬穆公的良人，秦国大夫子车奄息。后两句是全诗的语意重心，或作者全篇抒写的，正是对这位不幸遭此厄运的良才的惋惜与同情。后面诗意，也就是由此生发，这个奄息啊，能敌百夫。"维此奄息，百夫之特。"这两句，是追溯，更是总写。可就是这样一位了不起的良才，怎么会遭逢这样的命运？此种质疑，不只作者，我们读者亦是疑窦丛生。看看我们的主人公，他们被押解到穆公葬地，他们在那里瑟瑟发抖。他们是人啊！是人都会喜生恶死，都不能容忍此种行为的发生。到此，诗人已是极度悲愤：老天爷啊，不要杀尽我们的好人。进而发出宏愿：如果可以赎回，我们愿意死一百回。这个结尾，真是呼天抢地，无可奈何。我们亦是悲不自胜。那么，可有救赎？我们看下章。

交交黄鸟，止于桑。谁从穆公？子车仲行。维此仲行，百夫之防。

临其穴，惴惴其栗。彼苍者天，歼我良人！如可赎兮，人百其身！

这一章比上一章，更是情况危急：那叽叽喳喳叫的黄鸟，栖息在桑树上。它们似乎根本不知道大难临头。是真不知，还是知也无用？明知死地，却不得不往。此种苦痛，如何能说：谁为穆公殉葬？是子车仲行。但不说谁能不知：这个仲行，优于大多数人。你看他来到穆公的墓地，在那里瑟瑟发抖。此时，作者再一次呼天抢地，但已经是完全绝望：老天爷啊，不要杀尽我们的好人。如果可以赎回，我宁愿死一百次。到此，不只作者，即令我们，亦是胆战心寒，如此惨绝人寰！

交交黄鸟，止于楚。谁从穆公？子车针虎。维此针虎，百夫之御。

临其穴，惴惴其栗。彼苍者天，歼我良人！如可赎兮，人百其身！

到这最后一章，不只作者无力，我们更是恨不能目盲。想来人世间，最可怕的莫过于此。

三个乐章，三位良人，无以复加的悲和痛。千年，再千年之后，我们仍然悲难自抑。我们痛恨这样的人间，唯有祈愿福临大地，众生不再受苦。

《晨风》：忧心钦钦

本篇的语意中心应是"忧心钦钦"，就是对夫君该归不归的深切忧念。

鴥彼晨风，郁彼北林。未见君子，忧心钦钦。如何如何，忘我实多！

"晨风"，鸟名，属于鹰隼一类的猛禽。"鴥"，鸟疾飞的样子。首句以晨风鸟起兴作喻：傍晚时候，那小鹰隼疾飞而过，飞向那茂密的北边树林。这应该是女主人公眼前所见,她想说的是后面两句,连如此凶猛的鹰隼都懂得到返归树林,我那漂泊在外的夫君,怎就不懂得回家?我的内心愁苦不堪。"怎么办?怎么办?他难道是忘了我?"最后这句,表面上于情不通,于理不合,读来却让人倍感心酸。女子之所以这样想,其实是自己内心愁绪的疏解:若是他该回而不愿回,也就罢了。可千万别有别的事。此种纠结,让人莫名悲伤。

山有苞栎,隰有六驳。未见君子,忧心靡乐。如何如何,忘我实多!

"苞",丛生的样子。"六驳",树名,梓榆之类。这一章以栎树、梓榆起兴作喻:山上栎树丛生,低地长满梓榆类植物。这两句,可能是女主人公眼前所见,亦可能是心中所想。漫山遍野的植物,纠结盘绕,就像我和他。他还不回家,我如何能够快乐。怎么办?怎么办?他肯定是忘了我。这一章较上一章忧愁心理进一步深化。开篇表面上是宕开一笔,纾解心情。其实意在说明自己与他的难以分离。没有他,不见他,自己如何能够放心。这使后之担忧更为深切。

山有苞棣,隰有树檖。未见君子,忧心如醉。如何如何,忘我实多!

"樲",山梨。这一章是典型的重章叠句。简单变换的"棣""樲",比上一章之"栎""驳",应该不单单是树木品种的变化,更暗示着此种植物的低矮丛生,离不开它所生长的土地。暗喻自己不能没有爱人,怎么能够没有他,我的内心真的是痛苦不堪。"醉",应该是一种痛苦极深甚至心神恍惚的状态。究竟该怎么办?怎么办?最后一句与其说是担心他忘了自己,其实更应是对对方安全的揪心。

整个篇章,就是对黄昏时候夫君该回未回的揪心等待。越是到后面,等得越久,女主人公的担忧就越强。到最后,我们也不知该如何宽解她,就像不知那位男子是否真的遭遇了什么?只能和她一起叹息,一起等待。

《无衣》:修我戈矛

本篇的语意中心应是"修我戈矛",即愿意和对方同仇敌忾共同御敌。

岂曰无衣?与子同袍。王于兴师,修我戈矛。与子同仇!

首句以反问起篇,表面上是对现实处境的否定,其实是要告诉对方:我和你同甘共苦,共赴艰难,就好比我们只剩一件战袍,却仍然可以一起穿它。这种生死与共的承诺,的确让人精神振奋,接下来我们看他如何接,大王要出师讨伐,赶快来修整我们的武器。你的敌人就是我的敌人。后边这几句,明显是战争急急令。正因为我们同仇,所以不要犹豫,赶快去修整兵戈武器,让我们一起出征。怎能让敌人打到我们的家门口?如果"与子同袍",还是假设比拟,那"修我戈矛"就该是全章最斩钉截铁也最虎虎生威的句子。就此,全篇的语意重心就落在这句,其他诗意即由此生发。

岂曰无衣?与子同泽。王于兴师,修我矛戟。与子偕作!

这一章之"泽"(内衣),比上一章之"袍",应是衣服更为缺乏,也更为紧张。言外之意是不要犹豫,我们没有任何退路,赶快拿起我们所有的武器,跟随大王一起出征。我们必须协同作战,这是生死存亡的最后关头。

岂曰无衣?与子同裳。王于兴师,修我甲兵。与子偕行!

最后这章之"裳"(下衣或战裙),除了音韵的协调,就句子本身而言,更是一种不由分说。的确是没有任何回旋的余地,修整铠甲与兵器,随从大王一起出征是我们唯一的选择。这是生死存亡的时候,谁都没有办法逃避。

整篇给人的感觉，就是战争已箭在弦上不得不发，所有将士唯一的选择就是披上盔甲共同御敌，正所谓同仇敌忾。而这种精神或气概，两千多年来，不知鼓舞了多少仁人志士，我们普通读者不也因为此种前赴后继而豪情万丈，悲壮前行。

《渭阳》：路车乘黄

本篇的语意中心应是"路车乘黄"，即表达自己对对方的感念。

我送舅氏，曰至渭阳。何以赠之？路车乘黄。

"曰"，发语词。"路车"，古代诸侯乘坐的车。起句直陈其事：我送舅舅归国去，不觉已到渭水北岸。我不忍和舅舅作别，我拿什么馈赠舅舅？就送舅舅四匹黄马驾的大车。"路车乘黄"，应是很贵重的礼物。但无论送什么，此时此刻，似乎都难以表达他对舅舅的深切感念。由此，我们不由得要想，也许他们的此种离别还有更多的不得已。

我送舅氏，悠悠我思。何以赠之？琼瑰玉佩。

第二章应是直承第一章不忍与舅氏分别的心情。这个时候，应该还没有分离，他已不自禁地想着别后，没有舅舅，未来那漫长的日子该怎么办？即便拿了更为贵重美好的玉石送给他，又如何能够慰勉此刻的这种离愁。

那么，他究竟在难受什么？这之后他最想说的又是什么？此种欲说还休不由得让我们浮想联翩：他的现实处境究竟如何？若他真是那位传说中身份敏感的王子，他的此种不愿别离，或许真是害怕从此失去舅舅的护佑。而人生于他，更是举步维艰。我们不由得声声叹息，人生有太多不得已，哪怕贵为王子。

《权舆》：不承权舆

本篇的语意中心应是"不承权舆"，就是无法继承当初的家业和对自身命运的感喟。

於我乎，夏屋渠渠，今也每食无余。于嗟乎，不承权舆！

"夏"，大。"夏屋"，一说是大的食器，而"屋"，通"握"，《尔雅》："握，具也"；另一说从字面意思看，就是大的房子。"渠渠"，作丰盛或高大讲。我们取后者之义，即高大的屋子。"权舆"，本指草木初发，引申为起始、当初。整章合起来就是：唉，我啊，过去不觉得大屋子宽敞明亮，现在却是连吃的都没有。可叹啊，我不能继承祖先的基业。这个真是今非昔比，直抒胸臆。我们不由得要问：究竟遭逢了什么？

於我乎，每食四簋，今也每食不饱。于嗟乎，不承权舆！

这一章直承上一章的用意，再次凭空感慨：唉，过去于我，每餐四盘。如今却不能吃饱。可悲啊，我不能继续过去的日子。这应该是对过去锦衣玉食的无限追缅。但于我们印象更为深刻的，却仍是为什么？注定有一些人会有这样的劫难：坠入社会底层，甚至食不果腹？那么，我们在哀叹什么？是他的不幸，还是我们已然未然的隐忧？毕竟，人这一世，不如意者，十之八九。哪怕居安，又如何能不思危？何况，人同此心，情同此理，我们又如何能眼见他人遭逢不幸，而没有设身处地的同情与慰安？

【陈风】

　　陈风十篇,多为东周以后的作品。陈地在今河南、安徽交界处,无名山大川。陈人重鬼好巫,陈风多婚恋相思之作,充满浪漫色彩。其实,亦有《从夏南》这样的贬抑声音。

《宛丘》:而无望兮

　　本篇的语意中心应是"而无望兮",就是对不能拥有对方的无限惆怅。

　　子之汤兮,宛丘之上兮。洵有情兮,而无望兮。

　　首句起篇曼妙:你舞姿摇动,就在宛丘之上。接下来两句情难自抑:我是真的喜欢你,可你让我如此没有希望。简单的开场,即让我们置身于男女主人公的活动场地,令人心绪不宁、情思飞动。

　　坎其击鼓,宛丘之下。无冬无夏,值其鹭羽。

　　这一章是具体交代:这不是一次简单的邂逅,而是由来已久。每当鼓声响起,就在那宛丘的大道上。我知道,不分季节时间,你都手持鹭羽在那起舞。看来,她对我,不只是美的存在,更已成为日常,成为我生活中不可或缺的一部分。

　　坎其击缶,宛丘之道。无冬无夏,值其鹭翿。

　　这章继续承续上章诗意,把我对她的想望与思念继续具象化在这种日常化的描述中:缶也敲起来了,就在宛丘的大道上。不管什么时候,她都在那摇铃而舞。到此刻,我们亦不知此种描述是真实的生活,还是常驻于他心中已成为不可多得的忆念。可不管击鼓击缶,她的舞动,我的思念,已在此定格。由此所激荡的情感亦经久不息。

《东门之枌》：婆娑其下

本篇的语意中心应是"婆娑其下",即对那个女子曼妙舞姿的热情称许。

东门之枌,宛丘之栩。子仲之子,婆娑其下。

起首两句既是交代故事发生的场地时间,更是起兴作喻:东门外的白榆树绿荫蔽日,宛丘上的柞树枝繁叶茂。接下来人物登场,也是诗篇最想说的:子仲家那个正值妙龄的姑娘正在树下婆娑起舞。此刻,我们所感知的,不只是生命的适逢其时,更是所有故事的可能上演,所有美好的必将呈现。正如我对她的思念。也正因此,才有下面的行动。

穀旦于差,南方之原。不绩其麻,市也婆娑。

这章显然是对姑娘的表白,也是情动其中,不能不发之于言:让我们选个好日子,同到南边的广阔天地游玩。美丽的姑娘,不用再纺你的麻线,街市的舞会就要开场。这是一次盛情邀约,人生的华章由此上演。

穀旦于逝,越以鬷迈。视尔如荍,贻我握椒。

这章表面上是重复上章的内容,事实上,无论时间还是情感,都有明显的推进。从最初的邀约到已去了多次,他们的情感已然成熟:一个说我看你美好得像锦葵花,一个说请送我花椒表达诚意。看来已瓜熟蒂落,人生无憾。

《衡门》：可以乐饥

本篇的语意中心应是"可以乐饥",就是对无欲无求生活的肯定。

衡门之下,可以栖迟。泌之洋洋,可以乐饥。

首章以极为肯定的语气，直接表述对生活的态度：简陋的房屋，可以栖息停留。泌水浩浩汤汤，可以提供足够的食物。直白点就是：人生在世，何必强求。天地之大，随处可居。水流浩荡，怎会饿着？看来主人公已完全放下想开。我们说这不只是底层士人的自我宽解，更是人该有的生活理念：作为个体，身外之物有什么要紧。可究竟放下什么？曾经又拘执什么？可能才是此刻读者最为好奇的？我们接着往下看。

岂其食鱼，必河之鲂？岂其取妻，必齐之姜？

这一章连用两个反问，充分否定此种惯有认知：吃的不必一定是黄河里的鲂鱼。娶妻也不必非娶齐国的姜家女。这或许是当初主人公的人生信条，也可能是当时他们的价值标准。当诗人以不容置疑的口气对它予以否定时，我们真觉得他已活得通透。或许是历经沧桑后的无奈之举，但更可看作是真正放下。

岂其食鱼，必河之鲤？岂其取妻，必宋之子？

这一章又重复上一章用意，只简单变换几个字。其实是把前面之否定进一步否定，呈现在读者面前的，就是这样一种毋庸置疑的人生观：吃鱼不一定要吃黄河里的鲤鱼。娶妻不一定要娶宋国的大家女。没有那么多人生法则，顺应本身就是意义。

这样的篇章及主题，不只在《诗经》中，就是在后世文学中也不多见。我们看到贵族士人在解放自身的同时，亦为后世读书人开辟了一条达观、不以物役、简省的人生路径。就此，我们亦看出了《诗经》的丰富性、可能性及经典性。

《东门之池》：可与晤歌

本篇的语意中心应是"可与晤歌"，即对对方的倾心和亲近。

东门之池，可以沤麻。彼美淑姬，可与晤歌。

"东门之池"应是他们的约会场所，或是女子的劳动场地。诗人即景生情，诗歌信手拈来，以它兴起对后面姑娘的歌咏，无非就是说：像东门之池适合沤麻一样，你这美丽贤淑的姑娘，谁不愿和你亲近？"晤歌"，心满意足，十分倾心，想要和她对歌，想要对她表情达意。她的美丽贤淑，符合他对这个世界的最美想象。而他所能想到的美好，或者借以类比的，竟然是"东门之池"，竟然是"可以沤麻"。我们在会意男子见识短浅哑然失笑的同时,又被他的这种质朴或真实打动。

东门之池,可以沤纻。彼美淑姬,可与晤语。

这一章重申上一章的用意,简单的字句变换,不过是说明他的此种情感之持续、热烈。当然,由"麻"到"纻"的转换,我们确实看到情感的明朗与相守的可能。果然,后面之"语"比之上一章之"歌",更为日常,也更为亲近。或者说,她已不是作者暗恋的对象,而实实在在成为主人公可以相对晤谈的朋友。

东门之池,可以沤菅。彼美淑姬,可与晤言。

最后一章之回环往复,更让我们坚定上一章的印象。或者可以说,他们两个已经情定终身,不愿分离。这应该就是他所能想到的最美好的事,或所能过的最好的日子。我们经常会为了此种纯朴,而心存感念。

《东门之杨》:明星煌煌

本篇的语意中心应是"明星煌煌",即苦等情人不见的愁苦心情。

东门之杨,其叶牂牂。昏以为期,明星煌煌。

首句之"东门之杨",可以把它当作他们约会的场所,那里枝繁叶茂,可见是个夏日的晚上:我们约好黄昏相见,就在东门旁的杨树下。这会明星闪耀,夜已很深,你还没来。再回想此"东门之杨",我们似乎明白,东门之杨亦是暗喻作者。想想过去的那些漫长等待,他何尝不像东门之杨般孤独,又穷尽寒暑满怀期待。

东门之杨,其叶肺肺。昏以为期,明星晢晢。

这一章是重复前一章的用意。时间已由前面"牂牂"之形体可见,到"肺肺"之蒙昧不明,虽表面上都是枝繁叶茂,其实是某种心境的变化。正如从"煌煌"之闪耀,到"晢晢"之辉照,已不单是时间流程,亦是主人公由希望到失望,甚至绝望的心路历程。至此,我们觉得一切都归沉寂,都已过去。

《墓门》:国人知之

本篇的语意中心应是"国人知之",即对坏人行世的无可奈何。

墓门有棘,斧以斯之。夫也不良,国人知之。知而不已,谁昔然矣。

首句借"墓门之棘"起兴:谁都知道,墓门上长了荆棘,一定要用斧子砍掉。当然是为了引起下面的用意:那个人很坏,老百姓都知道。最让人无奈的是:知道也没有办法,谁能把他怎么样?整个句意,一层层托出。而最让人恐惧的,应该就是后者:明知其坏,莫之奈何。

墓门有梅,有鸮萃止。夫也不良,歌以讯之。讯予不顾,颠倒思予。

这章重复前章的用意,梅之变化并不意味着前之局面的改变。然而,即便不是语误,"有鸮萃止",那才可怕。谁愿意欣赏那驻守在梅上的猫头鹰?何况这梅还长在墓门上。接下来引入的才是正话:那个人确实很坏,我作诗就是为了告诫他。最后是警示:告诫他他也不听,国家错乱至此,他想听我的话恐怕到时也已来不及。

该篇的可贵之处就在于,这么简短的几句话,且是重复用意、用词,却已道尽世道人心。而一般老百姓能有什么办法?或者乱世之中,不说救人,就是自救的又有几人?

《防有鹊巢》：心焉忉忉

本篇的语意中心应是"心焉忉忉"，就是担忧人家离间自己的心上人。

防有鹊巢，邛有旨苕。谁侜予美？心焉忉忉。

起篇连用两个比兴：就像堤坝上不会筑有喜鹊窝，土丘上长不出甘美的鼠尾草。诗人想说的，当然是后者：是谁在无中生有地离间我的心上人？想起这些真的让我忧愁不已。

中唐有甓，邛有旨鹝。谁侜予美？心焉惕惕。

这章紧承上章用意：谁见过中庭院用瓦铺道？土丘上长着甜美地锦？不要再挑拨我的心上人了，你们这些行为让我恐惧不安。

该篇简短的几句话，却斩钉截铁爱憎分明。两章起首两句，咒语般谴责那些挑拨离间的人。但事实究竟怎样？我们不得而知。但愿有情人能成眷属，存心险恶者自动退后。

《月出》:劳心悄兮

本篇的语意中心应是"劳心悄兮",即对女子不胜忧愁的爱怜。

月出皎兮,佼人僚兮。舒窈纠兮,劳心悄兮。

首句"月出皎兮"显然是借月亮之皎洁明亮引出女子犹如月亮,此刻"佼人"之美便更见超凡脱俗,而后之情难自抑的歌咏"舒窈纠兮",她实在是太美好,就水到渠成,毋庸置疑。也正因此,她的"劳心悄兮",或者说这么哀伤,就更让我们痛惋和悬想。

月出皓兮,佼人懰兮。舒忧受兮,劳心慅兮。

这一章紧承上一章之意,"皓"之空荡比之"皎"的明亮,当然不只时间的延续,亦可能是心理的透视。此刻的女主人公想来是更加哀愁,更加寂寞。可她看起来仍然是那样妩媚,那样婀娜幽娴。这样的她,不只诗人,哪怕我们亦不由得深深追问:究竟因为什么,她如此哀怨?

月出照兮,佼人燎兮。舒夭绍兮,劳心惨兮。

最后这章,由月亮之明晃晃,反衬美人的光洁。再由美人体态轻盈举止娴雅,回归到她内心的哀怨。这最后一章完全是重复前面的诗意,但正是在这样一种反复咏叹中,那月夜思人的女子形象,反更鲜明,我们对她的关切与爱怜,也更深切。

《株林》:从夏南

本篇的语意中心应是"从夏南",就是反讽、揭示此种行为的荒唐与可笑。

胡为乎株林?从夏南!匪适株林,从夏南!

起篇设问：为什么要到郊外的株林去？又自问自答：是追逐夏南。表面上说得很清楚，其实诗人更想说的是后句：去郊外的株林，不是寻找夏南。如此自相矛盾，作者究竟想说什么？或者说他们要去株林干什么？跟夏南又有什么关系？读者此刻应是一肚子疑惑。我们来看下章。

驾我乘马，说于株野。乘我乘驹，朝食于株！

这一章简直如疾风骤雨：驾着四匹马拉的大车，去干什么？后一句接得非常荒唐：去郊外的株林休息用得着刻不容缓？后面两句让人更为吃惊：去郊外的株林吃个早饭用得着半夜赶去不辞劳苦？这一章，无论前之重车，还是后之轻骑，都在说明此事的匪夷所思。其实到此刻，我们已了然于心。一切绝不是这么简单，他之所以心急火燎，肯定是去干什么见不得人的事。我们又能说什么？某些荒唐丑陋的事，不要说去做，单单想起，就很恐怖。此亦为《诗经》讽喻揭露之处。哪怕没有明说，其中的爱憎，我们亦清楚明了。

《泽陂》：伤如之何

本篇的语意中心应是"伤如之何"，即叫我如何不想她。

彼泽之陂，有蒲与荷。有美一人，伤如之何？寤寐无为，涕泗滂沱。

首句起兴：那个池塘边的堤岸上有蒲草与荷花。蒲草想来应很坚韧，就像自己对她的情意。荷花应是娇艳脱俗的存在，犹如心中的她。诗人正是以此种比兴，自然引出后面那位美丽的姑娘，而"伤如之何"应是情难自抑，或是叫我如何不想她？那该怎么办：日思夜想没有办法，不时涕泗俱下。最后两句，想来是情到深处，无法抑制。可真的没有办法吗？我们来看下章：

彼泽之陂，有蒲与蕳。有美一人，硕大且卷。寤寐无为，中心悁悁。

这一章重复上一章，再次强调那个池塘边堤岸上，有蒲草和莲花这样美好事物的存在。它们不离不弃如影随形，而自己所思念的人儿在哪里？那位美丽的姑娘，她身材修长，容貌姣好。我日思夜想没有办法，心中真的非常愁苦。这一章，相较上一章，应是情感有所附丽，她已作为一个客观的思恋的对象，荡漾在作者的心中。

彼泽之陂，有蒲菡萏。有美一人，硕大且俨。寤寐无为，辗转伏枕。

最后这一章，同样是重复，但在重复中，我们觉得那位女子的形象更加鲜明，如同堤岸上那野生的蒲草与怒放的荷花。我年轻美丽的姑娘，你身材修长气质极佳，你就是我的所爱。我日思夜想没有办法，翻来覆去仍然难眠。但在此种难眠中，我们明显觉得主人公的情感已渐趋稳定。或者说，此种稳定已指向特定恋人，因而也便具有真正意义上的恋爱感觉。我们也由此祝福主人公的此种热情或专注，能够得到对方的回应，且修为正果。

【桧风】

桧风只有四篇。桧地在今河南密县东北,与郑为邻,后为郑国所灭。从现存四首我们看不出桧风的特点。总体情调应是思人之痛,乱离之悲。

《羔裘》:劳心忉忉

本篇的语义中心应是"劳心忉忉",就是想念对方,让人忧愁。

羔裘逍遥,狐裘以朝。岂不尔思?劳心忉忉。

羊羔皮袄穿着舒适,应是日常所穿。狐皮袍子衣着华贵,应是上朝所着。该篇以"羔裘""狐裘"起篇,除了表明主人公的贵族士大夫身份,更在引起后句:我怎么能够不想念你?想起你让我忧愁不已。由此看来,前两句所涉人物,应是后者的思念对象。而羔裘、狐裘的穿着打扮,似乎已深印在后者的记忆中。我们看下面他又该如何接?

羔裘翱翔,狐裘在堂。岂不尔思?我心忧伤。

这章是典型的重章叠句,我们看所变的:由"逍遥"到"翱翔"的变化,我们觉得他所思念的这位主人公在日常生活中悠闲自在,可他穿着狐皮大衣登堂入室时又是那样的庄重典雅。唉,能说什么?我真的是思念你。想起你,我就担惊受怕。这究竟是怎样的悖异心理,我们难以辨别。只是觉得他们此种关系,或者此种状态有点不同寻常。我们接着看下章:

羔裘如膏,日出有曜。岂不尔思?中心是悼。

最后这章之羊羔皮袄就像涂了一层油,让人有烈火烹油的感觉,再加上那太阳热晃晃地照上去,简直让人惊恐。看来情形相当严重,我们这位主人公不知怎么回事,是否太膨胀,以致引起诗歌主人公的担忧。到此,我们似乎才了然一些诗歌的内在情绪。那么,我们这位被操心的主人公是否有所收敛?这些事情是真让我们操碎了心。我们可以想象他那心惊胆战的样子。他说:我怎能不想这些事情,我的内心伤痛不已。

此处之"悼",似乎已有事后哀悼的意味。我们也完全可以想象可能会有的祸患。真的心揪,但又无可奈何。

《素冠》:劳心慱慱

本篇的语意中心应为"劳心慱慱",就是对对方多年来忧心操持的哀悯。

庶见素冠兮?棘人栾栾兮,劳心慱慱兮。

起笔沉痛,应是这位悼亡女子目睹已逝丈夫的仪容,肝肠寸断之作:怎忍心看到你头戴白帽的样子,你瘦削的脸上全无肌肉,想起多年来你是怎样的辛苦操持。这第一章是直奔主题,兴哀悼之思。

庶见素衣兮?我心伤悲兮,聊与子同归兮。

这一章是顺着他的帽子看下去,看到他的一身白衣。此刻一切似乎已既成事实,她能想到的,就是与对方共赴死地。这种爱凄切、寒冷,我们亦不由得寒战泪落。

庶见素韡兮?我心蕴结兮,聊与子如一兮。

最后这章,应是回旋激荡上一章的诗意。白护膝之穿着,可能是逝者膝盖有伤,女主人公特别用心护理之故。她的愁心凝结,亦如眼前的护膝。而她想和逝者同归一处的想法此刻似乎更为真切。

整个乐章,沉痛至极。追念亡者,更是哀悼自身。我们亦不由得担心这位未亡人:如此心灰意冷,可有恢复的可能?

《隰有苌楚》：乐子之无知

本篇的语意中心应是"乐子之无知"，就是羡慕无情之物的无知无觉。

隰有苌楚，猗傩其枝。夭之沃沃，乐子之无知。

首句起兴：你看那低湿地上长着的猕猴桃树，它的枝条优美繁茂，鲜嫩润泽长势劲健。简直是以口写心，一气呵成，极尽赞美夸奖之能事。可他真是为了夸它而写它吗？当然不是，后面这句，才是作者真正想说的："乐子之无知。"我是真的羡慕它的无知无觉。以树之蓬勃生长，反衬自己的孤危冷落。所以，我们认为这是失意者之词未尝不可。他可能亦享受过如猕猴桃树般的荣华富贵，只是此刻，已到生命的没落期，这些繁荣华贵已属过往。

隰有苌楚，猗傩其华，夭之沃沃。乐子之无家。

隰有苌楚，猗傩其实，夭之沃沃。乐子之无室。

下面这两章，是典型的重章叠句，字词在简单变换的同时，无非是暗喻时间的推进，一切已既成事实，无法挽回。而"家""室"这种概念，作者真已不关注了吗？层层铺进中，我们明明看到作者的无限哀婉。无室无家，没有身累，自然没有负担。可对于作者而言，此刻最让他难言的，也许反是他自己无法照顾家庭的无限内疚。我们能说什么？对于失意者，对于生活的不幸者，也许能够发出这样的叹息还算幸运。

《匪风》：中心怛兮

本篇的语意中心应是"中心怛兮"，即乱离者的悲哀之歌。

匪风发兮，匪车偈兮。顾瞻周道，中心怛兮。

首句表面是场景描写：那大风呼呼地吹，那车轮偈偈地响。其实是为了引起后面的感慨：回头望着那条来时走的平坦的大道，心中伤痛不已。这肯定是乱离者被迫离开自己的故国、故乡，触景生情发出的感慨。"周道"应是以平坦的逃亡之路，反衬自己的无路可走。我们亦不由得在他的此种感慨中，生起无限的哀思，或就是那种无边无沿的乱离之悲。

匪风飘兮，匪车嘌兮。顾瞻周道，中心吊兮。

这一章起句，应是写大车在大风之中的漂泊之感。我们在感知风大车疾的同时，亦意识到此种情景的凄飒：不是风来得快，不是车跑得快。他也想久留故地，但又不得不快马加鞭地离开。此种情非得已让人痛心不已。但有什么办法？也许，离开才是他们此刻真正的活路。哪怕在这种离开中，还是忍不住回头张望那条貌似平坦的道。或者，周道本身，就意味着他的过往，意味着他不能割舍的故国。而被迫远离，是他无论如何都无法接受的现实。但不能接受又能怎样？我们继续往下看：

谁能亨鱼？溉之釜鬵。谁将西归？怀之好音。

这最后一章，有点王顾左右：谁会烹制鱼？我愿为他打杂清洗。谁将要向西回到故乡？我想托他带回平安的信息。表面上情感宕起，其实可能是人在极度悲哀时的情绪转移或自我卫护。那些过往的美好，此刻已定格。他愿刷盘洗碗，倾尽一生，守护曾经的一切。但显然已全无可能。最后一句，应是主人公极度无奈之下的祝福：哪怕我一生都无法回返故乡，无法烹制河鲤，我仍愿为你送上祝福。希望有幸归乡的人儿，能够为我捎去问询。这真的是爱得深沉、爱得热烈。我们亦只能如此祝福他。

【曹风】

曹风共四篇,产生于春秋时期。曹在齐晋之间,即今日山东西南菏泽定陶、曹县一带,作为一个小国,朝不保夕,所收诗篇,亦为此种人生短暂等今夕感慨。

《蜉蝣》:於我归处

本篇的语意中心应是"於我归处",就是哀叹自己朝不保夕生命孤危。

蜉蝣之羽,衣裳楚楚。心之忧矣,於我归处。

首句借蜉蝣起兴:看那蜉蝣的羽翼,就像漂亮的新衣服,鲜亮明媚。作者其实想说的是后两句:"心之忧矣,於我归处。"我心中担心的,是我将死在哪里?这前后一关联,我们就知道,作者是以蜉蝣之美丽短暂,暗喻生命之繁华易逝。可能怎么办?这是所有生命必然遭逢的命题:有生即有死,无一例外。

蜉蝣之翼,采采衣服。心之忧矣,於我归息。

这一章承续上一章诗意,目光所及,是蜉蝣之翼,"翼"比"羽",应更为轻薄,亦更可上飞,其华丽优美亦类人之华衣。可他所忧念的,仍然是人生将栖息何处?关于生命的去往从来、活着的短暂,似乎无时不在萦绕。一如眼前蜉蝣的朝生暮死,让人再次兴叹。

> 蜉蝣掘阅，麻衣如雪。心之忧矣，於我归说。

最后一章反溯蜉蝣的出生，眼看着它破土而出，那薄薄的衣服像雾又像雪。也正因此，它的生命才如此脆弱。想及自身，我心中真的是忧愁不已，究竟哪里是归处？尘归尘土归土，亦类蜉蝣的离去。这何尝不是生命的常态。但人类每念及此，总伤感莫名。似乎美好的东西，注定短暂。纵观全篇，就是此种悲痛心理。想来读者，亦是满腹愁绪。

《候人》：三百赤芾

本篇的语意中心应是"三百赤芾"，讽刺新贵的微不足道。

> 彼候人兮，何戈与祋。彼其之子，三百赤芾。

起篇用赋法，直接描摹眼前所见：那个掌管迎送宾客的小官，肩扛长戈和祋棍。在嘲笑他身份和行事不合体统的同时，我们亦质疑他身份的合法性。接下来两句，用朝官对这位新贵的态度，来反证自己此种质疑的合理：像他这样的小人物，不过是新封的众多朝官中的一个。"赤芾"，红皮制的蔽膝。古代大夫以上的官才可戴这样的蔽膝。据说曹共公时，新任命三百个这样的大夫，该篇就是讽刺这种现象。所以整个语气充满鄙夷和不屑。我们看下篇：

> 维鹈在梁，不濡其翼。彼其之子，不称其服。

这章以鹈鹕起兴：鹈鹕停在鱼梁上，水却没打湿它的翅膀。这显然是不正常的。正如眼前这些小人物，他们根本不配穿这么好衣裳。这章否定意味更浓，疑虑也更深。那么，究竟是什么原因造成此种错乱？这是最让我们深思的。

> 维鹈在梁，不濡其咪。彼其之子，不遂其媾。

这一章紧承上一章，鹈鹕停在鱼梁上，本是觅食，你说并没弄湿它的长嘴，那它在这里干什么？谁会相信这种说辞？最后两句是不由自主地追问：像他这样的小人物，究竟是什么原因，能享有高官厚禄？那还用说吗？这章批判矛头，可以说已直指当权者。

荟兮蔚兮,南山朝脐。婉兮娈兮,季女斯饥。

"荟""蔚",双声,本指草木繁盛,此指气流上升,云蒸霞蔚之感。"脐",彩虹,古人认为是阴阳不调之物,性阴,不详。"朝脐",早上出彩虹,在天象中,常是下雨之兆。古人更以此比作女子行为不检点甚至有伤风化等。"婉""娈",同样叠韵,指年轻美好。这最后一章,简直是王顾左右。但我们从大清早虹云升腾、南山出彩虹这样的自然天象中,似乎看到诗人的惊惧。或许到此刻,他已默认时节无序,天命不可违。像新贵这样的颐指气使,或也是自然要义。即此,那年轻美好的无知少女,看来只能忍饥挨饿,没有饭吃。显然,在这里,诗人是把新贵比作无行女子,充满鄙视。但又能说什么?我们只看到诗人无可奈何的嗟叹,或就是认命。

《鸤鸠》:其仪一兮

本篇的语意中心应是"其仪一兮",即称颂淑人君子的言行一致、用心专一。

鸤鸠在桑,其子七兮。淑人君子,其仪一兮。其仪一兮,心如结兮。

"鸤鸠",布谷鸟,亦作尸鸠。"七",不是特指,泛言多。首句借布谷鸟起兴:布谷鸟停在桑树上,喂着那么多的孩子。诗人其实想说的是:善良有德的人,也该像布谷鸟对待它的孩子般,言行一致,没有偏私。"其仪一兮"是他最想说的话,因为只有言行一致,才会用心专一。

鸤鸠在桑,其子在梅。淑人君子,其带伊丝。其带伊丝,其弁伊骐。

这章紧承上一章之意,"其子在梅",意即布谷鸟长大后,就会离开母亲,飞向更美好的地方。作为国君也一样,应泽被他的子民。好的上位者,衣饰讲究,品性纯一,黑白分明,不会乱穿乱戴。最后一句,既是重复,亦是强调,举证:如果他的衣带是白丝裁制,那他的皮帽就一定是青黑涂染。"弁",皮帽。"骐",青黑色的马。一说古代皮帽上的玉制饰品。总之是非常讲究,不随便。

鸤鸠在桑,其子在棘。淑人君子,其仪不忒。其仪不忒,正是四国。

若是上一章还是隐喻,那这一章就是明示:就像布谷鸟长大后,都会离开母亲,披荆斩棘。好的在位者也应该这样,他的言行不会有偏差。他的言行没有偏差,才会统领四方。

鸤鸠在桑，其子在榛。淑人君子，正是国人，正是国人。胡不万年？

"榛"，丛生的树。最后这章，正面立意，得出结论：好的在位者，正像布谷鸟，引领全国人民一路向前。这样的在位者，怎会不被世代铭记？

这篇与其说是称颂淑人君子，称颂在位者言行一致没有偏差，不如说是对其寄予厚望。

《下泉》：念彼周京

本篇的语意中心应是"念彼周京"，就是对故都的无限哀婉。

冽彼下泉，浸彼苞稂。忾我寤叹，念彼周京。

首句直摹下泉，并借此起兴：那从地底涌出的泉水是这样的寒冷，一丛丛狗尾巴草浸泡其中，它们的命运完全可以想象。所引起的，是后两句："忾我寤叹，念彼周京。"亦如我此刻一样，我醒来后长声叹息，想那周天子的都城，怎会变成这个样子？最后这句，"念彼周京"是诗人最想说的。而无限的感喟与哀悼亦在此短截的字句中无尽流淌。

冽彼下泉，浸彼苞萧。忾我寤叹，念彼京周。

这一章是典型的重章叠句，字句并没有太大变化，但感觉中那泉水是更加地寒冷彻骨，泉水中浸泡的艾蒿的命运亦可想而知。最后两句，同样兴起他的长声浩叹，哀悼故国曾是怎样的富庶繁荣。

冽彼下泉，浸彼苞蓍。忾我寤叹，念彼京师。

到这一章，前面所酝酿的情绪应到极致，在此背景下，任何生命似乎都没有逆转的可能。这些是可以想象或命运使然。但他最无法释怀的，仍然是他那沦落的京师。

芃芃黍苗，阴雨膏之。四国有王，郇伯劳之。

最后这一章，似乎宕开一笔。其实完全可以理解，当人极度悲痛时，必须寻求疏解。而此刻他所能想到的，仍是从前：曾经这会儿故国正是禾苗兴旺，连绵的雨水朝露滋养着它。最后这句，简直是痛彻心扉：四方诸侯之所以还能朝见周天子，还不是我们郇伯的勤勉卓著。可一切已成过往，世事再无转圜。此种无法直面眼前的怆痛，比之前的直抒胸臆，更苍凉衰飒。

【豳风】

豳风七首。豳地在今陕西旬邑、彬县一带。平王东迁，豳地为秦所有，故豳风产生于西周，比其他风都早，豳风与秦风亦可看作前后相续关系。也因为这种时代差异，二者无论歌咏对象，还是歌咏方式，应有很大差别。比如《七月》这篇，据史书记载，可合雅、颂，适合在各种场合演唱。所以，豳风虽年代久远，但把它放在风末，作为风、雅、颂的过渡，也未尝不可。

《七月》：何以卒岁

本篇就其作者是谁，向来存疑。其实考究该篇为谁所作，意义不大。该篇也不像程俊英先生断言的：是一首杰出的农事诗，但也仅仅是一首农事诗。从艺术角度而言，并没有特别迷人的魅力。相反，前人的一些赞词，比如"无体不备，有美必臻。晋唐后陶谢王孟韦柳田家诸诗，从未见臻此境界"，又如"神妙奇伟，殆有非言语形容所能曲尽者"，应是非常在理。我们试做文本细读：

七月流火，九月授衣。一之日觱发，二之日栗烈。无衣无褐，何以卒岁。

三之日于耜，四之日举趾。同我妇子，馌彼南亩，田畯至喜。

据史家考证，此处的"七月""九月"当为夏历。而"一之日""二之日"则为周历，先夏历两月。即"一之日"周历正月为夏历十一月，"二之日"为十二月，"三之日"才是夏历正月，"四之日"即为夏历二月。该篇，为了方便，亦为了避免歧义，我们通用夏历。我们并不知道该篇的周历计时在当时是不是更为普遍，但于该篇，此种用法可能更是铺叙，或就是赋法，并且在音乐构成及读者期待中，这种赋法的作用不可小觑。"流"，星宿下行。"火"，星宿名，亦称"大火"。据说该星农历五月处于正南方，位置最高；六月，开始偏西下行；七月，这种下行应很明显。所以该篇起首，就以不容置疑的口气，告诉读者，物候变迁，最热的时候已经过去，很快就会寒冬降临，必须预做准备。由此所接的"九月授衣"，我们不能完全把它当作赋法，或即时间概念客观叙事，它何尝不是兴句形象？就如首句的"流火"，就其读音、字形，又怎没有时日无多、温暖不再、严寒将至之感？就此，"授衣"之赶制寒衣，就既有可行性，更有急迫性。而下面的八个乐章，正是由此生起。说到底，衣之于民，何止生存需要，不就是生活本身。我们看接下来，又会怎么接？"一之日觱发，二之日栗烈"，夏历十一月，冷得全身鸡皮疙瘩，十二月更是天寒地冻，人的身体就像栗子般冻得坚硬。"觱发""栗烈"，这两个词单从字形、发音上就给我们以彻骨寒冷无所归依之感。就此，下面两句"无衣无褐，何以卒岁"，没有长衣没有短衣，如何过年？就不只是水到渠成，更是自然奔涌。所以，该篇中"何以卒岁"就不只是质疑，更如命脉般贯穿全篇。

"三之日于耜，四之日举趾"，正月里我们开始修理锄具，二月我们就要下田耕作。这两句，紧接上面"一之日""二之日"两句。从时间上来说，是自然演进；于现实而言，他们由此开启又一年，且无关乎他们有没有过好年。到时候了，必须开始，惯性运作也罢。我们当然听出其中的艰辛与无奈。可又有什么办法？"同我妇子，馌彼南亩，田畯至喜"，此刻出场的是妇子、田畯。前者之老婆孩子，应在叙事主人公的护佑中。可如此一家，没有闲的。一年四季，辛苦到头，甚至没有时间回家吃饭，却仍然难以卒岁？我们不由得要问：究竟为什么？所以，最后引入的"田畯至喜"句，就颇耐人寻味。田畯当然是基层农官，替老爷们打理农间事务或管理农奴。老爷是谁？当然是奴隶主。这样一来，我们所看到的田畯的喜、甚至至喜就更意义非凡。或者说，简直跟前面描摹的农奴的悲苦生活、无以卒岁形成鲜明对比，以至于一忧一喜、苦乐两极成为全篇的情感基调。

七月流火，九月授衣。春日载阳，有鸣仓庚。女执懿筐，遵彼微行，爰求柔桑。春日迟迟，采蘩祁祁。女心伤悲，殆及公子同归。

如果说第一章的"七月流火，九月授衣"主要是赋法。那么，在这一章中，我们明显看到它的比兴功能增强。或者说，它的再次出现，除了强化上一章的"无衣无褐"和时不我待的焦虑外，更是为了引起后面"衣"的部分。"春日载阳，有鸣仓庚"，春天天气变得暖和，黄鹂鸟儿叫得欢。这个就时间演进而言，紧承上章的"四之日"，也就是夏历二月，我们甚至就可以把它当作夏历三月。在这样大地回春、万物欢欣的时节，我们却看到"女执懿筐，遵彼微行，爰求柔桑"：一个年轻漂亮的女子手挽深深的大筐，沿着曲折偏僻的小路，去采摘刚刚长出的嫩桑叶。春日是这样让人欢欣鼓舞，可年轻的生命怎就觉得"春日迟迟"？"迟迟"显然是缓慢、日子难熬之意。我们来看后面的"采蘩祁祁"，她采了好多好多的白蒿。前面说采桑，此刻却说采蒿。是此种采摘非她所愿又不得不采吗？好像也不全然是，但女子内心的不高兴或忧虑已很明显。"女心伤悲，殆及公子同归"，看来此刻她最害怕的是，随同贵族小姐一同出嫁。

"归",出嫁。"公子",先秦时既可指男性亦可指女性。当然此处可把它当作大家惯常理解的富家公子强抢民女。总之,该章的最后这句,终于和盘托出女子的所思所虑。之于命运,她完全无从把控,就像手中之蒿,毫无意义。但真无意义吗?我们只能说,女主人公太为悲痛,即便眼前的美景赏心悦目,她也根本无心观看,只是下意识采摘,犹如行尸走肉。此种状态,不只回应前章之"何以卒岁"与"田畯至喜",更把那种悲喜莫名、冷暖不均烘托到极致。这内容的跌宕、结构的连接,让我们深深钦佩诗人对情感的把握、节奏的控制犹如排兵布阵,严密有序又浑然天成。

如果说整个乐章,让人感觉阳刚、男性,或者就是男性之歌,但在这一章,我们却看到女子,感受到阴性明媚,甚至有了幸福与温暖的可能。这种可能也许是春光所致,由"衣"引出。但我们很快就会看到,在现实面前,所有可能会瞬时瓦解,年轻的生命并不一定会歌唱。我们来看下一章。

七月流火,八月萑苇。蚕月条桑,取彼斧斨,以伐远扬,猗彼女桑。
七月鸣鵙,八月载绩。载玄载黄,我朱孔阳,为公子裳。

显然,这一章中的第二句"八月萑苇"做了变换。为什么做这样的变换?从时间概念而言,八月紧承七月更加写实,而"萑苇"是指可以制作养蚕工具的荻草和芦苇,这里显然是名词动用。联系上两章的"九月授衣",我们看到这种预做准备或防患于未然已是生活常态。她们不只在九月赶制寒衣,更在八月就准备第二年的养蚕工具。也正因此,"蚕月条桑,取彼斧斨,以伐远扬,猗彼女桑"这几句的出现不仅不突兀,简直就是话到嘴边,自然流出。似乎所有的过往都是为了今日。这是个希望的季节,播种的季节,养育的季节。他们养蚕,他们去修剪桑树。带上各种各样的工具,把那长得过高过长的树枝砍下来,拉过那弯曲的枝条采摘桑叶。在这些句子中,我们不仅看到养蚕,知道养蚕对他们有多重要,也明白上一章女子的"爰求柔桑"正是为了保持此种律动。或者说,在这一章,我们看到更多的人,加入此种采桑养蚕活动。整个劳作，像共舞，又像合唱，或就是生命的大联动。我们听到高昂的调子，感到勃发的意绪，似乎一切都来得及，此刻正在播下希望，有你亦有我。这一章无论就时间，还是她们所从事的农事活动本身，都是上一章的继续，就像生命的延续。但在这一章中，节奏明显发生变化。如果上一章还用"迟迟"，用生命将醒未醒的状态来描摹，那么这一章，就是生命的完全苏醒，甚至有些紧锣密鼓。而后面的"七月鸣鵙，八月载绩。载玄载黄，我朱孔阳，为公子裳"则更是如此。七月伯劳鸟开始叫，八月就要染布料。有的红来有的黄，染那最艳的红色，要给公子做嫁衣。这里的公子，可看作前之采桑姑娘害怕随之出嫁的贵族小姐。当然笼统地把它当作贵族子弟亦可。总之，我们已经了然，"公子"是与采桑女子不同的存在，或者说，这种快节奏的采桑养蚕，以及没有写的抽丝纺织，以至此刻的最后熏染，目的就是为了给人家做嫁衣裳。这一章没有喜怒哀乐的交代，有的只有劳作，但我们在此种忙碌或身不由己中，早已看到贵族小姐和采桑姑娘的幸与不幸。

四月秀葽，五月鸣蜩。八月其获，十月陨萚。一之日于貉，取彼狐狸，为公子裘。

二之日其同，载缵武功，言私其豵，献豣于公。

这一章简直是刻不容缓地就一年到头了。四月植物结实，五月蝉开始叫。八月收割庄稼，十月树叶枯零。前四句为物候，由植物到昆虫，由收割到凋落。生命就是这样周而复始。在这样自然的流转中，我们只能抓紧眼前。所以，接下来他们需要干的：十一月开始打貉子，打中狐狸，为贵族家的小姐做皮大衣。十二月继续打猎，且是大规模地打，自己保存那些小兽，至于大兽则要献给公家。这一章更没有情绪的表达，他们可能已既没有闲暇，亦没有余力做此表达。但那种贵族公子与采桑女子的命运差异，应已根深蒂固，毋庸置疑。似乎生来如此，何须多问。

如果说第二、第三以至第一乐章，都是侧重衣的方面。那么，从这章开始，显然是就"食"而言。也就是承续第一章"一之日""二之日"的耕作。可谓花开两朵，各表一枝。

五月斯螽动股，六月莎鸡振羽，七月在野，八月在宇，九月在户，十月蟋蟀入我床下。穹窒熏鼠，塞向墐户。嗟我妇子，曰为改岁，入此室处。

这一章同样是赋法、铺叙，同样按照时间流程，但我们在这种貌似平铺直叙中亦看到变化。五月蚱蜢弹腿叫，六月纺织娘振羽响。那蟋蟀七月在野外自由欢腾，八月来到檐下躲避风雨，九月进入屋内求得温暖，十月爬到我床下想要取暖。那我该怎么办？"无衣无褐"如何过得这个冬日？我们亦不由为他犯愁。"穹窒熏鼠，塞向墐户"，我们收拾打扫屋子，用泥巴把门和窗户堵起来，烧起浓烟驱赶老鼠。这是此刻我们唯一能做的，同时也只能发出长长的叹息："嗟我妇子，曰为改岁，入此室处"，可叹我的老婆孩子，说是要过年，却要住在这样的屋子里。这章从时间流程而言，简直就是一章一年。就在这样的刻不容缓，或者说就在这样辛勤的一年劳作之后，第一章中的"妇子"再次登场，可让人叹惋："入此室处"。此种叹息比起第一章的"无衣无褐，何以卒岁"，应该更具体、更深入。或者说此种苦痛或现实由来已久、根深蒂固，绝无转圜之可能。那究竟是为什么？此刻的我们，亦不由再次兴起此问。

六月食郁及薁，七月亨葵及菽，八月剥枣，十月获稻，为此春酒，以介眉寿。

七月食瓜,八月断壶,九月叔苴,采荼薪樗,食我农夫。

这章可以说是具体作答:六月我们已经没有粮食吃,只能吃野果子,七月煮野菜和大豆吃,八月开始打枣,十月收获稻子,用它酿造春酒,以祈求长寿。不是没有粮食,是我们吃不到,我们的劳动果实并不属于我们。这一气读来,简直气噎声堵。这是怎样的现实?如此地紧张忙碌,如此地辛酸难耐,可他们仍然要祈求长寿。不仅如此,诗人似乎仍然意犹未尽:"七月食瓜,八月断壶,九月叔苴,采荼薪樗,食我农夫。"这些,就时间维度而言是前面句子的重复,从意思来说,却更近于补充,或就是多重变奏:我们的生活无非这样,别无其他可说。我们试着来翻译:七月我们进食各种瓜类,八月采摘葫芦,九月拾取麻籽,挖苦菜,剥树皮,给我们这些农夫吃。我们还有什么话可说。事实就是这样。我们不只"无衣无褐",更没有饭吃。

如果说上一章是由"衣"到"食"的过渡,是交代他们一家的居住条件,是告诉我们,自己一年到头,却没有办法给妻儿提供基本的生活条件。那么这一章,更像是回答,或就他自己而言,何尝不想给家人基本的物质保障,只是自己早已自顾不暇。我们看到他的忙碌,他的艰辛,他内心仍然蒸腾着的希望。但他的现实是:所有的那些收获,都不属于他们,在丰收的季节,他们仍然没东西吃。到此,我们还能说这位男主人公内心没有愤怒?没有不公?是所谓的"哀而不伤"?我们来看下章。

九月筑场圃,十月纳禾稼。黍稷重穋,禾麻菽麦。嗟我农夫,我稼既同,上入执宫功。昼尔于茅,宵尔索绹。亟其乘屋,其始播百谷。

九月我们修整打谷场菜园子,十月要把所有的粮食收割回来。谷子高粱,不管是早熟的还是晚熟的,是禾麻还是菽麦,都要收割回来。可叹我们这些农夫,庄稼刚刚收割完,就要为贵族去整修宫殿。白天我们割取茅草,晚上编成绳子,还得赶快爬上屋顶,检查我们的屋子哪里破损,这个时候,就要开始播种百谷。这就是他们所有的生活,他们不只没有时间喘息,更没有时间愤怒,有的仅仅是这样日复一日、年复一年地活着。

二之日凿冰冲冲,三之日纳于凌阴。四之日其蚤,献羔祭韭。九月肃霜,十月涤场。朋酒斯飨,曰杀羔羊。跻彼公堂,称彼兕觥,万寿无疆。

腊月我们使劲穿凿冰块,正月赶快搬进地窖。二月初开始春祭,献上小羔羊,祭上新韭菜。九月霜降,十月收拾干净打谷场。我们相互敬酒,一起享受食物,包括宰杀羔羊。我们登上公堂,用很庄重的酒器互相敬酒,共致祝福:万寿无疆。

最后一段,简直置身事外,或就是和声。似乎他们早已浑然一体,不分你我。能说什么,这就是他们的现实。我们亦只能在他们的此种共祷中,默默期待他们的境遇能有一些改变。

《鸱鸮》:无毁我室

本篇的语意中心应是"无毁我室",即不要毁坏我的房子,是对对方欺凌自己的一种深心恐惧。

鸱鸮鸱鸮,既取我子,无毁我室。恩斯勤斯,鬻子之闵斯。

起句呼告，更应是一种以老母亲的口吻直接道出：猫头鹰啊猫头鹰，你已经掠去我的孩子，不要再来毁坏我的房子。无论我怎样小心勤苦地养育他们，你还是要把他们抓走。由此看来诗人所控诉憎恶的对象是猫头鹰。那么，猫头鹰是谁？我们先不管它的隐喻意味，只把它当作实体呈现：全诗以鸟妈妈的口吻以口指心地道出，自己抚育幼鸟的艰辛，猫头鹰作为坏鸟、侵略者的形象，不仅掠走它的孩子，还进一步破坏它的房子，恶劣至极，简直本性残忍。那么，当此之时，这位鸟妈妈该怎么办？

迨天之未阴雨，彻彼桑土，绸缪牖户。今女下民，或敢侮予？

看来是没有放弃，积极地修补房屋：趁着还未到阴雨时节，赶快剥取那桑树根，紧紧缠缚窗门。看看你们这些卑贱的鸟儿，还敢来欺侮我不成？真是为了保护家园竭心尽力，且越战越勇，我们不由得深心钦佩。

予手拮据，予所捋荼。予所蓄租，予口卒瘏，曰予未有室家。

这一章应是具体困难：我手头紧张，我要去采野菜。我要蓄积干草垫底，我的喙角也磨坏了，可我的家还没有修好。这是它的现实困境，更是此刻它所深心恐惧的。

予羽谯谯，予尾翛翛，予室翘翘。风雨所漂摇，予维音哓哓！

到这一章时，我们不由得声声叹息，愁绪满怀：我的羽毛枯落，我的尾巴掉光。我的房屋在风雨中飘摇，我害怕得不断发出恐惧的声音。看来它终于敌不过现实，终于要在保护家园中节节败退，就像我们那日渐损耗的生命。我们至此长声浩叹：这是怎样的运命！难道只能怪敌人过于强大，自己根本不是对手。我们仿佛听到它那不断的哀号声。何止凄惨！感觉我们就像它般在风雨中飘摇。这是弱者的哀歌，更是祭奠我们所有的过往，生命中所有那些未曾实现的梦幻，亦就此归于寂灭。如同那些根本未曾发出的声音，瞬时归于空寂。到此，你还会说它仅仅是寓言诗吗？

《东山》：零雨其濛

本篇的语意中心应是"零雨其濛"，即对过往的哀悼。往日种种，如同梦境，徒惹伤悲。说到底，就是出征士兵哀悯自己长期服役无法归家。

我徂东山，慆慆不归。我来自东，零雨其濛。我东曰归，我心西悲。制彼裳衣，勿士行枚。蜎蜎者蠋，烝在桑野。敦彼独宿，亦在车下。

这一章用赋法，起句直陈其事：我出征到东山，多年来都没有回家。然后又追叙过往：我来东山的时候，蒙蒙细雨下个不停。这个印象太为深刻，仿佛预示着未来日子的艰辛。也正是在此种今昔对比中，诗人悲从中来：我在东边说起回家，我的心却只能向着西边哭泣。这种距离的阻隔，已成为他此刻无法逾越的困境。更不堪回首的，其实还是远行之后的日子。不只触目即悲，更是念念即痛：我们要赶制回家的衣服，再也不想衔枚远行。我们就像蠕动的昆虫，长久地蜷缩在野地中。哪怕独宿，也会蜷缩，在车下躲避风雨。这就是他们的日常生活，没有基本的物质保障，生命还时时处于危险中。

我徂东山，慆慆不归。我来自东，零雨其濛。果臝之实，亦施于宇。

伊威在室,蟏蛸在户。町疃鹿场,熠耀宵行。不可畏也,伊可怀也。

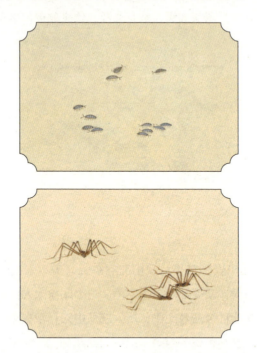

这一章首句再次响起的时候,我们何止是满腹悲伤:我出征到东山,多年来都没有回家。一切既成事实,悲剧早就酿成,那些苦痛何堪细说,又怎能不说。接下来,我们可以看作复调,更可看作递进:我来的时候,天空飘着雨。木瓜葫芦长了一院子,藤蔓爬到屋檐上。屋内潮湿,到处都是地虱,蜘蛛随便把网结在门上。鹿群随意逗留,夜间萤火虫闪耀。这些自然让人害怕,此刻想来徒惹怀念。无论如何,那也是家,仍然充满希望。可眼前这种长年征战何时是个尽头?

我徂东山,慆慆不归。我来自东,零雨其蒙。鹳鸣于垤,妇叹于室。
洒扫穹窒,我征聿至。有敦瓜苦,烝在栗薪。自我不见,于今三年。

当主旋律再次响起的时候，他的记忆更加推进，怎能忘掉离别的那一刻，天空下着雨，鹳在土堆上叫唤，妻子在屋内叹息。自己却装作无事般洒扫房屋，可告别的时刻还是到了。此刻我们亦已肝肠寸断，不由得随他哀叹：从前听人家说，一直长在柴草间的瓜，肯定会苦，还不愿相信，如今看来自己就跟那苦瓜一样，难逃悲苦。最后又是一声长叹：离家已是三年，抚今追昔能说什么。

我徂东山，慆慆不归。我来自东，零雨其濛。仓庚于飞，熠耀其羽。

之子于归，皇驳其马。亲结其缡，九十其仪。其新孔嘉，其旧如之何？

这一章在前面的凄清冷落中，似乎突然豁然开朗：我去东边的时候，天空下着雨。那应该是个春日，黄鹂鸟儿在翩翩飞舞，它的羽毛闪闪发亮。你嫁入我家的时候，我用各色马儿去迎你。你的母亲为你亲系佩巾，礼仪繁复。新婚的时候那样快乐，现在怎就这个样子？原来他能想到的最幸福的事，已停留在过往那刻：新妇刚进门，一切刚刚好。和风细雨，小鸟儿倍觉欢欣。可如今这一切都成过往。不知远方的爱人，是否还好？到此刻，我们亦是悲难自抑。我们怎不明白，身为儿子、丈夫的他，却不能厮守父母、妻子身旁。所谓保家卫国，比起此种现实的别离，竟然如此苍白无力。我们更愿天下太平，平凡人尽享安乐。所以，该篇说到底，应是反战诗。对被迫出征、长年征战的质疑。他们其实所求无多，亦如我们不愿生命被无端消耗。

《破斧》：四国是皇

此篇的语意中心应为"四国是皇"，即他们的东征是为了平息四国叛乱，是正义之师，不得不为。

既破我斧，又缺我斨。周公东征，四国是皇。哀我人斯，亦孔之将。

起篇直叙战争的激烈，其实也是借此兴起：我的圆孔斧已经破损，我的方孔斧亦已拆掉。接下来交代事情的因由，也是全篇最响亮的声音：英勇的周公率领我们东征，匡正天下，平息四国叛乱。但他们付出了足够的代价：可怜我们这些活着回来的，真的是命非常大。

既破我斧，又缺我锜。周公东征，四国是吪。哀我人斯，亦孔之嘉。

"呲",感化,教化。一说震惊貌。首句主旋律再起,下句锄之被破坏,更加烘托出战争的残酷及激烈。而接下来周公东征的交代,简直就是天赐、转圜。也正因此,那些叛变的诸侯怎能不震惊恐惧。最后是哀怜自身:可怜我们这些当兵的,运气还算不错,总算活着回来。这是心有余悸,而战争之可怕更是勿待细说。

既破我斧,又缺我锜。周公东征,四国是遒。哀我人斯,亦孔之休。

最后这章,在气氛最热烈的时候,慢慢收场:我的斧头已经砍坏,我的锹也缺了口。英勇的周公率领我们东征,那些叛乱的诸侯不得不收敛。只是可怜我们这些士兵,之后总该能够休息了。及此,我们亦长出一口气。活着就好,人生尚有希望。

《伐柯》:匪媒不得

本篇的语意中心应是"匪媒不得",即对明媒正娶的不容置疑。

伐柯如何?匪斧不克。取妻如何?匪媒不得。

首句以设问开头,其实也是借斧起兴:怎样砍出一根斧柄?又自问自答:非得有一把斧头。无非是为引出后句:怎样娶妻子?后面的回答毋庸置疑:必须有媒人。这是对传统习俗的肯定,更是对俘获芳心途径的非常确定。所谓正道勿违,非此不行。但真的如此简单吗?我们继续往下看。

伐柯伐柯,其则不远。我觏之子,笾豆有践。

这章连用两个"伐柯",在凑足音节的同时,更有一种感慨陈说的意味:就说砍斧柄这件事,说难不难,不就是照猫画虎,看着手中斧柄的样子去砍。找爱人也差不多,一旦碰到自己称心的,就要摆好筵席做足准备请她来。看来除了信念,还需真心。我们亦期冀他因为此种虔心求取,真能找到心仪的她。

《九罭》：衮衣绣裳

本篇的语意中心应是"衮衣绣裳",即指对方的衣饰华贵、身份显耀,相当体面。

九罭之鱼,鳟鲂。我觏之子,衮衣绣裳。

"九罭",网眼较小的渔网。"衮衣",古时礼服,一般为君主或高级官员所穿。首句借渔网起兴,说用网眼细密的渔网去捕大鱼,鱼儿自然无法逃脱。无非是说自己见过大场面,不会看错人。所以今日见到对方,并不诧异:你就是我喜欢的那种体面的人。

鸿飞遵渚,公归无所,于女信处。

这一章借"鸿"再次起兴:大鸟不应该沿着小沙洲飞,您怎能没有适当的归处?而最后一句显然是要特别强调的:这个地方确实适合您长久居住。

鸿飞遵陆,公归不复,于女信宿。

这一章重复上一章的意思,再次强调留宿的必要性:大鸟沿着陆地飞翔,尊贵的客人别犹豫,这里确实是个适合您留宿的好地方。

是以有衮衣兮,无以我公归兮,无使我心悲兮。

最后这一章,简直是悲悲切切,却是情意动人:我真的不想让您走。所以藏起您的礼服,请您不要离开,不要让我悲痛。这是怎样的一种相遇。我们在感动的同时,不能不意识到,他们的分别已是必然。

《狼跋》：赤舄几几

本篇的语意中心应为"赤舄几几"，即嘲讽王公贵族的荒唐可笑。

狼跋其胡，载疐其尾。公孙硕肤，赤舄几几。

"跋"，践，踩。"胡"，老狼颈项下的垂肉。"疐"，同"踬"，跌倒。一说踩。"硕肤"，大腹便便貌。"赤舄"，赤色鞋，贵族所穿。"几几"，鲜明。首句起兴：就像老狼，身体衰败，无力撑起它的身体，不时踩到自己的尾巴。贵族们那么肥胖高大，却偏要穿这样俗艳的红鞋。若说前面是比喻，明显带有贬义，后面就不只滑稽，简直丑恶。

狼疐其尾，载跋其胡。公孙硕肤，德音不瑕？

这章再次起兴，就像老狼后退时践踏自个儿的尾巴，前进时又顾不了自个儿的胡子。真是瞻前顾后，无法周全。贵族们如此肥胖高大，他们的品德名誉又如何保全？简直是势所必然，我们亦在他的此种简单描摹中，深刻了然他的爱憎。

那遥远的声音——《诗经》今读

『中册』

温左琴 著

目录

第二部分 雅：悦神与悦人　　208

小雅　　209

《鹿鸣》：鼓瑟吹笙　　209

《四牡》：王事靡盬　　210

《皇皇者华》：每怀靡及　　212

《常棣》：莫如兄弟　　213

《伐木》：迁于乔木　　215

《天保》：何福不除　　216

《采薇》：岁亦莫止　　218

《出车》：谓我来矣　　220

《杕杜》：继嗣我日　　222

《鱼丽》：旨且多　　223

《南有嘉鱼》：式燕以乐　　225

《南山有台》：邦家之基　　226

《蓼萧》：我心写兮　　228

《湛露》：不醉无归　　229

《彤弓》：中心贶之　　230

《菁菁者莪》：乐且有仪　　231

《六月》：载是常服　　232

《采芑》：其车三千　　234

《车攻》：驾言徂东　　236

《吉日》：四牡孔阜　　237

《鸿雁》：劬劳于野　　　　　　　　　238

《庭燎》：鸾声将将　　　　　　　　　239

《沔水》：载飞载止　　　　　　　　　240

《鹤鸣》：或在于渚　　　　　　　　　241

《祈父》：靡所止居　　　　　　　　　242

《白驹》：以永今朝　　　　　　　　　243

《黄鸟》：不我肯榖　　　　　　　　　244

《我行其野》：言就尔居　　　　　　　245

《斯干》：如松茂矣　　　　　　　　　247

《无羊》：九十其犉　　　　　　　　　249

《节南山》：民具尔瞻　　　　　　　　251

《正月》：亦孔之将　　　　　　　　　253

《十月之交》：亦孔之丑　　　　　　　257

《雨无正》：斩伐四国　　　　　　　　259

《小旻》：何日斯沮　　　　　　　　　261

《小宛》：念昔先人　　　　　　　　　263

《小弁》：我独于罹　　　　　　　　　264

《巧言》：乱如此怃　　　　　　　　　267

《何人斯》：不入我门　　　　　　　　269

《巷伯》：亦已大甚　　　　　　　　　270

《谷风》：维予与女　　　　　　　　　272

《蓼莪》：生我劬劳　　　　　　　　　273

《大东》：其直如矢　　　　　　　　　274

《四月》：胡宁忍予　　　　　　　　　277

《北山》：朝夕从事　　　　　　　　　279

《无将大车》：祇自疧兮　　　　　　　280

《小明》：至于艽野　　　　　　　　　281

《鼓钟》：怀允不忘　　　　　　　　　283

《楚茨》：我蓺黍稷　　　　　　　　　284

《信南山》：曾孙田之	287
《甫田》：食我农人	288
《大田》：俶载南亩	290
《瞻彼洛矣》：福禄如茨	291
《裳裳者华》：我心写兮	292
《桑扈》：受天之祜	293
《鸳鸯》：福禄宜之	294
《頍弁》：兄弟匪他	295
《车舝》：德音来括	297
《青蝇》：无信谗言	298
《宾之初筵》：殽核维旅	300
《鱼藻》：岂乐饮酒	302
《采菽》：何锡予之	303
《角弓》：无胥远矣	305
《菀柳》：无自昵焉	306
《都人士》：出言有章	307
《采绿》：薄言归沐	308
《黍苗》：召伯劳之	310
《隰桑》：其乐如何	311
《白华》：俾我独兮	312
《绵蛮》：我劳如何	314
《瓠叶》：酌言尝之	315
《渐渐之石》：维其劳矣	316
《苕之华》：维其伤矣	317
《何草不黄》：经营四方	318

大雅　　　　　　　　　　　　319

《文王》：其命维新	319
《大明》：不易维王	321

《绵》：自土沮漆	324
《棫朴》：左右趣之	327
《旱麓》：干禄岂弟	328
《思齐》：京室之妇	330
《皇矣》：求民之莫	331
《灵台》：不日成之	335
《下武》：王配于京	336
《文王有声》：遹观厥成	338
《生民》：克禋克祀	339
《行苇》：维叶泥泥	342
《既醉》：介尔景福	344
《凫鹥》：尔肴既馨	346
《假乐》：受禄于天	348
《公刘》：匪居匪康	349
《泂酌》：民之父母	351
《卷阿》：来游来歌	352
《民劳》：以绥四方	354
《板》：为犹不远	355
《荡》：其命多辟	358
《抑》：靡哲不愚	360
《桑柔》：瘼此下民	363
《云汉》：何辜今之人	367
《崧高》：生甫及申	369
《烝民》：好是懿德	372
《韩奕》：王亲命之	374
《江汉》：淮夷来求	376
《常武》：大师皇父	378
《瞻卬》：降此大厉	380
《召旻》：民卒流亡	382

第二部分 雅：悦神与悦人

雅是周都镐京一带地区的乐调名。雅乐具备两个特征：一是地区的确定性，即周王朝统治地区；二是音乐的正统性，即符合朝廷礼仪规范。大小雅之分，可能根据乐曲长短，也可能根据时间先后及创作主体的不同。大雅普遍是长调，小雅相对较短。大雅三十一篇，都是西周盛时所作，雍容典雅，精神上扬，可看作民族上升时期的史诗。小雅七十四篇，大多产生于西周后期及东周初年，以厉王、宣王、幽王时代最多。小雅内容相对庞杂，有些诗篇多乱离之苦。

日本学者家井真认为："雅"为"夏"的假借字，与颂一样有舞姿之意。而舞姿的本意则是假面舞蹈，起源于周代诸侯的宗庙或神社上由巫师歌舞的假面歌舞剧诗。我们尚不能确认此种乐调同样具备舞蹈功能，但天子诸侯宴饮时，的确常奏此乐以资雅兴。一般来说，大雅为天子乐，小雅为诸侯乐。然而，诸侯在缮礼、宾礼时亦歌大雅，天子在燕礼时也歌小雅。所以，雅之大小，并无截然区别。若说大雅更具史诗性质，是悦神，特别是悦祖灵，则小雅更合个人情性，是悦人，包括悦己。说是咏史与抒怀也罢。可咏史中何尝没有抒怀，抒怀时又怎能忘却过往。说到底，就是二者的思维习惯、表达方式及应用场合不同而已。

【小雅】

《鹿鸣》：鼓瑟吹笙

本篇的语意中心应是"鼓瑟吹笙"，即知己好友间的志趣相投，琴瑟相和。

呦呦鹿鸣，食野之苹。我有嘉宾，鼓瑟吹笙。

吹笙鼓簧，承筐是将。人之好我，示我周行。

"呦呦"，鹿鸣声，该是和谐悦耳的。"鹿"之意象，该是空灵野性，充满生机。"鹿之鸣"当然是知己见求永生难忘。"苹"，藾蒿。起首两句可能是眼前所见，亦可能是借鹿起兴：那呦呦和鸣的鹿儿，正在野外自由自在地吃着蒿草。作者想说的，是后两句：客人们都到齐了，他们有的鼓瑟，有的吹笙，如同鹿儿般和谐适意。接下来两句在承续前意的同时，意义上又有转变，不说宾客怎样，而说我怎样，写自己的殷勤待客之意。也就是此刻宾主合奏共欢，高潮时，主人捧上礼物赠送嘉宾。最后两句，则是交代前之赠送原因，或就是此刻的即景生情：客人们是真的了不起，他们会为我指示前行的正道。此为第一章，写宴会开始时琴瑟相和，宾至如归，我们不仅看到他们的情投意合，亦看到他们有可能一路同行。

呦呦鹿鸣,食野之蒿。我有嘉宾,德音孔昭。

视民不恌,君子是则是效。我有旨酒,嘉宾式燕以敖。

这章比前一章,重复中又有变化。我们先看不变的:"呦呦鹿鸣",显然不只是再次兴起,更是和声,或主旋律再次响起。随后所接或所感慨的,其实是说他们所求无多,一点点野外的蒿草就足以让他们欢欣雀跃。由此引起或强调的,当然还是后者:我那些美好的客人,他们的内在品质显现于光明的言辞。五六两句是顺接,直陈嘉宾的美好品质:他们待人那样厚道,我们怎能不把他们作为学习的榜样?最后两句是召唤,也是邀约:我有美酒,请尊贵的客人尽管开怀畅饮。

呦呦鹿鸣,食野之芩。我有嘉宾,鼓瑟鼓琴。

鼓瑟鼓琴,和乐且湛。我有旨酒,以燕乐嘉宾之心。

最后这章,同样是重章叠句,同样于重复中又有变化。首句之鹿声呦呦,就不只是兴句,更是和声一片,彼此已融入对方的生命中。至此,我们感觉宴会已到尾声,主客尽欢。此刻出现的奏乐、共饮,就不单是重复,更是定格。感觉他们的所求无多,美声相唤,贵求知己已成为他们的生命叙事。而后之宾主尽欢、其乐融融则更是印证了此种情意,不只可贵,更可永恒。

《四牡》:王事靡盬

本篇的语意中心应是"王事靡盬",即公家的事脱不开身。

四牡骓骓,周道倭迟。岂不怀归?王事靡盬,我心伤悲。

起篇赋法:四匹雄壮的马儿不停地跑,通往周王朝的道路仍然漫长遥远。这是心理悖异,也是现实荒谬,产生此种情状的原因是下面一句:"岂不怀归",我怎能不想着回家?这是内心期待,但现实是"王事靡盬",公家的事脱不了身。最后一句自然生发感慨:想起这些,我的内心是如此伤痛。五句之内,句句有交代,句句又有转折,而诗意正是在这样的顿挫中,不断生成,又不断激荡。所要突出的,无非是"王事靡盬",或者说所有的背离与伤痛,都是因为此种公事繁忙的现实处境。及此,我们不由得要问,究竟是怎样的公事?能否说来听听?那他说了吗?我们来看下章:

四牡骓骓,啴啴骆马。岂不怀归?王事靡盬,不遑启处。

"啴啴",喘息的样子。"骆",黑鬃的白马。"启",小跪,即两膝跪着,臀部贴于足跟。这章表面上是重复上一章,但在这种重复中,我们明显感到前面的忧思加重,心理创痛亦更为深重:四匹雄壮的马儿不停地跑,无论白马黑马都在不停喘息。我怎能不想着回家?公家事实在干不完,没有办法停下。就像马儿的奔跑,不只惯性使然,亦是刻不容缓。显然,诗人在这章仍然没有交代困扰他的究竟是什么。是无从说起,还是不能说,我们深刻感知主人公的身不由己与此种日子的没有穷尽,由此引起下面的思绪亦不为奇:

翩翩者鵻,载飞载下,集于苞栩。王事靡盬,不遑将父。

这章同样是比兴,又似乎是另起:那翩翩飞翔的鸽子,上下飞腾,突然又栖息在荆棘上。公家的事没办完,我没办法管我的老父亲。"鵻"之兴起,是以其自由喻自己之不得已,而突然栖息于荆棘,又让我们有种大事不好的预感。也因此,后面之不能照料老父亲,就不只势所必然,甚至亦是我们此刻最大的困扰,难道忠孝真不能两全?

翩翩者鵻,载飞载止,集于苞杞。王事靡盬,不遑将母。

"杞",灌木,此处应指枸杞树。这章再次重复上章的诗意及意象。此种飞鸟,无论停在哪里，都不得其所，不会久留。正如自己，只能随运浮沉。最后再次强调：公家的事干不完，我如何照顾我的老母亲。也就是说，不管前之父亲，还是今之母亲，都需依靠自己，可自己又是如此无助。

驾彼四骆，载骤骎骎。岂不怀归？是用作歌，将母来谂。

最后这章，应是情感的落脚点，或此刻他只能这样：驾起四匹身白尾黑的马儿，勉力使它跑得更快。怎能不想着回家？还是来作首歌，以寄托对母亲的牵挂。我们亦在他这样的吟咏中，回想我们那些无能为力的时刻。至于他是否真能回家，我们只能寄上祝福。

《皇皇者华》：每怀靡及

本篇的语意中心应是"每怀靡及"，即对所做事情不能周全的遗憾。

皇皇者华，于彼原隰。驺驺征夫，每怀靡及。

起篇应是一幅非常开阔美丽的场景：到处都是鲜花，鲜艳夺目，就在那广袤原野的平湿土地上。"原隰"，平坦开阔的湿润地带，适合植物生长。这里指宴会场所，接着出场的是来往使者和大小官吏：他们浩浩荡荡、目不暇接。即便做了最充足的准备，仍然惶恐不安，就怕出现差错慢待客人。这一章，先声夺人，不只造势，更是聚会前的筹备及心理。我们看到主人公的忐忑不安，亦随之担心接下来会发生什么？

我马维驹，六辔如濡。载驰载驱，周爰咨诹。

这一章，应是回到自身。前两句，是对自己车骑马驾的交代：我的马儿仍然年幼，六条马缰紧握手里，非常舒适。"濡"，新鲜有光泽貌。后两句，应是此刻自己忙碌的事，或所当的差：我不停地赶着马儿，勉力让车驾跑快，我要赶紧去四处征询意见。如果说第一章是心理刻画，这一章就是具体行为描写。说马儿年幼，应有自喻之意，应是说自己经验不足。但此种小心谨慎，却让我们不能不祝福他历练成功，成为骏马。

我马维骐，六辔如丝。载驰载驱，周爰咨谋。

这一章显然是对上一章的重复。由幼马到青黑马儿的过渡，乍看没什么变化。至于后面之缰绳如丝，无非也是说其握在手中的舒适程度。但就是在这样一些简单的变化中，我们似乎感觉到这位主人公已在不动声色中发生了质的飞跃，甚至已经成竹在胸。至于后面两句，表面上是复调，是重复他前之行为：他赶着马儿快快跑，是为了四处去咨询、去谋划。事实上，正是在这样的不断重复中，他真已得到成长。

我马维骆，六辔沃若。载驰载驱，周爰咨度。

"骆"，白身黑鬣的马。"沃若"，光泽盛貌。前面两句他说：我的马儿白身黑鬣，六条缰绳握在手中光润舒适。后面两句他又说：我赶着马儿快快跑，四处询问如何做妥当。这一章更是重复咏叹。但在此种重复中，我们发现一切已井然有序，某种盛大典礼正在上演。

我马维骃，六辔既均。载驰载驱，周爰咨询。

"骃"，杂色的马。最后一章再次重复上一章的意思，不只把此种礼仪如云的观感与周到细致的问询完美结合在一起，更形成余绪，无论时间还是空间，我们感觉在此延伸中得到拓展，诗意袅袅不尽，情意绵绵无限。

《常棣》：莫如兄弟

本篇的语意中心应是"莫如兄弟"，即对兄弟相亲的一种感慨或向往。

常棣之华，鄂不韡韡。凡今之人，莫如兄弟。

"韡韡"，鲜明茂盛的样子。首句以棠棣起兴：棠棣开花时，繁盛热闹。自然是为了引出下句：普天下的人，哪能比得上亲兄弟？这一章显然是以棠棣作喻，希望兄弟们应像棠棣一样同生共长，苦乐与共。只有这样，才会根深叶茂、后世无忧。

死丧之威，兄弟孔怀。原隰裒矣，兄弟求矣。

这一章从反面说明只有兄弟不会背叛你，不会在危急关头弃你于不顾：像死丧这样的灾难，最是兄弟会为我们操劳。我们大家聚集在这广阔的原野上，一起来想想办法。我们不知道他们遭逢什么，但看到他们此刻正在凝聚力量，准备对付一切有形无形的灾祸。

脊令在原，兄弟急难。每有良朋，况也永叹。

这一章再次起兴作喻：鹡鸰鸟本应栖息在水中，不到危急时刻不会飞到平地上。兄弟也一样，患难见真情。平日里也有些好朋友，遇到你遭遇不幸这种情况，也只能长叹几声，言外之意是我们作为兄弟，怎能不为彼此全力以赴。

兄弟阋于墙，外御其务。每有良朋，烝也无戎。

这章直接警醒对方：兄弟若是相斗，不能一致对外，怎么可以抵御外敌？就是好朋友碰到这种情况，时间久了也很难帮助。言外之意，当然是我们作为兄弟，彼此间更应相亲相爱，不能出任何问题。

丧乱既平，既安且宁。虽有兄弟，不如友生。

这章以日常生活中，兄弟之情与朋友之谊相比：艰难困苦一旦结束，日子和平安定些。即便是亲兄弟，表面上看起来也不如好朋友亲近。这是对眼前现实的默许，更是对人性的了然。言外之意，亲兄弟见于灾难，如何会拘囿形式。

傧尔笾豆，饮酒之饫。兄弟既具，和乐且孺。

"傧"，陈列。"笾""豆"，祭祀或宴享时用来盛食物的器具。笾用竹制，豆用木制。"饫"，宴饮同姓的私宴，一说酒足饭饱。这一章细细道来和平年代兄弟们的日常相处模式：宴会开席，美酒斟上。兄弟们都来，让大家亲亲热热地在一起。

妻子好合，如鼓瑟琴。兄弟既翕，和乐且湛。

这一章，应是在上一章描摹的前提下，进一步构建理想的家庭模式：夫妻相亲相爱，就像琴瑟相和般美好。兄弟相处亦是这样，彼此快乐和美，身心自会愉悦。当然，这章也可理解为，夫妻之爱固然值得珍惜，兄弟之情同样不能偏废。

宜尔室家，乐尔妻帑。是究是图，亶其然乎？

最后这章应是期望：愿你的家庭兴旺发达，愿你的妻儿快乐如意。其实亦可当作共同祝福，发心许愿。最后两句，既是诗意的收结，更是人生的要义：静心想来，人生就是这么回事。整个篇章，就是在这样的循循说理下，让我们了解自然的生活，人伦的生活，即兄弟相亲，妻儿和美，才是真正意义上的生活。说到底，就是后世儒家所极力标榜的齐家。

《伐木》：迁于乔木

本篇的语意中心应是"迁于乔木"，即物性自然，突出重围，向美向好，是人与生俱来的愿望。

伐木丁丁，鸟鸣嘤嘤。出自幽谷，迁于乔木。嘤其鸣矣，求其友声。

起首两句，借助听觉，营造一种恐怖惊慌的局面：林中传来砍伐木头的声音，鸟儿们呼朋唤友乱作一团。这可能是乱世隐喻，亦可能是比兴，为了引出后者：它们从深谷飞出，飞向那高大乔木。它们彼此呼唤，寻找同行者、好朋友。大家都是身不由己。正因世道艰难，更觉朋友可贵。同行太难，若有知己相守，彼此相助，那该是怎样的美好。最后两句，就以"嘤其鸣矣，求其友声"，发出这样的召唤，亦可看作人生的信念。活着不易，但总该坚守什么，"迁于乔木"就是这样的落脚点：人怎能固守以往？何况生存环境已被彻底破坏，即便是鸟儿，也要突出重围。作为人类，怎能不奋勇向前。在此路径中，若得朋友相助且同行，那该如何欢畅。

相彼鸟矣，犹求友声。矧伊人矣，不求友生？神之听之，终和且平。

"矧"，况且。这章再次以鸟起兴作喻：看那鸟儿，都在寻找好朋友。三、四两句引出知己之求：何况是人，怎能不找知音？最后是祝福：神明保佑，请让我们顺利地找到好朋友。该章整体语义自然流畅，无形之中，就把它寻求知己的急迫与殷切全部烘托出来，我们亦在此惶急中，渴求某种相遇。

伐木许许，酾酒有藇。既有肥羜，以速诸父。宁适不来，微我弗顾。

"有藇"，酒水清澈透明的样子。"藇"，甘美，亦可解作满。"羜"，羊羔。这章起句再次以声音模拟现场，伐木声不断，就像那乱世场景，然而与之形成对比的是：新酿的酒已经备好，特别清澈鲜美。还有出生不久的羊羔，准备款待光临的各位长辈。宁可长辈们有事不能来,也不能因为没有预备而显得慢待。真的是殷勤备至。这不只是邀约,更是乱世中难得的安慰。我们亦不由长舒一口气:人生也许真有出路。

於粲洒扫,陈馈八簋。既有肥牡,以速诸舅。宁适不来,微我有咎。

"粲",光明、鲜亮之貌。"馈",食物。簋,古时盛放食物用的圆形器皿。"牡",雄畜,诗中指公羊。"诸舅",异姓亲友。宴会在继续,言辞也在不断加入:让我们把宴会大厅收拾得干净明亮,用最高规格的礼节宴请宾客。就拿那肥嫩的公羊,来招待诸位异性长辈。宁可他们有事不能来,也不能因为我的照顾不周而出现一点差错。在此欢腾殷切的招呼声中,一切似乎都得到安顿,我们亦在这承诺中沉沉入梦。

伐木于阪,酾酒有衍。笾豆有践,兄弟无远。民之失德,乾糇以愆。

这一章起首两句,仍是兴法,当然也有参差对比之效:在山坡上砍伐木头,在家中斟好美酒。所引起或强调的,自然是后者:酒器有大小,兄弟不疏远。一个人失去别人的信任,常因为很小的过错。而我们亦不免在此告诫中警醒。这一章既是席间祝酒,亦可看作是与在座嘉宾的共勉:即便外界风云变幻,我愿与兄弟亲友同在。

有酒湑我,无酒酤我。坎坎鼓我,蹲蹲舞我。迨我暇矣,饮此湑矣。

最后这章,着实欢腾:有酒我们就放开喝,没酒我们就买来喝。我为之击鼓坎坎然,我为之起舞蹲蹲然。趁我今日有空,尽饮此杯美酒。这是邀约,更是加入,而我们亦在此种召唤中陶然入梦。

《天保》:何福不除

此篇的语意中心应是"何福不除",即对对方的殷勤祝福。

天保定尔,亦孔之固。俾尔单厚,何福不除。俾尔多益,以莫不庶。

"单厚",确实很多。单,"亶"之假借,确实。"除",赐予。这篇显然是祝福语,贺词,起首两句直陈其意:老天爷会保佑您安定,会让您的江山异常坚固。接下来两句就是具体祝词:老天爷会厚待您,没有什么福气不会降临。最后两句是引申义:老天爷肯定会助您完成诸多愿望,会让您的物产更为丰饶。

天保定尔，俾尔戬榖。罄无不宜，受天百禄。降尔遐福，维日不足。

"戬榖"，吉祥，幸福。"榖"，善。"罄"，尽，指所有的一切。"遐福"，远福，即久长、远大之福。这一章更是全方位的祝福：老天爷会保佑您安定，赐您幸福。所有的一切没有什么不合适，您将享有诸多的福气。老天爷给您无尽恩典，且每日唯望再增加一点。

天保定尔，以莫不兴。如山如阜，如冈如陵，如川之方至，以莫不增。

这章重复上章诗意，但在三个排比句中，我们已感觉到那充盈的福气：老天爷会赐福给您，没有什么不兴旺发达。这种福气，如高山平川般厚重，如山冈丘陵般连绵不绝，如滔滔江水正在流淌，老天爷对您的福佑只增不减。

吉蠲为饎，是用孝享。禴祠烝尝，于公先王。君曰卜尔，万寿无疆。

"蠲"，祭祀前沐浴斋戒，使清洁。"饎"，祭祀用的酒食。"孝享"，献祭。"孝"，祭祀。"禴祠烝尝"，一年四季宗庙祭祀的名称，春曰祠，夏曰禴，秋曰尝，冬曰烝。"君"，指先公先君的神灵。"卜"，给予。这一章可能是邀约，亦可能是当下陈词：我们选定好日子，一起来斋戒祭祀。一年四季，我们都要祭祀祖灵。祖灵会赐福给我们，并保佑我们万寿无疆。

神之吊矣，诒尔多福。民之质矣，日用饮食。群黎百姓，遍为尔德。

"吊"，至。指神灵、祖考降临。"诒"，通"贻"，赠给。"百姓"，贵族，即百官族姓。这一章是想象中，他们所祈愿的神降临，并赐给他们诸多福气。他们所求不多，只要人民诚实，日常饮食满足就好。治理人民的众多官员，都会被您的恩德感化。这里所肯定的是老百姓的安逸朴实，而为政者，或者说众多的贵族，亦会因祖灵的美德而秉持公正。

如月之恒，如日之升。如南山之寿，不骞不崩。如松柏之茂，无不尔或承。

"恒"指月到上弦。"骞"，因风雨剥蚀而亏损。最后这章连用四个比喻，简直是指天画日，无有或变：如同月亮正在中天，如同太阳冉冉升起。如同南山长存，不会有一点减损。如同松柏根深叶茂，不会腐败衰落。而我们却深切知道，月盈月亏，日升月落，都有定时。或许这就是人类最深切的愿望与最真实的命运。但南山之寿、松柏之茂，的确存在于人们的记忆深处。或者说，已成为民族印记或生命求索而不断在后世的诗词曲赋中回响。

《采薇》：岁亦莫止

本篇的语意中心应是"岁亦莫止"，极写无尽的行期与生命的虚度。

采薇采薇，薇亦作止。曰归曰归，岁亦莫止。
靡室靡家，猃狁之故。不遑启居，猃狁之故。

开篇借薇起兴，有可能是眼前所见，亦可能是心中所想：去年这时，我们不停地采摘薇菜度日。今年此时，又见薇菜。薇菜经年又长，回家却遥遥无期。想起这些，心中无限凄凉。应该说所有情绪，或今昔感慨，都落在"岁亦莫止"上，充斥着无助、仓皇，更有无尽的悲凉。接下来，即是他所悲哀的：无家无室，都是猃狁的缘故。没办法安居休息，全因猃狁。这最后几句，应是追因溯果，或他们所能想到的最直接的原因。我们无法确认此种原因的真假或对错，但反战、渴望和平应是我们此刻共同的心愿。

采薇采薇，薇亦柔止。曰归曰归，心亦忧止。
忧心烈烈，载饥载渴。我戍未定，靡使归聘。

第二章继续以薇菜起兴作喻，"柔"比"作"更进一步生长：采摘野菜，趁还鲜嫩。以此抒写内心的隐忧：说起回家，内心忧愁不已。接下来更渲染此种情绪：忧心如焚，忍饥挨饿。但客观现实是：我们要驻扎的地方还没到达，没有人可以回家报平安。所以，此刻的回家，于他们就是奢望。

采薇采薇，薇亦刚止。曰归曰归，岁亦阳止。
王事靡盬，不遑启处。忧心孔疚，我行不来！

随着时间的流逝，这一章中的薇菜不再鲜嫩，且已老得无法下咽。这不仅意味着一年又要逝去，更在说明，造成此种现实的客观原因：公家事没有休止，根本没办法停留。最后两句是痛定思痛：想起这一切，内心如此忧惧，我怎么能够不来。看来到此刻，诗人的理性终已战胜感性，保家卫国亦成为他们此刻最重要的事。也因此，才有下面的转折或张扬：

彼尔维何？维常之华。彼路斯何？君子之车。
戎车既驾，四牡业业。岂敢定居？一月三捷。

这一章以两个疑问句兴起，却又自问自答：正在开的是什么花？是棠棣的花。那高大的车怎么样？将帅的车怎会差。在此问答中，我们明显感觉情感已上扬，甚至可以说是充满骄傲：战车已驾起，四匹雄马高大雄壮。哪有时间安居？我们在不断地打胜仗。好像一切都值得，一切并没虚耗。对他们而言，眼前的胜利就是最大的安慰。

驾彼四牡，四牡骙骙。君子所依，小人所腓。
四牡翼翼，象弭鱼服。岂不日戒？狁孔棘！

"弭"，弓的一种，其两端饰以骨角。一说弓两头的弯曲处。"象弭"，以象牙装饰弓端的弭。"鱼服"，鲨鱼鱼皮制的箭袋。这一章简直是一气呵成豪气干云：驾起那四匹雄马，四匹马儿威武雄壮。将帅们乘立在车上，兵士们以车做掩护。四匹马儿齐整，战士配备精良。怎能不时时戒备？狁确实棘手。完全是上下一心同仇敌忾，也是对前面三章的正面回应：不是我们喜欢出征，但当我们被迫出征时，却只能胜利，因为狁太凶险，我们必须战胜它。

昔我往矣，杨柳依依。今我来思，雨雪霏霏。
行道迟迟，载渴载饥。我心伤悲，莫知我哀！

最后这章伤痛至极，也柔媚至极。想起当初出征的时候，春风拂面，杨柳依依，似乎不舍得人离开。如今回来的时候，大雪纷飞，人却冷清。我慢慢走在回家的路上，饥渴难耐。我的内心如此哀痛，真不知在哀伤什么？该章以美景衬哀情，以物非写人非，应该说，最后这章的抒写，打造了中国文学史上最早的情景交融、悲喜交加的抒情案例。它在穿越古今打通时空的同时，使当下的我们大为震惊，随之涌起的哀伤更无法抚平。再多的战果，比之那逝去的岁月，可能的过往，又有什么意义。说到底，该篇本质上，应仍然是反战，我们是一个爱好和平的民族，自古皆然。

《出车》：谓我来矣

本篇的语意中心应为"谓我来矣",即听从号令准备出征。

我出我车,于彼牧矣。自天子所,谓我来矣。
召彼仆夫,谓之载矣。王事多难,维其棘矣。

这篇用赋法,起句直陈其事:我乘着我的马车准备出征,这会在郊外等候。接下来两句交代事情起因,也是该篇的语意重心:天子那里突然传下命令,召唤我前来应征。可以说,以下所有语句,都围绕"自天子所,谓我来矣"展开。首先是自己对此中心事件的反应,召唤我的仆人车夫到跟前,告诉他们载上将士辎重一起出征。最后两句道出此事的急迫性,国家多难,所有的事情都特别凶险。这一章有明显的起承转合,一切似乎都是顺理而然。我们亦感知此种应召出征的紧迫性和必要性。

我出我车,于彼郊矣。设此旐矣,建彼旄矣。
彼旟旐斯,胡不旆旆?忧心悄悄,仆夫况瘁。

"旐",画有龟蛇图案的旗。"旟",画有鹰隼图案的旗帜。"旆旆",旗帜飘扬的样子。"悄悄",心情沉重的样子。"况瘁",辛苦憔悴。这一章头两句在紧承上一章的同时,只做了由"牧"到"郊"的变动。直观中,我们觉得他所带动的大队人马应是离属国越来越远,而离天子越来越近。也正因此,才有了下面旗帜鲜明的近景展示:张起这种龙蛇图案的旗,举起那种鹰隼图案的旗,这些旗帜都在迎风招展。我的内心却忧愁不堪,仆夫亦为之恐惧不安。到此,我们不仅要问:究竟什么样的原因让他如此愁苦不堪?此种愁苦纠结明显不同于上一章斩钉截铁、干脆明了的情感基调。这,或许就是该篇的诗意生成之处。那么,诗篇究竟想说什么?我们还是再做进一步的分析:

王命南仲,往城于方。出车彭彭,旂旐央央。
天子命我,城彼朔方。赫赫南仲,狁于襄。

"旂",绘交龙图案的旗帜,带铃。"央央",鲜明的样子。"襄",即"攘",平息、扫除。这一章中,我们看到的出征将士,不仅有"我",还有南仲。南仲所驻扎的方地,应是最前线,因此也便有这样一种彼此交汇的抒写:南仲的车队浩浩荡荡,战旗高扬,驻扎方地。而天子命令我,到那遥远的北方去筑城。想那威名显赫的南仲,一定会消除猃狁的扰攘。这两者,应是一虚一实。虚者,我方。实者,南仲。但于隐约中,我们既看到"我"的祝福,亦觉得他的羡慕。这种羡慕,在下面的章节中,应该还有呼应。

　　昔我往矣,黍稷方华。今我来思,雨雪载涂。
　　王事多难,不遑启居。岂不怀归?畏此简书。

　　这一章的情绪再次急转直下。一开始是今昔对比:从前我去的时候,各种谷物刚刚播种。现在我回来的时候,雪花飘飘,积满大路。难道战事已了,此刻已是归途?最后这几句,才是他们的现实处境和真实心理:国家多难,没办法休息。怎能不想着回家?是真的害怕这种出征的战书。此种害怕与前面的士气高昂形成鲜明对比。到此,我们甚至不能分辨作为诗人个体、将士本身,对于这样的出征所抱持的态度?我们还是继续看下篇:

　　喓喓草虫,趯趯阜螽。未见君子,忧心忡忡。

　　既见君子,我心则降。赫赫南仲,薄伐西戎。

这一章以草虫与阜螽起兴，语意上又明显不同于上一章。我们不知道此种变化是源于叙述主体，还是诗意本身。这里的"君子"，应指那些出征之人。而"我"，显然应是作者设想的在家之人。由此，我们看到这一章的抒写，的确变换角度，侧重抒写留守者的思念之苦：没见到出征的人儿时，我的内心愁苦不堪。只有见到他们，我的内心才能安定。最后这一句，应是祝福：想来那威风凛凛的南仲，一定会乘胜进攻猃狁。

春日迟迟，卉木萋萋。仓庚喈喈，采蘩祁祁。

执讯获丑，薄言还归。赫赫南仲，猃狁于夷。

这一章更是以家乡春日的和美景色，反衬战争的艰辛：春日日头长，草木长得旺。黄鹂鸟儿叫得欢，采摘桑叶好还家。这几句抒写，极柔极媚，充满女性色彩，更充满家的味道。在发出对出征之人召唤的同时，又充满欢欣：抓了俘虏来审讯，我们急着要归家。威风凛凛的南仲，终于平定那猃狁。最后两句，确是得偿所愿，皆大欢喜。但我们仍然不能忘怀那出征日子中的担忧与愁苦。我们亦祈愿，这样的出征尽量避免。

《杕杜》：继嗣我日

本篇的语意中心应是"继嗣我日"，即我所有日子就这样孤独而逝，满是哀叹，当然是期待出征丈夫早日归家。

有杕之杜，有睆其实。王事靡盬，继嗣我日。日月阳止，女心伤止，征夫遑止。

起篇以"杕杜"起兴作喻：就像那特立孤生的棠梨树，结满漂亮的果子。实际上作者想说的是后两句：我的公事没有完，只能像"杕杜"般孤独终老，长年不归。应该说，所有的情绪或故事就集中在这两句上。后面三句应是转换语气，以男子的口吻虚拟女子的思念心理，到了十月，女子就不会伤痛，征夫总该回家。但真能这样吗？我们甚至已预感到女子期待的落空与失望的加剧。

有杕之杜，其叶萋萋。王事靡盬，我心伤悲。卉木萋止，女心悲止，征夫归止。

这一章重复上一章的语意，在重章叠句中，只做了简单变化，但我们已知此种变化并不是无端无由。由上一章果实的饱满，到这一章的枝繁叶茂，是一个时间的推进。

作者虽然没有明说，但我们已知他内心的伤悲：公家的事没有完结，我的内心如此悲哀。然而在家中守候的她，却思念日盛：百草已经枯萎，我的内心将不再悲痛，夫君他很快就会回来。这是一个漫长等待的过程。而我们能够确知的，是某种悲剧已经不可避免。

陟彼北山，言采其杞。王事靡盬，忧我父母。檀车幝幝，四牡痯痯，征夫不远。

这一章语意明显发生转折：爬上那北边的山，我要去采摘枸杞。这两句表面上是以赋法叙事，其实亦有比兴，就是借登高采摘来消愁解恨，接下来则回归正题：公家的事没有完，我回不去父母如何能不担心，并由此想到妻子此刻的所思所虑。出征的车那么破旧，四匹马儿都已生病。夫君怎会不归。作者不说自己思念家人，却说家人忧虑自己。以己心度他心，以他心比我心。此种哀痛如此真切，也因此才展开后一章的直陈其事。

匪载匪来，忧心孔疚。期逝不至，而多为恤。卜筮偕止，会言近止，征夫迩止。

这一章以女子口吻直接道来，而前面所有忧虑仿佛已经应验：他没有乘车返回，我该怎么办。归期已过，再多的忧虑又有什么用。最后几句在极端的哀痛中似乎又重新希冀：我占过卜也抽过签，说是归期一到，夫君他就归家。我们能说什么？我们只能为她送上祝福。

《鱼丽》：旨且多

此篇的语意中心应是"旨且多"，即对主人殷勤款待客人的行为及心理的赞颂。

鱼丽于罶，鲿鲨。君子有酒，旨且多。

"丽"，同罹，意谓遭遇。"罶"，捕鱼的工具，又称笱，用竹编成，编绳为底，鱼入而不能出。"鲿"，黄颊鱼。"鲨"，能吹沙的小鱼，似鲫而小。起篇明显是借鱼入篓起兴作喻，看那鱼儿在竹篓内跃动，有大有小。作者想说的，是后两句：主人有酒，味道醇美，且很丰盛，让我们一起来宴饮作乐。

鱼丽于罶，鲂鳢。君子有酒，多且旨。

"鲂",鳊鱼,鳞细小而美味。"鳢",俗称黑鱼。这一章是典型的重章叠句,在简单的字句变换中,主人殷勤待客之意更为明显。

鱼丽于罶,鰋鲤。君子有酒,旨且有。

"鰋",俗称鲇鱼,体滑无鳞。这一章同样重复强化上面的诗意:鱼儿在竹篓内跃动,有鲇鱼,有鲤鱼。主人有酒,味美且多。应是再三致意,足见主人待客之诚。

物其多矣,维其嘉矣!物其旨矣,维其偕矣!物其有矣,维其时矣!

这一章显然是在前几章诗意的基础上,引申发挥:主人的酒席如此丰盛,这样美好。食物甘美任你品味,又是这样的齐备。真的是应有尽有,特别及时。这是由衷的赞美,亦是对上面所有章句的总结。到此,我们才恍然大悟,诗人想称颂或欣慰的,不只是主人筵席的厚重,更是那份待客的殷勤与宾主的尽欢。

《南有嘉鱼》：式燕以乐

本篇的语意中心应是"式燕以乐"，即宴饮宾客的共欢。

南有嘉鱼，烝然罩罩。君子有酒，嘉宾式燕以乐。

"烝然"，众多的样子。"罩罩"，众鱼在水中摇尾游动之貌。首句借鱼起兴：江汉一带有美鱼，鱼群众多把尾摇。诗人实际想说的是：主人备足美酒，嘉宾宴饮非常快乐。该章以鱼游于水为喻，比宴饮嘉宾之乐。"罩罩"之和谐欢乐，正喻客之开心快乐。不管与会客人是否真能如此，至少是一种美好的祝福与期待。而最后一句应是全篇的中心事件或诗意所在，以下所有诗句即是由此生发。

南有嘉鱼，烝然汕汕。君子有酒，嘉宾式燕以衎。

"汕汕"，群鱼游水的样子。"衎"，快乐。该章于重章叠句中，自然加强了欢乐的气氛及宴饮的欢畅：南方有好鱼，群游水中欢乐异常。主人备足美酒，嘉宾宴饮非常快乐。

南有樛木，甘瓠累之。君子有酒，嘉宾式燕绥之。

"樛木"，弯曲的树木。这章合起来就是：南方有弯曲的樛木，甜葫芦缠绕着它。主人有酒，嘉宾宴饮很安然。这章樛木之变化，使得诗意有些恍惚。但联系后之甜葫芦，我们突然明白，诗人想表达的原来是在酒意很深时，饮酒者的一种自然状态——极安乐，又充满情趣。

翩翩者雏,烝然来思。君子有酒,嘉宾式燕又思。

"雏",鸟名,即鹁鸠,也叫鹁鸪,天将雨或初晴时常在树上咕咕地叫。最后这章合起来就是:雏鸟翩翩,很多的鸟儿都随行。主人有酒,嘉宾们尽管畅饮。这章显然以众鸟景从,翩然来就,喻指想象中客人们纷纷到来,欢聚一堂,开心畅饮。若是上一章还是已入酒境,思绪漂浮。那么,最后这章应是浑然忘我,超然事外。或者说,这就是一种心灵的写照:他最期待的,其实就是这种应者云集,共宏大愿。

《南山有台》:邦家之基

本篇的语意中心应是"邦家之基",就是称颂对方为国家的基石。

南山有台,北山有莱。乐只君子,邦家之基。乐只君子,万寿无期。

"台",通"薹",莎草,又名蓑衣草,可制蓑衣。"莱",藜草,嫩叶可食。首句起兴:南山上有编织蓑衣的草,北山上有可以充饥的菜。作者其实想说的是:主人真的让人羡慕,是国家的根基。至于这里边究竟有什么必然的联系?我们只能会意而笑。因为这本无可追问,一切皆自然而然。当然,你也可说他所求无多,蓑衣菜就很满足,觉得衣食无忧。也因此,该篇的中心事件或诗意便落在"邦家之基"这句上。说是称颂也好,期待也罢。但以下诗句,确是由此生发:祝福你啊主人,愿你万寿无疆。

南山有桑,北山有杨。乐只君子,邦家之光。乐只君子,万寿无疆。

前两句,说它是起兴没错,其实更是说话的由头,或者就是没话找话。不过,桑树、杨树,比之前的草、菜,应是意义更为重大。也因此,在引出后面的期待与祝福时,我们便觉得理所当然:祝福你啊主人,你是国家的荣耀。祝福你啊主人,你会万寿无疆。而两个"乐只君子"的连用,更把此种祝福与推崇之意推到极致。

南山有杞,北山有李。乐只君子,民之父母。乐只君子,德音不已。

南山有枸杞,北山有郁李。祝福你啊主人,你是老百姓的衣食父母。祝福你啊主人,你的好声誉永世不衰。这章于重章叠句中所做的变化,无非是由前之邦国,到今之百姓人民,而最终落笔处,应是那种美好的声誉。

南山有栲,北山有杻。乐只君子,遐不眉寿。乐只君子,德音是茂。

"栲",树名,山樗,俗称鸭椿。"杻",树名,檍树,俗称菩提树。"遐",何。像南山有山樗,北山有菩提树。祝福你啊主人,你怎会不长寿?祝福你啊主人,你的美名怎能不传播?

南山有枸,北山有楰。乐只君子,遐不黄耇。乐只君子,保艾尔后。

"枸",树名,即枳椇。"楰",树名,即鼠梓,也叫苦楸。"黄耇",《毛诗故训传》:黄,黄发;耇,老。"保艾",保养。南山有枳椇,北山有苦楸。祝福你啊主人,你一定会长寿。祝福你啊主人,你一定会福佑子孙后代。

最后两章,更是由自身至子孙,而世世代代,绵延不息。由此,我们亦看到通篇的家国理念、价值标准。或者说后世所谓的"修齐治平"在本诗中得到现实操演。即一个真正能够兴邦立国的人,他的道德标准毋庸置疑。同时,他的人民,他自身,乃至他的子子孙孙,都会受到他的福佑。

《蓼萧》:我心写兮

该篇的语意中心应为"我心写兮",表达终于见到对方时的喜悦心情。

蓼彼萧斯,零露湑兮。既见君子,我心写兮。燕笑语兮,是以有誉处兮。

"蓼",长而大的样子。"萧",艾蒿,一种有香气的植物。"湑",湑然,萧上露貌。即叶子上沾着水珠。"君子",对方,此处可能是指周天子。"写",舒畅。"誉处",安乐愉悦。首句借萧起兴,充满咏叹意味:那又长又大的香蒿,看起来晶莹透亮。实际上诗人想说自己见到对方如沾雨露:见到君子,我的心中是如此喜悦。最后几句是极写宴会之乐:大家在宴会中有说有笑,看起来非常愉悦。

蓼彼萧斯,零露瀼瀼。既见君子,为龙为光。其德不爽,寿考不忘。

"瀼瀼",露繁貌,露水很多。"为龙为光",以被对方或周天子恩宠而荣幸。"龙",古"宠"字。这章萧由"湑"之晶莹透亮,到"瀼瀼"之露水浓重,显然喻指得遇圣恩的无上荣耀。由此所生发的感慨,也便更具说服力:那又长又大的香蒿,看起来光明鲜艳。终于见到周天子,真的是无比欢欣。他的仁德毫不含糊,他当然会万寿无疆。

蓼彼萧斯,零露泥泥。既见君子,孔燕岂弟。宜兄宜弟,令德寿岂。

"泥泥",露濡貌,露水很重。"孔燕",非常安详。"岂弟",即"恺悌",和乐平易。"泥泥"比之前面,简直是混融一体,且生命由此滋长:那又长又大的香蒿,看起来潮湿滋润。而由此所歌咏的周天子,显然也更为平易近人,如兄如弟。他的美德自然会流传不衰,他一定会长寿快乐。

蓼彼萧斯,零露浓浓。既见君子,鞗革忡忡。和鸾雍雍,万福攸同。

"浓浓",同"瀼",露盛多貌。"鞗革",鞗,辔头;革,马辔所余而垂者也。"忡忡",饰物下垂貌。"和鸾",鸾,借为"銮",与銮均为铜铃,系在轼上的叫

"和",系在衡上的叫"銮"。皆诸侯车马之饰。"雍雍",和谐的铜铃声。最后这章,作者对君子简直是五体投地,由此所生发的赞颂更是发自作者衷心:那又长又大的香蒿,沾满雨露。终于见到周天子,他的马勒下垂,马铃和谐,老天会普降福气给我们。

整个篇章,就是极写见到周天子或见到自己仰慕之人的不胜欢喜。说是称颂,其实更可能是欣羡,是对于某种人格或礼仪的由衷向往。

《湛露》:不醉无归

本篇的语意中心应是"不醉无归",即对此刻的沉醉与迷恋。

湛湛露斯,匪阳不晞。厌厌夜饮,不醉无归。

"湛湛",露水浓重的样子。"厌厌",一作"懕懕",和悦的样子。起篇兴法,又以露作比:就像那浓浓的露珠,太阳不出来它不会干。我们在这里通宵狂饮,不醉不归。显然,诗人想说的是后句,即对此刻的沉醉与迷恋。

湛湛露斯,在彼丰草。厌厌夜饮,在宗载考。

这一章,又以浓浓的露珠且是那丰盛的草场上的露珠比兴作喻,抒写他们在宗庙里通宵狂饮,享受祭祀的幸福与安详。此种盛事,古今同乐。

湛湛露斯,在彼杞棘。显允君子,莫不令德。

"显允",光明磊落,诚信忠厚。显,光明;允,诚信。"令德",美德。这一章,反义用之:浓浓的露水,在枸杞和酸枣树上闪耀。光明正大的君子,个个都有好的声名。言外之意,当然是真正的君子,应能经得起任何世俗的考验。

其桐其椅,其实离离。岂弟君子,莫不令仪。

"椅",山桐子木,梓树中有美丽花纹者。"离离",果实多而下垂貌,犹"累累"。"岂弟",同"恺悌",和乐平易的样子。最后这章应该是总结性的话语,同样也是借物起兴:就像桐树梓树,果实累累。那些真正的君子,无不具有美好的仪容。这章显然是正面立意。及此,诗歌所要表达的含义,就在这样的回环往复中曲尽其妙。我们亦不得不由衷赞美此种美德与令容。

《彤弓》:中心贶之

本篇的语意中心应是"中心贶之",即内心非常欢悦。

彤弓弨兮,受言藏之。我有嘉宾,中心贶之。钟鼓既设,一朝飨之。

"弨",弓弦松弛貌。首句表面是赋,其实亦有兴意:红漆弓弦松弛,功臣接过用心收藏。显然诗人想说的是后句:正因为我有这些尊贵的客人,我的内心才会如此欢畅。此刻,钟鼓已备,礼乐也设,就让我们尽情地享受宴会。在主人发出如此慎重热情的邀约时,我们已明显地与有荣焉。

彤弓弨兮,受言载之。我有嘉宾,中心喜之。钟鼓既设,一朝右之。

"右",通"侑",劝酒。这章在重章叠句中,我们觉得一切似乎已是水到渠成宾客两欢:红漆弓放松弦,接受了就先把它放车上。我正在宴请宾客,内心如此欢喜。礼乐已设,朋友们请尽情欢乐。我们亦陶醉其中不能或忘。所变化的,"载"比"藏",除了时间的持续,更有意义的推进,或就是物我合一宾客同欢。

彤弓弨兮,受言櫜之。我有嘉宾,中心好之。钟鼓既设,一朝酬之。

"櫜",装弓的袋,此处指装入弓袋。最后这章更是流畅:红漆弓放松弦,既然接受,就请珍藏。我那尊贵的客人,我是实在喜欢。礼乐已备,朋友们尽情欢乐。及此,主人的殷勤待客之心更是不待细说。我们亦恨不能让此刻永驻。

该篇据说是周王宴饮宾客赏赐功臣时所奏乐曲。旋律的喜庆与殷勤自不必说,而在意义与情感的推进中,亦把宾客同欢的快乐场面烘托到极致。

《菁菁者莪》：乐且有仪

本篇的语意中心应是"乐且有仪"，即开心自己有了学习的榜样。

菁菁者莪，在彼中阿。既见君子，乐且有仪。

"菁菁"，草木茂盛。"莪"，莪蒿，又名萝蒿，一种可吃的野菜。开篇以野菜起兴：萝蒿繁盛，就在那个大山坡上。诗人实际想说的是：见到君子后，我非常欢乐，觉得有了榜样。其中究竟有什么关联，我们只能说，是诗人看到这些长势喜人的萝蒿而自然兴起向往之心，也期待自个儿亦能如此蓬勃成长。

菁菁者莪，在彼中沚。既见君子，我心则喜。

此处之"莪"因为位置的置换，使得诗意有了错落。也不管是前之山坡，还是今之小洲，它的存在，足以让我惊喜：萝蒿繁盛，就在那个水中小洲上。见到君子，我的内心非常喜悦。

菁菁者莪，在彼中陵。既见君子，锡我百朋。

"朋"，上古以贝壳为货币，五贝或十贝一串，两串为"朋"。这章当然是重章叠句，我们看变化的："陵"比之"阿"，比之"沚"，当然是更高更险。在陵生长，应是生命再上一个台阶，一个高度。由此所兴起的"赐我百朋"，以表面上的钱币相赠，来进行一种价值上的肯定：萝蒿繁盛，就在那个大土山上。见到君子后，他赐给我很多货币。诗人其实想说的是，他真的赏识我。

泛泛杨舟，载沉载浮。既见君子，我心则休。

最后一章终于换了起兴之物，杨木制的船固然不经折腾。但材质如此，只能随风飘荡，随运沉浮。就像此刻的我见到你，高山仰止，我的内心也终于平静下来。或者说，我终于知道自己能干什么，又干得了什么。

应该说，该篇的主人公以一种感恩甚至谦卑的心理，把对方对自己的恩典与赏识，看作高山仰止般的学习榜样，并由此表达潜心学习的内在喜悦。

《六月》：载是常服

本篇是写宣王时期六月的一次出征，语意中心应在"载是常服"，即以表面之车辆满载战士出征要穿的战衣，喻示战士生命的常态或不得已。

六月栖栖，戎车既饬。四牡骙骙，载是常服。
猃狁孔炽，我是用急。王于出征，以匡王国。

"栖栖"，忙碌紧急，不得休息。"骙骙"，马很强壮貌。该篇用赋法，首句直陈其事：六月尚不能安居，奔忙不息，兵车已修整完毕。接下来两句顺承前意的同时，更喻示战士已经整装待发。或者说出征打仗已是他们的常态：四匹雄马强壮异常，装载着将领们作战穿的衣服。后面几句交代事情起因以及他们的不得已：猃狁确实太猖狂，我们真是没有办法。大王命令我们出征，以救助整个国家。整章先事再人，整饬有序。我们亦希望他们在此严整中保家卫国且不再受累。

比物四骊，闲之维则。维此六月，既成我服。
我服既成，于三十里。王于出征，以佐天子。

"比物"，把力气和毛色一致的马套在一起。"闲"，训练。这章前两句应是追叙，或战备：我们统一马的力气毛色，训练它们遵守规矩。下面几句，应是回到当下：就在这个六月，我们的军服已经齐备。军服齐备后，我们就要日行三十里。大王的这次出征，是要助力周天子。日行三十里，固然艰难。此次出征，足见意义重大。

四牡修广，其大有颙。薄伐猃狁，以奏肤公。
有严有翼，共武之服。共武之服，以定王国。

"修广",指战马体态高大。"颙",大头大脑的样子。"奏",建立。"肤公",大功。"共",通"恭",严肃地对待。"武之服",打仗的事。这章起句用兴:四匹马儿确实高大,都是大头大脑貌。诗人其实想说的是:马上就要讨伐猃狁,这是最大的事。大家一定要威严谨慎,一起来对待这次出征。最后更是重申大义稳固军心:我们的此次出征,是为了安定国家。

猃狁匪茹,整居焦获。侵镐及方,至于泾阳。
织文鸟章,白旆央央。元戎十乘,以先启行。

"匪",同"非"。"茹",柔弱。"焦获",泽名,在今陕西泾阳县北。"镐",地名,通"鄗",不是周朝的都城镐京。"织文鸟章",指绘有凤鸟图案的旗帜。"旆",旂旗末端形如燕尾的垂旒飘带。"央央",鲜明貌。"元戎",大的战车。这一章先分说战事,告诫随行将士不可轻敌:猃狁不是柔弱的,他们整队驻扎在焦获,已经侵略镐京及方地,一直到泾水北岸,并进而提请将士更要谨慎细心,旗帜鲜明。因为只有齐心协力,才能以绝对优势压倒敌人,冲开敌阵。

戎车既安,如轾如轩。四牡既佶,既佶且闲。
薄伐猃狁,至于大原。文武吉甫,万邦为宪。

这章前几句是战争实况:战车已经安稳,且没受到任何破坏。四匹马儿仍很齐整,它们训练有素,昂首阔步。其后两句是号令将士:马上就要进攻猃狁,一直要追赶到大原。最后一句引出战争主脑:文才武略的吉甫,确实是诸侯们的榜样。这种由衷的赞佩,应是来自多场战争的观察。也正因此,才有下章的直陈战后。

吉甫燕喜,既多受祉。来归自镐,我行永久。
饮御诸友,炰鳖脍鲤。侯谁在矣,张仲孝友。

吉甫归来,天子设宴款待,宾客欢喜,天子的赏赐着实多。等到大家回到镐京,真的感觉已经离开太久。也正因此,请与会的各位朋友尽情饮酒,尽情享用清蒸甲鱼

· 233 ·

和细切鲤鱼。那么与会的还有谁呢？怎能少了我们那位特别孝顺又友爱兄弟的好朋友张仲！真是由衷的喜悦。看来整首乐诗，所歌颂者，正是那位众望所归又文韬武略的大将尹吉甫。所吟咏者，或作者自己，虽然没有明说，但至少应是列席诸宾之一。至于设宴者，可以是尹吉甫本人，也可以是吟咏者自己。总之，这应该是一次私宴，发生在吉甫归家周王赏赐之后。就文本而言，该篇也是《诗经》中很少有的，明显表明作者身份、作诗动机或原因的作品，说它具有史料价值，可以佐证其他同一时期的历史事件也罢。但更多的，我们从这种一五一十的交代中，真能模拟当时的作战场景，确实意义非凡。

《采芑》：其车三千

本篇的语意中心应是"其车三千"，即对统帅能够与众多将士甘苦与共的衷心喜悦。

薄言采芑，于彼新田，于此菑亩。方叔莅止，其车三千。

师干之试，方叔率止。乘其四骐，四骐翼翼。路车有奭，簟茀鱼服，钩膺鞗革。

"芑"，一种野菜。"干"，盾。"试"，演习。"骐"，青底黑纹的马。"翼翼"，整齐严谨的样子。"路车"，大车。"路"，通"辂"。"奭"，红色的涂饰。"簟茀"，遮挡战车后部的竹席子。"鱼服"，鲨鱼皮装饰的车箱。"钩膺"，带有铜制钩饰的马胸带。"鞗革"，皮革制成的马缰绳。起篇赋法，其实亦有兴意。也就是说，它以表面的直陈其事，兴起想说的事：为了采摘芑菜，我们先去那休耕三年的田地里，又转到这修整一年的田地里。方叔突然来到，他率领着众多的出征将士。"其车三千"显然是全篇的中心事件，或就是诗人最想说的话。而后面句子自然就是由它引起：士兵们在方叔的率领下不断操练武器。他们驾驶着四匹威风凛凛、青底黑纹的马。显然，不管有意无意，方叔此种率兵模式，有类于农人的修整田地，都是有序作业，防止无效操作。接下来，诗人就以极大的热情铺叙方叔将士的仪容仗势：将帅所坐的大兵车有红色的装饰，车厢后面挂着竹席子，那箭袋是由鲨鱼皮制作，缚在马胸前的皮带装饰有下垂的丝绦，其上还有青铜饰物。这种细描细绘有热情在，更有声势存。

薄言采芑，于彼新田，于此中乡。方叔莅止，其车三千。
旂旐央央，方叔率止。约軧错衡，八鸾玱玱。服其命服，朱芾斯皇，有玱葱珩。

"旂旐"，画有龙和蛇图案的旗帜。"约軧"，用皮革约束车轴露出车轮的部分。"错衡"，在战车扶手的横木上饰以花纹。"玱玱"，象声词，金玉撞击声。"芾"，通"韨"，皮制的蔽膝，类似围裙。"葱珩"，翠绿色的佩玉。这章再次以赋起兴：说是采摘芑菜，去那休耕三年的天地里，一年的田地里。随后申说主旨：方叔来了，率领众多的出征将士。后面当然是铺叙阵势：士兵们在不断地操练武器，方叔率领着众兵士。他们大都驾驶着四匹威风凛凛的马。将帅所坐的大兵车，缠束车毂并涂以红漆，把车辕前端横木涂上金色花纹。马铃声不断，穿上周王所赐的礼服。故事好像在不断上演，而方叔之亲力亲为与队伍之整肃分明亦更为鲜明。

鴥彼飞隼，其飞戾天，亦集爰止。方叔莅止，其车三千。
师干之试，方叔率止。钲人伐鼓，陈师鞫旅。显允方叔，伐鼓渊渊，振旅阗阗。

"阗阗"，击鼓声。首句以隼作比起兴：那老鹰在天空翱翔，它飞得再高，也会停下来休息。自然是为了引出后者：方叔来了，率领着众人。训练着士兵，操练着武器。那掌管击钲、击鼓的官员不停地传令，队列已排好。方叔开始训告，方叔真的是高贵英伟，随着那渊渊的击鼓声，队伍已整顿完毕。

蠢尔蛮荆，大邦为仇。方叔元老，克壮其犹。方叔率止，执讯获丑。
戎车啴啴，啴啴焞焞，如霆如雷。显允方叔，征伐猃狁，蛮荆来威。

"蛮荆"，对南方部族的蔑称。"犹"，通"猷"，谋略。"执讯"，捉住审讯。"获丑"，俘虏。"啴啴"，兵车行走的声音。"焞焞"，车马众多的样子。最后一章直下断语：愚蠢的野蛮的楚国，竟以大国作为仇敌。方叔作为国家重臣，确实能够担当重任。方叔率领大队人马，很快就获得胜利。兵车啴啴前行，浩浩荡荡，气势勇猛。方叔确实了不起，征服讨伐猃狁，威服荆蛮。这个真是他们要的，而以上各章的歌咏亦为此张目。

《车攻》：驾言徂东

本篇的语意中心应为"驾言徂东",即马上就要出发到东边去。

我车既攻,我马既同。四牡庞庞,驾言徂东。

"攻",修缮。"同",齐,指选择调配足力相当的健马驾车。"庞庞",马高大强壮貌。起篇用赋,直陈其事:我的战车已经修缮,我的马儿已经备齐。四匹马威武高大,马上就要出发到洛阳。表面平铺直叙,其实暗喻欢欣。也因此,才有下篇的进一步抒写。

田车既好,田牡孔阜。东有甫草,驾言行狩。

"田车",猎车。"阜",高大肥硕,有气势。起首两句仍然赋法:我的猎车已经备好,四匹马儿确实威武高大。看来一切就绪,要到东边去,他们充满期待:东边有广阔的草地,我们很快就要去那边狩猎。

之子于苗,选徒嚣嚣。建旐设旄,搏兽于敖。

"之子",那人,指天子。"选",通"算",清点。"旐",绘有龟蛇图案的旗。"旄",饰牦牛尾的旗。"敖",山名,在今河南荥阳东北。看来这几句是交代事端:周王夏天出猎,清点士卒声音嘈杂。制作各种旗帜,很快就要到河南荥阳围猎。原来他们所有的准备与期待,正是在此号令之下。我们亦不由得想知道事态又会如何发展?

驾彼四牡,四牡奕奕。赤芾金舄,会同有绎。

"奕奕",马从容而迅捷貌。"赤芾",红色蔽膝。"金舄",用铜装饰的鞋。"舄",双层底的鞋。这章四句,应是顺承前意:驾起四匹马儿,四匹马儿从容迅疾。膝上绑了红色的护膝,脚蹬用铜装饰的鞋子,陈列齐整会合诸侯。显然,随着时间的推进,他们的行程亦不断加快。

决拾既佽,弓矢既调。射夫既同,助我举柴。

"决",用象牙和兽骨制成的扳指,射箭拉弦所用。"拾",皮制的护臂,射箭时缚在左臂上。"佽","齐"之假借字,齐备之意。"决""拾",射者所用工具。决以钩弦，拾以护臂。"同"，合耦，指比赛射箭的人找到对手。"柴"，即"紫"，或作"骴"，堆积的动物尸体。这一章写的应该是狩猎过程：我们装备齐整，射箭所用的扳指和护臂已经齐备，弓箭已被调好。参加会同的诸侯，帮我围猎。这种齐心协力的围猎，应是整个会同的重心。而在此重心中，我们亦看到他们的分工合作与装备精良。

四黄既驾，两骖不猗。不失其驰，舍矢如破。

这章四句应是回溯：四匹黄色的马儿已经驾起，两边的两匹也不偏斜。驾车的人技法纯熟，放箭、射箭如此精准。也正因为预做这样的准备，才会有后来那样的协同有序与丰硕战果。

萧萧马鸣，悠悠旆旌。徒御不惊，大庖不盈。

这一章以"马鸣""旆旌"兴起，表面上是实写眼前景，其实是壮心中势：马鸣萧萧，旌旗轻飘。由此引出的更应是后者：徒步拉车的士卒怎能不机警，大王的后厨怎能不充实。真的是非常周到细致。而前面所有的工作，才使得眼前大庖的丰实。

之子于征，有闻无声。允矣君子，展也大成。

最后这章，才是由衷的赞美。而前面之不动声色、千头万绪，其实都是为了反衬周王的了不起：周王出征，但闻车马声却无吵闹声。周王真是了不起，真是能成大事。

《吉日》：四牡孔阜

本篇的语意中心应在"四牡孔阜"，虽不明示整章意，但于情感关注，却又非它莫属。极写一种车驾整齐、扈从威严的狩猎气势。

吉日维戊，既伯既祷。田车既好，四牡孔阜。升彼大阜，从其群丑。

首章直陈其事：选好的日子是戊辰日，已经举行军神祭和马祖祭。猎车已经备好，四匹雄马确实高大威猛。走上那山冈，追逐那些兽。这章是写出猎前的准备工作。

吉日庚午，既差我马。兽之所同，麀鹿麌麌。漆沮之从，天子之所。

"麀"，母鹿，这里泛指母兽。"麌麌"，兽众多貌。漆沮为古代二水名，在今陕西境内。这章重复上章用意：好日子选在那庚午日，已经选好我的马儿。同时又为下章张目:聚集各类猎物,特别是那肥硕的母鹿。漆沮一带,就是天子狩猎的场所。

瞻彼中原,其祁孔有。儦儦俟俟,或群或友。悉率左右,以燕天子。

这章是总写围猎场面:看那广阔的原野果然猎物众多。熙熙攘攘成群结队,都被驱逐在天子旁,天子可尽情游猎别担心没有收获。

既张我弓,既挟我矢。发彼小豝,殪此大兕。以御宾客,且以酌醴。

"豝",母猪。"兕",大野牛,或谓犀牛。这章局部细写,同时在这样的细致描绘中狩猎已经结束,接下来当然是享受捕猎果实,主客同欢:弓已拉开,箭已搭上。先射那小母猪,再射那大野牛。把射好的猎物进献给宾客,也请大家尽情饮酒。

《鸿雁》:劬劳于野

本篇的语意中心应是"劬劳于野",即哀叹自身的悲苦命运。

鸿雁于飞,肃肃其羽。之子于征,劬劳于野。爰及矜人,哀此鳏寡。

"矜人",穷苦的人。"鳏",老而无妻者。"寡",老而无夫者。起篇以鸿雁起兴作喻,天空中那鸿雁不停地拍打它们的翅膀,不能有片刻休息。所引出的是,我们这些人被迫远行,在荒野外受尽艰辛。可怜我们这些穷苦的人,更同情那些老无所依的人。真的是哀鸿遍野。可究竟怎么回事?我们不由兴起此种追问?

鸿雁于飞,集于中泽。之子于垣,百堵皆作。虽则劬劳,其究安宅?

这章同样是以鸿雁起兴,意思却有了变化:鸿雁高飞,聚集在那水中沼泽上。我们这些人被迫修筑城墙,很多城墙终于修筑完毕。虽然我们千辛万苦,修好城墙却能保障我们的家园。这几句不仅交代上一章的疑惑,同时又使诗意有了着落。我们亦不由长出一口气。虽然有很多不甘,甚至事与愿违,但终归有了意义,他们的生活也该有些转圜。或者说,他们终于可以暂时安顿。

鸿雁于飞,哀鸣嗷嗷。维此哲人,谓我劬劳。维彼愚人,谓我宣骄。

"嗷嗷",鸿雁的哀鸣声。最后这章是多么的无奈,鸿雁飞翔的时候,哀鸣不断。也正因此,只有那种真正明理的人,才会知道我们的艰辛。不像某些愚人,总觉得我们闲暇骄奢。似乎人之安乐、悲苦自知，别人真的无法置喙。但真是这样吗？我们不由仍起疑惑。可诗意到此似乎戛然而止，是不能说，还是没法说，我们亦惆怅不已，空留浩叹。

《庭燎》：鸾声将将

本篇的语意中心应是"鸾声将将"，即马铃声不断，大家都到齐了，表达对此刻的否定与不能接受。

夜如何其？夜未央，庭燎之光。君子至止，鸾声将将。

起句设问，其实已自问自答：什么时候了？天还没亮吧，看起来亮堂的是宫廷中燃着的火把。后面两句可说是引起前面疑惑的原因，诸侯大臣都在等待，马铃声不断。这应该是眼前现实，无论他愿不愿承认，其实夜已尽，是开始他日常工作的时候了。无形之中，前后几句就形成反差，有对夜晚、对此刻的恋恋不舍或沉醉，更有对将要面对之事的不耐烦或否定。也正因为此种内在情感的参差对比，诗意才不断涌动，我们亦千头万绪。人总有所愿，更有所不愿，然而面对不愿我们又如之奈何。哪怕你是帝王，你亦有必须面对的：朝臣到了，不断听到他们那由远而近的马铃声。此或为生之悲哀，我们看他下面如何接？

夜如何其？夜未艾，庭燎晰晰。君子至止，鸾声哕哕。

"艾"，尽。"晰晰"，明亮貌。"哕哕"，鸾铃声。这一章显然是重复前面的诗意，在重章叠句中，我们看到夜已由前面的"央"之正中，持续到"艾"之尽、止。而庭燎亦由前之"光"变成此刻之"晰晰"（明亮）。应该说，此刻的天亮已经不容置疑。也因此后面诸侯之等待、马铃之"哕哕"便更为嘈杂，更为烦人。

夜如何其？夜乡晨，庭燎有辉。君子至止，言观其旂。

"乡晨"，近晨，将亮。"乡"，同"向"。"旂"，上面画有蛟龙、竿顶有铃的旗，为诸侯仪仗。最后这章在强化前两章诗意的基础上，我们看到天已大亮，毋庸置疑。眼前所见的光辉不仅指烛火将尽时的余晖，更指天亮时的朝晖。也正因此，下面诸侯之正在等待，他们飘扬的旗帜，以及必然会有的烦心事，就不止迫在眉睫，更是不能不面对。

《沔水》：载飞载止

本篇的语意中心应是"载飞载止"，即对眼前黑暗现实的不满，对颠沛流离不能护佑父母的恐惧。

沔彼流水，朝宗于海。鴥彼飞隼，载飞载止。
嗟我兄弟，邦人诸友。莫肯念乱，谁无父母？

"沔"，流水满溢貌。"鴥"，鸟疾飞貌。前两句起兴作喻：就像那满溢的河水，最终都归入大海。与之形成对比的是后两句，飞得再高的鸟儿，也需飞一阵停一阵。这是对眼前黑暗现实的不满，更是对颠沛流离的恐惧。由此引起的是后四句，可叹我的兄弟，可叹我的族人朋友，遭此乱离，犹如滔滔河水归入大海，无有救赎。没有谁能阻止这种灾难，可天底下谁没有父母？谁愿意遭受这样的乱离？这一章诗意看似跳跃，其实是个体心理的动荡和不安。而千头万绪最后汇于一端的就是"谁无父母"这样强烈的愤懑与深重的忧虑。

沔彼流水，其流汤汤。鴥彼飞隼，载飞载扬。
念彼不迹，载起载行。心之忧矣，不可弭忘。

这章前两句再次起兴作喻，重章叠句中重复"流"且用"汤汤"形容，自是指其水流浩瀚，无法阻挡。而与之对应的，就是像鹰一般飞行的鸟儿，只能不断地高飞而不能有片刻停留。显然，形势越来越严峻。可这究竟是怎么引起的？如果上章还是对族人朋友的嗟叹，那么这章则是对引起此种离乱的坏人的指责，可叹他们不依法度，让我们坐立不安。最后两句回归中心：心中真的是担惊受怕，不敢一时或忘。

鴥彼飞隼，率彼中陵。民之讹言，宁莫之惩？我友敬矣，谗言其兴。

最后这章以前两章的第二句兴起，言外之意，即便如鹰似隼，但此刻也只能在这山涧中疾飞，它的生存空间是如此有限。由此引出的是后两句：老百姓的那些传言，没有人能够阻止。也因此得出结论：我的朋友，咱还是提高警惕，那些难听的话太多了。最后这章由前之忧念族人、父母、自己，到告诫友人，很多事情没有办法，我们还是自求多福。整个篇章，都是乱离中个体的不得已。而孔夫子所谓的哀而不伤，在该篇中，似乎再次突破。不过是因为诗歌本身拉开的距离，才让我们在深味苦难的同时没有完全窒息。

《鹤鸣》：或在于渚

本篇的语意中心应是"或在于渚"，表面是说鱼即便深潜在潭底，有时候也会在水中的小洲处出现。其实诗人想说的是，只要是真正的人才，在哪里都可得到重用。

鹤鸣于九皋，声闻于野。鱼潜在渊，或在于渚。

乐彼之园，爰有树檀，其下维萚。它山之石，可以为错。

"九皋"，皋，沼泽地。"九"，虚数，言沼泽之多。"檀"，古书中称檀的木很多，实无定指。常指豆科的黄檀、紫檀。"萚"，酸枣一类的灌木。一说"萚"乃枯落的枝叶。"错"，砺石，可以打磨玉器。此篇可说是通篇作比，首句更有起兴意味：鹤即便鸣叫于水流曲折的沼泽地带，它的声音仍然响彻原野。由此，诗意重心应落在后句，鱼深潜在潭底，有时候也会在水中的小洲处出现。如果还不能明白，诗人后面就会为你进一步分说：喜爱那个园子，那里有珍贵的檀木，当然也会有贫瘠的酸枣树。别国的贤才，别的山头上的石头，也可琢出美玉。这四句真的是起承转合，完美地托出诗旨：只要是贤才，都可被发现。

鹤鸣于九皋，声闻于天。鱼在于渚，或潜在渊。

乐彼之园，爰有树檀，其下维榖。它山之石，可以攻玉。

"榖"，树木名，即楮树，其树皮可作造纸原料。《毛诗故训传》："榖，恶木也。"

这里可能暗喻小人。"攻玉",谓将玉石琢磨成器。这一章完全是重章叠句,声由闻于"野"到闻于"天"的变化,无非是说此人才不同凡响。而鱼由"渊"的深水到"渚"的水中小洲,无非是说生存空间更为狭窄,但也因此反衬真正的人才不会囿于这些外在条件的变化。而树檀之后,由"萚"(酸枣一类的灌木),到"榖"(楮树)并没有本质变化,是说人才有优劣,正如树之有好坏,不必奇怪。最后一句,更是直接点题:"它山之石,可以攻玉。"这章合起来就是:鹤即便鸣叫于水流曲折的沼泽地带,全天下的人都能够听到。鱼不管是停留在水中的小洲处,还是潜藏于深水暗流中,都没有关系。喜爱那个园子,那里有珍贵的檀木,也可能会有粗糙的榖树。别的山头上的石头,也可以雕琢出玉器。就此,诗意已完全托出,即不必拘泥于人才的出处,只要他真的有才,就不会被埋没,就可被重用。

《祈父》：靡所止居

本篇的语意中心应是"靡所止居",就是对当下让自己不得安宁的愤懑。

祈父,予王之爪牙。胡转予于恤？靡所止居。

"祈父",周代执掌封畿兵马的高级官员,即司马。"恤",忧患之所。起篇呼告,义正词严:祈父,我是大王的守卫之士。为什么要把我调到这么艰难的地方？最后一句是结论,也是他最不能接受的:这个地方根本没办法安居。贯通起来,就是对当权之人祈父的指责及愤懑。

祈父,予王之爪士。胡转予于恤？靡所厎止。

"厎",停止。这一章于重章叠句中,只换了简单的几个字,"爪士"比之"爪牙"当然更庄严也更重要一些。而"厎止"之终了比"止居"之安居,程度更深,更无所依靠。也正因此,到这一章时,前之兴起的诗意或情绪更加强烈。我们所感受到的,是主人公对眼前更为排斥,对现实更加否定。合起来就是:祈父,我是大王的守卫之士。为什么要把我调到这么艰难的地方,完全没有依靠。

祈父,亶不聪。胡转予于恤？有母之尸饔。

"亶",确实。"饔",熟食。最后这一章,是痛切的追忆,亦可能是对未来的恐慌与预测：祈父，你确实不知他人的疾苦。为什么要把我调到这根本没法生存的地方，即便我能活着回去，恐怕我的老母亲已不在人世。真的是前思后想，没有一刻安宁。可以说，这是此刻他最为忧惧的。但又能怎样，我们亦无话可说。只愿世人少受些苦，真正可以得到救赎。

《白驹》：以永今朝

本篇的语意中心应是"以永今朝"，即劝慰朋友安心在自己这里留居，不要再想那些不快乐的事。

皎皎白驹，食我场苗。絷之维之，以永今朝。所谓伊人，于焉逍遥？

"絷"，用绳子绊住马足。"维"，拴马的缰绳，此处意为维系，用作动词。起篇光洁鲜明：漂亮洁白的小马驹，在吃我院子里的豆草。我们心中亦不由唤起亲切缠绵之感。世间毕竟有些美好，值得我们不时停伫。接下来几句，就是诗人此种心理的刻画：我要用绳子把它拴住，把它系在树上，让它住过今日。不只款款情深，更是不忍作别。也因此，下面就自然而然地发出邀请或请求：我的好友，尽管在这里逍遥自在，千万不要离开我。我们不知这位好友做何反应。但当此，我们亦被他的满腔热忱打动。人生怎能轻易作别？

皎皎白驹，食我场藿。絷之维之，以永今夕。所谓伊人，于焉嘉客？

"藿"，豆叶。这一章亦是重章叠句，"藿"比之"苗"，虽然难说有什么根本的变化，但我们已明显感觉主人更为坦诚殷切。一切为他，在所不惜。而后之"夕"比前面的"朝"却有些凄凉。恍惚中，我们知道客人去意已决，而主人不断让步。最后只好说：那至少过了今晚。我们亦凄然不知怎么回应。世间的深情亦在此可说与不可说间。我亲爱的朋友，至少今晚，你要安心停留。

皎皎白驹，贲然来思。尔公尔侯，逸豫无期。慎尔优游，勉尔遁思。

"贲然"，文饰，装饰得很好。这一章诗意明显发生转折，甚至王顾左右而言他。其实也可以理解，当尽全力都不能改变眼前现实，都不能让他再做停留时，自然要追问这一切究竟是因为什么？这才是该篇最为深刻的地方。就像那漂亮洁白的小马驹，我们谁不喜欢,可它还是要远离我们。那么,究竟是什么原因造成此种美好消逝,贤人远离?以下即是诗人的指责或判断,都是你们这些当权者,耽于享乐没有限度。但是,转念又不得不安慰老友:无论如何,你一定要小心谨慎,不要轻易做这样的打算,更不要因此就完全逃避生活。这应是主人的退而求其次,我们不知该说什么,更不知客人一去又会遭遇什么?

皎皎白驹,在彼空谷。生刍一束,其人如玉。毋金玉尔音,而有遐心。

"生刍",喂牲畜的青草。最后这章仍以白驹起兴:漂亮洁白的小马驹,正在那空旷的山谷穿行。诗人想说的当然是后者,也是最后的告白:他所求真的不多,无非就是一把青草,他的品性是那样的高洁无私。请不要吝于问询,不要让我们真的远离。我们能说什么?世间事真正由得了我们的又有多少?空谷有余音,我们的心亦盘桓不去。当此之时,除了怅惘,我们也只能送上无尽的祝福。

《黄鸟》:不我肯榖

本篇的语意中心应是"不我肯榖",即对此邦之人的愤恨,他们不眷顾我,我不得不再次离开这里。

黄鸟黄鸟,无集于榖,无啄我粟。此邦之人,不我肯榖。言旋言归,复我邦族。

"榖",树名,即楮树。前三句起兴作喻:黄雀黄雀,不要停留在我的楮树上,不要再来啄食我的谷子。霸占别人的地盘,抢占别人的粮食,这真的是非常让人愤恨。

但自己又有什么办法：这个地方的人，不愿给我活路。这是诗人最想说的，也是他眼前必须面对的现实。那么，当此之时，他该怎么办？我们还是快点飞走吧，回到我们自己的地方。但这真是最后的解决方案吗？我们只能说，当人流浪他乡，遭逢不幸，念叨过去的好，其实也是一种纾解，所谓好出门不如歹在家。可故乡真的好吗？我们不禁心存疑问。

  黄鸟黄鸟，无集于桑，无啄我粱。此邦之人，不可与明。言旋言归，复我诸兄。

  "明"，"盟"之假借字。这里有信用、结盟之意。这章于重章叠句中，隐约透露前面的故事，而开篇指责黄鸟，便更具说服力：黄雀黄雀，不要聚集在桑树上，不要吃我的高粱。此刻的桑树、高粱，比之前面的楮树、粮食，更写实，更严峻。那究竟是什么原因造成此种恐怖的局面。"此邦之人，不可与明"，这个地方的人，完全不值得信任。显然是前面对他们有所承诺，关键时刻却又背叛他们。那他们所能做的，便是离开此地，飞返故乡。我们还是快点回去，回到我们诸位兄弟生活的地方。教训够惨痛，但于他们，可能也是此刻唯一的想法。但真能退吗？我们不能不心生忧虑。

  黄鸟黄鸟，无集于栩，无啄我黍。此邦之人，不可与处。言旋言归，复我诸父。

  "栩"，柞树。最后这章，再次反复呼告：黄雀黄雀，不要停留在我的柞树上，不要啄食我的小米。也再次让我们了然，不是他们愿意离开，这个地方的人，实在是没法和他们相处。我们还是快点回去吧。回到我们诸位父辈生活的地方。此刻，他们的回去，已是刻不容缓。哪怕回去的仅仅是父辈生活过的地方，也好过在外受人欺凌。及此，我们亦只能继续送上祝福。但愿在他们飞返故乡后，能享受期望中的安宁。

《我行其野》：言就尔居

  本篇的语意中心应是"言就尔居"，即对眼前现实的否定及回返故国娘家的向望。

  我行其野，蔽芾其樗。婚姻之故，言就尔居。尔不我畜，复我邦家。

  "蔽芾"，树叶茂盛的样子。"樗"，臭椿树，不材之木，喻所托非人。故事的主人公应是一位远嫁异国他乡的女子，当她独自走在陌生的郊野，看到臭椿树都能蓬勃生长，枝繁叶茂，不由得想到自己的婚姻现状，感觉所遇非人，不胜感慨，要不是

· 245 ·

因为婚姻的缘故,我怎么会来到这个地方居住。你不能善待我,我只能回到我的故国娘家。这是对自我命运的回顾,对现实遭际的否定,更是对未来道路的选择。但真有选择吗?我们不免心生疑窦。

我行其野,言采其蓫。婚姻之故,言就尔宿。尔不我畜,言归斯复。

"蓫",草名,俗名羊蹄菜,似萝卜,性滑,多食使人腹泻。文中以此来象征他们婚姻的极度不配。这章于重章叠句中,我们看到形势更为恶化,或者女主人公的去意更为坚决:我走在荒郊野外,我要去采摘那羊蹄菜。要不是因为婚姻的缘故,我怎么会来到这个地方居住。既然你不能善待我,我就只能回我娘家去。

我行其野,言采其葍。不思旧姻,求尔新特。成不以富,亦祇以异。

"葍",多年生蔓草,花相连,根白色,可蒸食,饥荒之年,可以御饥。"新特",新配偶。"特",匹。"成",借为"诚",的确。"祇",只,恰恰。到最后这章,我们终于明白女主人公的现实困境。她不仅不被男方看重,甚至还需采野菜充饥。而这一切的根源,原来是丈夫喜新厌旧,另有新欢。她进而指斥:你宠幸新欢,并不一定就是因为她家比我家富,只是因为你已彻底变心。这的确没什么可说的。看来女子留下已没有任何意义。但我们不知道那个时代的妇女离开夫家,是否真有归路。我们不由得为她声声叹息。

《斯干》：如松茂矣

本篇的语意中心应是"如松茂矣"，即期望兄弟比邻而居，和睦相处，不相扰乱。

秩秩斯干，幽幽南山。如竹苞矣，如松茂矣。兄及弟矣，式相好矣，无相犹矣。

"秩秩"，涧水清清流淌的样子。"干"，通"涧"。"南山"，指西周镐京南边的终南山。"苞"，竹木稠密丛生的样子。第一章应是总叙房屋所处环境：前有涧水清清流淌，后靠南山深阔高远。山水间有修竹繁茂生长，有松树四季苍翠。仁厚兄长，知礼贤弟，彼此相亲相爱，从不猜疑。前面四句，虽是连用比兴，但我们明显感觉诗意落在后之"如松茂矣"上，即期待这种美景或情意常在，不相违拗。

似续妣祖，筑室百堵，西南其户。爰居爰处，爰笑爰语。

这章应是回头交代眼前所为：我们继承先祖基业，建筑很多宫室，在西南方向筑门。于是我们大家就在这里居住、相处，有说有笑。

约之阁阁，椓之橐橐。风雨攸除，鸟鼠攸去，君子攸芋。

"约"，用绳索捆扎。"阁阁"，捆扎筑板的声音；一说将筑板捆扎牢固的样子。"椓"，用杵捣土，犹今之打夯。"橐橐"，捣土的声音。"芋"，鲁诗作"宇"，居住。这一章写他们齐心协力共筑房屋：我们阁阁扎板，橐橐夯墙，修筑房屋。房屋修好后，再不会有风雨袭击，有鸟鼠互扰，我们终于有了真正适宜居住的场所。

如跂斯翼，如矢斯棘，如鸟斯革，如翚斯飞，君子攸跻。

"跂",踮起脚跟站立。"翼",端庄肃敬貌。"棘",通"急",有直之意。"革",翅膀。"翚",野鸡。这章合起来就是:我们的宫殿宏大庄严,如人之端立;规制严整,如飞箭直冲云霄;高耸的屋檐像大鸟振翅,想要翱翔;色彩斑斓,远看如锦鸡凌空飞腾。这就是君主听政的王宫。这章连用四个比喻,极写所筑宫殿之轩昂轻盈,语气中充满自豪与满足。

殖殖其庭,有觉其楹。哙哙其正,哕哕其冥。君子攸宁。

"殖殖",平正的样子。"觉",高大而直立的样子。"楹",殿堂前大厦下的柱子。"哙哙",同"快快",宽敞明亮的样子。"冥",指厅后幽深的地方。上一章如果是远观,这一章就是近视:我们的宫室庭院开阔,两楹高耸。正堂明亮,后堂幽深。这的确是君子安居的好处所。

下莞上簟,乃安斯寝。乃寝乃兴,乃占我梦。吉梦维何?维熊维罴,维虺维蛇。

"莞",蒲草,可用来编席,此指蒲席。"簟",竹席。"罴",一种野兽,似熊而大。"虺",一种毒蛇,颈细头大,身有花纹。这一章是写室内:下面铺了蒲席,蒲席上面覆盖竹席,这样才可安然入梦。不知睡着还是醒着,好像做了很深的梦,想要问梦中的一切意味着什么?似有像熊又像罴的猛兽出没,也有像蛇特别是某种大毒蛇在爬行。

大人占之:维熊维罴,男子之祥;维虺维蛇,女子之祥。

"大人",即太卜,周代掌占卜的官员。古人认为熊罴是阳物,故为生男之兆;虺蛇为阴物,故为生女之兆。这章合起来就是:我们请来太卜解梦,太卜认为,梦熊梦罴,是生男的预兆。梦见蛇类,则要生女。这章是赋法,于客观的描述或老老实实的交代中,我们感知他们对生育的虔敬和重男轻女的固有认知。接下来就是分述生男与生女的不同待遇。

乃生男子，载寝之床。载衣之裳，载弄之璋。其泣喤喤，朱芾斯皇，室家君王。

"喤喤"，形容哭声洪亮。"朱芾"，用兽皮所做的红色蔽膝，为诸侯、天子所服。这章合起来就是：如果生了男孩，就把他放在床上。用大人的衣裳把他裹起来，给他玩璋佩之类珍贵的玉器。他哭的声音越大，将来就会越显贵。不只天生龙种，更是他们兴旺发达的最大保证。

乃生女子，载寝之地。载衣之裼，载弄之瓦。无非无仪，唯酒食是议，无父母诒罹。

"裼"，婴儿用的褓衣。"瓦"，陶制的纺线锤。无非无仪，指女人不要议论家中是非，说长道短。"仪"，通"议"，谋虑、操持。"诒"，同"贻"，给与。这章合起来就是：若生女子，就放在寝房的地上。用小被子裹着，给她玩纺锤。只要不违命不抗礼，会酿酒、做饭等日常事务，不给父母添麻烦，就可心满意足。这章写生女待遇，何止糟心，简直潦草不堪。似乎一个新生命的降临，根本不值得期待。但有什么办法，宗法社会何尝不是这个样子，生为女子有什么地位可言。

最后这两章，表面是巫师所言，其实是他们历来所遵循的社会法则。我们姑且不论这种男尊女卑的社会习俗是如何让人生厌，只从这种客观叙述或描摹中，已深刻感知他们的婚姻结构，社会体系形成的内在根源，或者说就是对此种传宗接代的热烈推崇。

该篇体量宏大，句意繁复，有后世赋体的夸张。但句意落脚处，应是新居落成后的幻想或祝福，或就是他们对未来生活的向望与规范。我们看到他们预设的美满生活，看到他们期待的兄弟和睦，虽然不能不惘然于女性生就卑下的命运，但亦欢欣鼓舞于他们对新生活的此种热情投入。

《无羊》：九十其犉

本篇就像牧歌，语意中心应在"九十其犉"，极写贵族家畜兴旺的胜景。

谁谓尔无羊？三百维群。谁谓尔无牛？九十其犉。
尔羊来思，其角濈濈。尔牛来思，其耳湿湿。

"犉"，大牛，黄毛黑唇的牛曰"犉"。这章以两个反问起篇，又自问自答。诗人想说的就是：谁说你没有羊，你的羊实在多。谁说你没有牛，你的牛数不清。接下来更是放开描摹羊牛归来的盛况:你的羊回来的时候,挤挤挨挨根本数不清。你的牛回来的时候,个个膘肥体壮,耳鬓厮磨。

或降于阿,或饮于池,或寝或讹。尔牧来思,
何蓑何笠,或负其糇。三十维物,尔牲则具。

这一章散写牛羊及牧人回来之后各自的活动情况:有的在山丘上盘桓,有的在池边饮水。有的在睡觉,有的已醒来。你的牧人回来的时候,披蓑带笠,有的还带着没吃完的干粮。后面更有总括性的一句,其实仍在写牛羊品类繁多:牛羊本就品种多,你的牛羊更是各类皆有。

尔牧来思,以薪以蒸,以雌以雄。尔羊来思,
矜矜兢兢,不骞不崩。麾之以肱,毕来既升。

"薪",粗柴。"蒸",细柴。这章同样是总写:你的牧人回来的时候,粗柴细柴,雌兽雄兽,都会带回。你的羊回来时,小心翼翼,不会走失。你随便一挥手臂,它们就都回到圈中。

牧人乃梦,众维鱼矣,旐维旟矣,大人占之;
众维鱼矣,实维丰年;旐维旟矣,室家溱溱。

"众",蝗虫。古人以为蝗虫可化为鱼,旱则为蝗,风调雨顺则化鱼。"旐",画有龟蛇的旗,人口少的郊县所建。"旟",画有鹰隼的旗,人口众多的州所建。该章合起来就是:你的牧人做梦梦到很多鱼,梦到各种不同标识的旗,你的卜官解梦道:梦见很多鱼是丰年之兆;梦见很多旗是繁盛之意。

整个篇章,极写牛羊,其实是对家族兴旺的祝福。篇章之中的细致刻画,不只津津乐道,亦是对他们此种游牧生活的瞻望与满足。至于语句之中所勃发的生机或动感,更使得整个篇章意象纷呈,就像一幅十足的游牧图或风俗画,充满灵感,亦如梦幻。这是单纯的叙事状物绝难达到的界域,亦是后世的赋法要真正取法的地方。

《节南山》：民具尔瞻

本篇的语意中心应为"民具尔瞻",即老百姓都在看着你。

节彼南山,维石岩岩。赫赫师尹,民具尔瞻。
忧心如惔,不敢戏谈。国既卒斩,何用不监!

"师尹",大师和史尹。大师,西周掌军事大权的长官;史尹,西周文职大臣,卿士之首。首章以南山起兴作喻,充满惊惧:那南山真是高峻险要,气势非凡。其实诗人想说的是:威风凛凛的武将文臣,老百姓都在看着你们。这是承,也是语义所在,接下来是转:他们忧心如焚,不敢谈笑评论。最后两句是合,或者是必然导致的结果:国运已经断绝,你们怎就看不见。这不是恐吓、指责,而是对未来命运的担忧或震惧。长此以往,这样的结果根本无法避免。

节彼南山,有实其猗。赫赫师尹,不平谓何。
天方荐瘥,丧乱弘多。民言无嘉,憯莫惩嗟。

"猗",同"阿",山阿,大的丘陵。"荐",再次发生饥馑。"瘥",疫病。"憯",曾,乃。前两句再次借南山起兴作喻:南山再高峻威严,上面也有广大不平的山坡。这两句其实是反诘语气,由此反衬的是:那威风凛凛的师尹,为什么总是这样的为政不公?不单我认为这样,老天爷也已经屡次降下灾祸,这么多的伤亡乱离难道还看不见?老百姓已经受够了,他们除了哀愁就是伤痛。这一章应把当政者师尹的丑恶与不得人心交代得非常清楚。接下来,我们看事情可有转圜。

尹氏大师,维周之氐。秉国之均,四方是维。
天子是毗,俾民不迷。不吊昊天,不宜空我师。

"氐",借为"楮",屋柱的石礎。"均",通"钧",制陶器的模具下端的转轮盘。"毗",犹"裨",辅助。"吊",通"叔",借为"淑","善"。这章是直斥尹氏,正面立意:尹氏大师,本是周王朝的重臣。他们把持国政,本应维持四方的安全。职在扶助天子,让老百姓不迷惑。然而现实却是:他们根本不尊重天命,竟然让老百姓遭受此种困窘。

弗躬弗亲,庶民弗信。弗问弗仕,勿罔君子。
式夷式已,无小人殆。琐琐姻亚,则无膴仕。

这一章继续陈说作为国家重臣的职责所在，不过前几句是反面用意。即作为当权者最忌讳或最不应该的：不亲自管理政事，平民百姓如何能够信任你。不咨询不做事，欺骗君子怎么能行。最后四句更是陈说厉害，正面立意：如果消除制止上面那些不合理之事，就不会受小人威胁。没有渺小浅薄的亲戚，就不会追求那些高官厚禄。反之亦成立：之所以受小人威胁，就是因为不能制止上面那些不合理的现象。之所以一心想要高官厚禄，就是因为有那些渺小浅薄的亲戚。

　　昊天不佣，降此鞠讻。昊天不惠，降此大戾。
　　君子如届，俾民心阕。君子如夷，恶怒是违。

"佣"，通"融"，明。"鞠讻"，极乱。"惠"，通"慧"。"阕"，息。这章表面上指责老天爷，实际仍在斥责师尹：老天爷真是不公平，降下这么大的祸乱。老天爷真是不仁爱，降下这么多灾难。如果说前面四句，还是委婉用意，想警醒尹氏。那么后面四句，就是直接劝诫：师尹你如果不停止这种暴政，没法让老百姓感到安宁。那么后果将会比现在更严重。相反，如果你现在就开始公平施政，人民憎恶和愤怒的情绪很快就会平息。

　　不吊昊天，乱靡有定。式月斯生，俾民不宁。
　　忧心如酲，谁秉国成？不自为政，卒劳百姓。

"卒"，通"悴"，劳苦。这一章应是进一步忧愁国事：老天不公，祸乱从没有停止。每月都有祸乱发生，这让老百姓如何安心。诗人的内心愁苦不堪，不由发出诘问：究竟谁才能秉持正义治理国家？为政者若不亲力亲为，而要亲信小人，必然会让老百姓遭此祸乱。

　　驾彼四牡，四牡项领。我瞻四方，蹙蹙靡所骋。
　　方茂尔恶，相尔矛矣。既夷既怿，如相酬矣。

"项领"，肥大的脖颈。"蹙蹙"，局促的样子。"矛"，通"务"，义为侮。"怿"，悦。这一章应是另外兴起，回到现实，借四匹雄马的难以驾驭，喻时局的混乱与艰辛。那么，究竟该怎么办？诗人环顾四方，心生胆怯，不知驰向何方。而最后四句，不只诗人忧念，更需警示世人：如果恶行正盛，彼此矛盾正炽，肯定就会矛革相向，不能礼让。只有心平气和，欢喜快乐，才会像宾客相酬般和乐。看来选择改变，才是他们此刻最大的出路。

　　昊天不平，我王不宁。不惩其心，覆怨其正。
　　家父作诵，以究王讻。式讹尔心，以畜万邦。

"覆",反。"正",规劝纠正。"家父",此诗作者,周大夫。"讹",改变。最后这章前四句是总括上文,警示世人:老天不公,我王不宁。不惩戒他的邪心,反而埋怨那些正直的人。最后四句交代作诗人及作诗目的:家父作此诗,来追究王朝凶恶的根源。或许能够改变尹氏的祸心,以安抚四方诸侯。应该说,在整个诗三百篇中,直接写明作者及其创作原因的,非常少。该篇当属例外。不只可见创作者的郑重其事,更可见此种历史在场对后人难得的警示。

《正月》:亦孔之将

本篇的语意中心应是"亦孔之将",即对当下局势的深心恐惧和对老百姓流言的担忧。

正月繁霜,我心忧伤。民之讹言,亦孔之将。
念我独兮,忧心京京。哀我小心,瘋忧以痒。

"正月",正阳之月,夏历十一月。"京京",忧愁深长。"瘋",忧闷。"痒",病。正月是时间概念,但亦可看作是比兴作喻:以霜重露寒一日冷似一日的夏历十一月,比作他眼前的王朝,他个体的生命。而此种衰落似乎已无法逆转,因此便有后面一句,我的内心忧伤不已。可以说,起篇两句,就为全篇奠定了情感基调,接下来该是陈说此种衰落情况。首先是老百姓,他们不断传播的谣言实在是多。"亦孔之将"这句,应是诗人此刻最忧念,最揪心的。那么当此,他该怎么办?后两句,就是诗人此刻的情状:可怜我独居于此,内心的忧愁如何排解,并重复强调:可怜我小心谨慎,仍不能免于身心受困。那究竟是怎样的愁绪?下面则细说端详。

父母生我,胡俾我瘉?不自我先,不自我后。
好言自口,莠言自口。忧心愈愈,是以有侮。

这章起句便是怨天尤人恨自己生不逢时,遭遇太多苦痛。具体是什么?后面就一一道来:乱政不发生在我生前,也不发生在我生后,偏偏让我遇到。好话出自人口,坏话亦由人说。这不只是对自身遭际的愤怒,更是对时代的控诉。最可怕的是自己毫无办法,只能忧愁烦闷,受小人欺侮。

忧心惸惸,念我无禄。民之无辜,并其臣仆。

哀我人斯,于何从禄?瞻乌爰止,于谁之屋?

"惸",忧郁不快。"无禄",不幸。这一章既自伤自叹,也念及他人:我的内心烦闷不已,我怎会如此不幸。可我的不幸不是特例,老百姓又有什么错,为什么会成为有罪之人,受他人奴役。可怜我们这种人,能在何处承受爵禄?看那乌鸦尚不知在谁家屋檐下栖息,我的命运又如何能够把握?最后这句有可能是眼前所见,亦可能是诗人心中所思。那该怎么办?我们接着往下看。

瞻彼中林,侯薪侯蒸。民今方殆,视天梦梦。

既克有定,靡人弗胜。有皇上帝,伊谁云憎?

"薪""蒸",木柴。如果前面几章,还是隐隐约约,不愿明说,那到这一章,诗人应是再也无法克制,先是借柴兴起,看那林中,有粗柴有细柴。诗人想说的当然是后面的,老百姓现在非常危险,朝廷是那样的糊涂蒙昧。根本没法平定下来,没有一个人能担当此任。光明在上的老天爷,怎么会变成这个样子?又究竟该埋怨谁?到此刻,已是呼天抢地,我们又哪里知道有什么办法?继续来看下篇:

谓山盖卑,为冈为陵。民之讹言,宁莫之惩。

召彼故老,讯之占梦。具曰予圣,谁知乌之雌雄!

"盖",通"盍",何。这一章不只是反诘,是质疑,更是对政事失察与当权者昏庸的最大申讨:说什么山是卑小的,冈是高俊的。有人颠倒黑白,怎么就不能惩处?召唤那些老前辈,好好向他们询问吉凶。都说自己精明,谁知道乌鸦是公是母。到此时,诗人何止是激愤,更是悲愤,他仍然不能接受眼前的现实,这个世道怎会这样,难道真已没了出路?如果对任何事情都不做辨别,谁又知道黑白颠倒、是非对错。一个社会的溃败可就是由此开始?

谓天盖高,不敢不局。谓地盖厚,不敢不蹐。

维号斯言,有伦有脊。哀今之人,胡为虺蜴?

"局"，弯曲。"蹐"，轻步走路。"伦""脊"，条理，道理。《毛诗故训传》："伦，道；脊，理也。""虺蜴"，毒蛇与蜥蜴，古人把无毒的蜥蜴也视为毒虫。这一章是进一步的质疑，说什么天太高，走路怎能不弯腰。说什么地太厚，一定要小心迈步，谨防摔倒。他们都说这样的话，听起来很有道理。但他们为什么不能践行？瞧瞧现在这些人，好像没什么是他们不敢做的。常识在他们这里，根本就是废话。那么，究竟该怎么办？

瞻彼阪田，有菀其特。天之扤我，如不我克。

彼求我则，如不我得。执我仇仇，亦不我力。

"阪田"，山坡上的田。"菀"，蒲草，水葱一类的植物。"扤"，动摇。"则"，语尾助词，通"哉"。"仇仇"，怠慢。这一章诗意再次下沉，自怨自叹的同时，是诗人对命运的屈服：看那贫瘠的土地，偏长出这样葱郁的禾苗。老天爷就是要我受挫，好像唯恐不能让我屈服。当初让我出来做官，就怕被我拒绝。我出来做官了，却又不重用我。

心之忧矣，如或结之。今兹之正，胡然厉矣？

燎之方扬，宁或灭之？赫赫宗周，褒姒灭之！

能说什么呢？心中如此苦闷，就像生生系上绳索。现在这种形势，真的非常可怕。就好比放火烧燎原野的草，野火正旺时，如何能够扑灭？堂堂周王朝，怎就被一个女子褒姒毁掉。这一章回归眼前，以野火焚烧喻褒姒乱朝。可真是红颜祸国吗？我们能说什么？似乎一切已成定数。我们看到诗人的悲观绝望，亦痛心疾首。但我们同样不知道该怎么办？如果一个王朝的覆灭真是因为一位被宠幸的妃子，我们又如何能够解释那所有的溃败？

终其永怀，又窘阴雨。其车既载，乃弃尔辅。载输尔载，将伯助予！

"辅"，车两侧的挡板。"载输尔载"，前一个"载"，虚词，及至，后一个"载"，所载的货物。"输"，丢掉。"将"，请。这章是回归当下，细写自个的遭逢：我是如此的愁苦不堪，偏又遭逢连绵阴雨。我的车驾已经装满，甚至已装不下车厢两旁的踏板。如果车驾半路倾覆，还请大哥您出手救我。这可真是屋漏偏逢连夜雨。一切是如此的糟糕。最后请求别人救助更是无限凄凉。可究竟救助什么？对方又如何回应？显然是后面兴起的诗意：

无弃尔辅，员于尔辐。屡顾尔仆，不输尔载。终逾绝险，曾是不意。

"员"，加固。"仆"，通"䪀"，也叫伏兔，像伏兔一样附在车轴上固定车轴的东西。一说仆即车夫。"曾"，竟。这一章是对方答复，亦是安慰之语：不要丢弃你的车辅,请加固你的车辖。一定要不断提醒你的车夫,不要逾越那些危险境地。如果遵照以上办法去做,仍然要进入险地,那就完全没有办法。这章表面上是说眼前,是说前路,其实更可能是为国家寻求出路。就像很多事我们根本无能为力,如果我们已经尽心竭力,那就完全不必有什么愧疚。但真能就此放下吗?我们来看下章:

鱼在于沼,亦匪克乐。潜虽伏矣,亦孔之炤。忧心惨惨,念国之为虐!

"炤",通"昭",明显,显著。"惨惨",忧愁不安。这章表面上是宕开笔墨,其实是越想越害怕:就像鱼在池塘里,也不一定会快乐。即便潜藏于深渊,亦随时会被发现,我的内心如此痛苦,我如何能忘却国人正在遭受的这种暴虐统治。似乎一切已根深蒂固,无可救赎。可究竟该怎么办?我们看下章。

彼有旨酒,又有嘉肴。洽比其邻,昏姻孔云。念我独兮,忧心殷殷。

"云",亲近,和乐。"殷殷",忧愁的样子。这章看起来是不想再想,或者就是王顾左右而言他:那里尚有甜酒,还有好菜。希望你和邻居们和睦相处,善加周旋你的亲戚关系。不要顾念我,即便我仍然独自一人,也不必过于为我担心。这章与其说诗人已把生死置之度外,不如说是交代。当此之时,一般人除了安享眼前,及时行乐,又能怎样?我们来看尾章:

佌佌彼有屋,蔌蔌方有谷。民今之无禄,天夭是椓。哿矣富人,哀此惸独。

"佌佌",比喻小人卑微。"蔌蔌",鄙陋。"椓",打击。"哿",欢乐。最后这章是收结,更是申讨:再卑鄙的小人都有屋住,再丑陋的坏人也有粮吃。但有什么办法?老百姓如此不幸,天灾之后更是人祸。那些当官的真是快乐。可怜我们这些穷人孤独不幸。看来诗人并未真正放下,不过是经历了这些激荡,说是认命也罢,更让他认清现实,就像一切又回到原点,一切亦就此沉寂。所以,就别指望文学或诗歌补救时弊,在某种程度上,它反而会因审美所限消解一些可能的力量。后世的讽喻诗亦然。也正因此,孔夫子的哀而不伤长盛不衰。

《十月之交》：亦孔之丑

本篇的语意中心应是"亦孔之丑"，即哀叹时日不济及可能的凶险。

十月之交，朔月辛卯。日有食之，亦孔之丑。

彼月而微，此日而微；今此下民，亦孔之哀。

"十月"，此为周历，夏历应是八月。"朔月"，月朔，初一。首句以时间开篇，直陈其事：就在夏历八月初，辛卯日，再次出现日食，确实十分凶险。这种写法，简洁明了，但莫名地就有了紧张感、恐惧感，更欲端其详。那些日子太阳特别黯淡，日食当日简直天昏地暗。生逢其时的老百姓，确实非常悲哀。显然比之往日，今日情势尤为严峻，老百姓之命运更让人担忧。

日月告凶，不用其行。四国无政，不用其良。

彼月而食，则维其常；此日而食，于何不臧。

"行"，轨道，规律，法则。"则"，犹。"于"，读作"吁"，感叹词。"于何"，多么。那究竟是怎样的危机、恐惧？这章起篇就做这样的交代：日月没有循着正常的轨道运行，这是凶兆。具体表现是诸侯政治混乱，不用贤良的人。归根结底，之前的日食，还算正常。今日发生日食，无论如何都不吉利。

烨烨震电，不宁不令。百川沸腾，山冢崒崩。

高岸为谷，深谷为陵。哀今之人，胡憯莫惩？

"烨烨"，雷电闪耀。"冢"，山顶。"崒"，通"碎"，崩坏。这一章应是对可能发生的灾难的预估：电闪雷鸣，天下如此动荡恐惧。众多河流泛滥，天崩地陷。高山变深谷，深谷成丘陵。最可怕的是，当今天下的人，根本没办法阻止这种情况的发生。

皇父卿士，番维司徒。家伯维宰，仲允膳夫。

棸子内史，蹶维趣马。楀维师氏，艳妻煽方处。

"皇父"，周幽王时的卿士。卿士，官名，总管王朝政事，为百官之长。"番"，姓。"司徒"，六卿之一，掌管土地人口。"家伯"，人名，周幽王的宠臣。"宰"，家宰。六卿之一,"掌建六邦之典"。"内史",掌管周王的法令和对诸侯封赏策命的官。"蹶",姓。"趣马",养马的官。"楀",姓。"师氏",掌管贵族子弟教育的官。这一章一一罗列佞子权臣对国家政事的操纵:皇父掌管政事,姓番的掌管土地人口。家伯掌管国家典籍,仲允掌管国王饮食。聚子掌管司法人事,姓蹶的掌管国王马匹。楀掌管贵族子弟教育,而那美丽娇艳的女人正在受宠。可以说,诗人对当朝政事非常了解,也因了解,可能有的灾难似乎更加难以避免。

抑此皇父,岂曰不时?胡为我作,不即我谋?
彻我墙屋,田卒污莱。曰予不戕,礼则然矣。

"抑",通"噫",感叹词。"彻",拆毁。"莱",荒芜。究竟为什么这些官员当职,祸事就无法避免。这章就是分说其中原委:特别是那个总管王朝政事的皇父,难道不是他自以为是地役使人民?为什么让我做这工作,却不和我商量谋划?他拆掉我的房屋墙头,让土地积水荒芜。却说什么不是他的错,一切本会如此。看来诗人心中愤懑已久,整个这一章,就是直斥皇父的专横野蛮。

皇父孔圣,作都于向。择三有事,亶侯多藏。
不慭遗一老,俾守我王。择有车马,以居徂向。

"向",王先谦认为是今河南济源市南向城。"三有事",三有司,即三卿。"亶",信,确实。"侯",助词,维。"慭",愿意,肯。这一章应是具体地陈说皇父的老谋深算:他确实很聪明,把向作为采地。这显然是反讽。他的高明之处还在于选择的那三个管事之人,全都是粮食满仓,家奴无数。他不肯留下一个老臣,好让老臣也有机会守护国王。他选择那些权位高重的人,一起去向邑居住。

黾勉从事,不敢告劳。无罪无辜,谗口嚣嚣。
下民之孽,匪降自天。噂沓背憎,职竞由人。

"噂",聚汇。"沓",语多貌。"噂沓",聚在一起说话。这一章诗人正写自己的遭际:我非常努力地工作,不敢抱怨辛苦。只求不发生错误,不辜负大家,但到头来仍被毁谤攻击。这种苦痛,并不是由天而降。大家本是聚在一起干事,为何生此怨毒,无罪受谗,遭此灾祸。他不明白,我们更无话可说。

悠悠我里,亦孔之痗。四方有羡,我独居忧。
民莫不逸,我独不敢休。天命不彻,我不敢效我友自逸。

"里","悝"之假借,忧愁。"痗",病。"彻",毁灭。最后这章是总结,亦是表态:想起这些,我愁苦不堪,真的是非常痛苦。大家都有余财,我独自居住反而忧虑。老百姓若不安宁,我又怎能放心。天命无常,我却不敢效仿那些朋友自求安逸。真的是非常不得已,但又能如何?再艰难,也只能职尽本分。

全篇以第一人称或当事人身份叙述,语调沉痛,诉说遭际,表达愁苦担忧。这种担忧不只是简单的自怨自艾,更多的是忧愁国事,害怕国家倾邪,人民涂炭,应是早期的士大夫针砭时事为国谋划的篇章。某种程度上,屈原的《离骚》亦可由此溯源。

《雨无正》:斩伐四国

本篇的语意中心应是"斩伐四国",即摧毁普天下的人。

浩浩昊天,不骏其德。降丧饥馑,斩伐四国。

旻天疾威,弗虑弗图。舍彼有罪,既伏其辜。若此无罪,沦胥以铺。

"骏",长,美。"斩伐",犹言"残害"。"疾威",暴虐。"伏",隐匿、隐藏。"沦胥",沉没、陷入。"铺",同"痛",病苦。起篇呼告并提出质疑:无所不能的老天爷,怎就不能保持您的恩泽。后两句是诗人最想说的:降下这样的饥荒灾害,死伤无数,摧毁普天下的人。特别是那些无罪获咎者,这是最让人意难平的,老天爷怎么可以这样残暴,怎就不想想老百姓有什么错。为什么要放过那些有罪的人,隐藏他们的罪状,好像他们都很无辜。如果不是因为他们的罪恶,怎么会让无辜的人受此病苦。如果说前之获罪是深广的,无可避免的,是天灾;那后之罹难,则是意外,是人祸。显然,诗人所要详加申说的是后者。我们且看下面如何展开。

周宗既灭,靡所止戾。正大夫离居,莫知我勚。

三事大夫,莫肯夙夜。邦君诸侯,莫肯朝夕。庶曰式臧,覆出为恶。

"止戾",安定、定居。"勚",劳苦。"三事大夫",指三公,即太师、太傅、太保。这一章是总写当下局势:王室已经威风不再,没有办法阻止这种暴行。王室大臣们纷纷离群索居,不再愿意朝夕上朝。而最不能容忍的是那些坏人,本希望他们能够改过从善,没想到他们反而变本加厉。

如何昊天,辟言不信。如彼行迈,则靡所臻。

凡百君子,各敬尔身。胡不相畏,不畏于天?

"辟言"，正言，合乎法度的话。这一章再次呼天抢地：老天爷，究竟该怎么办？接下来就是继续申说自己的愤懑，合乎法度的话为什么就不能听信。就像远行之人，怎能不知去往何处？那些当官在上位的，各自为自己打算。即便他们不害怕现世报，就不害怕老天惩罚？这些都是自上而下的。到此，诗人不由发出诘问：天命在他们那里，难道就是儿戏？

戎成不退，饥成不遂。曾我暬御，憯憯日瘁。
凡百君子，莫肯用讯。听言则答，谮言则退。

"遂"，通"坠"，消亡。"曾"，何。"暬御"，侍御，国王左右的亲近之臣。"憯憯"，忧伤。"讯"，读为"谇"，谏诤。这一章显然是进一步申诉眼前惨状：战争难以避免，饥馑不能终止。只有我们这些近侍之臣，日夜为国事操劳。你们那些人，哪里会把真实情况相告？说好听的就高兴，说不好听的就驱逐。当此之际，最让诗人愤慨的，竟仍是佞言欢喜，直言被逐。那该怎么办？诗人难道亦是因此招灾惹祸？我们继续往下看。

哀哉不能言，匪舌是出，维躬是瘁。哿矣能言，巧言如流，俾躬处休！

"出"，读为"拙"，笨拙。"哿"，欢乐。这章是对自身境遇的省视：可怜我们这些人不能说真话，不是我口舌笨拙，而是忠言逆耳使我受困。那些说谎小人，好听的话随便说，但他们往往处境优渥。看来此种对比，自古皆然。而忠言直谏者的厄运，却无法避免。

维曰于仕，孔棘且殆。云不可使，得罪于天子；亦云可使，怨及朋友。

那么，诗人究竟有没有别的选择？这一章是诗人的自忖，更是惊醒：想我出来做官，真的是非常危险可怕。一不小心，就会得罪天子。如果顺从天子，又会得罪朋友。

谓尔迁于王都。曰予未有室家。鼠思泣血，无言不疾。昔尔出居，谁从作尔室？

"鼠"，通"癙"，忧伤。"疾"，通"嫉"，嫉恨。这一章应是乱离之后，诗人再次遭逢不公待遇：听说你们要搬回王都。说我还没有家室无须回去。我真是非常伤痛，我的每句话都能引起人家憎恨。从前你们出外巡游，哪次不是我紧跟着为你们准备居处？但一切似乎戛然而止，无从反悔，难以追问。我们所感受到的，是无尽的苍茫，与无边的寂寞。

《小旻》：何日斯沮

此篇的语意中心应是"何日斯沮"，即对那些邪僻不正的政策的极端厌恶。

旻天疾威，敷于下土。谋犹回遹，何日斯沮？
谋臧不从，不臧覆用。我视谋犹，亦孔之邛。

"旻天"，秋天，此指苍天、皇天。"疾威"，暴虐。"回遹"，邪僻。"斯"，犹"乃"、才。"沮"，停止。"邛"，毛病、错误。起篇同样直指苍天：上天暴虐，降祸人间。其实更关人事，政策邪僻，什么时候才能停止？这是眼前现实，亦是诗人的关注点或全篇的诗意中心。下两句，更是细说端详：好的政策不能施行，坏的政策弊病太大。那么，坏的政策究竟坏在哪里？我们看诗人慢慢道来。

潝潝訿訿，亦孔之哀。谋之其臧，则具是违。
谋之不臧，则具是依。我视谋犹，伊于胡厎。

"潝潝"，小人党同而相和的样子。"訿訿"，小人伐异而相毁的样子。这章起首两句总写当下局势：那些小人当面你呼我应，背后相互诋毁。这是人性的悲哀，更是世道的崩坏。也正因此，政策即便是好的，施行起来偏要违背它。政策本身很坏，却要依着做。最后是预言，更是恐惧，我看这些政策，肯定会把国家引上什么路。究竟是什么路，诗人没有明说，或许是不忍说，其实我们已心中了然。我们继续往下看。

我龟既厌，不我告犹。谋夫孔多，是用不集。
发言盈庭，谁敢执其咎？如匪行迈谋，是用不得于道。

看来这种情况，不只诗人害怕，就是上天亦已厌烦：连卜数次，龟灵不显。再不会告诉我们该怎么办？现实更可能是，参加谋划的人很多，却不能拿出办法。各执一词的不少，谁又敢承担责任？如果不是已经到了此种境地，如何会发生这样的事情。就像身在此地，却偏要向远人问路。好像远人才知道正确的路径。这真的是不可理喻。但造成此种悖谬的原因究竟是什么？诗人用以评价世事或政策的标准已不再适用。曾经坚固的东西坍塌，常识不被认同，他该怎么办？这亦是此刻我们最为关注的。我们继续往下看。

哀哉为犹，匪先民是程，匪大犹是经。

维迩言是听，维迩言是争。如彼筑室于道谋，是用不溃于成。

"溃"，通"遂"，达到。这章直接指斥此种政策的恶，首先它不效法古人，不遵循正道。却只听信浅近的话，只论眼前的利益。而这样做的后果就如同建造房屋，请教过往行人，用这种方法注定不能成功。这真的是太为荒谬。看来，在诗人心中，真正的正义、好的政策，就应该像古人那样深谋远虑、谦听善行。而不像如今这般茫然无头绪、唯利是图。

国虽靡止，或圣或否。民虽靡膴，或哲或谋，或肃或艾。如彼泉流，无沦胥以败。

"膴"，肥。"靡膴"，犹言不富足、尚贫困。"艾"，有治理国家才能的人。"沦胥"，沉没。这一章就事论事，陈述国情世态：那么多的诸侯，有的通达有的难免糊涂。大臣虽然不富足，但也有聪明善于谋划的，特别是那些恭敬严肃善于治理的。可为何所有的人，就如同那滔滔流逝的江流，无论贤愚，最终都会败亡。这是最出人意料也最让人绝望的。可究竟何至于此？

不敢暴虎，不敢冯河。人知其一，莫知其他。战战兢兢，如临深渊，如履薄冰。

"暴虎"，空手打虎。"冯河"，徒步渡河。最后这章总括上文，同时回答以上所有疑问：不敢空手打虎，不敢徒步渡河。老百姓只知其一，不知其他。战战兢兢，如临深渊，如履薄冰。这真是让人叹气。而诗意亦到此顿挫，以至于无言。我们所面对的，就真是万古如一的恐怖黑暗。

《小宛》：念昔先人

本篇的语意中心应是"念昔先人"，即怀念自己已逝的祖先，其实就是担心自己能力不足，有辱先祖。

宛彼鸣鸠，翰飞戾天。我心忧伤，念昔先人。明发不寐，有怀二人。

"宛"，小的样子。"鸠"，鸟名，似山鹊而小，短尾，俗名斑鸠。"翰飞"，高飞。"戾"，至。首句以鸠起兴：就像那边飞边叫的斑鸠鸟，也想振翅飞向蓝天。其实诗人想说的是：我的内心很忧伤，我真是怕对不起我那已逝的先祖。这应该是诗人此刻最忧虑的，或就是整个诗意中心。最后两句，就是此种心情的具体体现，我心神恍惚，没法睡觉，更怀念我的老父母。

人之齐圣，饮酒温克。彼昏不知，壹醉日富。各敬尔仪，天命不又。

"齐圣"，极其聪明智慧的人。"温克"，善于克制自己以保持温和、恭敬的仪态。"壹醉"，每饮必醉。"富"，盛、甚。"敬"，通"儆"，警戒，戒慎。"又"，通"佑"，保佑。这一章是诗人自律，同时也是谴责那些不加克制、行为失仪的人：一个人敏捷明慧，即便喝了酒也能管得了自己。你们这些愚昧无知的人，真是一天比一天荒唐。请你们各自检点自己的言行，注重自己的仪容，老天爷不会一直护佑你们。

中原有菽，庶民采之。螟蛉有子，蜾蠃负之。教诲尔子，式穀似之。

"螟蛉"，螟蛾的幼虫。"蜾蠃"，一种黑色的细腰土蜂，常捕捉螟蛉入巢，以养育其幼虫，古人误以为是代螟蛾哺养幼虫，故称养子为螟蛉义子。"似"，借作"嗣"，继承。这章前两句借物起兴作喻：就好比田野中有大豆，老百姓可以摘来吃。螟蛉那么幼小，却被土蜂夺取孩子作为食物。这是正反设喻，就是说，有的事情，理所当然，有的事情，万万不可。其实诗人想说的是：你们一定要教诲你们的孩子，让他们好好继承祖宗的德业。言外之意则是，要言行有仪，不能什么事情都敢做。

那遥远的声音——《诗经》今读

题彼脊令,载飞载鸣。我日斯迈,而月斯征。夙兴夜寐,毋忝尔所生。

"题",通"睇",看。"脊令",鸟名,通作"鹡鸰",形似小鸡,常在水边捕食昆虫。这章借脊令再次起兴:看那脊令鸟,边飞边叫。很可能是此时他路上所见,自然拿来比兴作喻。他觉得自己每天都在行役,每月都在远行。无时不在操劳。就像那脊令鸟一样辛苦。而所有这一切,就是怕有朝一日会让生养自己的父母感到屈辱。

交交桑扈,率场啄粟。哀我填寡,宜岸宜狱。握粟出卜,自何能穀?

"交交",鸟鸣声。一说是往来翻飞的样子。"桑扈",鸟名,似鸽而小,青色,颈有花纹,俗名青雀。"岸",诉讼。这章再次借物起兴:小小的斑鸠鸟儿,沿着农场啄食谷子。可能是眼前正好看到觅食的斑鸠,在担心它的同时又不免哀悼像自个儿一样穷苦的人,无论怎样小心,似乎都难免于刑狱。但又能怎样?此刻所能做的,无非是赶快带着粮食去占卜,看究竟有无可能摆脱困境。

温温恭人,如集于木。惴惴小心,如临于谷。战战兢兢,如履薄冰。

最后这章其实是总写:像自己这样温良恭谨的人,就如鸟儿集于树。始终惴惴不安,如临深渊,战战兢兢,如履薄冰。这应是当时底层知识分子的普遍境遇,很哀痛,但又根本找不到出路。

《小弁》:我独于罹

本篇的语意中心应是"我独于罹",即哀悼自己独遭祸患。

弁彼鸒斯,归飞提提。民莫不穀,我独于罹。

何辜于天？我罪伊何？心之忧矣，云如之何？

"弁"，通"般"，快乐。"鸒"，鸟名，形似乌鸦，小如鸽，腹下白，喜群飞，鸣声"呀呀"，又名雅乌。"提提"，群鸟安闲翻飞的样子。首句借鸒起兴：看那快乐飞翔的鸒鸟，成群结队往家返。我们由此想到的是：大家都很快乐，就我一个人独自遭受苦难。这几句很可能是诗人走在路上，眼前所见，心中所想。但究竟为什么会这样？不只我们心生疑惑，他亦扪心自问：我究竟是怎么得罪君父的？我的罪名是什么？我的内心如此忧虑，究竟该怎么办？一系列追问、反问，既是对往事的追忆，亦是对现实的质疑。说到底，他仍然无法面对所遭逢的事。

踧踧周道，鞫为茂草。我心忧伤，惄焉如捣。
假寐永叹，维忧用老。心之忧矣，疢如疾首。

"踧踧"，平坦的状态。"鞫"，阻塞、充塞。"惄"，忧伤。"用"，犹"而"。"疢"，病，指内心忧痛烦热。这章再次借眼前所见起兴作喻：看这平坦宽广的大道，却长满茂盛的荒草。诗人其实想说的是：我的内心愁苦不堪，这种忧虑就像杵般乱捣心肝。我没法睡着只能长长叹息。这样忧愁很快就会衰老。我的这种苦痛是如此之深，我的头亦随之疼痛。后面几句极力铺陈自己的伤痛，可我们不由追问：何至于此？而这个也应是下文所要回答的。

维桑与梓，必恭敬止。靡瞻匪父，靡依匪母。
不属于毛，不罹于里。天之生我，我辰安在？

"桑梓"，古代桑、梓多植于住宅附近，后代遂为故乡的代称，见之自然思乡怀亲。"毛"，犹表，古代裘衣毛在外。此两句"毛""里"以裘为喻，指裘衣的里表。"罹"，一作"离"，通"丽"，附着。"辰"，时运。这章应是忧念父母，眷恋家乡，其实也是借桑梓起兴，哪怕仅仅是想到父母所种的桑梓树，心里也会恭敬起来。然而事实是：我既看不到父亲，更无法依恋母亲。就好比皮之不存毛将焉附。我如何和他们相亲。最后更是呼天抢地：老天爷既生了我，又如何会安排我这样的命运？这种决绝或不能接受，不只是对现实的怀疑，在根本上，是对当下的极力否认。那该怎么办？可有出路？我们看下章。

菀彼柳斯，鸣蜩嘒嘒，有漼者渊，萑苇淠淠。
譬彼舟流，不知所届。心之忧矣，不遑假寐。

"菀"，茂密的样子。"嘒嘒"，蝉鸣的声音。"漼"，水深貌。"淠淠"，茂盛样。这章表面上是描摹眼前景物：看那柳树郁郁葱葱，听那蝉鸣啾啾不息。河水深远，芦苇茂盛。诗人其实想说的是：就好比那激流泛舟，不知驶向何处。我的内心愁虑不已，没有办法安睡。看来此种哀痛无时不在。可诗人究竟为何这样吞吞吐吐欲说还休？

鹿斯之奔，维足伎伎。雉之朝雊，尚求其雌。
譬彼坏木，疾用无枝。心之忧矣，宁莫之知。

"伎伎"，鹿急跑的样子。"雉"，野鸡。"雊"，雉鸣。这章又连用两个比兴：鹿求偶时，只要看到它的同类就会飞奔而去。野鸡一大早就在叫，同样是在寻找它的另一半。而我就好比一块坏了的木头，因病而无根，随时都会倒伏下去。我内心的忧愁，谁又能够知道。

相彼投兔，尚或先之。行有死人，尚或墐之。
君子秉心，维其忍之。心之忧矣，涕既陨之。

"墐"，掩埋。"秉心"，犹言居心、用心。"维"，犹"何"。这章再次兴起：就好比要捉兔子，先要撒网。路遇死人，也会掩埋。这些都是自然而然的事，作为君子，我又怎能不明白。我的内心悲哀不已，眼泪鼻涕一块流下来。这种比物类推，不只哀怨，更是否认眼前。

君子信谗，如或酬之。君子不惠，不舒究之。
伐木掎矣，析薪扡矣。舍彼有罪，予之佗矣。

"掎"，牵引。"析薪"，劈柴。"扡"，顺着纹理劈开。"佗"，加。到这章，诗人终于吐露心声，但仍是譬喻：君子听信谗言，就好比喝酒时不断听人家相劝。君子自己不知爱护，不加考察，喝多了怎怨得别人。人们砍伐木头尚知用绳子拉着慢慢放倒，劈柴之时同样要顺其纹路。那些人怎就不能规束自己的行为，反要一再加害于我。到此，我们终于明了，诗人所有苦痛都来源于自己的无辜受罪。那么，究竟该怎么办？我们继续看下文。

莫高匪山，莫浚匪泉。君子无易由言，耳属于垣。
无逝我梁，无发我笱。我躬不阅，遑恤我后。

"浚"，深。最后这章正面立意，虽然仍是借物起兴：没有比山更高的，没有比水更深的。诗人真正想说的是君子不应听信谗言，不应听别人背后说三道四。进而提出抗议：不要拆毁我的鱼梁，不要打开我的鱼篓。最后是一声长长的叹息：我自身都难保，怎能顾得了身后。这是对自身命运的省知，更是无奈与屈服。灰心丧气也罢，可人生如此遭际，不这样又能如何？

《巧言》：乱如此怃

本篇的语意中心应是"乱如此怃"，对自己无罪受辜的无法接受。

悠悠昊天，曰父母且。无罪无辜，乱如此怃。
昊天已威，予慎无罪。昊天泰怃，予慎无辜。

"且"，句末语气词，无实义，表感叹。"怃"，《毛诗故训传》："怃，大也。"起篇呼天抢地：老天在上，父母垂怜。诗人想申诉的是：没罪却受此伤害，灾祸如此之大。后面几句反复陈述此种伤害，简直捶胸顿足：老天如此暴虐，我确实没有错误。老天太过分了，我真没做错什么。可究竟怎么回事？我们还是往下看。

乱之初生，僭始既涵。乱之又生，君子信谗。
君子如怒，乱庶遄沮。君子如祉，乱庶遄已。

"僭"，通"譖"，谗言。"遄沮"，迅速终止。这章追叙事情的起源：灾祸刚开始，别人难免说东道西。灾祸再次发生，君子听信谗言。君子如果怒斥这种谗言，灾祸根本就不会形成。君子如果喜欢听信谗言，祸乱就绝对无法避免。诗人其实想说的是，人性使然，这种事情的发生其实可以避免。作为君子，一定要明辨真伪，不能轻易听信谗言。这样就不会使谗言砸碜自己，悲剧亦不会发生。但事实是，这种事情就是发生了，这是最让人悲哀的。当此之时，诗人该怎么办？我们继续往下看。

君子屡盟，乱是用长。君子信盗，乱是用暴。
盗言孔甘，乱是用餤。匪其止共，维王之邛。

"飨"，原意为进食，引申为增多。"止共"，尽职尽责。"共"，通"恭"，忠于职责。"邛"，病。这章前两句是从听谗言的一方的角度来说的：大王与诸侯屡次盟约，祸乱却不断扩大。原因是什么呢？就是因为大王听信谗言，祸乱才会如此厉害。起首两句，不仅说明祸乱缘起的可能，更在说明天子听信谗言，祸乱就是必然。第三句反其意用之：谗言确实好听，祸乱当然加剧。再次证明谗言的可怕与祸乱的难以避免。最后一句，就是归纳或总结：这一切的根源，就是大王的轻信谗言。

奕奕寝庙，君子作之。秩秩大猷，圣人莫之。

他人有心，予忖度之。跃跃毚兔，遇犬获之。

"奕奕"，高大貌。"秩秩大猷"，多而有条理的典章制度。"莫"，制定。"毚"，狡猾。这一章正面立意，先肯定先王之功，树立榜样：高大庄严的宫室，是前代君王所建。深远明智的政策，是圣人谋划。也正因此，馋人别有用心，我们必须细加辨别。兔子再狡猾，遇到猎犬仍然会被捕获。这章显然是在规劝及提醒周王应以先王前贤为榜样，在巧谋细辨的同时，不能入了坏人的圈套。

荏染柔木，君子树之。往来行言，心焉数之。

蛇蛇硕言，出自口矣。巧言如簧，颜之厚矣。

"荏染"，柔弱貌，其实是指美的、好的。"行言"，流言，谣言。"蛇蛇硕言"，夸夸其谈的大话。"蛇蛇"，"訑訑"之假借；訑，欺。第一句借木起兴：柔弱美好的树木，是君子亲植。诗人想说的当然是：流言蜚语不断，心里一定要有数。怎么才能有数呢？后两句即是具体辨识：夸夸其谈的大话，都是从那些人嘴里说出。花言巧语像吹奏笙簧那样动听，还不是因为馋人的脸皮实在太厚。

彼何人斯？居河之麋。无拳无勇，职为乱阶。

既微且尰，尔勇伊何？为犹将多，尔居徒几何？

"麋"，通"湄"，水边。"微"，通"癓"，小腿生疮。"尰"，脚肿。"犹"，通"猷"，指诡计。最后这章就是对坏人的直接指斥：他们究竟是些什么人？住在河的那一边。他们没有力气，没有智谋，只是不断地引出祸乱。他们究竟有什么能耐？不是瘸的就是病的，干吗还要如此欺骗人。他们的同伙很多吗？他们究竟准备作乱到啥时候？看来，直到这里，诗人才和盘托出愤怒谴责的对象。而这正是诗人最不能释怀的。我们也不禁要问：为什么这些人，可以一直横行无忌？

《何人斯》：不入我门

本篇的语意中心或诗人的纠结之处是"不入我门",即对对方突然与自己相离的不解与愤怒。

彼何人斯？其心孔艰。胡逝我梁，不入我门？伊谁云从？维暴之云。

起句就发出诘问：你究竟是个什么人？你的心如此难猜。下面就是细说原因：为什么经过我家鱼坝，不到我家来？你究竟听从谁？难道是传说中的暴公？到此我们才恍然大悟，原来他之心生抵牾或不解正在对方的"不入我门"。接下来，我们看他如何接？

二人从行，谁为此祸？胡逝我梁，不入唁我？始者不如今，云不我可。

"可"，通"哿"，嘉、好。这章前两句进一步提出疑问：两个人一向很好，为什么到了现在这个地步？而使诗人最为难受的，当然是对方经过他的住处而不来看他。往昔不是这样的。难道是觉得自己不值得交往了？这是他内心的思忖，更是对友人的质疑。说到底，就是他太看重他们的情意，不能接受对方的故意偏离。

彼何人斯？胡逝我陈？我闻其声，不见其身。不愧于人？不畏于天？

"陈"，堂下至门的路。而最让主人公痛心且不能释怀的仍是：为什么经过我屋不进我门？也因此不由得再次发问你究竟是个什么人？看来，对方的所作所为伤透了他，接下来他又进一步陈说事实，我明明听见你的声音却不见你的人。你难道不是心里有愧？难道就不怕老天爷惩罚？

彼何人斯？其为飘风。胡不自北？胡不自南？胡逝我梁？祗搅我心。

这一章是进一步指责：你究竟是个什么人？你的行为就像狂风一般。你究竟是从北边来，还是从南边来？为什么经过我屋不进我门？你是在故意让我难受？

尔之安行，亦不遑舍。尔之亟行，遑脂尔车。壹者之来，云何其盱。

"脂"，以油脂涂车；或通"支"，以韧木支车轮使止住。"壹"，同"一"。这一章仍然不能释怀：你如果不着急走，自然会停下来歇歇。你如果急于上路，那也应该给你的车加些油脂。你这次经过,是这么让我难过。

尔还而入,我心易也。还而不入,否难知也。壹者之来,俾我祗也。

这一章为今昔对比:你从前从朝堂回来,我心里多么喜悦。正因之前太为亲密才有此刻的疏离苦痛,你经过却不来我家,我是真的难受。你的过门不入,让我如何能够接受。

伯氏吹埙,仲氏吹篪。及尔如贯,谅不我知,出此三物,以诅尔斯。

"埙",古代陶制的吹奏乐器,卵形,中空,有吹孔。"篪",古竹制乐器,如笛,有八孔。"三物",猪、犬、鸡。"诅",盟诅。古时订盟,杀牲歃血,告誓神明,若有违背,令神明降祸。这一章进一步追忆之前两人的亲密无间如兄如弟:那时,大哥吹埙,二哥吹篪。我和你像串在一条绳上的钱币一样亲密。原谅我不能理解你的行为,我要准备猪、犬、鸡三样祭品,盟咒发誓。

为鬼为蜮,则不可得。有靦面目,视人罔极。作此好歌,以极反侧。

"蜮",传说中的一种水中动物,能在水中含沙射人,又名射影。"靦",露面见人之状。"罔极",没有准则,指其心多变难测。最后这章即是咒语:即便是这世间最诡异的,也不一定会做这事。可你竟然做了,你怎么会是这个样子?作这首诗,就想知道这是因为什么?最后这句,交代作诗缘由。说到底,就是他仍然无法释怀,借此纾解内心的愤懑。

《巷伯》:亦已大甚

本篇的语意中心应为"亦已大甚",即对奸人编造谎言的吃惊。

萋兮斐兮,成是贝锦。彼谮人者,亦已大甚!

"萋""斐",都是文采相错的样子。"贝锦",织有贝纹图案的锦缎。起句比兴:看那文采斐然的贝锦,该是经过怎样的深罗密织?诗人想说的是后者:那个奸人,如此编造,实在过分。显然,此种起承,不由得形成一种对比:人家前者罗织是为了好看。你这样费尽心机却是这样丑陋。

哆兮侈兮,成是南箕。彼谮人者,谁适与谋。

"哆"，张口。"侈"，大。"南箕"，星宿名，共四星，连接成梯形，如簸箕状。该篇再次起兴作喻：瞧瞧你嘴张那么大，一心算计别人。引出的当然是后者：像你这样专门说谎，没有人会与你同心协力。

缉缉翩翩，谋欲谮人。慎尔言也，谓尔不信。

"缉缉"，附耳私语状。"翩翩"，往来迅速貌。起句连用两个叠词，非常形象生动地描摹那些谎话连篇的奸人，并明言，像你们这样反复无常，一心算计别人，就不要指望人家会听信于你。

捷捷幡幡，谋欲谮言。岂不尔受？既其女迁。

"捷捷"，信口雌黄状。"幡幡"，反复进言貌。起句仍是叠词，再次形象生动地烘托那些奸人说坏话的形貌。此次关注的重心应是他们的言辞本身：那些话信口雌黄、反反复复，难道真有人信？就不怕他们把此种厌憎转嫁到说谗言的这个人身上？

骄人好好，劳人草草。苍天苍天，视彼骄人，矜此劳人。

"骄人"，指进谗者。"草草"，陈奂《诗毛氏传疏》："草读为慅，假借字也。""矜"，怜悯。这章应是诗人愁苦的哀叹：得意的馋人总是开心快乐，失意的人儿难免忧愁悲哀。老天爷啊老天爷，看看他们那样得意猖狂，怎就不能垂怜一下受苦的人。然而世间总是好人被谗，坏人当道。

彼谮人者，谁适与谋？取彼谮人，投畀豺虎。

豺虎不食，投畀有北。有北不受，投畀有昊！

"畀"，予，给予。"有北"，北方苦寒之地。"有昊"，苍天。这章是直斥并加诅咒：那些说人坏话残害别人的，你愿意跟他同流合污？把那些坏人抓起来，扔给豺狼猛虎。豺狼猛虎若不愿吃他们，就扔到北边那苦寒之地。北边苦寒之地的人如果不愿收留他们，就把他们交给上苍。然而，老天真的有眼，会惩罚他们吗？也许又是一厢情愿地把问题简单化。

杨园之道，猗于亩丘。寺人孟子，作为此诗。凡百君子，敬而听之。

"猗"，在……之上。"亩丘"，丘名。"寺人"，阉人，宦官。最后这章交代谁来作诗，为什么作？起句表面描述，赋法，其实仍有比兴意味：就像低矮的杨园大路，紧连着高高的山丘。我是寺人孟子，地位虽低，也要作高篇大论，就为了指责你们这些执政的大臣，真希望你们能够幡然醒悟不再残害忠良。这是诗人的良苦用心。我们当然期望能够有补时弊，但亦知道这仍只是说说而已。即便如此，千年之后，再千年之后，我们仍然感念此种忧伤，正如我们古今一也的悲慨。

《谷风》：维予与女

本篇的语意中心应是"维予与女"，其实是反讽，患难交加时只有你和我，可现在呢？

习习谷风，维风及雨。将恐将惧，维予与女。将安将乐，女转弃予。

"习习"，大风声。起句比兴作喻：正如山谷中那呼啸的风，总是伴随着雨。患难交加时，只有我和你。这本是极自然的事，我也以为会永远这样。谁能料到，一旦平安快乐，你就抛弃我。最后这句是对眼前现实的否定。这种事与愿违的痛苦比之前面的风雨，更为惨烈，更不能让人接受。

习习谷风，维风及颓。将恐将惧，寘予于怀。将安将乐，弃予如遗。

"颓"，自上而下的旋风。"寘"，同"置"，放。这章在重章叠句中，我们感觉山谷中的风更为骇人，也更具毁灭性。正如你对我的前后态度：患难交加时，和我紧紧拥抱。安乐的日子，抛弃我如同扔掉没用的东西。言外之意是：你的患难相抱，只因害怕。你的安乐见弃，才是本性。那么，一切怨谁？当然是自己。看错人时，自然要承担后果。

习习谷风，维山崔嵬。无草不死，无木不萎。忘我大德，思我小怨。

"崔嵬"，山高峻的样子。最后这章通用比兴，让人惊醒：山谷中的风呼呼地吹，只有大山仍然伟岸险峻。就好比你和我，任凄风苦雨，应岿然不动。这世间，没有草不会枯，没有树不会萎。而你却忘记我的大恩德，只记得我的小过失。这些都会有报应。

你觉得你可以长命百岁，永远安康吗？那真说不定。这是主人公的豁达，亦是无奈，是洞察世事之后的放下与前行。世间事，不放下，又如何？放下，才会有真正走出的希望。

《蓼莪》：生我劬劳

本篇的语意中心应是"生我劬劳"，即哀悼父母生养自己的不易。

蓼蓼者莪，匪莪伊蒿。哀哀父母，生我劬劳。

"蓼蓼"，长又大的样子。"莪"，一种草，即莪蒿。李时珍《本草纲目》："莪抱根丛生，俗谓之抱娘蒿。"首句不只借用"莪蒿"高大劲拔之形，更借用"莪蒿"抱娘草之意，无非就是羡慕人家有父母亲人依傍，自己孤苦一人，聊以为生，只能像那散生无用的营草一样，凄苦度日。而诗人最感慨的是下一句："哀哀父母，生我劬劳。"可怜我的老父母，生我养我太为艰辛。显然以下诗意正是由此生发：

蓼蓼者莪，匪莪伊蔚。哀哀父母，生我劳瘁。

"蔚"，一种草，即牡蒿。这一章于重章叠句中，再一次加强上一章的用意，并使此种感觉逐渐回旋并至凝结。而诗人所遗憾的，无论是前者之伊蒿，还是这章之伊蔚，都是无所依托的可怜生命，都是诗人的自怨自艾。能说什么？我们的关注点只能随着他的声声叹息，转向后一句。或者说，正因他生来孤凄，不只少时没得父母眷顾，就是此刻想要回头照顾父母，亦属奢求。那么，究竟发生了什么？我们心中不由充满疑惑。或者接下来，他总该有所交代。

瓶之罄矣，维罍之耻。鲜民之生，不如死之久矣。
无父何怙？无母何恃？出则衔恤，入则靡至。

"罄"，尽。"罍"，盛水器具。这章以瓶罍起兴作喻，所关注者，无非就是父母辞世，好比瓶已空，自己好比罍，再无用处。诗人想说的是：父母都不在了，自己独活真是耻辱。接下来更是自怨自艾：像我这样的人，还不如死了的好。没有父亲我依靠谁？没有母亲，我有什么安慰？离家服役我满腹忧愁，返乡归来却没有一个亲人。到此，我们才明了主人公的现实处境。可我们又能说什么？生而孤独，或许就是我们的命运。但现世的我们，又该如何获得安慰？

父兮生我,母兮鞠我。拊我畜我,长我育我。
顾我复我,出入腹我。欲报之德,昊天罔极!

这一章更是睹物思亲、物是人非:父亲生我,母亲养我。生我养我,喂大我教育我,照顾我庇护我,时时刻刻抱我在怀。我是想报答此种恩情,但老天爷怎就不能成全我?此处充满哀叹,更充满痛惋。

南山烈烈,飘风发发。民莫不穀,我独何害!
南山律律,飘风弗弗。民莫不穀,我独不卒!

最后这一章仍是借物起兴,在呼天抢地的同时,亦提出质疑:南山高峻,狂风怒吼。我并不是不愿孝敬父母,可为何偏偏这样不幸?南山高耸,大风呼啸。大家都很幸福,我为什么如此凄凉?子欲养而亲不待,我们亦哀恸不已,就不说那些感同身受、同遭不幸之人。

《大东》:其直如矢

本篇的语意中心应为"其直如矢",感慨往日已逝,再无转圜。

有饛簋飧,有捄棘匕。周道如砥,其直如矢。
君子所履,小人所视。眷言顾之,潸焉出涕。

"饛",食物满器貌。"簋",圆口、圆足、有盖、有座的食器,青铜或陶制。"捄",曲而长貌。"眷言",眷恋回顾貌。"潸",流泪貌。一二两句都是借物起兴,既可能是诗人眼前所见,也可能是心中所想:看着那满满一簋的泡饭,看着那长长的酸枣木做的勺柄,诗人不禁感慨万千。通往周朝的大道如磨石般平坦,如弓箭般平直。我们明显感到诗歌的重心落在"其直如矢"上。似乎一切已成往日,无可转圜。若是前面还是比喻起兴,隐隐约约,那么,第三句就是直言心中不平:贵族们践踏的,却是百姓们向往的。可究竟为什么会如此?不只读者心中疑惑,就是诗人也欲言又止:回头看这一切,不禁潸然泪下。那么,究竟有什么难言之隐?我们继续看下篇:

小东大东,杼柚其空。纠纠葛屦,可以履霜。
佻佻公子,行彼周行。既往既来,使我心疚。

"小东大东",西周时代以镐京为中心,统称东方各诸侯国为东国,以远近分,近者为小东,远者为大东。"杼柚","杼",织机之梭;"柚",同"轴",织机之大轴;合起来指织布机。"佻佻",豫逸轻狂貌。这章起句就交代事情缘由,也即上一章的感慨原因:东方各诸侯国,已被西人搜刮净尽。以至于那绳索缠绕的夏布鞋,秋日还在穿。形成对比的是:那轻狂佻达的西边公子,来到周的大路上。他们肆意穿行,我的内心更是忧愁不已。前后四句,形成两种比对。前者是主人公的现实际遇。后者是他不能接受的他人举止,以及造成此种状况的根本原因。读之怎不怆然?

有洌氿泉,无浸获薪。契契寤叹,哀我惮人。

薪是获薪,尚可载也。哀我惮人,亦可息也。

"氿泉",泉流受阻而自旁溢出的泉水,狭而长。"契契",忧结貌。"惮",同"瘅",疲苦成病。这章再次借物起兴作喻:那凛冽的氿泉水,不要弄湿我刚打的柴。最难受的则是下句:"哀我惮人,亦可息也。"我长声哀叹,可怜像我这样劳苦的人。三句是生发,更是类比:柴湿了也没关系,大不了把它拉在车上。类比得出的结论是:然而我们这些劳苦者,根本没有休息的时间。真是人比柴贱,还有什么可说的。

东人之子,职劳不来。西人之子,粲粲衣服。

舟人之子,熊罴是裘。私人之子,百僚是试。

但不得不说的是:你们这些东方诸侯子弟,无须服役。西边子弟,衣裳华美。周人之子,穿着贵重的熊皮大衣。下层人民之子,干各种奴隶粗活。这章是总括,更以前后四句形成参差对比。阶级不同,贵贱有异,勿须多言。

或以其酒,不以其浆。鞙鞙佩璲,不以其长。

维天有汉,监亦有光。跂彼织女,终日七襄。

"浆",米浆。"鞙鞙",形容玉圆(或长)之貌。"璲",贵族佩带上镶的宝玉。"监",同"鉴",照。"跂",同"歧",分叉状。"织女",三星组成的星座名,呈三角形,位于银河北侧。这章语意有些模糊，概括来说，应是对东西风俗物候的自然比较：东边人饮的酒，西边人不以为好。东边人佩戴的玉，西边人不认为美。这些本来都是习俗使然，无可非议，正如：天河虽有光，不能照人影。看那织女星，日日移动却难团聚。这种对比，与其说是各自肯定风物之美，不如是说，本来我们东西如隔天河，织女难越。我们各好各的，又何必彼此侵犯？这章通用比兴、暗喻，看似言不及义，所贬斥否定的，正是前之不公现实。

　　虽则七襄，不成报章。睆彼牵牛，不以服箱。
　　东有启明，西有长庚。有捄天毕，载施之行。

　　"七襄"，七次移易位置。古人一天分十二时辰，白日分卯时至酉时共七个时辰，织女星座每一个时辰移动一次。"报章"，"报"，指织机的梭子引线往复织作；"章"，经纬纹理。"不成报章"，即织不成布帛。"睆"，明亮貌。"牵牛"，三颗星组成的星座名，又名河鼓星，俗名牛郎星，在银河南侧。"服箱"，驾车运载。"启明""长庚"，金星（又名太白星）晨在东方，叫启明；夕在西方，叫长庚。"天毕"，毕星，八星组成的星座，状如捕兔网，网小而柄长，手持之捕兔。这章紧承上章后句之意，并进一步生发：织女星织布不断，难以成匹。牵牛星是很明亮，但不能远行。而诗人最想说的，则是后两句，正如东边有启明相照，西边有长庚相守。咱们互不相犯，各自安好。即便你们伸出如同毕星那样长的网，也不能铺出合适的路，也不能把我们东边的财富全部掠夺干净。

　　维南有箕，不可以簸扬。维北有斗，不可以挹酒浆。
　　维南有箕，载翕其舌。维北有斗，西柄之揭。

　　"箕"，俗称簸箕星，四星联成的星座，形如簸箕，距离较远的两星之间是箕口。"斗"，南斗星座，位置在箕星之北。"挹"，舀。"翕"，吸引。翕其舌，吸着舌头。箕星底狭口大，好像向内吸舌，若吞噬之状。"西柄之揭"，南斗星座呈斗形有柄，天体运行，其柄常在西方。"揭"，举起。这句形容西方执柄举向东方。最后这章是总写，更是结论，同样全章用比：南边的簸箕星，不可以簸扬。北边的北斗星，不可以舀酒。南边的箕星，吐着舌头，就像有所吞噬。而那北斗星，反像有所挹取于东。这种写法，仍是为了肯定各有所好，各有所办不到。更在警醒西边人，不要贪得无厌，违背天理，否则难有好的结果。这些意思，当然是委婉托出。言辞不再犀利，力度虽然不及，但对比已是分明，意义其实显豁，说到底，仍是君子之作，亦不失温柔敦厚之诗教原旨。

《四月》：胡宁忍予

本篇的语意中心应是"胡宁忍予"，即述说了诗人对不能及时祭祀先祖的歉疚和不得已。

四月维夏，六月徂暑。先祖匪人，胡宁忍予？

"徂暑"，意谓盛暑即将过去。起句赋法：四月已到夏日，六月暑天就要结束。这个显然是周历，相对于夏历的六月、八月，在这样一种前后相续时日匆匆中，很多事情根本来不及去做。接下来当然是诗人最想说的：还请先祖原谅，您不是别人，您难道不体谅我的此种忙乱？言外之意，不是我忘了按时祭祀，实在是时序太急。

秋日凄凄，百卉具腓。乱离瘼矣，爰其适归？

"卉"，草的总名。"腓"，此系"痱"的假借字，（草木）枯萎或病。"瘼"，病、痛苦。这一章表面是另起，其实是诗人的追忆：秋日秋风萧瑟，所有草木都会枯萎。乱离让人痛心，我们将归往何处？这不只是草木之悲，更是人生悲苦。

冬日烈烈，飘风发发。民莫不穀，我独何害？

"烈烈"，即"冽冽"，严寒的样子。"飘风"，疾风，大风。"发发"，狂风呼啸之声。"何"，通"荷"，承受。这一章承续上章节序，以冬日比拟自己之不幸：冬日寒风凛冽，狂风不断。而最让诗人难以释怀的是：为什么大家都很幸福，就他一人凄凉悲苦？那么，究竟因为什么？我们亦不由得想要追问？

山有嘉卉，侯栗侯梅。废为残贼，莫知其尤！

"侯"，有。"废"，大。"残贼"，残害。这章借物起兴：就如山上生长的那些美好植物，栗树梅花之类。本是相得益彰，彼此辉耀。但人们为了摘果常常踏花，反复践踏，就真的非常过分。世间美好，本该珍惜，可人们为了一己之爱，常践踏普世之美，这不仅愚蠢更让人心寒。

相彼泉水，载清载浊。我日构祸，曷云能穀？

"构"，"遘"的假借字，遇。这章再次借泉水起兴：看那泉水，是清是浊，非常清楚。诗人想说的，当然是后面一句："我日构祸，曷云能穀？"我却一直被构陷，这种日子什么时候才能到头?就像清者自清,然世人偏要搅浑它,这究竟是因为什么?不只诗人不能明白,我们亦怅恨不已。

滔滔江汉,南国之纪。尽瘁以仕,宁莫我有?

"尽瘁",尽心尽力以致憔悴。"仕",任职。"有",通"友",友爱,相亲。这章再次以江水起兴作比:看那滔滔的江汉水,都由南方各条河流汇成。诗人想说的是后者:我任职以来从不懈怠,呕心沥血,却不得长官信任。不只诗人愤懑,我们亦是不解。

匪鹑匪鸢,翰飞戾天。匪鳣匪鲔,潜逃于渊。

"鹑",雕。"鸢",老鹰。"翰飞",高飞。"鳣",大鲤鱼。"鲔",鲟鱼。这章纯用比兴:那老鹰大雕,飞得实在是高。那鲤鱼鲟鱼,深藏在深渊。这章正意反用,表面肯定,实为谴责。无非是揭示那些势力熏天的人,不是因为德行实力,而是因为贪婪、残暴,因为狡猾、凶恶,才那样放纵强势。

山有蕨薇,隰有杞桋。君子作歌,维以告哀。

"蕨薇",两种野菜。"桋",赤楝。最后这章回归现实,亦自悲自叹。首句比兴:就像山上有蕨薇这样的野菜,低湿地里自然也会结枸杞赤楝这样的果实。诗人无非是说自己像它们一样寒微悲苦,只能接受既定命运。而最后一句,交代诗人的创作缘由:君子作这样的歌,只是表达自己内心的愁绪。

《北山》：朝夕从事

本篇的语意中心应是"朝夕从事"，称颂自己勤勉不懈。

陟彼北山，言采其杞。偕偕士子，朝夕从事。王事靡盬，忧我父母。

"偕偕"，健壮貌。首句起兴作喻：我登上那北山的最高处，我要去采摘那枸杞。诗人真正想说的是后者：我自觉身体强壮，一直以来干事情不辞劳苦。那么，诗人究竟在忧虑什么？最后两句就是交代："王事靡盬，忧我父母。"国家的事干不完，可怜我的父母没人照顾。这是他生活中最大的矛盾，亦是精神上最大的痛苦。那么，该怎么办？

溥天之下，莫非王土；率土之滨，莫非王臣。大夫不均，我从事独贤。

"溥"，古本作"普"。"率土之滨"，四海之内。古人以为中国大陆四周环海，自四面海滨之内的土地是中国领土。这章高起，似乎很有历史自豪感：天下所有的土地，没有不是周王的；四海之内所有的人，没有不是周王的臣民。这似乎是常识，毋庸置疑，也正因此，才有了后面他内心的愤懑：大夫行事不均，我干的工作最繁重。也即，大家都在为大王效劳，也应该戮力同心，可为何我如此辛苦，仍被大夫不公正地对待？事实究竟如何？不只我们关注，亦是接下来诗人所要分说的。

四牡彭彭，王事傍傍。嘉我未老，鲜我方将。旅力方刚，经营四方。

"彭彭"，形容马奔走不息。"傍傍"，急急忙忙。"鲜"，称赞。"方将"，正壮。"旅力"，体力。"旅"，通"膂"。这章正面也是具体描摹自己如何努力做事，仍是起兴作喻：我的四匹公马不休息，其实是指自己马不停蹄地干活。然而公家的事似乎没有结束的时候。幸亏我还不老，幸亏我是壮年。我可以尽力干很多事，可以奔走四方。这是自诩，亦是无奈。干，是我的本分，也是我情愿的。然而，现实又如何？看后面几章。

或燕燕居息，或尽瘁事国；或息偃在床，或不已于行。

"燕燕"，安闲自得貌。"息偃"，躺着休息。为什么有的人在家安闲度日，有的人却为国事操劳。有的人躺卧在床，有的人不息奔走。这是诗人所不能释然的。我们且看后篇。

或不知叫号，或惨惨劬劳；或栖迟偃仰，或王事鞅掌。

"惨惨"，又作"懆懆"，忧虑不安貌。"劬劳"，辛勤劳苦。"鞅掌"，事多繁忙，烦劳不堪。有的人不知人民艰苦，有的人忧愁劳累一生。有的人休息游乐，有的人仓皇奔忙。

或湛乐饮酒，或惨惨畏咎；或出入风议，或靡事不为。

"湛"，同"耽"，沉湎。"畏咎"，怕出差错获罪招祸。"风议"，放言高论。有的人沉溺饮酒，有的人心怀恐惧战战兢兢；有的人高谈阔论，有的人没有不干的事。

这三章纯用赋体，一气呵成。在两两比照中，闲忙、乐苦、贪惧截然分明。然而，为什么前者总能安享时日，后者却徒劳无益。不只诗人，就是读者至此，亦是愤愤不平。可诗歌到此戛然而止，我们甚至听不到诗人的那声长叹，说与不说有何意义？我们无从知道。而句子结束处，思绪却激荡。那么，一切又是因为什么？我们在长声浩叹的同时，亦不由得想起自己那不足为外人道的愁苦。

《无将大车》：祇自疧兮

本篇的语意中心应是"祇自疧兮"，即不要思虑太多，只会自讨苦吃。

无将大车，祇自尘兮。无思百忧，祇自疧兮。

"将"，扶，此指推车。"疧"，病痛。首句起兴作喻：不要推大车，这样会惹病。不要想太多，这样心会痛。但不推或许可以，不想可以吗？诗人的此种自洁其身固然好，但恐怕现实亦不能使他不思不虑。很多时候，回避真不是办法。

无将大车，维尘冥冥。无思百忧，不出于颎。

"冥冥"，昏暗，此处形容尘土迷蒙的样子。"颎"，通"耿"，心绪不宁，心事重重。不出于颎，犹言不能摆脱烦躁不安的心境。这章在典型的重章叠句中，使我们看到现实更为残酷，诗人的反抗也尤为强烈：不要推大车，那尘土会遮蔽眼睛。不要想太多，心中忧惧无法排遣。而我们同样知道，这种事与愿违，或生不逢时之感早已注定。能说什么？即便再不情愿，现实总需面对。

无将大车，维尘雍兮。无思百忧，祇自重兮。

"雍"，通"壅"，引申为遮蔽。"重"，通"肿"，一说借为"恫"，病痛，病累。最后这章，仍然是重章叠句：不要推大车，那尘土会遮蔽路途。不要想太多，一定要珍惜自己。到这章，我们看不到上章的愤慨及排斥，我们只看到了认命，或者自勉。而我们在诗人的此种感慨中，亦只能长叹一声。

《小明》：至于艽野

本篇的语意中心应是"至于艽野"，即我被迫行役到西边去，到了那荒凉野蛮处。

明明上天，照临下土。我征徂西，至于艽野。二月初吉，载离寒暑。

"艽野"，荒远的边地。"二月"，指周历二月，即夏历十二月。"初吉"，上旬的吉日。起句比兴作喻：那光明的上天，照临着下土。诗人想说的，当然是后句：我行役到西边，到那荒凉的地方。合起来，是说老天怎么不长眼，怎会让我遭逢这样的不幸。显然，前两句是为了反衬后两句，而最后两句，更说明此种事情的匪夷所思：就在岁末年尾，寒暑将尽，如此吉祥的日子，我却被迫再次远行。

心之忧矣，其毒大苦。念彼共人，涕零如雨。岂不怀归？畏此罪罟！

"毒"，痛苦，磨难。"共"，通"恭"，此指恭谨尽心。"罪罟"，指法网。"罟"，网。这章直抒此种出征带给自己的伤害：我的内心如此忧伤，此种伤害是如此之深。想起好朋友们，我不由得泣涕涟涟。怎能不想着回去？只是害怕回去后受到惩罚。

昔我往矣，日月方除。曷云其还？岁聿云莫。念我独兮，我事孔庶。

"除"，除旧，指旧岁辞去、新年将到。"其"，将。"聿云"，二字均为语助词。"莫"，古"暮"字。岁暮即年终。这章交代前事，更是今昔对比：从前我来的时候，旧岁辞去，新年将到。什么时候才能回去？一年又这样过去了。而自己的眼下是这样：可怜我独自一人，要干的事又实在多。由此看来，前面两章，全是追忆。追忆并非忆旧，而是历数当初被迫行役西边的种种苦痛。而到这章，此刻，更是满目沧桑，无法直面。

心之忧矣，惮我不暇。念彼共人，眷眷怀顾！岂不怀归？畏此谴怒。

"惮",通"瘅",劳苦。这章又回应上章,重申自己的苦痛:我心中忧虑的,是那些让我没有闲暇的日子。想起那些好朋友,我真的是深切怀念他们。我难道不想回去?我是害怕遭到当权者的惩罚!

昔我往矣,日月方奥。曷云其还?政事愈蹙。岁聿云莫,采萧获菽。

"奥","燠"之假借,温暖。这章诗意似乎再次宕起:从前我来的时候,天气还很暖和。由此引出的却是下句:"曷云其还?政事愈蹙。"为什么不能回去?实在是因为公家的事非常紧急。具体来说,自己的当下是:一年又要结束,又要采摘艾蒿收割豆子。这一章,诗人似乎在为自己的不能归去做申辩。其中有不得已,但更多的,则是对自身责任的担当。

心之忧矣,自诒伊戚。念彼共人,兴言出宿。岂不怀归?畏此反覆。

"诒",通"贻",遗留。"兴言",犹"薄言",语首助词。这章再次交代自己内心的愁苦,留下来的不得已:我怎能不想我的那些好朋友,我们曾经一高兴就到处游玩。我怎能不想着回去?我实在是害怕世事多变,轻易获罪。

嗟尔君子,无恒安处。靖共尔位,正直是与。神之听之,式榖以女。

这章应是反指和自己命运相对,或就是那些安享富贵的君子:可叹你们这些贵人,不要以为你们的安处理所应当。请你们认真地对待自己的职责,保持正直。真正正直的人,神明都会知道,它会降福给你们。这不只是警策,更是自勉。

嗟尔君子,无恒安息。靖共尔位,好是正直。神之听之,介尔景福。

"介",给予。最后这章重复上章用意,句子也只做简单变化。诗中所要强化的,同样是警示那些安享太平的君子,不要觉得这一切理所应当。言外之意,正是因为有像自己这样被迫行役的人,对方才能拥有当下的幸福。当然,除了警示他们,诗中也在说明:一个人一定要认真对待自己的职业,与正直的人为伍。心底无愧神明都会知道,亦会赐给人们大的福气。这是自我肯定,更是自我期许。其实,诗意到此,我们已完全感知不到诗人最初的愤懑。不知是真想开了,还是觉得一切已无可挽回,只能顺应。

《鼓钟》：怀允不忘

本篇的语意中心应是"怀允不忘"，即表达诗人对前代圣贤的没齿难忘。

鼓钟将将，淮水汤汤，忧心且伤。淑人君子，怀允不忘。

前两句应是场面描写，或是音乐初起时内心的感受：那钟声锵锵作响，振聋发聩，眼前的淮河水浩浩汤汤，诗人内心却惆怅恍惚。显然，这是借题发挥，或者就是比兴，所要兴起，或他所关念的，当然是后者：先贤前圣，如何能够忘记你们。这是典型的见贤思齐，这也是我们见到美、景仰美之时，最正常的心理活动：我们恨不能生于同时同世。

鼓钟喈喈，淮水湝湝，忧心且悲。淑人君子，其德不回。

"喈喈"，象声词，形容钟声和谐。"湝湝"，水流貌，犹"汤汤"。这章给人的感觉，音乐已入佳境，不只钟声和谐，眼前水流亦已平缓。然而诗人内心的伤痛并未平息，他甚至更加忧郁。他所哀伤的是：前世的圣贤，你们的恩德我们怎就不能保持？这章不只是诗人的焦虑，更是其对自身不能担此大任、传承文明的自责。

鼓钟伐鼛，淮有三洲，忧心且妯。淑人君子，其德不犹。

"妯"，因悲伤而动容、心绪不宁。"犹"，已，缺点、毛病。这时候，钟鼓齐鸣，就在淮水的三个小岛上，我怎能不哀伤。前世音乐的创造者，你们的技艺怎就如此高超？

鼓钟钦钦，鼓瑟鼓琴，笙磬同音。以雅以南，以籥不僭。

"钦钦"，象声词，犹"将将"。"磬"，古乐器名，用玉或美石制成，有孔穿绳索悬于架上，敲击发声。"雅"，原为乐器名，状如漆筒，两头蒙以羊皮。引申为乐调名，指天子之乐，或周王畿之乐调，即正乐。"南"，原为乐器名，形似钟。引申为乐调名，或说指南方江汉地区的乐调。"籥"，乐器名，似排箫。古代羽舞时边吹籥，边持翟。"僭"，超越本分，此训乱。"不僭"，犹言按部就班，和谐合拍。最后这章，不仅是尾声，更是和声：钟鼓敲起来，锵锵作响，有的鼓琴，有的作瑟，非常和谐。有的奏雅，有的吹起南方小调，以箫相和，没有一丝庞杂。一切都是那样完美。之前被触发的思古幽情，似乎亦在这样的乐声中沉寂。也可能是一曲既终，赏心乐事之后的暂时落幕。想象中下一曲,亦若空谷之音会再次响起,我们期待着。亦在此期待中,黯然神伤,仿佛美好事物真不能长久。

《楚茨》:我蓺黍稷

本篇的语意中心应是"我蓺黍稷",即对自己能种植黍稷的自豪感。

楚楚者茨,言抽其棘。自昔何为,我蓺黍稷。我黍与与,我稷翼翼。

"楚楚",植物丛生貌。"茨",蒺藜,草本植物,有刺。"言",爱,于是。"与与",茂盛貌。"翼翼",整齐貌。起句比兴作喻:那蒺藜繁密丛生,如何能够拔掉棘上的刺。这似乎是件难办的事,甚至根本不可能办到。但于诗人而言,一切都不在话下:自古以来就是这样,我们种植粮食,我们的黍稷长势喜人,粮食准备充足。这应是我们先祖早期掌握农耕技术后的自豪与满足。他们似乎与生俱来就会种植粮食,就能自给自足,变不可能为可能。这种确定性,是他们存活于世的基本保证。我们看接下来他又会说什么。

我仓既盈,我庾维亿。以为酒食,以享以祀。以妥以侑,以介景福。

"庾",露天粮囤,以草席围成圆形。"维",是,一训"已"。"侑",劝进酒食。"介",借为匄,求。这章更是一气呵成谱写仓廪之实,酒食之丰:我的粮仓满了,我露天堆放的粮食还很多。我酿了美酒,准备了丰盛的食物,以供奉祖灵。此种丰盛不只自己受用,更会回报祖先,让神安享这种福分,请他继续福佑我们。凡此种种,心满意足。我们亦在此满足中,欣羡更美的生活。

济济跄跄,絜尔牛羊,以往烝尝。或剥或亨,或肆或将。

"济济",严肃恭敬貌。"跄跄",步趋有节貌。"烝",冬祭名。"尝",秋祭名。"剥",宰割肢解。这一章是写秋收之后,人们尽情享受劳动果实,同时不忘祖先,完成秋祭,并对祭祀场面做了极力描写。先是助祭者,他们人很多,走路恭谨,带着牛羊前来献祭。接着是准备阶段,各有分工,有的宰杀,有的烹制,有的陈列,有的端着。

祝祭于祊,祀事孔明。先祖是皇,神保是飨。孝孙有庆,报以介福,万寿无疆。

"祝",太祝,司祭礼的人。"祊",设祭的地方,在宗庙门内。"皇",往。

一说为彷徨，即神灵徘徊。这章依次写祭祀人物、场面，太祝在宗庙门内设置祭坛，祭祀的礼节非常周详。先祖是最大的神，请保佑我们，请尽情享用。接着写主祭者，孝子贤孙非常欢欣，请赐给我们最大的福气，请保佑我们万寿无疆。这是在世之人与先人的一次交接，一种对话。在此种仪式中，各尽本分，各取所需，而所有祖宗的遗训和先则亦因此保留并传承。庄严、肃穆，而又合家欢欣。似乎因此超越生死界限。亦因此逝者的生命及荣德成为永恒。生者亦在此种仪式中，慢慢消解了对死亡的恐惧，且对美德后荣倍加尊崇。这或就是他们不厌其烦地进行此种祭祀的意义。祭祀逝者，在某种程度上，更为激励生者加入这样一支浩浩荡荡、前后相续的队伍。也因此，历史绵延，文明存续。

执爨踖踖，为俎孔硕。或燔或炙，君妇莫莫。为豆孔庶，为宾为客。

"执"，执掌。"爨"，炊，烧菜煮饭。"踖踖"，恭谨敏捷貌。"俎"，祭祀时盛生肉的铜制礼器。"莫莫"，恭谨。"豆"，食器，形状为高脚盘。这章具体分陈祭祀者的各自职责及宴饮场面：厨师敏捷恭敬，那个礼器实在是大。有的烧有的烤，君妇们都清静恭敬。他们做的食物实在是多，不管宾主，你来我往皆互致敬意。

献酬交错，礼仪卒度，笑语卒获。神保是格，报以介福，万寿攸酢。

"献"，主人劝宾客饮酒。"酬"，宾客向主人回敬。"酢"，报。这章是总括性抒写，更是祈福：礼仪完全合乎法度，说话聊天恰到好处。神会保佑我们，请求您赐福我们，请让我们永远存在。似乎一切都符合法度，一切都依然如故。神亦如他们般享受此种场面。在此过程中，一切得以允诺，一切也会永恒。

我孔熯矣，式礼莫愆。工祝致告，徂赉孝孙。苾芬孝祀，神嗜饮食。

"熯"，通"戁"，敬惧。"工祝"，太祝。"致告"，代神致辞，以告祭者。"赉"，赐予。"苾"，浓香。这是主祭者的告白或内心刻画。他所忧虑的，是怕不合规矩，有失礼仪。所幸一切都很完美。他说他真的是非常恭谨，但愿礼仪没有差错。他请官祝转致告示，他们的祖先会赐福给他的孝子贤孙。他很享受祭祀，十分喜欢酒食，希望一切如愿，在祭祀完成的同时，所求亦得到应允。于是，举族欢庆，皆大欢喜。

卜尔百福，如几如式。既齐既稷，既匡既敕。永锡尔极，时万时亿。

"卜"，给予，赐予。"几"，借为期。"齐"，通"斋"，庄敬。"稷"，疾，敏捷。"敕"，通"饬"，严整。"锡"，赐。这章应是工祝假借祖先的身份对祭祀者的致辞，亦是祭祀者最喜听到的允诺：赐给你们所有的福气，你们的祭祀合乎我的期望，也合乎法度。我会赐给你们最大的福气，并且永远如此。此种承诺，就在这种仪式中，不断被强化。先人与后人，亦因为此种承诺或交接而重新或不断得到连接。

礼仪既备，钟鼓既戒。孝孙徂位，工祝致告。神具醉止，皇尸载起。

"戒"，备，一说训告。"徂位"，指孝孙回到原位。"皇尸"，代表神祇受祭的人。这章应是祭终，他们宣称，礼仪完备，奏钟敲鼓以告礼成。于是主人回到原来西面的位置上。祭祀者上来陈词：神已喝醉，祖先们就要告辞。这是又一次与先人、与过往的告别，而所有这一切，其实都是为了生者、当下，为了继续前行。且看作别过往之后，他们如何继续。

钟鼓送尸，神保聿归。诸宰君妇，废彻不迟。诸父兄弟，备言燕私。

"聿"，乃。"宰"，膳夫，厨师。"彻"，通"撤"。"废彻"即撤去祭品。"不迟"，不慢。"燕"，通"宴"。"燕私"，祭祀之后在后殿宴饮同姓亲属。这章具体抒写送别场面及人间分工：鼓钟送别，神也随着回去。所有的厨师主妇，快去把祭品收起来。各位同辈兄弟，让我们开始私宴。给我们的感觉是，一切纷至沓来，一切又重新有序。在告别逝者的同时，他们终于掀开新的一页。

乐具入奏，以绥后禄。尔肴既将，莫怨具庆。既醉既饱，小大稽首。

"入奏"，进入后殿演奏。祭时在宗庙前殿，之后到后面的寝殿举行家族私宴。"绥"，安，此指安享。"后禄"，祭后的口福。这章是谱写他们此刻的家宴，主要是以娱乐眼前人为目的：礼乐奏响，让我们安享眼前。我们的酒席已经备好，没有任何毛病大家都来祝贺。请尽情地喝，尽情地吃。请老老小小尽情享受。真是合家欢欣，于古有征。他们正在承续祖先的功德，且一往无前。

神嗜饮食，使君寿考。孔惠孔时，维其尽之。子子孙孙，勿替引之。

最后这章是总结，更是升华：祖灵喜欢您的祭品，您一定会长寿。您的祭祀很顺利，很及时，因为您完全遵守祭祀礼节。我们祖祖辈辈，子子孙孙，都不会废止，会一直保持下去。这不只是对过去的交代，更是对未来的承诺：似乎祖祖辈辈，就是这样世代承续，不会相忘。而祖灵亦非常热爱我们，会衷心赐予我们幸福。我们的子子孙孙永不衰败，荣耀万世。我们亦在此种和声中陶然如梦，渴望万古如斯。

《信南山》：曾孙田之

本篇的语意中心应是"曾孙田之"，即对自己治理山河的由衷喜悦。

信彼南山，维禹甸之。畇畇原隰，曾孙田之。我疆我理，南东其亩。

"信"，即"伸"，延伸。"甸"，治理。"畇"，平整田地。"畇畇"，土地经垦辟后的平展整齐貌。"原隰"，泛指全部田地。"理"，田中的沟陇，此处亦用作动词。"疆"指划定大的田界，"理"则细分其地亩。"南东"，用作动词，指将田垄开辟成南北向或东西向。起句用赋，兼有比兴：看那绵延高耸的终南山，只有大禹能够治理。眼前这平坦齐整的原野，就由我来耕耘。这当然是咏叹，不只是前人栽树后人乘凉，更是对眼前沃野千里的满足与自豪。就此，整个诗篇的重心就落在"曾孙田之"这句。曾孙当然是周王自称，是针对列祖列宗而言。看来此篇应是祭祀用诗，且为冬祭。接下来就是具体落实自己如何耕作：他说已经划定田的大小界，有序地把它们进行规整分割。

上天同云，雨雪雰雰。益之以霡霂，既优既渥，既沾既足，生我百谷。

"上天"，冬季的天空。"同云"，天空布满阴云，浑然一色。"雰雰"，纷纷。"霡霂"，小雨。"渥"，湿润。上章若是总写、交代，这章就是回归眼前，展望未来，从适合耕作的气候或天时因素考虑：冬日的天空阴云密布，雪花纷纷飘落。接下来就会小雨不断，温暖润泽，非常适合养育种植各种谷物。

疆场翼翼，黍稷彧彧。曾孙之穑，以为酒食。畀我尸宾，寿考万年。

"场"，田界。"翼翼"，整齐貌。"彧彧"，同"郁郁"，茂盛貌。"穑"，收获庄稼。"畀"，给予。农耕当然要靠天吃饭，这是前提。若上章肯定的是适合农耕的天时，这章相应交代的便是此种耕作能够顺利进行的地利及人和，这是保证。基于此，诗人首先称颂的是治理的田地：我们所划定的田界非常整饬，谷物生长茂盛。也因此，我们收获的粮食很多，我们准备了美酒佳肴。最后才是回归正题，交代此刻他们所干的工作：现在我们就要献给神尸，请他保佑我们大伙万寿无疆。这是隆重的开场，亦是生命的相续。接下来，我们看如何进行告慰或祈福。

中田有庐,疆场有瓜。是剥是菹,献之皇祖。曾孙寿考,受天之祜。

"庐",本意为草庐,房屋,此处或是"芦"之假借,即芦菔,今称萝卜。"菹",腌菜。这章起首两句表面运用赋法,直接描摹种地场景:我们把中间的田地种植萝卜,边远的地里栽上瓜果。秋收的时候,剥皮腌制,献给先祖。这两句,我们同样可看作比兴,也就是无论萝卜、瓜类,还是任何作物,我们都需您的护佑。而最后一句,更强化此种意思:连同我的寿命都受您护佑,您真是无所不能。这是谦卑,更是对君祖的无限敬仰。也正因此,才有下面的隆重祭祀。

祭以清酒,从以骍牡,享于祖考。执其鸾刀,以启其毛,取其血膋。

"骍",赤黄色(栗色)的牲畜。"牡",雄性兽,此指公牛。"鸾刀",带铃的刀。"膋",脂膏,此指牛油。这章直接谱写祭祀的壮观场面:让我们把清澄的酒祭上,随后再献上赤黄色的公牛,请先祖好好享用。拿那把带铃的刀,割开牲口的毛皮,取其血饮。这当真是茹毛饮血,但我们亦可理解为某种仪式,我们可以想象此种场面的热烈与雄壮。也许,以农耕为主的他们,尚未脱离游牧。或者说,他们所期冀的生活,应不只是躬耕田亩之外,更有繁殖不息。

是烝是享,苾苾芬芬。祀事孔明,先祖是皇。报以介福,万寿无疆。

"烝",冬祭。"苾",浓香。这是终章,亦是宣告:祭祀开始,食物香醇。祭品如此之多,请祖先们尽情享用,也请先祖保佑我们万寿无疆。这是典型的祭祀用语,且是冬祭场面。于是,所有的祝福与期冀,亦在此种仪式中,渐次上演。

《甫田》:食我农人

该篇的语意中心应是"食我农人",表面上是给我的农人吃,实际上是期冀来年继续丰收,而农人显然是取得此种丰收的保证。

倬彼甫田,岁取十千。我取其陈,食我农人。自古有年。

今适南亩,或耘或耔。黍稷薿薿,攸介攸止,烝我髦士。

"倬",广阔。"甫",大。"十千",言其多。"耘",锄草。"耔",培土。"薿薿",茂盛貌。"烝",进呈。"髦士",英俊人士。这篇应是周王春祭用曲,起篇就描摹他那广阔的田野，田野上每年都能生产很多粮食。这是肯定，更是希冀。他希望这样的日子万古如斯。但这种希冀能否实现，更仰赖于他的农人。所以接下来两句就是："我取其陈，食我农人。"我取那旧的粮食，给我的农人吃。有付出才有收获。陈粮更意味着丰年。陈粮给农人吃，并没有今日意味的刻薄，而是我们的先祖，已在日复一日地秋收冬藏中，养成了这样的习惯。所谓家有余粮心中不慌，与农人共享，更期冀下一个丰年。这种美德或善事亦是众神灵所愿。所以，接下来，他就直接交代祭祀事宜：自古以来都是这样。今天我到这南边的田地巡视，我会跟大家一起耕耘，一起播种。我们种下谷物，希望它能长势茂盛，愿我们所求丰足，我会进呈各路神灵。这是祈福，亦是彼此允诺。似乎在这样一种关于对未来生活的美好预设中，他们达成共识，彼此受益，共享尊荣。

以我齐明，与我牺羊，以社以方。我田既臧，农夫之庆。
琴瑟击鼓，以御田祖。以祈甘雨，以介我稷黍，以穀我士女。

"齐明"，即粢盛，祭祀用的谷物。"牺"，祭祀用的纯毛牲口。"社"，祭土地神。"方"，祭四方神。"臧"，好，此指丰收。"御"，同"迓"，迎接。"田祖"，指神农氏。这章一路铺陈，不仅祭祀物资充足，而且心意实诚，感觉各路神灵正在享受祭品：用我谷物，用我牛羊，祭祀土地爷和四方诸神。我的田地是真的好，一切都仰仗你们，这也是农人的幸运。我琴瑟相和、击鼓相庆，迎祭农神。请老天爷及时下雨，保佑谷物生长，好养活我的子民。

曾孙来止，以其妇子。馌彼南亩，田畯至喜。攘其左右，尝其旨否。
禾易长亩，终善且有。曾孙不怒，农夫克敏。

"曾孙"，周王自称，相对神灵和祖先而言。这一章，交代主祭者，亦告慰神灵，以安其心：我来主持祭祀，我率领着妇女孩子。我已把食物分送田头，管理田地的农官非常开心。请大家赶快上来享用，看看食物是否可口。看那庄稼长势喜人，丰收应可保证。我是如此喜悦。农人们实在勤快。

曾孙之稼，如茨如梁。曾孙之庾，如坻如京。
乃求千斯仓，乃求万斯箱。黍稷稻粱，农夫之庆。报以介福，万寿无疆。

"茨"，屋盖，形容圆形之谷堆。"梁"，桥梁，形容长方形之谷堆。"庾"，露天粮囤。"坻"，小丘。"京"，冈峦。最后这章，是总结，是自诩，更是承诺：愿我的粮食，装满仓。愿我的粮食，堆如山。愿我们有更多收获，更多粮仓。无论黍稷稻粱，我们都很欢喜。请神灵赐福给我们，也祝神灵万寿无疆。何止皆大欢喜。世间所有生灵，都于此刻得到欢欣。

《大田》：俶载南亩

这篇也是祭祀用曲。该篇的语意中心应是"俶载南亩"，即从南北垄向的田地开始耕种。

大田多稼，既种既戒，既备乃事。以我覃耜，
俶载南亩。播厥百谷，既庭且硕，曾孙是若。

"覃"，"剡"的假借，锋利。"耜"，古代一种似锹的农具。"俶载"，开始从事。"庭"，通"挺"，挺拔。这篇用赋法，开篇交代选种、修理农具等事宜：公田上要种植很多作物，边选种边整修农具，这些工作都要做好。这当然是准备阶段，接下来才是正式开始耕种，用我锋利的犁头开始耕种南亩。我们播下各种谷物，希望它们长得高大肥硕，我的心愿就是这样。显然，作为祭祀用诗，这个属于直入主题。我们所做的一切，就是为了眼前这耕作大事。"俶载南亩"这句，正是这一切的开端，就像播下希望。

既方既皂，既坚既好，不稂不莠。去其螟螣，
及其蟊贼，无害我田稚。田祖有神，秉畀炎火。

"方"，通"房"，指谷粒已生嫩壳，但还没有合满。"皂"，指谷壳已经结成，但还未坚实。"稂"，指穗粒空瘪的禾。"莠"，田间似禾的杂草，也称狗尾巴草。"螟"，吃禾心的害虫。"螣"，吃禾叶的青虫。"蟊"，吃禾根的虫。"贼"，吃禾节的虫。这章写谷物的整个成长过程，包括除草、去虫这些必要的农活，充满艰辛：禾苗开始秀穗进入灌浆期，很快籽粒坚硬。开始成熟，地里没有秕禾也没有杂草。农夫们除掉食心虫、食叶虫，还有那些咬根、咬节的虫子，不让害虫祸害我的嫩苗苗。也正因此，诗中特别希望田祖有灵，可以驱除害虫，就像燃起自然之火，让它们消失于无形。

有渰萋萋，兴雨祈祈。雨我公田，遂及我私。
彼有不获稚，此有不敛穧，彼有遗秉，此有滞穗，伊寡妇之利。

"有渰"，即"渰渰"，阴云密布貌。"祈祈"，徐徐。古代井田制，井田九区，中间百亩为公田，周围八区，八家各百亩为私田。八家共养公田。公田收获归农奴主所有。"稚"，低小的穗。"穧"，已割而未收的禾把。这章可能是写眼前景，也可能是写

祈雨和对田间收成的观望与分配:看那阴云密布,请老天爷多下些雨。下到我的公田里,下到我的私田里。那边有不曾收获的嫩苗,这边有没拾完的庄稼。那边还没收干净,这边也有落下的。禾穗都留给寡妇。看来,主祭者不只熟悉这一切,更对每一个细节把控得体,特别是最后留待寡妇那句,不只是积善,亦是自然而然的举措,即此,亦可见周王朝的仁政礼仪不是说说而已。

曾孙来止,以其妇子。馌彼南亩,田畯至喜。

来方禋祀,以其骍黑,与其黍稷。以享以祀,以介景福。

"禋祀",升烟以祭,古代祭天的典礼,也泛指祭祀。"骍",赤色牛。"黑",指黑色的猪羊。"与",加上。最后这章,交代主祭之人,所谓曾孙,则是周王自称:我来了,率领着妻子、孩子。我们已经把食物分送至田头,管理农事的官员非常开心。我来这边祭祀,用那赤黑色的牛,黑色的猪,还有很多谷物。请您享受祭祀,请您赐福于我。这是又一次与天地神灵的交接,也是又一次相互承诺。正是在这样仪式化的进程中,我们看到新的一年开始,且周而复始,永世如此。这就是他们最大的确定,亦是最能向望的未来。一切似已圆满,且达于永恒。

《瞻波洛矣》:福禄如茨

本篇的语意中心应是"福禄如茨",即概括介绍周王对于臣民的恩惠之多。

瞻彼洛矣,维水泱泱。君子至止,福禄如茨。韎韐有奭,以作六师。

古有二洛水,一发源于陕西西北,流入渭水;一发源于陕西南部,经洛阳而流入黄河。朱熹认为此诗所指为经洛阳而流入黄河的洛水。"泱泱",水势盛大的样子。"茨",茅草屋盖,有多层。"如茨",形容其多。"韎",用茜草染成赤黄色的革制品。"韐",蔽膝。此为天子用兵时所穿的服饰。"奭",赤色貌。"有奭",形容韎韐之色鲜红。"六师",指天子之军。首句起兴作喻:看那洛河水,浩浩汤汤。诗人想说的是后句:"君子至止,福禄如茨。"君子来到这里,福禄无边。前之洛水,可能是眼前景,也即此种比兴,是自然而然由眼前景引起。后之"如茨"则明显是此种喻义的进一步延伸,如屋上茅草根本数不清。经由前后两重比喻,就把周王之天恩浩荡、普惠臣民之意完全烘托出来。接下来,便是隆重推出周王:他身着鲜艳的革衣和蔽膝,统率大军来到这里。

"瞻彼洛矣,维水泱泱。君子至止,鞸琫有珌。君子万年,保其家室。

"鞸",刀鞘,古代又名刀室。"琫",刀鞘口周围的玉饰。"有珌",即珌珌,玉饰花纹美丽貌。这章是典型的重章叠句,在简单的字句变换中,我们看到第四句"鞸琫有珌"比上一章的"福禄如茨",应是侧重于君子的个人德行。或者说,在此种以玉喻美的言说技巧中,我们更看到他的内外如一。也正因此,接下来的祝福,便更为自然。合起来就是:看那洛河水,水流汹涌。周王来到这里,刀鞘口饰有美丽花纹。希望周王长命百岁,永远卫护我们国家。

瞻彼洛矣,维水泱泱。君子至止,福禄既同。君子万年,保其家邦。

"既同",指福气聚集。最后这章,在重章叠句的同时,再次强化前面诗意。我们眼前所见、心中所想,就是这样一位有德君子,可以寄予希望,更可以共度余生。这亦是几千年来,我们民族的共同心愿。我们总期望有那样一位明君,能够统率大军、惠及乡亲、保家卫国、国泰民安。

《裳裳者华》:我心写兮

本篇的语意中心应是"我心写兮",极写自己心情舒畅。

裳裳者华,其叶湑兮。我觏之子,我心写兮。我心写兮,是以有誉处兮。

"裳裳","堂堂"之假借,鲜明美盛之意。"湑",指枝叶茂盛。"觏",遇见。"写",通"泻",心情舒畅。该篇应是以周天子的口吻对臣子说话。起句比兴:看那鲜艳明媚的花,它的叶子也如此繁茂。此处显然是以花喻自己,以叶比臣子。接下来自然引出此番相遇:我见到你们,心情特别舒畅。我非常开心,也正因此,相信我们能和乐相处。应该说,整章流畅自然,和谐愉悦。把天子对臣子的满意和赞美写得极其生动亲切。我们看下一章,又会说什么?

裳裳者华,芸其黄矣。我觏之子,维其有章矣。维其有章矣,是以有庆矣。

"芸其",即"芸芸",花色彩浓艳之貌。这一章,以鲜艳美盛之花亦有萎黄的时候,反喻他所称颂的臣子，比鲜花更美，更持久。也就是说，他最为看重的是他们那如鲜花般美好的品质或才华。最后一句，更是肯定此种意蕴：我看重你们，真是因为你们如此美好。

裳裳者华，或黄或白。我觏之子，乘其四骆。乘其四骆，六辔沃若。

"骆"，黑鬣黑尾的白马。这章语意有些变化，或者说重点放在前之推崇的臣子的美德与才华上。而这些特质，同样以花兴起，又比之。那色彩缤纷的花，本身就有黄有白。我眼前所见的你们，却乘着四匹黑鬣黑尾的白马，手握缰绳神采奕奕。言外之意，当然是比花都美。这章应是极尽对臣子的赞美之意。

左之左之，君子宜之。右之右之，君子有之。维其有之，是以似之。

"左"和下文的"右"，指左右辅弼，君子的帮手。"君子"，指前所言"之子"。一说指古之明王。"似"，当为"嗣"之假借，继承。最后这章，不再比兴，而是直接用其意：或左或右，你们都是我的好帮手。或右或左，你们都值得我拥有。正因为你们如此美好，我们才能继承祖上的功业并发扬光大。应该说，到最后这章，那种上下一心、意气飞扬的感觉更为集中，我们所感受到的那种时代气息亦更为明显。这篇说到底，应是周人礼仪之邦的典范摹写，亦是被后人看好的君臣关系的最佳范例。

《桑扈》：受天之祜

本篇的语意中心应是"受天之祜"，祝词，即受上天的庇护。

交交桑扈，有莺其羽。君子乐胥，受天之祜。

"桑扈"，鸟名，即青雀，亦名布谷。"交交"，鸟儿彼此和鸣声。"莺"，有文采的样子。羽毛有文采，喻诸侯有才华。首句以布谷起兴作喻：布谷声声叫，它的羽毛如此美丽。诗人想说的是：我们大家也是这样，非常开心快乐，因为老天始终眷顾我们。

交交桑扈，有莺其领。君子乐胥，万邦之屏。

这章于重章叠句中，稍做变化。"领"比"羽"更为关键，后面引起的"万邦之屏"，正是为了呼应此"领"之重要。合起来就是：那彼此和鸣的布谷鸟，有着漂亮的颈项。

我们大家真的非常了不起,我们都是保家卫国的重臣。这章应有上下一心共同御敌之意。

之屏之翰,百辟为宪。不戢不难,受福不那。

"之",是。翰,"干"的假借,支柱。"百辟",各国诸侯。"宪",法度。"戢",克制。"难",通"傩",行有节度。这章是针对上章之"屏"进一步引申:如同屏障梁柱,诸侯们都是保家卫国的榜样。大家彼此友爱又遵从法度,无论多少福气都担当得起。

兕觥其觩,旨酒思柔。彼交匪敖,万福来求。

"兕觥",牛角酒杯。"觩",弯曲的样子。"交","儌"的假借。"匪敖",不傲慢。"敖",通"傲",倨傲,傲慢。"求",同"逑",聚集。这章既是收尾,亦是互期:让我们端杯互祝,美酒相随。在位者不倨傲,同享福共富贵。至此,我们亦不免同仇敌忾,与有荣焉。

《鸳鸯》:福禄宜之

本篇的语意中心应是"福禄宜之",就是祝福在座嘉宾尽享福禄。

鸳鸯于飞,毕之罗之。君子万年,福禄宜之。

"毕",长柄的捕鸟小网。"罗",无柄的捕鸟网。"宜",《说文解字》中"宜,所安也。",引申为享。这篇可看作祝酒词,可以是周王对宾客的致辞,更可看作日常致意。起句比兴:看那鸳鸯鸟儿成双结对,却遭遇大小罗网。诗人真正想说的,或反其意托出的,却是:让我们大家健康长寿,尽享福禄。鸳鸯本是世人羡慕的对象,但诗人于此,却指出它们生命的短暂,或遭遇不测的可能。由此引出的,自然是希望我们不要像它们,我们要不只年寿,就是福禄亦能共享。应该说,这是当时人们,或者就是整个人类长存的愿望。

鸳鸯在梁,戢其左翼。君子万年,宜其遐福。

"戢",插,谓鸳鸯栖息时将喙插在左翅下。"遐",长远。这章再次以鸳鸯起兴:看那鸳鸯鸟停在河梁,本是休息,却时时把喙插在翅下保持警惕。由此反衬的,当然是我们人类也要保持警惕,不能懈怠。只有这样,最后两句:我们才能长命百岁,永享福禄。

乘马在厩,摧之秣之。君子万年,福禄艾之。

"摧",通"莝",铡草喂马。"秣",用粮食喂马。"艾",养。一说意为辅助。"乘马在厩"很可能是眼前所见,更可能是心中所想:就像那驾车的马儿养在棚中,必须给它喂草吃粮。其实诗人想说的是:我们人类也一样,要想长命百岁,一定要惜福。

乘马在厩,秣之摧之。君子万年,福禄绥之。

这章重申并强化上章用意:只有马厩中养了强壮的马,我们的安全才有保障。引申出的当然是后句:我们大家一定要健康平安,这样才能共享福禄。

《頍弁》:兄弟匪他

本篇的语意中心应是"兄弟匪他",即对兄弟相亲、患难与共的向望。

有頍者弁,实维伊何?尔酒既旨,尔肴既嘉。岂伊异人?兄弟匪他。
茑与女萝,施于松柏。未见君子,忧心奕奕;既见君子,庶几说怿。

"頍",有棱角貌。"弁",皮弁,用白鹿皮制成的圆顶礼帽。"伊",当作"繄",犹"是"。"茑""女萝",都是善于攀缘的蔓生植物。"奕奕",心神不安貌。"说怿",欢欣喜悦。"说",通"悦"。起首两句起兴作喻:鹿皮礼帽尖尖戴,您本来就是我们的头,用不着跟我们客气。中间两句顺承前意:您的酒很甜,您的菜又香。诗人真正想说的是,我们不是别人,我们是好兄弟。这几句应该是一种召唤,一种共情。我们本来是兄弟,彼此无须生分。而接下来几句紧承其意,进一步陈说他们之间非同一般的关系:我们如同茑与女萝,寄生在您这里。"松柏"是指对方,也就是后之"君子"。而我们对于君子您,没见到的时候,心神不定。现在终于见到,我们自然能够放心。这章读来,让人心痛。想来在一个没落时代,落难之王族,与他们的领主,本就是一种相互依托的关系。

有颊者弁,实维何期?尔酒既旨,尔肴既时。岂伊异人?兄弟具来。
茑与女萝,施于松上。未见君子,忧心恛恛;既见君子,庶几有臧。

"何期",犹言"伊何"。"期",通"其",语助词。"时",善也,物得其时则善。"恛恛",忧愁貌。这章于重章叠句中,我们看到时间的延续,更看到彼此的无可奈何:您当然是我们的领袖,用不着跟我们客气。您的酒很甜,您的饭很好。我们不是外人,我们是兄弟。我们对您,就像茑与女萝,缠绕在松树上。没见到您的时候,满腹忧虑;见到您,才终于放下心来。这些叙说、抒写,很沉痛,想让对方安心,一方面寄予对方厚望,另一方面其实很无助。

有颊者弁,实维在首。尔酒既旨,尔肴既阜。岂伊异人?兄弟甥舅。
如彼雨雪,先集维霰。死丧无日,无几相见。乐酒今夕,君子维宴。

最后这章,似乎在彼此的交流与互动中,各自安下心来。是的,能说什么?就让我们尽享眼前,及时行乐。主旋律再起:皮帽尖耸,您是我们的首领。您的酒很甜,您的菜真多。难道是别人?我们就是一家人。诗人内心的隐忧仍在,不接受又能怎样:就像雨雪,总是在一起消失。没有时间了,我们好好珍惜眼前。今日让我们尽饮美酒,大家只管享受宴会。应该说,这是人类面对不可逆转的社会现实时,自然而然的应对策略。说是随遇而安也罢。当然,此种及时行乐,不只存在于《古诗十九首》中,人性自古皆然。当活着作为人类的第一需求时,我们根本无须去评判它是符合后世儒家的有为抑或道家的无为。也许在老祖宗那里,在某种层面上,它真是一体的。都是为了活着。活着之后,才有可能去想如何更好地活着。这不只是《诗经》现实主义之所在,更是几千年来我们所秉承的生活理念。

《车舝》：德音来括

本篇的语意中心应是"德音来括"，诗歌主人公应是一位正在驾车迎娶新娘的士人，他倾心于对方的德行。所以他们的遇合、婚娶，完全因为德行。

间关车之舝兮，思娈季女逝兮。匪饥匪渴，德音来括。虽无好友，式燕且喜。

"间关"，车辆行进中发出的声响。"舝"，同"辖"，车轴头的铁键。"娈"，妩媚可爱。"括"，犹"佸"，会合。起篇声闻，其实是起兴，以车辖的关关作响，引出那个妩媚可爱的女子就要出嫁。而这正好是自己要迎娶的。于是便不由自主地抒发这样的感慨：从此不用如饥似渴地思念她，我就要和才貌双全的她结合。这会儿虽然没有好朋友同行，我仍然非常开心快乐。看来这章是描写诗人在迎娶路上的所闻、所想。接下来，我们看他还会说什么。

依彼平林，有集维鷮。辰彼硕女，令德来教。式燕且誉，好尔无射。

"依"，茂盛的样子。"鷮"，长尾野鸡。"辰"，通"珍"，美好。或训为善。"誉"，通"豫"，安乐。"无射"，不厌，亦可作"无斁"。这章起首两句看似起兴，其实仍是诗人路上所见：那茂盛的树林，有野鸡在上面栖息。诗人想说的是后面两句："辰彼硕女，令德来教。"我那美貌挺拔的姑娘，她美好的德行让我受益。最后两句自然是由此产生的幻想:我们一边宴饮一边玩乐,我爱你永不变心。我们可以想象这位男子一路行走,一路情丝缠绕。在他所有的想象中,都是他心爱的女子,都是他未来的幸福憧憬。

虽无旨酒?式饮庶几。虽无嘉肴?式食庶几。虽无德与女,式歌且舞。

这一章我们仿佛已经亲临宴会,他在不断地劝慰他的爱人:美酒也许不够好,但希望你在宴会上能够尽兴。菜肴即便不合意,仍请你多吃点。同时又自谦:我虽没有美好的德行与你相配,仍愿在宴会上尽情歌舞。应该说是非常圆满。我们再看下章:

陟彼高冈,析其柞薪。析其柞薪,其叶湑兮。鲜我觏尔,我心写兮。

"湑",茂盛。"鲜",犹"斯",此时。"觏",遇合。"写",通"泻",宣泄,指欢悦、舒畅。这章应是情思恍惚中的行为与断想。正因为太想念她,又着急路途遥远,他就不由得登高望远。可登上高坡,他仍然思念她,下意识地想砍伐那橡木。诗人其实是想着自己马上就要迎娶她。随即又以眼前的橡木作喻,若是此刻我砍它做柴火,它的叶子仍然茂盛。诗中其实是以橡叶作喻,比喻对方的年轻貌美,符合自己的心意。最后诗人不由自主地抒发感慨:这真的是非常符合我的心情,我真的是太快乐了。

高山仰止,景行行止。四牡骓骓,六辔如琴。觏尔新昏,以慰我心。

"景行",大路。"骓骓",马行不止貌。最后这章起首两句极写自己对对方的仰慕:我对你如高山仰望,路途虽远绝不停歇。后两句既是眼前实写,亦是心中情意:四匹母马不停地跑,马缰绳握在手中如琴弦般齐整。最后诗人不由自主地感慨:幸亏我们就要结婚,无须再这样苦苦思念。这情思确实让人纠葛。我们亦不由得替他长出口气,也愿天下有情人都能佳偶天成,不再绵长思恋。

《青蝇》:无信谗言

本篇的语意中心应是"无信谗言",就是不要听信别人的谄媚之言。

营营青蝇,止于樊。岂弟君子,无信谗言。

"营营"，象声词，拟苍蝇飞舞声。"樊"，篱笆。"岂弟"，同"恺悌"，平和有礼，平易近人。起句比兴作喻：那四处营营飞转的苍蝇，停在篱笆上。显然是把谗人比作苍蝇，他们说的那些话就像苍蝇叫般非常难听。以此提醒平易近人的君子，不要听信谗言。这起首一章不只比喻形象生动，起兴自然流畅，且鞭挞更为准确有力。我们追究青蝇与苍蝇，虽为同一物，但前者比之后者，似乎更为文雅，亦没那么令人讨厌。这似乎就是古典诗词的讲究，即便抒写讨厌之物，亦不愿直接以其名唤出，而是借助色彩，或其他转换手段，使得此物在可视可听的同时，更加可感，而好恶自现。再追究"营营青蝇"之发声，我们竟然发现它四字叠韵，不只在声音上，更在形象上，模拟它们那种群飞不断、吵闹不休的可憎样子。由此所引起的贬斥与否定就勿须多言。所以后句直接接入的，就是不要信他，何况我们是平和有礼的君子贤人。

营营青蝇，止于棘。谗人罔极，交乱四国。

"棘"，酸枣树。这章再次以青蝇起兴作喻：那黑色的苍蝇营营飞，停在酸枣树上。这章之"棘"比上章之"樊"，直觉中应是不择居所，更为恶劣，具体到它所比喻的人，就应会自然而然地想到他们那种无所不用其极的丑恶嘴脸。这种人，若是听信了，真的会误国殃民，为害深远。具体到个人，应就是下章所要陈说的。

营营青蝇，止于榛。谗人罔极，构我二人。

"榛"，榛树，一种灌木，果实名榛子，可食。"构"，播弄、陷害，指离间。这章合起来就是：那苍蝇营营飞，停在榛树上。坏人会无所不用其极，他们会挑拨构陷我二人。

整个句意，由第一章的勿信，到第二章的为害四方，再到最后一章的直接构陷我二人，可以说已把此种物的可厌、可憎、可怕说得非常清楚，情感自然分明。这应该就是早期诗歌的动人之处。

《宾之初筵》：殽核维旅

本篇的语意中心应是"殽核维旅"，即菜肴果品丰盛到位，强调礼仪规范的重要性。

宾之初筵，左右秩秩。笾豆有楚，殽核维旅。酒既和旨，饮酒孔偕。钟鼓既设，举酬逸逸。大侯既抗，弓矢斯张。射夫既同，献尔发功。发彼有的，以祈尔爵。

"秩秩"，有序之貌。"笾豆"，古代食器，礼器。"笾"，竹制，盛瓜果干脯等；"豆"，木制的或陶制的，也有铜制的，盛鱼肉醢酱等，供宴会祭祀用。"有楚"，即"楚楚"，陈列之貌。"旅"，陈放。"偕"，通"皆"，"遍"。"逸逸"，义同"绎绎"，连续不断。"大侯"，射箭用的大靶子，用虎、熊、豹三种皮制成。一般的侯也有用布制的。"抗"，高挂。"发功"，发箭射击的功夫。"的"，侯的中心，即靶心，也常指靶子。"尔爵"，爵，饮酒尽也；尔爵，就是求射中而让别人饮罚酒之意。这篇用赋法，首章写宴会开始，宾客们刚入席时的神态及场景：大家都恭恭敬敬，左右有序。酒器齐齐整整，菜肴果品丰盛到位。接下来是宴会渐入高潮时众人的举止神态：酒真的很甜美，喝酒时人们礼节态度都很客气。钟鼓都准备好了，大家举杯劝酒往来不绝。箭靶高举，弓矢张开，射手会合，表现射击的本领。射箭准确，请求赐酒。一切似乎都合心合意，宾客们更是兴高采烈，射靶助兴。

籥舞笙鼓，乐既和奏。烝衎烈祖，以洽百礼。百礼既至，有壬有林。锡尔纯嘏，子孙其湛。其湛曰乐，各奏尔能。宾载手仇，室人入又。酌彼康爵，以奏尔时。

"籥舞"，执籥而舞。"籥"是一种竹制管乐器，据考证形如排箫。"烝"，进。"衎"，娱乐。"洽"，使和洽，指配合。"有壬"，即"壬壬"，礼大之貌。"有林"，即"林林"，礼多之貌。"锡"，赐。"纯嘏"，大福。"湛"，和乐。"仇"，匹，指对手。"入又"，又入，指主人亦随宾客入射以耦宾，即耦射。"康爵"，空杯。"时"，射中的宾客。这章写宴会高潮时的场景：大家执籥而舞，笙鼓相击，各种乐调非常和谐。向创业的列祖列宗敬献乐舞，所有的仪式都符合规矩。繁复的礼制仪轨一一上演，场面隆重气氛热烈。上帝会赐给我们大福，子子孙孙幸福美满。我们真的是非常快乐，请大家尽情展示自己的才能。客人们尽管选择自己射箭比赛的对手，主人也会加入陪宾。大家一起喝酒，一起祝贺射中者。

宾之初筵，温温其恭。其未醉止，威仪反反。曰既醉止，威仪幡幡。舍其坐迁，屡舞仙仙。其未醉止，威仪抑抑。曰既醉止，威仪怭怭。是曰既醉，不知其秩。

"止"，语气助词。"反反"，谨慎凝重。"幡幡"，轻浮无威仪之貌。"坐"，同"座"，座位。"仙仙"，同"跹跹"，飞舞貌。"抑抑"，意思与前文"反反"大致相同而有所递进。"怭怭"，意思与前文"幡幡"大致相同而有所递进。"秩"，常规。这章以没醉和醉后做比较，以现出醉酒对于礼仪的破坏：客人们开始喝酒时，恭敬谨慎。没有醉的时候，庄重美好。一旦喝醉，言行轻佻。他们从座位上站起来手舞足蹈。没醉时，仪容美丽，行为缜密。一旦喝醉，轻薄亵慢，完全不知道约束自己。

宾既醉止，载号载呶。乱我笾豆，屡舞僛僛。是曰既醉，不知其邮。侧弁之俄，屡舞傞傞。既醉而出，并受其福。醉而不出，是谓伐德。饮酒孔嘉，维其令仪。

"号"，大声乱叫。"呶"，喧哗不止。"僛僛"，身体歪斜倾倒之貌。"邮"，通"尤"，过失。"弁"，皮帽。"俄"，倾斜不正。"傞傞"，醉舞不止貌。"伐德"，败德。这章具象宾客醉酒后的各种失仪并委婉提出劝诫：人一旦喝醉，就会叫嚣吵闹。会把所有的酒器打乱，手舞足蹈，东倒西歪。一旦喝醉，完全没有理性。歪戴皮帽，颠三倒四盘旋不停。醉酒之后，赶快离开，主人真会感恩不尽。醉了还赖着不走，就真的是没有道德。喝酒虽然好，但也要顾及颜面。

凡此饮酒，或醉或否。既立之监，或佐之史。彼醉不臧，不醉反耻。式勿从谓，无俾大怠。匪言勿言，匪由勿语。由醉之言，俾出童羖。三爵不识，矧敢多又。

"史"，酒史，记录饮酒时言行的官员。燕饮之礼必设监，不一定设史。"匪由"，指不合法道的话。"童羖"，没角的公山羊。"矧"，何况。"又"，"侑"之假借，劝酒。最后这章交代作诗的目的，不只劝诫宾客注重自身酒德，更在规范筵席礼仪：这种喝酒，不管有没有喝醉都不好。那些掌管宴会礼仪的官，记事记言的官，都应该尽他们的责。不要总觉得客人不醉不好，不醉反是耻辱。他们跟着不停劝酒，不应该如此失礼。不该说的说，不该做的做。听从醉者荒唐之言，好像无所不能。只喝三杯就已意识模糊，何况要喝那么多。如果上章还是说饮酒者的自省，这章就是劝酒者的荒谬。凡此种种，不过是在说此种失仪，应共同警醒。其实这又何尝不是指社会的公理良心，如果人人都不自觉，都推波助澜，怎么可能有序？所谓喝酒事小，失仪事大。闻者足戒，有则改之。

《鱼藻》：岂乐饮酒

本篇的语意中心应是"岂乐饮酒",即尽情地饮酒作乐。

鱼在在藻,有颁其首。王在在镐,岂乐饮酒。

"颁",头大的样子。"岂乐",欢乐。首句以鱼起兴作喻,就像那鱼儿在水藻中戏水,头大身子自然肥。大王您在镐京巡游,怎能不高兴地喝酒。这两者之间究竟有何相似性?我们甚至觉得滑稽。可能大王出游,就如鱼游在水底般自在,况且还有那么多水藻供它食用。

鱼在在藻,有莘其尾。王在在镐,饮酒乐岂。

"莘",尾巴长的样子。这篇于重章叠句中,显现出鱼儿由头到尾的变化。有可能是观察顺序,更可能意在说明此鱼儿从头到尾的欢欣。它在水藻中戏水,那长长的尾巴摇来摆去,多么自在欢乐。由此引起的,或者想说的,是后句:大王在镐京出游,怎能不饮酒助兴?

鱼在在藻,依于其蒲。王在在镐,有那其居。

"蒲",多年生草本植物,叶长而尖,多长在河滩上。"那",安闲的样子。最后这章应是整体印象:正像鱼儿在水藻中戏水,在蒲叶间游来晃去。大王您在镐京巡游,看起来真的是悠闲自在。

整个篇章活泼自然,充满灵动,乐调想来也是极为欢快,的确适合周王朝开国之初的宴会游乐。

《采菽》：何锡予之

本篇的语意中心应是"何锡予之"，即赐给他们什么东西？这是对周王朝与诸侯修好的期冀。

采菽采菽，筐之筥之。君子来朝，何锡予之？
虽无予之，路车乘马。又何予之？玄衮及黼。

"菽"，大豆。"筥"，亦筐也，方者为筐，圆者为筥。"路车"，即辂车，古时天子或诸侯所乘。"玄衮"，古代上公礼服，《毛诗故训传》："玄衮，卷龙也。""黼"，黑白相间的花纹。首句以"菽"起兴作喻，可能是眼前所见，亦可能是诗人心中所想：就像不停地采摘大豆，装满圆筥方筐。诗人想说的，是后者：那么多的诸侯都来朝见，应该赐给他们什么？这才是诗人犯难或故弄玄虚之处。而诗意正是由此兴起。我们看后面该如何接：虽没什么好东西可以赏赐，四匹马拉的大车，可以让他们随意乘坐。还可以给他们什么？那些绘有卷龙的黑色上朝礼服，或刺着白黑相间花纹的礼服也应该准备。我们读到此处，哑然失笑。诗人真是煞费苦心，可诸侯来朝，送给他们这些就会满意吗？我们还是来看下文。

觱沸槛泉，言采其芹。君子来朝，言观其旗。
其旗淠淠，鸾声嘒嘒。载骖载驷，君子所届。

"觱沸"，泉水涌出的样子。"槛泉"，正向上涌出之泉。"淠淠"，旗帜飘动。"鸾"，一种铃。"嘒嘒"，铃声有节奏。首句再次借物起兴，也可能是断想：泉水不断往上涌，我要去采那水中芹。由此引起的是后者：诸侯们来朝会，仔细观察他们的旗帜，那可真是尊卑各殊，应有尽有。接下来总写他们的声势：那旗帜随风张扬，马铃声不断，犹如奏乐。有的一车三马驾，有的一车四马拉，诸侯们浩浩荡荡都来朝堂。气概非凡，周王应盛情款待他们。

赤芾在股，邪幅在下。彼交匪纾，天子所予。
乐只君子，天子命之。乐只君子，福禄申之。

"芾"，蔽膝。"邪幅"，裹腿。"彼交"，不急不躁。"交"，通"绞"，"急"。

"纾",怠慢。这章细写诸侯衣着神态及冀望天子的:他们赤色蔽膝裹在大腿上,下面还扎着绑腿。他们不急不躁恭敬有礼,正是天子希望见到的样子。诸侯很快乐,天子亦会赐福他们。诸侯真快乐,他们确实已福禄相随。

维柞之枝,其叶蓬蓬。乐只君子,殿天子之邦。
乐只君子,万福攸同。平平左右,亦是率从。

"殿",镇抚。"平平",治理。这章再次起兴作喻:那柞树的枝条,叶子蓬勃。诗人真正想说的是后者:那些幸福的诸侯,正如柞树的枝条,支撑着周天子的邦国。也正是因为这种比喻,最后四句才引申出这样的承诺:幸福的诸侯,天子会赐给你们最大的福禄。好好治理你们的邦国,一定要听从周天子的号令。此种关系是相互成全的。彼此遵循礼仪规则,而不单单是依附守护。这应是周代礼乐社会最为推崇的宗主国与它的藩国关系。各尽本分,各得其所。

泛泛杨舟,绋纚维之。乐只君子,天子葵之。
乐只君子,福禄膍之。优哉游哉,亦是戾矣。

"绋",麻制的粗大的绳索。"纚",竹制的大绳。"葵",借为"揆",度量。"膍",厚赐。"戾",安定。最后这章再次起兴,所兴的形象,是杨木做的船只,且在水中飘荡。我们不知这种船只究竟有多坚固,所以后面哪怕是麻制的大绳、竹制的大绳系缚它,我们仍然不免担心。正如后面所兴起的天子对诸侯的不同估量,恩威并施:快乐的诸侯们,天子会评判你们的品德与才能。那些真正了不起的诸侯,天子会赐给你们最大的福禄,是真的希望你们能够安定、快乐地在周京度过这些朝会的日子。看来最后这章,诗人做总结时,其实是有所顾虑有所保留的。诗人固然希望诸侯与天子和如一家,但现实中,永远存在一些不安定因素。所以,那些隐隐之忧虑,也只好随着承诺与欢喜,姑且被搁置。我们亦只能如此祝福并期冀他们永远安好。

《角弓》：无胥远矣

本篇的语意中心应是"无胥远矣"，即警示兄弟姻亲不能相互疏远。

骍骍角弓，翩其反矣。兄弟昏姻，无胥远矣。

"角弓"，两端用兽角装饰的弓。"骍骍"，弦和弓调和的样子。"翩"，此指反过来弯曲的样子。"昏姻"，即"婚姻"，指姻亲。起句比兴作喻：调好弓绷紧弦，一旦放松，角弓就会向反向弯曲。诗人想说的，当然是后者：就好比同姓姻亲，一定要善加维护不能彼此疏远。言外之意，当然是珍惜亲戚同姓，不能轻易相离。

尔之远矣，民胥然矣。尔之教矣，民胥效矣。

"胥"，皆。这一章是进而说明疏远兄弟姻亲的后果：你疏远兄弟姻亲，人家也会这样做。你所做的，他们都会效仿。显然，后两句既是前两句的原因，也是为了补充说明前者。

此令兄弟，绰绰有裕。不令兄弟，交相为瘉。

"令"，善。"绰绰"，宽裕舒缓的样子。"裕"，宽大。这章是正论：如果兄弟和善，一切都有办法。如果兄弟不和，很多事情就会更加难办。

民之无良，相怨一方。受爵不让，至于己斯亡。

"亡"，通"忘"。这一章进一步类比说明，无论百姓，还是诸侯，都应与人为善：老百姓不善良，彼此就会抱怨。接受爵禄不懂辞让，就会只记得自己，完全不考虑别人。

老马反为驹，不顾其后。如食宜饇，如酌孔取。

"饇"，饱。"孔"，恰如其分。这一章写长幼尊卑关系，同样是类比：将老人当小伙子使，让他挑重担，完全不管这样做的后果。就跟吃饭吃得太急、喝酒喝得太多一样不应该。这前后几层，虽是劝勉，却全以比喻托出，很是鲜明生动。这亦是早期诗歌的自然流动处。

毋教猱升木，如涂涂附。君子有徽猷，小人与属。

"猱"，猿类，善攀缘。"涂"，泥土。"徽"，美。"猷"，道。这章继续比兴作喻，而所要表达的意思，亦因为此种形象不显生硬：不要既教猿猴上树，又用泥涂树不让它爬上去。在位者要做出好榜样，小民才好学习效仿。

雨雪瀌瀌，见晛曰消。莫肯下遗，式居娄骄。

"瀌瀌"，下雪很盛的样子。"晛"，日气。"遗"，通"隤"，柔顺的样子。"式"，用。"娄"，借为"屡"。到这章，诗人简直诗兴大发：看那大雪纷纷飞，太阳出来便融化。诗人想贬斥的，是后者：如果不能谦虚卑下待人，就会变得倨傲。

雨雪浮浮，见晛曰流。如蛮如髦，我是用忧。

"浮浮"，与"瀌瀌"义同。"蛮""髦"，南蛮与夷髦，古代对西南少数民族的称呼。最后这章，重复上一章用意，但更见诗人所虑：大雪纷纷落，日头一出它就化。小人如同南蛮与夷髦不可教化，我真的是非常忧虑。说到底，诗人所忧虑的，就是小人作祟，亲戚反目。而这种意思，又借助于不同的比喻、类比，层层托出。到此，我们不由长叹，人世间，或许亲人的疏离，最让人愁苦。

《菀柳》：无自昵焉

本篇的语意中心应是"无自昵焉"，即不要主动去亲近，以免招灾惹祸。

有菀者柳，不尚息焉。上帝甚蹈，无自昵焉。俾予靖之，后予极焉。

"菀"，树木茂盛。"尚"，庶几。"蹈"，动，变化无常。"昵"，亲近。"靖"，谋。"极"，同"殛"，惩罚。起句比兴作喻：再葱郁的柳树，都会有枯萎的那天。诗人想说的是后者：天子反复无常，还是离他远点，以免招灾惹祸。最后两句便是举证：就好比起先他让我处理国事，后来却听信谗言惩罚我。

有菀者柳，不尚愒焉。上帝甚蹈，无自瘵焉。俾予靖之，后予迈焉。

"愒"，休息。"瘵"，病。这章于重章叠句中，稍做变化。"愒""瘵""迈"比上章之"息""蹈""极"虽意义上差别不大，但单看字形，就无端让我们生出很多愁绪，可见此种危害，比之前者，肯定是有过之而无不及。所以葱郁的柳树之枯死会成必然。自找麻烦根本无法避免，而最后被放逐早该预料到。

有鸟高飞，亦傅于天。彼人之心，于何其臻。曷予靖之，居以凶矜。

"傅"，至。"矜"，危。最后这章再次借物起兴，所兴之鸟更给人一种悲感。它们再擅长飞，也飞不出天际，这本是人所共知的。可那人的心，竟这么反复无常，着实出乎意料。而最不能让诗人接受的，是最后两句："曷予靖之，居以凶矜。"为什么既让我治理国家，又发配我到这样的凶危之地？及此，我们亦无话可说。如果他所责备者，真是君主，所谓君心难测，所谓伴君如伴虎，真已如他所料。

《都人士》：出言有章

本篇的语意中心应是"出言有章"，即他言谈有仪，让人叹服。

彼都人士，狐裘黄黄。其容不改，出言有章。行归于周，万民所望。

"都人士"，京都人士，大约指当时京城贵族。"黄黄"，形容狐裘之毛色。"章"，言谈有文采。这篇用赋法，起句就以一种追婉的语气，叹赏当时那些贵族子弟的穿着打扮，那黄色狐皮大衣，就是他们的身份象征。气度悠闲，谈吐不俗。当他们回到周旧都，大家都欢欣鼓舞。

彼都人士，台笠缁撮。彼君子女，绸直如发。我不见兮，我心不说。

"台笠"，莎草编成的草帽。"台"，通"苔"，莎草，可制蓑笠。"缁撮"，黑布制成的束发小帽。"绸直"，头发稠密而直。"绸"，通"稠"。"说"，同"悦"。这章紧承上章意思，且由成人到子女：那时候京城中的贵族，有的戴着莎草编制的草帽，有的装饰着黑布裁制的束发帽，衣着考究，行为可爱。那些贵族子女，头发稠密飘逸。若这几句是追忆，那最后两句，就是今昔对比，写自己再次回到故都时，物是人非，非常难过。

彼都人士，充耳琇实。彼君子女，谓之尹吉。我不见兮，我心苑结。

"充耳"，又名瑱，塞耳，古人冠冕上玉石制成的垂在两侧的装饰物。"琇"，一种宝石。"实"，言琇之晶莹可爱。"苑结"，即郁结，指心中忧闷、抑郁。这章起句再次以叹赏语气描摹那些京都贵族的风貌仪容：他们用珍贵的宝石做耳瑱。这种描摹自然是暗喻他们品性高洁不同凡响。接下来直陈，他们那些人儿太美好。最后再次回归当下:然而此刻,根本见不到他们,我的内心怎能不愁思郁积?

彼都人士,垂带而厉。彼君子女,卷发如虿。我不见兮,言从之迈。

"垂带",腰间所系下垂之带。"厉",通"裂",即系腰的丝带垂下来。"虿",蝎类的一种。长尾曰虿,短尾曰蝎。这是形容向上卷翘的发式。"迈",旧训"行",此言愿从之行。这章具体考赞感叹当时的人物风貌:那时候那些了不起的京都人士,他们下垂的冠带如同绸布。那些贵族子女,自然卷曲的短发那样美丽。最后再次回归当下,感慨物是人非。由此假设,如果能够见到他们,自己一定会跟从他们。言外之意,自己就是他们中的一员,如今却再无昨日。

匪伊垂之,带则有余。匪伊卷之,发则有旟。我不见兮,云何盱矣。

"旟",扬,上翘貌。"盱","吁"之假借,忧伤。最后这章又以一种遗憾伤感的语气兀自分辨:不是他们故意让冠带下垂,是因为带比较长。也不是他们故意让头发卷起来,是因为头发自然翘起。到此,我们能说什么?我们只觉得天地间的一切都已消失,所以最后一句当诗人发出"我见不到他们,怎能不忧愁叹息"时,我们亦兀自长叹。

《采绿》:薄言归沐

本篇的语意中心应是"薄言归沐",即赶快回家梳洗打扮,其实是期待对方很快返家。

终朝采绿，不盈一匊。予发曲局，薄言归沐。

"绿"，通"菉"，草名，即荩草，又名王刍，一年生草本，汁可以染黄。"匊"，同"掬"，两手合捧。"曲局"，弯曲，指头发弯曲蓬乱。开篇起兴作喻，同时不由引起读者问询：为什么整个早上都在采摘荩草，还是没有采满一把。这当然是诗人暗设机巧，有阅读经验的读者，自然不难看出它之写物，实则写人。写人的愁思郁积，无法排解。那该怎么办？接下来两句，似乎全无干系。其实细想，这何尝不是主人公在极度迷惘之下的心理反应。或者想象中，她觉得她所期待的人儿就要回来，猛然想起自己的头发乱七八糟，根本不适合见他，于是就劝自己，赶快回家梳洗打扮。整章没有明说，我们却处处看到那种等待的焦虑、难言的隐痛。我们看下面她该怎么接？

终朝采蓝，不盈一襜。五日为期，六日不詹。

"蓝"，草名。此指蓼蓝，可作染青蓝色的染料。"襜"，护裙，田间采集时可用以兜物。"詹"，至，来到。这章再次起兴作喻，由"绿"到"蓝"，应该不只是所采植物的变化，还有这些字眼本身给人的感觉。无疑，后者比之前者，直觉中就有色彩的加深，或就是由暖色到冷色的过渡。而后由"一匊"的一把到"一襜"的一裙，除了表示采摘时间的延续外，我们亦可以感觉到愁思的郁积，日子的煎熬。说到底，诗人仍不能忘怀。而到此，女主人公终于克制不住，不由得发出质疑：说好五天回家，现在六天已过怎还不回？这才是一直以来最让她忧虑的。

之子于狩，言韔其弓。之子于钓，言纶之绳。

"韔"，弓袋，此处用作动词，是说将弓装入弓袋。"纶"，钓丝，此处亦作动词，即整理丝绳。这章极说自己对他的爱慕与倾心：他如果去打猎，我会为他准备弓袋。他如果去钓鱼，我会为他制作钓绳。其实这所有的一切，意在说明，自己多么信任支持他。也正因此，他现在的这种去无归期，才更让人伤心绝望。那么，该怎么办？我们看下章。

其钓维何？维鲂及鱮。维鲂及鱮，薄言观者。

"维何"，是什么。"鲂"，鳊鱼。"鱮"，鲢鱼。想来，人在极度伤心或喜悦时，还是会想办法不让这种情绪继续发酵下去。所以，最后这章与其说是畅想，不如说是转移、消解：他钓的是什么鱼？肯定是鳊鱼和鲢鱼。那么多的大鱼，肯定看的人很多。而我们亦在女主人公的此种断想中，暂时得到安慰。还是静下心来慢慢等待。也许他真有自己的不得已。而我，如何能够忘记他。这不只是爱情誓言，亦是此刻她能想到的最好的事。有所念本身，不就是幸福？

《黍苗》：召伯劳之

本篇的语意中心应是"召伯劳之"，即对召伯会带领他们前行的信任与期待。

芃芃黍苗，阴雨膏之。悠悠南行，召伯劳之。

"芃芃"，草木繁盛的样子。起句比兴作喻：看那蓬勃生长的麦苗，春雨正在滋润它。这一章应是诗人出发前所见，这是一片希望的田野，正如前路。接下来的南行路，哪怕漫长艰难，他都坚信会有召伯带领他们。"悠悠"，漫长而艰辛，应是他们的预期。也正因此，后面的"召伯劳之"既可以是期望，也可以是自我安慰。

我任我辇，我车我牛。我行既集，盖云归哉。

"辇"，人推挽的车子。这一章正是"悠悠"之意生发，亦即他们的当下：我们背着，拉着，推着，牵着。我们大家都集中在一起，我们要一起回家。这才是他们未来的征程。我们亦期待他们能够如愿以偿。

我徒我御，我师我旅。我行既集，盖云归处。

"盖"，同"盍"，何不。这章重复强调上章诗意：我们有的走路，有的坐车，有的随队，有的结伴。我们大家都准备好了，都等着回去。

肃肃谢功，召伯营之。烈烈征师，召伯成之。

"肃肃"，严正的样子。"功"，工程。"烈烈"，威武的样子。这章应该是归来后，我们快速又严谨地在谢地修建，召伯负责这件事。威风凛凛的施工部队，都是召伯召集来的。

原隰既平，泉流既清。召伯有成，王心则宁。

"原"，高平之地。"隰"，低湿之地。最后这章是结果，也是理想的实现，即前之"召伯劳之"已应验：高田低地都收整，潺潺泉水清澈流。召伯把这个城建设好了，大王的心也终于安定下来。

整个篇章，叙事性极强，却又充满抒情意味。似乎如释重负，亦似乎有了新的期盼。我们亦在此刻得到安顿，且不由得展望未来。

《隰桑》：其乐如何

本篇的语意中心应是"其乐如何"，即如若见到心上人那该多么开心。

隰桑有阿，其叶有难。既见君子，其乐如何。

"隰"，低湿地方。"阿"，通"婀"，美。"难"，通"娜"，盛。"君子"，可以指夫君，更可以指心上人。开篇起兴作喻：看那低湿地上的桑树多么好看，它的叶子在随风飘摇。诗人想说的是后者：如若见到君子，我会多么开心。显然，后两句，是以前之桑树生长在低湿地方的适宜，暗喻自己见到君子的由衷喜悦。

隰桑有阿，其叶有沃。既见君子，云何不乐。

这一章于重章叠句中，强调桑叶之柔美滋润，再一次象征自己见到君子的幸福滋润。

隰桑有阿，其叶有幽。既见君子，德音孔胶。

"幽"，通"黝"，青黑色。"德音"，善言，此指情话。"孔胶"，很缠绵。这一章于重章叠句处，进一步凸显此种幸福：不只在于叶子的幽深碧绿，更在于二人相见后情深意切的私房话、情话。这是别的任何事、任何人都无法取代的。也正因此，才有了最后一章诗人的直接倾泻。

心乎爱矣，遐不谓矣？中心藏之，何日忘之！

我是如此爱他，怎能不说呢？我日思夜想着他，没有一天能够忘怀。这不只是情到深处的自然流露，更是诗人的爱情宣言。及此，我们心中所唤起的，便是那种浓浓的爱意与对未来生活的美好期冀。

《白华》：俾我独兮

本篇的语意中心应是"俾我独兮",即对对方远离自己孤独无依的怨尤。

白华菅兮,白茅束兮。之子之远,俾我独兮。

"白华",即"白花"。"菅",多年生草本植物,又名芦芒。"白茅",又名丝茅,因叶似茅得名。"之远",往远方。开篇起兴作喻:看那开着白花的菅草,尚有白茅相依。诗人想说的是后者:你却离我远去,让我如此孤独。显然,诗人是以白茅束白花,反喻自己的无依无靠。这是对爱人远离自己的怨尤,也是不能接受当下的绮思。

英英白云,露彼菅茅。天步艰难,之子不犹。

"英英",又作"泱泱",云洁白之貌。"天步",天运,命运。这章再次比兴作喻:看那洁白的云朵,尚能滋润菅草。诗人所反比的是后者:命运对我真是不公,你比那白云都离我远,怎么可能与我相亲?言外之意是,白云尚且能够看到,你却根本不见踪影。

滮池北流,浸彼稻田。啸歌伤怀,念彼硕人。

"滮",水名,在今陕西西安市西北。"啸歌",谓号哭而歌。"伤怀",忧伤而思。"硕人",高大的人,此处指其心中的英俊男子。这章同样是起兴作喻,可能是眼前所见,亦可能是心中所想。所见者:看那滮池的水往北流,浸润着旁边的稻田。

此种场景，应是前两章所见景致的大环境。若前者是特写镜头，聚焦；这章则为拉远，张望。就如那日渐疏离的他。也因此，才有下面的直接抒情：正如我，在此号哭而歌，想念亲爱的你。这章不只思前想后，更是痛心疾首。语意足够沉痛，但我们仍然可以看到女主人公的满腔深情与不能忘怀。继续看下章。

　　樵彼桑薪，卬烘于煁。维彼硕人，实劳我心。

　　"樵"，薪柴，此处指采木为樵。"卬"，我。女子自称。"煁"，越冬烘火之行灶。这章应是随着时间的流逝，对方仍然没有音讯。日子渐渐寒凉，桑树已然败落。寒冬来临，砍桑做柴，烧火蒸饭。就如当日的柔情蜜意，早已付之东流。这是怎样的悲凉，不只是真心虚付，往事成灰。但是，能说什么？还不是因为那个高大的人儿，实在让我心伤。

　　鼓钟于宫，声闻于外。念子懆懆，视我迈迈。

　　"懆懆"，愁苦不安。"迈迈"，不高兴，恨怒之貌。这章再次起兴作喻：就像在宫殿里鼓钟，声音仍会响彻宫外。想念你啊真的让人忧伤，可你怎就视我如仇。显然到此，女主人公仍然不能忘情，仍然不能明白她的心上人为什么弃她不顾，甚至憎恨于她。

　　有鹙在梁，有鹤在林。维彼硕人，实劳我心。

　　"鹙"，水鸟名，头与颈无毛，似鹤，又称秃鹙。鹤在林，鹤为高洁之鸟，反而在林，比喻所爱之人已远离。这章应是回归现实：鹙鸟飞到鱼梁，仙鹤栖于林中。它们难道不该在水中？如此反常，可这一切又是因为什么？是女主人公眼前所见，还是神思恍惚不能细察？我们亦不知道。我们发现此刻她纠结的仍然是：想起你啊，让我如此哀愁。看来主人公仍然不能释怀。那该怎么办？我们继续往下看。

　　鸳鸯在梁，戢其左翼。之子无良，二三其德。

　　"戢其左翼"，鸳鸯把嘴插在左翼休息。"二三其德"，三心二意，指感情不专一。这章应是借鸳鸯鸟栖息梁上，形影不离，彼此爱抚对方翅膀，反衬心上人的无良。这可能是诗人眼前所见，但诗人更可能想说的是后面两句："之子无良，二三其德。"你为什么如此善变，老是喜新厌旧。我们亦终于明白，女主人公的不能忘怀，其实只是一厢情愿。子之于她，早成昨日往事。

　　有扁斯石，履之卑兮。之子之远，俾我疧兮。

　　"有扁"，即"扁扁"，乘石的样子。乘石是乘车时所踩的石头。"疧"，因忧愁而得相思病。看来，此刻，女主人公终于面对现实，她看到的是：就如脚下这扁扁的垫脚石，只能供人踩踏。这不只是自怨自艾，亦是自喻。看来此刻她已忧伤到极点，甚至出离愤怒,她想说些什么,但终归是一声长叹:你离开我,让我如此难受。我们能说什么?只能期待世间的有情人少些伤痛,让离去的尽管远离。

《绵蛮》:我劳如何

本篇的语意中心应为"我劳如何",即我真的累了,不想再走。

绵蛮黄鸟,止于丘阿。道之云远,我劳如何。

饮之食之,教之诲之。命彼后车,谓之载之。

"绵蛮",小鸟的模样。开篇起兴作喻:看那毛茸茸的小黄鸟,停在山坡弯曲处。言外之意,是连小鸟都懂得休息,自己却只能赶路。可道路实在是远,他真的非常疲劳。"绵蛮"叠韵,无端就给人可爱活泼之感。首句以此兴起,自然就有一种消遣愉悦的意味。接下来跟上的"道之云远,我劳如何。"即实在太远,走不动了,这就不只是消极怠工,亦是耍赖撒娇。说到底,就是想找个借口停下。停下来干什么?自然是后面的:快来吃快来喝,我会告诉你,提醒你。我会让后面的车把你载上。那么,究竟是谁走不动,不愿意走了。到此,我们不免憪然,且看他下面还会说什么?

绵蛮黄鸟,止于丘隅。岂敢惮行,畏不能趋。

饮之食之。教之诲之。命彼后车,谓之载之。

"后车",副车,跟在后面的从车。这章继续借黄鸟起兴,后面的停在山坡角落,并不意味着它的落脚点真的发生了变化。只是强调,它需要自己的住所,需要休息,特别是独处。接下来的句子,就是为了申明此意:即便我也像黄鸟一样躲在角落,并不是我害怕出行,我实在是担心无论多么辛苦也难以准时到达。所以,与其担心,不如让我们来吃吃喝喝,尽管放松。我告诉你要注意健康饮食,我会让后面的车载着你,不用再担心迟到。读到此处,我们不禁哑然失笑。看来一直担心不能赶到,担心拖人后腿的,并不一定是说话者,而很可能是对谈者。前之消极调皮,更多是为了照顾抚恤后者。那么,后者究竟是谁?到此,我们更是好奇。且继续观看。

绵蛮黄鸟,止于丘侧。岂敢惮行,畏不能极。

饮之食之,教之诲之。命彼后车,谓之载之。

最后这章，竟然仍未直说。只是感觉中，连那毛茸茸的小黄鸟，已飞到山的那一边，他们仍然在此嘀嘀咕咕，闲吃慢喝。也许，根本就不担心能不能及时到达，只是想在此嬉戏。到此，后面的安抚对象是谁？我们亦不再关心。说不定他就是在自言自语，自找借口，不愿赶路而又不想明说。到此，我们亦不好意思戳破他。不想走就不走了。多会儿到达也无所谓。路上不是更好玩？瞧那毛茸茸的小黄鸟，多可爱。

《瓠叶》：酌言尝之

本篇的语意中心应为"酌言尝之"，即酌满酒杯一起尝。

幡幡瓠叶，采之亨之。君子有酒，酌言尝之。

"幡幡"，翩翩，反复翻动貌。"瓠"，葫芦科植物的总称。首句起兴作喻：那葫芦藤叶子随风舞动，我们赶快采来烹煮饭菜。由此兴起的是后者：我们有美酒，酌满酒杯一起喝下。显然，这是对客人的邀约，也可能是宴会时的相互祝词，但我们确实看到宾主俱欢的场景。

有兔斯首，炮之燔之。君子有酒，酌言献之。

"首"，头，只。"斯首"，一说白头。"炮"，将带毛的动物裹上泥放在火上烧。"燔"，用火烤熟。若说上一章是与客人共享瓠叶，这一章即是共享兔子：打了兔子，让我们一起裹上泥巴烤来吃。我有美酒，请让我给您斟上。兔子就是他们的猎物，把它分享给客人，足见情真意切。

有兔斯首，燔之炙之。君子有酒，酌言酢之。

"炙"，将肉类在火上熏烤。这章重复上章的意思，我们感觉宴会已进入高潮，兔子正被烤炙，宾主你来我往，敬酒不息，而诗意亦在此烈火烹油、觥筹交错中不断升腾。

有兔斯首，燔之炮之。君子有酒，酌言酬之。

"酬"，劝酒。最后这章，是收结诗意：那只兔子，显然已熟，且能下酒。客人们也在这样的频频劝酒中纷纷醉去。我们仿佛感到一场盛事，业已过去。一切喧闹，终归沉寂。就像人生的一幕幕剧，必会落下帷幕。人们互道离别，纷纷散去。而在此种不断召唤中,我们感到生之快乐,聚之欢欣。亦明白,聚少离多,要倍加珍惜。这个或许正是宴会、聚会本身给人的情感滋养,或诗歌本身所唤起的生命期待。我们亦同醉同醒,同欢共乐,哪管得了身后那么多的不愉快。

《渐渐之石》:维其劳矣

本篇的语意中心应为"维其劳矣",即是真的让人劳累。

渐渐之石,维其高矣。山川悠远,维其劳矣。武人东征,不皇朝矣。

"渐渐",借为"巉巉",险峭貌。"皇",同"遑",闲暇。起句比兴作喻:那险峻的岩石,实在是高。起句在无形中,给人一种难以逾越之感。所引起的后两句:"山川悠远,维其劳矣。"山高水远,我们如此疲惫。最后两句是即此所抒发的感慨:"武人东征,不皇朝矣。"我们的东征,完全就没有尽头。

渐渐之石,维其卒矣。山川悠远,曷其没矣?武人东征,不皇出矣。

"卒",借为"崒",高峻危险貌。"曷其没",就是何时是个尽头。这一章重复前面诗意,但这章之"卒"比上章之"高",我们明显感觉更为艰难,似乎已到极限。也正因此,后之哀叹:"山川悠远,曷其没矣?"这山高水远,难道就没有穷尽的时候?那么,究竟何时结束?好像没有答案。

有豕白蹢,烝涉波矣。月离于毕,俾滂沱矣。武人东征,不皇他矣。

"蹢",蹄子。"烝",众多。一说"进"。"离",借作"丽",依附,此指靠近。"毕",星宿名,二十八宿之一,又叫"天毕"。最后这章再次起兴作喻:那猪看起来蹄子干净,还不是因为长期在水中跋涉。月亮紧挨着毕星,雨怎会停?最后一句又是长声浩叹:我们还在东征,又哪管得了其他。

整个三章,不只疲于奔命,出征之人的哀叹,无法掌控的命运,亦让人无限悲凉。我们也不知道,这样的日子何时才是尽头?

《苕之华》：维其伤矣

本篇的语意中心应是"维其伤矣"，即真的非常悲伤。

苕之华，芸其黄矣。心之忧矣，维其伤矣！

"苕"，植物名，又叫凌霄或紫薇，夏季开花。"华"，同"花"。"芸其"，芸然，一片黄色的样子。首句起兴作喻：凌霄花开得再艳，也有衰落的时候。诗人想说的是后者：我为什么这么难过？还不是因为太悲伤。这是对生命易逝、美好不能常在的哀悼吗？我们且往下看。

苕之华，其叶青青。知我如此，不如无生！

这章表面上是起兴作喻：凌霄花开的时候，叶子特别茂盛。诗人想说的是后者：早知道一切成空，或早知道活成这样，还不如干脆不要出生。这显然是诗人的自怨自艾，可究竟为什么这样感慨？我们不得而知，继续往下看。

牂羊坟首，三星在罶。人可以食，鲜可以饱！

"牂羊"，母羊。"坟首"，头大。"三星"，泛指星光。"罶"，捕鱼的竹器。最后这章单从字形看，突然就有种悲感，想想那瘦骨嶙峋的母羊，头自然会特别显大。这当然是自比。后面一句是写三更时分，星光映鱼篓，特别悲凄。可为什么这个时候还在水边设篓打鱼？显然是无物充饥。即后面的：有什么东西可吃，好像很少能吃饱。到此，我们能说什么，亦如诗歌在此的戛然而止。

《何草不黄》：经营四方

此篇的语意中心应是"经营四方"，即长年奔跑四方，无疑是对频繁出征的怨尤。

何草不黄？何日不行？何人不将？经营四方。

"行"，出行。此指行军，出征。"将"，出征。首句起兴作喻，借哪里的草不会枯萎，引起我们哪天不再赶路之悲慨。诗人其实想说的是：没有一个人可以逃避出征这样的命运，都会长年奔跑四方。这是怎样的悲哀。我们亦可想见主人公已是长期困顿于此种无望的征途。我们继续往下看。

何草不玄？何人不矜？哀我征夫，独为匪民。

"玄"，发黑腐烂。"矜"，通"鳏"，无妻者。征夫离家，等于无妻。此章之"玄"比上章之"黄"，不仅指植物由枯萎到直接腐烂，比之个体的遭遇，亦是更为恶化。接下来引出的"何人不矜"，就更让人悲痛。似乎老而无妻，鳏寡孤独是他们的必然命运。所以，最后两句的感慨就不出意料：可怜我们这些征夫，偏偏就不算是人。

匪兕匪虎，率彼旷野。哀我征夫，朝夕不暇。

"兕"，野牛。这一章是由上一章最后一句"独为匪民"引起，诗人慨叹的是："匪兕匪虎，率彼旷野。"我们不是犀牛也不是老虎，为什么整日驱逐我们，使我们在旷野中奔波。这两句明显已很悲愤。我们以为后面会接续此意。没想最后两句，似乎又回到从前：可怜我们这些征夫，早晚不得休息。这种写法，符合礼乐文化中哀而不伤的固有传统。亦可能是，诗歌作为艺术，作为美之代表，对于诗人而言，再深刻的恐惧与愤怒似乎也只能到此为止。而我们读者，也只好就此罢休，徒留感慨。

有芃者狐，率彼幽草。有栈之车，行彼周道。

"芃"，兽毛蓬松。"栈"，役车高高的样子。最后这章，通用比兴，表面上是王顾左右而言他：那羽毛松松的狐狸，躲在深深的草丛中。那栏杆高高的车，行驶在周道上。其实，以此反喻的，是现实生活中那些极不平等之事。王侯贵族，只需养尊处优。而像他们这样的征夫，却只能长年驰行在大路上。但是，能说什么？这就是命运，这就是现实。我们在诗人的此种比兴作喻中，亦只能接受这样的现实。

【大雅】

《文王》：其命维新

本篇的语意中心应是"其命维新"，即对周之天命的肯定或期许，应是周王朝祭祀文王告诫殷商旧臣所用乐曲。

文王在上，於昭於天。周虽旧邦，其命维新。
有周不显，帝命不时。文王陟降，在帝左右。

"昭"，光明显耀。周在氏族社会本是姬姓部落，后与姜姓部落联盟，在西北发展。周立国从尧舜时代的后稷算起。"有"，指示性冠词。"不"，同"丕"，大。"陟降"，上行曰陟，下行曰降。该篇为周民族史诗，亦是祭祀文王之作，通篇赋法。起句直接点明祭祀对象：光明伟大的文王，正是上天昭示给我们的。这种切入，直截了当又充满力量，似乎一切都是天意，一切都不容置疑，而文王正是那个秉承天意的人。接下来就直入主题：周虽是旧的诸侯国，但它的天命却是新的。"旧"显示它的历史悠久，"新"在于说明此种天命的应验。也就是在周人这里，"天命"已由之前的没有意外，到这里的适时而降。那么，这种天命的具体内涵与外延又是什么？我们来看后文：周的蓬勃发展，无不显示上帝的意旨。文王不管是出生，还是离世，无不陪伴在上帝左右。这章既是对亡灵，对被祭祀者的告白、安抚，也是对生者对臣民的期许。

亹亹文王，令闻不已。陈锡哉周，侯文王孙子。
文王孙子，本支百世，凡周之士，不显亦世。

"亹亹"，勤勉不倦貌。"陈锡"，陈，犹"重""屡"；"锡"，赏赐。"哉"，"载"的假借，初、始。"侯"，乃。"本支"，以树木的本枝比喻子孙繁衍。"士"，这里指统治周朝享受世禄的公侯卿士百官。"亦世"，犹"奕世"，即累世。这章是怀念、追忆，也是期许：那勤勉进取的文王，他的好声誉永世流传。他会不断赐福给周，包括文王的子孙后代。文王的子孙后代，就像树木的根系绵延久远。凡是享受俸禄的周朝公卿大夫，亦会累世享有此种恩泽。这正是周王朝的统治基础，即它的这种天命的维系，更依靠血缘、伦理，而周王正是此种维系的向心之处、凝聚之端。

世之不显，厥犹翼翼。思皇多士，生此王国。

王国克生，维周之桢；济济多士，文王以宁。

"厥"，其。"犹"，同"猷"，谋划。"翼翼"，恭谨勤勉貌。"皇"，美、盛。"桢"，支柱、骨干。"济济"，有盛多、整齐、美好、庄敬诸义。这章承续"世之不显"，意在对大小官员的嘉许与警示，历来那些大臣显贵，都特别小心谨慎。想想有这么多的贤士，都生长在我们这样一个国家。而这些众多的贤士，正在成为国家的辅助大臣。正因为有这么多才华卓绝的贤士，文王的在天之灵才会得到安慰。"士"，贵族阶层、知识阶层，它的地位与作用，在此得到极度的肯定。

穆穆文王，於缉熙敬止。假哉天命，有商孙子。

商之孙子，其丽不亿。上帝既命，侯于周服。

"穆穆"，庄重恭敬貌。"缉熙"，光明。"敬止"，敬之，严肃谨慎。"假"，大。"其丽不亿"，其数极多。"亿"，周制十万为亿，这里只是概数，极言其多。"周服"，服周。因为前面的铺垫，这章叙说文王天命的形成：庄严和善的文王，真的是非常认真负责。因为这种强大的天命，殷商的子孙亦成为我们的臣子。他们的后代人数之多没法计算。上帝已经昭示他们，要臣服于周王朝。这是对新旧政权的辨析与确认，不说旧政权是如何灭亡，只说一切归于天命。这是周王朝的仁慈，亦是周王朝礼乐制度建立的前提：没有怨怼、没有贬斥，最大可能的宽厚仁慈。可以说，周王朝的所有文化现象都发端于此，而周王朝的名正言顺，即此种王权的合理性与有效性亦由此彰显。

侯服于周，天命靡常。殷士肤敏，祼将于京。

厥作祼将，常服黼冔。王之荩臣，无念尔祖。

"肤"，有陈礼时陈序礼器之意。"肤敏"，即勤敏地陈设礼器。"祼"，古代一种祭礼，在神主前面铺白茅，把酒浇在茅上，像神在饮酒。"常服"，祭祀规定的服装。"黼"，古代有白黑相间花纹的衣服。"冔"，殷冕。"荩臣"，忠臣。这章重复并承续上章最后一句诗意：殷商人臣服于周王朝，天命就是这样。即便如此，他们仍然不忘祖先，殷商的诸侯，将要来京举行祭祀。他们严格遵守祭礼，仍然穿戴殷商礼服。大王的旧日之臣，你们这些殷商子民，不要忘了你们的祖先。这是新政权的慈悲，更是感召。或就是新旧政权之间达成的共识，亦是维护新王权合法性的有效步骤。一个民族，有了对自己民族的充分认知，才可能与别的民族达成和解。周王朝正是在此种共识中，让自己的合法性更为有效，并由此奠定其后的统治基础。

无念尔祖，聿修厥德。永言配命，自求多福。

殷之未丧师，克配上帝。宜鉴于殷，骏命不易！

"无"，语助词，无义。"聿"，发语助词。言同"焉"，语助词。"丧师"，指丧失民心。"克配上帝"，可以与上帝之意相称。"骏命"，大命，也即天命。"骏"，大。这章是继续安抚，言辞恳切，又有理有据：想着你们的祖先，请你们遵守他们美好的德行。永远顺从天命，自求多福。殷商并没有失去人心，那是上帝的旨意。应以此为鉴，这种天命不容违抗。读到此，我们不禁恍惚，可能我们很少见到对于旧政权的此种说辞。孔夫子日日念叨的大同或即在此。

命之不易，无遏尔躬。宣昭义问，有虞殷自天。

上天之载，无声无臭。仪刑文王，万邦作孚。

"宣昭"，宣明传布。"义问"，美好的名声。"虞"，审察、推度。"载"，行事。"臭"，味。"仪刑"，效法。"刑"，同"型"，模范，仪法，模式。"孚"，信服。最后这章是宣示殷商人，更是昭告天下：天命是不容易长久保持的，不要中断在你们身上。宣扬传布你们的好声誉，又揆度依从上帝旨意。上天行事，无声无息，又无时不在。我们都要以文王为榜样，效法遵从他，就会得到万国诸侯的臣服。而一切，亦在这最后的吟诵中，得到强调，并标举来世。我们读者，亦凝下神来，共入此种和缓境地。

《大明》：不易维王

本篇的语意中心应是"不易维王"，即不会轻易赋予天命。

明明在下，赫赫在上。天难忱斯，不易维王。天位殷适，使不挟四方。

"在下"，指人间。"赫赫"，明亮显著的样子。"忱"，信任。"易"，轻率怠慢。"维"，犹"为"。"适"，借作"嫡"，嫡子。殷嫡，指纣王。"挟"，控制、占有。该篇同样是周王朝史诗，开篇即追溯天命的不测，皇天辉照人间，周王的显赫功绩上达于天。天命真的难测，它不会轻易让你为王。上天决定殷的命数已尽，再不能挟持四方拥有天下。

挚仲氏任，自彼殷商，来嫁于周，曰嫔于京。乃及王季，维德之行。

"挚"，古诸侯国名，故址在今河南汝南一带。"任"，姓。"仲"，指次女。"挚仲"，即太任，王季之妻，文王之母。"嫔"，妇，指做媳妇。"京"，周京。"维德之行"，犹曰"维德是行"，只做有德行的事情。这章追叙文王的母亲太任的家世与德行：太任是河南汝宁任家的二姑娘，本是生在殷商人家。她出嫁到周，在京师成婚。嫁给文王的父亲王季，她的举止言行无可挑剔。我们注意到这个"德"字，应该说整个周王朝都以"德"自举。而这种"德"盖源于周王朝建立初的祖祖辈辈，特别是文王之父母。

大任有身，生此文王。维此文王，小心翼翼。
昭事上帝，聿怀多福。厥德不回，以受方国。

"大"，同"太"。"昭"，借作"劭"，勤勉。"聿"，犹"乃"，就。"怀"，徕，招来。"厥"，犹"其"，他、他的。"回"，邪僻。"受"，承受、享有。这章写文王出身及接受天命：太任怀了身孕生下文王。文王生来谨慎，侍奉上帝非常周到热情。上帝赐给他很多福气。他的德行从来就不会有亏，因此受命四方，得到诸侯拥护。这章再次回应上章之"德"，不仅说明此种德行的承继性，更在说明文王之天命的必然性、有效性。

天监在下，有命既集。文王初载，天作之合。在洽之阳，在渭之涘。

"监"，明察。"在下"，指文王的德业。"初载"，初始，指年轻时。"洽"，水名，源出陕西合阳县，东南流入黄河，现称金水河。"阳"，河北面。这章是顺应上章概叙文王的天命及在此天命下的婚姻：上天时刻省察人间，天命已经从殷商转移到文王身上。文王即位初年，托老天爷的福，让他碰到心爱之人。在洽水的北岸，就是渭水边，文王举行婚礼，娶了莘国的女儿太姒。

文王嘉止，大邦有子。大邦有子，伣天之妹。
文定厥祥，亲迎于渭。造舟为梁，不显其光。

"大邦"，指殷商。"子"，未嫁的女子。"伣"，如，好比。"天之妹"，天上的美女。"文"，占卜的文辞。"梁"，桥。此指连船为浮桥，以便渡渭水迎亲。"不"，通"丕"，大。"光"，荣光，荣耀。这章详叙文王的婚礼：文王非常喜欢殷商那未嫁的女儿。那女儿真像天上的仙女。文王占卜很是吉祥，就亲迎其于渭水之滨。迎娶的时候，将很多船只连接做成桥梁，以彰显婚礼的隆重浩大。这一切不只是天命，亦是与旧王朝的联姻，非常美好，而形成此种美好的仪式，亦同样尊荣盛大。

有命自天，命此文王。于周于京，缵女维莘。
长子维行，笃生武王。保右命尔，燮伐大商。

"缵"，续。"莘"，国名，在今陕西合阳县一带，姒姓。文王娶莘国之女，称太姒。"长子"，指伯邑考。"行"，离去，指死亡。伯邑考早年被殷纣王杀害。"尔"，犹"之"，指武王姬发。"燮"，读为"袭"。燮伐，即袭击讨伐。这章语意艰涩，甚至有点难言之隐。究其原因，我们才发现，武王不是文王的长子。这对于嫡长子制的周王朝自然有不好明说之处。我们还是看它究竟怎么分说：老天爷的意思，就是在文王身上。不管是在周都城还是在京邑其他地方，莘国那美丽的女子太姒人尽皆知。太姒所生长子早逝，后来又生了武王。天命就在武王，他大举讨伐商纣。到此，我们终于明白这种由文王到武王的内在曲折，我们仍然可以将此归咎于天命。

殷商之旅，其会如林。矢于牧野，维予侯兴。上帝临女，无贰尔心。

"会"，军旗。"其会如林"，极言殷商军队之多。"矢"，同"誓"，誓师。"牧野"，地名，在今河南淇县一带，距商都朝歌七十余里。"侯"，乃、才。"临"，监临。"女"，同"汝"，指周武王率领的将士。"无"，同"勿"。"贰"，同"二"。这章是追忆当日武王与殷商的牧野之战：想当初，殷商的军队旌旗如林。武王在牧野起誓：我周王朝就要兴起。上帝命令你们不要有别的想法。

牧野洋洋，檀车煌煌，驷𬴃彭彭。维师尚父，
时维鹰扬。凉彼武王，肆伐大商，会朝清明。

"驷𬴃"，四匹赤毛白腹的驾辕骏马。"彭彭"，强壮有力貌。"师"，官名，即太师。"尚父"，指姜太公。姜太公，周朝东海人，本姓姜，其先封于吕，故姓吕。名尚，字子牙。老年隐钓于渭水之滨，文王造访，载与俱归，立为师，又号太公望，辅佐文王、武王灭纣。"鹰扬"，如雄鹰飞扬，言其奋发勇猛。"凉"，辅佐。"肆伐"，

意同前文之"燮伐"。"会朝",会战的早晨。一说黎明。这章字句读起来比较拗口,句意亦因此生涩。我们所能了然的,就是这场战争很艰辛。我们且看它是如何分说的:当时在牧野那片开阔的场地上,檀木制成的战车坚固异常。战马矫健,太师姜公真的非常勇猛。他辅佐武王,迅疾攻下商城,第二日正好赶上天晴。应是一场恶战,但没有细说。只说战车坚固,统帅英明。这或许正是周朝向来风尚,不喜武事。虽然以武力取得政权,但更希望以德维系政权。这是周王朝的立国之本,也可能是汲取殷商暴政而亡之教训。而周王朝政权的合法性、有效性,亦在此否定与标举中。

《绵》:自土沮漆

本篇的语意中心应是"自土沮漆",即从土水来到漆水,有如瓜蔓的绵延状态。其实是写周民初兴的势头。

绵绵瓜瓞,民之初生,自土沮漆。古公亶父,陶复陶穴,未有家室。

"绵",同"绵"。"绵绵",即绵绵,不绝貌。"瓞",瓜。小曰瓜,大曰瓞。"土",齐诗作杜,水名。"沮漆",有说是古二水名,均在今陕西境内;亦有说"沮"为徂的假借,即来、到。我们作第二种解。"古公亶父",周王族十三世祖,后追称大(太)王。"古公"是称号,犹言"故邠公"。"亶父"是名。"陶",窑灶。"复",古时的一种窑洞,即旁穿之穴。"家室",犹言"宫室"。这篇同样是周王朝的民族史诗,但追叙得更远。开篇以瓜蔓起兴,写周人初起时的生活场景:如同那绵绵不绝的大瓜小瓜,周王朝初生的时候亦是随意蔓延,他们聚族而居的地方,是从土水到漆水沿岸。太王古公亶父,率人挖窑建灶,当时还没有建筑宫殿。

古公亶父,来朝走马。率西水浒,至于岐下。爰及姜女,聿来胥宇。

"浒",水涯。"姜女",指古公亶父之妃,姜氏。"聿",发语词。"胥宇",犹言"相宅",就是考察地势,选择建筑宫室的地址。"胥",相,视。这章按照时间顺序,写古公亶父初来此地,第二日一早就驰马出行。沿着河岸一直向西,终于来到岐山脚下决定安居。又娶了姜家的女儿太姜为妻,并和她一起考察建造宫室的地址。

周原膴膴，堇荼如饴。爰始爰谋，爰契我龟。曰止曰时，筑室于兹。

"膴膴"，肥沃的样子。"堇"，旱芹。"荼"，苦菜。"饴"，用米芽或麦芽熬成的糖浆。"契"，锲，指刻龟甲占卜。这章紧承上意，交代为什么选岐山作为他们的发祥地，岐山周围，原野肥沃，植物生长繁茂。那里长出的野菜都特别好吃。于是他们开始行动，先做卜祀，找到适合居住的地点就立刻停止卜祀，准备把宫殿建在这里。

乃慰乃止，乃左乃右，乃疆乃理，乃宣乃亩。自西徂东，周爰执事。

"慰"，安定。"宣"，疏通沟渠。"亩"，整治田垄。"周"，徧（遍的异体字）。这章连用八个"乃"，不只表示前后的时间承续，更表示他们的日常劳作：于是就停止不再向前，于是就东西划定疆域，于是就区分田亩边界，于是就开垦耕作。正是在这样的一系列劳作后，我们发现周民的聚族而居已初具规模。

乃召司空，乃召司徒，俾立室家。其绳则直，缩版以载，作庙翼翼。

"司空"，管工程的官。"司徒"，管土地和力役的官。"缩"，捆绑。"载"，通"栽"，筑墙的长板。"翼翼"，动作整齐。这章具体写周人如何建造宫室，于是就招来掌管工程建筑的官，招来掌管土地劳役的官，让他们开始筹建宫室。他们用绳子划正地基边界，用两块筑板来填土砌墙，他们建立的宗庙庄严肃穆。在这章中，我们看到周民进行大型工程的分工与协作。

捄之陾陾，度之薨薨，筑之登登，削屡冯冯。百堵皆兴，鼛鼓弗胜。

"捄"，盛土于筐。"陾陾"，众多貌。"度"，填土于筑板内。"薨薨"，填土声。"登登"，相应声。"屡"，通"塿"，土墙隆起的部分。"冯冯"，削平墙面的声音。"堵"，五版为堵。"鼛"，大鼓，长一丈二尺。"弗胜"，指鼓声盖不过人声。这章四句连用四个叠词，描摹烘托他们建造宫室的气势与场景，他们不断地往筐子里铲土，那声音薨薨作响，然后使劲地捣那筑板里的土，再把多余的部分铲平。许多土墙筑成，大鼓的轰鸣都盖不住人们劳作的声音。这种种交汇，我们感觉不到嘈杂，反是劳动的欢欣与场面的盛大。而周人正是在这样的朝气蓬勃中，辛勤建设他们的家园。

乃立皋门，皋门有伉。乃立应门，应门将将。乃立冢土，戎丑攸行。

"皋门"，王都的郭门。"伉"，通"亢"，高大貌。"应门"，王宫的正门。"将将"，庄严雄伟的样子。"冢土"，即大社，祭祀社神的地方。"冢"，大。"土"，通"社"。"戎"，指昆夷，北方的游牧民族，即犬戎。"丑"，这章又分头叙述宫室建好之后他们所做的配套设施：于是就建立城门，城门很高大。于是就建立宫室的门，宫门很庄严。于是就建立祭神的地方。戎狄丑虏因而遁去。

肆不殄厥愠，亦不陨厥问。柞棫拔矣，行道兑矣。混夷駾矣，维其喙矣！

"殄"，断绝。"柞"，栎树。"棫"，白桵，与柞皆丛生灌木。"兑"，通"达"，通畅。"混夷"，即昆夷。"駾"，突逃。"喙"，疲劳困倦。这章写他们如何处理与之前一直威胁他们的狄人、昆夷的关系，或是写他们如何御敌：虽然不能杜绝狄人的愤怒进攻，但也不因以大失小而丧失自己的声誉。拔掉那些有刺的柞树棫树，让道路畅通无阻。昆夷最后惊慌逃窜，还不是因为他们非常疲劳困倦。

虞芮质厥成，文王蹶厥生。予曰有疏附，予曰有先后。予曰有奔奏，予曰有御侮！

"虞"，古国名，在今山西平陆。"芮"，古国名，在今陕西大荔。"质"，评断。"蹶"，感动。"生"，通"性"。王逸《楚辞章句》引作"聿"。"疏附"，指能使疏者亲之臣。"奔奏"，指奔命四方之臣。"奏"亦作"走"。最后这章总写内外政事，读来意气昂扬：虞国和芮国之间的纷争终于得到平息，就是因为文王的善行感动了他们。我们周朝有这么多亲近君王、团结同僚的大臣，有这么多能够参谋政事的同僚，有这么多为君王奔走效力的文臣，有这么多抵御外侮的武将，我们还怕什么？于是，一个民族、一个国家就此形成。我们看到他们国朝初建的欢欣，亦看到他们兴建自己王朝时的勃勃朝气。我们由此看到这个王朝的未来与希望。当然，任重道远，我们更不能忘记他们建国的艰辛与众志成城的伟力。

《棫朴》：左右趣之

本篇的语意中心应是"左右趣之"，即左右大臣随行其后。

芃芃棫朴，薪之槱之。济济辟王，左右趣之。

"芃芃"，植物茂盛貌。"棫朴"，"棫"，白桵；"朴"，枹木，二者均为灌木名。"槱"，聚积木柴以备燃烧。"济济"，美好庄敬貌。"辟王"，君王。"趣"，趋向，归向。这章应是咏叹文王。首句借物起兴作喻：看那棫树、枹树多茂盛，它们真是做柴火的好物料。诗人想说的是后者：文王他仪容庄严，左右大臣随行其后。无疑，在这章中，君臣之关系，犹如柴火之于燃料，相得益彰，何其有幸。言外之意，就是这些若荆棘或柴火的臣子，只有到了文王这里，才真正具有价值，才真正能够燃烧。

济济辟王，左右奉璋。奉璋峨峨，髦士攸宜。

"奉"，通"捧"。"璋"，即"璋瓒"，祭祀时盛酒的玉器。"峨峨"，盛装壮美的样子。"髦士"，俊士，优秀之士。这章首句用连环格，直接承续上章之意，并具体铺陈他们君臣之间的相洽：那庄严神圣的文王，左右大臣捧着璋瓒随行。他们捧上礼器的样子庄严肃穆，他们看起来英俊且举止有仪。

淠彼泾舟，烝徒楫之。周王于迈，六师及之。

"淠"，船行貌。"泾"，泾河。"烝徒"，众人。"楫之"，举桨划船。"于迈"，于征，出征。这章另外起兴设喻，同时也可能是对他们当下场景的描摹：船儿在泾河上缓缓前行，众人合力划船。周王自己在最前面，后面跟随着大队人马。到此，我们想要问：这是要去哪里？或干什么？

倬彼云汉，为章于天。周王寿考，遐不作人？

"倬"，广大。"云汉"，银河。"遐"，通"何"。"作人"，培育、造就人。这章真是想落天外，不仅是对文王的盛赞，更给读者谱写了一个关于周人的远大前程：那银汉广大开阔，天上星光灿烂。周王一定会长寿，一定会长久地带领他的人民。

追琢其章，金玉其相。勉勉我王，纲纪四方。

"追"，通"雕"。"追琢"，即雕琢。"相"，内质，质地。"勉勉"，勤勉不已。"纲纪",治理,管理。最后这章,诗意落在文王身上,写他自身的精进与作为,全章充满咏叹,读来更是意气昂扬:文王用心钻研勇猛精进,使得内外合一,德化天下。勤勉不懈的文王,定会长久治理我们的国家。

通篇都可感受到周人初兴时的朝气与热情。我们亦在此种氛围中,畅想他们的辉煌前程。

《旱麓》:干禄岂弟

本篇的语意中心应是"干禄岂弟",即个体福禄的享有正是因为他自身的和乐平易。

瞻彼旱麓,榛楛济济。岂弟君子,干禄岂弟。

"旱麓",旱山山脚。"旱",山名,据考证在今陕西省南郑附近。"榛楛",两种灌木名。"岂弟",即"恺悌",和乐平易。"君子",指周文王。"干",求。首句借物起兴作喻:看那旱山脚下,榛树和楛树茁壮成长。诗人想说的是后两句:"岂弟君子,干禄岂弟。"文王真是平易近人,福禄自然会随之降临。

瑟彼玉瓒,黄流在中。岂弟君子,福禄攸降。

"瑟",光色鲜明的样子。"玉瓒",圭瓒,天子祭祀时用的酒器。玉圭做柄,柄的一端是勺,用以舀秬鬯。"黄流",黄,用黄金制成或镶金的酒勺;"流",用黑黍和郁金草酿造配制的酒,用于祭祀,即秬鬯。"攸",所。这章再次借物兴起:那光洁鲜明的圭瓒,和美的酒从中流淌。诗人想说的,当然是后者:平易近人的文王,会与福禄同行。

鸢飞戾天,鱼跃于渊。岂弟君子,遐不作人。

"鸢",鸷鸟名,即老鹰。"戾",到,至。"遐",通"胡",何。"作",作成,作养。这章起首的两个兴句,让人耳目一新的同时,又颇为活泼灵动:老鹰向天空高飞,鱼儿跃向深渊。这些向来如此,毋庸置疑。正如那些真正的人才,不会被埋没。后面引出的是:我们平易近人的文王,会不断培养并发现了不起的人才。这是对贤才的热望,读来非常豪迈。

清酒既载,骍牡既备。以享以祀,以介景福。

"骍牡",红色的公牛。这章转而言它。或者说,宴会正在继续,主人发出邀约:清酒已经陈设,红色的公牛也已备好。大家同饮此酒,供奉祖先,请求上天赐给我们更大的福气。这不仅是对未来生活的祈福,更是对当下的承诺。

瑟彼柞棫,民所燎矣。岂弟君子,神所劳矣。

"瑟",众多的样子,与第二章的"瑟"字不同义。"柞棫",栎树与白桵树。"燎",焚烧,此指燔柴祭天。"劳",慰劳。或释为保佑。这章似乎重回第一章的诗意:那众多的柞树、棫树,都是老百姓砍来祭神的。平易近人的君子,神一定会福佑。这种语言,正是他们此刻的祝词。一切似乎又回到原点,而一切又是在这样的周而复始中,得以加强,且能沉淀。

莫莫葛藟,施于条枚。岂弟君子,求福不回。

"莫莫",同"漠漠",众多而没有边际的样子。"葛藟",葛藤。"施",伸展绵延。"条枚",树枝和树干。"回",奸回,邪僻。最后这章,简直意蕴深远:茂密的葛藤,一直长到树枝和树干。平易近人的文王,祭祀祖先从不忤逆。这不仅是对祖先的承诺,也是对所有在座嘉宾的期望。至此,一曲祭词,完美收尾。我们亦在这样的祭祷中,得到慰勉。

《思齐》：京室之妇

本篇的语意中心应是"京室之妇"，即文王妻子的美德源远流长，这可以上溯到他的祖母。

思齐大任，文王之母。思媚周姜，京室之妇。大姒嗣徽音，则百斯男。

"齐"，通"斋"，端庄貌。"大任"，即太任，王季之妻，文王之母。"周姜"，即太姜。古公亶父之妻，王季之母，文王之祖母。"大姒"，即太姒，文王之妻。"百斯男"，众多男儿。开篇追叙家世，且从历代女性说起：想那端庄的太任，文王的母亲；想那德行完美的太姜，文王的祖母。太姒继承她们美好的声誉，多生男儿家门兴旺。

惠于宗公，神罔时怨，神罔时恫。刑于寡妻，至于兄弟，以御于家邦。

"惠"，孝敬。"宗公"，宗庙里的先公，即祖先。"神"，此处指祖先之神。"恫"，哀痛。"刑"，同"型"，典型，典范。"寡妻"，嫡妻。这章承续上章之意，认为为王者，首先应遵循先祖遗志，不要让他们有什么不满，先祖也就不会责备惩罚他们。其次要给自己的妻子做榜样，也要做兄弟们的表率，这样才会治理好家庭乃至一个国家。这是周人典型的敬天畏命齐家治国理念。我们看到周人小心谨慎的同时又心存敬畏。我们也在此种实事求是中，了然他们的希冀。

雍雍在宫，肃肃在庙。不显亦临，无射亦保。

"雍雍"，和洽貌。"不显"，不明，幽隐之处。"无射"，即"无斁"，不厌倦。"射"为古"斁"字。这章进一步表示，理想的社会应该是：宫室中和睦礼让，宗庙内严肃恭敬。文王的光明显德不必故意彰显，老百姓亦能亲身体会。哪怕那些想法很多的百姓，也能安于现状不加抱怨。这是内政。也正因为此种清明，上下一致，才可能有下一章的诗意。

肆戎疾不殄，烈假不瑕。不闻亦式，不谏亦入。
肆成人有德，小子有造。古之人无斁，誉髦斯士。

"戎疾"，西戎之患。"殄"，残害，灭绝。"烈假"，指害人的疾病。"瑕"，与"殄"义同。"式"，适合。"古之人"，指文王。"无斁"，无厌，无倦。"髦"，俊，优秀。显然,最后这章是正反例证,先反面:假如西戎的祸患不能断绝,严重的瘟疫没法结束。这肯定是由于听到善言不加采用,听到劝谏不愿接受。后正面:如果前人能够成就美好品德,他的后辈就会受益无穷。古代有无数这样的人,他们的美好声誉福泽后人。显然,最后这几句,又重新回到第一章的意思。而整首诗亦在此种衔接中,形成某种绵延久长的叙事结构和意义传承。

《皇矣》:求民之莫

本篇的语意中心应是"求民之莫",即考察老百姓究竟有什么疾苦。

皇矣上帝,临下有赫。监观四方,求民之莫。维此二国,其政不获。
维彼四国,爰究爰度。上帝耆之,憎其式廓。乃眷西顾,此维与宅。

"莫",通"瘼",疾苦。"二国",指夏、殷。"耆",读为"稽",考察。"式廓",犹言"规模"。"眷",思慕、宠爱。"西",指岐周之地。"此",指岐周之地。在周人眼中,天帝当然是最高神。而世间一切皆他所赐,亦为他所憎。也因此,该章起句直呼上帝:伟大的上帝,俯视凡尘光明显赫。他亦监管四方各族,看人民有怎样的疾苦。看到夏商这两个王朝,它们的内政外交一塌糊涂。想那四方诸侯,怎不认真辨识。上帝考察之后,认为周的规模不够大。于是就准允它向西扩展,这就是岐周现在的居住地。以上章句是对诸侯存亡原因的推演,不只是总结前朝经验教训、成败得失,更把重心落在西边的周身上,为周指示方向,提供借鉴,明确标识周为天命之所在。

作之屏之,其菑其翳。修之平之,其灌其栵。启之辟之,其柽其椐。

攘之剔之，其檿其柘。帝迁明德，串夷载路。天立厥配，受命既固。

"作"，借作"柞"，砍伐树木。"菑"，指直立而死的树木。"翳"，通"殪"，指死而扑倒的。"栵"，斩而复生的枝杈。"柽"，木名，俗名西河柳。"椐"，木名，俗名灵寿木。"檿"，木名，俗名山桑。"柘"，木名，俗名黄桑。以上皆为倒装句式。"串夷"，即昆夷，亦即犬戎。"路"，借作"露"，败。这一章，承接上章之意，写周王朝开天辟地之功：于是，就砍伐树木作为屏障，那些未倒已倒的枯树都要修剪。继续修剪平整，连同那些砍掉树干的树桩上长出的小树枝。不断地开发利用，包括那些柽柳树般的灵寿木。一定要剔除挑选，包括山桑与黄桑。上帝又迁移品性光明的人，打败四处流窜的犬戎。上天考察与它相配的君王，接受天命以使国家稳固。整个章节，真是气壮山河，光明磊落。我们看到先人劳作之苦，也看到他们的光辉前程。而诗人所竭力肯定的，仍是它的天命。似乎天意若此，人只是顺应。除此，我们看到的，还有先民的不屈不挠，浩然之气。

帝省其山，柞棫斯拔，松柏斯兑。帝作邦作对，自大伯王季。

维此王季，因心则友。则友其兄，则笃其庆，载锡之光。受禄无丧，奄有四方。

"兑"，直立。"则"，犹"能"。"笃"，厚益，增益。这章继续以上帝的名义考察他的子民：上帝视察岐山，砍掉柞树、棫树这些灌木，栽种松树、柏树这种良木。上帝建立周国，也遴选与他相配的君王，周王的基业从太伯王季开始。这个王季，凭靠内心良善与人为友。对兄长又很友爱，周室的福禄得到增强，上天赐给他光荣的王位。长久地享有此种福气，包括让他拥有整个天下。整个章句，一气呵成。但我们在此种陈述中，看到他们的虔诚与敬意，或即他们伦理社会建立的基础。

维此王季，帝度其心。貊其德音，其德克明。克明克类，克长克君。
王此大邦，克顺克比。比于文王，其德靡悔。既受帝祉，施于孙子。

"貊"，《左传·昭公二十八年》及《礼记·乐记》皆引作"莫"。莫，传布。"君"，国君。"比"，使民亲附。"悔"，借为"晦"，不明。这章起句就用"维此王季"这样的赞赏语气，一再肯定上帝的识人之明：这位王季，上帝考察他的用心。觉得他清静好守，又能够明辨是非。明辨就能够区别善恶，能够做师长君主。这样的人称王统治周王朝，国家就会和顺，上下才能一心。等到了文王，他的德行更是无须怀疑。因而就安享上天福祉，一直到他的子孙们。这章最后的落脚点，不只文王，更是主祭者，也即在此献祭的孙子我。肯定自己不仅秉持天命，更受惠于祖先，自己的光明圣德同样毋庸置疑。

帝谓文王：无然畔援，无然歆羡，诞先登于岸。密人不恭，敢距大邦，
侵阮徂共。王赫斯怒，爰整其旅，以按徂旅，以笃于周祜，以对于天下。

"畔援"，犹"盘桓"，徘徊不进貌。"歆羡"，犹言"觊觎"，非分的希望和企图。"诞"，发语词。"密"，古国名，在今甘肃灵台一带。"阮"，古国名，在今甘肃泾川一带，当时为周之属国。"共"，古国名，在今甘肃泾川北，亦为周之属国。"赫"，勃然大怒的样子。"斯"，犹"而"。"徂旅"，此指前来侵阮、侵共的密国军队。这章写周建国伊始的一些作为，仍然先是秉持天意。上帝告诉文王：不要专横暴虐，不要有非分侵吞别国的心，即便已经位高权重。正是在这种责任与义务下，当密国人不恭顺，进而抗拒周朝，侵略阮国直到共国时，文王勃然大怒。于是率领他的军队，阻止密国的进攻。从而巩固周国的土地，也使整个王朝安定下来。在这之中，我们看到战争，看到征伐，但更看到这种战争或征伐的必要性或重要性。而周王朝，亦是在这样的历次抗争中得以存续。说到底，国家的安宁仍然得借助武力，保家卫国永远是我们的主题。

依其在京，侵自阮疆。陟我高冈，无矢我陵。我陵我阿，无饮我泉，
我泉我池。度其鲜原，居岐之阳，在渭之将。万邦之方，下民之王。

"京",高丘。"矢",借作"施",陈设。此指陈兵。"鲜",犹"巘",小山。"阳",山南边。这章是写战罢周人还京的事:周人浩浩荡荡回到京城,在阮疆息兵。文王登上那高大的山冈,看到敌人不敢在他们的周围布兵。不敢在他们的土地吃喝。于是就规划新入并的各处疆域,选位于岐山南面、渭水旁边的地域,作为自己的都城。于是,周国就成为众多诸侯国的榜样,众多老百姓的归依。

帝谓文王:予怀明德,不大声以色,不长夏以革。不识不知,顺帝之则。

帝谓文王:询尔仇方,同尔弟兄。以尔钩援,与尔临冲,以伐崇墉。

"大",注重。"以",犹"与"。"长",挟,依恃。"夏",夏楚,刑具。"钩援",古代攻城的兵器。以钩钩入城墙,牵钩绳攀缘而登。"临""冲",两种军车名。临车上有望楼,用以瞭望敌人,也可居高临下地攻城。冲车则从墙下直冲城墙。"崇",古国名,在今陕西西安鄠邑一带,殷末崇侯虎即崇国国君。"墉",城墙。这章连用两个"帝谓文王",告诉后人作为天子,上帝希望他干什么,不希望他干什么,这其实是一种道德规训,或就是警示后人。但我们在这种告诫中,确实可以了然周建国初的一些政治策略与刑法用度。上帝告诉文王:我怀念那些品德高尚的人,他们不会疾言厉色威慑百姓,不会用夏楚和荆条作为刑具。他们无须知道什么,懂得什么,只需遵循上帝旨意。上帝告诉文王:与你的邻国好好相处,待他们如同兄弟。给你攻城时所用的云梯,给你居高临下的战车,你好去讨伐崇国的城池。显然,这章仍是假借上帝名义恩威并施。其实,亦是初建基业时的艰难卓著,但我们由此也看到周人的勇猛与坚韧,看到他们保家卫国拓展疆域的希望与可能。

临冲闲闲,崇墉言言。执讯连连,攸馘安安。是类是祃,是致是附,
四方以无侮。临冲茀茀,崇墉仡仡。是伐是肆,是绝是忽。四方以无拂。

"闲闲",摇动貌。"言言",高大貌。"讯",读为"奚",俘虏。"连连",接连不断的状态。"馘",古代战争时将所杀之敌割取左耳以计数献功,称"馘",也称"获"。"类",通"禷",出征时祭天。"祃",师祭,至所征之地举行的祭祀,或谓祭马神。"茀茀",强盛的样子。"仡仡",高崇貌。"肆",通"袭"。"忽",灭绝。最后这章诗人意气飞扬连用五个排比,五组叠词描摹当时战况:那些居高临下的战车非常强劲,崇国的城池确实高大。但我们仍然不断地捉拿俘虏,从容不迫地割下战死敌人的左耳。出师时需要祭天,归来后更需告慰。我们会送还并安抚那些百姓俘虏,周围各国再也不敢侵犯欺侮周国。我们的战车勇猛向前,不管对方的城墙如何高大。我们都会讨伐它,攻击它。让它消灭,让它灭绝。只有这样,四方诸侯才不敢

再违拗周王朝的意志。我们看到周人讨伐强敌时的勇猛与坚毅，看到战后周人安抚百姓的诚意，亦看到在这样的恩威并施、两相对照中，周人以绝对之优势，文治武功，最终建立自己的统治。最后一句"四方以无拂"，简直是长出一口气。而于读者，也终于在这样的急鼓繁弦中，得到休憩。

《灵台》：不日成之

本篇的语意中心应是"不日成之"，即灵台建成的快速欢悦。

经始灵台，经之营之。庶民攻之，不日成之。经始勿亟，庶民子来。

"经始"，开始计划营建。"灵台"，古台名，故址在今陕西西安西北。"亟"，同"急"。"子来"，如同儿子般赶来。首句以追溯语气，记述灵台初建时的各种准备工作：最初计划营建灵台时，测量地址，建立标识，这些工作必须认真细致。接下来两句，不只出其不意，更是意外之喜：大家一起建造，没过多久建成。可以说，整个诗篇就是这个基调。后面两句，就是交代为什么这么快建好：文王告诉老百姓刚开始工作，不必太着急，然而老百姓就像儿子般不招自来。

王在灵囿，麀鹿攸伏。麀鹿濯濯，白鸟翯翯。王在灵沼，於牣鱼跃。

"灵囿"，古代帝王畜养禽兽的园林名。"麀鹿"，母鹿。"濯濯"，肥壮貌。"翯翯"，洁白貌。"灵沼"，池沼名。"牣"，满。这章写灵台建好后，文王在其中的悠游快乐。显然是以物写人：首先，写文王在灵苑游览，母鹿竟然主动亲近他。母鹿是真的肥美，白鸟看起来洁白高雅。其次，写文王观看池塘时，鱼儿竟跃跃欲试想要触碰他。凡此种种，或整个这章，都是以灵台禽兽鱼类之美、之好，来写文王之感召，之德化。

虡业维枞，贲鼓维镛。於论鼓钟，於乐辟廱。

"虡"，悬钟的木架。"业"，装在虡上的横板。"枞"，崇牙，即虡上的戴钉，用以悬钟。"贲"，借为"鼖"，大鼓。这章显然是写钟鼓齐鸣的宴乐现场：悬挂钟磬的木架已经支好，装在支架上的大鼓也安放妥当。钟鼓配合特别和谐，乐师奏乐庆祝灵台建成。

於论鼓钟，於乐辟廱。鼍鼓逢逢，蒙瞍奏公。

"论"，通"伦"，有次序。"辟廱"，离宫名，与作学校解的"辟廱"不同。"鼍"，即扬子鳄，爬行动物，古时以其皮制鼓，甚佳。"逢逢"，鼓声。"蒙瞍"，古代对盲人的两种称呼。当时乐官、乐工常由这些盲人担任。"公"，读为"颂"，歌。或谓通"功"，奏功，成功。最后这章，重复前章之钟鼓齐鸣，让我们感受庆典的持续进行，当一切推进到高潮时，乐官作颂，灵台建成，礼亦成。

《下武》：王配于京

该篇的语意中心应是"王配于京"，即武王顺应天命，在镐京继承先祖功业。

下武维周，世有哲王。三后在天，王配于京。

"下"，后。"武"，继承。"三后"，指周的三位先王，太王、王季、文王。"王"，此指武王。"配"，指上应天命。该篇咏叹武王，但仍从天命讲起：后世能继承先祖的，唯有周国，周国的历代国君都很圣明。太王、王季、文王都已下世，武王顺应天命，在镐京继承他们的基业。在周人的信念中，符合天命的，才名正言顺。也就是说，它的合理性、有效性，必是建立在这样一个世代相承的传统中。而这种相承又保证所有后继者能够把祖宗大业发扬光大，使久远的未来同样成为过往中的一环。武王正值其时，继往开来，周人寄予他厚望的，同样是连接过去与未来，使所有的年月都有期，所有的将来能保证。这即是天命。接下来，我们看武王如何承续此种天命。

王配于京，世德作求。永言配命，成王之孚。

"求"，通"逑"，匹配。"孚"，使人信服。这章前面分说武王天命的由来，显然是接续过往：武王在镐京接受天命，这是因为世代积累的功德。后面另起他意：一直都是这样地顺应天命，成王同样让人信服。到此，我们突然恍然大悟，原来前面所有的追溯，都在说明成王的合法性。那么，成王究竟是在何种层面，继承并卫护此种天命？

成王之孚，下土之式。永言孝思，孝思维则。

"下土"，下界土地，也就是人间。"式"，榜样，范式。"孝思"，孝顺先人之意，这里是以孝代指所有的美德。这章前面两句承续上章"成王之孚"：成王是如此让人信服，以致世间所有老百姓都以他为榜样。后面两句，则是解说他何以得老百姓的信任。一直以来，成王都遵从先王遗志，把先王推行的王道作为行事准则。到此，我们终于明白，周人所极力标榜的"孝道"，正是接续天命继往开来的前提，或者是保证。这种感觉，有点像孔夫子的"述而不作"，前世或传统，已然完美，何须改造，继承本身就是发扬。

媚兹一人，应侯顺德。永言孝思，昭哉嗣服。

"媚"，爱戴。"一人"，指周天子。这一章显然是就臣民而言：我们之所以爱戴成王，是因为他能够继承祖宗功业。他一直保持这种孝道，成王是多么的光明正直。到此，我们亦无话可说。所以，周代或成王时期的道德标准，或具体律令，是否已相当保守？当一个社会，不能继往开来、勇敢前行时，是否亦意味着它走到了后期？

昭兹来许，绳其祖武。於万斯年，受天之祜。

"兹"，同"哉"。"来许"，同"后进"。"绳"，承。"祖武"，指祖先的德业。这章继续以叹赏的语气陈说成王所受的天命，显然是接续过往并承诺将来。后来的君王也一定要光明显耀，承续祖先德业。只有这样，才会永远受到上天庇佑。

受天之祜，四方来贺。於万斯年，不遐有佐。

最后这章既是回归眼前，亦是指向未来：成王受到上天福佑，诸侯们远道来祝贺。基业世代不衰，哪愁没人辅佐。应该说，此种祝福更充满期许。这同样是前后相续，共同成就。而与座诸人，皆在此种接续中。其勇敢与担当，同样不遑多让。

这篇真是大雅之声，不断追叙，不断验证。人类前行的步伐固然艰险，但我们看到千年再千年之前的他们，已在努力解释此种天命，此种不确定性。对他们而言，所谓孝道，所谓代代相继，就是最大保障，就可能让那些人类无法掌控的东西，变得有迹可循，变得可以确定。就这一点而言，我们这个民族的务实恭谨，似乎就可得到解释。我们多么希望他们万古如斯，永享安乐。

《文王有声》：遹观厥成

本篇的语意中心应是"遹观厥成"，即文王想让天下得到安宁并最终实现此种安宁。

文王有声，遹骏有声。遹求厥宁，遹观厥成。文王烝哉！

"遹"，即曰、聿，发语词。"烝"，《尔雅》释"烝"为"君"。又陆德明《经典释文》引韩诗云："烝，美也。"可知此诗中八用"烝"字皆为叹美君主之词。就本章而言，起句就极其肯定地称颂文王有美好的声名，次句则强调此种声名之大。三四两句就是具体落实此种声名，或在他的想象中，在周代的评价体系中，文王究竟做了什么，以及如何留名的。想让天下得到安宁，并最终实现此种安宁。就此而言，文王的确伟大，所以最后一句是总结，更是由衷赞佩：文王太了不起。

文王受命，有此武功。既伐于崇，作邑于丰。文王烝哉！

"崇"为古崇国，故地在今陕西鄠邑，周文王曾讨伐崇侯虎。"丰"，故地在今陕西西安沣水西岸。这章前两句追叙文王的建立功业，文王受纣命为西伯，出征讨伐崇侯虎，成就不世功勋。三四两句进而写他讨伐崇国后，就在丰建立城邑，真的是非常伟大。最后是由衷赞美：文王太了不起。

筑城伊淢，作丰伊匹。匪棘其欲，遹追来孝。王后烝哉！

"淢"，假借为"洫"，即护城河。"棘"，三家诗作"革"，通用，皆为"急"义。"王后"，第三、四章之"王后"同指周文王。这章前两句继续铺叙文王功业，先是修筑护城河，接着扩大丰邑使得二者更加般配。后两句解释此种行为的动机，这不是急着满足自己的私欲，而是继承祖宗功德。最后一句，继续由衷赞叹：文王太了不起。

王公伊濯，维丰之垣。四方攸同，王后维翰。王后烝哉！

"公"，同"功"。"濯"，本义是洗涤，引申为"光大"。"翰"，主干。这章前四句更是一气呵成，称颂文王，文王的功业是真的广大，不单建筑丰的城墙。天下四方更合力同心，把文王作为他们的榜样。最后再次由衷叹赏：文王真的太了不起。

丰水东注，维禹之绩。四方攸同，皇王维辟。皇王烝哉！

"皇王"，第五、六章之"皇王"应指周武王。"辟"，陈奂《诗毛氏传疏》认为当依《经典释文》别义释为"法"。这章前四句以大禹类比武王，丰水东流，这是大禹的功绩。天下老百姓都归顺，这是武王的功绩。最后自然得出：武王真了不起。

镐京辟廱，自西自东，自南自北，无思不服。皇王烝哉！

"镐"，周武王建立的西周国都，故地在今陕西西安沣水以东的昆明池北岸。"辟廱"，西周王朝所建天子行礼奏乐的离宫。这章先从镐京说起：镐京作为离都，从西到东，从南到北，四方人民没有不归顺武王的。这是陈明事实，最后一句则是自然归结：武王真了不起。

考卜维王，宅是镐京。维龟正之，武王成之。武王烝哉！

"宅"，刘熙《释名》释"宅"为"择"，即选择吉祥之地营建宫室。这章又回头写武王如何定居镐京，武王用龟甲卜卦，龟甲指示应该定居镐京。龟甲的卦言指明方向，武王让它变成现实。看来又是秉承天意，而最后收句更见其说服性：武王真了不起。

丰水有芑，武王岂不仕？诒厥孙谋，以燕翼子。武王烝哉！

"芑"，水芹菜。"仕"，《毛诗故训传》释"仕"为"事"，古通用。"诒厥"二句，陈奂《诗毛氏传疏》云："诒，遗也。上言谋，下言燕翼，上言孙，下言子，皆互文以就韵耳。言武王之谋遗子孙也。"最后这章以丰水里不停地生长水芹菜起兴，引出的是武王怎会没有事干？接下来就类比得出武王对后人所做的训诫工作，亦会源远流长。最后一句"武王真了不起"，是收尾，亦是诗意的终结。而我们所能掩卷沉思的，就不只是先王祖先们如何成就不世功业，又如何惠泽后人，更重要的，应是思考生于当世的我们，又该如何承担责任，高扬理想。

《生民》：克禋克祀

本篇的语意中心应是"克禋克祀"，即恭敬地祭祀上天，此为周人意识中最大的事情。也是万事万物可以成就的根本原因，即他们的"天命观"。

厥初生民，时维姜嫄。生民如何？克禋克祀，以弗无子。

履帝武敏歆，攸介攸止，载震载夙。载生载育，时维后稷。

"姜嫄"，传说中有邰氏之女，周始祖后稷之母。"禋"，祭天的一种礼仪，先烧柴升烟，再加牲体及玉帛于柴上焚烧。"弗"，"祓"的假借，除灾求福的祭祀，一种祭祀的典礼。一说"以弗无"是以避免没有之意。"歆"，心有所感貌。"介"，通"祄"，求神保佑。"止"，通"祉"，求神降福。"载震载夙"，或震或肃，指十月怀胎。该篇作为周民族史诗，首先从后稷之母姜嫄写起，写她如何孕育、诞生后稷：周族先民最初能够诞生出来，是因为姜嫄。其实，我们已经非常清楚，后稷作为周民族始祖，说"生民"其实就是讲他如何出生。接下来几句，就是他之所以能够出生的根本原因及具体方法：姜嫄恭敬地祭祀上帝，以祛除无子的灾难。她踩着上帝的足迹，心有所动，于是就歇息，于是就怀孕了，且不再和男子往来。于是就分娩并哺育，这个孩子就是后稷。在这个初民生成的过程中，我们表面看到的是姜嫄无性繁殖，似乎后稷与生俱来就是天子。无形中，这就把周民族的出现神圣化。无疑使周民族的产生充满浪漫与神秘感。但在此种神话叙事中，我们完全可以联想到周人的祭祀活动。所谓"履帝武敏"者，更有可能接续一桩情爱故事。于是，姜嫄的怀孕、后稷的出生，也便理所当然。当然，这也可以解读后面后稷出生伊始所遭遇的种种磨难。

诞弥厥月，先生如达。不坼不副，无菑无害。
以赫厥灵，上帝不宁。不康禋祀，居然生子。

"诞"，迨，到了。"坼"，裂开。"副"，破裂。"菑"，同"灾"。这章合起来就是，等到姜嫄怀孕足月，虽是第一胎但生得很顺利。没有早产没有生不下，顺顺利利，无灾无害。姜嫄不过是虔诚地举行祭祀，居然就这样生出孩子。到此，我们真觉得后稷的出生普遍平淡，没有异相。也可能正是出于此种心理，下面章节就是后稷的磨难，虽借天命而为之。其实，我们完全可以猜测，这或许正是姜嫄未婚而孕的心理。

诞寘之隘巷，牛羊腓字之。诞寘之平林，会伐平林。诞寘之寒冰，
鸟覆翼之。鸟乃去矣，后稷呱矣。实覃实訏，厥声载路。

"寘"，弃置。"腓"，庇护。"字"，哺育。"平林"，大林，森林。"会"，恰好。"覃"，长。"訏"，大。这章连用三个排比，一个比一个艰难，一个比一个奇特，于是就把他丢弃在狭窄的小巷中，牛羊一字排开保护他并喂他奶吃。于是就把他扔到郊外的树林中，正好赶上有人在砍伐林木，他因此再次获救。于是就把他扔到封冻的河流上，大鸟却用翅膀覆盖托垫着他。也正是在这种种磨难后，后稷的一声啼哭，预示新生命的正式诞生：鸟飞走时，后稷突然大哭。后稷的哭声那样坚实有力，响彻整个大道。这种哭声是如此不同凡响，仿佛在与整个命运抗争，而周民族正是在这样的哭声中，正式登上历史舞台。

诞实匍匐，克岐克嶷，以就口食。蓺之荏菽，
荏菽旆旆。禾役穟穟，麻麦幪幪，瓜瓞唪唪。

"岐"，知意。"嶷"，识。"蓺"，同"艺"，种植。"荏菽"，大豆。"旆旆"，草木茂盛。"役"，通"颖"。颖，禾苗之末。"穟穟"，禾穗丰硕下垂貌。"幪幪"，茂密貌。"瓞"，小瓜。"唪唪"，果实累累貌。这章写后稷的先天异禀：等到他能够手足着地爬行时，就能够辨别事物，就会自己找食物吃。他长大后就懂得自己种植大豆，大豆长得特别繁盛。禾穗结得沉甸甸的，麻麦长得非常饱满，瓜类果实丰硕。一连四个叠词，真是令人惊叹。而我们亦在此惊叹中，看到周民族已初步具备成熟的农耕技术，一个完整意义上的农耕民族，似乎亦由此形成。

诞后稷之穑，有相之道。茀厥丰草，种之黄茂。
实方实苞，实种实褎。实发实秀，实坚实好。实颖实栗，即有邰家室。

"茀"，拂，拔除。"黄茂"，嘉谷，指优良品种，即黍、稷。"方"，同"放"，萌芽始出地面。"苞"，苗丛生。"种"，禾芽始出。"褎"，禾苗渐渐长高。"发"，发茎。"秀"，秀穗。"坚"，谷粒灌浆饱满。"颖"，禾穗末梢下垂。"栗"，栗栗，收获众多貌。"邰"，当读作"颐"，养，谷物丰茂，足以养家室之意。这章如急管繁弦般，令人惊叹。而我们在此惊叹中，在这一系列排比中，亦具体看到周民族丰富成熟的农耕技术及农耕经验：后稷种植五谷，已经懂得怎样才能让它们长得茂盛。他拔除那些疯狂生长的野草，种上优良的谷物。等到谷物开始发芽，露出地面，慢慢长高长壮。等到茎条舒展拔节，逐渐生穗结实，谷粒变得特别饱满均匀。于是就可以收获很多粮食，养家糊口。

诞降嘉种，维秬维秠，维穈维芑。恒之秬秠，
是获是亩。恒之穈芑，是任是负，以归肇祀。

"秬"，黑黍。"秠"，黍的一种，一个黍壳中含有两粒黍米。"穈"，赤苗，红米。"芑"，白苗，白米。"恒"，遍。"亩"，堆在田里。"任"，挑起。这章总写五谷丰登的农耕生活，其中最为关键的，是后稷培植出来的各种农作物：等到他赐给人们这些种子，有黑黍，有秠，有红米，有白米。遍地种植这些谷物，有的收割，有的堆在田里。到处种植穈芑，有的挑着，有的背着，收回来就可用于祭祀。这种描述，细致且充满热情，令人惊喜，我们在此种描述中，看到确定性，也看到初民掌握农耕技术后，对生活的掌控。

诞我祀如何？或舂或揄，或簸或蹂。释之叟叟，烝之浮浮。
载谋载惟，取萧祭脂。取羝以軷，载燔载烈，以兴嗣岁。

"揄",舀,从臼中取出舂好之米。"簸",扬米去糠。"蹂",以手搓余剩的谷皮。"释",淘米。"叟叟",淘米的声音。"烝",同"蒸"。"浮浮",热气上升貌。"惟",考虑。"萧",香蒿。"脂",牛油。"羝",公羊。"軷",读为"拔",即剥去羊皮。"燔",将肉放在火里烧炙。"烈",将肉贯穿起来架在火上烤。"嗣岁",来年。这章紧承上章最后一句"以归肇祀"写如何祭祀:有的舂米,有的将舂好的米舀出,有的簸糠皮,有的揉搓。淘米的声音嗖嗖作响,蒸饭的热气腾腾。一会儿设计一会儿执行,一会儿拿来香蒿涂上油脂。一会儿提来公羊剥掉它的皮,一会儿将肉放在火上烧烤,就是想让来年更加兴旺。整个祭祀过程,工序复杂,热火烹油,充满虔诚与伟力。

卬盛于豆,于豆于登,其香始升。上帝居歆,
胡臭亶时。后稷肇祀,庶无罪悔,以迄于今。

"卬",仰,举。"豆",古代一种高脚容器。"登",瓦制容器。"居歆",为歆,应该前来享受。"臭",香气。"亶",诚然,确实。"时",善,好。最后这章,总括前意,也是乐章的尾声:于是就把烤好的肉装在高高的容器中,装在瓦制的登中,香气徐徐上升。祭祀饭菜的香气如此浓烈美好。后稷开始祭祀之礼,礼节如此完美,没有一点埋怨后悔出生的意思,这种状态一直持续到现在。

整个篇章,没有怨怼,只是承受。我们在哀悼后稷此种悲惨命运的同时,亦为他的坚韧潸然泪下。孩子何辜,生之不幸,生后遗弃。至于他由哭到爬,究竟又经历了什么,我们不得而知,却又不禁想到我们这个苦难的民族,有多少苦痛,不只不足为外人道,更是没法道。反之,若是他没有此种天赋异禀,没有带领周民族进行这样艰苦卓绝的劳作,不只后人,恐怕他们的存在亦是问题。我们在此种叙述中,感受到了不平,但更多的是欢欣,此亦形成我们整个民族早期的情感基调与生活姿态。

《行苇》:维叶泥泥

本篇的语意中心应是"维叶泥泥",表面写芦苇的根深叶茂彼此相连,其实暗喻兄弟不可疏离。

敦彼行苇，牛羊勿践履。方苞方体，维叶泥泥。

戚戚兄弟，莫远具尔。或肆之筵，或授之几。

"敦彼"，苇草丛生貌。"方苞"，指枝叶尚包裹未分之时。"泥泥"，苇叶润泽貌。"戚戚"，亲热。"尔"，迩，近。"肆"，陈设。"筵"，竹席。"几"，古人席地而坐时，所依靠的矮脚小木桌，一般是老人才用。起首两句借物起兴：看那路边的芦苇长得多么茂盛，牛羊都没法践踏。无形中，使人产生咏叹欣羡之感。三、四句进一步引申铺陈：不管是芦苇初生或长大，它都枝繁叶茂，不可分离。这两句更具抒情意味。那种发端于内心的自然亲情随时奔涌。也正因此，接下来诗人所说的意思，简直随水流出，格外亲切：兄弟们在一起多么美好，千万不要彼此疏离。来吧，让我们排开筵席，随意就座，那边还有小木桌。

肆筵设席，授几有缉御。或献或酢，洗爵奠斝。

醓醢以荐，或燔或炙。嘉肴脾臄，或歌或咢。

"缉"，继续。"御"，侍者。"洗爵"，周时礼制，主人敬酒，取几上之杯先洗一下，再斟酒献客，客人回敬主人，也是如此操作。"奠斝"，周时礼制，主人敬的酒客人饮毕，则置杯于几上；客人回敬主人，主人饮毕也须这样做。"奠"，置。"斝"，古酒器，青铜制，圆口，有鋬和三足。"醓"，多汁的肉酱。"醢"，肉酱。"脾"，通"膍"，牛胃，俗称牛百叶。"臄"，牛舌。"歌"，配着琴瑟唱，叫"歌"。"咢"，只打鼓不伴唱，叫"咢"。这章显然是紧承上章最后两句展开：筵席分层摆开，小桌子旁也有侍者。主人向客人敬酒，客人回敬，觥筹交错，推杯换盏。献上做好的肉酱请客人品尝，也有烧肉、烤肉。美好的菜中有牛百叶、牛舌等，客人们有的琴瑟作伴，有的只击鼓不歌唱。

敦弓既坚，四鍭既钧。舍矢既均，序宾以贤。

敦弓既句，既挟四鍭。四鍭如树，序宾以不侮。

"敦"，通"雕"。"鍭"，一种箭，金属箭头，鸟羽箭尾。"钧"，合乎标准。"舍矢"，放箭。"贤"，此指射技的高低。"句"，借为"彀"，张弓引满。"树"，竖立，指箭射在靶子上像树立着一样。雕弓已完全坚硬。这章写筵席中的比射环节：雕弓拉满，势力强劲，四支利箭全部射中。箭射完后，再按射技高低重排座位。开始射箭时，弓拉得满满的，四支利箭已在弦上。四箭射中如树挺立，对没射中的客人也不会怠慢。

曾孙维主，酒醴维醹。酌以大斗，以祈黄耇。

黄耇台背，以引以翼。寿考维祺，以介景福。

"曾孙"，主祭者之称，他对祖先神灵自称曾孙。"醹"，酒味醇厚。"斗"，古酒器。大斗柄长三尺。此指用大勺斟酒以痛饮。"黄耇",年高长寿。"台背",或谓背有老斑如鲐鱼,或谓背驼,总之都是老态龙钟的样子。"引",引道。此指搀扶。"翼",扶持帮助。"祺",福,吉祥。最后这章是尾声,是收结,更是致辞。不只对列祖列宗,更是对在座诸人。他说:我,您的曾孙,是今日的主祭者,酒很甜很浓。斟在大杯子里请您尽情享用,请您保佑大家年高寿长。那些年龄大的背驼的,会有人扶着搀着。请您赐福,让我们长命百岁,这样我们才可以享有更大的福气。

这篇不只是对周人日常宴饮比射的描摹,亦是典型的温良敦厚之作。周人的兄弟相亲,族人和睦,宾客两欢在此篇中尽现,我们更能看到理想的君臣人伦关系,不独为儒家心心念念的社会楷模。

《既醉》:介尔景福

该篇的语意中心应是"介尔景福",即上天会赐给你更大的福气。

既醉以酒,既饱以德。君子万年,介尔景福。

"介",借为"匄",施予。起首两句连用两个"既",连接过去与现在,说明对过去发生的事情非常满意,亦对当下充满期待。而最为关键的,当然是启示,或许诺将来:酒已喝多,人已沉醉,饭已吃饱,非常感谢你。你会长命百岁,上帝会赐给你更大的福气。整个句子,行云流水,穿越时空,若在眼前。表面上,可能是对祭祀者的祝词。但也可能,就是祭祀者在仪式程序中的心理诉求。我们能够想象,在这样一个特定的庄严神圣的仪式中,他们与先祖,或与自身,再次完成联结,达成共识。他们所能做的,所愿做的,就是言行如一的君子,不单单是君主。这样,先祖先宗自然会赐福他们,保佑他们。

既醉以酒,尔殽既将。君子万年,介尔昭明。

这章再次以"既醉以酒"兴起,表面上仍在说筵席,说对方的酒席很丰盛,说这样一个持续的时间流程。其实诗人想要引出的、加强的是后者。即对对方的承诺或期许:你会长寿,且会做个明君。后面这两句,其实又紧承上一章的"景福",即更大的福气。无疑,在这种表面的相似中,我们看到意思又深入一层。这正是诗经这种简单的重章叠句所能达到的最大功效，或最好的艺术效果。

昭明有融，高朗令终。令终有俶，公尸嘉告。

"有融"，融融，盛长之貌。"令终"，好的结果。"俶"，始。"公尸"，古代祭祀时以人装扮成祖先接受祭祀，这人就称"尸"，祖先为君主诸侯，则称"公尸"。"嘉告"，好话，指祭祀时祝官代表尸为主祭者致赐福之辞。如果我们还不能确知，前面几章究竟是在怎样的语境下出现那样的祝词。那么这章，就是回头交代，或者正儿八经地重申主旨，再话叮咛：你的好运会连绵不断，你的美名亦会不断得到传播。这种传播其实就意味着好的开始，公尸会把这些都告诉你。如果说前面几章，我们有天地茫茫，出神入化之感。那么这章，便是回归当下，老老实实告诉我们：在世为人，有始有终。这是祖训，更是令德，需我们每个人谨奉严守。

其告维何？笾豆静嘉。朋友攸摄，摄以威仪。

"笾豆"，两种古代食器、礼器，笾竹制、豆陶制或青铜制。"静"，善。"攸摄"，所助，所辅。"摄"，辅助。这章是借公尸的善言叮嘱祭祀者，显然是以疑问引出，又自问自答：公尸的善言是什么呢？盛在笾之中的祭品很美好。辅祭的人特别能干，祭祀的礼节周全。这应该是对祭祀的基本要求。

威仪孔时，君子有孝子。孝子不匮，永锡尔类。

"孔时"，很好。"匮"，亏，竭。这章是具体要求：祭祀的礼节周全，您是个大孝子。孝子的孝心没有穷尽，祖先也会永远把这种福气赐予你。显然，我们看到，维系这一切的，或者说周人所标举的，就是"孝"。因为孝，福才至，才永福。

其类维何？室家之壸。君子万年，永锡祚胤。

"壸"，宫中之道，言深远而严肃也。引申为齐家。"祚"，福。"胤"，后嗣。这一章是进一步陈说作为君主、作为长辈，应该如何治理国家、家庭，以使这种孝道绵延不断：这种孝道是什么呢？就是治理家室的本领。你会长寿，也会赐福你的子孙。这是对孝的提升，更是对国家和个人的期许。也正因此，会有最后两章的承诺。或者说，只有秉持这种孝道，才会有后面可能的美好结局。

其胤维何？天被尔禄。君子万年，景命有仆。

这章更是许诺：你的子孙福禄如何？上帝会给你王位的。你会长寿。更会有很多后代。

其仆维何？釐尔女士。釐尔女士，从以孙子。

"釐"，赐。"女士"，才女。又《郑笺》释为"女而有士行者，谓生淑媛，使为之妃也"。"从以",随之以。这章简直是源远流长:你的后代如何呢?赐给你男子和女子。这些男子和女子所生的孩子也供你驱使。赐给你很多男女,直到他们的子子孙孙。

这真的是上下一心,古今一也。而我们,亦在此种教化中,感受到先人那种纯朴的理念或宏愿。

《凫鹥》:尔肴既馨

本篇的语意中心应是"尔肴既馨",即被祭祀者很满意祭祀者所供食物,愿意降福于他。

凫鹥在泾,公尸来燕来宁。尔酒既清,尔肴既馨。公尸燕饮,福禄来成。

"凫",野鸭。"鹥",沙鸥。"泾",径直前流之水。首句借物起兴亦直陈其事:看那野鸭、鸥鸟在水中欢快地游,公尸降临非常欢欣。三、四两句是以公尸的口吻夸赞:你的酒很清澈,你的菜很可口。这应该是全篇语意之所在,亦是基调或态度。也因此,最后两句交代事端,说出承诺,也便理所当然:公尸来喝酒,他喝得高兴,会赐给你福禄。其实,到此,我们已然明白,作为一场祭祀活动,所有行为或程序的目的,就是最后一句。而通过这样一种连接与沟通,不说是否能打通与前人的生死阻隔。至少在当下,他们得到某种慰安。或者说,想起前人,他们知道自己的处境,亦知道未来该怎么走。

凫鹥在沙，公尸来燕来宜。尔酒既多，尔殽既嘉。公尸燕饮，福禄来为。

"沙"，水边沙滩。这章在重章叠句中，兴句由"泾"到"沙"的变化，除了押韵本身的需要，无非是在启示我们，神离我们越来越近。由"宁"到"宜"的变化，则在说明此种近、落，对于祭祀者而言，真是可见的幸福。也因为此种前提，下面两句的夸赞及承诺，就更显自然，或本当如此。三、四句的"多""嘉"，最后一句的"为"正说明此种变化：公尸非常享受我们的祭祀，他会赐福禄于我们。

凫鹥在渚，公尸来燕来处。尔酒既湑，尔殽伊脯。公尸燕饮，福禄来下。

这章在重章叠句中，押韵字的变化，不只呈现地点的改变、时间的延续，就字意本身而言，我们简直可以肯定，此种陈述语气或一一道来的就是事实本身。不说"处"的来临、共处，"湑"的将酒过滤去滓，酒去滓后变得更清，就说"伊脯"之肉香，都是一种具体的指涉。也正因此，最后的"福禄来下"就更是毋庸置疑。说到底，这就是他们所全心希冀的。

凫鹥在潀，公尸来燕来宗。既燕于宗，福禄攸降。公尸燕饮，福禄来崇。

"潀"，港汊，水流汇合之处。"宗"，借为"悰"，快乐。一解为尊敬、尊崇。"崇"，高，此处作动词，加高，增加。这章前两句，仍然是既兴又赋：那野鸭、鸥鸟停留在水流汇合处，祖宗降临宗庙参加祭祀。后面几句，就集中写他们祭祀的目的或结果：公尸降临宗庙参加宴会，一定会把福禄带给我们。公尸降临宴会并品尝美酒，福禄一定会更多更高。在此重章叠句中，我们不断看到那种交流、共处。简直无处不在、无时不在。而对方所承诺的，亦成为必然。此时，或已主客一体，公尸与他们同在。他们所殷切期望的，正是公尸想积极给予他们的。

凫鹥在亹，公尸来止熏熏。旨酒欣欣，燔炙芬芬。公尸燕饮，无有后艰。

"亹"，峡中两岸对峙如门的地方。"熏熏"，同"薰薰"，香味四传。一解为和悦的样子。"燔炙",指烧肉、烤肉。"燔",本义是焚烧,引申为烧烤。最后这章,我们看到某种和鸣,或者皆大欢喜,而双方在此种欣然中亦沉醉、亦鼓舞:野鸭、鸥鸟在峡口,公尸高高兴兴来喝酒。美好的酒让人陶醉,烧的肉香气芬芳。公尸开心地喝着酒,以后的日子不会再艰辛。这是美好的祝福,更是他们所能想到的最好的愿景。我们亦在此种祝福中,畅想将来。

《假乐》:受禄于天

本篇的语意中心应是"受禄于天",即您的这种美好品性是上天授予。

假乐君子,显显令德。宜民宜人,受禄于天。保右命之,自天申之。

"假",通"嘉",美好。"乐",喜爱。"君子",指周王。起句直接称颂:美好的受人爱戴的周王,您的美德光明显耀。三、四句具体阐述此种"令德",并上升到天命:适应老百姓,并满足贵族的心意,您的这种美好品性是上天授予的。最后两句是祝福亦是提醒:请您保护好这种美德,发扬这种天命。

干禄百福,子孙千亿。穆穆皇皇,宜君宜王。不愆不忘,率由旧章。

"干",祈求。一说"干"字是"千"字之误。"穆穆",肃敬。"皇皇",光明。"忘",糊涂。"率",循。这章显然是紧承上章,祝福并肯定对方:您的福禄不尽,子孙不断。您恭恭敬敬,光明伟岸,配得上君,配得上王。您从来没有过失也不犯糊涂,这都是由于您遵循先王的典章制度。

威仪抑抑,德音秩秩。无怨无恶,率由群匹。受福无疆,四方之纲。

"抑抑",通"懿懿",庄美之意。"秩秩",有条不紊之貌。"群匹",众臣。这章进而称颂国君的个人风仪、为人行事准则:您的仪容举止庄重美好,政教法令有条不紊。您不因个人善恶任用官吏,一切行为都是做群臣的表率。最后又是肯定性的祝福:这样您享受的福禄就会没有穷尽,您必然会统领四方。

之纲之纪,燕及朋友。百辟卿士,媚于天子。不解于位,民之攸墍。

"纲",纲纪,准绳。"百辟",众诸侯。"解",通"懈",怠慢。"墍",安宁。这章紧承上章最后一句"四方之纲",具体来抒写此种统领和治理,可以让朋友和乐。

可以一直惠及群臣。诸侯卿士因而会更加爱戴您。最后两句进而提出希望：请您不要懈怠，一定要安于您的职守，这才是老百姓最期待的。整个篇章，虽为祝词，却一气呵成，并无谀辞之俗。倒像是发自肺腑，人同此心，此或为雅之所以为雅的例证。

《公刘》：匪居匪康

本篇的语意中心应是"匪居匪康"，即不会安居享受。

笃公刘，匪居匪康。乃场乃疆，乃积乃仓；乃裹餱粮，于橐于囊。

思辑用光，弓矢斯张；干戈戚扬，爰方启行。

"笃"，诚实忠厚。"场"，田界。"积"，露天堆粮之处，后亦称"庚"。"餱"粮，干粮。"于橐于囊"，指装入口袋。有底曰囊，无底曰橐。"思辑"，谓和睦团结。"用光"，以为荣光。"干"，盾牌。"戚"，斧。"扬"，大斧，亦名钺。该篇作为周民族史诗，写周人先祖公刘带领周民由邰迁豳的史绩。第一章起句直奔主题：忠诚厚道的公刘，不会安居享受。接着就是具体描摹他率众迁徙前的准备工作，整修田界，广积粮草，备好干粮，装入粮袋。这几句连用五个"乃"字，不只在于说明他们此种工作的紧张有序，更在节奏声势上，形成某种气势。或者就是壮行，表明他们此行的意义重大及决心的坚不可摧。无形之中，我们读者亦感到任重道远，气壮山河。这是新生活的开启，更是希望与力量之所在。也正因此，大家才会密切团结在他周围并以他为荣，不怕艰难险阻，随时整弓持箭准备出发。当武器准备充足后，大伙就毫不犹豫地踏上征程。

笃公刘，于胥斯原。既庶既繁，既顺乃宣，而无永叹。

陟则在巘，复降在原。何以舟之？维玉及瑶，鞞琫容刀。

"胥"，视察。"斯原"，这里的原野。"巘"，小山。"舟"，佩带。"鞞"，刀鞘。"琫"，刀鞘口上的玉饰。这章写迁徙大军来到豳地，公刘实地进行考察：忠诚厚道的公刘，来到豳地视察。这块土地非常富庶，老百姓也很多，民心归顺很是舒畅，没有人不高兴。登上那小山，又下到平地。他身上佩戴什么？是玉和瑶，刀鞘上雕刻着美丽的花纹。最后这几句自问自答，其实是以他身上所佩玉器及装饰讲究的刀鞘来写他的品德之美，容止之好。

笃公刘,逝彼百泉,瞻彼溥原。乃陟南冈,乃觏于京。

京师之野,于时处处,于时庐旅。于时言言,于时语语。

"觏",察看。"京",高丘。一释作豳之地名。"庐旅",此二字古通用,即"旅旅",寄居之意。此指宾旅馆舍。这章写公刘为什么选择此地作为他们的定居地:忠诚厚道的公刘,往那泉水密集处考察。他审视那广大的原野,随后登上南边的山冈。不久就看见这块土地,就在这京邑的郊外。他马上就让大家在这个地方定居,在这个地方修建房屋。大家在这里说说笑笑,充满欢乐。真的是一见倾心,我们亦感受到他们的开心快乐。

笃公刘,于京斯依。跄跄济济,俾筵俾几。既登乃依,

乃造其曹。执豕于牢,酌之用匏。食之饮之,君之宗之。

"俾",使。"筵",铺在地上坐的席子。"几",放在席子上的小桌。"曹",祭猪神。"牢",猪圈。这章写定居仪式,合起来就是:老实厚道的公刘,凭借这块土地建立宫室。他举止有礼,无论是在筵席上,还是在小桌旁,都行为得体。筵席准备好了,小桌也已设好,于是就先祭猪神。从猪圈中牵出猪来,用葫芦斟酒给它喝。给它喝给它吃,让它保佑我们的公刘做豳地的君主,做周人的族主。

笃公刘,既溥既长。既景乃冈,相其阴阳,观其流泉。

其军三单,度其隰原。彻田为粮,度其夕阳,豳居允荒。

"三单",单,通"禅",意为轮流值班。三单,谓分军为三,以一军服役,他军轮换。"彻田",周人管理田亩的制度。"允荒",确实广大。这章写公刘率领众人在豳地开垦荒地,察看泉源:忠诚正直的公刘,率领众人开垦广阔的田地,用影确定方位。他登上高冈,观看那泉水的流淌。让他的部队轮流值班,在那低平肥沃的土地上。他们开垦田地种植庄稼,在那太阳能够照着的地方。最后一句是总写,亦是咏叹:豳人居住的土地,是如此的广大。

笃公刘,于豳斯馆。涉渭为乱,取厉取锻,止基乃理。

爰众爰有,夹其皇涧,溯其过涧。止旅乃密,芮鞫之即。

"乱",横流而渡。"厉",通"砺",磨刀石。"锻",打铁,此指打铁用的石锤。"皇涧",豳地水名。"过涧",亦水名,"过"读平声。"芮鞫","芮",水名,出吴山西北,东入泾。"鞫",水外。最后这章是乐曲的尾声,亦是诗意的收结:忠诚正直的公刘,在豳地建筑宫室。在那渭水泛滥处,取那平整的大石材,铺设它的河基以使它得到治理。不久之后,渭水两岸就人口众多,财物丰饶,大伙儿在皇涧夹岸居住,也可以随时涉水过涧。在那水的内外曲折处,大家终于安定下来。真的是开

源节流，福佑众人。不愧是周人的先民。

作为史诗，该篇不事雕琢，娓娓道来，但在叙述交代处，我们察其情感，感其力量，完全不同于《大雅》其他篇章或后世仿作之中的过大言辞或谄媚生硬。此种情感的产生，是根基于他们的众口一心，或就是人类初始的那种创世的热情、协同的欢乐。

《泂酌》：民之父母

本篇的语意中心应为"民之父母"，即德行深远，如同百姓父母。

泂酌彼行潦，挹彼注兹，可以餴饎。岂弟君子，民之父母。

"泂"，远。"行潦"，路边的积水。"挹"，舀出。"餴"，蒸。"饎"，旧训酒食。"岂弟"，即"恺悌"，本义为和乐平易，恺者，大也；悌者，长也。首句借物起兴作喻：即便是远远的路边积水，沉淀下来，舀入盛水容器，亦可蒸饭做酒。诗人想说的是后者：德行高大的君子，会福泽他人，像百姓的父母。此种比兴中，让我们叹为观止的，是"泂酌"这种行为的艰难，及"挹彼注兹"的不求回报。也正因此，这种所谓的"岂弟君子"才会真正成为人民的希望。整句下来，一气呵成。我们亦在此种比兴作喻中，明了德之远、德之大，可为君子，可为父母。这，正是周人所标举并景行的德化。

泂酌彼行潦，挹彼注兹，可以濯罍。岂弟君子，民之攸归。

"罍"，古酒器，形似壶而大。这章在重章叠句中，我们不只觉得情感得到加强，就连舀起装入的难度似乎也得到加强。我们在此种加强中，却又不能不感佩这样的君子，真是老百姓所要归附的对象。

泂酌彼行潦，挹彼注兹，可以濯溉。岂弟君子，民之攸墍。

"溉"，洗。或谓通"概"，一种盛酒漆器。我们作动词用，即清洗。最后这章，是收结，更是确认：这样惠民深远的君子，老百姓怎能不放心。"濯溉"之清洗酒器，比前面之做饭、装入酒器中，当然是更宏大、更饱满。随之引入的"攸墍"之休息、放心，当然比第一章之"父母"，第二章之"攸归"更为有力、省心。

《卷阿》：来游来歌

本篇的语意中心应是"来游来歌"，即称颂那些真正和气平易的人。

有卷者阿，飘风自南。岂弟君子，来游来歌，以矢其音。

"有卷"，卷卷。"卷"，卷曲。"岂弟"，即"恺悌"，和乐平易。"矢"，陈，此指发出。首句有可能是写眼前景，亦可能借物起兴：那弯弯曲曲的丘陵上，微风轻轻从南边吹来。诗人真正想说的，是后者：和气平易的贤人，唱着歌来这里玩，只有他们，才会发出这样的声音。那究竟是怎样的声音？或此贤人与此南风，究竟有何相似之处？我们继续往下看。

伴奂尔游矣，优游尔休矣。岂弟君子，俾尔弥尔性，似先公酋矣。

"伴奂"，据郑玄的《毛诗传笺》："伴奂，自纵弛之意也。""伴奂"当为"泮涣"，无拘无束之貌。或谓读为"盘桓"。"优游"，从容自得之貌。"性"，同"生"，生命。"似"，同"嗣"，继承。"酋"，同"猷"，谋划。显然，这章起首两句，应是类同"飘风"：愿你纵情玩乐，愿你好好放松。后面引入的，才是题旨所在：温和平易的贤人，愿你能尽自己一生，继承并完成祖先功业。到此，我们才明了，在诗人的整个隐喻系统中，他寄望于贤人的，正是他如"飘风"般的自在、勇猛，无远弗届。

尔土宇昄章，亦孔之厚矣。岂弟君子，俾尔弥尔性，百神尔主矣。

"昄章"，版图。这章起首句，仍然对应前两者之山丘、之悠游，而所称颂的你的疆土版图的辽阔，更是由前两章所兴起。由此所肯定或标举的"清和平易的君子，会尽自己一生，会主祭百神"，则更让人信服。也正因此，才有下章的承诺或期许：

尔受命长矣，茀禄尔康矣。岂弟君子，俾尔弥尔性，纯嘏尔常矣。

"茀"，通"福"。"纯嘏"，大福。这章继续祝福：你会长久地享有天命，福禄久远。温和平易的贤人，请您用一生享受此种福禄。

有冯有翼，有孝有德，以引以翼。岂弟君子，四方为则。

"冯"，辅。"翼"，助。"引"，牵挽。这章是进一步落实上一章之祝福、承诺：

会有贤臣辅佐帮助你，他们为人孝顺，多有美德，会引导辅助你。而你，是这样的温和平易，一定会成为四方诸侯学习的榜样。这真的是最美的赞歌，最好的祝福。就此，诗人还不罢休，在以下章句中，更把此种称颂发挥到极致。

颙颙卬卬，如圭如璋，令闻令望。岂弟君子，四方为纲。

"颙颙"，庄重恭敬。"卬卬"，气概轩昂。"圭"，古代玉制礼器，长条形，上端尖。"璋"，也是古代玉制礼器，长条形，上端作斜锐角。这章合起来就是：你温和恭敬，气宇轩昂，如玉制圭璋高洁美好，你的好声誉、好名望世人景仰。你这温和平易的君子，四方诸侯会以你为法度。这章当然是就个人丰仪、荣德而言。但也正因此，才把上面之称颂更加具象化。

凤凰于飞，翙翙其羽，亦集爰止。蔼蔼王多吉士，维君子使，媚于天子。

"翙翙"，鸟展翅振动之声。"爰"，而。"蔼蔼"，众多貌。"吉士"，贤良之士。这章是以写意的方式，抒写真正的君子，在他的治下，众鸟如百鸟朝凤般归属：凤凰飞的时候，百鸟也随着飞，他们都喜欢栖息在凤凰停留的区域。您若有众多贤良之臣，他们都会听您的，他们也一定会爱戴您。这是对"岂弟君子"的承诺，更是期许。

凤凰于飞，翙翙其羽，亦傅于天。蔼蔼王多吉人，维君子命，媚于庶人。

"傅"，至。这章重申上章之意，但我们的确在此种重复中，看到天下景从的美好愿景：凤凰飞的时候，众鸟亦随它上飞于天。您有众多贤良之臣，他们都会听您的，老百姓也会爱戴您。而最后一句之老百姓爱戴，才是德之外化，民心之所向。或者说作为"岂弟君子"所真正在乎的。

凤凰鸣矣，于彼高冈。梧桐生矣，于彼朝阳。菶菶萋萋，雝雝喈喈。

"菶菶"，草木茂盛貌。"雝雝喈喈"，鸟鸣声。这章更是以最大的热情，诗意盎然般描摹出得老百姓爱护之后的美丽图景：凤凰鸣叫，在那高山之巅。梧桐生长的地方，总是向着太阳。梧桐长得枝繁叶茂，凤凰叫得和谐悦耳。这当然是理想的社会，美好的治下，亦是世世代代圣人君子要实现的图景。

君子之车，既庶且多。君子之马，既闲且驰。矢诗不多，维以遂歌。

"闲"，娴熟。"不多"，很多。"不"，读为"丕"，大。最后这章，是尾声，更是和声：君子的车，既多又漂亮。君子的马，既熟练还跑得快。献的诗不多，请交给乐官谱成歌曲。这种写法，不是曲终奏雅，而是前面所有图景之必然。亦是后人所能想象到的、所能做的，最真实的事。而诗人正是通过这样一种最后的描摹、简化，让我们看到盛世的可能、令德的可贵。

《民劳》：以绥四方

该篇据说是穆公劝解厉王之作，充满激愤与忧虑，完全不同于《大雅》前之从容雅正，后世称之为变雅之作，包括后面到《桑柔》的四篇。该篇的语意中心应为"以绥四方"，即安抚四方诸侯。

民亦劳止，汔可小康。惠此中国，以绥四方。无纵诡随，
以谨无良。式遏寇虐，憯不畏明。柔远能迩，以定我王。

"汔"，乞求，希求。"中国"，周王朝直接统治的地区，也就是"王畿"，相对于四方诸侯国而言。"诡随"，诡诈欺骗。"寇虐"，残害掠夺。"憯"，曾，乃。"能"，亲善。开篇以大臣的身份直接进谏君王：老百姓实在是劳苦，他们是那样渴求安定。爱护这京师老百姓，更能安抚四方诸侯。不要放纵那些狡诈欺骗的行为，以免发生不好的事情。制止掠夺暴虐者，以使老百姓免于害怕。安抚那些身处偏远的人，让他们觉得亲近，由此安定我们周王室的统治。应该说，此种规诫有理有据，亦是痛心疾首，我们不由得声声叹息，究竟是怎样的现实让诗人有此忧虑？我们继续看下篇。

民亦劳止，汔可小休。惠此中国，以为民逑。无纵诡随，
以谨惛怓。式遏寇虐，无俾民忧。无弃尔劳，以为王休。

"逑"，聚合。"惛怓"，喧嚷争吵。"休"，美，此指利益。这章重申首章意，但情况更危急，要求也相应降低：老百姓真的太辛苦，一定要让他们休息。照顾所有的老百姓，让他们安居乐业。不要纵容那些坏人，以免他们残害百姓。不要放弃执政者的职责，以免老百姓感到忧虑。这是典型的仁政、王政，或是早期的王化之大意。但我们在此不断地强调中，却悲哀地发现，礼仪之邦的周王朝的确已忧患丛生、穷途末路。而这，正是由我们这位有识之士或劝谏者所发出的。我们继续看下篇。

民亦劳止，汔可小息。惠此京师，以绥四国。无纵诡随，
以谨罔极。式遏寇虐，无俾作慝。敬慎威仪，以近有德。

这章继续劝谏君王：老百姓实在太辛苦，希望他们能够得到休息。希望京城百姓得到安宁，也能够安抚四方人民。不要纵容那些小人，以免他们无法无天残害人民。

要遏止那些坏人的暴行,不让他们继续为害四方。端正自己的言行举止,以便于亲近那些德行高尚的人。这章更是重复用意,苦口婆心。但我们正是在这样的重章叠句中,看到形势的刻不容缓,良臣的难以自处,以及坏人的甚嚣尘上。总之,这般末世光景,使读者不免凄然落泪。

  民亦劳止,汔可小愒。惠此中国,俾民忧泄。无纵诡随,
以谨丑厉。式遏寇虐,无俾正败。戎虽小子,而式弘大。

  "愒",休息。"丑厉",恶人。"正",通"政"。"戎",你,指在位者。"小子",年轻人。"式",作用。这章作为尊者、长者,再次重申前面的题旨。但我们看到,所有的希望似乎都归于失望。究竟是怎样的冥顽不化,才会让老年人如此忧心忡忡:老百姓真的很可怜,希望能够让他们得到休息。能够惠及整个国家,不要让老百姓的忧愤得不到发泄。不要再纵容那些坏的随从,以免他们继续为非作歹。遏止那些助纣为虐者,省得他们不断败坏政事。你虽然是个年轻人,一定要弘扬天下大义。这章情况更为明朗,规诫亦更有针对性。我们只是不知新一代的承继者,是否真能担此重任。

  民亦劳止,汔可小安。惠此中国,国无有残。无纵诡随,
以谨缱绻。式遏寇虐,无俾正反。王欲玉女,是用大谏。

  "缱绻",固结不解,指统治者内部纠纷。"正反",政治颠倒。"玉女",爱汝。"玉",作动词,像爱玉那样珍爱;"女",汝。最后这章是收结,亦是尾声:老百姓实在太苦,还是要让他们得到休息。能够施恩于整个国家,不要让他们再有什么伤害。不要纵容那些坏的随从,一定要避免他们结党营私。遏制那些穷凶极恶者,不要让正反颠倒。先王一定会重用你成大事,因此才给你这样深切的劝告。但显然,我们不能在此尾声中看到希望。也许,一切都已铸就,难以转圜。后世读到这样的篇章,亦深深怅惘,似乎某些覆辙在所难免。

《板》:为犹不远

  这篇,同为劝诫语。表面上虽然是说给大臣听,但更可能是劝谏上位者,或即周王。该篇的语意中心应为"为犹不远",即出谋划策不能深远。

上帝板板,下民卒瘅。出话不然,为犹不远。
靡圣管管,不实于亶。犹之未远,是用大谏。

"板板",反,指违背常道。"卒瘅",劳累多病。"犹",通"猷",谋划。"管管",任意放纵。"亶",诚信。"大谏",郑重劝诫。起首两句不说天命,但上下对应:上帝昏乱违反正道,下民受苦多病劳身。显然,在诗人的意识中,此上帝应该是指称人间的主。也即开篇就指明了问题之根本:国家、百姓出现的所有问题,都在于你在上位时已经背道而行。这其实是非常朴素先进的民本思想。说明在乱世中,周人评判朝政得失、人心向背的前提或基础,仍然是在上位的应该首先做出榜样,而不是一味的单纯要求老百姓怎么样。简单说就是:说好话的不能相信,出谋划策的没有远见。眼里没有圣人,刚愎自用,不讲究诚信,是非混淆。执行政事太为草率,因此就作诗来郑重劝诫。

天之方难,无然宪宪。天之方蹶,无然泄泄。
辞之辑矣,民之洽矣。辞之怿矣,民之莫矣。

"无然",不要这样。"宪宪",欢欣喜悦的样子。"蹶",动乱。"泄泄",通"呭呭",妄加议论。"辑",调和。"洽",融洽,和睦。"怿",败坏。"莫",通"瘼",疾苦。这段看得很沉痛,其实可以看作是简单的辩证法思想:天下正在遭受灾难,不要这样寻欢作乐。天下正在遭受祸乱,不要不当回事,说长道短。政令如果协调和缓,老百姓就能够和睦相处。政令一旦败坏,老百姓就会多灾受难。而我们在这种简单的正反对比中,其实已经看到国家安乐、政令好坏的规律。可以说,周人对他们王朝的得失,已有充分的认识。而这种认识,几千年来仍然是我们检验社会进步、政治成败的关键。

我虽异事,及尔同僚。我即尔谋,听我嚣嚣。
我言维服,勿以为笑。先民有言,询于刍荛。

"嚣嚣",同"聱聱",不接受意见的样子。"刍",草。"荛",柴。此指樵夫。这章似乎是言辞恳切地对同僚言说:你我职务虽不同,但同朝为官做事。我和你一起商量,请耐心听我劝告,不要厌烦。我所提的是合理的建议,千万不要当作笑话。古人早就说过,凡事即便问询樵夫也会大受其益。

天之方虐,无然谑谑。老夫灌灌,小子蹻蹻。
匪我言耄,尔用忧谑。多将熇熇,不可救药。

"谑谑",嬉笑的样子。"灌灌",款款,诚恳的样子。"蹻蹻",傲慢的样子。"耄",八十为耄,此指昏愦。"熇熇",火势炽烈的样子,此指一发而不可收拾。

这章再次正反对比，疾言厉色：天下已经如此暴虐，不要这样嬉笑玩乐。我已经非常诚恳，你们不要如此傲慢强横。不是我倚老卖老对你们胡说八道，不要把我的话当作玩笑。坏事做得越多，天下就越发不可收拾。

　　天之方懠，无为夸毗。威仪卒迷，善人载尸。
　　民之方殿屎，则莫我敢葵。丧乱蔑资，曾莫惠我师。

　　"懠"，愤怒。"夸毗"，卑躬屈膝、谄媚曲从。"威仪"，指君臣间的礼节。"殿屎"，《毛诗故训传》："呻吟也。""葵"，通"揆"，猜测。这章同样表面上是对同僚申诉，其实是针对周王本身：天下已经如此混乱，不要再那样谄媚附从。君臣之间礼仪混乱，善良的人不再说话。老百姓正在经受苦难，不要再那样猜忌。丧乱一日不停，老百姓就一日不得安宁。

　　天之牖民，如埙如篪，如璋如圭，如取如携。
　　携无曰益，牖民孔易。民之多辟，无自立辟。

　　"牖"，通"诱"，诱导。"埙"，古陶制椭圆形吹奏乐器。"篪"，古竹制管乐器。"璋""圭"，朝廷用玉制礼器。"益"，通"隘"，阻碍。"辟"，通"僻"，邪僻。"立辟"，制定法律。这章说的是上下关系，其实仍然是针对执政者而言：在上位的如果善于引导老百姓，就像吹埙鼓篪般发声悦耳，如璋如圭般行事美好，老百姓自然会信服并听从他的劝导。对待老百姓不厚道，不断地诱使他们干坏事。老百姓干的坏事一多，也就无从辨别正误邪恶，无从立法束缚。

　　价人维藩，大师维垣，大邦维屏，大宗维翰。
　　怀德维宁，宗子维城。无俾城坏，无独斯畏。

　　"价"，同"介"，善。"翰"，骨干，栋梁。"宗子"，周王的嫡子。这章同样是正反对比，但已是正面立论：善人就像篱笆，贤德的人就像墙，大国要维护，大姓要尽责。以德行团结贤人和诸侯宗族，国家就会得到安宁。不要让城受到损坏，不要孤立自己，孤立是非常可怕的。

　　敬天之怒，无敢戏豫。敬天之渝，无敢驰驱。
　　昊天曰明，及尔出王。昊天曰旦，及尔游衍。

　　"戏豫"，游戏娱乐。"渝"，改变。"王"，通"往"。"游衍"，游荡。最后这章是乐曲尾声，亦是最后震慑：敬畏上天不要让他动怒，不要嬉戏娱乐。敬畏上天不要让他降灾，不要放纵自恣。上天是非常清醒的，你一定要约束自己的行为。上天真的英明，不要试图愚弄。整个章节，言辞、态度非常坚决明白。可见在诗人那里，对政事、民心的了解十分真切。虽托上天之名提出种种警示。事实上是了然其中所运行的天道规律,引以规谏统治者。即便不是单对厉王提出警戒,后世在位者、当权者,就是普通老百姓,亦可由此明了此理。应该说,这正是该篇或者该类诗篇之最了不起之处。

《荡》:其命多辟

该篇的语意中心应是"其命多辟",就是暴虐的君王,他的命运必然会乖谬邪僻。

荡荡上帝,下民之辟。疾威上帝,其命多辟。

天生烝民,其命匪谌。靡不有初,鲜克有终。

"荡荡",不守法制的样子。"疾威",暴虐。"辟",邪僻。"烝",众。"谌",诚信。首句以叠词"荡荡"给我们描摹出一个无法无天的君王,次句更以万分不情愿的方式否认这样的人怎就做了老百姓的君主。"上帝",当然是指代君王。具体就该篇而言,应是指责厉王。这是对眼前现实的否定,更可能是警醒后人。接下来的诗句便是顺着此种痛苦复杂的心理细做铺陈。首先说的是君王或厉王一方:贪婪暴虐的君王,他的政令总是邪僻。也因此,才有这样的现实:老天养育这么多百姓,他们的命运却如此凄惨。最后两句是痛心疾首的追悔:如果当初不那样,就不会有现在这样可悲的结果。应该说,这样收章也把情绪推上高潮。

文王曰咨,咨女殷商。曾是强御,曾是掊克,

曾是在位,曾是在服。天降滔德,女兴是力。

"咨",感叹声。"强御",强横凶暴。"掊克",聚敛,搜括。"滔",通"慆",放纵不法。这章是追溯既往,借文王之口,规训当世人:文王声声叹息,哀叹那殷纣。曾是那样的残暴,那样搜刮民财。在他当政时,那样的肆意妄为。老天已经给他降下太多惩罚,你怎么能够不加汲取反而学习。

文王曰咨,咨女殷商。而秉义类,强御多怼。

流言以对。寇攘式内。侯作侯祝,靡届靡究。

"而",尔,你。"寇攘",像盗寇一样掠取。"式内",在朝廷内。"侯",于是。"作""祝",诅咒。"届",尽。这章秉承前意,继续以文王的口气斥责:文王声

声叹息,你怎么能忘记那殷纣的教训?就因为他不任用好人,残暴对待人民。老百姓才会怨声载道。盗寇四起,国家纷乱。即便再诅咒后悔,也没有办法追究他们的责任。这不只是血的教训,更是末世景象,亦是此刻言说者最为惧怕的,难怪他要以文王的身份再三申斥。

文王曰咨,咨女殷商。女炰烋于中国。敛怨以为德。

不明尔德,时无背无侧。尔德不明,以无陪无卿。

"炰烋",同"咆哮"。"无背无侧",不知有人背叛、反侧。"陪",指辅佐之臣。这章作者不但气未消,而且更为激愤:文王声声叹息,叹那殷纣。曾是那样盛气凌人,把那些凶暴狠毒之人作为亲信。分不清善恶,更不愿区别正直与怀有二心之人。最后一句,显然是由此得出的经验教训:如果你的德行不能够保证,你如何才能有可靠的公卿辅佐。

文王曰咨,咨女殷商。天不湎尔以酒,不义从式。

既愆尔止。靡明靡晦。式号式呼。俾昼作夜。

"湎",沉湎,沉迷。"从",听从。"式",任用。到这章,我们看到诗人已是痛心疾首:文王声声叹息,哀叹那殷纣。老天不该让他沉湎于酒,不该跟那些不良之辈交结。而且犯了错误也不懂得停止。没日没夜,寻欢作乐,通宵达旦。这一切,都是谁的错?历史教训若不汲取,悲剧自然还会上演。谁说这是天之罪?难道不更是人祸?也正因此,才有下章的灾难不断蔓延。

文王曰咨,咨女殷商。如蜩如螗,如沸如羹。

小大近丧,人尚乎由行。内奰于中国,覃及鬼方。

"蜩",蝉。"螗",又叫蝘,一种蝉。"丧",败亡。"由行",学老样。"奰",愤怒。"覃",延及。"鬼方",指远方。这章合起来就是:文王声声叹息,哀叹那殷纣。就像蝉或螗日日衰亡,就像开水或热汤难以冷却。所有的事情都处理不好,人们都随心所欲。而这样做的后果必然是:国内矛盾不断激化,由此引起外族入侵。

文王曰咨,咨女殷商。匪上帝不时,殷不用旧。

虽无老成人,尚有典刑。曾是莫听,大命以倾。

"时",善。"典刑",同"典型",指旧的典章法规。这章是总结经验教训,明告成败得失:文王声声叹息,哀叹那殷纣。不是上天不善,是他不用旧的典章制度。即便没有好的大臣,那些旧的法制不是仍然存在嘛。就是因为他根本不管这些,国家的命运最后才崩塌。同时,我们亦看到,诗人最为看重的,是守成,是遵从祖先遗则。似乎认为一切祸患的根源,正是在于此种背叛。

文王曰咨，咨女殷商。人亦有言：颠沛之揭，
　　枝叶未有害，本实先拨。殷鉴不远，在夏后之世。

　　"颠沛"，跌仆，此指树木倒下。"揭"，举，此指树根翻出。这章是乐曲的尾声，亦是最后的升华总结：文王声声叹息，哀叹那殷纣。老百姓说过，拔倒的树木，枝叶并不一定就坏，但根已损伤。这章真是苦口婆心。看来诗人仍然心存希冀，期待君王能够改恶从善，自强图新。

《抑》：靡哲不愚

　　本篇的语意中心应是"靡哲不愚"，即真正的聪明人绝不会愚蠢。
　　抑抑威仪，维德之隅。人亦有言：靡哲不愚。
　　庶人之愚，亦职维疾。哲人之愚，亦维斯戾。

　　"抑抑"，慎密。"隅"，角，借指品行方正。"戾"，乖谬。《大雅》一路读来，有种奇怪的说理欲望。其中的哲学思考、人生经验、社会理念，值得我们深思熟虑，更需引以为戒。这章起句就下断语，严密审慎的容止礼节，是与道德相匹配的。由此引出诗人想要说的话，老百姓曾经有言，真正的聪明人绝不会愚蠢。后面各句，就是由此生发：一般老百姓的愚蠢，看起来还只是一种缺点。圣人的愚蠢，就是比较反常。这是用一般老百姓和圣人或统治者做对比，认为为政者的愚蠢，特别不能原谅。

　　无竞维人，四方其训之。有觉德行，四国顺之。
　　讦谟定命，远犹辰告。敬慎威仪，维民之则。

　　"无"，发语词。"有觉"，即觉觉。"觉"，高大正直貌。"讦谟"，大谋。"命"，政令。"犹"，同"猷"，谋略。"辰"，按时。这章正面立意，是说真正的贤士或君主，所有的人都会听他的。他若德高望重，四方诸侯自然会服从他。他以宏大的计划号令诸侯，用长远的政策安定人心。谁能不敬畏他的威仪，不把他当作学习的榜样。

　　其在于今，兴迷乱于政。颠覆厥德，荒湛于酒。
　　女虽湛乐从，弗念厥绍。罔敷求先王，克共明刑。

　　"荒湛"，沉迷。"湛"，同"耽"。"虽"，惟。"从"，通"纵"，放纵。

"共",通"拱",执行,推行。"刑",法。这章是回到眼前,批判当下,曾有的那些美德都已破坏,上位的沉湎于酒,底下的跟着学坏。你怎么可以只顾着喝酒玩乐,要想着自己是王位继承者。一定要深入学习先王的治国之道,学会践行英明的法度。

肆皇天弗尚,如彼泉流,无沦胥以亡。夙兴夜寐,洒扫庭内,
维民之章。修尔车马,弓矢戎兵,用戒戎作,用逷蛮方。

"肆",于是。"尚",佑助。"沦胥",相率,沉没。"章",模范,准则。"逷",远。这章先批判,后立意,相扶相衬,除恶务尽,唯善毕现:如果老天爷不再保佑我们,就像那泉水不可回流,我们所有人都会败亡。我们一定要早起晚睡,洒扫庭院勤除尘,要给老百姓做出榜样。让我们赶快修整车马,准备弓箭,及时戒备,以遏制那远方的异族。

质尔人民,谨尔侯度,用戒不虞。慎尔出话,敬尔威仪,
无不柔嘉。白圭之玷,尚可磨也;斯言之玷,不可为也!

这章更是进而陈述利害关系:一定要告诫老百姓,让他们遵循君侯法度,随时警惕那些想不到的祸事。慎重对待我们发布的政令,时刻保持威严的容仪,所有事都要安排妥当。玉器被玷污,还可琢磨修补;说出的话有毛病,就全然没有办法。整个章节,虽是训诫,读来却完全没有压力、难堪,只是觉得理所当然。应该怎样,不应该怎样,非常简洁明了。能够把诤言表述到这种程度,不愧《大雅》风范。

无易由言,无曰苟矣,莫扪朕舌,言不可逝矣。无言不雠,
无德不报。惠于朋友,庶民小子。子孙绳绳,万民靡不承。

"扪",按住。"朕",我,秦代才成为皇帝专称。"雠",酬,反映。"绳绳",谨慎的样子。这章应是苦口婆心、细致入微的劝说,为政就像做人:不要轻易改变说过的话,更不要随意说话,也不能捂住别人的嘴不让说话,说出的话一定要算数。所有话都会得到回应,所有德行都会得到回报。施恩于朋友,也不要忘了一般老百姓。后代子孙谨言慎行,老百姓就不会不听他的话。

视尔友君子,辑柔尔颜,不遐有愆。相在尔室,尚不愧于屋漏。
无曰不显,莫予云觏。神之格思,不可度思,矧可射思!

"辑",和。"遐",何。"愆",过错。"屋漏",屋漏则见天光,暗中之事全现,喻神明监察。"格",至。"矧",况且。"射",通"斁",厌。这章更是一一类比,为政亦如敬神,不诚不信,神灵不会眷顾于你:看你如何对待大臣,你若把他们当朋友,对他们和颜悦色,他们怎么可能犯错误?即便你在自己家里做事,尚且知道不可有污

神明。不要说什么没关系,不要以为别人看不见。神什么时候降临不可猜度,更别说厌恶不相信它。

辟尔为德,俾臧俾嘉。淑慎尔止,不愆于仪。不僭不贼,
鲜不为则。投我以桃,报之以李。彼童而角,实虹小子。

"辟",修明,一说训法。"童",雏,幼小。此指没角的小羊羔。"虹",同"讧",溃乱。这章继续正面立意,同时反面论证:修明你的德行,使它尽善尽美。谨慎地让你的举止言行变得良善,不要让你的举止仪表有失风范。不要有过失,不要有差错,这样怎能不被人当作学习榜样。人家送我个桃子,我一定要回报个李子。有的人硬要说小羔羊长了角,这种人其实是唯恐你不乱。

荏染柔木,言缗之丝。温温恭人,维德之基。其维哲人,
告之话言,顺德之行。其维愚人,覆谓我僭。民各有心。

"荏染",坚韧。"缗",给乐器安上弦。"话言",诂言,老古话。诗人一路说来,到这章,应是经验的提升,理想的实现。或即指出,遵从以上行事规则,自然而然会成为这样的君子、贤人:只有那些特别坚韧的木材,才可作琴瑟等的弦。温文尔雅待人,是德行的前提。只有真正智慧的人,才会听从古老箴言,顺应德行并去实行。那些愚蠢的人,反而觉得我说的是错的。老百姓真的是各有各的想法。

於乎小子,未知臧否。匪手携之,言示之事。匪面命之,
言提其耳。借曰未知,亦既抱子。民之靡盈,谁夙知而莫成?

"莫",同"暮",晚。但是,世界上就是有这样一些违背常理、不求上进的人。到这章,诗人的情绪再次激起,不只是义愤于眼前君主的昏庸,更是对人性的普遍失望:我说你这个小子,怎么就分不清是非。我不只扶助你,还告诉你很多事理。我不只当面教导你,还不断提示你。你怎么可以借口说不知道,你已经是抱上孩子的人,怎么还会觉得自己小。不是我不知满足,是人必须成长。这章真是痛心疾首,恨铁不成钢。但是,末世总是有昏庸的君主与它相配。谁能说,何为因何为果?但我们期待明主贤臣的心似乎从未停止。

昊天孔昭,我生靡乐。视尔梦梦,我心惨惨。诲尔谆谆,
听我藐藐。匪用为教,覆用为虐。借曰未知,亦聿既耄。

"梦梦",同"瞢瞢",昏而不明。"藐藐",轻视的样子。"虐","谑"的假借,戏谑。"聿",语助词。"耄",年老。显然,在这章中,诗人的情绪已经极度低落:上天的眼睛如此明亮,怎能不知我活着并不快乐?我看你那糊涂懵懂的样子,怎能不忧愁烦闷。我一再地告诫你,听我的话,不要肆意妄为。不是我没有教导你,是你把

我当作笑话。你借口自己少不更事，其实是觉得我年老昏聩。

於乎，小子，告尔旧止。听用我谋，庶无大悔。天方艰难，
曰丧厥国。取譬不远，昊天不忒。回遹其德，俾民大棘。

"忒"，偏差。"回遹"，邪僻。"棘"，通"急"。最后这章，诗人简直是气愤到极点，甚至在叱骂：我说你这个小子，我告诉你要遵从旧的典章制度。告诉你听从我的谋略，就不会有大的错误。当下局势如此艰难，国家随时都会毁灭。不用再说别的，老天的赏罚从来都不会有偏差。你如果邪僻成性，不知悔改，注定会让老百姓遭受更大灾难。到此，我们亦无话可说。祸事似乎已然酿成，无可更改，亦如我们生命中那诸般事。

《桑柔》：瘨此下民

本篇的语意中心应是"瘨此下民"，即老百姓得不到庇护。

菀彼桑柔，其下侯旬。捋采其刘，瘨此下民。
不殄心忧，仓兄填兮。倬彼昊天，宁不我矜？

"菀"，茂盛的样子。"旬"，树荫遍布。"刘"，剥落稀疏，句意谓桑叶被采后，稀疏无叶。"瘨"，病、害。"殄"，断绝。"仓兄"，同"怆怳"，凄凉纷乱貌。"填"，通"陈"，长久。"倬彼"，即"倬倬"，光明广大貌。首句借物起兴作喻：看那柔嫩的桑叶郁郁葱葱，桑叶下面绿荫遍布。三、四两句反面喻出：若是采光桑叶，枝干就会秃露，就像老百姓得不到庇护。由此引起的感慨是：内心的愁苦没有止境，社会的这种凄凉纷乱已经太久。最后是乞告：光明伟岸的上天，怎就不能哀悯我们。

四牡骙骙，旟旐有翩。乱生不夷，靡国不泯。
民靡有黎，具祸以烬。於乎有哀，国步斯频。

"骙骙"，马奔驰不停貌。"旟旐"，画有鹰隼、龟蛇的旗。"具"，通"俱"。"烬"，本指火烧后的灰烬，这里指人民遭遇战祸，所剩无几。这章首句仍然借物起兴作喻，我们仿佛看到马儿奔驰不息、战士不断出征的动乱场面。三、四两句就是揭示此种乱象中蕴藏的深刻悲哀：这种动乱的局面没有平息，国家的灾难就不会停止。

由此再次生发感慨：老百姓已没什么可以再失去，所有的一切都被毁坏。真的太悲哀，国家怎会如此衰败？显然，比之上章，这章所喻示的情况更为可怕，所面对的境遇亦更恶劣。那该怎么办？下面章节正是就此着手。

  国步蔑资，天不我将。靡所止疑，云徂何往？
  君子实维，秉心无竞。谁生厉阶，至今为梗？

"蔑"，无。"疑"，同"凝"，止疑，停息。"维"，借为"惟"，思。"秉心"，存心。"厉阶"，祸端。"梗"，灾害。起首四句重申面对的困难：国运艰难，物资匮乏，老天爷不再眷顾我。没有什么地方可以停留，想走也不知去往哪里？当此，在上位的确实要好好想想，存心公道不要再与人争权。这种祸端究竟是谁造成的？为什么现在还要祸害大家？

  忧心慇慇，念我土宇。我生不辰，逢天僤怒。
  自西徂东，靡所定处。多我觏痻，孔棘我圉。

"慇慇"，心痛的样子。"土宇"，土地、房屋。"僤怒"，震怒。"僤"，大。"觏"，遇。"痻"，灾难。"棘"，通"急"。"圉"，边疆。这章直接抒情：我的内心如此苦痛，怀念我家乡的每一寸土地。我生的不是时候，正好碰上老天暴怒。从西到东，没有地方可以安居。我遇到这么多灾难，家乡边疆遍受敌人侵扰。至此，我们亦悲愤难抑。诗人的家乡沦落，故国多悲。流离失所的人们正在遭受从未有过的灾难。形势如此严峻，问题亟须解决。下面章节就此着手。

  为谋为毖，乱况斯削。告尔忧恤，诲尔序爵。
  谁能执热，逝不以濯？其何能淑，载胥及溺。

"毖"，谨慎。这章合起来就是：上位者谨慎谋划，才会让这种混乱局面有所改变。我跟您说要忧虑国事，告诉您按爵位排列顺序。但凡有解救国家灾难的良策，怎会不加重用？如果不积极谋求对策，国家怎么可能转危为安？况且这已让所有人陷入困窘。这章是在深深忧患的前提下寻求出路。显然已是举步维艰。那该怎么办？

  如彼溯风，亦孔之僾。民有肃心，荓云不逮。
  好是稼穑，力民代食。稼穑维宝，代食维好？

"溯"，逆。"僾"，呼吸不畅的样子。"荓"，使。这章起首四句比兴作喻，说明问题所在：就像身处风口，如何能够喘气。老百姓心存愤怒，不要不以为然。后面四句又正反对比托出其主张，就像我们自己喜欢耕田种地，就一定要自耕自食，不能让别人代替。耕田种地如此重要，怎么能让别人代劳？

天降丧乱，灭我立王。降此蟊贼，稼穑卒痒。

哀恫中国，具赘卒荒。靡有旅力，以念穹苍。

"蟊贼"，"蟊"为食苗根的害虫，"贼"为吃苗节的害虫。合起来指农作物的病虫害。"痒"，病。"恫"，痛。"赘"，通"缀"，连属。这章再次铺陈眼前祸患，充满哀叹与无能为力：老天降下这样的灾难，是存心让我们国破家亡，改朝换代。老天降下这么多害虫，让庄稼不能成活。可怜我中原大地，遭遇这种荒馑。真是回天乏力，也没有余力眷顾天下苍生。那么，究竟有无出路？或者出路何在？下面章节正是由此立意。

维此惠君，民人所瞻。秉心宣犹，考慎其相。

维彼不顺，自独俾臧。自有肺肠，俾民卒狂。

"宣犹"，"宣"，明；"犹"，通"猷"。"考慎"，慎重考察。这章合起来就是：只有通情达理的君王，老百姓才能指望他。他的心灵光明顺达，他会谨慎察看、任用他的辅佐大臣。那些乖僻的君王，自己过着好日子。平日随心所欲，却让老百姓最后没有出路。这章，显然是呼唤明主，但真能找到吗？

瞻彼中林，甡甡其鹿。朋友已谮，不胥以榖。人亦有言：进退维谷。

"甡甡"，同"莘莘"，众多之貌。"谮"，通"僭"，相欺而不相信任。这章再次借物兴起：看那林中，有那么多野鹿。诗人想说的，当然是后者：朋友间互不信任，不能和睦相处。显然这是反其意而用之。就连野兽都能和睦相处，人类怎就丧失基本情谊？最后两句，不只感慨，亦是现实境遇，老百姓有言：进退不得，根本没有办法。这章显然没有接着上章之寻找明主说起，而是退而求其次，从基本的朋友之道着笔。而我们当然清楚，一个社会，连最基本的人与人的正常关系都不能维系，其他都是奢谈。

维此圣人，瞻言百里。维彼愚人，覆狂以喜。匪言不能，胡斯畏忌？

"百里"，指有远见。"覆"，反而。这章热情呼唤高瞻远瞩的圣人，排斥狂妄为恶的愚人，然后直接指出：老百姓不是没有什么话可说，而是太恐惧，怎么敢说？

维此良人，弗求弗迪。维彼忍心，是顾是复。民之贪乱，宁为荼毒。

"迪"，进。"宁"，乃。"荼毒"，"荼"指苦草，"毒"指毒虫毒蛇之类，合起来指毒害。这章表面上是退而求其次，由圣人到君子，其实仍是一并肯定他们的有所为与有所不为：那些真正的君子，不会奢求，不会钻营。只有那些愚人，才会瞻前顾后，反复无常。老百姓贪欲作乱，并不是因为他们喜欢祸害别人。

大风有隧，有空大谷。维此良人，作为式榖。维彼不顺，征以中垢。

"有隧"，"隧"，形容大风疾速吹动。一说训隧为道，谓风前进有其通道。"式"，

·365·

用，以。"穀"，善。"中垢"，指宫廷秽闻。这章借风起兴作喻：大风能够疾行，就是因为它们从深谷中吹来没有障碍。诗人想说的是后者：只有真正的君子，才会存心向善不祸害别人。最后两句：那种不能顺从民意的人，一定会在宫廷为非作歹。显然，这里的矛头已直指周王。

大风有隧，贪人败类。听言则对，诵言如醉。匪用其良，覆俾我悖。

"贪人"，贪财枉法的小人。"听言"，顺从心意的话。"诵言"，忠告的言语。"悖"，违理。这章再次借大风起兴，贬斥的却是那些权臣：大风呼呼地吹，那些贪财枉法之人必然衰败。显然这里的大风在诗人的想象中，已具有摧枯拉朽之势，他渴望这样的风，真的能吹去那些丑恶。接下来，让诗人极为愤懑的是：作为君主，听到谄媚顺从的话就喜欢得不行，听到忠告劝诫的话就像喝醉了酒人事不省。但事实是，如果不听从良言，老百姓一定会忤逆悖乱。

嗟尔朋友，予岂不知而作。如彼飞虫，时亦弋获。既之阴女，反予来赫。

"飞虫"，指飞鸟。古人用"虫"泛指一切动物，鸟为羽虫，兽为毛虫，龟为甲虫，鱼为鳞虫，人为倮虫。"阴"，通"谙"，熟悉。"赫"，通"吓"。这章应是作诗背景：可叹我的朋友，我怎能不知道这样做的后果。就像飞鸟虫鱼，随时会被捕获。最后两句明确表态：我是真的了解你，你也不用吓唬我。显然是诗人创作这样的作品，申述这样的意旨，违背了朋友的意愿，或当权者的利益。但这绝不是个人恩怨，而是他实在担心当权者的一意孤行，会把国家、人民，彻底带上险途。

民之罔极，职凉善背。为民不利，如云不克。民之回遹，职竞用力。

"罔极"，无法则。"职"，主张。"凉"，凉薄。"回遹"，邪僻。"用力"，指用暴力。这章是为老百姓辩护，是针对当权者对老百姓的指责：你们说老百姓无法无天，总是行为刻薄，善于背叛。你们做不利于人民的事，用尽残酷的办法，好像唯恐不能战胜他们。他们的邪僻还不是因为你们强用暴力。诗人所看到或揭露的，显然完全不同于当权者。而这正是一切问题的根源，亦是诗人与当权者不能苟合之处。

民之未戾，职盗为寇。凉曰不可，覆背善詈。虽曰匪予，既作尔歌！

"戾"，善。"凉"，通"谅"。"凉曰"，谅直之言。"匪"，同"诽"，诽谤。这章是乐章尾声，亦是最后陈说：老百姓并非不善良，而是你们的逼迫使得他们做贼造反。我诚恳地告诉你们，不要再这样做了，你们反在背后骂我。你们虽然诽谤我，我还是要做这样的诗提醒你们。这应该是为友之道，亦是诗人长篇大论作此诗的缘由。也因为诗人的此种坦诚，让千百年后的我们，明了他的痛与恨，忧与惧。这或正是文学、文字的魅力及不朽之处。

《云汉》：何辜今之人

本篇的语意中心应为"何辜今之人"，即天底下的老百姓究竟有什么错？

倬彼云汉，昭回于天。王曰：於乎！何辜今之人？天降丧乱，饥馑荐臻。
靡神不举，靡爱斯牲。圭璧既卒，宁莫我听？

"云汉"，银河。"倬"，大。"荐"，重，再。"荐臻"，犹今言频仍。"举"，祭。"爱"，吝惜，舍不得。"牲"，祭祀用的牛羊豕等。"圭""璧"，均是古玉器。周人祭神用玉器，祭天神则焚玉，祭山神则埋玉，祭水神则沉玉，祭人鬼则藏玉。开篇起兴：那浩大的银河，笼罩整个寰宇。无非是说天道不可转。由此引起的，就是宣王的哀悼：太可怜了，天底下的老百姓究竟有什么错？老天会降下这样的灾难，饥馑不断。然后是反思、质疑：我们没有不举行祭祀，也没有舍不得祭品。连圭璧这样珍贵的祭品我们都已用上，老天为什么还是不能聆听我们的请求？那么，是什么请求呢？我们看下篇。

旱既大甚，蕴隆虫虫。不殄禋祀，自郊徂宫。上下奠瘗，靡神不宗。
后稷不克，上帝不临。耗斁下土，宁丁我躬。

"大"，同"太"。"蕴隆"，谓暑气郁积而隆盛。"虫虫"，热气熏蒸的样子。"殄"，断绝。"禋祀"，祭天神的典礼。以玉帛及牲口加于柴上焚之，使升烟，以祀天神。本指祀昊天上帝，引申之，则凡祀日、月、星、辰等天神，统称禋祀。"宫"，祭天之坛。"奠"，陈列祭品。"瘗"，指把祭品埋在地下以祭地神。"宗"，尊敬。"斁"，败坏。"丁"，当，遭逢。这章写他们当下遭遇、面对、祈求的：旱情这么严重，暑气蒸腾，害虫不断。我们没有停止祭祀，从郊祭到祖宗神庙一点没少。祭天谢地都很隆重，天下诸神没有不祭奠。后稷也没有办法，老天不再眷顾我们。世间被如此消耗破坏，我怎么就会遭遇这样的伤害？整个篇章，非常无助。天逢大旱，他们以为是上天降下灾祸。试图以人力、虔诚，求得天神宽宥，自然难起作用。但在先人的这种求天告地中，我们亦是真切体味到他们靠天吃饭的艰辛以及与自然作斗争的无力。但自然灾害真能避免吗？人类面对天灾，又当何以自处？这亦是千百年来，人类始终面对的困境。

> 旱既大甚，则不可推。兢兢业业，如霆如雷。周余黎民，
> 靡有孑遗。昊天上帝，则不我遗。胡不相畏？先祖于摧。

"黎"，众。"孑遗"，遗留，剩余。这章看来，他们并不是没有认识到这种自然灾害的难以避免，而是对眼前、对未来，难以为继的担忧：旱情如此严重，这种灾难没法消除。即便再小心谨慎，仍然危惧恐慌，如遭雷电。天下老百姓无得幸免。老天爷啊，怎就不能善待我们。我们怎么可能不害怕？先祖亦会因此魂灵不再。可以想象，若是因为饥馑子孙不存，祭祖之典当然不能为继，所以说是相畏，就是都感到害怕，无论在世的还是已逝的。

> 旱既大甚，则不可沮。赫赫炎炎，云我无所。大命近止，
> 靡瞻靡顾。群公先正，则不我助。父母先祖，胡宁忍予？

"云"，古"芸"字，有庇荫义。"大命"，此谓死亡之命，即死亡之期。"群公"，犹百辟，先世诸侯之神。"正"，长。这章仍然是求告：旱情如此严重，灾难不可阻挡。干旱热暑灼人，热得没有地方可以躲避。人的寿命就要完结，上帝还不肯体察眷顾。前代诸侯的神，前代贤达的神，怎么就不能帮助我们？父母先祖，怎么就忍心这样对待我们？但有什么办法？我们在此哀鸣中，亦感受到无尽的悲凉与无助。

> 旱既大甚，涤涤山川。旱魃为虐，如惔如焚。我心惮暑，忧心如熏。
> 群公先正，则不我闻。昊天上帝，宁俾我遯？

"涤涤"，光秃无草木的样子。"旱魃"，古代传说中的旱神。"惔"，火烧。"闻"，通"问"，恤问。"遯"，今作"遁"，逃。这章于重章叠句中，我们看到情况更为恶化，人心更为震惧：旱情如此严重，山川光秃枯竭。旱魔作恶，就像烈火燃烧。我是真的害怕这种酷热，我的内心非常焦虑。老祖宗们怎就不能体恤我们？老天爷啊，我们可有逃遁之处？真的是无路可走，无处可逃。此情此景，真如末世，会毁灭掉人们所有的希望。

> 旱既大甚，黾勉畏去。胡宁瘨我以旱？憯不知其故。祈年孔夙，
> 方社不莫。昊天上帝，则不我虞。敬恭明神，宜无悔怒。

"黾勉"，勉力为之，谓尽力事神，急于祷请。"瘨"，病。"憯"，曾。"祈年"，指"孟春祈谷于上帝，孟冬祈来年于天宗"之祭礼。"孔夙"，很早。"方"，祭四方之神。"社"，祭土神。"莫"，古"暮"字，晚。"虞"，助。这章再次反思、回想，究竟哪里做得不好、不对，引起老天如此震怒。这是此刻他们唯一能够想到的：旱情这么严重，我们努力祈祷就怕神离我们而去。为什么要加害我们让旱灾不断？我

们始终不知是什么缘故。很早就向神祈求丰年，祭祀四方之神从未断过。老天爷啊，怎就不顾惜我。我们待神一直如此恭敬，从未有过悔恨怨怒。

旱既大甚，散无友纪。鞫哉庶正，疚哉冢宰。趣马师氏，
膳夫左右。靡人不周。无不能止，瞻卬昊天，云如何里！

"友"，通"有"。"纪"，纪纲，法度。"鞫"，穷，与"通"相对。"庶正"，众官之长。"疚"，忧苦。"冢宰"，周代官名，为百官之长，相当于后世的宰相。"趣马"，掌管国王马匹的官。"师氏"，官名，主管教导国王和贵族的子弟。"膳夫"，主管国王、后妃饮食的官。这章又回到当下：旱情如此严重，群臣散漫没有法纪。众官之长贫穷，家宰贫穷。养马的官、掌管教育的官、掌管天子饮食的官，哪怕这些和周王非常亲近的大臣，无一不需救济。仰望苍天，这该怎么办？不只老百姓贫穷，就连各级官员都需要救济，都指望老天发慈悲，究竟该怎么办？何止穷途末路，真是天已绝路。

瞻卬昊天，有嘒其星。大夫君子，昭假无赢。大命近止，无弃尔成。
何求为我。以戾庶正。瞻卬昊天，曷惠其宁？

"卬"，通"仰"。"嘒"，微小而众多的样子。"昭"，祷。"假"，借为"嘏"，告。"无赢"，犹言无爽，即无差忒。"戾"，定。最后这章是乐曲尾声，更是重振希望：仰望苍天，只见那彗星闪闪。大夫君子，请尽力去做祷告。不要有私心，老天会知悉，始终要坚持。我哪是为了自己？真是为了天下百姓。仰望苍天，何时才能得到安宁？而我们至此，亦不由得收心凝神，祈求老天的再次眷顾。然而，不这样又能怎样。但我们至少在这样的呼告与祈祷中，看到家国一体，看到人类那不可知的命运与无可避免的灾殃。

《崧高》：生甫及申

本篇的语意中心应是"生甫及申"，即最终形成甫地、申地这样险峻的地方，极言这两地之地势险要。

崧高维岳，骏极于天。维岳降神，生甫及申。
维申及甫，维周之翰。四国于蕃。四方于宣。

"崧",又作"嵩",山高而大。"崧高",亦即嵩山,为五岳之一。"甫",国名,在今河南省南阳市西。"申",国名,在今河南南阳北。"翰","干"之假借,筑墙时树立两旁以障土之木柱。"于",犹"为"。"蕃",即"藩",藩篱,屏障。"宣","垣"之假借。首句比兴作喻:嵩山不愧为五岳之一,它的险峻似乎要上达于天。其实诗人想说的是:正因为它的高大险峻,才形成甫地、申地这样险要的地方。下面则是诗人的由衷感慨:这甫地和申地,真的是周王朝的主干。诸侯各国以它为屏障,天下各方以它为墙垣。

亹亹申伯,王缵之事。于邑于谢,南国是式。

王命召伯,定申伯之宅。登是南邦,世执其功。

"亹亹",勤勉貌。"缵","践"之借,任用。"谢",地名,在今河南唐河南。"式",法。"召伯",召虎,亦称召穆公,周宣王大臣。"登",建成。"南邦",指谢邑,这章由地及人,分叙申伯之功业:申伯勤勉异常,宣王委以重任。他建邑于谢,成为南边诸侯的榜样。王命令召伯,确定申伯的管理范围。谢邑建成之后,申伯的后代子孙皆可承继福祚。

王命申伯,式是南邦。因是谢人,以作尔庸。

王命召伯,彻申伯土田。王命傅御,迁其私人。

"庸",通"墉",城墙。"彻",治理。此指划定地界。"傅御",诸侯之臣,治事之官,为家臣之长。"私人",傅御之家臣。这一章继续叙述申伯建城经过及周王对他的敕令和扶助:周王命令申伯,要给南边的邦国树立榜样。依靠谢地老百姓,建成他的城。王命召伯,把申伯的田界重新划过,给申伯一些无主的田。王命令太傅御,帮助申伯的家臣迁到谢邑。

申伯之功,召伯是营。有俶其城,寝庙既成。

既成藐藐,王锡申伯。四牡蹻蹻,钩膺濯濯。

"俶",厚貌,一说建造。寝庙,周代宗庙的建筑有庙和寝两部分,合称寝庙。"藐藐",美貌。"蹻蹻",强壮勇武貌。"钩膺",即"樊缨",马颈腹上的带饰。"濯濯",光泽鲜明貌。这章写建城之后,谢邑的威武舒适和周王的满意欢欣:申伯的彻土田,筑谢城这些事,由召伯负责。郭城建造非常完美,前庙后寝都已修好。城池看起来十分雄壮,周王非常满意,进而赏赐申伯。赐给他四匹雄壮公马拉的车,那套在马胸前颈上的吊饰异常光泽。后面几句,当然是借城池骏马反衬申伯,似乎好物才能配得上好人。我们看被如此抒写的申伯接下来会发生什么故事,或创建什么功业。

王遣申伯,路车乘马。我图尔居,莫如南土。

锡尔介圭，以作尔宝。往近王舅，南土是保。

"遣"，赠送。"路车"，诸侯乘坐的一种大型马车。"路"，同"辂"。"介"，亦作"玠"，大。"圭"，古代玉制的礼器，诸侯执此以朝见周王。这章写周王对申伯的临别赠物及赠言：王赠送申伯四匹马拉的大车。对他说：我考虑您居住的地方，确实没有比南边的谢城更为合适的。我会送您大的圭，当作您上朝觐见的信物。舅舅您去那边，一定要保护好南方那片区域。这章显然是追忆。追忆当初送申伯去往申地时的场景。

申伯信迈，王饯于郿。申伯还南，谢于诚归。

王命召伯，彻申伯土疆。以峙其粻，式遄其行。

"郿"，古地名，在今陕西眉县东渭水北岸。当时宣王在岐周，郿在岐周东南，申伯封国之谢又在郿之东南，故宣王为申伯在岐周之郊郿地饯行。"谢于诚归"，即"诚归于谢"。"峙"，本作"偫"，或作"庤"，又作"畤"，储备。"粻"，米粮。"遄"，加速。这章接续上章诗意，写二人的分别：申伯终究要离开，王在郿地为他饯行。申伯就要去往南方，回归谢地。王命令召伯，划分申伯的地界。申伯储备粮食，加速行驶。

申伯番番，既入于谢。徒御啴啴，周邦咸喜。

戎有良翰，不显申伯。王之元舅，文武是宪。

"番番"，勇武貌。"徒"，徒行之士兵。"御"，御车之士兵。"啴啴"，众盛貌。"戎"，汝，你。或训"大"。"不"，通"丕"，太。"元舅"，长舅。"宪"，法式，模范。这章写申伯进入谢地后的情形：申伯勇武异常，很快就进入谢地。他的步兵、骑兵、辎重车马非常众多，周王朝的老百姓看着很是高兴。大家都认为他是国之贤才，自然应该威武显赫。最后两句是交代申伯的身份及肯定其功德：申伯是国君的大舅父，他的文才武功是人们学习的榜样。

申伯之德，柔惠且直。揉此万邦，闻于四国。

吉甫作诵，其诗孔硕。其风肆好，以赠申伯。

"柔惠"，温顺恭谨。"揉"，即"柔"，安。"吉甫"，尹吉甫，周宣王大臣。"诵"，同"颂"，颂赞之诗。"孔硕"，指篇幅很长。"风"，曲调。"肆好"，极好。最后这章歌咏申伯善行，肯定其声名，交代谁来作诗及作诗之目的：申伯的德行，和顺正直。他能够安抚天下百姓，在诸侯中很有声望。吉甫作诗歌咏，这首诗很长。曲调不错，以此来送别申伯。到此时，我们才恍然大悟。整个诗篇，如此艰难卓著，却被诗人轻松道来。到最后，我们亦长出一口气。想来这申伯不仅深孚众望，更是后辈楷模。我们亦在此歌咏中，不由得畅想那明君贤臣。

《烝民》：好是懿德

本篇的语意中心应是"好是懿德"，即追求美善这样的德行。

天生烝民，有物有则。民之秉彝，好是懿德。

天监有周，昭假于下。保兹天子，生仲山甫。

"烝民"，意即庶民，泛指百姓，是春秋战国时代及之前历代对"百姓"的称谓。"烝"，众。"秉彝"，常理，常性。这章合起来就是：老天爷拥有如此多的百姓，让他们各具形体，各有处事法则。老百姓的禀赋常理，都喜欢追求美善这样的德行。老天爷观察周王朝，觉得它行事光明磊落，就特别照顾周天子，让仲山甫作为他的辅佐大臣。这章历叙仲山甫之处事背景，显然叙述笔墨或重点将要落在他身上。

仲山甫之德，柔嘉维则。令仪令色，小心翼翼。

古训是式，威仪是力。天子是若，明命使赋。

"若"，选择。"赋"，颁布。这章承续上章之意，直接叙写仲山甫的美善德行，说他真是柔和良善，符合法度。说他的仪态和容色美不可言，却又时刻保持小心谨慎。那么，他是如何做到这些的？接下来几句，就是究其原因：他总是把先王的遗典作为法则，遵从礼仪，非常勤勉。天子就选择他，让他颁布政令。说到底，就是遵从先王遗旨，顺从天子的旨意。这应是一个贤臣的本分。

王命仲山甫，式是百辟，缵戎祖考，王躬是保。

出纳王命，王之喉舌。赋政于外，四方爰发。

"辟"，君，此指诸侯。"缵"，继承。"戎"，你。"王躬"，指周王。"出纳"，指受命与传令。"爰发"，乃行。这章合起来就是：周王告诉仲山甫，你要做群臣的榜样，继承先祖的遗德，保全周王的声誉。你要宣布并施行王室命令，你是王的代言人。在内颁布政令，在外指挥诸侯，随时应对边疆情况。这是天子对仲山甫的期望。不只肯定他的权位，更赋予他内政外交之责。也正因此，才有下章仲山甫立身行事的严谨与体面。

肃肃王命，仲山甫将之。邦国若否，仲山甫明之。

既明且哲，以保其身。夙夜匪解，以事一人。

"肃肃",严肃。"解",通"懈"。这章合起来就是:威严的王命,仲山甫认真执行。国家政事好坏,仲山甫鉴别。他真的是既清明又有智慧,能够保证自己不去犯错。他早晚勤勉,从不懈怠,专心侍奉宣王,竭尽全力。

人亦有言,柔则茹之,刚则吐之。维仲山甫,
柔亦不茹,刚亦不吐。不侮矜寡,不畏强御。

"茹",吃。"矜",老而无妻。"强御",强悍。这章先以老百姓的惯用智慧"碰到软的就吃掉,碰到硬的就要吐出来"为例,反面证明仲山甫的刚正或不可多得:只有仲山甫软硬不吃,刚正不阿,不欺侮矜寡,不畏惧强悍。

人亦有言:德輶如毛,民鲜克举之。我仪图之,
维仲山甫举之,爱莫助之。衮职有阙,维仲山甫补之。

"輶",轻。"仪",仪图,揣度。"衮",绣龙图案的王服。"职",犹"适",即偶然。"阙",缺。这章再次引证老百姓的话,说明德行本身并不可靠,因为很少有人能够身体力行。而仲山甫之出类拔萃,之堪以大任,却在于他能够忠实践行,其他人谁也办不到。就像衮衣偶有破损,只有仲山甫能够修补。这何止是对仲山甫的信任与褒奖,我们来看下面又会说什么?

仲山甫出祖,四牡业业。征夫捷捷,每怀靡及。
四牡彭彭,八鸾锵锵。王命仲山甫,城彼东方。

"祖",祭路神。"业业",马高大的样子。"捷捷",马行迅疾的样子。"彭彭",形容马蹄声杂沓。"鸾",鸾铃。仲山甫果然深孚众望:他出任祭祀路神的官员,那四匹母马真是威武高大。跟随仲山甫的人,都非常勤快敏捷,每每想起仍觉得自己做得还不够好。后面四句极写仲山甫的勤劳肯干:四匹马儿不停地跑,八只马铃锵锵地响。王命令仲山甫在齐国筑城。

四牡骙骙,八鸾喈喈。仲山甫徂齐,式遄其归。
吉甫作诵,穆如清风。仲山甫永怀,以慰其心。

"骙骙",同"彭彭"。"喈喈",象声词,铃声。"遄",速。"吉甫",尹吉甫,宣王大臣。"穆",和美。起首两句,既是重复上面篇章,更是比兴作喻,引起后面句意:四匹马儿不停地跑,八只铃铛锵锵作响。仲山甫到了齐国,很快就让那些马儿返回周王朝。最后四句,交代作诗原因及用意:吉甫作诗,如清风吹拂,和穆舒畅。永远不会忘记仲山甫,想起他就觉得特别安慰。如此收结全篇,不只和风暖意,更是余韵袅袅。我们亦在此追忆与召唤中,陶然如梦。仿佛一切都可期待,一切都可重来。完全不同前之变雅之作。

《韩奕》：王亲命之

本篇的语意中心应为"韩侯受命",即对韩侯担起周王使命、治理韩国的期待与厚望。

奕奕梁山,维禹甸之。有倬其道,韩侯受命。王亲命之:缵戎祖考,
无废朕命。夙夜匪解,虔共尔位。朕命不易,榦不庭方,以佐戎辟。

"奕奕",高大貌。"梁山",宣王时韩国境内山名。所在地诸说不一。据现行行政区划,当在通州之西,固安县之东北。"甸",治。"倬",长远。"侯",姬姓,周王近宗贵族,诸侯国韩国国君。历史上周朝封建的韩国有两个,始封国君都是周武王的儿子。一在今陕西韩城之南,世袭到春秋时并入晋国。一在今河北固安县东北,与燕国接近,即此诗中的燕国。"缵",继承。"戎",你。"虔共",敬诚恭谨。"共",通"恭"。"榦",同"干",安定。一说解为纠正。"不庭方",不来朝觐的方国诸侯。起句以叹赏语气比兴作喻:就像那高大的梁山,只有禹能够治理。从韩到周的道路如此广阔,韩侯一定会遵从周王的使命治理好韩国。周王亲自诏令韩侯:你要继承祖宗的功业,不要辜负我的期待。早晚不能懈怠,虔诚地执行你的职责。我让你做的事情比较艰难,四方诸侯有不臣服周王朝的,你要能够辅佐征伐。

四牡奕奕,孔修且张。韩侯入觐,以其介圭。入觐于王,王锡韩侯,
淑旂绥章,簟茀错衡,玄衮赤舄,钩膺镂钖,鞹鞃浅幭,鞗革金厄。

"牡",公马。"孔修",很长。"介圭",玉器,天子圭一尺二寸,诸侯圭九寸以下。按周礼,王册封诸侯赐予介圭作为镇国宝器,诸侯入觐时须手执介圭作觐礼之贽信。这是觐礼礼仪之一。"锡",同"赐",赏赐。"淑旂",色彩鲜艳,绘有交龙、日月图案的旗子。"绥章",指旗上图案花纹优美。"簟茀",竹编车篷。"错衡",饰有交错花纹的车前横木。"玄衮",黑色龙袍,周朝王公贵族的礼服。"赤舄",红鞋。"钩膺",又称繁缨,束在马腰部的革制装饰品。"镂钖",马额上的金属制装饰品。"鞹鞃",包皮革的车轼横木。"幭",覆盖。"鞗革",马辔头。"厄",通"轭"。这章写韩侯入见周王的声势及周王对韩侯的赏赐:四匹雄马高大俊健。韩侯入朝觐见

周王,手执王所赐介圭。恭行觐礼拜见周王,周王赏赐韩侯双龙交会、日月高悬的旗子,旗上所饰花纹真是漂亮。遮蔽车厢的竹席,车辕前端的横木同样交错雕饰,黑色龙袍红色官鞋,马饰繁缨脖挂金铃;虎皮蒙车异常威武,辔头饰金非常豪迈。

韩侯出祖,出宿于屠。显父饯之,清酒百壶。其殽维何?炰鳖鲜鱼。

其蔌维何?维笋及蒲。其赠维何?乘马路车。笾豆有且。侯氏燕胥。

"出祖",出行之前祭路神。"屠",地名,可能是岐山东北的杜陵。"显父",周宣王的卿士。"父",男子的美称。"炰鳖",烹煮鳖肉。"蔌",蔬。"笾豆",饮食用具,笾是盛果脯的高脚竹器,豆是盛食物的高脚、盘状陶器。"燕胥",燕乐,燕通"宴"。这章写韩侯作别场景:韩侯离开祖宗生活的地方,中途住宿在屠地。显父为他设宴送行,清酒百壶。有什么荤菜?自然会蒸煮鳖和鲩鱼。素菜则有竹笋蒲菜。周王还会赠送他什么?当然是四匹马拉的大车。那些装水果的竹器与盛菜肴的陶器都是满满的。最后一句是:韩侯非常开心。

韩侯取妻,汾王之甥,蹶父之子。韩侯迎止,于蹶之里。百两彭彭,

八鸾锵锵,不显其光。诸娣从之,祁祁如云。韩侯顾之,烂其盈门。

"取妻",同"娶妻"。"汾王",郑笺:"厉王流于彘,彘在汾水之上,故时人因以号之。""蹶父",周的卿士,姞姓,以封地蹶为氏。"迎止",迎亲。"止",同"之"。周时婚礼新郎去女家亲迎新娘。"鸾",通"銮",挂在马镳上的铃,每车四马八銮。"不显",不,通"丕",大;丕显,非常显耀。"诸娣从之","娣",女弟,即妹。周代婚制,诸侯嫡长女出嫁,诸妹诸侄随从出嫁为妾媵。"祁祁",盛多貌。"烂",光彩明耀。这章合起来就是:韩侯娶的妻子,是厉王的外甥、蹶父的女儿。韩侯亲自迎接,到蹶的郊外。有很多的随从车马,马铃声铿锵作响,充分显示迎亲队伍的盛大。诸妹诸侄随新娘出嫁,看起来热闹非凡。韩侯看着这一切,觉得光彩明耀,蓬荜生辉。

蹶父孔武,靡国不到。为韩姞相攸,莫如韩乐。孔乐韩土,川泽吁吁,

鲂鱮甫甫,麀鹿噳噳,有熊有罴,有猫有虎。庆既令居,韩姞燕誉。

"韩姞",即蹶父之女,姞姓,嫁韩侯为妻,故称韩姞。"相攸",观察合适的地方。"吁吁",广大貌。"鲂鱮",两种鱼名,今名鳊、鲢。"甫甫",大貌。"麀",母鹿。"噳噳",鹿群聚貌。"令居",美好居所。"燕誉",安乐高兴。这章合起来就是:蹶父非常勇武,征伐各国的足迹踏遍四方。蹶父为他的女儿韩侯夫人考察将居之地,认为并不比韩国更适合安居。那里河川广大,大鱼肥美。母鹿公鹿众多,有熊有罴,有猫有虎。大家一起欢庆,非常欣慰能够居住在这么一个美好的地方,韩姞更是非常

满意,赞不绝口。

　　溥彼韩城,燕师所完。以先祖受命,因时百蛮。王锡韩侯,其追其貊。
　　奄受北国,因以其伯。实墉实壑,实亩实藉。献其貔皮,赤豹黄黑。

"溥",广大。"韩城",韩国都城。"燕师",平安时候的民众。周制,各诸侯国都城建筑面积、城垣高度等规格及其常备军人数,据爵位高低而定。韩侯受命为北地方伯,故扩建韩城。"时",犹"司",掌管、统辖。"百蛮",古时对异族土著部落统称蛮、夷,百是概数,言其多。"追""貊",北方两个少数民族名称。"奄",完全。"伯",诸侯之长。"墉",城墙,此作动词。"藉",征收赋税,正税法。"貔",一种猛兽名。这章合则为:那广阔的韩城是燕国修筑的。因为祖先的原因,接受周王的册封,依靠这些抵御众多北方野蛮民族。周王赏赐韩侯,认为那个北狄的地域还不够大,就恢复他祖先的官职,包括接受北方各诸侯国的领土。韩侯筑城开沟,治国收税。向周王进贡各种兽皮,包括红毛黑纹的豹皮,还有黄色的虎皮。这章极写韩侯的作为,所称颂的不只是周王的王恩浩荡,还有韩侯的深孚众望,骁勇能干。

《江汉》:淮夷来求

　　本篇的语意中心应是"淮夷来求",即决计去讨伐淮水边的夷人。
　　江汉浮浮,武夫滔滔。匪安匪游,淮夷来求。
　　既出我车,既设我旟。匪安匪舒,淮夷来铺。

"浮浮"，水流盛长貌。"武夫"，指出征淮夷的将士。"滔滔"，本指顺流而下貌，此处应是形容出征将士之多。"匪"，同"非"。"求"，通"纠"，诛求，讨伐。"旆"，画有鸟隼的旗。"铺"，止，驻扎。首句借水起兴作喻：看那江汉之水奔流不息，出征淮夷的将士亦滔滔不绝。诗人真正想说的是后面两句：我们不求安逸享乐，决计去讨伐淮水那边的夷人。我们已派出战车，高高举起旗帜。我们不会苟安享乐，只有到了淮夷我们才会驻军。整章给人的感觉，就是战鼓响起，众将士气势豪迈，奋勇向前。

江汉汤汤，武夫洸洸。经营四方，告成于王。
四方既平，王国庶定。时靡有争，王心载宁。

"汤汤"，水势大的样子。"洸洸"，威武的样子。这章再次以水作喻，借物兴起：看那江汉之水浩浩汤汤，征伐的将士同样威武勇猛。诗人真正想说的仍然是后者：我们认真讨伐四处作乱的诸侯，不断让人给周王送上成功的捷报。只要平定四处叛乱的诸侯，国家就可获得安定。只有停止战争，周王的心才得以安宁。

江汉之浒，王命召虎：式辟四方，彻我疆土。
匪疚匪棘，王国来极。于疆于理，至于南海。

"浒"，水边。"疚"，病，害。"棘"，"急"的假借。"极"，准则。"于"，意义虚泛的助词，其词义取决于后面所带之词。这章以陈述语气，交代周王开疆辟壤的雄心或理念：就在这江汉水岸，周王命令大臣召虎：去各地开辟治理我们的疆土。使人民不再困扰于战争和疾病，才像一个正常国家的样子。请你去划分边界，管理疆域，一直到南海那边。

王命召虎，来旬来宣。文武受命，召公维翰。
无曰予小子，召公是似。肇敏戎公，用锡尔祉。

"旬"，"巡"的假借。"召公"，文王之子，封于召。为召伯虎的太祖，谥康公。"翰"，桢斡。"予小子"，宣王自称。"似"，"嗣"的假借。"肇敏"，图谋。"戎"，大。"公"，通"功"，事。这章写周王交代及激励召虎承继祖业建立功勋：周王命令召虎，一定要认真巡视，谨慎做出判断。文王和武王受命以来，召公是其得力大臣。不要因为我年纪小就不做要求，就像你是继承你的祖辈召公那样。让我们一起谋划，这样才会带来更大的福祉。

釐尔圭瓒，秬鬯一卣。告于文人，锡山土田。
于周受命，自召祖命。虎拜稽首：天子万年！

"釐"，"赉"的假借，赏赐。"圭瓒"，用玉作柄的酒勺。"秬"，黑黍。"鬯"，一种香草，即郁金香，姜科，多年生。"卣"，带柄的酒壶。"文人"，有文德的人。

"周",岐周,周人发祥地。这章继续写周王对召虎的恩典:赏赐你用玉作柄的酒器,把那用黑黍、郁金香所酿的酒,装在带柄的酒壶中。让我们一起祈告召祖,请赏赐召虎岐周的土地和田野。召虎在岐周接受册封,继承其祖召康公的爵位。召虎再拜答谢:天子长命百岁,召虎永远相随。

　　虎拜稽首,对扬王休。作召公考:天子万寿!
　　明明天子,令闻不已,矢其文德,洽此四国。

"稽首",古时礼节,跪下拱手磕头,手、头都触地。"休",美,此处指美好的赏赐册命。"考","簋"的假借。簋,一种古铜制食器。"明明",勉勉。"令闻",美好的声誉。"矢","施"的假借。召虎跪拜磕头,报答颂扬周王的恩德。制作祭祀召公的铜器,上面铭刻"天子万年"的祝福语。勤勉英明的周天子,您美好的声誉将永远传颂。我们一定会记得您的明德,协同并安抚四方诸侯。及此,关于明主贤臣,关于征战与赏赐,或就是一次你来我往的交接,得以圆满。我们亦欣欣然此种前朝盛景。

《常武》:大师皇父

　　本篇据说是宣王时期讨伐徐国的战争,声势逼人,语意中心应为"大师皇父",在推出负责本次战役的军事大臣皇父的同时,更是称颂宣王指挥若定、用人得法。

　　赫赫明明,王命卿士,南仲大祖,大师皇父。
　　整我六师,以修我戎。既敬既戒,惠此南国。

"卿士",高级官员,相当于后世之丞相。"南仲",人名,宣王主事大臣。"大祖",指太祖庙。"大师",职掌军政的大臣。"皇父",人名。"六师",六军。周制,王建六军。一军一万二千五百人。"修我戎",整顿我的军备。"敬",借作"儆"。开篇呼告称颂,显耀盛大明智昭察的周天子,引出后句:他任命卿士,也就是南仲的孙子,名字叫作皇父的文士职掌军政。大王命令皇父整顿六军,清点兵器。不但要警戒提防,更要施恩给南方各诸侯国。南仲作为宣王时期的人,皇父若是他的孙辈,应是少年将军,且文士兼武职。我们不仅要问:可堪大任?或有什么讲究?所谓的施恩,甚至德化,可是他的真正用意?我们继续往下看。

　　王谓尹氏,命程伯休父:左右陈行,戒我师旅。

率彼淮浦，省此徐土。不留不处，三事就绪。

"尹氏"，掌卿士之官，应指前面的皇父。"程伯休父"，封在程地的伯爵，休父为其名，是宣王时大司马。"徐土"，指徐国，故址在今安徽泗县。"不"，两个"不"字皆语助词，无义。"留"，古"刘"字，杀。这章应是具体部署，运筹帷幄：宣王对皇父说，让程伯就是那个叫休父的，赶快左右列兵，严格警戒部队。率领部队沿着淮水边，巡视围攻徐国的土地。不要轻易逗留，更不要随便驻扎，一鼓作气地把诸事安排妥当即可。

赫赫业业，有严天子。王舒保作，匪绍匪游。
徐方绎骚，震惊徐方。如雷如霆，徐方震惊。

"业业"，高大的样子。"有严"，严严，神圣的样子。"舒"，舒徐。"绍"，戴震《诗经补注》："如'天绍'之绍，急也。""绎"，军阵。这章起句类第一章的咏叹：显赫盛大，举止威严，周王是如此神武。由此引起的是后句：周王缓缓向前行进，不轻易停留亦不随意闲逛。徐国军阵突然被惊扰，慌张奔跑乱作一团。兵势像雷鸣霹雳，猛烈无比，徐国军队异常恐惧。这章总写徐国军队的闻风丧胆与不堪一击。

王奋厥武，如震如怒。进厥虎臣，阚如虓虎。
铺敦淮渍，仍执丑虏。截彼淮浦，王师之所。

"奋"，奋发，振起。"阚如"，阚然，虎怒的样子。"虓"，虎啸。"铺"，韩诗作"敷"，大。"敦"，屯聚。"渍"，高岸。这章具体交代两军的正面交锋，却不见徐军阵势，只以天子军写出：周王激励兵士一路向前，威猛无比。那进攻的冲锋兵车，勇猛如虎咆哮不断。他们在淮河边的高地上布阵整顿，屡次抓获俘虏。断绝淮水边的退路，将淮水边当作王师的驻守之所。这章写天子之怒，战士骁勇，徐军落败。

王旅啴啴，如飞如翰。如江如汉，如山之苞。
如川之流，绵绵翼翼。不测不克，濯征徐国。

"啴啴"，人多势众貌。"翰"，若鸷鸟高飞。"苞"，长势茂盛，谓其坚固。"濯"，大。这章连用四个比喻写王师军队不仅人数众多，而且来势凶猛。如高飞之鸟迅疾无比，如狂奔之江浩浩汤汤，如满山葱绿何其坚固，如长流之水不可阻挡，连绵不绝如鸟列阵。神秘莫测无法战胜，他们就是以此气势一鼓作气征服徐国。

王犹允塞，徐方既来。徐方既同，天子之功。
四方既平，徐方来庭。徐方不回，王曰还归。

"犹"，通"猷"，谋略。最后一章，简明扼要地交代征战结果：周王的谋划确实妥当，徐国的军队很快归服。徐国军队归服，自然是天子的功劳。四方已经平定，徐国朝拜天子。徐国不再抗命,周师随后凯旋。当然是如其所愿,扬其声威。其中艰辛,抑或给双方造成的损失,似乎可以忽略不计。

整个战役,我们不知是天子亲征,还是随军督战。但主导战役的,应是少年将军皇父。我们感觉到他们的君臣相契,出奇制胜,神勇异常。也许只有少年才有此种勇猛,亦只有明君才有此种担当。整个篇章,酣畅淋漓,为我们谱写出一曲古战场风云,充满少年气概。

《瞻卬》:降此大厉

本篇据说是讽刺周幽王宠幸褒姒,酿成大祸,语意中心应是"降此大厉"。

瞻卬昊天,则不我惠?孔填不宁,降此大厉。邦靡有定,
士民其瘵。蟊贼蟊疾,靡有夷届。罪罟不收,靡有夷瘳!

"卬",通"仰"。"填",通"尘",长久。"厉",祸患。"瘵",病。"蟊",伤害禾稼的虫子。"罪罟",刑罪之法网。"瘳",病愈。开篇仰天长叹,寄望深远。然而苍天无情,莫我肯顾。接下来就是直接抒写:天下不安宁太久,降下这样大的灾祸并不奇怪。国家没有安定的时候,士卒与人民受尽苦难。吃庄稼的害虫不停地蚕食庄稼,似乎没有停下来的时候。条目繁多的酷刑没有尽时,苦难深渊难有止息。那究竟因为什么?可有出路?我们不由得追问?

人有土田,女反有之。人有民人,女覆夺之。
此宜无罪,女反收之。彼宜有罪,女覆说之。

"覆",反。"说",通"脱"。这章直斥对方,贬斥世道:人家有好田地,你偏要占有。人家有好劳力,你就要掠夺。这人本没罪,你却要追捕他。那人真有罪,你反释放他。看来世道人心之坏,不在他人,而在你,或统治者不施仁政,与民争夺。这里的"女"可特指你,亦可泛指普遍存在的那些当权者。

哲夫成城,哲妇倾城。懿厥哲妇,为枭为鸱。妇有长舌,
维厉之阶!乱匪降自天,生自妇人。匪教匪诲,时维妇寺。

"哲",智。"懿",通"噫",叹词。"枭",传说长大后食母的恶鸟。"鸱",

恶声之鸟，即猫头鹰。"寺"，昵近。"寺人"，内侍。这章是将批判矛头直指妇人，所谓红颜祸国之论是否就是出此产生？我们先看前两句，应是立论：才能见识超越常人的男子立国，才能见识超越常人的女子会倾败国家。接下来就是例证：你那个褒姒，真的是恶鸟，是猫头鹰。妇人多言，这就是祸患的根源。祸乱不是从天而降，而是出自你那个妇人。不是没人教导鞭策你，而是因为你过于宠幸那个妇人。此种呵斥，自然有它的道理，但把倾城亡国之罪完全归咎于妇人，我们却不能没有疑问。

鞫人忮忒，谮始竟背。岂曰不极，伊胡为慝？
如贾三倍，君子是识。妇无公事，休其蚕织。

"鞫"，穷尽。"忮"，害。"忒"，变。"谮"，进谗言。"慝"，恶、错。"贾"，商人。"君子"，指在朝执政者。"识"，通"职"。"公事"，即功事，指妇女所从事的纺织蚕桑之事。这章合起来就是：她穷尽害人的伎俩，进谗言说坏话无所不及。怎么就没有收敛？怎会这样穷凶极恶？难道她的危害还没有达到极致？为什么还要宠爱她？就像商人做买卖需有三倍的利息，贵族从政者应该明白这个事理。妇人不能参与政事，褒姒却停止她应当去做的养蚕纺织，不断参与政事。这章应是具体指责褒姒参政的危害。但历史真是这样吗？我们无言以对。我们看到、想到的，可能真是女子见识短浅，只知爱人不知亡国。可她真的爱吗？历史真相又是什么？若只是一方贪恋，另一方真的难辞其咎？我们不禁想到历史之中那些女子的命运，即便得王宠爱，又何尝逃过世俗非议，不只动辄得咎，且很多真是红颜薄命。

天何以刺？何神不富？舍尔介狄，维予胥忌。
不吊不祥，威仪不类。人之云亡，邦国殄瘁！

"刺"，指责，责备，此处应指责罚。"富"，福祐，赐福。"介"，大。"狄"，通"逖"，远。"类"，善。"殄""瘁"，两字皆训"病"。到这章时，诗人似乎悲难自抑，呼之而出：老天为什么要责罚我们？你这个样子神灵怎会赐福我们？你为什么放任不管你的军队和入侵者，只懂得仇视忠臣。不慰问、不抚恤天灾人祸，礼节不伦不类，无人信服。贤人都已逃亡，国家自然就会败灭。

　　天之降罔，维其优矣。人之云亡，心之忧矣。
　　天之降罔，维其几矣。人之云亡，心之悲矣！

　　"罔"，通"网"。这章充满悲叹，但何尝不是人间真实：老天爷惩罚他们，是因为他们恶名昭著。贤人逃亡，何尝不是因为深心恐惧。老天爷惩罚他们，他们能有什么办法？贤人逃亡，内心却如此伤痛。

　　觱沸槛泉，维其深矣。心之忧矣，宁自今矣？不自我先，
　　不自我后。藐藐昊天，无不克巩。无忝皇祖，式救尔后。

　　"觱沸"，泉水上涌的样子。"忝"，辱。最后这章比兴作喻：看那泉水不断翻腾好像随时都可能泛滥，这是因为它足够深邃。诗人想说的是后者：我所担心的，难道仅仅是眼前？这种祸乱不是从现在开始，也不会到时候就结束。也就是说，他最为担忧的，是这种灾祸会成为常态：苍天大老爷，谁能知道它会如何降罪，我们又如何能够不知畏惧。不要辱没你的老祖宗，也记得给你的后代积福。这真的令人痛心疾首。但天命如何？君王又如何把握？除了老祖宗所极力推崇的积善行德，又有什么路径？如此长叹，真的是非常无力。所谓末世，究竟是天实为之，还是人类作孽太多，我们又如何知道答案？

《召旻》：民卒流亡

　　本篇据说亦是刺幽王之作，语意中心应是"民卒流亡"，即老百姓只能四处流亡。
　　旻天疾威，天笃降丧。瘨我饥馑，民卒流亡。我居圉卒荒。
　　"旻天"，此泛指天。"疾威"，暴虐。"瘨"，灾病。"圉"，边境。首句呼天抢地，形成悲怆的氛围。而在此种氛围中，我们看到老百姓没有宁日，国家更名存实亡：上天暴虐，竟然降下这样严重的灾难。疾病和饥馑并行，老百姓只能四处流亡。我们只能居住在荒远地带苦熬岁月。

天降罪罟，蟊贼内讧。昏椓靡共，溃溃回遹，实靖夷我邦。

"罪罟"，罪网。"昏椓"，"昏"，乱；"椓"，通"诼"，谗毁。"靡共"，不供职。"共"，通"供"。"溃溃"，昏乱。"回遹"，邪僻。"靖夷"，想毁灭。"靖"，图谋；"夷"，平。这章比之上章更是乱世景象，不堪卒读：老天降下天罗地网惩罚世人，那些谗言祸害别人的更是争执不断。他们昏乱不堪，根本没法共事，到处胡作非为极尽邪恶手段，实际上是图谋毁灭我们的国家。

皋皋訿訿，曾不知其玷。兢兢业业，孔填不宁，我位孔贬。

"皋皋"，欺诳。"訿訿"，谗毁。"填"，长久。"贬"，贬抑，降职。这章以反喻正，说明正之可危：小人们互相欺骗诽谤，还不知玉已被污。像我这样兢兢业业、始终不敢自图安逸的人，职位却是不断被贬降。

如彼岁旱，草不溃茂，如彼栖苴。我相此邦，无不溃止。

"苴"，枯草。这章连用两个比喻，说明国家的衰败之势：如同荒年干旱，草皆衰败。就像倒伏之草，不可逆转。最后得出结论：我看国家到此，免不了崩溃灭亡。

维昔之富不如时，维今之疚不如兹。彼疏斯粺，胡不自替？职兄斯引。

"时"，是，此，指今时。"疚"，贫病。"疏"，程瑶田《九谷考》以为即稷，高粱。"粺"，精米。"兄"，"况"的假借。这章今昔对比哀叹时局：想那过去的富贵已不能提，当下的困顿更是没法说。那些弄权祸国的小人仍然高官厚禄吃着精米，他们怎就不懂自省，赶快引退？这种小人掌权的情况确实由来已久。

池之竭矣，不云自频。泉之竭矣，不云自中。溥斯害矣，职兄斯弘，不灾我躬。

"频"，滨。"溥"，同"普"，普遍。这章继续比兴作喻：池塘已近干涸，怎么就没人说这种情况的发生是由自身引起的。泉水枯竭，没人知道它是从中流开始。诗人想说的，当然是后者：此种无贤臣辅佐且内部腐败之危害由来已久，并且仍在不断扩大，难道责任不会追究到我自己身上？这是反躬自责。但情势如此，已是回天无力。

昔先王受命，有如召公，日辟国百里，
今也日蹙国百里。於乎哀哉！维今之人，不尚有旧！

"先王"，指武王、成王。"召公"，周武王、成王时的大臣。"蹙"，收缩。"於乎"，同"呜呼"。最后这章不只是自怨自艾，亦是无限追缅：从前先王承受天命为王，就如同召康公，每天开辟百里国土，现在却是每天缩减百里。真的可悲可叹，当下在朝的这些人，还会像曾经的他们那样贤德勇武吗？我们亦无话可说，但我们更知一个王朝的覆灭已是必然。

那遥远的声音——《诗经》今读

【下册】

温左琴 著

目 录

第三部分 颂：天子乐与百姓情   386

周颂   387

《清庙》：秉文之德   387

《维天之命》：文王之德之纯   388

《维清》：维周之祯   388

《烈文》：子孙保之   389

《天作》：文王康之   389

《昊天有成命》：夙夜基命宥密   390

《我将》：日靖四方   391

《时迈》：莫不震叠   392

《执竞》：上帝是皇   393

《思文》：莫匪尔极   394

《臣工》：来咨来茹   394

《噫嘻》：播厥百谷   395

《振鹭》：亦有斯容   396

《丰年》：烝畀祖妣   397

《有瞽》：崇牙树羽   398

《潜》：鲦鲿鰋鲤   399

《雝》：天子穆穆   400

《载见》：和铃央央   401

《有客》：敦琢其旅 402

《武》：克开厥后 403

《闵予小子》：永世克孝 403

《访落》：朕未有艾 404

《敬之》：日监在兹 405

《小毖》：自求辛螫 405

《载芟》：徂隰徂畛 406

《良耜》：实函斯活 407

《丝衣》：自羊徂牛 409

《酌》：是用大介 409

《桓》：桓桓武王 410

《赉》：我徂维求定 411

《般》：允犹翕河 411

鲁颂 413

《駉》：以车彭彭 431

《有駜》：在公明明 415

《泮水》：言观其旂 416

《閟宫》：其德不回 419

商颂 423

《那》：衎我烈祖 423

《烈祖》：及尔斯所 424

《玄鸟》：正域彼四方 425

《长发》：外大国是疆 426

《殷武》：裒荆之旅 428

后记 430

参考文献 432

第三部分 颂：天子乐与百姓情

颂的本质是歌舞剧，用于宗庙祭祀，由巫师演奏，曲调缓慢，合以舞蹈。颂的意思是舞蹈的"形容"或"模样"。颂的歌词应是朝廷官员奉命而作。颂为天子乐，因周公的不世功勋，周王朝特许其封地鲁可用天子乐祭祀祖灵。宋是商的假借字，周为避讳故称其为宋。宋作为殷商后裔，周王朝同样特许它可以用天子乐祭祀，以示宽大。故颂分为周颂、鲁颂、商颂，共四十篇。其中，周颂三十一、鲁颂四、商颂五篇。

颂表面上是天子乐，是周天子与列祖列宗的交接，是祭祀死者，其实更是祈福，是共同记忆，是对共同情感的诉求。列祖列宗，令德令言，在让他们无限沉湎的同时，又令他们战战兢兢，生怕做错什么。所以整个颂乐，在宏大肃穆、雍容严整的同时，亦可能舞步迟缓，歌声悠扬，是国家的象征、人心的所向。

颂的产生时间，略近于雅，即同在周代中期到公元前4世纪初叶之间，并按周颂、商颂、鲁颂的先后顺序创作而成。周颂大致是西周初年武王、成王、康王、昭王时期的作品，多用于宗庙祭祀，创作者除贵族外，也可能为宫廷史官、乐官，亦有少数由民间祭歌整理而来。

【周颂】

《清庙》：秉文之德

本篇是祭祀文王之作，其语意中心应为"秉文之德"，即冀望后世周王秉承文王之美德。

於穆清庙，肃雍显相。济济多士，秉文之德。

对越在天，骏奔走在庙。不显不承，无射于人斯！

"於"，表赞叹的句首语气词，相当于后世的"呜呼"。"穆"，庄严美好。"肃雍"，庄重和顺。"显"，高贵显赫。"相"，助祭者，应指助祭的公卿诸侯。"秉"，秉承，操持。"对越"，报答颂扬。"不"，通"丕"，大。"承"，借为"烝"，美盛。"射"，借为"斁"，厌弃。起首两句直接惊叹称颂：天啊，多么庄严美好的庙堂，多么威仪和顺的仪容。这是交代祭祀场地及祭祀人员，咏叹者可能是主祭者也可能是观礼者，或就是即席感言不能不言。接下来，仿佛众多人员登场：他们都是德行高贵的助祭者，都秉承文王遗留下来的美德。就在此庙堂，就在此刻，让我们告慰文王的在天之灵，宣扬他的德行，不忘为国事辛苦奔走。最后一句是收结亦是承诺，光明伟大的文王，我们一定会继承您的遗志，勇敢前行！

这是典型的祭词，由祭祀者与被祭者共同完成，仿佛是彼此之间的承诺与连接。在此过程中，历史被记忆，未来被许诺，周而复始，绵延不绝。在可知的范围内，在已有的经验中，这或许是他们所能想到的最好的前路。

《维天之命》：文王之德之纯

本篇的语意中心应是"文王之德之纯"，即文王的品德纯正无瑕。

维天之命，於穆不已。於乎不显，文王之德之纯。

假以溢我，我其收之。骏惠我文王，曾孙笃之。

"维"，语助词。"於"，叹词，表赞美。"不"，借为"丕"，大。"显"，光明。"假"，通"嘉"，美好。"收"，受，接受。"骏惠"，顺从。该篇同样是祭祀文王之作，起句感慨：想那天命，是那样庄严神圣、无法变更。三、四两句切入主题：多么伟大光明，文王的美德是如此纯粹无瑕。五、六两句直抒胸臆：无论怎样的言辞都难以表达此刻的敬仰，我一定会认真继承学习。最后两句坚定信念，勉力前行：我一定会永远遵从您的美德，并发扬光大，一定会固守传统不轻易变更。

这篇同样是祭祀文王之作，作为宗庙祭词，同样光明浩大，情意真切。我们无须怀疑，在这样的追缅中，一切都会实现并持续，如同青山不改，绿水长流。

《维清》：维周之祯

本篇的语意中心应为"维周之祯"，即对身为周王朝的子孙感到无比荣幸。

维清缉熙，文王之典。肇禋，迄用有成，维周之祯。

"典"，典章制度。"肇"，开始。"禋"，祭天。"祯"，吉祥。该篇起句称颂：如此圣洁光明，不愧是文王的典章制度。读来仿佛置身荣耀，不能须臾或忘，我们祭祀文王，正是为了把他的事业发扬光大，身为他的子孙我们无比荣幸。

短短几句，充满仪式感，亦充满激情。据说是配合象舞，即当时的征战之舞，想来是气势非凡，热血贲张。

《烈文》：子孙保之

本篇的语意中心应是"子孙保之"，即我们一定要永远守护它。

烈文辟公，锡兹祉福。惠我无疆，子孙保之。无封靡于尔邦，维王其崇之。念兹戎功，继序其皇之。无竞维人，四方其训之。不显维德，百辟其刑之。於乎，前王不忘！

这篇据说是周公摄政七年，成王嗣位，祭祀先王，周公训诫劝勉诸侯，起句称颂：感谢文德显赫的先祖，赐予我们这无尽的福祉。三、四两句应是祭祀重心或承诺：感谢你们所开辟的这广阔领土，我们作为后世子孙一定会永远守护。看来言说者此刻忧念的是国土完整，担心的是守疆之难。而这种保证，当然得冀望于诸侯，因此下面四句应是训诫劝勉诸侯：不要在你们的封地为非作歹，一定要牢记先王的恩德。记着他们的文德武功，并发扬光大。当然也不忘激励继位者成王：我们深知国家强盛没有比得到贤士更为重要，只有这样四方诸侯才能真正归顺。最后是共勉及呼号：光明伟大的先祖彰显美德，周之百官一定要遵循学习。唉，我们怎么能够忘记先王的恩德！真的是情深义重，一气呵成。至此，哪个后世子孙可以怠慢。

《天作》：文王康之

本篇的语意中心应是"文王康之"，表面上是说文王继承古公亶父的基业并安守它，实际更可能是在激励后世子孙永远发扬此种传统。

天作高山，大王荒之。彼作矣，文王康之。彼徂矣岐，有夷之行。子孙保之。

"作"，生，造就。"高山"，指岐山。"大王"，即太王古公亶父，周文王的祖父。"荒"，开荒种地。"作"，开创。"徂"，往，来，指百姓归附。"夷"，平坦通达。"行"，道路。此篇据说是周王祭祀岐山的乐曲,起篇以追溯语气,直陈周王朝和岐山的关系:上天造就岐山,由先祖古公亶父开垦治理。诗人其实想说的是后两句:先祖开山辟土,文王继承其业。五、六两句是转:天底下的老百姓纷纷投奔周王朝,我们在岐山脚下开辟平坦的大道。最后一句是合:作为子孙后人,我们一定要永远守护它。

本篇表面是祭山,其实更是象喻,两个"作"不只是指天作、人作,更是极言周人创业之难,希冀周室如岐山般坚固。即便曾经艰难险阻,但仍然可以开辟通关大道。周人一定要坚定信念,像守护岐山一般守护周王朝。

《昊天有成命》:夙夜基命宥密

本篇有说是祭祀成王之作,也有说是成王祭祀文王、武王之作,不管哪种,语意中心应为"夙夜基命宥密",即不敢贪图享受,自求安逸,而应积极谋划,安邦定国。

昊天有成命,二后受之。成王不敢康,夙夜基命宥密。於缉熙,单厥心,肆其靖之。

"昊天",苍天、老天。"成命",既定的天命。"二后",二王,指文王与武王。"成王",即姬诵,武王子。"康",安逸享受。"基",谋划。"命",政令。"宥密",政教宽大,人心安定。"缉熙",光明浩大。"单",通"殚",竭尽。"肆",巩固。"靖",安定。该篇起句庄严,追溯历史,其实也是交代祭祀原因:苍天成全周朝让其拥有天下,文王和武王承受这种天命。三、四两句,直陈题旨,或即交代祭祀目的:成王不敢图求安逸,兢兢业业谋划设计以使政教宽大、定国安邦。最后几句,不只是道路的选择,更是表态,砥砺前行:多么光明宏伟的事业,后代周王们一定要尽心竭力发扬光大,一定要让国家稳定安逸。

该篇简洁平易,基本是散句,明显不同于之前讲究修辞,蕴蓄情感的文本。不知是此时的周人,已缺少立朝初的蓬勃朝气,还是受散文影响,故意以史笔作颂。但我们确实发现一种简易之美。也许在某种程度上,它也会影响散体创作。比如同时代的历史文本、哲学文本。

《我将》：日靖四方

本篇的语意中心应是"日靖四方",即信守承诺不忘安定天下。

我将我享,维羊维牛,维天其右之。仪式刑文王之典,日靖四方。

伊嘏文王,既右飨之。我其夙夜,畏天之威,于时保之。

"将",捧,拿。"享",献祭品。"右",通"佑",保佑,降福。"仪式",规章法度。"刑",通"型",效法。"嘏",福。"飨",享用祭品。"夙夜",早晚,指勤政。此篇为周王或武王祭祀文王的乐曲。起篇直接入题,情深意切:我捧上祭品,有羊有牛,请您保佑我。接下来诉衷情或做出承诺:我会效法遵循文王的典章制度,时时不忘安定天下。伟大的文王,请保佑我并安享您的祭品。我会勤勉于政,敬畏您的威灵,希望您时时护佑我。我们能说什么?此种仪式,不仅是情感交接,责任担负,也让我们看到继往开来中,先辈所走的路途与所去往的地方。在此交接中,一切得到延续,前行道路亦不再孤独。就这样短短几句,无论是对前行道路的担忧,还是由此所激发出来的勇气,读来都悲壮豪迈。简单说,就是敬天命,远行程。

《时迈》：莫不震叠

本篇的语意中心应为"莫不震叠"，即追想当年的不世功业。

时迈其邦，昊天其子之，实右序有周。薄言震之，莫不震叠。怀柔百神，及河乔岳，允王维后。明昭有周，式序在位。载戢干戈，载櫜弓矢。我求懿德，肆于时夏，允王保之。

"时"，发语词。"迈"，行，到。"薄言"，发语词，有追忆之意。"震叠"，即"震慑"，震惊慑服，担心害怕。"乔岳"，高山，此指山神。"允"，诚然，的确。"明昭"，显著，此为发扬光大之意。"载"，犹"则"，于是，乃。"戢"，收藏。"櫜"，古代装衣甲或弓箭的皮囊，此处用作动词。"我"，周人自谓。"夏"，中国，指周王朝统治的天下。该篇应是周王巡视各诸侯国和祭祀山川河神的诗。起句安抚并期待众诸侯，气象非凡：我巡视我的众多邦国，老天保佑我们，让我们拥有周天下。接下来是追忆：回想当初定国安邦的壮举，无不为之震服。该句应是全篇重心，或就是整个诗意的落脚处。整个诗篇或祭词，正是在此抚今追昔，不胜感慨的背景下展开。正是因为过往的艰难险阻，才更懂今日的不易，更珍惜眼前的所有。接下来就是表态：让我们安抚祭祀众神，黄河神、泰山神，愿王权永固。最后是落实并期冀共同前行：勤勉的周王，继承王位。让我们收起兵器，放下戒备。追求美德之政，并施行此种政教于中华大地。希望历代周王永葆此种光荣传统。整个篇章，行云流水，情深义重，周朝的仁治天下，得到彰显。而我们，亦在这样的声音中，气定神闲，向望未来。

《执竞》：上帝是皇

此篇的语意中心应是"上帝是皇"，即连上天都成全他们。

执竞武王，无竞维烈。不显成康，上帝是皇。自彼成康，奄有四方，斤斤其明。钟鼓喤喤，磬筦将将，降福穰穰。降福简简，威仪反反。既醉既饱，福禄来反。

"执"，制服。"竞"，强敌。"成"，周成王，武王子。"康"，周康王，成王子。"奄"，覆盖拥有。"斤斤"，明察。"喤喤"，声音洪亮和谐。"磬"，石制打击乐器。"筦"，竹制管乐器。"将将"，声音盛多。"穰穰"，众多。"简简"，盛大状。"反反"，反，同"返"，不断重复。这篇是祭祀武王、成王、康王之作。起句直接称颂武王：制服强敌的武王，他克商的功业无与伦比。三、四两句写后继者，其实也是该篇重心：成王和康王继承此种功业，连上天都在成全他们。接下来就是追叙此种成全：从成王和康王开始，四方随服，国家强大。他们不忘祭祀，钟鼓相应，磬筦相和，祈求先王福佑他们。应该说，此种成全是相互的，所以，最后我们看到：先王不断降福给他们，他们的态度容止亦更为恭敬。而神灵酒足饭饱后，自然会以福禄来回应他们这些祈福者。最后这句，其实可看作天人相应，仿佛过往与现在，祖灵与他们，在此相遇又相守，就像水之流淌，山之耸立，达于永恒。

周颂作为诗经中最早的诗，作为祭歌，更讲究临场性，而它的音乐性，特别是押韵，反不太关注。但这篇，应是产生于后期，竟一反常态句句押韵，且是阳韵和元韵，读来铿锵有力，非常符合它追念历史时被不断唤起的那种荣耀或满足。看来，选择散体或韵文，可能并不一定就是时代风尚，更可能是情感表达或临场发挥的需要。

《思文》：莫匪尔极

本篇的语意中心应是"莫匪尔极",即无人不受他的恩赏。

思文后稷,克配彼天。立我烝民,莫匪尔极。

贻我来牟,帝命率育。无此疆尔界,陈常于时夏。

"文",文德,相对于武功,指治理国家、发展经济的功德。"立",通"粒",本义米食,用作动词,当养育讲。"烝民",众民,老百姓。"贻",遗留,馈赠。"来牟",泛指麦子。"率育",普遍养育。这篇祭祀周的先祖后稷。起篇直陈祭祀对象:想那治国有方的后稷,确实配得上附祭上天。三、四两句由前两句引出,当是祭祀原因,也是全篇重心,或即交代后稷的伟大功德:他养育众多百姓,无人不受他的恩赏。接下来几句更是就此意一路铺展下去:他馈赠给我们各种农作物,并让我们共同种植,无须设置疆域。终于使得各种植物普遍推广于中华大地。

这篇可和大雅中的《生民》相参校,同样写后稷,《生民》作为史诗,极端详尽,这篇却是祭祀用曲,非常简略,或就是点到为止,重在称颂他的功德。可见,雅颂之别,除了有无扮演配舞外,还真在叙事与抒情本身功能的不同。

《臣工》：来咨来茹

本篇的语意中心应是"来咨来茹",即你们如有问题,一定要多多咨询反复商量。

嗟嗟臣工,敬尔在公。王厘尔成,来咨来茹。嗟嗟保介,维莫之春,亦又何求?如何新畬?於皇来牟,将受厥明。明昭上帝,迄用康年。命我众人:庤乃钱镈,奄观铚艾。

"嗟",发语词,嗟嗟重叠,加重语气。"厘",通"赉",赐予,赠给。"茹",

调度商量。"莫",古"暮"字,莫春即暮春,麦将熟之时。"新作畲",耕种二年的田叫新,耕种三年的田叫畲。"皇",美盛。"厥明","厥",其,那,指代将熟之作物;"明",成,指收成。"钱",挖掘工具,类后世之锹。"镈",除草工具,类后世之锄。"奄观",全观,视察。"铚艾","铚",一种短小的镰刀;"艾","刈"的假借,一种割草的大剪刀。"铚""艾"二字在这里作动词,指收割作物。这篇应是周王朝春祭所用曲目。据说每年春耕时节,周王都会带领群臣到田地中举行开垦仪式。即标举农耕时期自上而下对耕作的重视与依托。起篇是周王不断招呼告诫群臣,要他们谨慎对待农事,不可懈怠:天子吩咐你们的事,你们如有问题,一定要多多咨询反复商量。接着又提醒田官:已是暮春,你们怎能不抓紧农事耕作?怎样经营轮种的土地?今年麦子长势好,秋天应该能够丰收。随之祷告上苍:明智洞察的上帝,赐我丰年。最后又对农奴发出号令:命令所有的农夫,备好你们的锄铲,要全力收割你们的庄稼。至此,我们似乎可以看到那种热火朝天的农耕场面。而一年的希望与喜悦亦就此开启。

《噫嘻》:播厥百谷

本篇的语意中心应是"播厥百谷",即开始播种百谷。

噫嘻成王,既昭假尔。率时农夫,播厥百谷。
骏发尔私,终三十里。亦服尔耕,十千维耦。

"噫嘻",句首语气词,含有追念之意。"昭",通"招",延请;"假",通"格",至,到。"时",通"是",这。"骏",通"畯",田官。"终",井田制的计算单位。每终一千平方里,纵横各长约三十一点六里,取整数三十里。"服",配合,从事。"耦",两人并耕。一终千井,一井八家,共八千家,取整数十千,结对五千耦。这篇是康王祭祀成王并祈谷之作。在这类作品中,我们看到祭祖与祈谷已成一体。或者说,周人所祈求的上天就是他们的祖宗或先王,他们相信先祖会福佑他们。这篇起句轻声召唤且充满追念:神圣的成王,我已延请祷告过先公先王。像在诉说,更像在安抚,我会带领这众多农夫,开始播种百谷。这句应是中心,或是告慰,接下来就是实际行动,请田官们迅速带领你们的农人,尽可能多地开垦田地。更要协同耕作,万人耦耕结成五千双。就这么几句,像是在安抚亡灵,让人伤感涕下的同时又重新凝聚力量。或说此种力量正来自不忘先人。

《振鹭》:亦有斯容

这篇据说是接待夏商后裔,即杞国和宋国的国君到周王朝宗庙助祭时,所用的乐曲。该篇的语意中心应是"亦有斯容",即夸赞他们也有此种高洁的容止。

振鹭于飞,于彼西雍。我客戾止,亦有斯容。
在彼无恶,在此无斁。庶几夙夜,以永终誉。

"振",展翅奋飞。"雍",水泽。"客",此处或指夏、商后人,入朝参拜,周王以客相待。"斯容",这容,类比白鹭高洁的仪容。"无斁",不厌倦。"终",通"众",盛貌。起句比兴作喻:一群白鹭振翅飞,就在西头水那边。诗人想说的,也即全篇重心,是后者:我有嘉宾来助祭,也有这种高洁的容止。下面两句是转:他们在自己的封国悠闲自在,来到这里也没有不自在。最后两句是结,是期待亦是共识:我们大家都要心怀敬畏,这样才能永远地保持此种尊荣。

作为颂诗,特别是周颂,该篇借用比兴,无形之中,就使整个诗篇活泼灵动起来,完全不同于周颂其他篇章的古奥严肃。应是周代后期,在社会思想活跃的同时,诗歌的表达亦出现了新的可能。至少在某种程度上,它已借用民间风诗,特别是比兴的表现手法,使得风颂的区别,亦不再那么明显。

《丰年》:烝畀祖妣

本篇的语义中心应为"烝畀祖妣",即献给列祖列宗。

丰年多黍多稌,亦有高廪,万亿及秭。为酒为醴,烝畀祖妣。以洽百礼,降福孔皆。

"稌",稻子。"高廪",高大的粮仓。"万亿及秭",周代以十千为万,十万为亿,十亿为秭。"醴"此处是指用收获的稻黍酿造成清酒和甜酒。"烝",呈献。"畀",给予。"洽",配合。"百礼",指各种祭祀礼仪。该篇应是庆丰年,或祝丰收,起篇铺陈丰年的美好图景:丰年多黍多稻,也会修筑高高的粮仓,好装更多的粮食。接着申明题旨,或祭祀目的:丰年当然就会酿造那香甜的美酒,到时候延请列祖列宗来尽情品尝。最后是告慰,亦是承诺,且是相互的:我们一定会举行各种祭礼,列祖列宗一定要降给我们足够多的福气。而人类所有未竟的事业,似乎都仰赖于祖先,承续于祖先。说到底,让先人放心,自己才可前行,应是周代社会的共识或前提。

《有瞽》：崇牙树羽

本篇的语意中心应是"崇牙树羽",即谱写祭祀场面的浩大、讲究。

有瞽有瞽,在周之庭。设业设虡,崇牙树羽。应田县鼓,鞉磬柷圉。既备乃奏,箫管备举。喤喤厥声,肃雍和鸣,先祖是听。我客戾止,永观厥成。

"瞽",盲人,此指乐师。"庭",宗庙前庭。"业",悬挂乐器的横木,上有大板,为锯齿状。"虡",悬挂编钟、编磬等乐器的直木架,上面是业。"崇牙",乐器架横木上刻的锯齿,用以悬挂乐器。"树羽",崇牙上装饰的五彩鸟羽。"应",小鼓。"田",大鼓。"县",即"悬"。"鞉",立鼓,或说是一柄两耳的摇鼓。"磬",打击乐器,玉石制。"柷",打击乐器,木制,状如漆桶。宴会开始时击柷。"圉",即"敔",打击乐器,状如伏虎,背有锯齿。以木尺刮之发声,用以止乐。"箫",古箫类,今之排箫,以小竹管编制。"喤喤",声大且和谐。"肃雍",和谐舒缓的乐声。这篇应是宗庙祭祀曲,现场感非常强。起句两个"有"连用,后又加个"在",马上就营造出一种当下场景:有很多盲人乐师,他们在宗庙的庭院中。这不只交代人物、场所,更预示着可能发生的事。随之接上的"设"字句,不只呼应前句,介绍将要演奏的乐器,更以"崇牙树羽"四字见出场面的浩大、讲究:陈列起挂乐器的木架,在崇牙上插着五彩的羽毛作为修饰。接下来的"应田县鼓,鞉磬柷圉",小鼓大鼓都悬挂起来。各种各样的乐器已经备好。这不只是一种简单的罗列,更有一种呼之欲出的气势。果然,演奏开始,箫管吹响,乐声洪亮和谐,肃穆庄严。众先祖正在凝神细听。凡有所奏,心必随聚。长长的一曲既终,大家交口称赞。说到底,最后这几句,才是至关重要的。也就是说,他们所有的讲究或预设,都是为了祖宗。告慰也罢,娱乐也好。我们通过此种隆重的仪式和在场的感觉,实实在在感觉到他们与祖宗,或传统的连接。于他们而言,继承并发扬此种传统,就是他们最大的事。或继承本身就是发扬,即夫子所谓的"述而不作"。

《潜》：鲦鲿鰋鲤

据说这篇是鱼祭诗，应是周王朝在宗庙献上各种鱼类所奏的乐歌。它的语意中心应为"鲦鲿鰋鲤"，极举多种鱼类，以示祭品丰盛。

猗与漆沮，潜有多鱼。有鳣有鲔，鲦鲿鰋鲤。以享以祀，以介景福。

"猗与"，赞美词。"漆沮"，河流名，均在今陕西省渭河北。"潜"，通"椮"，置于水中供鱼栖息的木头。"鳣"，鳇鱼，无鳞，肉黄，大者可达二三丈长。"鲔"，鲟鱼，长一二丈。"鲦"，白条鱼，长仅数寸，状如柳叶，鳞细而白。"鲿"，黄颊鱼，尾微黄。"鰋"，鲇鱼，无鳞。全篇合起来就是：美好的漆水沮水，生长那么多鱼类。有鳣鱼和鲔鱼这些大鱼，也有鲦鲿和鰋鲤这些小鱼。将这些鱼类作为祖灵的供奉，请求祖灵保佑我们福祉绵延。简单亲切，情真意切。我们似乎亦在这样的供奉中，得到安养。

《雍》：天子穆穆

本篇的语意中心应是"天子穆穆"，即周王容止端庄，表情肃穆。

有来雍雍，至止肃肃。相维辟公，天子穆穆。

於荐广牡，相予肆祀。假哉皇考！绥予孝子。

"雍雍"，和谐貌。"辟公"，助祭诸侯。"穆穆"，庄严肃穆。"予"，天子自称。"肆"，陈列。"予孝子"，主祭者自称。该篇应是周王祭祀先王之作。起篇侧面摹写来宾或助祭祀人员：那些客人们安详和睦，参加祭祀时严肃恭敬。随后正式交代祭祀者：列公列侯都来助祭，周王容止端庄，神情肃穆。接着以周王的身份介绍来客的敬奉：诸侯进献大公羊，以帮助我完成祭祀。最后是诉告祈福：我那伟大的已故的父亲，请安抚我这孝子。整个句子衔接自然，情感内蕴，又张弛有力，给人从容舒缓之感。

宣哲维人，文武维后。燕及皇天，克昌厥后。

绥我眉寿，介以繁祉，既右烈考，亦右文母。

"宣哲"，明达聪慧。"人"，臣子。"后"，君主。"燕"，安。指周国治民安，无灾异降临。"烈考"，指已故父亲。烈，言其功，也可看作光明。"文母"，慈祥宽容的母亲。这章先紧承前意告慰先人：臣子们个个明达事理，国君文德充足，武功兼备。周国治民安，上天不会降临灾祸，会让我们子孙兴旺发达。接下来是祈福：请赐我长寿，佑我多福。最后是许诺安抚：希望先父的神灵多多享用祭品，也请我那慈祥宽容的母亲共享。

应该说，整篇祭词，涵盖过去、现在与将来。而连接这些的，就是此种丝毫不差的仪式。在此仪式中，我们看到先人登场的顺序，他们以一种无所不知的视角俯视着世人。而先人与后人的联结，亦在此仪式中得以彰显，并日渐强大，终成一体。似乎由此，人类的所有希冀会得以实现，达到永恒。

《载见》：和铃央央

本篇的语意中心应为"和铃央央"，写诸侯来朝的非凡气象。

载见辟王，曰求厥章。龙旂阳阳，和铃央央。鞗革有鸧，休有烈光。率见昭考，以孝以享。以介眉寿，永言保之，思皇多祜。烈文辟公，绥以多福，俾缉熙于纯嘏。

"载"，最初，开始。"辟王"，君王，指后继之王。"曰"，同"聿"，发语词。"章"，典章法度。指车马服饰的礼仪制度。"龙旂"，饰有蛟龙图案的旗，竿头系铃。"阳阳"，鲜明。一说"扬扬"，即旗飘动飞扬貌。"和"，挂在车轼（扶手横木）前的铃。"央央"，铃声和谐。"鞗革"，马缰头的铜饰。"有鸧"，鸧鸧，铜饰美盛貌。一说铜饰相击之声。"昭考"，皇考。"孝""享"，皆为献祭。"缉熙"，光明，显耀。"纯嘏"，大福，美福。该篇据说是成王率领百官诸侯祭祀亡父武王之作。起篇总写他们的此番要务：诸侯初次参拜成王，非常讲究车马服饰的典章制度。三、四两句就是具体呈现他们的此番交接：龙旗鲜艳，和銮不断。百官来朝时，气象非凡。五、六两句则是细节刻画烘托场面：马缰绳上的铜金饰物非常精美，这一切是如此光明伟岸。接下来当然是祭拜及祈福：率领他们去拜见祖宗，奉上祭品请祖宗品尝。请求祖灵保佑大家长寿，并永远护佑我们这些子孙。请赐给我们更大的福。有文德武功的诸侯公卿，先王会赐福于你们，让光明普照你们。

整个篇章，张弛有度，又舒适和缓。声威并出的同时，情意亦在此蒸腾。若单单是祭词，却难见此种雍容华贵。若以状物论，偏又条理清晰，情感深沉。果然是后世楷模，大雅之作。

《有客》：敦琢其旅

本篇的语意中心应是"敦琢其旅",即夸耀随行人员个个品德高尚。

有客有客,亦白其马。有萋有且,敦琢其旅。有客宿宿,有客信信。

"客",指宋微子。周灭商后,封纣王兄微子于宋,以祀其先王,微子来朝祖庙,周以客礼相待,故称客。"有萋有且",即"萋萋且且",形容随从众多。"敦琢",雕琢,用心选择。"旅",通"侣",指伴随微子的宋国大夫。该篇起句直呼:微子来了,微子来了,他仍然骑着白马。语气之中充满欣喜。似乎一切依旧,故人依然。接下来写随行人员众多,且个个都是精挑细选,品德高尚。由此来反衬微子的不可多得。也正因此,后面一再留宿客人才有了心理预期:他们已经住了几日,是真的希望他们多待一阵。此种深情厚谊自不待说,我们亦看到好友重逢,知己再遇的欢欣。

言授之絷,以絷其马。薄言追之,左右绥之。既有淫威,降福孔夷。

"絷",前一为绳索,后一用作动词。"追",饯行,也可以解作追送。"绥之",安抚客人。"淫",盛,大。"威",德。淫威,意为大德,也即厚待。这章合起来就是:我们不断地挽留客人,把他的马儿拴住。然而,我们终究要送别他,随行人员也需得到安抚。我们已经非常厚待他们,但仍请祖灵赐予他们更多的福。这段有言归正传之意。到此,我们亦明白他们的此种相遇,并不单单是个人情谊,更可能是因公而来。或者说,该章已由上章个体的欢欣,上升到了顾全大局国我两好的境界。及此,我们似乎也长出一口气,感觉此种邦交才是我们所崇尚与信赖的,亦为后世提供榜样或建立风范。

《武》：克开厥后

本篇的语意中心应是"克开厥后"，即开创后世之功，或垂范后人。

於皇武王，无竞维烈。允文文王，克开厥后。嗣武受之，胜殷遏刘，耆定尔功。

"皇"，光明显耀。"刘"，杀戮。"耆"，致，做到。"尔"，指周武王。该篇据说是周公所作祭祀武王的乐歌。起句直接称颂：多么光明显耀，伟大的武王，没有人能比得过您的功绩。三、四两句以文王之不朽写武王之继往开来：文王确实施行了很多美好的政教，开创后世之功。最后几句就是详写此种事迹：武王继承文王的功德，打败殷商让天下太平，奠定那不朽的功业。整个句子，前呼后应，气脉相连又气壮山河，让人感佩，更生向往。

《闵予小子》：永世克孝

本篇的语意中心应是"永世克孝"，即我会永远想念您。

闵予小子，遭家不造，嬛嬛在疚。於乎皇考，永世克孝。念兹皇祖，陟降庭止。维予小子，夙夜敬止。於乎皇王，继序思不忘。

"闵"，通"悯"，怜悯，可怜。"予小子"，成王自称。"不造"，不幸，不善。此指遭周武王之丧。"嬛嬛"，同"茕茕"，孤独无依。"疚"，忧伤。"皇考"，已故的父亲，此指武王。"陟降"，上下，升降。"庭"，直。"夙夜"，朝夕，日夜，即天天，时时。"敬"，谨慎。"皇王"，此指先代君主，兼指文王、武王。"序"，通"绪"，事业。此篇为成王哀悼亡父武王之作：可怜我这个没长大的孩子，遭遇父丧这样的不幸,孤独哀伤没有穷尽。我伟大的父亲,我会永远想念您。接着又追缅先祖:还有我那伟大的祖父文王,提升和降级群臣都是那样的公平正直。让我这个不成器的后辈小子惭愧难当,只能从早到晚谨慎做事,勉力干活。最后是综述,亦是明志:我那伟大的先王,我会继承你们的遗志,永远不会停止。整个篇章,情真意切,却又一气呵成。我们在深刻追缅的同时,亦不由得省察自身。继往开来,我们的确有太多未尽之责。

《访落》:朕未有艾

本篇的语意中心应是"朕未有艾",此为成王自责之词,无非是说自己还没有阅历,做得还不够好。

访予落止,率时昭考。於乎悠哉,朕未有艾。将予就之,继犹判涣。
维予小子,未堪家多难。绍庭上下,陟降厥家。休矣皇考,以保明其身。

"访",谋划,商讨。"止",之,也说是语气词。"率",遵循,依照。"昭考",已故的父亲,此指武王。"将",助。"判涣",分散。"绍",继承。"陟降",提升和贬谪。"厥家",指群臣百官。"皇考",指武王。"明",勉励。该篇应为成王告祭武王之作:开始执政时,我不断地咨询大臣,事事遵循父亲遗训。父亲之道,深刻高远,我还没有阅历,无法企及。请您扶持我接近您的风范,继承先人之道,完成祖宗大业。只是我这个未经事的年轻人,不堪遭受如此多的家邦灾难。我会继承先主升降官吏的公正,正确任免臣下以安定多难的邦国。父亲您安息吧,您会保佑勉励我继续前行。

此种家国情怀,人伦风范,就是日常老百姓,亦会感佩不已。所谓大雅,果然是人同此心,情同此理,逾百世犹在耳旁。

《敬之》：日监在兹

本篇的语意中心应为"日监在兹"，即上帝时时在明察人们所做的一切。

敬之敬之，天维显思，命不易哉。无日高高在上，陟降厥士，日监在兹。

维予小子，不聪敬止。日就月将，学有缉熙于光明。佛时仔肩，示我显德行。

"敬"，通"儆"，警戒，小心。"聪"，听从，服从。"就"，成就。"将"，进步。"缉熙"，积累光大。"佛"，通"弼"，辅助，也指大。"时"，通"是"，这。"仔肩"，责任。此篇为成王自戒之作。起篇就提醒自己：小心小心，上天会明察一切，天命是不容易保住的。接着申说缘由或体认：不要说什么上帝高高在上，不知人间之事，他真的是时时在人间，明察人们所做的一切。然后是感喟或表态：我这个没长大的人，怎么能够不恭敬地服从。我要不停地学习，让自己不断积累，以达到光明之境。最后是延请或提出希望：希望众位大臣好好辅佐我，帮助我走上那光明的大道。

《小毖》：自求辛螫

本篇的语意中心应是"自求辛螫"，即受毒被螫才知烦恼。

予其惩，而毖后患。莫予荓蜂，自求辛螫。

肇允彼桃虫，拚飞维鸟。未堪家多难，予又集于蓼。

"予"，成王自称。"惩"，警戒。"毖"，谨慎。"荓蜂"，微小的草和蜂。"辛"，酸痛。"螫"，赦的假借字，勤劳。"桃虫"，即鹪鹩，一种极小的鸟。"拚"，通"翻"，翻飞。"蓼"，草本植物，其味苦辣，此处喻为辛苦。该篇为成王诛灭管蔡之乱后，自我警戒之作：在管蔡的事上，我必须接受教训，这样才能免除后面的祸患。我不会再轻视那些潜在的危害,人受毒被螫才知后面苦痛。我必须自己辛苦做事,小患不除必酿成大祸,不诛管蔡之乱,后面必然造成大祸。就像小鸟鹪鹩翻飞终会长成凶恶的大鸟,国家已经承受不起任何灾祸,我怎能让自己再次陷入困境?

该篇推心置腹,心有余悸。不只在总结经验,接受教训。更在标举一种国家视野,大国胸襟。后世所欣羡的明君贤臣,可在此应验。

《载芟》:徂隰徂畛

本篇的语意中心应是"徂隰徂畛",意为他们的此种耕耘无处不在。

载芟载柞,其耕泽泽。千耦其耘,徂隰徂畛。侯主侯伯,侯亚侯旅,侯彊侯以。有嗿其馌,思媚其妇,有依其士。有略其耜,俶载南亩。播厥百谷,实函斯活。驿驿其达,有厌其杰。厌厌其苗,绵绵其麃。载获济济,有实其积,万亿及秭。为酒为醴,烝畀祖妣,以洽百礼。有飶其香,邦家之光。有椒其馨,胡考之宁。匪且有且,匪今斯今,振古如兹。

"芟",割除杂草;"柞",砍除树木。"泽泽",通"释释",土地疏松润泽样。"耘",拔除田间杂草。"畛",高坡田地。"旅",幼小子弟辈。"有嗿",即"嗿嗿",众人吃饭声。"依",壮盛。"有略",即"略略",形容锋利。"耜",西周时用青铜制成锋利的尖刃,是后世犁铧的前身。"俶",开始。"载",读作"菑",用农具把草翻埋到地下。"厌",美好。"杰",特出之苗。"厌厌",禾苗整齐茂盛貌。"麃",谷物的穗。"积",露天堆积。"亿",十万。"秭",一万亿。"畀",

给予。"祖妣",祖父、祖母以上的祖先。"洽",合。以洽百礼,谓合于各种礼仪的需用。"有飶",即"飶飶",形容食物的香气。"椒",以椒浸制的酒。"胡考",长寿,指老人。"且",此。上"且"字谓此时,下"且"字谓此事。

  此篇是周王春祭时祭土神、谷神所作。起篇即是场面描写:我们开始除草伐木,翻耕土地使其松软。接着是人物登场:大家一起来开荒种地,在那低湿的田地里,在那高坡田地上。接下来具体介绍这些出场人物:家族长子,次子晚辈,身强力壮者,仍能耕作者,就不说那些雇佣来的人,似乎全都在场。我们仿佛看到千耦并耕的繁盛场面。而在此种劳动协作中,妇女同样没有落后:那美盛的妇人,把饭送到田头,那强壮的男子,大声咀嚼饭菜。青铜制的犁头十分锋利,他们开始在那向阳的田地播种,播下百谷。这是开始,更是希望。在接下来的书写中,我们看到他们的具体劳作:这种习惯、传统,不只现在,就是未来,我们都会保存下去。他们播下的种子非常优良,入地就能生长。幼苗不断破土而出,那些最先长出的苗穗异常美好。田头地里植物繁茂,长势喜人,看起来绵延不绝,粒粒饱满。到时候那广大的露天圆仓就会装满粮食,丰年一定会收获很多。我们酿造醇香的酒,为祖先献上各样祭品,来完成我们的各种祭礼。祭品自然香气浓郁,这是我们国家的荣誉。香味如此浓郁,神会赐下百福,老年人安享此福。这是承诺,更是接续,我们因此,似乎亦已永恒。

  这不只是整个播种收获的摹写,更是民族风尚的写照。我们在这样的描摹中,亦感觉到那种亘古如斯的劳作与欣欣向荣的未来走向。

《良耜》:实函斯活

  本篇的语意中心应是"实函斯活",即夸赞所播种子颗粒饱满,生命力强。

  畟畟良耜,俶载南亩。播厥百谷,实函斯活。或来瞻女,载筐及筥,其饟伊黍。其笠伊纠,其镈斯赵,以薅荼蓼。荼蓼朽止,黍稷茂止。获之挃挃,积之栗栗。其崇如墉,其比如栉,以开百室。百室盈止,妇子宁止。杀时犉牡,有捄其角。以似以续,续古之人。

  "畟畟",应是耒耜快速入土貌,想来很锋利。"俶",开始。"载","菑"的假借。"菑",初耕一年的田地。"实",谷物的种子。"函",含育,种子播下后的发芽成长。"筐",方筐。"筥",圆筐。"饟",指送到田头的饭食。"纠",

草绳编织。"镈",锄田去草的农具。"赵",锋利好使。"薅",拔除田中杂草。"荼蓼",两种野草名。"挃挃",形容收割庄稼的声音。"栗栗",形容收割庄稼的堆积之状。"崇",高。"墉",城墙。"比",排列,言其广。"栉",梳子。"椁",黄毛黑唇的牛。"捄",形容牛角很长。"似",通"嗣",继续,承接。

此为周王在秋收后祭祀土神、谷神的乐歌。开篇模拟耕地声,从锄头写起,恍惚中我们似乎听到、看到那些在向阳的田头地间辛苦耕作的农人。那些播下的种子粒粒饱满,充满活力。他们播下的不只是种子,更是希望。接着,我们仿佛看到很多背着篓子、提着篮子赶来田头送饭的妇女,她们送来的饭食如此香甜。接下来,镜头似乎又转到地头耕作的农人身上:瞧瞧他们那草绳编织的斗笠多么挺直,锄头那样锋利,他们正在使劲地把荼蓼这些野草拔除。后面两句承接上句,是解释,也是过渡:野草拔干,黍稷这些谷物才会茂盛。前面应该是整个播种护理的过程,下面即是秋收。仍然是先从声音写起,收割声不断,到处堆满粮食。那些粮仓如城墙般高,粮垛密集犹如梳子,家家户户都打开粮仓准备收藏。所有的粮仓都装满粮食,妇女和孩子也无须再劳作。这个时候他们就要宰杀那兽角弯弯的黑唇大黄牛,以此来告慰列祖,来祭祀土神、谷神。最后他们再次做出承诺,会把此种祭祀进行到底,他们不会荒了前人的礼仪。

应该说,整个文气在自然流畅的同时,生机勃勃。我们感觉整个诗篇物象纷呈,一切都在流动,又各在各的节点上,恰到好处。因而共同奏出这般激动人心的丰收乐章。当然我们十分清楚,这样的丰收或节庆,是属于整个周人的。我们看到、听到他们发出的这种民族共同音,更能深切体会他们那休戚相关的现实存在。所以,该篇不单单是祭祀乐章,更是当时周人的自然生活状态,或就是春耕秋收的真实写照。

《丝衣》：自羊徂牛

本篇的语意中心应是"自羊徂牛"，指祭品从羊到牛，极为丰盛。

丝衣其纾，载弁俅俅。自堂徂基，自羊徂牛，

鼐鼎及鼒，兕觥其觩。旨酒思柔。不吴不敖，胡考之休。

"丝衣"，丝质白色祭服，神尸所穿。"纾"，洁白鲜明。"载"，借为"戴"。"弁"，贵族戴的鹿皮帽。"俅俅"，冠饰美丽貌，也表恭顺。"鼐"，大鼎。"鼒"，小鼎。"觩"，兕觥弯曲貌。"吴"，大声说话，喧哗。"敖"，通"傲"，傲慢。"胡考"，即寿考，长寿之意。"休"，美誉，也指福禄。

该篇应该是周王祭祀宴饮宾客的歌舞诗。恍惚中我们仿佛看到，那身穿洁白祭服的神尸缓缓出现，衣袂飘飘，那样鲜明，真如先祖，他的鹿皮礼帽上装饰的花纹特别美丽。他从庙堂慢慢踱到门槛，看着所到之处，堆满了羊、牛各种各样的祭品。看着大鼎、小鼎都装满供他享用的美酒，看着那犀牛角制的酒杯弯弯曲曲。想象中，他正在深饮那醇甜的酒，并且深觉其柔和鲜美。他轻言细语且不傲慢，只是保佑大家长寿，祝福大家安乐。

整个篇章，如梦如幻，仿佛先人再次来到人间，与我们共享丰收的喜悦，共享活着的乐趣。而我们，只愿此种日子长久，世间充满欢欣。

《酌》：是用大介

本篇的语意中心应是"是用大介"，即因此有那么多勇士愿意跟从您。

於铄王师，遵养时晦。时纯熙矣，是用大介。

我龙受之，蹻蹻王之造。载用有嗣，实维尔公允师。

"铄",通"烁",光明辉煌。"熙",光明。"龙",借为"宠",荣幸,光荣。"蹻蹻",勇武貌。"造",诣,到,此指成就功业。该篇为成王祭祀武王之作。起篇兴叹:您用兵多么辉煌美盛,率领王师攻打那昏聩的纣王。三、四两句顺承此种感觉,并引申出当下新意:您确实光明伟岸,因而有那么多勇士愿意跟从您。五、六句在感念先王的同时,肯定眼前:我非常荣幸地承续此种天命,带领勇武之士遵从您的功业。最后是表态或提升:会有很多人跟随您,因为您确实是我们的榜样。

这篇据说是成王时的大武乐章,可边歌边舞,表演武王伐纣之功,更展示后继者的勃勃雄心。词气豪迈,上下欢歌,读来的确令人备受鼓舞。

《桓》:桓桓武王

本篇的语意中心应是"桓桓武王",即天命之于周,久而不厌。

绥万邦,娄丰年。天命匪解,桓桓武王。

保有厥士,于以四方,克定厥家。於昭于天,皇以间之。

"绥",和,安抚。"万邦",指天下诸侯。"匪解",非懈,不懈怠。"桓桓",威武貌。"保",拥有。"家",周室,周王宗室。"间",监察。这篇仍然是大唱颂歌,我们亦觉得理直气壮,上下一心。先看起首两句:是谁平定天下,又获连年丰收。这种句式似乎自然呼出,天人同一。也因此,才有后面两句:天命之于周,久而不厌,想念我们那威武的武王。由此带出的,当然是对往昔的追忆:他拥有英勇的将士,所以能征服别国而雄霸四方,能安定本国并使其兴旺。最后是浩叹,似乎就是自然流出:他的功德显耀于上天,也请上天监察我周室家邦。这样的词句、节奏,不只是在追缅武王,祝福将来,还有对往昔的无限怀恋和持续想象。

《赉》：我徂维求定

本篇的语意中心应是"我徂维求定",即我一定会坚守上天之命,不再改变。

文王既勤止,我应受之。敷时绎思,我徂维求定。时周之命,於绎思。

"赉",赐予。"我",周武王自称。"敷时",普世,指天下所有诸侯。"绎",寻绎,思考,理出头绪。该篇是武王祭祀文王之作。起篇就是感慨表白:文王创业如此艰辛,我一定要继承遗志,劳心政事。似乎一切都是理所当然,也因此,他更觉继往之可贵,或者继往即开来:这种传承会常续不衰,自此以后我惟愿与诸侯共谋天下,我一定会坚守上天之命不再改变。最后不只是表态更是向往,诗意渺渺,余音不断:周邦受命于天,我们一定要继承祖业,不让它停止。

《般》：允犹翕河

本篇的语意中心应是"允犹翕河",即表面上是写所有河流汇入黄河,其实抒写的应是万物归周之豪迈。

於皇时周,陟其高山,嶞山乔岳,允犹翕河。敷天之下,裒时之对,时周之命。

"般",乐名,周王巡狩山河时所奏乐曲。"嶞",低矮狭长的山。"允",通"沇",沇水为古济水的上游。"犹",通"沇",沇水在雍州境内。"翕",汇合,也说通"洽"。洽水又叫郃水,流经陕西郃阳东注入黄河。"敷",同"普",遍。"裒",包聚,汇聚。"对",封国,疆土,也说是配合。"时",通"侍",承受。该篇据说是周王狩猎时,祭祀山河所作,所以起篇豪迈,直写感喟:光明伟大的周邦,我们登上那巍峨高山,看到众多狭长挺立的山峰，有那么多的河流全部汇入黄河，真的是感慨万千。最后即是直接抒情：普天之下山川之神，都聚集在这里享受祭祀，这正是因为周长久地承受天命。这种情感似乎是自然喷涌而出，但更是非我莫谁的历史使命感。说到底，这篇应是周人那种自觉的天地意识，主人翁感觉，天人一体观念，读来深刻隽永。

【鲁颂】

鲁颂四篇。《駉》和《有駜》体裁类风,即它非告神之作。《閟宫》和《泮水》为歌颂鲁僖公之作,类雅。《閟宫》中有"奚斯所作"。奚斯亦名公子鱼,为鲁僖公同时代人。就此可知,鲁颂为春秋时期作品,大致产生于鲁国国都山东曲阜一带。鲁颂与周颂和商颂最大的不同可能在于,鲁颂四篇都是为当世的鲁僖公所作,说是颂谀也罢,但的确活泼新鲜,充满欢欣,完全不同于其他二颂的追缅先人,深切真诚。

《駉》:以车彭彭

本篇的语意中心应是"以车彭彭",即用这些马儿驾车非常有力。

駉駉牡马,在坰之野。薄言駉者,有骊有皇,有骊有黄,以车彭彭。思无疆,思马斯臧。

"駉駉",形容马高大雄壮。"坰",郊外,野外。"骁",黑马白胯。"皇",鲁诗为"騜",黄白相间的马。"骊",纯黑色的马。"以车",用马驾车。"彭彭",马奔跑发出的声响。这篇非常有意思,说他是借马儿起兴,可他后句还是说马儿,且一发不可收拾般要说个没完。似乎他所有的热情、咏叹,都给了马儿。我们看他是怎么说的:那高大健壮的马儿,放牧在广阔的原野上。这两句已是明显的咏叹抒情意味。果然,接下来就要具体说这些马儿的好,就怕读者不明白。那么,这些了不起的马儿究竟好在哪里?首先是颜色,有黑马白胯的,有黄白杂色的,有纯黑色的,有黄赤色的,应有尽有。当然最主要的,是用这些马儿驾车非常有力。看来这些马儿不只中看更是中用。而这一句,才是诗人的关注中心,亦是全篇的关键所在。看来鲁人是相当喜欢马,或喜欢这种生活方式。你说是骑射也罢,更可能是一种身份地位的象征,或就是一种生活姿态。也正因此,最后一句表面是闲笔,事实上是情不自禁补夸一句:跑起路来没有约束,这些马儿实在是美。这种夸耀,已不是简单着笔,而是画龙点睛,那马儿的神采风韵或精气神一下就被写足。

骃骃牡马，在坰之野。薄言骃者，有骓有驸，有骍有骐，以车伾伾。思无期，思马斯才。

"骓"，苍白相杂的马。"骍"，赤黄色的马。"骐"，青黑相间的马。"伾伾"，有力貌。这章是典型的重章叠句。起首两句只字未变。若是第一章可作兴起之句，或直陈抒情对象。那这章的重复，不只意义再现，更是主旋律再起。我们来看它接下来会说什么：要说这些高大雄壮的马儿颜色真是多，有苍白杂色的，有黄白相间的，有赤黄色的，有黄一块黑一块像棋盘错落的。用这些马拉车真是得力。这章奇妙之处在于，竟然不重样地罗列马儿的多种颜色。我们想象不出世间竟有这么多毛色不一的马。由此，最后一句再这样咏叹时，我们也就不意外：跑起路来不知疲倦，这些马儿真是有力。

骃骃牡马，在坰之野。薄言骃者，有䮾有骆，有䮼有雒，以车绎绎。思无斁，思马斯作。

"䮾"，青色而有鳞状斑纹的马。"骆"，黑身白鬃的马。"䮼"，赤身黑鬃的马。"雒"，黑身白鬃的马。"绎绎"，跑得很快。"斁"，厌倦，懈怠。"作"，奋起，腾跃。合起来就是：那高大肥壮的马儿，放牧在遥远的野外。要说这些好马，有青黑相杂的，有白磷花纹的，有白马黑鬃的，有赤身黑鬃的，有黑身白鬃的，用这些马儿驾车，车跑得特别快。跑起路来从不懈怠，这些马儿真是豪迈。

骃骃牡马，在坰之野。薄言骃者，有骃有騢，有驔有鱼，以车祛祛。思无邪，思马斯徂。

"骃"，浅黑间杂白色的马。"騢"，赤白杂色的马。"驔"，黑身黄脊的马。"鱼"，两眼长两圈白毛的马。"祛祛"，强健貌。"徂"，行，跑。这章合起来就是：那高大肥壮的马儿，放牧在遥远的野外。要说这些好马，有浅黑和白色相杂的，有赤白杂毛的，有黑色黄背的，有两眼眶有白圈的，用这些马儿驾车非常有气势。跑起路来从不出错，这些马儿真是善于远行。

整个四章读下来令人眼花缭乱，说它的章法像风，却总有些不对。我们突然想起，这种写法似乎只在后世的赋体中才会见到，然后我们又恍然大悟，原来辞赋之铺张扬厉或就滥觞于此。这种感觉真的奇妙，但思无邪句，似乎也因此叶落归根，我们终究找到它的出处。原来它所尊崇的，竟然是这样一种周行大道，没有偏颇。

《有駜》：在公明明

本篇的语意中心应是"在公明明"，即对公事真的非常用心。

有駜有駜，駜彼乘黄。夙夜在公，在公明明。

振振鹭，鹭于下。鼓咽咽，醉言舞。于胥乐兮！

"駜"，马肥壮貌。"乘黄"，四匹黄马。古者一车四马曰乘。"明明"，通"勉勉"，努力貌。"振振"，鸟群飞奋飞貌。"鹭"，鹭鸶，古人用其羽毛做舞具。"咽咽"，鼓声不断。"于"，通"吁"，感慨咏叹。"胥"，相。该篇据说是称颂鲁僖公之作。鲁国多年饥荒，僖公时期精明强干，采取一些政治策略，有效克服自然灾害，人民称颂，大臣欢心。该篇当为僖公与臣子欢宴时所用乐歌。我们看它到底在说什么？显然，起句是兴法：马儿肥壮有力，四匹同来驾车，毛色原是黄的。我们不知鲁人为何那么喜欢马儿，但以马喻僖公，却是深得其中要义。且看那早晚都忙国家大事的僖公，如劳苦功高的马儿，对公事如此勤勉。接下来几句，更有意思。我们看到的是一个歌舞场面：看那身插鹭羽的舞者似要振翅高飞，忽又盘旋于下。此时，鼓声响起，持续不断。与会宾客，醉意朦胧，纷纷起身作舞。最后一句是收结，更是加入，就连读者，亦不由得被他们感染，不由得想作乐。

有駜有駜，駜彼乘牡。夙夜在公，在公饮酒。

振振鹭，鹭于飞。鼓咽咽，醉言归。于胥乐兮！

"乘牡"，驾在车中的四匹公马。这章显然是重章叠句，句子基本没什么变化：马儿肥壮有力，四匹拉车的是公马。早晚都在官府里，也在官府饮酒作乐。鹭鸶振翅而飞，忽又盘旋于下。鼓声深长，醉意朦胧，想要归家，就让我们一起开心快乐。但在此种延续中，我们分明感觉到时间的推进，宴会的欢畅，宾主和乐，不醉不归。

有驷有驷,驷彼乘骊。夙夜在公,在公载燕。

自今以始,岁其有。君子有穀,诒孙子。于胥乐兮!

"骊",青骊马,又名铁骢。"穀",福禄,也说"善"。"诒",遗留,留给。最后这章于重复中又有变化。起首两句,主旋律再起:马儿肥壮有力,拉车四匹铁骢马。三、四两句,仍然是点明题旨:早晚都在官府里,也在官府里设酒宴。但这两句的关注重心,显然已由前面的夙夜忙碌,转至这里的宴乐。或者说,此种聚会已成为周人生活的一部分。也正因此,后面之"从今往后年年都会这样"的咏叹,就不只是承诺,更是祝福。是真的期待此种善意能够福泽子孙。只有这样才会后顾无忧,也才能真正开心快乐。看来,此刻的言说者,已是神思久远,意在长治久安,快乐永享。

《泮水》:言观其旂

本篇的语意中心应是"言观其旂",即鲁侯突然驾到。

思乐泮水,薄采其芹。鲁侯戾止,言观其旂。

其旂茷茷,鸾声哕哕。无小无大,从公于迈。

"泮水",水名。"芹",水中植物,或可食用。"旂",绘有龙形图案的旗帜。"茷茷",飘扬貌。"鸾",通"銮",古代的车铃。哕哕,铃和鸣声。这篇应是众人随从鲁僖公出游的欢乐致辞。首句可看作是眼前所见所为,更可能是起兴:兴高采烈地来到这泮水边,去采摘那水芹以备祭祀大典。诗人想说的是后句:鲁侯突然驾到,远远地就看见他那龙旗飞舞。接下来就是一路铺叙:他的龙旗随风招展,他的马铃和鸣一片。无论大小官员,都随从鲁侯迤逦而来。可以说是宾主尽欢,上下同乐。

思乐泮水,薄采其藻。鲁侯戾止,其马蹻蹻。

其马蹻蹻,其音昭昭。载色载笑,匪怒伊教。

"蹻蹻",马强壮貌。"昭昭",指声音洪亮。"色",指容颜和蔼。这章亦是重章叠句。在此种回环往复中,我们仿佛看到他们出游更远,马儿更快,人儿更欢。最后和盘托出,或更加鲜明的是鲁僖公的形象:他的马儿强壮,说话声音轻快响亮。

他边说边笑,从不发怒,总是和颜悦色地劝慰群臣。

思乐泮水,薄采其茆。鲁侯戾止,在泮饮酒。
既饮旨酒,永锡难老。顺彼长道,屈此群丑。

"茆",今言莼菜。"锡",同"赐",此句相当于"万寿无疆"。"道",指礼仪制度等。"丑",恶,指淮夷。在这章中,我们看到宴会已在高潮,众人祝颂。大家同仇敌忾,期待保卫自己的领土,讨伐那淮夷各族。即便道路漫长艰险,他们也绝不屈服。

穆穆鲁侯,敬明其德。敬慎威仪,维民之则。
允文允武,昭假烈祖。靡有不孝,自求伊祜。

"穆穆",举止庄重貌。"敬",努力。"昭假",犹"登遐",升天。"烈",同"列",列祖,指周公旦、鲁公伯禽。"孝",同"效"。这章是直接称颂:恭敬端庄的鲁侯,确实彰显其美德。他虔敬谨慎,仪容威严,"威仪",是老百姓学习的榜样。他真的是文才武德皆备,他光明磊落,直接继承列祖列宗。他没有一件事不遵从祖先遗则,他的此种自律如此可贵。显然,鲁僖公的好,不只在于承继先人,更在于示范后人,完全符合周人的道德标准与为人典范。

明明鲁侯,克明其德。既作泮宫,淮夷攸服。
矫矫虎臣,在泮献馘。淑问如皋陶,在泮献囚。

"明明",同"勉勉"。"淮夷",处于淮水流域不受周王室控制的民族。"矫矫",勇武貌。"馘",代指俘虏,古代论功行赏以割下的敌尸左耳计算杀敌数。"皋陶",相传尧时负责刑狱。鲁僖公的文韬武略似乎说不尽,在这章中继续铺叙此种事迹:勤勉的鲁侯,确实彰显他的美德。他不只建筑泮宫,而且制服淮夷。勇武的大将,会在泮宫献上俘虏的左耳。如皋陶那样善于刑狱的官员,会在泮宫审问俘虏。

济济多士，克广德心。桓桓于征，狄彼东南。
　　烝烝皇皇，不吴不扬。不告于讻，在泮献功。

"桓桓"，威武貌。"狄"，同"剔"，除。"烝烝皇皇"，众多盛大貌。"吴"，喧哗。"讻"，讼，指因争功而产生的互诉。若上一章是在称颂僖公的武功外政，那么，这一章则侧重于他的文治内政：众多贤士，都能心存善念。他们出征时威武不屈，攻克淮夷战功显赫。回到朝堂和颜悦色，既不耀武扬威也不喧哗张扬。没有人会因为争抢功劳而贬斥别人，大家理所当然地在泮宫献上战利品。

　　角弓其觩，束矢其搜。戎车孔博，徒御无斁。
　　既克淮夷，孔淑不逆。式固尔犹，淮夷卒获。

"角弓"，两端镶有兽角的弓。"觩"，弯曲貌。"束矢"，五十支一捆的箭。"斁"，厌倦。"犹"，借为"猷"，谋。也正因此，才会出现这样的局面：看那角弓弯弯，众箭齐射。兵车很多，徒步的、驾车的都不知疲倦。攻克淮夷后，没有人再心存不服。这都是因为坚持僖公的策略，取得最后决战淮夷的胜利。这章是历叙，也是前因后果的推理。一切似乎理当如此。或者想象中，这就是当时人的天道人道观，他们对世间万物只能做这样的理解。

　　翩彼飞鸮，集于泮林。食我桑葚，怀我好音。
　　憬彼淮夷，来献其琛。元龟象齿，大赂南金。

"鸮"，猫头鹰，古人认为是恶鸟。"憬"，觉悟。"琛"，珍宝。"元龟"，大龟。"赂"，通"璐"，美玉。最后章，显然是虚写、象征：那天边飞翔的猫头鹰，停靠在泮水旁的树林。诗人想说的当然是后者，它们吃我们的桑葚，同时赠送善言。物犹如此，人如何能不被感化？即便曾经最险恶的淮夷也从此醒悟，甘心献上他们的珍宝：大龟象牙、珠宝美玉及南方的金银。这不只是僖公的政教感人，更是皆大欢喜的美政、良政。

《閟宫》：其德不回

本篇的语意中心应是"其德不回"，即她的品德端正无邪。

闷宫有侐，实实枚枚。赫赫姜嫄，其德不回。上帝是依，无灾无害。
弥月不迟，是生后稷。降之百福：黍稷重穋，稙稚菽麦。奄有下国，
俾民稼穑。有稷有黍，有稻有秬。奄有下土，缵禹之绪。

"闷宫"，神宫。"侐"，静貌。"实实"，广大。"枚枚"，细密。"回"，邪辟。"后"，帝。"稷"，农官，稷曾为尧农官，故曰后稷。"重穋"，通"穜稑"，谷物，先种后熟为"穜"，后种先熟为"稑"。"稙稚"，谷物，早种为"稙"，晚种为"稚"。"秬"，黑黍。"缵"，继承，担承。该篇应是为庆祝鲁僖公新庙建成所作的诗。起首两句总写新落成的庙宇：深闭的宫门清静肃穆，那样广大那样幽微。无形中，就让人感觉庄严神圣。接下来就是正本清源，追溯先人：怀念我们的始祖母姜源，她的品德端正无邪。应该说，此两句才是整个篇章的立意所在。或者说，后面的所有抒写都是源出于此。而在该段中，既立了这样的论，就需具体分说此种德行：姜源受到上帝的眷顾，无灾无害。怀胎十月不多不少，最后生下我们的先祖后稷。在此种描述中，我们感知周人对于生育的无比看重及对自然生产的感天谢地。顺着此思路说的，当然仍是后稷，上天是如此福佑他：他生来就能辨清黍子、谷子哪个先熟，大豆、小麦哪个先播种。他从拥有自己邦国之日起，就教给人们如何种植作物，如何收割储藏。他教人们种植的作物，有五谷杂粮，有金黄的黍米，有长穗水稻，也有黑壳稻米。从他拥有自己邦国之日起，就勇于把禹王的事业发扬光大。这种追叙真的久远，而我们在此种追叙中，亦感知周人的建国不易及辛苦相继。而在此种延续中，鲁人又承担何种责任或荣光？显然，此即为我们下面所要期待或研究的内容。

后稷之孙，实维大王。居岐之阳，实始翦商。至于文武，缵大王之绪。
致天之届，于牧之野。无贰无虞，上帝临女。敦商之旅，克咸厥功。
王曰叔父，建尔元子，俾侯于鲁。大启尔宇，为周室辅。

"大王"，即"太王"，周之远祖古公亶父。"翦"，灭。"届"，诛讨。"虞"，误。"临"，监临。"敦"，治服。"咸"，成，备。"叔父"，指周公旦，周公为武王之弟，成王叔父。"王"，指成王，武王之子。"元子"，长子。这章就是从头

分说鲁的建国及与周的宗亲关系：后稷的孙子，就是文王的祖父古公亶父。他住在岐山的南面，正是从他开始翦除商。一直到文王、武王，都在承续此种功业。武王奉行上天之命，在牧野与纣王交战。武王告诫将士：不要有别的想法，不要犯错误，上天会福佑你们所有人。此次进攻商军，果然大获全胜。后来成王对自己的叔父周公说，让您的长子伯禽去做鲁国的国君。这样一来，您的领地就会大大开辟，也会成为周王室很好的辅佐。到此为止，我们终于明白，对于鲁人而言，唯周为宗，而鲁之历史使命，即是辅佐周王室。

乃命鲁公，俾侯于东。锡之山川，土田附庸。周公之孙，庄公之子。

龙旂承祀，六辔耳耳。春秋匪解，享祀不忒。皇皇后帝，皇祖后稷。

享以骍牺，是飨是宜，降福既多。周公皇祖，亦其福女。

"侯"，为侯。"启"，开辟。"周公之孙，庄公之子"，均指鲁僖公。"承祀"，主持祭祀。"辔"，马嚼子。古代四马驾车，辕内两服马共两条缰绳，辕外两骖马各两条缰绳，故曰六辔。"耳耳"，和顺。"解"，通"懈"。"享"，祭献。"忒"，变。"骍"，赤色。"牺"，纯色牺牲。"宜"，肴，享用。周公皇祖，即皇祖周公，此倒装叶韵。其实，这篇，我们与其把它当作颂，不如当作鲁国的史诗。整个篇章似乎都在介绍、追叙鲁的建国或历史渊源：于是就命令伯禽，称侯于东方的鲁国。分给他山川、土地及附属于这些土地的诸侯小国。周公的孙子鲁僖公，也就是鲁庄公的儿子，继承祭祀之礼。一车四驾六辔，四时不懈，祭祀不出差错。光明的上帝，皇祖后稷，愿您喜欢这赤色的马儿，愿您享受这祭祀的食物。您已经降给我们很多福气，周公皇祖，您也一定会保佑鲁僖公。应该说，到这里，才是言归正传，正式推出鲁僖公。而由他主持此种祭祀更是理所当然或分内之事。接下来，则就是具体申说各种祭祀大典。

秋而载尝，夏而楅衡，白牡骍刚，牺尊将将。毛炰胾羹，笾豆大房。

万舞洋洋，孝孙有庆。俾尔炽而昌，俾尔寿而臧。保彼东方，鲁邦是尝。

不亏不崩，不震不腾。三寿作朋，如冈如陵。

"尝"，秋祭名。"楅衡"，防止牛触撞用的横木。作为祭牲的牛必须没有任何损伤，夏日就筑栏或楅衡把它养起来，以备秋祭用。"刚"，小牛。"牺尊"，一种酒尊，牺牛形状。"将将"，音义同为"锵锵"，器物相碰声。"毛炰"，带毛涂泥烧炙，指烤小猪。"胾"，大块肉。"羹"，肉汤。"笾"，竹制的献祭容器。"豆"，木制的献祭容器。"大房"，大的盛肉容器。"洋洋"，盛大貌。"臧"，善，好。"三寿作朋"，古代常用的祝寿语。这章显然是极力铺排此种祭祀大典：秋天要举行秋祭，夏天就将牛养在棚栏里。有白色的公猪，也有赤黄色的公牛，祭祀时，酒杯交错欢声一片。有带毛烧炙的小猪，也有肉片汤呈贡，笾豆里装满食物，大盘上都是鲜肉。浩大的万舞开始上演，孝孙祈福。下面语句显然是以神尸的口吻送上祝福：我会保佑你们兴旺发达，保佑你们长寿美满。保佑你们这东方的鲁国享受福祚。保佑你们不会毁坏衰败，不会震动沸腾。保佑你们永享寿诞，像山冈大陵般长存人间。

　　公车千乘，朱英绿縢，二矛重弓。公徒三万，贝胄朱綅，烝徒增增。
　　戎狄是膺，荆舒是惩，则莫我敢承。俾尔昌而炽，俾尔寿而富。
　　黄发台背，寿胥与试。俾尔昌而大，俾尔耆而艾。万有千岁，眉寿无有害。

　　"朱英"，矛上用以装饰的红缨。"绿縢"，将两张弓捆扎在一起的绿绳。"縢"，绳。"二矛"，古代每辆兵车上有两支矛，一长一短，用于不同距离的交锋。"重弓"，古代每辆兵车上有两张弓，一张常用，一张备用。"綅"，线，用于编缀固定贝壳。"烝"，众。"增增"，多貌。"戎狄"，指西方和北方在周王室控制外的两个民族。"膺"，击。"荆"，楚国别名。"舒"，国名，在今安徽庐江。"承"，抵抗。"黄发台背"，皆高寿象征。人老则白发变黄，故曰黄发。"台"，同"鲐"，鲐鱼背有黑纹，若老人之老人斑。"胥"，互相。"耆""艾"，皆指年老。这章是极力铺陈鲁僖公的装备及由此兴起的愿望：鲁僖公伯禽有车千辆，长矛矛头饰有红色羽毛，弓袋上缠有绿色丝绳。每辆车上插两支长矛，每把弓上装两支箭。伯禽有步兵三万，头盔上用红线装上贝壳。众多士兵层层推进，北边阻击西戎和北狄，南方惩罚荆舒作乱的属国，这样天下诸国就不敢再侵犯我们鲁国。下面句子同样是以神的名义送上祝福：我会保佑你们鲁国兴旺发达，长寿多福。保佑那些黄发驼背者继续享有年寿。保佑你们昌盛强大，长命百岁。愿你们永远存在，平安健康，没有灾害。

　　泰山岩岩，鲁邦所詹。奄有龟蒙，遂荒大东。
　　至于海邦，淮夷来同。莫不率从，鲁侯之功。

　　"岩岩"，山高貌。"詹"，至，到。"龟""蒙"，二山名。"荒"，同"抚"，占有。"大东"，指最东之地。"淮夷"，淮水流域不受周王室控制的民族。这章又分说鲁国的领土疆界及臣服区域：泰山高峻险要，是鲁国人所能想到的最高的地方。鲁国的疆域还包括龟山和蒙山，直至广阔的东边地区。至于那些临海的小国，以及南边的淮夷各族都来朝会。没有什么人不服从，这都是鲁僖公的功劳。

　　保有凫绎，遂荒徐宅。至于海邦，淮夷蛮貊。
　　及彼南夷，莫不率从。莫敢不诺，鲁侯是若。

"凫""绎"，二山名，凫山在今山东邹县西南，绎山在今邹县东南。"徐"，国名。"宅"，居处。"蛮貊"，泛指北方一些周王室控制外的民族。"南夷"，泛指南方一些周王室控制外的民族。"诺"，应诺。这章于细处执笔，还是称颂鲁僖公的征战之功：他征战凫山、绎山等地，把徐国纳入领地。一直扩张到海边，包括那淮夷及东南异族生活的区域。就连那南边的荆楚之地，都听从僖公号令。没有谁不服从，鲁僖公就是这么了不起。

　　天锡公纯嘏，眉寿保鲁。居常与许，复周公之宇。鲁侯燕喜，
　　令妻寿母。宜大夫庶士，邦国是有。既多受祉，黄发儿齿。

"嘏"，福。"常""许"，鲁国二地，《毛诗故训传》称作"鲁南鄙北鄙"。"儿齿"，高寿象征，老人牙落后所生新牙。这章应是祈福或颂语：上天赐给您大福，会保您长寿并且可以持续拥有鲁国。您居住在常地与许地，收复周公时已享有广大的土地。鲁僖公设宴庆贺，并携带他的妻子为母亲祝寿。同时召见诸位大臣贤士，赠给他们很多珍奇的东西。上天既然如此眷顾他，自然也会让那些白发黄髫的老人长出新牙，永葆年寿。

　　徂徕之松，新甫之柏。是断是度，是寻是尺。松桷有舄，
　　路寝孔硕，新庙奕奕。奚斯所作，孔曼且硕，万民是若。

"徂徕"，山名，在今山东泰安东南。"新甫"，山名，在今山东新泰西北。"度"，通"剫"，伐木。"寻""尺"，皆为度量单位，此处作动词用。"桷"，方椽。"舄"，大貌。"路寝"，指庙堂后面的寝殿。"新庙"，指闷宫。"奕奕"，美好貌。"奚斯"，人名，鲁国大夫。"曼"，长。"若"，顺。最后这章前面几句，应是简单交代新庙如何落成：徂徕山的松树，新甫的柏树，应有尽有。砍伐木头，用心量度。用松树做粗大的屋椽，庙堂后面的路寝非常宽广，新修建的神庙异常美好。最后几句，是交代作诗者及作诗缘由，或谁来作诗及为何作诗：奚斯作这首诗，篇幅很长但意义重大，代表天下百姓的想法。至此，整个情由，我们似乎完全了然。在此追溯过程中，我们其实已经感知到鲁僖公的创业之难及路远道艰。

【商颂】

商颂五篇,同为祭祀乐曲,前三篇不分章,产生年代早,后两篇皆分章,产生的时间相对晚一些。商颂叙事具体,韵律和谐,明显比周颂进步,但总体基调充满哀缅,不同于周颂的宏大荣光。

《那》:衎我烈祖

本篇的语意中心应是"衎我烈祖",即娱乐列祖列宗。

猗与那与,置我鞉鼓。奏鼓简简,衎我烈祖。汤孙奏假,绥我思成。
鞉鼓渊渊,嘒嘒管声。既和且平,依我磬声。於赫汤孙,穆穆厥声。
庸鼓有斁,万舞有奕。我有嘉客,亦不夷怿。自古在昔,先民有作。
温恭朝夕,执事有恪。顾予烝尝,汤孙之将。

"猗与那与",即"婀娜多姿",形容乐队美盛。"简简",洪大的鼓声。"衎",喜乐。"汤孙",商的后人,指宋君。"奏假",主持祭祀。"绥",赠予,赐予。"渊渊",象声词,鼓声。"嘒嘒",象声词,吹管的乐声。"穆穆",和美庄肃。"庸",同"镛",大钟。"有斁",即"斁斁",形容乐声盛大。"有奕",即"奕奕",形容舞蹈场面热烈。"夷怿",怡悦。"有恪",即"恪恪",恭敬诚笃貌。该篇是宋君祭祀祖先之作。起句即描摹祭祀场面:多么盛美浩大,在朝堂立起我的鞉鼓。三、四两句,是交代所为何事:鼓声不停地响起,声音洪大,娱乐列祖列宗。显然整个篇章的重心就落在这里。那么,他又是如何把此种愿望付诸行动:商的后人宋国国君主持祭祀,请求祖先赐福我们。鼓声不停地响,笛管吹起,音节和谐。乐声高低大小适中,鼓声、笛声随着磬声终止。果然是场面浩大,一片谐和。这时出场的,当然是主祭者:那容貌庄重的主祭者宋国国君,他的声音是那样的和美悦耳。此时,大钟大鼓敲起,乐声连绵不断。钟鼓洪亮,万舞跳起。在场的众多客人,无不欢欣鼓舞。自古以来,祖辈们都这样温和虔敬,祭神祈福非常诚笃。恭请先祖用心享受祭品,好好保佑商汤子孙。整个篇章,说不上流畅,但语言比较简易,语义非常明朗,明显不同于周颂的古朴。

《烈祖》:及尔斯所

本篇的语意中心应是"及尔斯所",即一直到今王这里。

嗟嗟烈祖,有秩斯祜。申锡无疆,及尔斯所。既载清酤,赉我思成。

亦有和羹,既戒既平。鬷假无言,时靡有争。绥我眉寿,黄耇无疆。

约軧错衡,八鸾鸧鸧。以假以享,我受命溥将。自天降康,丰年穰穰。

来假来飨,降福无疆。顾予烝尝,汤孙之将。

"祜",福。"申",再三。"锡",同"赐"。"赉",赐予,给予。"鬷假",齐诗作奏假。"奏",进。"假",格,至。同"奏假",共同祈祷。"绥",安抚。"黄耇",义同"眉寿"。"约軧错衡",用皮革缠绕车毂两端并涂上红色,车辕前端的横木涂上金色。"错",涂饰。"鸾",即"銮",饰于马车的铃。"鸧鸧",同"锵锵",象声词。"假",同"格",至,来。"享",祭。"溥",大。"烝尝",冬祭叫"烝"。秋祭叫"尝"。"将",奉祀。此篇同样是宋君祭祀祖先的乐歌。起句即诉请:伟大的各位祖先,请降给我们大福。三、四两句进一步说明:请不要停止护佑我们,一直到无尽的未来。接下来需要交代铺叙,或者说他们如何祈福。某种程度上可以说,所谓的祭品及严格的仪式,正是保证他们得到祖宗福佑的物质前提。所以他们设置清酒,再次请求祖宗赐给他们大福。这个时候,大家都在默默祷告,不发一言,恭敬神圣。他们虔诚地祈求祖宗赐给他们长寿,且永无止境。接下来几句是补叙:用红漆的皮革缠束着车軧,横木上再涂以金饰。宋君乘四马驾驶的车来参加祭祀,并再次发出号召做出承诺:大伙一起来迎神,一起来上供。我接受上天之命,广阔长久。上天保我们安康,丰年不断。来吧,神灵们,享用吧,也永赐我们永远的福气。我们会四时祭祀,您的孙儿敬奉。到此,一场完美的祭祀似乎戛然而止。而想象中,那些乐音和声,仍然不绝于耳。而先民就是在这样的欢腾与庄重中,与先祖达成沟通与和解，并福佑他们走上不可知的来路。但他们深信，一切过往，如同今日。只要信守祖法，不违祖约，一切都不会改变。如此以往，他们可永葆福祉。

《玄鸟》：正域彼四方

本篇的语意中心应是"正域彼四方"，即征服百域四方。

天命玄鸟，降而生商，宅殷土芒芒。古帝命武汤，正域彼四方。

方命厥后，奄有九有。商之先后，受命不殆，在武丁孙子。武丁孙子，武王靡不胜。

"玄鸟"，黑色燕子。传说商的始祖契，为有娀氏之女简狄吞燕所生。"宅"，居住。"芒芒"，同"茫茫"，广大貌。"正"，同"征"。"后"，上古称君主，这里指各部落的首领或诸侯。"奄"，拥有。"九有"，九州。传说禹划天下为九州。"有"，"域"的借字，疆域。"先后"，指先君，先王。"殆"，通"怠"，懈怠。"武丁"，即殷高宗，汤之后人。"武王"，即武汤，成汤。该篇亦是宋君祭祀追念祖先。起句仍是回归那个远古的故事：上天命令燕子降到尘世，简狄感应生下契，契创建商王朝，居住在宽广的殷地。这一句，由天上到地上，再到人间，一切是如此自然。看来商同样是受天命而来。那么，及此，我们不由追问，那后来究竟发生了什么？我们接着往下看：天帝命令有武功的汤王，征服那别国的封疆，于是便拥有天下四方。这两句，当然是追念商如何建国，以及建国之后的开疆辟土。并且一路写下去：商的先后君王，继承使命不敢懈怠，一直到武王的孙子武丁。武王的孙子武丁，那真的是非常优秀，没有什么不能胜任。

龙旂十乘，大糦是承。邦畿千里，维民所止，肇域彼四海。
四海来假，来假祁祁，景员维河。殷受命咸宜，百禄是何。

"旂"，龙形旗帜，竿头系铜铃。"糦"，酒食。"邦畿"，封畿，疆界。"肇域彼四海"，开始拥有四海之疆域。或释"肇"为"兆"，兆域，即疆域。开辟疆域以至于四海。"来假"，来朝。"假"，通"格"，到达。"祁祁"，纷杂众多貌。"景"，景山，在今河南商丘，古称亳，为商之都城所在。"景"，广大。"员"，幅员。"咸宜"，大家都认为适宜。"百禄"，多福。"何"，通"荷"，承受，承担。这章描述武王的祭祀场面：武丁率领插了龙旗的十辆车来祭祀祖先，上供盛大典礼用的酒食。武丁拥有千里疆界，老百姓能够安居乐业，疆域扩大到四海之滨。四海的诸侯都来朝见，来的人实在是多，从商都一直通到黄河。殷接受上天之命为王，一切都很顺当，承受上天赐予似乎毫无疑义。但这一段读来，却让人黯然神伤。仿佛所有的荣光到此戛然而止。我们不知道能说什么，此种祭祀似乎更是凭吊。

《长发》：外大国是疆

本篇的语意中心应是"外大国是疆"，即他以周边大国作为疆界。

濬哲维商，长发其祥。洪水芒芒，禹敷下土方。
外大国是疆，幅陨既长。有娀方将，帝立子生商。

"濬哲"，明智。"濬"，"睿"的假借。"祥"，福瑞。"芒芒"，茫茫，水盛貌。"敷"，治理，领导。"外大国"，外谓邦畿之外，大国指远方诸侯国。"辐陨"，幅员，疆域。"有娀"，古国名。这里指有娀氏之女，古时妇女系姓，姓氏无考，以国号称之。"将"，壮大。该篇亦为宋君祭祀商汤之作。根据历史考证，向来以伊尹配祀商汤，宋君亦从惯例。该篇首章仍是追念并铺叙历史：我们那英武明智的先祖，永远地赐福给我们。想当时天下洪水茫茫，大禹治理有方，他以周边大国作为疆界。扩展天下，幅员辽阔，当时有娀氏部落正在崛起，上天就封有娀氏的儿子契建立商朝。应该说，在该章中，这种追叙更为久远。我们来看下章。

玄王桓拨，受小国是达，受大国是达。率履不越，遂视既发。相土烈烈，海外有截。

"玄王"，商王契。"桓拨"，威武刚毅。"达"，开，通。"率履"，遵循礼法。"履"，"礼"的假借。"视"，巡视。"发"，施。"相土"，人名，契的孙子。契生昭明，昭明生相土，是商的先王先公。"烈烈"，威武貌。"有截"，截截，整齐划一。这章前面写后契的威武刚毅，写他接受小国的封地变成大国，成为大国后又能持续努力。这种努力的具体表现则为后面几句：他遵守礼法从不逾越，对老百姓一视同仁，老百姓也愿意遵守他的教令。这应该是国之风范，家族传统，所以诗人一路叙来，款款深情，一直追叙到契的孙子相土，说他也很威武，使得天下四方都治理得井然有序。

帝命不违，至于汤齐。汤降不迟，圣敬日跻。昭假迟迟，上帝是祗，帝命式于九围。

"汤"，成汤，帝号天乙，商王朝的建立者，他以武力推翻夏桀的统治，建立商王朝。"齐"，齐一，整齐。"跻"，升。"昭假"，向神祷告，表明敬意。"迟迟"，久久不息。"祗"，敬。"式"，法，执法。"九围"，九州。这章追叙到成汤，写他的天命及功绩：上帝的旨意不能违背，天命一直到了汤的降生。汤出生没多久，明智有创见，恭谨负责，与日俱进。他敬奉上帝，从不怠慢。上帝命令他统领九州。

受小球大球，为下国缀旒，何天之休。不竞不绑，不刚不柔。敷政优优，百禄是遒。

"球"，圆玉。"下国"，下面的诸侯方国。"缀旒"，表率、法则。"何"，同"荷"，承受。"休"，"庥"的假借，庇荫。"绑"，求。"优优"，温和宽厚。"遒"，聚。这章继续申述商汤的外交内功：汤授予诸侯大玉小玉，以表彰他们做出的表率，能够秉承上天赐予的美德。不争不抢，刚柔并济。施政宽和，福禄自然聚集。

受小共大共，为下国骏厖，何天之龙。敷奏其勇，不震不动，不戁不竦，百禄是总。

"共"，历代训释不一，一说通"珙"，璧；一说通"拱"，法；一说通"供"，为祭名或祭物，均可通。"骏厖"，骏，大。"龙"，"宠"的假借，恩宠。"敷奏"，施展。"戁说""竦"，恐惧。"总"，聚。这章仍写汤的功业：这些大小诸侯，甘愿受庇于商，蒙受天所赐予的荣宠。施行他们的勇力，不震惊不害怕，不悲不惧，诸多福气都降于他们。

武王载旆，有虔秉钺。如火烈烈，则莫我敢曷。

苞有三蘖，莫遂莫达。九有有截，韦顾既伐，昆吾夏桀。

"武王"，成汤的号。"有虔"，威武貌。"秉钺"，秉持长柄大斧。钺为青铜制的大斧，国君亲卫所执。"曷"，通"遏"，阻挡，阻止。"苞有三蘖"，"苞"，本，指树干；"蘖"，旁生枝丫。"遂"，草木生长。"达"，苗破土而出。"九有"，九州。"截"，整齐。"韦"，在今河南滑县东，夏桀属国。"顾"，在今山东鄄城东北，夏桀属国。"昆吾"，夏桀属国，与韦、顾同为夏王朝东部屏障。据史书所载，成汤将韦、顾、昆吾分割包围,先歼左边的韦,再歼右边的顾,然后两面夹击昆吾,使桀成孤立之势,并与其决战于鸣条(今河南封丘县东),最终灭夏。这章就是写此种战功,简直一气呵成:汤王开始起兵出征,手执大斧威风凛凛。成汤的军威正炽,没有谁敢阻止。树木生长会分权,但枝不会断。九州统一于商,又讨伐韦、顾这样的小国,直到灭掉昆吾和夏桀,这真的是汤的莫大功业。

昔在中叶,有震且业。允也天子,降予卿士。实维阿衡,实左右商王。

"中叶",中世。商朝从契立国,到十世成汤建立王朝,正值中世。"震",威力。"业",功业。"允",信然,确实。"阿衡",即伊尹,成汤的辅佐大臣。他原为奴隶,成汤发现他的才干,破格重用。这章是总说,也交代伊尹配祀的缘由:从前成汤建立商王朝,国势那么威武强大。他确实是天之骄子,拥有上天赐予他的众多贤臣。特别是这位伊尹,那真的是无人出其右,倾尽一生辅佐成汤。简单说,就是他完全配得上祭祀。

整个篇章,是在祭祷先祖,客观陈述的同时,充满追缅,我们亦深知往日难再,眼前徒留怅惋。

《殷武》:裒荆之旅

本篇的语义中心应是"裒荆之旅",即俘虏兵士。

挞彼殷武,奋伐荆楚。罙入其阻,裒荆之旅。有截其所,汤孙之绪。

"挞",勇武貌。"殷武",即殷高宗武丁,殷朝的中兴之主,曾任用傅说为相,政绩显著。"裒",通"俘",俘获。"汤孙",指武丁,商汤后人。起首两句总写武丁伐楚之功:那殷王武丁确实勇武,奋力讨伐荆楚。三、四两句具体交代及渲染此种勇武:深入险境,俘虏兵士。也正因此才有后面的统一疆域,继承发扬商汤的不朽功业。由此可见,"裒荆之旅",应是该篇的中心事件,以下诗意即是由此生发。

维女荆楚,居国南乡。昔有成汤,自彼氐羌,莫敢不来享,莫敢不来王。曰商是常。

"常",长。这章是追忆当年的征伐事宜,进一步肯定当日事功,语气中充满遗憾,甚至竭力否定眼前:想那荆楚,居于商的南边。从前有成汤,收服西边的氐羌,让他们不敢不来朝圣,不敢不来拜见大王。那时大家都认为商人国祚永久。

天命多辟，设都于禹之绩。岁事来辟，勿予祸适，稼穑匪解。

"多辟"，众多诸侯国君。"绩"，通"迹"。"来辟"，犹言"来王""来朝"。"祸适"，读同"过谪"，义为谴责。"解"，同"懈"。这章是解说，似乎为所有过往推演前情：商王分封众多诸侯，把商建都于大禹治水之地。诸侯按时觐见天子，天子也不轻易指责他们的过失，只是告诫老百姓认真耕作，不可懈怠。本来是这样，那后来又发生了什么？我们继续看下篇。

天命降监，下民有严。不僭不滥，不敢怠遑。命于下国，封建厥福。

"严"，同"俨"，敬谨。这章似乎一切如常：商王下察人民，人民严谨守法。大家没有过失，也不会偷懒懈怠。天子命令属下诸侯，各享其福。

商邑翼翼，四方之极。赫赫厥声，濯濯厥灵。寿考且宁，以保我后生。

"商邑"，指商朝的国都西亳。"翼翼"，都城盛大貌。"极"，准则。"濯濯"，形容威灵光辉，形象鲜明。"后生"，犹言后代子孙。这章更是不忍卒看，一切曾经那么美好，谁都以为天下太平，未来永享：商都繁盛，礼仪谨严，它是四方诸侯的榜样。高宗的名声显著，灵光闪耀。大家都以为他会保佑我们商朝万世长存，安享太平，保佑我们后嗣子孙福祉久远。

陟彼景山，松柏丸丸。是断是迁，方斫是虔。松桷有梴，旅楹有闲，寝成孔安。

"丸丸"，形容松柏挺拔规整貌。"斫"，砍。"虔"，马瑞辰《毛诗传笺通释》以为"削"，此指用刀削木。"桷"，方形椽子。"梴"，木长貌。"有闲"，闲闲，大貌。"寝"，指殷高宗所建寝庙。古时寝庙分两部分，后面停放牌位和先人遗物的地方叫"寝"，前面祭祀的地方叫"庙"。这章看来已物是人非，一切终归是回想。那么，诗人眼前所能做的，也只是：我登上景山，看到松柏挺直繁茂。我砍伐一些木头，搬下山来用作房屋栋梁。松木制成的椽子那样修长，琢磨过的柱子如此强壮，寝庙建成以安放高宗之灵。到最后这章，简直王顾左右而言他。我们又能说什么？当那一切已成久远的记忆，眼前所能做的，可不就是伐木筑庙，以志往日。不言悲凉，却已悲凉满腹。

后 记

　　昨日震惊于对面小区着火,我却全然不知。应是沉沉的黑夜,似有车声、人声响过,在沉沉的窗帘之后,我翻了个身沉沉睡去。得知这一消息,已是下午3点多,我正下楼,准备去看电影《保你平安》。一路边回复消息,边走过去,果然看到黑漆漆的楼,全无人烟。心中忐忑,告诉他们隔了高楼,没看见并不奇怪。看完电影归来,已是万家灯火,那里却是黑漆漆一片。一夜雨嘶风吼,临晨终于睡去。早间惶然一片,刚才拉开窗帘,突然发现黑色的楼就在眼前,仿佛第一次相遇,心中震撼。想着不知有多少人,正安然走入那个长夜。平安与否,睡或醒,常在一念。世间一切如常,隔壁幼儿园人声鼎沸。时代浪潮滚涌向前,我们无声无息。无须希冀后世听闻我们,我们早已失忆于当下。活在人群,如此寂寥。别说旷世相遇,执着相守。可昨日,我明明就活在他们之中。与他们深切交谈,慢慢告别。

　　故事开始于十多年前,突然在人群中不知所措。转而退回书斋,先是大量阅读中西文论,不断拿来比较。后又涉及社会学、心理学、诗学、美学,甚至语义学、符号学,特别是哲学,试图寻找原初的感动,解决当下的困顿。终于有话要说,就顺手拿来杨绛先生的作品来读,以感性任意驰骋,努力还原杨先生当日的情境,对《我们仨》做文本细读。之后便放弃此种有迹可循的个人关注,转而寻求更为宽广的现实摹写。仍是大量阅读,包括各种历史文献,同时拿当日很感兴趣又颇难言的老舍作品来读。细究他的每一部作品。以上是系统工程,更是自我疗愈。读完这些,短暂沉寂,其实是更想纵深地了解过往历史,知道今日文化之从来。这就想起当日给学生讲授《唐诗宋词》的困惑,想要知道跋涉千年,它们去往何处?想要知道往昔爱恋,可曾知道来处?就像寻祖归宗,想要得到安顿。这种执着,其实更来自平日给学生讲的诗骚。感觉中,自己在年年走近它们,却年年感觉不同。于是便细加盘问,究竟发生了什么?不是已经沧海桑田,为何却时时被唤醒,处处被陪伴。于是在无数个日夜,重读它,歌吟浩叹,整装待发。

　　至于整本书的书写,的确是个浩大的工程。就像我与你的走近,历时久远,艰难卓著。最初是听闻你的声音,感受你的气息,心生欢喜,想要靠近。慢慢靠近,太多不适,长时间疏离,期望以空间来间隔心动。世间人儿万千,何须就你一人。终究无法割舍,义无反顾走近。倾尽身心,点点验证。契合处,心花怒放。想要捕捉刹那感动,换作长久陪伴。却在众声喧哗中,再次迷失你的声音。那些不断的重合与叠加,常以更大的分贝呈现。当初的你,面目模糊。今日的他们,更需被听到。于是让一切重归宁静，等待故事再次上演。慢慢辨识他们的声音，看到他们渐次登场。看到他们欲说还休，仓皇四顾。看到他们汇入人群，独守一隅。看到他们虔诚地与祖灵交流，与朋友说笑，与将士共勉。知道自己慢声细语诉说衷情，疾言厉色申斥不公。不再在乎有无人听，有无人懂。举凡生活琐碎，都想一一唠叨。唠叨时，如同你在身旁。不再激奋，更懂陪伴。只是经历，不想改变。

该著集十多年日常阅读和教学研究所成，由于学术壁垒的存在、专业分工的不同，确实让一些研究项目不能很好地落实。特别是雅、颂中的一些篇章，具体场景的设置，人物形象的模糊，古代礼仪知识的欠缺，原始宗教信仰的隔膜，使得一些阐释依然停留在文本层面，不能很好地揭示他们的内在生活，不能让其成为一种更独特的声音。但尽量跨越此种障碍，让声音更好地回归原初发声者那里，也使普通读者更容易亲近它。再见时候，互道珍重！

癸卯年闰二月二十八
于兰庭小舍

参考文献

[1] 向熹. 诗经词典 [M]. 北京：商务印书馆，2014.

[2] 朱熹. 诗经：诗经集传 [M]. 上海：上海古籍出版社，1987.

[3] 崔富章. 诗经 [M]. 周明初等，注释. 杭州：浙江古籍出版社，2011.

[4] 周振甫. 诗经译注 [M]. 北京：中华书局，2016.

[5] 王秀梅. 诗经 [M]. 北京：中华书局，2015.

[6] 程俊英，蒋见元. 诗经注析 [M]. 北京：中华书局，2017.

[7] 刘金柱. 顾随讲《诗经》[M]. 石家庄：河北教育出版社，2018.

[8] 傅斯年.《诗经》讲义 [M]. 北京：中华书局，2014.

[9] 冯登府. 三家诗遗说 [M]. 房瑞丽，校注. 上海：华东师范大学出版社，2010.

[10] 许威汉. 训诂学教程 [M]. 北京：北京大学出版社，2013.

[11] 朱光潜. 诗论 [M]. 长沙：岳麓书社，2010.

[12] 朱光潜. 无言之美 [M]. 北京：北京大学出版社，2005.

[13] 朱自清. 文艺常谈 [M]. 北京：中华书局，2012.

[14] 朱自清. 经典常谈 [M]. 北京：中华书局，2009.

[15] 曹伯韩. 国学常识 [M]. 北京：中华书局，2010.

[16] 胡朴安. 文字学常识 [M]. 北京：中华书局，2010.

[17] 钱浩. 是什么让我们难以领略音乐的艺术 [M]. 武汉：武汉大学出版社，2021.

[18] 吉川幸次郎. 中国诗史 [M]. 章培恒，骆玉明，等，译. 上海：复旦大学出版社，2012.

[19] 宇文所安. 中国传统诗歌与诗学——世界的征象 [M]. 陈小亮，译. 北京：中国社会科学出版社，2015.

[20] 翁贝托·埃科. 埃科谈文学 [M]. 翁德明，译. 上海：上海译文出版社，2014.

[21] 勒内·韦勒克. 批评的诸种概念 [M]. 罗钢，王馨钵，杨德友，等，译. 上海：上海人民出版社，2015.

[22] 查尔斯·E. 布莱斯勒. 文学批评：理论与实践导论 [M]. 赵勇，李莎，常培杰，等，译.（第五版），北京：中国人民大学出版社，2014.

[23] 伊夫·博纳富瓦. 声音中的另一种语言 [M]. 许翡玎，曹丹红，译. 桂林：广西人民出版社，2020.